LA NOVIA
DE IVY GREEN

La novia de Ivy Green. Libro 3 de la serie *Historias de Ivy Hill*

Título original: *The Bride of Ivy Green, Tales of Ivy Hill 3*

© 2018 by Julie Klassen
Originally published in English under the title:
The Bride of Ivy Green
by Bethany House Publishers,
a division of Baker Publishing Group,
Grand Rapids, Michigan, 49516, U.S.A.
All rights reserved

© de la traducción: Emilio Vadillo

© de esta edición: Libros de Seda, S.L.
Estación de Chamartín s/n, 1ª planta
28036 Madrid
www.librosdeseda.com
www.facebook.com/librosdeseda
@librosdeseda
info@librosdeseda.com

Diseño de cubierta: Mario Arturo
Maquetación: Rasgo Audaz
Imagen de la cubierta: © Ayal Ardon/Arcangel Images

Primera edición: noviembre de 2019

Depósito legal: M-32760-2019
ISBN: 978-84-16973-97-2

Impreso en España – Printed in Spain

LA NOVIA
DE IVY GREEN

JULIE
KLASSEN

A Karen Schurrer,
agradecida por tu talento, tu entrega a la historia, tu apoyo
y estímulo durante tantos años de dedicación a la escritura.
Es toda una bendición contar contigo
como editora y como amiga.

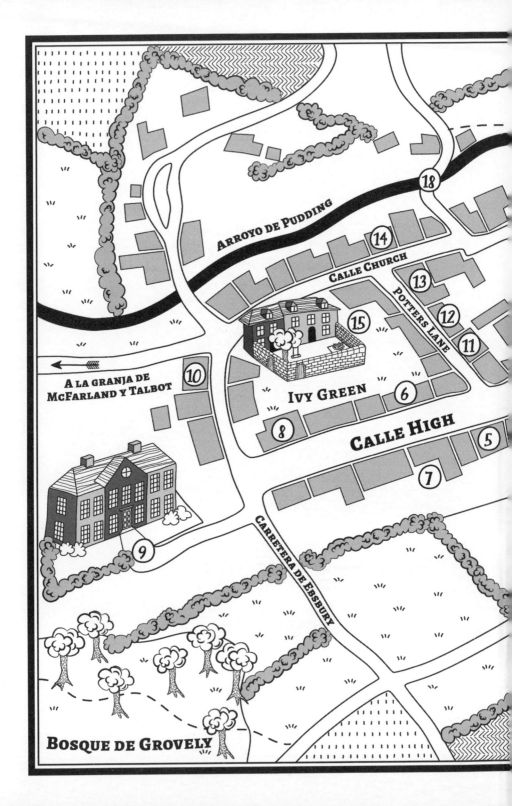

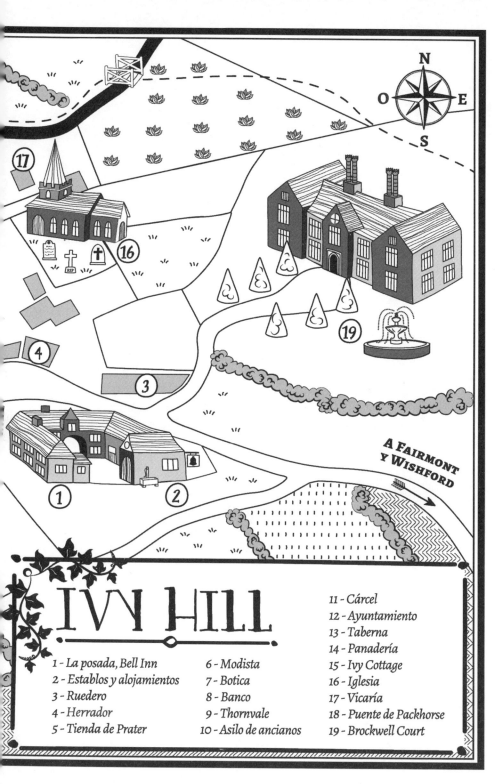

IVY HILL

A FAIRMONT Y WISHFORD

N O E S

MADAME VICTORINE
(de París)

Sombrerera y Modista
4 Stratford Place, Hastings.

West Sussex Advertiser, hacia 1850

· · · · · · · · · · · · · · · · · · · ·

E. CLAPHAM

Modista y diseñadora de abrigos y capas,
tiene el placer de informar a todas las damas
de Leeds y de sus alrededores de que
acaba de poner a la venta una colección
de modelos recién llegados de Londres.
Aquellas distinguidas damas que lo deseen
pueden verlos y, si son de su interés, encargarlos.
Serán atendidas con el esmero habitual,
y tengo la seguridad de que quedarán encantadas.
Se necesitan dos aprendizas.

The Leeds Intelligencer, 1798

· · · · · · · · · · · · · · · · · · · ·

CASA DE FIERAS DE POLITO

Sin discusión, la más grande, importante y completa
colección de excepcionales y magníficos animales vivos
jamás mostrados en todo el mundo, ahora a su alcance.
El público asistente podrá contemplar el increíble
CABALLO CON UN CUERNO DE NILGHAU,
recién llegado de la India, y reconocido universalmente
como el cuadrúpedo más elegante de todo el Indostán…

Perthshire Courier, 1816

CAPÍTULO
I

Febrero de 1821
Ivy Hill, Condado de Wilts, Inglaterra

Mercy Grove no podía aplazar más la penosa tarea. Su hermano se había casado hacía muy poco y estaba a punto de regresar del viaje de luna de miel. Así que, de manera inmediata, se trasladaría junto a su esposa a vivir a Ivy Cottage, la casa que ella misma y la tía Matilda habían considerado siempre como propia.

El señor Kingsley y uno de sus sobrinos ya habían trasladado las estanterías y los libros a su nueva ubicación, la biblioteca circulante situada en el antiguo edifico del banco, y también habían ayudado a redecorar la habitación para dedicarla a salón principal. Ahora le tocaba hacer lo mismo con el aula.

El señor Basu había subido al desván los pupitres, los globos terráqueos y los libros de texto. Solo faltaba quitar su adorada pizarra de la pared. Resignada, le pidió al criado que la bajara, pero él se quedó quieto, apretándose los labios con los nudillos y con una expresión de incertidumbre dibujada en su moreno rostro. La miró con cierto aire de disculpa anticipada.

—Tranquilo, señor Basu. Si se rompe, pues se ha roto, qué le vamos a hacer —dijo Mercy, con un tono de indiferencia que estaba muy lejos de sentir. Se recordó a sí misma que ya no era profesora, pero pese a todo quería conservar intacta la magnífica pizarra. Por si acaso.

Se acordó de las palabras de consuelo de su padre: «Sé que vas a echar de menos tu escuela. Pero, al menos, en el futuro podrás ayudar a educar a los hijos de George». En cualquier caso, dado que su hermano acababa de casarse, faltaba aún bastante tiempo para eso.

Mientras ambos miraban la gran pizarra enmarcada, oyeron que alguien llamaba a la puerta. El señor Basu se acercó rápidamente a abrir. Se le notaba muy aliviado por poder dejar para más adelante la tarea encomendada.

Un momento después, su tía asomó la cabeza por la puerta del aula.

—Mercy, ha venido el señor Kingsley.

—¡Ah! No sabía que lo esperábamos.

—Pues... resulta que le comenté que no sabías cómo te las ibas a arreglar para descolgar la pizarra sin que se rompiera y se ha ofrecido a ayudar.

—Tía Matty, el señor Kingsley ya nos ha ayudado mucho. Seguro que...

Antes de que pudiera terminar la objeción, su tía abrió más la puerta y pudo ver a Joseph Kingsley de pie detrás de ella, con el sombrero en la mano. El pelo, de color rubio arena, aún parecía mojado tras un baño reciente.

—Buenos días, señorita Grove.

Mercy se llevó la mano a la garganta. ¿Podría notar hasta qué punto se le había acelerado el pulso? Se tapó el cuello con la pañoleta.

—¡Señor Kingsley! Gracias por venir, aunque... ¿no tenía cosas que hacer en Fairmont House?

El hombre encogió los hombros.

—Bueno, supongo que mis hermanos serán capaces de prescindir de mí, al menos por esta mañana. Además, el trabajo se ha reducido mucho por la prolongada ausencia del señor Drake.

James Drake se había llevado a Alice a casa de sus padres para presentársela. Mercy todavía no los había visto desde su regreso. ¡Había echado mucho de menos a su querida niña!

La tía Matilda, con los ojos chispeantes, se dio la vuelta para irse de la habitación.

—Ahora que está aquí el señor Kingsley, el señor Basu y yo vamos a bajar a ver si la señora Timmons necesita ayuda en la cocina.

«No es que haya sido muy sutil», pensó Mercy, que notó cómo se ruborizaba a su pesar.

Tras cerrarse al puerta, Joseph Kingsley dio un paso adelante.

—Supongo que ha salido de viaje durante las vacaciones. Vine de visita una vez, pero solo estaba el señor Basu en casa.

¿Había visitado Ivy Cottage en su ausencia? Desde su vuelta se había encontrado varias veces con él y no se lo había dicho, quizá porque estaba acompañado por su sobrino.

—Siento no haber podido recibirle cuando vino. ¿Necesitaba... alguna cosa?

—No, nada en especial. Solo quería saber qué tal le había ido, y si había pasado unas felices Navidades.

—Ha sido usted muy amable. La tía Matilda y yo pasamos unos días en Londres con mis padres, y después viajamos hacia el norte para ir a la boda de mi hermano.

—¿Viajó usted sola con sus padres y su tía?

—Sí. ¿Por qué?

El hombre miró hacia abajo, dándole vueltas al sombrero que tenía entre las manos.

—Creo recordar que tenía pensado darle una respuesta a su pretendiente antes de Navidad.

De nuevo se ruborizó, avergonzada. ¿Por qué había hecho cargar al pobre señor Kingsley con todas sus dudas y congojas?

—Pues sí, se la di.

—¿Y puedo preguntarle cuál fue?

Hizo un gesto señalando la habitación vacía.

—Creo que es obvio, ya que estamos desmantelando el aula para hacer sitio a los nuevos señores de la casa.

Él hizo una mueca, y Mercy se arrepintió inmediatamente de la aspereza de su tono.

—Perdóneme, por favor —se disculpó—. Sé que no debo ser rencorosa. Pensaba que había aceptado la situación y me había hecho a la idea, pero parece que no es así.

—La entiendo. No quería dar nada por hecho. El profesor debe de estar terriblemente decepcionado.

—No lo sé. Me escribió para decirme que iba a aplazar su retiro un trimestre más. Supongo que piensa que he hecho una tontería al rechazarlo. Desde luego, mis padres sí que son de esa opinión.

—Pues yo no estoy en condiciones de decirle si ha sido o no una decisión acertada. No es que me apene saberlo, simplemente me sorprende. Su madre lo describió como alguien prefecto para usted. Educado, muy leído y culto, profesor en Oxford... No hay muchas personas en los alrededores tan preparadas.

—Puedo asegurarle que no soy tan exigente —repuso ella mirando al suelo.

—Pues debería serlo. Usted se merece lo mejor, señorita Grove.

A Mercy le pilló por sorpresa su tono de absoluta sinceridad. ¿Acaso quería ocupar el lugar dejado por el profesor? Pero cuando reunió el valor suficiente para mirarlo a los ojos, él rehuyó su mirada de inmediato.

La mujer tragó saliva.

—¿Y usted, señor Kingsley?

—¿Yo? Jamás me consideraría adecuado, pues no tengo la educación...

Lo interrumpió enseguida:

—Quería decir que si ha pasado unas felices Navidades.

—¡Ah! —Se ruborizó como un colegial—. Pues... sí. He pasado las fiestas con mis padres y mis hermanos, y la Epifanía con... en Basingstoke.

—¿Basingstoke? ¿Con la familia de su esposa?

El hombre no pudo disimular su sorpresa en el semblante. Ella se apresuró a continuar:

—En una conversación, usted mencionó que fue allí donde conoció a su esposa. —«Y donde murió durante el parto solo un año después de la boda. Ella y el pequeño», recordó para sí Mercy.

Alzó un poco la cabeza y se rascó el cuello.

—Exacto. —Se volvió de repente hacia la pizarra colgada de la pared—. Bueno, a ver cómo nos las apañamos para bajar esto de aquí.

Al darse cuenta de su incomodidad, Mercy se arrepintió de haber sacado a colación a su esposa.

Él se acercó y pasó los dedos por el marco.

—Haré lo que pueda, pero es frágil. El riesgo de que se rompa es grande.

—Me doy cuenta, pero no se preocupe. Si hay alguien que pueda hacerlo es usted.

—Procuraré levantarla, pero no tengo mucha experiencia con este tipo de pizarras tan grandes. Necesitaré ayuda para sujetarla cuando empiece a retirar el marco de la pared. ¿Cree que podríamos contar con el señor Basu?

—Sí, claro. Voy a decirle que venga.

El criado la siguió hacia el aula a regañadientes, avanzando sin hacer ruido gracias a sus zapatillas de cuero. Se colocó al otro lado de la pizarra, esperando instrucciones, mientras miraba alternativamente al señor Kingsley y a Mercy, con un brillo de curiosidad y suspicacia en los ojos.

Joseph sacó una palanqueta de su caja de herramientas. Los dos hombres volvieron la vista hacia ella.

—¿Está usted completamente segura? —preguntó el señor Kingsley.

Sus palabras parecían ir más allá de su significado literal.

Asintió con la cabeza, por miedo a que se le quebrara la voz. No quería que nada se rompiera ese día.

Joseph Kingsley le mantuvo la mirada un momento y después se dirigió al señor Basu:

—Por favor, sujete ese extremo con firmeza mientras yo hago palanca por aquí.

Los dos hombres trabajaron en silencio y con mucho cuidado, mientras Mercy contenía el aliento. Cuando liberaban la última esquina de la pizarra, sonó un leve crujido y apareció una línea dentada en el vértice.

—¡Vaya por Dios! —murmuró Kingsley.

El señor Basu también masculló algo en su lengua materna.

La mujer se llevó la mano a la boca. Aquel ruido le llegó directo al corazón.

El señor Kingsley la miró por encima del hombro con expresión muy compungida.

—No sabe cuánto lo siento, señorita Grove.

—No ha sido culpa suya. Por otra parte, tampoco tenía muy claro qué iba a hacer con ella.

Quitó con mucho cuidado el trozo que se había roto y después, entre ambos hombres, alzaron el marco.

—¿Dónde la ponemos?

—De momento, la guardaremos en el ático. —«Allí, almacenada junto al resto de mis sueños y esperanzas», pensó. Se recordó a sí misma que Dios no aseguraba la felicidad y la vida fácil. Pero sí prometía paz y alegría a los que confiaban en él, y estaba decidida a lograr ambas cosas. De alguna manera.

A la mañana siguiente, bastante temprano, Mercy y Matilda se unieron a los criados con la limpieza para dejar Ivy Cottage en perfecto estado para sus nuevos dueños y residentes principales. Había mucho que hacer y pocas manos para la tarea.

Becky Morris se ofreció a pintar las paredes de lo que había sido el aula, que lo pedían a gritos después de retirar la gran pizarra. Para ahorrarle al señor Basu la limpieza de las ventanas por fuera, pues ya no era tan joven y el trabajo era arduo, Mercy le pidió prestada una escalera muy larga a la propia Becky y le encargó esa tarea a uno de los hermanos Mullin. El muchacho, muy robusto, siempre estaba buscando faenas extra. También ayudó al señor Basu a bajar los muebles del antiguo dormitorio de sus abuelos, que llevaban diez años guardados en el desván.

Después de tanto gasto extra, ahorraron a base de comidas simples, reduciendo las raciones de carne, aunque planearon una cena más copiosa para darles la bienvenida a casa a Helena y George. Siguiendo la sugerencia de su madre, contrataron una asistente de cocina para que ayudara a la señora Timmons. Su padre le había dicho que aumentaría la asignación para ello, pero aún no lo había hecho. Mercy confiaba en que lo haría para ayudar a cubrir los gastos, sobre todo ahora que iba a dejar de ingresar dinero con la escuela.

Trabajaron sin descanso hasta el regreso de su hermano. Se suponía que la pareja de recién casados llegaría sobre las cuatro. A las tres y media, la vieja señora Timmons sudaba copiosamente y tenía la cara encendida por el esfuerzo, siempre cerca del horno, y la nueva ayudante de cocina, Kitty McFarland, parecía a punto de romper a llorar. Agnes Woodbead, la criada, no paraba de correr de la cocina y el comedor y viceversa, colocando sobre la mesa la mejor vajilla de porcelana, la cubertería de plata y los arreglos florales procedentes del invernadero de la señora Bushby.

Mercy y Matilda también iban a toda prisa de un lado para otro, estirando y colocando por aquí y por allá y dándole los últimos retoques al restaurado dormitorio de los recién casados. Mercy puso un jarrón con flores de invernadero sobre la mesita de noche, comprobó que las toallas, recién lavadas y perfumadas, estaban bien colocadas y dobladas en el lavamanos y alisó el cobertor de encaje, comprado en la tienda de la señorita Cook.

La habitación quedó preparada y perfecta, pero al pasar al lado de uno de los espejos, se dio cuenta de que ellas no lo estaban.

—Tía Matty, quítate el delantal. Van a llegar en cualquier momento.

Matilda miró a Mercy mientras se lo quitaba.

—Pues tú, querida, tienes que cambiarte de vestido y peinarte.

—Igual deberíamos cambiarnos las dos.

Al ver su distraída forma de asentir y de mirarla se dio cuenta de que su tía estaba tan nerviosa como ella ante la llegada de la pareja.

Las dos mujeres fueron a sus respectivas habitaciones y se ayudaron mutuamente a ponerse los vestidos más adecuados para recibir a los nuevos habitantes de Ivy Cotagge. Mercy se cepilló el pelo y se puso las horquillas, volviéndose hacia su tía para que le diera su aprobación.

—¿Todo bien?

—Estás estupenda, querida. ¿Y yo?

La joven le miró la cara, pequeña y ligeramente ruborizada, después el vestido, de color amarillo pálido y pasado de moda, y finalmente el cabello rizado y algo ralo. Le quitó del pelo una telaraña extraviada y le alisó un mechón rebelde.

—Perfecta. Recuerda, tenemos que comportarnos de forma exquisita. Ahora somos las invitadas.

—Lo intentaré —asintió Matilda.

Al llegar el coche de alquiler, esperaron en el vestíbulo mientras el señor Basu salía a recibir a los recién llegados. Iba bastante más arreglado de lo habitual, con la chaqueta de vivos colores muy bien planchada y los pantalones anchos. Como siempre, se cubría el pelo negro con una gorra de algodón.

A través de la ventana vieron a un mozo descender del pescante para bajar la escalerilla y abrir la puerta del carruaje. Después se apresuró a volver a la zona de portaequipajes para desatar el baúl y las maletas y entregárselas al señor Basu.

George, alto y elegante, fue el primero en descender y se dio la vuelta de inmediato para ayudar a bajar a su refinada esposa. Helena tenía un aspecto principesco, con un vestido de viaje púrpura y oro y un sombrero muy a la moda. Echó un vistazo a Ivy Cottage y, según pudo notar Mercy, no pareció muy impresionada con lo que vio.

A la joven señorita Grove se le encogió el estómago. Le pidió a Dios en silencio que el primer encuentro resultara agradable y que Helena mostrara su aprobación respecto al servicio de la casa, pues los sirvientes temían perder el empleo en caso de no agradar a la nueva señora. Salió del coche otra mujer, con el pelo oscuro y vestida con un traje negro de sirvienta, que llevaba en la mano un montón de cajas. La doncella personal de su cuñada, supuso Mercy. Esperaba que Agnes hubiera preparado también la habitación contigua a la suya.

Le latía aceleradamente el corazón . «No seas boba, solo son tu hermano y su mujer», se dijo. No había nada de lo que asustarse. A su lado, la tía Matty le agarró la mano con fuerza.

Mercy salió a abrir la puerta, pero Matilda la sujetó, señalando con la cabeza a Agnes, que se había puesto su mejor vestido y el delantal, todo recién lavado y planchado. Era ella quien debía abrir. Supuso que su tía tenía razón. La primera impresión era importante. Una dama como la antigua señorita Helena Maddox estaría acostumbrada a que fuera un criado quien abriera la puerta. Seguramente preferiría que lo hiciera un sirviente alto y elegante, pero aquí tendría que conformarse con Agnes Woodbead y con el silencioso señor Basu. Al menos de momento. Se preguntó si la esposa de su hermano haría cambios o, más bien, cuándo empezaría a hacerlos. Inmediatamente se convertiría en la responsable de gestionar la casa, y lo haría con su propio criterio, sin duda.

Cuando entró en el vestíbulo, George le apretó los brazos y le dedicó una amplia sonrisa.

—¡Bueno, pues aquí estamos!

—Bienvenido a casa, George —saludó la tía Matty, sonriendo a su vez.

El hombre besó en la mejilla a su tía y a Mercy, y después se volvió hacia su esposa, Helena.

—Supongo que os acordáis de mi encantadora esposa, ¿verdad?

—Pues claro que sí, George, ¿cómo no se van a acordar? —replicó la aludida con cierta frialdad—. Nos conocimos en la boda. Y, como sabes, tengo nombre.

—Por supuesto que lo tienes, Helena. Aunque yo prefiero llamarte señora Grove. —Le guiñó el ojo. Ella hizo caso omiso a la broma.

—Es un placer volver a verte, Helena —dijo la tía Matty.

—Sí, bienvenida a Ivy Cottage. Deja que Agnes recoja tus cosas —añadió Mercy, al darse cuenta de que el señor Basu seguía llevando el equipaje por la puerta de servicio.

La recién llegada observó la sencilla figura de Agnes y arrugó ligeramente el entrecejo. Mercy se recordó a sí misma que no debía prejuzgar a su cuñada. El hecho de que se hubiera criado en una familia adinerada no significaba necesariamente que fuera una mujer muy crítica y difícil de agradar. O al menos eso esperaba...

Le dirigió una sonrisa.

—La cena estará preparada enseguida. Y supongo que querrás refrescarte un poco antes, ¿no es así?

—¿La cena...? ¿Tan pronto? ¡Ah, claro! Esto es el tradicional condado de Wilts, con sus encantadoras costumbres rurales. Nosotros estamos habituados a cenar más tarde. Necesitaré tiempo para descansar y cambiarme.

A Mercy se le borró la sonrisa al pensar en la pobre señora Timmons y en sus esfuerzos para preparar una comida elegante y tenerlo todo en el momento justo.

—Y un baño caliente, si es tan amable —continuó Helena, dirigiéndose esta vez a Agnes.

¿Un baño caliente... ahora? Cada centímetro del horno y la cocina estaba cubierto de ollas, cacerolas y sartenes, y el escaso personal de servicio no disponía de tiempo para prepararlo.

George miró sucesivamente a las mujeres que lo rodeaban e intervino:

—Querida, ¿no podría esperar un poco tu baño? Me llega el aroma de la cena y se me está haciendo la boca agua. Hace mucho que no pruebo los excelentes guisos de la señora Timmons. Vamos, querida... Ya tendremos tiempo de cambiar los horarios de las comidas, pero ahora todo está preparado.

Mercy agradeció de todo corazón la intervención de George, que en ese momento se parecía menos al extraño que vio en la boda y más al fraternal hermano mayor de siempre.

Los ojos azules de su esposa brillaron, fríos como el hielo.

—No permita Dios que te pierdas una buena comida, querido. Si el baño debe esperar, que espere. Pero por lo menos voy a necesitar una hora para descansar y cambiarme. —Dio unos golpecitos en el chaleco de George y miró a Mercy—. Como puedes ver, la vida de casado le sienta bien a tu hermano, señorita Grove. Desde que nos casamos, ha engordado más de un kilo. Durante nuestro viaje de bodas, no ha parado de probar las exquisiteces de cada ciudad y pueblo.

Su atractivo hermano esbozó una sonrisa incómoda.

—¿Y por qué no? He tenido la magnífica oportunidad de probar las especialidades que no conocía de muchas regiones.

—Suena de maravilla —asintió Matilda—. Tenemos muchas ganas de que nos contéis cosas de vuestro viaje.

Cuando los recién llegados subieron a descansar y cambiarse, Mercy se acercó a la cocina a toda prisa para informar a la señora Timmons de que la cena se iba a retrasar. La cocinera gruñó. Dudaba de que el sabor pudiera conservarse tras mantener la comida caliente durante una hora o más, y apostó su paga, que predijo que sería la última, a que la mandarían a hacer gárgaras por servir pudin de Yorkshire pasado, carne recalentada y salsas solidificadas.

—No se preocupe, lo entenderá —aseguró Mercy, intentando animarla—. Al fin y al cabo, ha sido ella la que ha pedido que se retrasara la cena.

Por lo menos confiaba en que lo comprendiera. Kitty y Agnes eran todavía muy jóvenes y podrían encontrar un nuevo empleo, pero si Helena despedía a Zelda Timmons y al señor Basu, a ambos les costaría mucho encontrar un trabajo. La cocinera debido a su edad, y el criado porque era extranjero en una zona en la que la mayoría de la gente no era muy proclive a contratar sirvientes de otra raza. Ambos eran de fiar y muy trabajadores. Esperaba que la esposa de su hermano llegara pronto a esa misma conclusión.

Una hora más tarde, Mercy llegó la primera al comedor y vio a la nueva señora Grove bajar las escaleras con un alegre vestido de color azul añil y cuello de encaje. La mujer, más bien pequeña, tenía la piel muy tersa y los rasgos clásicos y delicados. El gesto de la boca era algo frío y hasta arrogante, pero los rizos rubios le daban un aspecto angelical. Ahora llevaba el pelo arreglado, con trenzas que le recorrían la cabeza de oreja a oreja y rizos bien sujetos con horquillas que caían sobre la frente como borlas de cortinas.

A su lado, Mercy se sintió excesivamente grande, desgarbada y mal vestida, sobre todo al notar que su cuñada se quedaba mirándola y, probablemente, la censuraba en silencio. O quizá le daba lástima.

Cuando todos estuvieron reunidos y se sentaron, Helena recorrió la mesa con la mirada, observando la sopera, el pescado y los platos que seguirían. Después de dos meses de comidas más bien escasas, Mercy sintió que su estómago emitía una especie de gruñido expectante.

—¡Menudo banquete! —dijo Helena—. ¿Siempre cenan así de bien ustedes dos?

—No, qué va. Pero queríamos que tu primera cena aquí fuera especial.

—Entiendo.

—La señora Timmons lleva muchos años con nosotros —añadió Mercy—. Hace muy poco hemos contratado una ayudante de cocina, a propuesta de mi madre.

—Espero que su padre haya aumentado la asignación para los gastos de la casa.

Le sorprendió que abordara ese asunto en público.

—Tiene la intención de hacerlo, lo sé.

—George, tendrás que escribirle. No quiero que se emplee mi dote para pagar la cuenta del carnicero.

—Sí, mi amor. Lo haré de inmediato.

Cuando empezaron con el siguiente plato, Matilda cambió de asunto de conversación.

—George, ahora que has vuelto a Inglaterra, ¿qué vas a hacer?

Fue su esposa la que contestó, muy sonriente:

—¡Ah, tenemos muchas expectativas! Tal vez el Parlamento.

—Ya —murmuró Matilda, aunque su expresión era de duda.

—¿Se supone que esto es pudin de Yorkshire? —preguntó Helena, mostrando una informe masa en su tenedor.

—Sí. Hecho en tu honor.

No pareció muy impresionada, y menos aún al servirse con un cucharón la salsa, llena de grumos.

La tensa atmósfera que se respiraba en la estancia hizo que Mercy no disfrutara de la generosa cena. Se dio cuenta de que la tía Matty comió bastante frugalmente.

Confiaba en que las cosas mejorarían a medida que se acostumbraran los unos a los otros. Después de todo, en los últimos meses se habían producido muchos cambios, y esperaba que también fueran capaces de superar este. Dios siempre prometía paz y alegría, se recordó. «Vivid en paz y alegría».

CAPÍTULO

2

El primer día de marzo, Mercy se envolvió en un chal y salió de la casa por la puerta de atrás. Saludó con un gesto al señor Basu, que estaba preparando el huerto para plantar hortalizas de primavera, y abrió la verja para adentrase en el parque del pueblo, Ivy Green. El mundo despertaba del invierno: la hiedra y el musgo reverdecían, podían verse brotes en las ramas y los arrugados tallos de ruibarbo serpenteaban, llenos de capullos, por la soleada pared. En la distancia, oyó por primera vez en el año el canto de las alondras. Ivy Green se acercaba a la primavera a ojos vistas. Se detuvo un momento para aspirar aire limpio y fresco, sintiendo que tal vez ella se acercaba también a algo nuevo y mejor.

Un hombre y una niña pequeña entraron en el parque, justo delante de ella. Sorprendida, reconoció al señor Drake y a Alice, la antigua alumna a la que a punto estuvo de adoptar como si fuera su propia hija. Los dos caminaban de la mano, con abrigo y gorro, hablando animadamente. Alice rio por algo que dijo el hombre. Mercy se quedó quieta, conteniendo el aliento y contemplando la escena con una extraña mezcla de sentimientos: alegría y una dolorosa sensación de pérdida casi a partes iguales. Pero quería tanto a la pequeña que solo podía desearle una felicidad completa en su nueva vida.

Alice volvió la cabeza y en su cara se dibujó una radiante sonrisa.

—¡Señorita Grove! —gritó, al tiempo que la saludaba con la mano. Miró un momento al señor Drake e inmediatamente se soltó de su mano y corrió hacia ella. Apenas percibió una mínima sombra de la antigua desconfianza de la niña. Sus mejillas, con esos hoyuelos infantiles y alegres, parecían un poco más rosadas de lo que recordaba.

Mercy, como era su costumbre, se inclinó para situarse a la altura de la niña de ocho años. Se dio cuenta de que tenía que agacharse un poco menos que antes.

—¡Alice, querida! ¡Qué alegría me da verte! Tienes un aspecto estupendo, y has crecido mucho.

—Sí. El señor Drake también dice que este invierno he crecido.

—¡Desde luego que sí! Me gusta tu abrigo. No te había visto con él.

—Es nuevo. Y también el vestido y el gorro. Me los ha hecho mi abuela.

—¿Tu abuela?

—Se refiere a mi madre —precisó James Drake, que se había acercado a ellas—. Le ha pedido a Alice que la llame así, e insistió en que la lleváramos a una modista especializada en abrigos mientras estábamos por allí.

—Bueno, pues tienes un aspecto estupendo.

Por el otro lado de la plaza se acercaban otras dos chicas que iban del brazo. Al verlas, a Alice se le iluminaron los ojos.

—¡Son Sukey y Mabel! ¡Cuánto las he echado de menos! Y a Phoebe también, por supuesto.

Phoebe y Alice habían sido las alumnas más jóvenes de Mercy, y eran muy amigas. Pero después de cerrar su escuela, el padre de Phoebe, que era viajante de comercio, había llevado a su hija a otra escuela de su ruta habitual.

—¿Puedo ir a hablar con ellas? —preguntó la niña.

—Pues claro... —Se detuvo y miró al hombre—. Si al señor Drake no le importa, por supuesto.

—No, en absoluto. Ve a saludar a tus amigas, e invítalas a tomarse un té con nosotros en la panadería.

Alice salió corriendo. El señor Drake la miró mientras se alejaba, con una sonrisa en su agradable y atractivo rostro. Cambió el gesto cuando se volvió hacia Mercy.

—Y hablando de invitaciones, señorita Grove, me gustaría que viniera a Fairmont House para ver la nueva habitación de Alice, y podría cenar con nosotros. Sé que a Alice le gustaría mucho... y a mí también.

La mujer dudó. Se acordó de la conversación que habían tenido en diciembre, sobre todo de una frase: «Espero que usted y yo podamos pasar más tiempo juntos, señorita Grove. Y con Alice, naturalmente. Creo que sería bueno para ella ver que no somos enemigos, sino todo lo contrario». No obstante, habían pasado muchas semanas desde su última visita, exceptuando cuando fue a recoger a Alice y su equipaje, por lo que llegó a sospechar que había cambiado de opinión.

Él bajó la cabeza y la miró con los ojos entrecerrados.

—Me imagino que estaría esperando desde hace tiempo una invitación, pero supongo que entenderá que quisiera darle tiempo a Alice para que se acostumbrara a su nuevo entorno, y también a mí. Egoístamente, no quería tener que competir por su afecto, pues me temo que, si eso pasara, saldría ganando usted.

—No lo sé... Alice parece muy contenta.

—Me alegra oír eso.

—¿Cómo van las cosas con sus padres? ¿Lo han pasado bien en Navidad?

—Sí, claro que sí... después de que superaran la conmoción inicial, por supuesto. Y ahora a mi madre le encanta estar con Alice.

—¡No sabe cuánto me alegro! Alice nunca ha disfrutado de abuelos. O por lo menos de abuelos cariñosos.

—Bueno, mi padre tampoco es demasiado cariñoso, pero mi madre lo es por los dos. —Paseó la mirada por el pequeño parque y bajó la voz—. Sé que esperaba que los orígenes de la niña permanecieran en secreto, pero mis padres en ningún momento se creyeron que fuera hija de unos amigos. Se han dado cuenta de que se parece mucho a mí, y más todavía a mi hermana.

—¿Y se lo ha dicho usted a Alice?

—Pues... oyó nuestra conversación sin que nos diéramos cuenta y me lo preguntó directamente. Así que decidí contarle la verdad.

Mercy sintió frío de repente y se apretó un poco el chal.

—Entonces, ¿la va a reconocer abiertamente?

—Sí. Creo que es lo más justo y adecuado.

—¿De verdad cree que será más fácil para Alice que se sepa que es su hija ilegítima en lugar de la huérfana de unos padres respetablemente casados?

Él apretó la mandíbula.

—Eso último es una ficción, señorita Grove. Una ficción que no me siento obligado a perpetuar. De hecho, he empezado a dar los pasos legales para que Alice sea mi heredera, y para que cambie su apellido y pase a llamarse Drake.

Mercy se debatía entre sentimientos encontrados.

—¿Cómo reaccionó Alice? ¿Se entristeció o se preocupó? Supongo que tuvo que afectarle, después de creer durante toda su vida que era la hija del teniente Smith.

—Al principio sí. Si lo desea, puede preguntárselo a ella misma. Pero a mí me da la impresión de que ha terminado aceptando bien la realidad.

«Puede que eso sea lo mejor», pensó Mercy. Mejor que fuese reconocida en vez de adoptada por su propio padre. Esperaba que esa aceptación inicial no se transformara en rechazo con el paso de los años.

Él cambió de conversación.

—¿Y usted cómo está, señorita Grove?

—Pues... bien, muchas gracias.

Inclinó la cabeza un poco.

—Vamos, conmigo no tiene por qué fingir. Debe de estar triste por haber tenido que cerrar su escuela.

—La verdad es que me encuentro un tanto desubicada, sin saber qué hacer. Durante varios años he dedicado mi vida a la escuela. Ahora que las chicas han dejado de venir, hemos convertido otra vez el aula en un dormitorio, para mi hermano y su nueva esposa. —Sintió que le dolía el pecho al pronunciar esas palabras.

—¿Han llegado ya?

—Sí, hace dos semanas. —Estaba deseando dejar de ser el motivo de la conversación—. ¿Y usted, señor Drake? ¿Cómo va el hotel Fairmont House?

—Pues la verdad es que no va todo lo bien que yo quisiera. He estado preocupado por cuestiones más importantes, como podrá imaginar. En diciembre y en enero les di permiso a los Kingsley para que pasaran tiempo con sus familias. Y después hubo que posponer el trabajo por el frío. Afortunadamente, Alice y yo pasamos esa temporada en Southampton, donde el tiempo es mucho más benigno. —Inspiró con fuerza—. Ahora que empieza a vislumbrarse la primavera que se acerca, espero que la cosa vaya mejorando. Ya atendemos el tráfico del correo postal, y espero que pronto podamos abrir las habitaciones que aún no están en uso, aumentar la oferta de alojamiento y anunciarla públicamente. Cuando nos visite podrá juzgar por sí misma si nuestra oferta es adecuada. Estoy seguro de que el señor Kingsley estará deseando enseñarnos todas las mejoras hechas.

«El señor Kingsley...». Mercy sonrió.

—Estoy deseando que llegue el momento de visitar Fairmont House, su nuevo hotel. Solo tiene que proponer una fecha.

Jane Bell cabalgaba por el largo sendero arbolado que conducía a la granja Lane, que ahora era el hogar de Gabriel Locke. La vieja finca tenía buen aspecto, con los verdes setos perfectamente cuidados y podados. El tejado era nuevo, de pizarra. Dos temporeros transportaban paja por el campo, en dirección al granero y a los establos, mientras que un albañil que parecía muy mañoso reparaba con habilidad un hueco en la valla que rodeaba el prado.

Gabriel tendía un alambre, que fijaba con unos alicates entre tres árboles, donde poder sujetar los caballos para ensillarlos o cepillarlos.

Levantó la cabeza, de oscura cabellera y, al darse cuenta de su presencia, se dibujó una sonrisa en su atractiva cara.

—Buenos días, Jane. ¿Qué tal está hoy *Athena*?

—Bien. Y yo también, gracias por preguntar —bromeó mientras se acercaba.

—Me alegro de oírlo.

Sujetó las riendas de la yegua al nuevo poste y alzó los brazos para ayudar a Jane a descabalgar. Ella se apoyó sobre ellos, encantada al sentir su fuerza y al ver el brillo de los ojos de su antiguo herrador mientras la dejaba suavemente en el suelo. Le tomó la mano enguantada y se la besó. Era una pena que hubiera cuero entre los labios y la piel, pensó la mujer. Él se inclinó un poco más, acercando la cara a la suya. Se le aceleró el corazón, esperando su próximo gesto, pero uno de los trabajadores la saludó desde el granero y se vio obligada a dar un paso atrás y devolverle el saludo.

—Buenos días, señor Mullins.

Después se volvió a mirar a Gabriel.

—La casa tiene muy buen aspecto. Todo ha mejorado mucho.

—No todo —replicó él, señalando con la cabeza un cobertizo hundido y el gallinero—. La leñera y el gallinero tendrán que esperar. Primero voy a construir una forja para hacer mis propias herraduras. Después la idea es levantar unas cabañas para los temporeros... al menos para los que no estén casados. El señor Mullins se pasa todas las mañanas.

—¿Cómo está?

—Mejor. Debo admitir que me sorprendió que aceptara el trabajo, teniendo en cuenta que fue la coz de un caballo lo que le lesionó. Me da la impresión de que no esperaba poder volver a andar.

Jane asintió.

—El hijo del doctor Burton aprendió a realizar masajes terapéuticos y estiramientos con un médico de la Compañía de las Indias Orientales. Al parecer le enseñó a la señora Mullins y ella lo aplicó bien. En cualquier caso, muchas gracias por haberle dado la oportunidad. Sé que toda la familia te está muy agradecida.

—Trabaja duro. Todavía se siente un tanto inquieto cuando andan cerca los caballos, pero es lógico.

—¿Y qué más hay en tu lista de proyectos? —continuó Jane, tras asentir a su comentario—. Por lo que veo es bastante larga.

Señaló un turbio charco en el prado

—Tengo la intención de dragar el viejo estanque de los patos y llenarlo de percas, ampliar los establos y... —continuó enumerando los proyectos y las reparaciones que tenía en mente.

—Me recuerda todas las tareas que tuve que asumir cuando me hice cargo de Bell Inn.

Gabriel la miró.

—A propósito de Bell Inn, ¿qué tal van las cosas desde que se marchó Patrick?

—Colin y yo nos las arreglamos, al menos en casi todo —contestó, encogiéndose de hombros—. Y Patrick parece que está contento. Hetty y él están haciendo reformas en su hostal. Tienen mucho trabajo por delante, más o menos como tú aquí.

—La verdad es que disfruto con ello —repuso él, asintiendo—. Cada mañana me despierto deseando acometer otra tarea, otro proyecto.

—Lo entiendo. Después de todo, ya no trabajas para mí, ni para tu tío. Ahora es tu granja.

Se acercó a ella y volvió a tomarle la mano.

—Podría ser nuestra granja, Jane. De hecho, espero que un día no muy lejano lo sea.

Bajó la cabeza. Notó que le ardían las mejillas, en parte por el placer de oír aquello y, en parte, por la incertidumbre. Recordó el día que le anunció que había comprado la granja Lane, inmediatamente después de la boda de Rachel con *sir* Timothy. Recordó sus palabras como si se las acabara de decir: «No me voy a ir a ninguna parte, Jane. Te amo, sin que me importe lo que nos depare el futuro, y esperaré».

Fiel a su palabra, había aceptado esperar, sin presionarla ni sacar a colación el asunto de su futuro juntos. Hasta hoy. ¿Estaba preparada ella para dar el siguiente paso, incluso aunque el matrimonio trajera consigo más abortos?

Sin saber qué responder, contestó con otra pregunta:

—¿Serás capaz de llevar adelante todo con los hombres que has contratado?

—La mayor parte sí. Seguramente contrataré a los Kingsley para que me ayuden con las cabañas y los establos. Aunque mi tío me ha amenazado con una visita, y él también es hábil con las manos.

—¿Le convence la idea de que tengas una granja propia?

—Sí, tengo todo su apoyo.

—¿Y tus padres? Recuerdo que una vez me dijiste que querían que fueras abogado.

Asintió, cruzando los musculosos brazos.

—La verdad es que están contentos. Esto supone más seguridad económica que trabajar toda la vida para mi tío o que dedicarse a las carreras de caballos, que es un negocio muy arriesgado. Quiero que los conozcas, Jane. —La miró muy de cerca, intentando interpretar su reacción.

—A mí... también me gustaría conocerlos —contestó al cabo de un momento, esperando que él no hubiera notado su duda momentánea. Sí que quería conocer a las personas que habían criado al hombre al que había terminado amando. Pero el hecho de aceptar conocerlos ¿implicaría también que demostraba su intención de unirse a la familia? No le cabía duda de que ellos asumirían que Gabriel iba a establecerse definitivamente en Ivy Hill y que se la presentaba por una razón muy concreta. Dos personas más a las que defraudar. Dos personas que, con toda seguridad, estaban esperando tener nietos, igual que Thora.

—¿Les has hablado de mí? —preguntó, intentando darle un tono intrascendente a sus palabras.

El asintió con la cabeza.

—Les he dicho que hay una mujer a la que quiero que conozcan y que es muy importante para mí.

—¿Y por casualidad les has mencionado que tengo treinta años y que ya he estado casada? —añadió, con una risa forzada y algo seca.

—No soy tan poco galante como para mencionar la edad de una dama, Jane. —Dejó ver un brillo travieso en los ojos pardos, pero inmediatamente se puso serio—. Sí que les he dicho que eres la viuda de John Bell. Lo conocían, así que habían oído hablar de ti.

—¡Ah!

—No te preocupes. Les gustarás y te querrán, lo mismo que yo. Serás la hija que nunca tuvieron.

Se sintió encantada, aunque el miedo no terminó de desaparecer del todo. Entonces pensó en otra cosa.

—Gabriel, tengo que contarte algo. Acerca de mi padre. Él...

—Señora Bell... —la llamó el señor Mullins, que se acercaba esbozando una tímida sonrisa—. Desde hace tiempo quería agradecerle que le haya hablado bien de mí al señor Locke. Lo dicho, se lo agradezco muchísimo.

Jane le aclaró inmediatamente que en realidad era a Mercy Grove a quien tenía que agradecérselo, pues ella conocía mucho mejor a la familia Mullins. Cuando el hombre volvió a su trabajo, *Athena* empezó a bufar y golpear en el suelo con los cascos. Tenía ganas de seguir cabalgando.

Gabriel frunció el entrecejo.

—¿Qué ocurre con tu padre, Jane?

—Ya te lo contaré en otro momento —contestó—. Parece que a *Athena* se le está agotando la paciencia, y debo volver a Bell Inn antes de la hora de la comida. —Había esperado mucho para contárselo, así que no importaría retrasarlo unos días más.

—Muy bien, pero vuelve a visitarme pronto, ¿de acuerdo?

—Así lo haré.

La ayudó a subir a la yegua y mantuvo las manos sobre las de ella mientras sujetaba las riendas.

—No te comportes como una extraña.

—Lo mismo te digo. Siempre eres bienvenido a Bell Inn, ya lo sabes.

Torció un poco el gesto. ¿Sería de enfado? ¿O frustración?

—Claro que lo sé. Pasaré por allí en cuanto tenga un momento. —Alzó la mano para decirle adiós.

Mientras cabalgaba de vuelta al pueblo, Jane pensó en su cuñado y en Hetty Piper. Tras prometerse con Patrick, la antigua criada pareció nerviosa y poco proclive a publicar las amonestaciones matrimoniales, necesarias para casarse en la iglesia del pueblo, y sugirió que huyeran y se casaran en otra parte. Patrick, en un principio, intentó convencerla de que lo hicieran en Ivy Hill, sobre todo por su madre, pero tras una charla privada apoyó su sugerencia, sin explicar el porqué.

Tragándose la decepción, Thora se ofreció a cuidar de su hija Betsey mientras estuvieran de viaje. Los dos regresaron poco más de una semana más tarde, convertidos en marido y mujer y deseando empezar a trabajar en el acondicionamiento de un antiguo hostal de carretera que habían comprado en Wishford. Aunque Jane echaba de menos el carácter alegre de Hetty y la ayuda de Patrick en la posada, se sentía feliz por ellos y les deseaba mucho éxito con el negocio. La relación de la pareja no respondía a los cánones tradicionales, pero al menos ya estaban casados.

¿Serían capaces Gabriel y ella de superar sus diferencias y casarse finalmente? ¿Y cómo podría encontrar la felicidad Mercy después de perder tanto su escuela como a Alice? Menos mal que al menos Rachel y *sir* Timothy, que se habían casado ya hacía tres meses, parecían absolutamente dichosos juntos. ¡Cuánto se alegraba! Ojalá vinieran algunos finales felices más.

Cuando volvió a Bell Inn vio que Colin y Ned estaban subiendo por las escaleras un baúl grande y que había otro en el vestíbulo.

Intrigada, se acercó a la recepción y miró el libro de registro. Había un nuevo nombre apuntado. Se inclinó para descifrarlo, pues la letra, de rasgos femeninos, resultaba difícil de leer. Le pareció que decía «M. E. Victore», o algo parecido.

Unos minutos después regresaron los dos jóvenes porteadores, sin parar de resoplar.

—Sí que eran grandes esos baúles —comentó Jane—. ¿Pesaban tanto como parecía?

—Bueno, no tanto, la verdad —contestó Colin.

—¿Cómo que no? —protestó Ned, jadeando—. Después de esto necesito un buen trago de agua.

—Una clienta, me imagino... —preguntó Jane, mientras el sediento se alejaba.

—Sí —confirmó Colin—. Y muy guapa, por cierto.

—¿Viaja sola?

—Eso parece. Aunque dice que hace años visitó Ivy Hill con su familia.

—¿Ha dicho a qué ha venido, o cuánto tiempo se va a quedar?

—No.

No era muy normal que una mujer viajase sola, y menos si era de buena posición social.

—¿Parecía... respetable?

—Yo creo que sí —dijo el chico, encogiéndose de hombros—. Habla y viste muy bien. ¿Tiene miedo de que se vaya sin pagar la cuenta?

—Pues... con esos dos baúles tan grandes, no creo que pueda.

—Es verdad. —El empleado se dirigió hacia la oficina, pero se dio media vuelta—. ¡Ah! Me ha preguntado donde puede encontrar una agencia de propiedad inmobiliaria. La he remitido a las oficinas de Arnold y Gordon.

—Muy bien. Gracias, Colin. —Jane se preguntó por qué le interesaría hablar con agentes inmobiliarios, pero no hizo ningún comentario.

CAPÍTULO

4

Al día siguiente, Jane y Rachel se sentaron en el salón del café, charlando mientras se tomaban una taza de té. En su viaje de novios, Rachel y *sir* Timothy Brockwell habían viajado a Escocia, concretamente a Loch Lomond y a los Trossachs, muy populares gracias a la novela de *sir* Walter Scott *La dama del lago*. Poco después de su regreso, la recién casada recuperó la buena costumbre de ir a Bell Inn una vez a la semana para charlar con su amiga.

Jane estaba muy contenta por el hecho de que el matrimonio no hubiera enfriado el interés de Rachel por mantener su amistad. Escuchó con interés mientras le leía en voz alta una carta que acababa de recibir de su hermana Ellen, en la que describía a su bebé casi recién nacido: «Tu sobrino más joven es calvo y desdentado, y siempre tiene hambre. Me recuerda a nuestro padre...».

Las dos se rieron por el comentario.

—¿Has hablado últimamente con Mercy? —preguntó después Rachel—. He visto a su hermano y a su cuñada en la iglesia y me he preguntado qué tal marcharán las cosas.

—La verdad es que apenas la he visto, pero me dijo que si podía se pasaría por aquí hoy.

—¡Qué bien! —Bebió un sorbo de té y se inclinó hacia su amiga—. ¿Y hay algo nuevo respecto a ti y el señor Locke?

Tras el regreso de Gabriel, Jane le había contado su propuesta, y también las razones de sus dudas.

—Ayer volvió a sacar el tema. Me dijo que quiere que conozca a sus padres.

A la nueva señora Brockwell le brillaron los ojos.

—¡Eso es perfecto! Un marido guapo y una granja de caballos. Estarás todo el día rodeada de ellos, y podrás montar siempre que quieras, con lo que te gusta... Tendrás lo que siempre has deseado.

—No todo.

Rachel le apretó la mano.

—Lo siento, Jane. ¿Pero no crees que esta vez podría ser diferente? Siempre hay esperanza, ¿no crees?

—Si confiamos en Dios, todo es posible... —Se encogió de hombros—. Pero ¿en mi cuerpo? Yo no puedo tener demasiadas esperanzas, pero te agradezco tus buenos deseos. Y si me caso con Gabriel, espero que eso no cree una nueva barrera entre nosotras: tú casada con un *baronet* y yo con un granjero.

—¡Pues claro que no! Timothy ya tiene en mucha estima a tu señor Locke. Sabes que los dos comparten la pasión por los caballos. Se llevan muy bien. Y mi suegra, *lady* Brockwell, lo mira con buenos ojos por el hecho de que el señor Locke ahora tiene tierras. Así que, aunque no se puede decir que lo anime a visitar Brockwell Court, sí que se porta de forma muy educada con él.

—Ahora *lady* Brockwell eres tú, ya lo sabes.

—Sí, claro que lo sé, pero me cuesta referirme a mi suegra como *lady* Bárbara. Me ha pedido por favor que no la llame «madre» Brockwell, dice que la hace sentir demasiado vieja. Tampoco le gusta nada que se refieran a ella como la viuda Brockwell.

—¿Y cómo está Justina? Hace tiempo que no la veo.

—Pues se puede decir que bastante bien, aunque tiene un conflicto interno respecto a su futuro —respondió, después de pensarlo un poco—. Le gusta la idea de agradar a su madre casándose con *sir* Cyril y ser algún día la señora de una casa tan magnífica. Pero no creo que sea eso lo que su corazón le dicta. En cuanto a él, se mueve a su alrededor como si pisara sobre ascuas.

—¿Y qué dice Timothy?

—Poca cosa. Está de acuerdo con su madre y piensa que *sir* Cyril es muy buena persona, de forma que si el enlace hace felices a su hermana y a su madre, le parece bien. Afortunadamente, le ha pedido a *sir* Cyril que espere a que Justina cumpla un año más antes de pedir su mano.

Rachel levantó la taza para dar un sorbo, pero volvió a dejarla en la mesa.

—¡Mira, aquí está Mercy!

Jane se volvió y la saludó con la mano.

—¡Ven, siéntate con nosotras!

Mercy se acercó. Llevaba un paquete pequeño en las manos.

—Mientras venía he entrado en Fothergill.

—¿En Fothergill? Espero que no te encuentres mal.

Marcy negó con la cabeza.

—Mi cuñada se queja de que algo le ha sentado mal, así que he ido a pedirle consejo al boticario. Él ha recomendado que cambiemos de cocinera, pero yo me he decantado por una infusión de menta y verbena.

Jane soltó una risita.

—Bueno, no sabes lo que nos alegra verte. ¿Quieres un té o un café?

—No, no quiero nada, gracias. Ya he tomado una taza de té con la tía Matty y con Helena antes de salir de casa. —Se sentó y les dirigió a ambas una sonrisa.

—He estado pensando en ti, Mercy —dijo Rachel—. ¿Qué tal te las arreglas en la casa con tu hermano y tu cuñada?

Dudó un poco antes de responder:

—Me encanta que mi hermano esté en casa, y sé que a la tía Matty también. Casi se me había olvidado lo amable y encantador que es George. El tiempo que ha pasado en la India lo ha hecho madurar bastante. Cuando era joven, estaba deseando irse de Ivy Cottage. Sin embargo, ahora considera que es un hogar muy confortable.

—¿Y su esposa? —preguntó Jane.

Dudó otra vez.

—Helena se está... acostumbrando a la casa y al pueblo. Espero que con el tiempo se sienta feliz aquí.

—Eres muy magnánima, Mercy —repuso Rachel, con una mirada elocuente.

—Habiendo visto la mansión en la que se crio, puedo entender perfectamente su... decepción —respondió la señorita Grove, encogiéndose de hombros—. Seguramente piensa que ha bajado en la escala social. Y ese sentimiento no es nada agradable, lo digo por experiencia.

Jane se rascó la barbilla y la miró pensativa.

—¿Por qué insinúas que tú has bajado en la escala social, Mercy Grove?

—Solo quería decir... Bueno, no importa. No tengo ningún derecho a sentirme relegada. No me falta un techo bajo el que vivir, y además disfruto de familia, sustento y amigas. Eso es tener mucha suerte, desde luego que sí.

La posadera dudaba de si lo decía para tranquilizarlas o para convencerse a sí misma.

—Afortunadamente, yo disfruto viviendo con mi cuñada —terció Rachel—. Espero que la nueva señora Grove y tú terminéis haciéndoos amigas, como Justina y yo.

—Yo también —corroboró Mercy—. Por cierto, mi madre ha escrito para pedirnos a la tía Matty y a mí que vayamos a visitarla otra vez a Londres.

—¿Ah, sí?

—El tono de su carta era tan inusitadamente cálido que me conmovió. Muy raramente nos invita, salvo en Navidad; aunque, por supuesto, sé que su puerta siempre está abierta si es necesario.

—No crees que tenga otra vez la intención de emparejarte, ¿verdad? —inquirió Rachel, con tono amable.

—No lo creo. No dio la impresión de que tuviera ninguna segunda intención. Dijo que podíamos ir al teatro y a visitar algunos lugares. Pero nada relacionado con vestidos nuevos, ni con ningún caballero que vaya a estar por allí durante la temporada.

—Supongo que es un alivio. ¿Entonces vas a ir?

—No estoy segura. Vamos a ver si tía Matty quiere. Si finalmente aceptamos, estaría encantada de que vinierais con nosotras. Me parecería lógico que tú, Rachel, estando recién casada, no tengas muchas ganas, pero ¿tú qué dices, Jane?

—No, yo tampoco puedo irme. Pero te agradezco mucho la invitación, eres muy amable. Y también es muy considerado que te plantees ir por tu tía.

—No creas. Seguro que a mí también me vendría bien la distracción.

Siguieron hablando de otras noticias del pueblo, sin olvidar el regreso de James Drake y su invitación a Mercy para que fuera a visitar a Alice, y por supuesto a él, a Fairmont House.

Continuaron la conversación durante unos minutos y la señorita Grove se levantó para marcharse.

—Voy a llevarle esta infusión a Helena. Muchas gracias por escucharme, amigas. Ya me siento mejor.

Rachel suspiró al verla marchar.

—¡Qué pena lo de su escuela! —Señaló la ventana del salón—. Y también es una pena que la tienda de la señora Shabner siga cerrada. Me siento culpable por no haberle encargado ningún vestido últimamente. Esperaba que reconsiderara su decisión de retirarse.

Jane asintió mientras miraba por la ventana al edificio que estaba al otro lado de la calle. De la puerta del antiguo establecimiento de la modista colgaba un cartel de «Se alquila». La ventana en forma de arco estaba tapada con papeles, para no dejar ver el interior vacío o las reformas que se estuvieran realizando.

Le había sorprendido que la señora Shabner finalmente se hubiera retirado y mudado a Wishford, pese a que llevaba años amenazando con hacerlo. «Me alegro por ella», pensó. Sin embargo, para las mujeres de Ivy Hill era una pena, pues en el pueblo ya no dispondrían de una buena modista que les hiciera vestidos ni sombreros.

El señor y la señora Prater estaban aprovechando la ausencia de la modista y habían colocado en el escaparate de su tienda lazos, guantes y adornos, en lugar de las habituales cestas, escobas y cepillos. Hacía un año Jane habría criticado por oportunista este cambio de los astutos comerciantes, pero ahora, como dueña a su vez de un establecimiento, tuvo que admitir que habían actuado rápido y con inteligencia para aumentar sus ventas y beneficios.

Cuando iba a volverse de nuevo hacia su amiga para continuar la conversación, vio al señor Gordon que bajaba a grandes zancadas por la calle High y se detuvo frente a la tienda.

—¡Rachel, mira!

El agente inmobiliario retiró el cartel de «Se alquila», y en la calle pronto se despertó la curiosidad. Como si lo hubieran estado esperando, la señora Barton surgió de la carnicería, y las señoritas Cook, de su tienda. Las tres dispuestas a ametrallar a preguntas al pobre hombre.

Tras intercambiar una mirada, salieron para unirse al interrogatorio. Las noticias que se producían en Ivy Hill solían correr como regueros de pólvora por distintas vías, pero Jane no había oído ni una palabra acerca del destino de la tienda.

—¿Quién ha alquilado el local, señor Gordon? —preguntó la señora Barton—. ¡Por favor, no nos deje con esta intriga!

—¿Es otra modista, o sombrerera? —preguntó Charlotte Cook.

—Tiene que decírnoslo para que nos podamos preparar —rogó Judith, pasándose nerviosamente los dedos por el cuello de encaje del vestido—. ¿Vamos a tener competencia?

El hombre levantó la mano abierta.

—Señoras, señoras, no tengo permiso para informar a nadie. Pero cuando se abra la tienda...

—¿Es una mujer? —indagó Judith—. Eso son buenas noticias.

—¿Tú crees? —dijo Charlotte, frunciendo el ceño—. Sería más raro que un hombre se dedique a hacer vestidos, sombreros o adornos...

El agente dirigió la mirada a las hermanas Cook.

—Creo que puedo decirles sin revelar ningún secreto profesional que la persona que ha alquilado el local no va a abrir un negocio de adornos de encaje como el de ustedes, señoras. Pueden estar tranquilas a ese respecto.

Charlotte dio un sonoro suspiro de alivio y Judith se llevó la mano al corazón.

—¡Gracias!

Sin embargo, la señora Barton no pareció calmarse.

—¿Y eso es todo lo que va a decirnos? ¡Creo que no es justo, señor Gordon! Le conozco desde que éramos niños. Le prometo que no le diremos nada a nadie.

El agente esbozó una sonrisa irónica.

—En efecto, yo también la conozco a usted desde que éramos niños, señora Barton, así que permítame que lo dude.

La lechera dio un bufido, pero no contestó a la acusación implícita de que era una cotilla. Las únicas mujeres que la superaban en ese aspecto eran la señora Craddock, la panadera, y la señora Prater, de la tienda que hacía las veces de oficina de correos, que, por otra parte, era la suegra del señor Gordon. La tendera solía presumir de estar siempre a la última en todo lo que se refería a nuevos arrendatarios y compradores, aunque tal vez el agente tampoco le había contado nada.

—Me apostaría hasta el último penique a que quien ha alquilado el local es otra modista y por eso no nos lo quiere decir. Seguro que sus suegros querrán deshacerse de todo el inventario antes de que la gente se entere de que tienen competencia.

—Seguramente tienes razón —asintió Jane. Pensó en la huésped de la posada que había pedido información acerca de un agente inmobiliario. Sería demasiada casualidad que ambos acontecimientos no estuvieran relacionados entre sí.

CAPÍTULO

5

El día acordado, Mercy pasó por el puesto de peaje y cruzó el puente Fairmont. Un rápido movimiento detrás de una ventana captó su atención. Alice la saludó con la mano antes de que la cortina volviera a cerrarse. Eso le hizo recordar un momento de su niñez, cuando fue a visitar a la joven Jane Fairmont y la vio saludarla desde esa misma ventana.

Mientras caminaba por el sendero, Alice salió casi dando saltos por la puerta principal y se acercó corriendo a ella, cruzando el prado.

—¡Señorita Grove!

Mercy abrió los brazos y la pequeña se lanzó a ellos.

Durante un instante, la antigua maestra cerró los ojos y disfrutó de aquella sensación dulce y extraordinariamente agradable. Aunque seguía sufriendo por la pérdida, habló con tono relajado:

—¡Bueno, esto es lo que yo llamo una bienvenida fantástica! Gracias, Alice. Me da la impresión de que estás deseando mostrarme tu nuevo hogar.

La niña asintió enérgicamente, lo que le provocó un balanceo en el pelo, rubio y abundante.

James Drake apareció en el umbral de la puerta, que la pequeña había dejado abierta. También la recibió muy afectuosamente.

—Bienvenida, señorita Grove. No sabe cuánto esperábamos su visita.

—Yo también estaba deseando venir.

—Me habría gustado enviarle un carruaje.

—No era necesario. Me gusta caminar.

—Muy bien. ¿Qué es lo que le apetece ver? Yo mismo la acompañaré.

Mercy se sintió un tanto decepcionada. Le había dicho que sería el señor Kingsley quien le mostraría su trabajo. De todas maneras, sonrió educadamente.

—Pues me imagino que todo. No he venido desde que era una niña, salvo la breve visita a su oficina del otro día... —Hizo una ligera mueca de disgusto al acordarse de la tremenda discusión que mantuvieron a propósito de la custodia de Alice.

—Le garantizo que la visita de hoy va a ser muchísimo más agradable. —La invitó con un gesto a que lo precediera hacia uno de los laterales de la casa—. ¿Visitó a Jane cuando las dos eran niñas?

—Sí, muchas veces.

—Entonces permítame que le muestre lo que hemos hecho recientemente. —Señaló los nuevos establos, reconstruidos tras un incendio que destruyó por completo el edificio inicial, cuya estructura era de vigas de madera, así como un impresionante cobertizo recubierto de ladrillo, cuyo destino era albergar los carruajes.

Dieron la vuelta a la casa, y le mostró la rosaleda, en la que empezaban a verdear las hojas, y los jardines traseros.

Una vez dentro, pasaron por el vestíbulo, que se había transformado en recepción y sala de espera con sofás y sillones, además de mesas de té y de juegos, como damas y ajedrez. Después le enseñó el nuevo salón de café, los salones privados y el comedor general, que no se parecía en nada al que recordaba Mercy.

—Aquí era donde estaba la biblioteca.

—¡Ah! O sea que es de aquí de donde procedían todas aquellas cajas llenas de libros que donó a la biblioteca circulante de Rachel.

—Exacto. ¿Tiene interés en ver la cocina y las zonas de trabajo de los sótanos?

Al verla dudar, Alice intervino ansiosamente:

—¡Vamos arriba para que vea mi habitación! —De inmediato, miró al señor Drake—. ¿Le parece bien?

—¡Por supuesto!

Señaló la escalera, al final del vestíbulo.

—De paso podré enseñarle las habitaciones de los huéspedes.

Al llegar al primer piso, James abrió una puerta al tiempo que hacía una reverencia.

—Esta es una de nuestras mejores habitaciones. Tiene baño privado. También hemos añadido otro baño con retrete para compartir entre el resto de los clientes.

—¡Impresionante! Han hecho muchísimas reformas.

—La verdad es que sí. Aunque hay que decir que todo ha sido obra de los hermanos Kingsley, que han trabajado muchísimo y muy rápido. —Sonrió—. Aunque yo he tenido que pagarles igual de rápido, claro.

—Pero ha sido usted el que ha diseñado las reformas.

—Contraté a un arquitecto para que indicara los cambios estructurales que debían acometerse antes de realizar las reformas que tenía en mente. Ha habido que tomar muchas decisiones y tener en cuenta muchos detalles, pero la verdad es que mi capacidad física y habilidad son muy limitadas. Afortunadamente, los Kingsley tienen ambas cosas a raudales.

—Sí... —murmuró Mercy. Ella misma ya se había dado cuenta en más de una ocasión de que Joseph Kingsley tenía una magnífica musculatura y era muy habilidoso.

—Venga a ver mi habitación —rogó Alice, agarrándole la mano.

Mercy y el señor Drake intercambiaron sonrisas mientras seguían a la pequeña por el pasillo.

La niña abrió una puerta del final del corredor y esperó a que llegara la que había sido su maestra, que se dio cuenta de que los ojos le brillaban de puro orgullo y levantaba mucho la cabeza, aunque intentaba controlar su entusiasmo.

La señorita Grove paseó la vista por la cama, sujeta con dos columnas de madera y adornada con cortinajes rosas, la mesa de tocador y una silla recién tapizada junto a la ventana. Frente a la chimenea seguía el sillón con reposapiés en el que Jane disfrutaba tanto leyendo. En ese momento, el sillón estaba ocupado por una gran muñeca con la cabeza de porcelana y un bonito vestido de fiesta.

—Esta era la habitación de Jane —comentó Mercy.

—Sí —confirmó el señor Drake—. Inicialmente la ocupé yo, pero quería que fuera la de Alice, así que me he instalado en una al otro lado del pasillo.

Mercy asintió. Miró a la niña y se dio cuenta que estaba esperando su reacción.

—Me parece preciosa, Alice. ¿A ti te gusta?

—¡Me encanta! —estalló—. ¿Cómo podría no gustarme?

—¡Tienes toda la razón!

La niña abrió la puerta del vestidor, que estaba lleno de sombrereras de alegres colores y en el que asomaban las telas de varios vestidos. Fue mirando los cajones uno por uno.

—¡Fíjese, señorita Grove! ¿Había visto en su vida tantos vestidos?

—¡Madre mía! La verdad es que no.

—Es cosa de mi madre. Le ha encantado el proyecto... y también le sirve de excusa para visitar a su modista favorita —repuso el hombre, casi con tono de disculpa.

—Parece que estuviera usted hablando de mi madre —comentó Mercy, sonriendo.

Cuando volvieron al pasillo abrió la puerta de un espacioso cuarto de baño, comunicado con otro dormitorio de invitados más pequeño. Una vez vistos ambos, sugirió bajar a tomar el té en la planta baja.

Las acompañó hasta el salón de café, que tenía más luz que el de Bell Inn, donde los techos eran más bajos y con vigas de madera y en el que había rincones oscuros. No obstante, y sin saber por qué, este salón le pareció menos acogedor como lugar para relajarse y conversar. Algunas de las mesas estaban ocupadas por cocheros y vio a la señora Burlingame hablando con otra dama a la que no reconoció. Decidió no contarle a Jane que había visto a una de sus clientas habituales en la competencia.

El señor Drake pidió el té a un camarero y, mientras esperaban sentados en una de las mesas, vieron entrar muy deprisa a un joven en el salón. Mercy pensó que se trataría de un mozo de cuadra, por sus ropas y por el olor a cuero y heno.

Se le alegró la cara al ver a Alice.

—¡Ah, señorita Alice, aquí está! La gata atigrada ya ha tenido su camada. ¡Seis, nada menos! Pensé que le gustaría saberlo. —Miró de forma un tanto avergonzada a su jefe—. Perdone la intromisión, señor Drake.

—Está bien, Johnny.

Alice, encantada, abrió mucho los ojos y se volvió hacia James.

—¿Puedo ir a verlos?

—Sí, claro que sí. Yo me quedaré acompañando a nuestra invitada.

La niña se levantó.

—Le ruego que me perdone, señorita Grove. No tardaré mucho.

—No te preocupes —respondió, con una sonrisa—. ¿Quién puede resistirse a unos gatitos recién nacidos?

El hotelero miró a Mercy mientras Alice salía prácticamente corriendo.

—Supongo que piensa que debía haberle dicho que se quedara mientras está usted aquí.

—No soy una invitada tan importante —respondió, moviendo la mano para quitarle importancia.

—¡Por supuesto que lo es! Estoy muy contento de tener la oportunidad de hablar con usted en privado y en confianza acerca de Alice.

—¿Es que pasa algo? —preguntó, con un evidente gesto de preocupación.

—No, no. La niña está bien. Tal vez un poco sola, pero eso es una apreciación mía. Lo digo porque ahora vive en medio del campo, aquí aislada conmigo, después de haber estado en Ivy Cottage con otras cinco niñas, además de usted y de su tía, por supuesto. A veces se pasa bastante tiempo en los establos, con la excusa de estar con los caballos y los gatos, pero lo que yo creo es que le gusta hablar con Johnny, que la trata como a una hermana pequeña. También sigue a todas partes como un perrito fiel a Joseph Kingsley cada vez que viene. Aunque, claro, tiene que pedirle con mucha delicadeza que se aleje de él cuando está trabajando, para no ponerla en peligro.

Al oír el nombre de Joseph, Mercy no pudo evitar echar una mirada al vestíbulo, con la esperanza de verlo. Aunque inmediatamente volvió la vista a su anfitrión.

—¿Y qué tal se llevan Alice y usted?

—Yo creo que bien. Comemos juntos siempre y pasamos las tardes charlando, jugando o leyendo. Le estoy enseñando a montar. Le he pedido a Gabriel Locke que busque un caballo tranquilo y adecuado para ella cuando el poni se le quede pequeño.

—Eso es un sueño para una niña—concedió Mercy.

—Pues sí, estoy de acuerdo. Si además hubiera más críos a su alrededor... O alguien que le hiciera compañía cuando estoy ocupado con los asuntos del negocio, que me llevan mucho tiempo.

—A los niños no les hace daño pasar algún tiempo solos, leyendo o jugando. Es bueno para que desarrollen la imaginación. No hace falta tenerlos entretenidos en todo momento.

—Es un alivio saberlo... Bueno, ya está bien de hablar de nosotros. ¿Qué tal le va la vida en Ivy Cottage, señorita Grove? ¿Su cuñada es agradable, se llevan ustedes bien?

—Todavía no nos conocemos mucho —empezó Mercy, tras dudar un instante—, pero espero que con el tiempo lleguemos a ser como hermanas. No las he tenido y me apetece experimentar esa sensación.

—Yo tengo una hermana, si quiere se la puedo presentar. —Le guiñó un ojo—. Lo decía en broma, claro. Cuando éramos pequeños nos llevábamos fatal, pero ahora, gracias a Dios, tenemos mucha confianza. ¿Y su hermano? ¿Se parecen ustedes?

—Los dos somos morenos, sí, pero en el carácter no nos parecemos en casi nada —respondió, encogiéndose de hombros—. No es aficionado a los libros. Es mucho más agradable y simpático que yo y hace amigos con facilidad.

—No puedo imaginarme a nadie más agradable que usted, señorita Grove.

Mercy no pudo evitar un pestañeo, sorprendida por el cumplido.

—Y en cuanto a hacer amigos con facilidad —añadió—, yo creo que la verdadera medida del carácter de una persona la da su capacidad para mantener los amigos que tiene. Por mis charlas con Jane, sé que usted es su amiga más apreciada y leal.

—Gracias. —La mujer cambió de postura, sintiéndose de repente un tanto incómoda. Agradeció que llegara el té—. ¿Quería usted hablar de alguna cosa más acerca de Alice?

—Sí. —El señor Drake le sirvió el té y le acercó un plato con sándwiches—. Me gustaría preguntarle qué me sugiere respecto a su educación. No soporto la idea de mandarla a un internado después de tan poco tiempo juntos.

—Muy comprensible. —Mercy dio un sorbo al té antes de decir lo obvio—: Supongo que lo lógico sería contratar a una institutriz.

Él asintió y dejó la taza sobre la mesa auxiliar.

—Honestamente, tengo que decirle que me planteé en su momento pedirle a usted que fuera la institutriz de Alice. Pero dudé porque cabía la posibilidad de que para la niña resultara un tanto desconcertante, y no tuviera claro quién era en realidad la persona responsable de ella y de su custodia.

«¿Yo una institutriz...?», se preguntó Mercy. Estuvo a punto de contestar, pero se contuvo. Después de todo, ese solía ser el destino natural de muchas mujeres solteras empobrecidas. Mientras pensaba, él alzó la mano antes de continuar:

—No se preocupe. Deseché la idea casi inmediatamente. Pensé que cómo una persona que había sido capaz de gestionar toda una escuela iba a aceptar encargarse de una sola alumna, y en otra casa. El destino de las institutrices es bastante solitario e ingrato, supongo.

—Eso me han dicho —murmuró Mercy. De hecho, se trataba de un destino que nunca había deseado para sí misma, y que jamás pensó que podría tener que plantearse siquiera. ¡Qué bajo había caído la orgullosa gerente de la escuela!

—Aunque igual podría ayudarme a encontrar una candidata adecuada —sugirió él.

—Por supuesto —respondió sonriendo—. Me encantará hacerlo.

Le dio otro sorbo al té y se sintió aliviada al ver regresar a Alice, que describió con todo lujo de detalles el aspecto de todos y cada uno de los gatitos recién nacidos y le pidió que fuera a verlos con ella antes de marcharse.

Asintió con tristeza, al darse cuenta de que su visita a la encantadora niña estaba a punto de finalizar.

Poco después, Mercy regresaba caminando a Ivy Cottage. Pasó por el taller de los hermanos Kingsley, con el amplio doble portón abierto de par en par. Se le cayó el alma a los pies. Normal que no lo hubiera visto en la posada Fairmont House, allí estaba Joseph, hablando con la pequeña chica rubia a la que vio abrazando en el parque del pueblo hacía unos meses. En su momento le dijo que se llamaba Esther, nada más.

Los altos y fuertes hermanos y varias de sus esposas salieron de la casa y comenzaron a caminar por el sendero. La preciosa rubia le dedicó una sonrisa a Joseph, le apretó el brazo y se unió a los demás.

Él se dio cuenta en ese momento de la presencia de Mercy y se acercó a saludarla.

—Buenos días, señorita Grove. Espero que... goce de buena salud.

—Así es, gracias. ¿Y usted?

—Sí, desde luego. Raramente me pongo enfermo.

Mercy miró en dirección a Esther, que avanzaba por el sendero.

—Su amiga ha venido de visita, por lo que veo.

—¿Mmm?

—Creo recordar que me dijo que se llamaba Esther. Les vi a los dos el otoño pasado en el pueblo, cuando el señor Hollander estaba por aquí.

—¡Ah, es verdad! —respondió, alzando la cabeza mientras hacía memoria; después dirigió la mirada a la joven, que charlaba y reía junto a sus hermanos y cuñadas—. Esther es más que una amiga. Es de la familia. O más bien lo será pronto. —Su cálida mirada se posó en la joven rubia.

—¡Ah! —Mercy se sorprendió mucho. ¿Significaría eso que...?

Uno de sus sobrinos llegó corriendo, con una pelota bajo el brazo.

—¿Te vienes a jugar con nosotros, tío Joseph? —Al darse cuenta de que su tío estaba hablando con la mujer hizo un gesto de disculpa—. ¡Huy, perdone, señora!

Ella le dirigió una rápida sonrisa al chico.

—No pasa nada, estaba a punto de marcharme. Adiós, señor Kingsley.

—Adiós, señorita Grove.

A Mercy le invadió la incertidumbre. ¿Acaso se habría comprometido? ¿O se comprometería pronto? Se sintió muy decepcionada al pensar en ello.

CAPÍTULO

6

Al día siguiente Jane barría el sendero que salía de la posada. Volvió a mirar al otro lado de la calle High, hacia el antiguo taller de la modista.

Las ventanas bajas que daban a la calle seguían cubiertas con papeles. Observó las del apartamento situado encima del establecimiento, en el que había vivido la señora Shabner. Las cortinas estaban abiertas, aunque no fue capaz de distinguir nada en el interior. Mmm... La mujer que llevaba dos baúles había dejado Bell Inn sin haberse encontrado con ella en ningún momento. ¿Habría alquilado también esa propiedad para vivir encima de su establecimiento?

Tuvo una idea, dejó a un lado la escoba, cruzó la calle y se dirigió hacia Ivy Cottage. Matilda Grove era una vieja amiga de la antigua modista y puede que conociera la identidad de su nueva inquilina. Además, así tendría una excusa para volver a hablar con Mercy.

Cuando llegó, le alegró ver a Louise Shabner sentada con Matilda en la mesa pequeña del jardín delantero, pese a que el día era muy fresco.

—Me sorprende verlas aquí fuera. ¿No tienen frío?

—La temperatura dentro no es mucho más cálida que aquí —justificó Matty, ajustándose el chal.

—¡Ah!

—Pero no importa. Al recibir la visita de Louise he pensado que este sería un sitio más agradable para charlar. Supongo que Mercy se ha marchado a dar uno de sus paseos.

—¡Lástima que no esté! Pero bueno, era a usted a quien quería ver. No se preocupen, no les haré perder mucho tiempo. He venido a preguntar, reconozco mi curiosidad, acerca de la identidad de su nueva inquilina, señora Shabner. He pensado que la señorita Matty lo sabría, pero es mucho mejor preguntarle directamente a usted, dado que está aquí.

—Pues mira, precisamente Louise ha venido de Wishford para contarme las novedades —respondió Matilda, dando unos golpecitos en la silla que tenía al lado—. Ven y siéntate un ratito.

Así lo hizo. Se alegró de haberse puesto una pelliza grande y cálida.

—Ivy Hill va a tener una nueva modista —informó la señora Shabner—. Las negociaciones las ha llevado el señor Gordon, así que yo solo he visto durante unos minutos a la dama, cuando firmamos el contrato de alquiler. Su nombre es francés, Victorine no sé qué, tiene un poco de acento. Me indicó que la cantidad que pedía por el alquiler le parecía demasiado alta, así que accedí a reducirla. Lo cierto es que, después de todo este tiempo, me alegra que por fin alguien haya alquilado el local. Si es capaz de sacarlo adelante y le va bien, ya volveremos a negociar las condiciones.

—¿Una modista francesa en Ivy Hill? —susurró Jane—. ¡Santo Cielo! Me temo que no haya demanda suficiente para ese tipo de moda en nuestro humilde pueblecito. Si no fuimos capaces de mantener la rentabilidad de su negocio, dudo que esta nueva modista se vaya a conformar con nuestros gustos sencillos y con los bajos presupuestos que manejamos.

—Bueno, siempre estarán los Brockwell —reflexionó Matilda.

—¡Bah! —espetó Louise—. Los Brockwell apenas se han dignado a pasar por mi tienda.

—No sabe cómo lo siento, señora Shabner —dijo Jane, con gesto cordial—. Pero tiene que admitir que una modista francesa podría ganárselos como clientes. Y quizá también a la señora Ashford. Incluso pudiera ser que la señorita Bingley y su madre vinieran desde Stapleford ante la perspectiva de poder disponer de diseños franceses, en un lugar mucho más cercano que Bath, y por supuesto que Londres.

—Y no te olvides de la esposa de George —remachó Matilda, al tiempo que asentía—. ¡Menuda bendición para una recién casada tener tan a mano un establecimiento de ese tipo en lo que ella considera una aldea de gustos demasiado rurales! Lo siento por el bolsillo del pobre George...

Jane se mordió el labio para contener la sonrisa.

—Me pregunto por qué la modista ha ido a escoger Ivy Hill entre tantos lugares posibles. ¿Tiene aquí familiares o amigos, que usted sepa? —Recordó que Colin había dicho que la guapa clienta había visitado Ivy Hill hacía años.

—No sé nada más que lo que les he contado —respondió Louise, negando con la cabeza.

—Ni yo tampoco —indicó Matilda Grove. Le brillaron los ojos—. Pero seré una de las primeras en visitar su tienda, solo con la intención de satisfacer mi curiosidad.

—Podemos ir juntas en cuanto la inaugure —propuso la posadera, sonriendo.

Mientras regresaba a Bell Inn vio saliendo de la nueva tienda a Becky Morris, que se dedicaba a pintar casas y a hacer carteles. Tenía aspecto abatido. Jane la saludó con la mano y Becky se detuvo para hablar con ella. Llevaba bajo el brazo un libro de muestras de letras.

—Esperaba que me contratase para hacerle un precioso cartel, pero ha rechazado amablemente mis servicios. —Señaló la tienda con dedo acusador—. Me ha dicho que de momento se las arreglará con un letrero pequeño que ha hecho ella misma.

—Pues es una pena para las dos. Un buen cartel anunciador es muy importante para un establecimiento.

—Estoy de acuerdo, pero en mi caso es lógico, cómo no lo iba a estarlo —respondió Becky, sonriendo—. Me da la impresión de que antes de invertir demasiado dinero quiere probar qué tal le va con la tienda y estar segura de que se va a quedar.

La señora Bell asintió. Parecía razonable.

—¿Cómo es?

La pintora se puso a pensar.

—Morena, con una sonrisa encantadora. Mucho más joven que nuestra antigua modista. Parecía un poco nerviosa. Aunque supongo que es lógico al ser una recién llegada. Bueno, Jane, ya nos veremos.

Becky se marchó, pero ella se quedó parada, tomándose su tiempo para mirar otra vez la tienda.

Un cartel de «Cerrado», escrito a mano, colgaba de la puerta y, junto a él, vio otro muy discreto, pegado a la pared. Se acercó un poco más para poder leer la cuidada caligrafía, escrita sobre gruesa cartulina blanca:

Madame *Victorine*
Sombrerería y Costura
Gran variedad de modelos modernos y sofisticados

Madame Victorine... Seguramente era el nombre que había visto escrito en el libro de registro. Avanzó por la calle para preguntarle a Colin qué más recordaba acerca de la misteriosa mujer que había permanecido unos días en Bell Inn.

Pero el chico apenas aportó nada nuevo a lo que ya le había contado. Pensaba que podría ser francesa, y que tal vez hizo cierto esfuerzo para ocultarlo, pues los franceses no eran muy apreciados después de la guerra.

Cuando Jane le preguntó a Cadi sobre ella, la doncella se sorprendió de que Colin hubiera dicho que podía ser francesa.

—Yo no creo que lo sea, señora. Ni tampoco me pareció una dama de alto rango. Se portó de una forma amigable y cortés, sin pedir demasiado, como hacen otras.

—¿Te preguntó sobre agentes de propiedad inmobiliaria, o sobre la tienda de la modista?

—Pues, ahora que lo menciona, la verdad es que sí que me preguntó si conocía a nuestra antigua modista. Le hablé de la señora Shabner, y le conté lo de aquella vez que le mandó a usted aquel vestido de color lavanda sin que se lo hubiera pedido, la muy pilla. Se ganó la venta, ¿a que sí? Y el caso es que tenía razón, porque ese vestido le sienta estupendamente. Espero que no le importe que se lo contara.

—No, no me importa. Bueno, te dejo que vuelvas a tu trabajo. —Al pronunciar esa frase, cayó en la cuenta de que también tenía bastantes cosas que hacer. No era muy propio de ella ponerse a fisgonear de esa manera. Tras dejar a Cadi con sus tareas, se dirigió a la oficina para revisar las últimas facturas.

Mercy se encaminó a la nueva sede de la biblioteca circulante Ashford para escoger otro libro. Ese era uno de los beneficios de haber tenido que renunciar a su escuela, le sobraba tiempo para leer. Intentaba convencerse de la parte positiva. Pero echaba mucho de menos a sus alumnas, incluso a la obstinada Fanny, y la sensación de logro que le había producido ser su profesora. Una vez más, rezó silenciosamente por todas las niñas.

Una vez en la biblioteca, echó un vistazo a la sala principal, con su gran escritorio en el centro y las estanterías de las paredes. Una elegante puerta en forma de arco conducía a una zona de lectura separada, en la que había sillones confortables y algunos cuadros muy bonitos, todos ellos relacionados de forma más o menos directa con el placer de leer. No vio a Rachel por ninguna parte, pero sí a Anna Kingsley, que estaba al otro lado de la sala ayudando a la señora O'Brien a encontrar el título que buscaba.

En la bonita cara de Anna se dibujó una chispeante sonrisa en cuanto vio a Mercy. Tan pronto como acabó de ayudar a la fabricante de velas, la joven se acercó a saludarla.

—¡Señorita Grove! —Anna le apretó el brazo de forma muy cariñosa—. Es un placer volver a verla. La echaba de menos. Espero que se encuentre bien.

—Sí que lo estoy, Anna. Gracias por preguntar. ¿Y tú? ¿Cómo van las cosas en la biblioteca, después del cambio de ubicación?

—Muy bien, la verdad. Aunque echo de menos la cocina de la señora Timmons, y sus tazas de té para los clientes, ¡y para nosotras, claro! También echo de menos las galletas de su tía, mucho más de lo que pensaba.

Mercy soltó una risita.

—Seguro que a la tía Matty le encantará traer algunas de sus famosas galletas en cuanto sepa que las echas tanto de menos. Ya se lo diré.

—¡Gracias! Por cierto, si está buscando a la señorita Rachel, o más bien la nueva *lady* Brockwell, debería decir, en estos momentos está ocupada. Dirige la reunión de las damas del Club de Lectura que se está celebrando en este momento precisamente.

—Ah, ¿sí? ¿Dónde?—preguntó, mirando alrededor.

—Hemos colocado unas cuantas sillas en la antigua oficina del señor Blomfield —respondió Anna, señalando una puerta cerrada—. Así las reuniones no molestan al resto de los visitantes. La verdad es que algunas de las damas son bastante... apasionadas a la hora de expresar sus opiniones sobre los libros que han leído.

—Me parece bien —aprobó la señorita Grove, conteniendo una sonrisa, pues en ese preciso momento oyó la fuerte voz de la señora Barton y la contestación vociferante de Charlotte Cook mostrando su desacuerdo con ella. Y eso a pesar de que la puerta estaba cerrada del todo.

—*Lady* Brockwell viene algunos días a la semana para ayudar a colocar libros en las estanterías, llevar el registro y ese tipo de cosas; y también para dirigir las reuniones, como le he dicho.

—¿Y Colin McFarland sigue viniendo a tus clases?

La chica se ruborizó.

—Pues... la verdad es que veo bastante a menudo al señor McFarland, aunque debo confesarle que ahora nuestro asunto de conversación no es la aritmética.

—Entiendo. —Le devolvió la tímida sonrisa a la chica y recorrió la biblioteca con la mirada—. Todo está muy limpio y organizado. Rachel acertó al escogerte para dirigir la biblioteca. ¿Lo disfrutas?

—¡Por supuesto! Lo mejor de todo es dar a conocer mis autores favoritos a la gente. Y eso me recuerda una cosa. ¿Ha leído ya Evelina, de Francis Burney? —Le pasó la novela a Mercy, que decidió aceptar la sugerencia y la tomó prestada.

Anna escribió el título en el registro.

—También me agrada ayudar a los que piensan que no les va a gustar leer, o se aburren con determinadas novelas, y encontrar algo que les guste y les vaya metiendo el gusanillo de la lectura. ¡Hasta convencí a mi tío Matthew de que leyera un libro! Mi padre no deja de decir que es un milagro. —De nuevo apareció la encantadora sonrisa de la joven Kingsley, tan luminosa.

A Mercy le asaltó el recuerdo de una sonrisa parecida. La de Esther.

—Tienes muchos tíos, Anna —dijo, con tono de disculpa—, y me cuesta recordar quién es cada uno. Tampoco conozco a sus respectivas esposas. Por ejemplo, hace poco he conocido a una joven que se llama Esther, pero...

—¡Ah, sí!—Reaccionó con entusiasmo—¡La señorita Dudman es encantadora! Todos le tenemos ya mucho aprecio.

—¿La señorita Dudman? ¿No está casada?

—Todavía no —contestó sonriendo—. Pero tenemos razones para creer que pronto habrá una nueva señora Kingsley.

—Ya veo. —Mercy sintió un vuelco en el estómago recordando el afectuoso abrazo y la forma en que Joseph miraba a la chica mientras decía aquello de que «Esther es más que una amiga».

Abrió la boca para hacer otra pregunta, pero en ese momento se abrió la puerta de la biblioteca y entró Colin. Saludó educadamente a Mercy, pero inmediatamente se volvió a mirar a Anna.

—Me sobraba un poco de tiempo entre montaje y montaje, así que me he acercado para preguntarle qué tal estaba, señorita Kingsley.

—Gracias, señor McFarland. Estoy bien.

El chico no podía apartar la vista del rostro de la joven.

—Me doy cuenta...

La señorita Grove decidió que era el momento de marcharse. Ver a los dos muchachos mirarse con tanta ternura le dolió más de la cuenta.

CAPÍTULO

7

Al cabo de dos días Jane salió a plantar flores de primavera en las macetas que flanqueaban la puerta de la entrada principal de la posada. Echó una mirada al otro lado de la calle, a la tienda de la modista, y se dio cuenta de que ya habían quitado el papel que antes cubría los cristales de las ventanas, así que soltó las herramientas de jardinería y cruzó para investigar. La tienda conservaba los maniquíes y las estanterías que tenía la señora Shabner, pero los vestidos y el resto de accesorios eran mucho más modernos, en incluían capas, esclavinas, estolas y sombreros de plumas. El cartel de «Cerrado» había sido sustituido por otro que decía «Próxima apertura».

Esa misma tarde estaba de pie junto al mostrador de recepción cuando Matilda Grove entró en la posada, ataviada con su vestido amarillo preferido, un chal y un sombrero cuya pluma había conocido días mejores. Saludó a Jane.

—¿Quieres que vayamos a presentarnos a nuestra nueva modista?

—Creo que la tienda todavía no está abierta —respondió, con cierta cautela.

—Ya lo sé —replicó Matilda, a quien le brillaban los ojos—. Pero es que no puedo esperar. Vamos.

—Muy bien —concedió Jane, sonriendo.

Así que cruzaron la calle juntas. Ahora había una mujer fuera de la tienda, limpiando a fondo los cristales de las ventanas.

Era algo más alta que la media y tenía una figura envidiable, resaltada por un vestido azul oscuro, muy elegante y magníficamente terminado. Se había sujetado el pelo, muy negro, con un moño a un lado de la cabeza. Cuando se dio la vuelta, seguramente que porque las oyó aproximarse, Jane concluyó que rondaría los veinticinco años; tenía la cara ovalada, los rasgos regulares y agraciados, las cejas oscuras y la nariz algo respingona.

—Buenos días, señoras —las saludó amablemente. Los ojos azules brillaron a la luz del sol.

—¿*Madame* Victorine? —preguntó Jane, mientras se fijaba en la cara de la joven. ¿A quién le recordaba?

—Así se llama mi establecimiento, sí. Pero me temo que todavía no estoy preparada del todo para recibir clientas. ¿Les importaría volver más adelante? —Hablaba un inglés excelente, con un acento mínimo, si es que lo tenía.

—Lo único que deseábamos era presentarnos —intervino Matty, amablemente—, y darle la bienvenida a nuestra comunidad. Me llamo Matilda Grove, y le presento a Jane Bell, dueña de la posada de enfrente. Son ustedes prácticamente vecinas.

Se volvió hacia Jane. Era verdad que tenía una sonrisa encantadora.

—¡Ah, es un placer conocerla, señora Bell! Pasé dos noches en su posada y la verdad es que todo y todos me resultaron de lo más agradables y atentos.

—Muchas gracias —contestó—. Siento no haber tenido la oportunidad de saludarla durante su estancia.

La mujer se encogió ligeramente de hombros.

—No es problema. Gracias por venir a presentarse.

—Mi amiga Louise Shabner era antes la modista del pueblo —informó Matilda.

—He tenido la ocasión de conocerla, aunque brevemente. Espero que su retiro haya sido voluntario y no debido a que el negocio no funcionara. —Soltó una breve risita—. Si una modista tan experimentada hubiera tenido problemas, entonces yo... —Negó con la cabeza y no terminó la frase.

—¿Es su primera tienda? —preguntó la posadera, con cautela.

—Sí, mi primera tienda propia. Antes trabajé con otra dama pero, desgraciadamente, murió hace poco tiempo.

—Lo siento muchísimo —dijo Matilda, con tono apesadumbrado—. En cualquier caso, todas estamos muy contentas de que vuelva a abrirse el establecimiento y, sobre todo, de que haya otra mujer en nuestro pueblo al frente de un negocio.

—De hecho, le informo que tenemos aquí una especie de club de mujeres que regentan negocios —intervino Jane—. Lo llamamos la Sociedad de Damas Té y Labores. Espero que se una a nosotras.

—¿Té y labores? —repitió, alzando las cejas sorprendida.

—No le haga demasiado caso al nombre. Nos reunimos para hablar de los problemas de nuestros respectivos negocios y para apoyarnos las unas a las otras. Los lunes por la noche, en el salón del Ayuntamiento, justo a la vuelta de la esquina. Será usted más que bienvenida, ya lo comprobará.

—Gracias. Me uniré a ustedes en cuanto pueda, aunque creo que durante una temporada voy a estar muy ocupada preparando las cosas por aquí.

—Es comprensible. ¿Podemos ayudarla en algo?

—De momento no, gracias. —Sonrió y señaló las ventanas—. Salvo decirles a todas sus amigas y conocidas que vengan a comprar vestidos, complementos o lo que les apetezca.

Jane le devolvió la sonrisa.

—No dude de que correremos la voz. Si se le ocurre alguna otra cosa, pase por la posada. Estará en su casa.

La señora Bell se volvió al oír el ruido de una puerta al cerrarse un poco más allá, en la misma calle. Vio a Gabriel hablando con el señor Prater delante de su tienda. Al verla, la saludó con la mano, y su sonrisa le aceleró el ritmo de los latidos del corazón, como le pasaba siempre. Le devolvió el saludo y prestó de nuevo atención a sus compañeras.

Los vestidos del escaparate habían captado el interés de la señorita Matilda.

—Son preciosos —susurró.

—Sí... muchas gracias —respondió la modista, con tono humilde—. Quizá podría volver y probárselos cuando abra la tienda, señora.

—Me temo que no tendría apenas ocasiones de utilizar vestidos como los que tiene expuestos —repuso—. Pero, en cualquier caso, son muy bonitos. Me gusta sobre todo el dorado con la parte de arriba azul. ¿Es de seda?

—Pues eso creo. Si quiere puedo comprobarlo.

—No hace falta. Era solo curiosidad.

Jane supuso que la mujer había hecho tantos vestidos que no era capaz de recordar los detalles de cada uno de ellos. Decidió que ya habían interrumpido bastante a la mujer y tomó del brazo a la señorita Grove.

—Bueno, ya volveremos en otro momento. Ha sido un placer conocerla.

—El placer ha sido mío, señoras. Gracias por venir a visitarme.

Mientras se alejaban, la posadera miró hacia atrás un momento.

—La verdad es que hay algo en ella que me resulta familiar... —musitó, con gesto pensativo.

—¿De verdad? Pues yo estoy completamente segura de que no la había visto en mi vida. ¿Es posible que hayas ido a la tienda en la que trabajaba antes?

Jane arrugó las cejas. ¿La había visto antes? Y, de ser así, ¿dónde?

—Podría ser. Ya le preguntaré dónde vivía antes de venir a Ivy Hill.

Después de acompañar a Matilda de vuelta a Ivy Cottage, Jane regresó a Bell Inn. Le alegró comprobar que Gabriel la estaba esperando.

—Buenos días, Jane. He venido al pueblo un momento para hacer unos recados. La carreta y el caballo están en tus establos, espero que no te importe.

—¡Claro que no! Me alegro de verte. Temía que te hubieras ido después de verte en la calle.

—Parecías ocupada con la señorita Grove. No quise interrumpiros.

—Solo estábamos saludando a la nueva modista.

—¡Qué buena vecina! —Sonrió con un gesto un tanto irónico—. Por mi parte, dudo que surja la ocasión de que vaya a visitarla.

—¿Cómo van las cosas en la granja Lane? ¿O le has cambiado ya el nombre?

—Todavía no. —Se acercó un poco más a ella y bajó el tono de voz—. Jane, ¿quieres venir a cenar conmigo en la granja? Me gustaría que vieras también las mejoras que he hecho en la casa. Además, así podríamos hablar tú y yo solos.

La mujer dudó. Se recordó a sí misma que era una viuda de treinta años y no una inocente jovencita para la que la buena reputación era la clave de su felicidad futura. De todas formas...

—He contratado a una asistenta para todo, Susie McFarland —añadió él, como si le estuviera leyendo el pensamiento—. Así que no estaremos solos y, lo que es todavía mejor, no tendrás que sufrir mis horribles dotes culinarias.

—Muy bien —contestó sonriendo—. Suena estupendo. Acepto, pero solo si me dejas llevar el postre o alguna otra cosa.

—Susie hace un buen asado y es hábil cociendo las patatas, pero eso es todo. Puedes traer lo que te parezca. —Sonrió otra vez con ironía—. ¿Lo prepararás tú misma?

—Difícilmente. Me temo que debo de ser bastante peor cocinera que Susie. Aunque puedo limpiar pescado y también preparar una sopa de pollo y huevo decente.

—¿De pollo y huevo? —repitió él, frunciendo el ceño.

—No te preocupes. Veré qué puedo distraer de la cocina cuando no me vea la señora Rooke.

La tarde siguiente Jane fue cabalgando hasta la granja. Gabriel tomó la cesta que llevaba y la ayudó a descabalgar. Condujeron juntos a *Athena* al establo y caminaron hacia la casa, atravesando un antiguo porche ahora cerrado y acondicionado como dependencia de trabajo administrativo para la granja y los establos. Tanto la habitación como el escritorio estaban muy limpios y ordenados. En las paredes colgaban pinturas de caballos.

—¡Me encantan esos cuadros! ¿Los has comprado recientemente?

—Los he ido comprando poco a poco, a lo largo de bastantes años; pero esta es la primera vez que tengo el lugar adecuado para colgarlos.

—Son perfectos.

Gabriel dejó la cesta en la cocina. Le enseñó el resto de la casa: un cuarto de estar muy confortable e informal, el comedor con paneles de madera y un retrete interior.

—El dormitorio principal está aquí abajo. —Atravesaron un corto pasillo y Jane se sintió algo cohibida por estar allí sola con él. El lugar era oscuro, y le pareció muy íntimo y privado. Él abrió la puerta de la habitación.

—Bueno, este es mi dormitorio. Por ahora.

Se detuvo en el umbral, pero no llegó a entrar. Echó un vistazo a la habitación, muy masculina, con los muebles de roble y la ropa de cama y las cortinas de color castaño rojizo.

—Muy bonita —murmuró. El corazón le latía con fuerza.

—Ni que decir tiene que la señora Locke tendrá la libertad de decorarla y amueblarla como le parezca.

Jane tragó saliva. ¿Sería ella alguna vez la señora Locke?

—Me encanta tal como está.

—Me alegro.

Volvieron al vestíbulo principal.

—Arriba hay dos dormitorios más —dijo él, señalando la escalera, iluminada por una ventana en la parte de arriba. Dos puertas se abrían a cada lado del estrecho rellano—. Son más pequeños y el mobiliario es muy sencillo.

«¿Habitaciones para los niños que pensaba tener?», se preguntó Jane.

—Ya te los enseñaré… en otro momento —propuso él, notando su reserva.

Regresaron al comedor, donde Susie estaba dándole los últimos retoques a la mesa.

—Buenas tardes, señora Bell.

—Me alegro de verte, Susie. Espero que estés contenta con tu nueva situación.

—Sí que lo estoy. Tengo mucho que aprender, pero afortunadamente el señor Locke es paciente y de gustos sencillos. Espero que con usted sea igual, señora.

—Yo no soy buena cocinera, así que seguro que me gustará lo que hayas preparado.

—Gracias, señora. Y gracias por traer las tartaletas de mermelada para el postre.

La chica hizo una mínima reverencia y volvió a la cocina. Gabriel le ofreció una silla y se acomodó frente a ella. Tomó una jarra de agua con cortezas de limón y sirvió un vaso para cada uno.

—El agua del pozo es excelente, pero si quieres té, o vino…

—No, prefiero agua. De repente me ha entrado mucha sed.

Susie entró con una sopera y la colocó sobre la mesa. Gabriel removió y sirvió una magnífica sopa de pollo y puerros. La mujer la probó.

—¡Mmm! Mucho mejor que la mía de pollo y huevo.

Comieron durante unos instantes sin hablar, pero él rompió enseguida el silencio.

—Jane, he estado pensando. Sé que estás preocupada por Bell Inn, sobre todo faltando Patrick. Cuando nos casemos, quizá sería conveniente mantener dos casas, al menos durante un tiempo.

Lo miró sorprendida.

—Bell Inn está a unos cuantos kilómetros de aquí. ¿De verdad cabalgarías todas las noches hasta el pueblo para ir a… dormir? ¿Y si nace un potrillo por la noche, o se declara un incendio, o…?

—Podrías venir tú, que te encanta cabalgar.

—¿Y si un cliente sufre una emergencia? ¿O si Colin me necesita? No puedo irme por la noche.

—De todas formas, podemos casarnos.

—La verdad es que seríamos una pareja de lo más extraña —protestó, frunciendo el ceño—, tú viviendo aquí y yo en la posada. ¿Es eso lo que quieres de verdad?

Negó con la cabeza y dejó a un lado la cuchara.

—No, Jane. Para ser sinceros, lo que de verdad quiero es que compartas mi hogar. Que compartas mi cama...

Susie entró con el plato principal. La mujer le lanzó una mirada de advertencia y Gabriel esperó a que la chica saliese otra vez del comedor. Después inclinó la cabeza hacia ella y siguió hablando en tono más bajo.

—Quiero despertarme por la mañana y verte a mi lado. Quiero rodearte con los brazos y abrazarte fuerte. Besarte todas las veces que pueda hasta que no tenga más remedio que levantarme para ir a trabajar. Sentarme junto a ti en el porche en primavera a ver cómo llueve. Y en invierno, sentarme contigo junto al fuego para hablar de nuestros planes de futuro. Quiero que recemos juntos, que trabajemos juntos, que cabalguemos juntos. Y quiero hacerte el amor. A menudo. No estar a varios kilómetros de ti.

El corazón le palpitaba con fuerza y las mejillas se le encendieron al oír sus palabras. Miró hacia abajo. Había perdido el apetito.

—Lo sé.

La tomó de la mano y ella sintió casi físicamente la intensidad de su mirada.

—¿Es lo que quieres tú también?

Sintió miedo y anhelo, todo al mismo tiempo. Al verla dudar, él continuó:

—Si tu padre estuviera vivo, le pediría tu mano y su bendición, pero...

—Está vivo —repuso ella, abruptamente.

—¿Cómo? ¿De verdad? —Se echó hacia atrás en la silla, mirándola incrédulo—. La última vez que estuviste aquí me dijiste que querías contarme algo acerca de tu padre, pero jamás habría adivinado que era esto. Pensaba que ya no estaba.

Jane sintió vergüenza por no habérselo contado antes.

—Y no está, lleva sin estar muchos años, pero no porque haya muerto. Al menos que yo sepa.

—Pero me hiciste creer... o al menos yo di por hecho que tus dos padres habían muerto.

Respiró hondo.

—Mi madre murió hace muchos años. Sin embargo, mi padre desapareció de mi vida poco después de que me casara con John. Vendió Fairmont House y se marchó del país.

—Pero tú prácticamente no hablas de él. Yo pensaba que se debía a que resultaba un asunto penoso.

—Y así es.

—¿Por qué, si está vivo?

Jane jugueteó con unos guisantes del plato.

—Con razón o sin ella, me sentí abandonada cuando vendió y se libró de todo y de todos, incluyendo a *Hermione,* y se fue con la intención de no volver.

—¿Adónde fue?

—A la India. Cuando era joven estuvo allí, en el servicio de las colonias, y estaba deseando volver.

—Pero seguro que te ha escrito, ¿no?

—Poco después de marcharse envió algunas cartas, pero yo... no le contesté, y en un momento dado dejó de escribirme.

La miró con seriedad.

—Jane...

—Sé que parece duro y que probablemente me comporté de forma injusta. Pero lo que sentía era que me había traicionado, tanto a mí como a la memoria de mi madre. Le escribí para decirle que John había muerto y para agradecerle el acuerdo matrimonial que había garantizado para mí.

—¿Cómo traicionó la memoria de tu madre? —preguntó Gabriel, frunciendo el ceño.

—Se marchó tan pronto como pudo para volver con una mujer que había conocido cuando era más joven y de la que siempre estuvo prendado. Me daba cuenta de que mi comportamiento podía resultar irracional, pero parecía como si la muerte de mi madre lo hubiera aliviado y estuviera deseando que yo me casara cuanto antes, para así poder casarse e irse al fin a vivir con la mujer a la que realmente amaba. Supongo que por la época de mi boda yo estaba un tanto alterada emocionalmente. Iba a perder mi posición en la vida, mi yegua, el hogar de mi niñez y mi último pariente vivo, todo al mismo tiempo, en menos de un mes.

»Me recuerdo a mí misma asombrada al constatar la rapidez con la que dio su visto bueno a mi decisión de casarme con un posadero, cuando durante muchos años había dado por hecho que iba a casarme con un *baronet,* como por otra parte pensaba todo el mundo. Cuando supe por qué tenía tanta prisa por despachar su última responsabilidad en suelo inglés, es decir, a mí, sentí un enorme resentimiento hacia él.

Se sintió incómoda al pronunciar esas palabras en voz alta. ¿Le parecería a él tan mezquino su comportamiento como de repente le resultaba a ella misma?

Gabriel la miró con intensidad, sin apartar los ojos de los suyos y prácticamente sin pestañear.

—Jane, ¿piensas que si te casas conmigo sería traicionar la memoria de John, igual que tu padre traicionó la de tu madre? ¿Es ese el motivo real que se esconde detrás de tus dudas y vacilaciones a la hora de aceptarme?

Sorprendida por el hecho de que hubiera llegado a esa conclusión, se apresuró a tranquilizarlo:

—No, Gabriel, no lo veo igual, de ninguna manera. Ni siquiera me caías bien hasta pasado un año de la muerte de John. —Intentó suavizar sus palabras con una sonrisa—. Pero imagínate que hubiera estado prendada de ti todos los años de mi matrimonio, en lugar de amar a mi marido. Que hubiera deseado estar contigo y no con él... Que me hubiera dedicado a hacer planes para unirme a ti incluso antes de que él muriera. ¿Crees que habría estado bien?

—Por supuesto que no, pero... ¿estás segura de que fue eso lo que pasó, o es que das por hecho que ocurrió lo peor?

—Fue así como yo lo viví en ese momento. Tú no estabas allí, así que no me juzgues con excesiva dureza. —Notó el matiz defensivo de su tono y se estremeció por dentro.

—No te juzgo con dureza. —La tomó otra vez de la mano y se la apretó para confortarla—. No obstante, espero que seas capaz de perdonar a tu padre, Jane. Por su bien, y creo que también por el tuyo.

Sus palabras fueron muy parecidas a las que había pronunciado Mercy cuando le contó el acuerdo matrimonial que había descubierto, admitiendo que tal vez había juzgado mal a su padre.

—No está aquí para que pueda perdonarle. Y como aún espero una respuesta a mi carta, me temo que podría ser demasiado tarde.

—Pues a lo mejor es el momento de escribirle de nuevo.

Jane agachó la cabeza, avergonzada y, en cierta manera, reconvenida, como una adolescente que no se hubiera comportado bien. La verdad es que no estaba siendo la cena de ambiente romántico que se había imaginado.

—Tengo que suponer que tú has sido siempre el hijo perfecto, que nunca has hecho nada malo ni equivocado, y que has tratado siempre a tus padres con un respeto inquebrantable —dijo, medio en serio, medio en broma.

—Pues no. Aunque me gustaría haberlo sido. Ya te he dicho que mi padre se sintió decepcionado conmigo por no dedicarme a la abogacía, y más aún cuando me aficioné a las carreras de caballos y a las apuestas. Pero, gracias a Dios, aquellos días ya han pasado para siempre.

¿Le decepcionaría también la persona que había escogido como esposa? Jane se lo preguntaba, imaginando su reacción al saber que se trataba de una mujer que ya había estado casada y que no podía tener hijos. ¿Cómo no iba a decepcionarle?

CAPÍTULO

8

Al día siguiente, media hora antes del momento anunciado para la apertura, *madame* Victorine abrió el pestillo de la puerta de la tienda y volvió a entrar en el establecimiento para dar los últimos retoques a su atuendo y mirarse en el espejo. Llevaba un vestido simple pero elegante que había pertenecido a su maestra y mentora, Martine, con el que esperaba estar a la altura. Era una de las pocas prendas propias que tenía, además de las fajas. Se había puesto ese mismo traje bastantes veces, pero, al mirarse en el espejo, pensó que todavía le quedaba bien.

¡Pobre Martine! Había esperado demasiado tiempo para lanzarse a perseguir su sueño, pero la muerte de su amiga, bastante mayor que ella, fue la que finalmente la empujó a lanzarse a la acción.

Se ahuecó el pelo, peinado de manera muy simple, sin rizos ni adornos. Algo que se percibiría como un signo de profesionalidad, o al menos eso esperaba. Al hacerlo, notó que le temblaban las manos. Respiró hondo y repitió los movimientos un momento después. «Puedo hacerlo... ¿De verdad que puedo hacerlo?». Casi pudo sentir los dedos de su madre sujetándole las mejillas, y su cálida voz animándola. «*Ma fille,* todo va a ir bien».

Su madre y ella habían soñado que algún día podrían trabajar por su cuenta como modistas y abrir juntas un establecimiento propio. «¡Oh, madre, ojalá estuvieras aquí!», pensó. Oyó la puerta abrirse y cerrarse en la zona de la tienda. ¿Su primera clienta? El corazón le latió con fuerza, como le ocurría siempre antes de una actuación.

Mercy y Matilda se reunieron con Jane en Bell Inn y las tres juntas se dirigieron a la tienda de *madame* Victorine, recién abierta. La señora Prater y las señoritas Cook estaban delante del escaparate, mirando los vestidos y el resto de prendas expuestas, haciendo comentarios y señalando con el dedo.

—¿Te imaginas lo elegante que estaría con esos vestidos, Char? —murmuraba Judith Cook, con tono soñador.

—No creo que pudiéramos permitírnoslo, ni siquiera pagando a medias, Judy.

—Tiene usted toda la razón, señorita Cook —asintió la señora Prater—. No obstante, le informo de que dispondrán ustedes de descuentos en todas nuestras elegantes prendas. Pueden pasarse por la tienda cuando quieran.

«¡Pobre señora Prater!», pensó Mercy. No iba a ser capaz de despachar todo lo adquirido, y menos a los precios tan altos marcados debido a la falta de competencia.

El interior, incluidas las estanterías, el mostrador, el gran espejo y las sillas, se había mantenido exactamente igual que antes. Al parecer la señora Shabner había dejado el local completamente amueblado, y la nueva modista no había añadido nada propio, con la lógica excepción de los vestidos y demás prendas nuevas.

Madame Victorine salió de la zona de trabajo interior y se aproximó al ver a tanta gente dentro de la tienda y frente al escaparate.

—¡Vaya, vaya! ¡Qué multitud! —Una amplia sonrisa le iluminó la cara y esbozó un gesto de sorpresa —. ¡Bienvenidas, señoras! —Le pasó a la señorita Bingley un sombrero con un racimo de frutas artificiales de adorno—. Aquí tiene, señorita. Acabo de añadir las cerezas, tal como me pidió. Y creo que este borde de satén rosa pegaría muy bien con ellas, si es que le gusta.

La señorita Bingley se puso el sombrero y se miró en el espejo.

—¡Huy, sí! Queda estupendo, *madame*. Me lo pondré la próxima Pascua, o sea, el mes que viene. Gracias.

—No creo que tenga la posibilidad de comprar el vestido dorado y azul, ¿pero le importaría que me lo probara de todas maneras? —le pidió Matilda.

—Por supuesto que no, señorita Grove. Sin ningún problema.

—Tiene usted una buena colección de vestidos de distintos modelos, *madame*. ¿Son para demostrar lo que es usted capaz de hacer?

La mujer asintió.

—Si lo prefieren, puedo diseñar y elaborar vestidos nuevos. Pero también me gustaría vender lo que está expuesto. Puedo arreglarlos a la medida de quienes estén interesadas en adquirirlos.

—Es... poco habitual —murmuró la señorita Bingley, algo extrañada.

—Pero muy conveniente —replicó Matilda, con una sonrisa.

Madame Victorine retiró el vestido del maniquí y condujo a Matty al interior de la tienda para que se lo probara.

—¡Salga aquí cuando esté preparada! —le dijo Justina en voz alta—. ¡Nos gustaría ver qué tal le queda puesto!

Mientras esperaban, Jane miró los sombreritos y las pamelas. Mercy se unió a ella. Tenía cierta expresión de pánico.

—Casi deseo que no le siente bien, porque no me gustaría nada que se disgustaran, ni ella ni nuestra nueva modista, al darse cuenta de que no puede comprárselo.

Unos minutos más tarde salió Matilda con el vestido dorado y azul. Le sentaba realmente bien, pues hacía que resaltaran el color de sus ojos y los suaves rasgos de la cara.

—¿Qué os parece? —Matilda se puso a caminar. El borde de la falda le rozaba los tobillos.

Madame Victorine apareció inmediatamente detrás de ella.

—Habría que encoger un poco de cintura, pero sería un arreglo muy sencillo.

—¿No es demasiado corto? —preguntó Mercy, esperanzada.

—Se puede bajar el dobladillo. Tampoco es complicado.

—Sí, supongo que sí. —A Mercy le brillaron los ojos, pero con un aire de tristeza—. Te sienta de maravilla, tía Matty.

—Gracias, querida. Voy a empezar a ahorrar, penique a penique. Puede que venda unas cuantas tartas y pasteles.

Jane supuso que tendría que vender más tartas que las que despachaba la pastelería Craddock en todo un año para poder pagar un vestido como aquel.

—¡Oh! Y esto le iría perfectamente. —Justina tomó de la estantería un sombrerito, también de colores dorado y azul, se lo acercó a Matilda y la ayudó a ponérselo sobre el cabello plateado.

—Pues habrá que hacer unos cuantos pasteles más —bromeó Matty.

Se miró en el espejo durante un rato, y después, con gesto resuelto, se volvió hacia la modista.

—Muchas gracias, Victorine. ¿Puedo llamarla así?, ¿tutearla?

—Por supuesto, si lo desea... Y el resto de ustedes también, naturalmente.

Matilda dejó el sombrero en su sitio.

—Voy a quitarme ahora mismo estas magníficas prendas, y espero que alguien te las compre lo más pronto posible. Queremos que tengas mucho éxito y que te quedes con nosotras durante muchos años.

—Muy amable, señora.

—Matilda. O señorita Matty, como prefieras. Así es como me llaman la mayoría de mis amigas.

—Gracias... señorita Matty. —Victorine sonrió con cierta timidez y la ayudó a quitarse el vestido.

Justina alcanzó de una estantería una larga estola de piel y se la colocó sobre los hombros.

—Tiene usted unas prendas preciosas. Me encantaría que me hiciera un vestido nuevo.

—Gracias. Sería un honor para mí.

La señorita Bingley sonrió.

—Pero debo advertirle, *madame*, de que tal encargo podría resultar un tanto envenenado. El hermano de la señorita Brockwell es *baronet* y su madre es extraordinariamente exigente.

—¡Un *baronet*! ¿De verdad...? —A Victorine le brillaron los ojos, aunque Jane creyó ver que tragaba saliva con dificultad.

—No la asuste usted, señorita Bingley —protestó Justina—. Sí, reconozco que mi madre puede resultar un tanto quisquillosa, pero *madame* Victorine no tiene nada que temer. Las modistas francesas son muy apreciadas en Inglaterra. Me imagino que es usted de París... Es imposible que mi madre ponga pegas.

Victorine dudó por un instante.

—Tengo que decirle que... hace muchos años que no voy a Francia. Y, para ser completamente sincera, me temo que no conozco París.

—Supongo que esa es la razón por la que apenas tiene acento —señaló la señorita Bingley—. Me lo estaba preguntando.

—Pues sí, esa es la razón.

Jane valoró que fuera tan sincera.

—¿De dónde eres, Victorine, si no te importa que te lo pregunte?

—Nací en Francia, pero llevo muchos años viviendo en Inglaterra.

—¿Dónde?

—En muchos sitios, señora Bell.

—¿En cuáles? —insistió.

—Pues... en muchos sitios, Jane —repitió—. Y ahora tengo muchas ganas de establecerme en Ivy Hill, si todo marcha bien...

—Yo llevo viviendo aquí toda mi vida y mi sobrina también —afirmó Matilda, para animarla—. Seguro que te va a encantar.

Victorine se volvió hacia ella.

—¿Y tú, Jane?

—Crecí cerca de Wishford, el siguiente pueblo hacia el este.

—¿Sois amigas desde hace mucho tiempo? —preguntó Victorine, mirando alternativamente a Mercy y a Jane.

—¡Sí, claro! Desde que éramos niñas —asintió la señorita Grove.

—¡Qué maravilla! —susurró la mujer, con un destello de nostalgia en los ojos.

La posadera inclinó la cabeza y la miró con atención.

—¿Has estado antes en Wishford? La primera vez que te vi, tu rostro me pareció familiar.

—Pues no lo sé, la verdad. No recuerdo Wishford, pero cuando era pequeña mi familia sí que visitó una vez Ivy Hill. Aunque no creo que me hayas recordado por esa visita, sería raro.

—Probablemente no —asintió Jane—. Sobre todo porque en aquella época solo venía a Ivy Hill de visita. Bueno, puede que esté equivocada.

Justina retomó el asunto anterior:

—Bueno, pues no le diré a mi madre que no ha estado nunca en París. Lo cierto es que eso a mí me importa un bledo, pero ayudaría a mis propósitos. ¿Tiene una tarjeta para que pueda dársela?

—Me temo que no. Todavía no.

Justina se encogió de hombros con despreocupación.

—No importa. La traeré a la tienda para que se conozcan.

—Muchas gracias.

Al ver los ojos brillantes y las manos ligeramente temblorosas de la modista, Jane creyó ver interés, pero también cierto nerviosismo. Un encargo de Justina, una joven de la familia más importante de Ivy Hill, contribuiría poderosamente a asegurar su futuro. A no ser que su trabajo terminara no gustándole a una clienta tan influyente. Y, conociendo a la señora Brockwell, había bastantes posibilidades de que así fuera.

La señora Bell tenía experiencia con el miedo al fracaso. Se acordó de sus propias preocupaciones y luchas internas cuando asumió la responsabilidad de gestionar Bell Inn. Con la idea de animar a la nueva vecina, decidió comprar algo para mostrarle su apoyo. Tal vez uno de esos preciosos sombreritos.

En la reunión de la Sociedad de Damas Té y Labores, la conversación giró alrededor de la nueva modista de Ivy Hill.

—¿Alguien le ha comprado algo ya? —preguntó la señora Burlingame—. No creo que permanezca mucho aquí si no promocionamos su tienda.

—*Oui, oui! Oh la la!* —exclamó Becky Morris, con un acento francés exageradísimo y mostrando la colorida bufanda que llevaba al cuello—. ¡Esta mañana he «compgado» esto en la tienda de *madame* «Victoguine».

Jane sonrió al oír la cómica intervención.

—¿No os parece que cualquiera de esos vestidos tan elegantes que se ven desde el escaparate nos sentarían de maravilla? —dijo Judith Cook, con tono lastimero—. A mí me gustan todos.

—A mí también —refrendó su hermana, mostrando su total acuerdo, como siempre.

La joven señorita Featherstone arrugó un poco la nariz.

—He visto los vestidos y desde luego resultan impactantes, pero tal vez un poco... anticuados, o más bien para señoras mayores. Al menos eso pienso yo.

—¿Nos estás llamando viejas, Julia? —espetó Charlotte Cook, frunciendo el ceño.

—No... Simplemente creo que vuestros gustos son un poco más... maduros.

—¡Mmm!

La señora Snyder, la lavandera, suspiró.

—No creo que pueda permitirme comprar nada en esa tienda, siendo francesa y todo eso...

—Jane, tú has comprado una prenda —dijo Mercy.

—Solo un sombrerito —aclaró, haciendo un gesto con la mano para quitarle importancia—. Y creo que el precio ha sido muy razonable. Si os digo la verdad, creo que bastante más bajo del que habría cobrado la señora Shabner.

—¿De verdad? —se sorprendió la señora Snyder, alzando las cejas—. Entonces puede que me pase mañana.

—Y yo —se sumó la señora O'Brien—. Necesito un par de guantes nuevos.

—¿Tiene también pamelas grandes? —preguntó la mujer del párroco.

—Sí, muy bonitas y variadas.

—Pues yo también me acercaré mañana.

—Sí, no lo dude señora Paley —la animó la señora Barton—. Estaba a punto de decirle algo acerca de su viejo sombrero.

—¡Bridget! —exclamó Mercy.

—¿Qué? No hay por qué avergonzarse. Ninguna de nosotras nos podemos permitir tener tantos sombreros como la señora Klein.

La afinadora de pianos se ruborizó.

—Al señor Klein, a quien Dios tenga en su gloria, le gustaba que llevara sombreros nuevos.

La esposa del vicario sonrió con sarcasmo mirando a la lechera.

—Gracias, Bridget. Me compraré un sombrero nuevo. Y si el señor Paley nos suelta un largo sermón sobre el ahorro y el sacrificio, tendremos que agradecértelo a ti.

Se produjo un murmullo y Jane se tapó la cara para que no la vieran sonreír. Después se miró los guantes. Tal vez debería comprarse también un nuevo par.

9

Rachel se pasó la mañana en la biblioteca, revisando las cuentas y la lista de suscriptores. Le concedió unas horas de asueto a Anna, como hacía cada semana.

Su suegra, *lady* Bárbara, habría preferido que dejara de involucrarse en la biblioteca, pero disfrutaba pasando tiempo entre los libros de su padre y charlando con algunos de sus usuarios favoritos.

Las mujeres del Club de Lectura se reunieron para hablar de una autobiografía; una novedad, pues casi siempre el objeto de sus encuentros eran las novelas. Habían leído *La interesante historia de la vida de Olaudah Equiano.* Equiano era un joven africano que fue vendido como esclavo. Viajó por el mundo en distintos barcos, se convirtió en un magnífico marinero y, finalmente, pudo comprar su libertad. El relato de sus dificultades y sufrimientos hizo que las damas se lamentaran en voz alta, e incluso alguna lloró. Y su conversión al cristianismo, así como su lucha por acabar con la esclavitud, las conmovió a todas.

Cuando Rachel salió para volver a casa vio a su cuñada en la calle, un poco por delante de ella. Estaba mirando el escaparate de la nueva modista.

—¿Hay algo que te llame la atención, Justina?

—Me gusta ese sombrero de ahí. No me fijé en él cuando estuve antes. —Señaló uno de seda azul con velo plateado y una pluma de avestruz—. Pero me pregunto si no es demasiado serio y anticuado para mí. ¿Qué opinas?

El ruido de una puerta al abrirse captó la atención de Rachel. Se volvió y vio a Nicholas Ashford saliendo de la botica, al otro lado de la calle.

—¡Mira, el señor Ashford! —Lo saludó moviendo la mano.

Nicholas devolvió el saludo, esperó a que pasara el carro de un granjero y cruzó la calle para hablar con ellas.

—Hola señorita Ash... ¡Perdón!, quiero decir *lady* Brockwell. Me temo que aún no me he acostumbrado al cambio.

—Ni yo tampoco, la verdad —dijo Rachel, con una media sonrisa.

—Buenos días, señorita Brockwell —saludó. Inclinó ligeramente la cabeza y esbozó una mueca irónica—. Usted sí que sigue siendo la señorita Brockwell, ¿verdad? ¿O también ha cambiado el apellido últimamente?

Justina hizo una especie de puchero, que no afeó sus bonitos rasgos.

—No, todavía no.

—Perdóneme; no era mi intención tocar un asunto que pudiera resultar inapropiado —se disculpó, con un gesto de duda—. Solo pretendía hacer una pequeña broma y, para variar, he metido la pata.

—No, de ninguna manera —respondió Justina—. No se preocupe en absoluto, señor Ashford. No tengo ninguna prisa por cambiar de apellido, aunque otras personas de mi familia sí que estén deseando que lo haga lo antes posible.

Con un brillo de desafío todavía en los ojos oscuros, se volvió hacia las prendas expuestas en el escaparate.

—¿A usted qué le parece, señor Ashford? —intervino Rachel, que cambió de asunto de conversación con la intención de suavizar un poco la tensión del momento—. A Justina le gusta el sombrero azul pero teme que pueda ser más propio para personas mayores que ella. ¿Qué opina?

Nicholas miró brevemente los sombreros y de inmediato fijó la vista en Justina.

—La señorita Brockwell estaría encantadora con cualquier prenda que se pusiera.

La joven se volvió hacia él. Su enfado había desaparecido y lo miró con expresión cálida.

—Es usted extremadamente amable, señor Ashford.

—No, en absoluto, señorita Brockwell.

Rachel los miró a ambos. Le apetecía hacer una travesura. ¿Se iba a atrever? A *lady* Bárbara no le iba a gustar nada, seguro que no.

—Señor Ashford, quizá le apetecería venir una tarde a cenar con nosotros a Brockwell Court. Nos gustaría mucho, ¿a que sí, Justina?

—¡Claro que sí! —La chica, con las mejillas un poco más sonrosadas de lo normal, miró con ojos brillantes al joven alto y bien parecido.

Nicholas le mantuvo la mirada, después bajó los ojos y se aclaró la garganta.

—Les agradezco su amable invitación y quedo a la espera de que me confirmen la fecha, cuando la decidan. —Se inclinó y se levantó el sombrero—. Les deseo que pasen un buen día, señoras.

Cuando se volvió y echó a andar, Justina se quedó mirándolo con ojos pensativos.

—Este joven tiene algo especial. Su timidez lo hace más atractivo. Yo creo que... a la señorita Bingley le gusta.

—¿Y a ti también te gusta?

—Querida cuñada, ¿acaso estás jugando a celestina? —Sonrió y se le formó un hoyuelo en la mejilla—. A madre no le gustaría en absoluto, ya lo sabes. No desea que nadie interfiera en los planes que tiene para mí.

—Pues a mí me interesa más lo que pienses y desees tú misma.

A la joven se le llenaron los ojos de lágrimas, pero pestañeó para evitarlas.

—Yo deseo que madre sea feliz, pero... ¿sería muy egoísta por mi parte aspirar a mi propia felicidad?

—No, ni lo más mínimo.

Justina se encogió de hombros y alzó la cabeza.

—En todo caso, ya es demasiado tarde. Madre ya está esperando la boda. Esta mañana precisamente me ha dicho que unas pastas eran deliciosas y que las serviríamos en el convite nupcial.

—Pero todavía no estás comprometida con *sir* Cyril.

—No, pero falta poco para mi cumpleaños. Y el tiempo vuela.

—Justina, si no quieres casarte con él deberías decírselo a tu madre de una manera clara, sin dejar lugar a dudas.

—Lo he intentado, aunque reconozco que con demasiada sutileza. Pero odio la idea de defraudarla. —La tomó del brazo—. Bueno, volvamos a casa. Quiero estar allí cuando le cuentes a madre que has invitado a cenar a un joven soltero.

—Bueno, pues te ruego que estés a mi lado cuando se lo diga. Necesitaré algún apoyo —bromeó Rachel.

En realidad, *lady* Bárbara se había portado de una forma muy amable con Rachel desde el momento en que se unió a la familia. Dejó a un lado sus objeciones iniciales a los deseos de Timothy de casarse con ella, lo cual no significaba que la viuda fuera a renunciar también a sus planes para la boda de su hija. Ni mucho menos.

Antes de que Rachel pudiera ver a su suegra, su marido le dio la bienvenida y le pidió que lo acompañara a su estudio.

—¿Qué tal te ha ido hoy en la biblioteca, querida?

—Todo va bien. A las damas les ha encantado la autobiografía que sugeriste. La señora Barton se quejó de que ayer se quedó leyendo hasta tan tarde que esta mañana se retrasó a la hora de ordeñar las vacas.

Ambos sonrieron.

—Por cierto —continuó—, he hablado con Justina cuando volvíamos. No parecen hacerle muy feliz los planes de tu madre para que se case con *sir* Cyril.

—¿Ah, no? Ya sé que al principio se mostró reticente respecto a la boda. Pero pensaba que ya se había hecho a la idea de casarse tras ver lo bien que nos va a nosotros. —Guiñó un ojo y rodeó a Rachel con los brazos, atrayéndola hacia él.

—Puede que le apetezca todo lo que tenga que ver con vestidos de novia y viajes de luna de miel, lo que no le entusiasma es el novio.

—¿No? Bueno, pues tampoco tiene que escoger tan deprisa.

—Lo que pasa es que tu madre la presiona. Y Justina, como su hermano mayor, siempre ha deseado hacer lo correcto, para honrar a sus padres y al apellido Brockwell.

—Eso dice mucho de ella.

—Pero no contribuye a que sea feliz.

Timothy la besó en la frente y después bajó los labios hacia la mejilla y hacia la oreja.

—Hablaré después con ella, pero en estos momentos no tengo ganas de hablar ni de Justina ni de nadie. Solo de ti. Y de mí. —Se inclinó y la besó en los labios, cada vez con más intensidad.

Al día siguiente, las tres mujeres Brockwell estaban sentadas en la sala de estar de las mañanas. *Lady* Bárbara leía el periódico, Justina ojeaba una revista de mujeres y Rachel bordaba.

Cuando Carville llegó con el correo, en la habitual bandeja de plata, Justina lo miró con avidez.

—¿Hay algo para mí, Carville?

—Me temo que no, señorita.

Extendió la bandeja para que la pudieran alcanzar las otras dos damas. A Rachel le encantó recibir una nueva carta de su hermana, mientras que *lady* Bárbara recogió otra dirigida a ella.

—¡Ah, es de Richard! Qué agradable.

La abrió y leyó las escasas líneas con ayuda de las lentes de ver de cerca. Rachel sabía perfectamente que su hijo pequeño escribía muy de vez en cuando, y normalmente solo en caso de que necesitara más dinero.

Respiró hondo y se preparó.

—*Lady*... Bárbara, me he permitido invitar al señor Ashford a cenar con nosotros un día de estos. Espero que no le importe. ¿Qué tarde le parece más apropiada?

—¿Al señor Ashford?

—Sí. Su nombre es Nicholas. Creo que usted lo conoce, y también a su madre. Se han encontrado varias veces.

—Sí, así es. En la iglesia y en el concierto de Awdry. Pero nunca se me ocurrió siquiera la idea de invitarlos.

—Pensé que sería un gesto amable.

—¿No te parece que al señor Ashford le resultaría incómodo venir aquí, ahora que estás casada con Timothy? Después de todo, el joven estaba enamorado de ti.

—Eso fue hace tiempo.

—¿Pero no sería poner sal en su herida el veros a ti y a Timothy felizmente casados?

—No, no lo creo. El señor Ashford y yo decidimos seguir siendo amigos. Y somos parientes, aunque lejanos, así que aspiro a mantener buenas relaciones con su familia.

—¿Pero por qué iba a desear venir? —*Lady* Bárbara entrecerró los ojos—. No me digas que quieres animarlo a que se interese por Justina... ¡Prácticamente está comprometida con otro hombre! ¿Quieres que ese joven vuelva a sufrir otra decepción?

Rachel no había pensado en eso. No, no tenía ninguna intención de causarle a Nicholas más tristeza.

—Asegúrate de que sabe que *sir* Cyril está cortejando a Justina. Así sus expectativas, y las de su madre, podrán ajustarse a la realidad. Si no lo haces, seré yo misma la que me aseguraré de que les quede claro la próxima vez que los vea.

—Muy bien.

Puede que, después de todo, esa cena no fuera la mejor idea que había tenido últimamente. Rachel decidió que, de momento, sería mejor posponer la invitación.

CAPÍTULO

10

Unos días más tarde Rachel y Justina acompañaron a *lady* Bárbara a la tienda de Victorine.

—Recuerda, Justina —advirtió la madre—, solo he aceptado oír lo que esa mujer quiera sugerir, cuánto tiempo tardaría y todas esas cosas. De ninguna manera he decidido encargarle tu vestido de boda, ni mucho menos.

—Por supuesto que no, madre. Sería muy prematuro, dado que ni siquiera estoy comprometida.

—Eso es solo cuestión de tiempo, así que no está mal empezar a tener en cuenta opciones. Pero sigo diciendo que deberíamos acudir a mi modista favorita de Londres para encargar tu ropa de boda, lo mismo que hicimos en el caso de Rachel.

—Creo que sería un gesto muy agradable apoyar a la nueva modista de Ivy Hill —intervino Rachel.

—Ya veremos.

Al llegar a la tienda se detuvieron un momento para mirar los bonitos vestidos y demás prendas del escaparate. *Lady* Bárbara no dijo una palabra, pero a su nuera le pareció que se había quedado favorablemente impresionada.

Una vez dentro, las dos jóvenes saludaron a la guapa modista y se la presentaron a *lady* Bárbara Brockwell.

Victorine se inclinó educadamente y después entrelazó las manos. Rachel no podía echarle en cara que se sintiera algo nerviosa, pues la presencia de la viuda intimidaba a casi todo el mundo.

Entusiasmada como estaba, Justina se lanzó:

—He decidido, *madame*, que en el caso de que celebre mi boda con cierto caballero, sea usted la que se encargue de realizar el vestido de boda. Mi madre preferiría que fuéramos a su modista de Londres; sin embargo, yo prefiero que lo haga usted, aquí en Ivy Hill —dijo de carrerilla, mirando encantada a la mujer.

Victorine pestañeó varias veces.

—¡Un vestido de boda! ¿Para usted, señorita? ¡Qué... inesperado!

—No adelantemos acontecimientos, Justina —repuso *lady* Bárbara, mirando a su hija de forma reprobadora—. Recuerda que estamos aquí solo para informarnos y ver posibilidades.

Se sentaron las cuatro alrededor de una mesa y Justina le pasó a Victorine una revista femenina, abierta por una página que reproducía dibujos a mano de vestidos.

—Yo estaba pensando en algo parecido a esto. Me gusta la cintura baja y bien definida, y las caderas sin apenas relleno. También prefiero el corpiño anglo-griego y las mangas farol. ¿Qué le parece?

—Anglo-griego —repitió Victorine—. Sí, ya veo.

Justina abrió otra revista, *Ackermann's Repository,* en una de cuyas páginas había muestras de tejidos pegadas al papel. Era una práctica frecuente en algunas de las revistas de moda más caras.

—¿No le parece extraordinaria? La tela vaporosa sobre el satén me entusiasma. Me gusta mucho más que el puro color marfil.

—Es muy bonita, sí —afirmó *madame* Victorine, al tiempo que pasaba el dedo por la tela para sentir su tacto.

—¿Estaría usted en condiciones de comprarla? Quizá directamente de la tiendas de telas de Salisbury.

—Por supuesto que puedo preguntar si la tienen. En todo caso, este material es muy delicado y, sin duda, también muy caro.

Justina miró a su madre.

—¿Tiene problemas con el gasto, madre?

—No. Es un tejido magnífico. Si nos decidiéramos, adelantaría el dinero necesario para comprarlo.

La señorita Brockwell puso otra revista encima de la mesa.

—Y también un sombrero con velo parecido a este.

La modista se acercó a mirar más de cerca el dibujo y enseguida asintió con más confianza.

—Sí, podría hacer algo parecido. Las señoritas Cook tiene piezas de encaje excelentes y variadas para elegir.

Justina cerró las revistas.

—Bien. ¿Cuál sería el siguiente paso?

—Creo que, si no les importa, lo primero sería dibujar algunos diseños —respondió Victorine, hablando despacio—. Este tipo de dibujos impresos sirven para hacerse una idea general, no para los detalles. Les enseñaría distintas posibilidades y, si se deciden por alguno y quieren seguir adelante, me pondría manos a la obra de inmediato.

—Muy bien. ¿Cuánto tiempo necesitaría para los bocetos?

—Unas pocas semanas.

—Y, en caso de que aprobáramos su diseño, ¿cuánto tardaría en hacer un vestido de este tipo?

—Bueno, digamos... más o menos ¿un mes? ¿O seis semanas?

—No parece muy segura. ¿De verdad estaría preparada para asumir la tarea, *madame*?

—Si nos ponemos de acuerdo en el diseño y podemos disponer de los materiales, estaría... deseando ponerme a trabajar.

La viuda entrecerró los ojos al oír una respuesta tan contundente.

—¿Puedo preguntarle dónde se ha formado? ¿Fue usted aprendiz de alguna modista de la que quizá yo hubiera podido oír hablar?

—No, *milady*. Al menos no... oficialmente.

—Entonces, ¿cómo ha aprendido?

—Aprendí mucho de mi madre, que se formó como modista. Y cuando crecí, trabajé con otra señora, *madame* Devereaux. Me enseñó a utilizar materiales simples, incluso retales, y convertirlos en vestidos y otras prendas magníficas.

—¿Retales? —*Lady* Bárbara arrugó la nariz.

—No todo el mundo tiene un gran presupuesto, señora. Si a sus clientas no les sobraba el dinero, era capaz de utilizar la tela de un vestido usado, o incluso de dos, y crear a partir de ellos uno completamente nuevo, y siempre muy bonito y a la moda.

—Doy por hecho que se refiere a un traje de montar, o de baño, o cosas semejantes, ¿no es así? —preguntó la viuda.

—Lo que necesitara la clienta en cada caso —contestó Victorine—. Todo lo que tocaba se convertía en algo precioso. Y también tenía otros talentos.

Lady Bárbara, como solía hacer, aspiró el aire por la nariz al tiempo que alzaba la cabeza.

—Entonces quizá deberíamos ir a ver a esa tal *madame* Devereaux.

—Me temo que eso es imposible. Falleció hace poco.

—Una pena. —La viuda *lady* Brockwell se levantó imponente—. Bueno, pues de momento haga sus dibujos. Y le haremos saber el momento en el que el compromiso se convierta en oficial.

—Muy bien, *milady*. Me pondré a ello de inmediato.

Rachel se mordió la lengua. No quería defraudar a la nueva modista, pero secretamente deseaba que el enlace nunca tuviera lugar.

Jane se acercó de nuevo cabalgando a la granja para visitar a Gabriel. Lamentaba cómo había terminado la cena de la otra noche y confiaba en que pudieran pasar una tarde más agradable.

Al verla llegar por el sendero, se acercó para recibirla, dejando a los ayudantes que había contratado.

—Hola Jane. Hoy no te esperaba.

—He venido a pedirte un favor.

—Por supuesto. Lo que quieras.

—Me temo que te va a parecer un tanto extraño.

—¡Qué intrigante! —dijo sonriendo—. ¿Me dejas que primero te ayude a desmontar?

—Sí, gracias.

Alzó las manos para tomarla por la cintura y la dejó en el suelo con suavidad.

—¿Te das cuenta? —se lamentó ella, ya en pie—. Me resulta muy difícil montar y desmontar sola.

No le quitó las manos de la cintura, e incluso la apretó un poco más.

—No me importa nada ayudarte.

—Bueno, tengo que reconocer que me resulta mucho más placentero cuando eres tú quien me ayuda. Pero tener que depender de un mozo de cuadra, o bien utilizar un escabel... —Negó con la cabeza.

—¿Y qué es lo que sugieres? —preguntó él, ladeando la cabeza.

Echó una mirada furtiva al grupo de hombres que estaba cerca, se separó de su abrazo y bajó la voz.

—Me gustaría cabalgar a horcajadas, como tú. Me imagino que el control será mucho más sencillo y completo. Aunque solo sea una vez, me apetece experimentar la libertad de galopar sin silla de amazona.

—Entiendo tu curiosidad —asintió—. A veces me he preguntado cómo puedes ser capaz de cabalgar tan rápido y tan bien montando de esa forma.

—Las nuevas sillas con doble borrén ayudan bastante.

—Supongo que si te hubieras criado con un hermano, le habrías convencido enseguida de que te ayudara a montar como él sin que se enteraran tus padres.

—¿Entonces serás mi cómplice? Aunque no pienso en ti como en un hermano, en absoluto.

—Espero que no —respondió él, sonriendo ladinamente.

—He pensado que quizá fuera mejor salir a cabalgar por la tarde, pues sería menos probable que nos encontráramos con algún vecino. O con Talbot y Thora.

Gabriel se frotó la barbilla.

—Sí, sería mejor por la tarde. Aunque ahora que estamos casi en primavera se hace de noche más tarde. Dado que *Athena* ha sido entrenada para cabalgar contigo al estilo amazona, mientras que a *Sultán* se le ha montado de las dos maneras, igual preferirías probar con él. Sé que te gusta.

—Sí, claro que me gusta. Aunque, por supuesto, le tengo más cariño a *Athena*. Entonces... ¿mañana por la tarde? He visto en el almanaque que habrá luna llena.

—¡Qué ganas tienes! Sí, no veo por qué no.

—Te puedo asegurar que no le pediría una cosa semejante a ningún otro hombre.

Él la miró con enorme cariño.

—Me alegro de que sepas que puedes confiar en mí, Jane. —Le guiñó un ojo—. ¡Menuda rebelde estás hecha!

La tarde siguiente Jane se puso su atuendo de montar, el marrón con levita y falda independiente. Pero debajo de la falda llevaba unos viejos pantalones bombachos de John, con una banda ceñida a la cintura para que no se le cayeran. También unas medias y las habituales botas de montar.

Pasó por delante de la casa de Thora y Talbot, extrañamente nerviosa. Cuando llegó a la granja, Gabriel, como siempre, se acercó a recibirla, vestido con ropa de montar. *Sultán* y otro caballo al que no reconoció estaban ya ensillados y preparados en sus postes.

Él echó un vistazo dubitativo a la larga falda.

—Va a ser todo un reto montar con todo eso puesto.

—Ya... Debajo llevo unos bombachos. He pensado en remangarme la falda justo antes de montar en la silla, y después bajarla otra vez.

Se mordió el labio y le brillaron los ojos.

—Pues me alegro de que los hombres se hayan marchado ya.

Pasaron juntos al establo a dejar a *Athena*. Después, sintiéndose un tanto avergonzada, se remangó la falda por el dobladillo hasta aproximadamente la mitad de su extensión, dejando al descubierto los bombachos. La levita le cubría hasta las caderas, y pensó que, pese a lo extraño del atuendo, tampoco era tan atrevido.

—Supongo que tengo un aspecto ridículo. —Le ardía la cara.

—¡Qué va, todo lo contrario! Me encanta esta visión de tu figura, que normalmente queda oculta con esas faldas tan amplias. —Sonrió con malicia—. ¿Estás preparada?

Jane miró al caballo pardo, alto y con una marca blanca en la frente.

—Sabes que nunca dejo pasar la oportunidad de montar a *Sultán*. —Le acarició las crines negras—. Me parece que es la primera vez que veo a ese otro caballo. ¿Es nuevo?

—Sí. Se llama *Spirit,* y lo compré en la subasta de Salisbury. Siempre prefiero comprar directamente al criador, porque así sé dónde y cómo ha crecido el caballo. El hombre que lo vendía ya no podía hacerse cargo de él y el precio era muy razonable. No pude resistirme.

Gabriel se acercó a *Sultán* y acortó los estribos.

—¿Con o sin taburete?

—Sin.

—Muy bien. Para montar, coloca el pie izquierdo en el estribo y después desliza la pierna derecha por la espalda. Si puedes...

Vio un brillo retador y juguetón en los ojos del hombre, y Jane aceptó el desafío.

—Estoy segura de que podré arreglármelas. —Pero no lo logró. El caballo era alto y ancho, y nunca en su vida había hecho ese gesto tan poco femenino de deslizar la pierna y abrirla tanto. A la primera no fue capaz de recorrer toda la espalda de *Sultán*, que se removió algo nervioso.

—Tranquilo, chico, tranquilo —le habló Gabriel, con tono suave—. Seguro que la próxima vez lo consigues.

Jane lo intentó de nuevo, y esta vez él le dio un pequeño empujón desde atrás. La pierna se deslizó por el lomo del caballo y se asentó en el otro lado. Sonrió a su ayudante.

—No sé por qué me parece que has disfrutado más de la cuenta dándome ese empujón.

Él se limitó a devolverle la sonrisa.

La mujer encajó el pie en el otro estribo y se acomodó en la silla.

—¡Madre mía! ¡Sí que es diferente!

Se estiró la falda y la extendió por delante de ella. Solo se veían unos centímetros de las medias por encima de las botas de media caña. Al darse cuenta de cómo le miraba Gabriel la pantorrilla, estiró un poco más la falda.

Una vez que estuvo acomodada, él montó su nuevo caballo, que rebrincó un poco hacia un lado.

—¿Estás seguro de que está listo para montar? —preguntó ella, mirando al animal con cierta aprensión.

—Me haré con él, tranquila.

Trotaron hacia la verja de la granja con la luz del crepúsculo y se adentraron en el prado cercano, iluminados por la luna llena.

Jane echó un vistazo a su atractivo acompañante, respiró hondo y soltó el aire poco a poco. Si se casaba con él, su vida juntos estaría llena de experiencias como esta, aunque probablemente solo uno de los dos, él, iría en bombachos.

—Me preguntaste si había cambiado el nombre de la finca —recordó Gabriel, mientras cabalgaban—. Aún no lo he hecho, pero lo que sí sé ya es cómo quiero llamarla.

—Ah, ¿sí? ¿Cómo?

—Pues estaba pensando en… Locke & Locke.

Jane se encogió y miró hacia delante. Ahí estaba otra vez. El obstáculo insalvable entre ellos. Seguramente quería decir Locke e Hijos, refiriéndose a unos hijos que no podría tener, porque ella no podría dárselos.

—Gabriel, ya te lo he dicho. No puedo tener hijos.

—¿Quién ha dicho nada de hijos? Locke & Locke corresponde a Jane y Gabriel Locke. Esposos, marido y mujer. Socios en el negocio de los caballos, al menos espero que lo seamos.

—Pero yo ya tengo un negocio.

Soltó un bufido.

—Jane, ¿quieres casarte conmigo o no?

—Sí que quiero... Pero...

—No ha sido muy convincente, la verdad. —Gabriel obligó al caballo a volverse—. Dijiste que querías galopar, ¿no? Pues vamos allá. —Y, sin más, se lanzó al galope por el campo.

Durante un momento Jane permaneció donde estaba, mirando cómo se alejaba, y lamentó lo que había dicho. *Sultán* reaccionó de inmediato a su tirón, deseoso de galopar.

De repente, un movimiento rapidísimo sorprendió tanto a la amazona como al caballo. Un animal salió de entre los matorrales y empezó a correr por el campo. Un gran perro marrón, con las fauces abiertas y mostrando los colmillos, salió corriendo detrás del caballo de Gabriel, gruñendo y ladrando.

Spirit se tambaleó hacia un lado, con la cabeza vuelta, los ojos muy abiertos y resoplando por los orificios nasales. El animal estaba aterrado.

Jane vio a Gabriel reaccionar, sujetando con fuerza las riendas. Le gritó al perro, aunque lo único que consiguió fue asustar más aún al caballo.

Entonces el can arremetió contra *Spirit* e intentó morderlo en una pata.

Jane contuvo el aliento. «¡No...!».

Prácticamente nunca utilizaba la fusta, pero esta vez sí que golpeó un poco a *Sultán*, al tiempo que gritaba:

—¡Vamos, corre!

El caballo, que estaba muy bien entrenado, arrancó a toda velocidad, y Jane se sujetó fuertemente con las rodillas mientras avanzaba al galope. Se inclinó hacia el cuello del animal, esperando alcanzar al de Gabriel, que huía despavorido por el campo.

Al acercarse a ellos, Jane agarró con más fuerza la fusta e intentó golpear al perro, o al menos hacer que se detuviera, si es que podía.

En ese momento, *Spirit* se detuvo de repente, y Gabriel salió literalmente volando.

Jane sintió pánico. El hombre cayó sobre una especie de montículo. *Sultán*, asustado, se tambaleó y se puso de manos. Ella también estuvo a punto de caerse, pero logró evitarlo agarrándose con toda la fuerza que pudo a las riendas y apretando la silla con las rodillas y los muslos.

—¡Tranquilo, chico, tranquilo!

Después de resistirse un poco, *Sultán* se detuvo, mientras que el otro caballo seguía moviéndose y tirando coces a su perseguidor, que seguía intentando morderle las patas. Desmontó como pudo y estuvo a punto de perder el equilibrio, pero inmediatamente salió corriendo hacia Gabriel, que seguía en el suelo. El pulso le latía acelerado.

Cayó de rodillas junto a él, que estaba boca abajo. Pensó que se incorporaría y que le gritaría al perro con su potente voz para alejarlo. La primera preocupación de su antiguo herrador siempre era ella o sus caballos, olvidándose de sus propios golpes y magulladuras. O que le acariciaría la cabeza, con una sonrisa avergonzada, y diría algo así como: «Es lo que me merezco, por exceso de confianza».

Pero yacía inmóvil, con los ojos cerrados y las piernas abiertas en una postura forzada.

Al acercarse, Jane se dio cuenta de que el pequeño montículo no era un conjunto de matorrales ni una topera, como había pensado en un principio, sino una roca. «¡No es posible! ¡No, Dios mío, por favor!».

Le tocó el hombro con suavidad.

—Gabriel, ¿estás bien?

Después le agarró la mano.

—¿Puedes oírme? ¡Gabriel!

Le ardía la garganta y le empezaron a correr las lágrimas por las mejillas. ¿Por qué lo habría desalentado? Tendría que haberse casado con él hacía meses. Amaba a este hombre mucho más de lo que había amado a ningún otro. Y si ahora lo perdía...

Le puso la mano en la muñeca y cerró los ojos para concentrarse completamente. Se relajó cuando notó su pulso.

—Gabriel, voy a buscar ayuda —dijo, hablando alto y claro, y sintiéndose aliviada al darse cuenta de que no había ni rastro del perro—. Si puedes oírme, procura no moverte. Volveré lo antes que pueda.

Apoyó la mano en el pecho musitando una oración y rápidamente corrió a buscar a *Sultán*. Lo montó torpemente y recorrió al galope la corta distancia que la separaba de la granja de Thora y Talbot.

CAPÍTULO
II

Jane estaba sentada en una silla junto a la cama de Gabriel, con los dedos enredados con los de él y acariciándole el brazo con la mano libre.

Walter Talbot y sus hombres habían trasladado al señor Locke a su dormitorio de la granja Lane. El doctor Burton ya lo había reconocido. No había ningún hueso roto, al menos que él hubiera notado, aunque tenía varios moratones, así como heridas bastante aparatosas. Había recuperado el conocimiento por un momento, suficiente para que el médico llegara a la conclusión de que sufría una conmoción cerebral. Temía también que tuviera algún problema en el cuello y en la espina dorsal, pero habría que esperar para comprobarlo.

Mientras tanto, Jane seguía rezando y agradeciéndole a Dios que el hombre que amaba siguiera vivo.

El amanecer empezaba a iluminar el cielo. A través de la puerta de la habitación podía oír la voz de Thora, casi un susurro, y los ruidos ocasionales de los cacharros de la cocina. Supuso que estaba ayudando a Susie a preparar el desayuno. Los Talbot habían pasado la noche en una habitación contigua, por si era necesaria su ayuda.

Se oyó el canto de un gallo en la distancia y Gabriel abrió los ojos. Pestañeó varias veces, como si tuviera dificultades a la hora de enfocar la vista.

—¿Por qué estoy tan mareado? —susurró.

—El doctor Burton te ha dado láudano para el dolor.

—No siento las piernas —dijo, frunciendo el ceño tanto que se le juntaron las oscuras cejas—. ¿Me las he roto?

A Jane se le desbocó el corazón. ¿Se habría quedado paralítico? Respondió procurando no parecer preocupada:

—El doctor Burton no lo cree.

—¿Entonces por qué no puedo moverlas?

La mujer se mordió el labio. Estaba deseando animarlo, pero sabía perfectamente que él solo quería la verdad.

—Dice el médico que podrías haberte dañado la columna vertebral.

—¡Qué Dios nos ampare! ¿Entonces estoy paralizado?

Escogió la respuesta con mucho cuidado.

—Dice que cuando baje la hinchazón y tu cuerpo se cure, lo más probable será que recobres la capacidad de utilizar las piernas.

—¿Lo más probable? ¿No hay certeza?

—Es demasiado pronto para saberlo, pero no parece demasiado preocupado. Tiene otros pacientes a los que debe visitar, pero regresará tan pronto como le sea posible. Estoy seguro de que cuando vuelva responderá a todas tus preguntas. —Hablaba con toda la tranquilidad de que era capaz—. Supongo que te alegrará saber que Walter Talbot y sus hombres han encontrado a tu nuevo caballo —añadió.

—¿Cómo está?

—Se recuperará. Talbot le ha curado una herida de mordisco y llamará a Tom Fuller, aunque seguro que querrás verlo por ti mismo... cuando puedas, claro.

—Me gustaría ir a verlo ahora —replicó, removiéndose en la cama.

Ella le agarró del el hombro.

—No te preocupes por tu caballo. En estos momentos está bastante mejor que tú —afirmó, con una sonrisa forzada que él no le devolvió.

—¿Y ese maldito perro?

—Ha desaparecido. Talbot sospecha que es el mismo que atacó a varias de sus ovejas hace unos meses.

—¡Qué mala suerte! Pero es lo que me merezco por pensar que yo podría domar a ese caballo cuando otros no lo habían logrado.

—Bueno, ya tendrás tiempo de hacerlo. De hecho, no tengo la más mínima duda de que lo lograrás. ¿Y quién podía imaginarse que nos iba a atacar un perro asilvestrado?

Estuvieron callados durante un rato. El esfuerzo por mantener una charla animada y más o menos alegre la había agotado.

Le apretó la mano.

—No sabes lo que me alegro de que estés vivo.

Esa misma tarde, antes de cenar, Rachel estaba leyendo el próximo libro sobre el que se iba a hablar en la biblioteca, mientras Justina tocaba unas cuantas notas en el pianoforte.

Cuando se les unió su suegra, miró a su cuñada con gesto cómplice.

—*Lady* Bárbara, he estado pensando y me he dado cuenta de que está usted en lo cierto. Una cena con Nicholas Ashford como único invitado no sería muy adecuada.

—Me alegro de que hayas llegado a esa conclusión.

—Creo que, en lugar de una cena, sería mejor dar una fiesta en casa.

—¿Una fiesta en casa? —La expresión de disgusto de su suegra resultó evidente.

—Sí. Podríamos invitar a *sir* Cyril y a sus hermanas, a la señorita Bingley, a su hermano y al propio señor Ashford. Y, por supuesto, Timothy y yo misma estaríamos presentes, como carabinas.

—¡Me apetece muchísimo dar una fiesta en casa, sí! —gorjeó Justina.

—La mayor parte de las veces en las que Justina ha coincidido con *sir* Cyril ha sido en reuniones formales, cenas familiares, conciertos y demás. No son situaciones muy adecuadas para consolidar la confianza y el afecto. Creo que esa es una de las razones por las que todavía no está decidida del todo. No ha habido trato suficiente como para hacerse una idea de la manera de ser de *sir* Cyril, y viceversa. Pero unos cuantos días juntos, con diversiones y bailes, y tiempo para pasear por los jardines, hablar de todo y a su aire, incluso poder disfrutar de unos momentos a solas... Estoy segura de que todo eso le vendría muy bien, y ayudaría a que pudiera comparar y contrastar las distintas cualidades de los solteros de la zona.

—¡Oh, sí, madre! —exclamó Justina, entusiasmada—. Creo que es una idea excelente.

—Entiendo lo que dices —concedió *lady* Bárbara—, y me parece bien el plan, pero no la lista de invitados. ¿Por qué incluir a Nicholas Ashford?

—Tiene que haber un número suficiente de hombres jóvenes para poder cuadrar las parejas —razonó Rachel—. Incluso con él, habría más mujeres que hombres.

La viuda reflexionó:

—Quizá podríamos invitar a Richard; estaría bien que acudiera a la fiesta. —Frunció el ceño—. Aunque dudo que aceptara.

—¡Me encantaría que viniera Richard! —exclamó la joven—. No lo he visto desde mi temporada en Londres.

Lady Bárbara entrecerró los ojos, pensativa.

—Sería una bendición que se interesara por Arabella Awdry. Aunque seguramente no debe de apetecerle demasiado tomar en consideración a otro Brockwell después de su reciente decepción con Timothy.

Las dos jóvenes intercambiaron una mirada.

—Bueno, podemos invitar a Richard y a ver qué pasa —se limitó a decir Rachel.

Después de la cena, le contó el plan a Timothy mientras atravesaban juntos el vestíbulo.

—Y como única pareja casada, actuaríamos de carabinas. —Sonrió un poco apenada—. ¡Mira que me hace sentirme mayor ese papel!

—A mí me pareces cualquier cosa menos mayor, mi queridísima y flamante esposa. —En la intimidad del pasillo, la abrazó por los hombros y le frotó la nariz contra el cuello—. A decir verdad, me resultas de lo más tentadora.

—No creo que este sea el mejor lugar para juegos, amor mío —susurró Rachel, al oír la cháchara de dos criadas que se acercaban.

—Estoy de acuerdo —aceptó él, tomándola de la mano y casi arrastrándola escaleras arriba.

A la mañana siguiente, el doctor Burton pasó por la granja para volver a examinar al señor Locke. Casi al mismo tiempo se presentó también Tom Fuller para echarle un vistazo a la maltrecha pata del caballo y Jane salió para agradecerle la visita. Gabriel estaría deseando tener noticias acerca de la recuperación de *Spirit*.

Cuando regresó a la casa, el médico ya se había marchado, pero el herido le contó lo que había dicho. El doctor mantenía la impresión inicial. Aún era muy pronto para tener certezas, pero estaba casi seguro de que recobraría toda la movilidad de las piernas.

Jane intentó contribuir a su optimismo.

—Tom Fuller ha estado aquí. Te alegrará saber que cree que *Spirit* se recuperará por completo y que la herida no le dejará la más mínima secuela.

—Al menos físicamente —añadió Gabriel, con una mueca de disgusto—. ¡Pobre criatura! Llevará meses que recupere la tranquilidad. No puedo creerme que perdiera su control de esa manera. Hacía años que no me había caído de un caballo.

—Bueno, la verdad es que también caíste rendido ante mí.

—¿Ante ti? —repitió, mirándola con recelo—. ¿Qué quieres decir?

Recordando el miedo y después el arrepentimiento que sintió cuando le dejó sin una respuesta clara, Jane sintió un nudo en la garganta.

—Gabriel, ¿quieres casarte conmigo? —susurró, con voz ronca.

Se volvió del todo hacia ella, y al hacerlo no pudo evitar una mueca de dolor.

—Jane, no lo hagas por lástima. Vamos a esperar a ver qué pasa al final. Si recupero la capacidad de andar y la fuerza, entonces nos...

—¡No! —exclamó, inclinándose hacia él tanto que tocó la cama con las rodillas—. Cuando estabas allí tirado, inmóvil, temí haberte perdido. Todo quedó claro en mi mente y en mi corazón. Te amo, Gabriel Locke, más de lo que he amado a nadie en toda mi vida. Y siento haber dudado, siento haber dejado que el miedo me volviera a paralizar. —Le apretó la mano—. Se acabó. No quiero esperar más.

—Jane... —protestó, negando con la cabeza—. Sí, te dejaste invadir por el miedo, pero no tomes ahora una decisión precipitada basándote en otro temor.

—No quiero casarme contigo porque tema perderte. Quiero casarme contigo porque te amo con todo mi corazón, y lo que no quiero es perder más tiempo. La vida es corta y preciosa, y lo sé por experiencia.

—Jane, despacio. Tómate tu tiempo para pensarlo. Si ocurriera lo peor y no recuperara la capacidad de andar, sería bastante improbable que pudiera dedicarme a trabajar con los caballos. Tendría que vender la granja y buscar una forma... alternativa de ganarme la vida. Un trabajo de escritorio, de despacho, del que no disfrutaría. Y tampoco hay demasiados trabajos de ese tipo en Ivy Hill.

—No ocurrirá, ni ha ocurrido lo peor. Estás aquí conmigo, vivo. Y en cuanto a renunciar a vivir de los caballos, ni se te ocurra pensarlo a estas alturas. Recuerda, el doctor Burton está razonablemente convencido de que esto es temporal —dijo, señalando las mantas que le cubrían las piernas.

—Pero Jane, si no lo fuera... sería lógico que te lo pensaras mejor.

Sintió una oleada de indignación. Le soltó la mano y se puso muy rígida en la silla.

—Gabriel Locke, ¿de verdad me quieres convencer de que mis propias limitaciones físicas no te hacen tener ciertas reservas a la hora de casarte conmigo, y sin embargo te atreves a sugerir que voy a rechazarte por las tuyas, si es que las tienes?

Le mantuvo la mirada, y poco a poco se fue dibujando una sonrisa cálida en su rostro, hasta ese momento bastante sombrío.

—*Touché*, Jane Bell, *touché*.

Soltó un suspiro de alivio.

—De hecho, hasta puede gustarme la idea de que te quedes un poco renqueante, o algo parecido, así no sería la única con un problema físico.

—Eres perfecta tal como eres, Jane. Te lo he dicho infinidad de veces.

—Y tú también, independientemente de lo que pase. —Se levantó y se inclinó sobre la cama para darle un beso en los labios, tierno y entregado.

CAPÍTULO

12

Esa misma mañana, los Talbot llevaron a su sirvienta de confianza, Sadie Jones, para ayudar a cuidar a Gabriel en su convalecencia. La mujer había sido una magnífica enfermera durante la enfermedad de Nan Talbot, la cuñada de Walter. Thora acalló las protestas del herido, asegurándole que podían compartirla y que Sadie estaba encantada de ayudar.

Jane les informó sobre su compromiso. Talbot estrechó la mano de Gabriel y Thora la abrazó.

—Me alegro muchísimo por ti, Jane —susurró—. Por los dos. De verdad.

En ese momento, segura de que Gabriel estaba en muy buenas manos, la posadera volvió finalmente a Bell Inn. Contó lo que había ocurrido a todo el personal, que se había reunido en el salón, indicando que el señor Locke se recuperaría, y agradeciéndoles su sincero interés. Después les pidió con amabilidad que volvieran a sus tareas. Internamente, se reprendió a sí misma; no había dejado de insistir en que tenía un negocio que gestionar y, en realidad, no había sido capaz de enfrentarse a algunas tareas por falta de tiempo o por tener que atender otros asuntos vitales. Era el momento de volver al trabajo, se dijo, aunque ya estaba impaciente por regresar a la granja esa noche para estar con su prometido.

Cuando lo fue a visitar, la situación no había cambiado. Ayudó a Susie a limpiar la cocina y le dio una hora libre a Sadie. Finalmente se sentó junto a Gabriel, que se despertaba cada cierto tiempo.

Al día siguiente, James Drake acudió a la posada a verla.

—Jane, me enterado del accidente del señor Locke y lo siento mucho. ¿Se pondrá bien?

—Rezamos por ello. El doctor Burton cree que la recuperación será total.

—Buenas noticias. Me alegro mucho.

—Hablando de buenas noticias, me gustaría compartir otra. El señor Locke y yo nos hemos comprometido en matrimonio —anunció, después de dudar un instante si era buena idea contárselo precisamente a él.

Un brevísimo gesto sombrío le cruzó el rostro, pero desapareció de inmediato.

—¡Ah! —Sonrió levemente—. Entonces permíteme que os felicite a ambos. Te deseo toda la felicidad del mundo, Jane. Sinceramente.

—Gracias. Espero tener la oportunidad de felicitarte a ti también algún día.

Miró hacia abajo y se apoyó sobre los talones.

—Bueno, creo que mis posibilidades de ser feliz, al menos desde el punto de vista romántico, ya se han esfumado.

—No, James. No digas eso.

—No te preocupes. Con Alice en mi vida, soy mucho más feliz de lo que me merezco. Me temo que no soy demasiado bueno como padre, pero intento con todas mis fuerzas que disfrute y sea feliz.

—No necesitas intentar ganarte su cariño. Solo sé tú mismo, y te querrá mucho.

James se encogió de hombros, como si desechara la idea.

—Nunca me ha gustado ese consejo de ser yo mismo. ¿Quién? ¿El egoísta y ambicioso? ¿El hijo resentido, separado de su padre y temeroso de convertirse en alguien como él? Quiero que Alice tenga un padre mucho mejor que el que yo tuve y una niñez más feliz.

Jane le puso la mano sobre la manga.

—Entonces ya llevas camino de convertirte en un padre excelente. —Le apretó el brazo y retiró la mano—. Aunque me da la impresión de que no te valoras lo suficiente. Tengo que decir que te estás portando magníficamente.

—Pero no lo suficiente como para ganarme tu amor —dijo, bajando primero la cabeza y después mirándola a los ojos.

—James...

Levantó la mano para que no siguiera hablando.

—No, Jane, tranquila. Has tomado la decisión correcta. No conozco muy bien al señor Locke, pero según me dice todo el mundo, es un hombre excelente. Te hará mucho más feliz de lo que yo hubiera sido capaz. —Le brillaron los ojos con una chispa de humor resignado.

—Gracias. —Fue lo único que se le ocurrió decir.

Él se aclaró la garganta y después cruzó los brazos y miró hacia arriba, pensativo.

—¿Queréis celebrar la boda en Fairmont House? Seríais bienvenidos. No te lo ofrezco por conseguir ningún beneficio para mí. Solo se me ha ocurrido que quizá te gustaría ofrecer el banquete de bodas en tu antigua casa.

—Eres muy amable. De verdad. Y seguro que es un sitio mucho más elegante que el que tengo en mente. Pero quiero que la celebración sea en Bell Inn. Si hace buen tiempo, podremos hacerlo en el patio, como la fiesta que me organizaron Thora y los demás después de que me concedieran la licencia. Y si llueve, tendremos que apretarnos en el comedor.

—¿No te alegras de haberme hecho caso y haber agrandado el salón? —preguntó sonriendo.

—¡Y tanto que sí! Me alegro de muchas cosas por lo que a ti respecta, y sobre todo de que nos hayamos hecho amigos. Espero que siga siendo así...

—Yo también lo espero —respondió él, aunque no parecía del todo convencido.

Poco después de que James se marchara, Mercy y Rachel fueron a visitar a Jane, pues se habían enterado del accidente de Gabriel. Las tres se sentaron juntas en la oficina. Sus dos viejas amigas le mostraron su preocupación y se ofrecieron a ayudarla en lo que pudieran.

—Aparte de rezar, no necesito nada.

—¿Qué opina el doctor Burton? —preguntó Rachel.

—Confía plenamente en la completa recuperación.

—¿Y si está equivocado? —preguntó Mercy, con cautela.

—Pues, cuando sea el momento, nos enfrentaremos a esa posibilidad y actuaremos en consecuencia.

—¿Qué piensa Gabriel?

—Quiere esperar hasta que pueda volver a andar para fijar la fecha.

—¿Para fijar la fecha? —repitió Rachel—. ¿Eso quiere decir que por fin has aceptado su propuesta de matrimonio?

—Sí. De hecho, he sido yo quien le he pedido que se case conmigo, y no al revés. —Jane negó con la cabeza—. Sigo temiendo sufrir un nuevo aborto, pero lo quiero, y ya estoy harta de esperar. Va a ser mi marido, y no deseo tener que dejarlo cada noche al cuidado de una criada o de una enfermera, sino cuidarlo yo misma. En caso de que fuera necesario, claro...

Mercy asintió.

—Es comprensible. Ya sabes, todavía tenemos la silla de ruedas de mi abuelo guardada en el desván. Si quiere, podría utilizarla para moverse... de momento.

—Gracias. Se lo preguntaré, a ver qué le parece. Y gracias por vuestra preocupación.

Rachel le apretó la mano.

—Ya nos dirás si podemos hacer algo más, ¿verdad?

—Por supuesto que sí —asintió Jane.

La tarde siguiente, Jane se acercó de nuevo a visitar a Gabriel, y le llevó un libro de la biblioteca.

—Rachel y Mercy me han dicho que te tienen presente en sus oraciones y, además, te dan la enhorabuena.

—Dales las gracias de mi parte.

—¿Cuándo vamos a casarnos? —preguntó ella—. El señor Paley necesita saberlo al menos con unas semanas de antelación para hacer públicas las amonestaciones. Así que, como poco, tendrían que pasar cuatro semanas. De todas formas, yo creo que con unos pocos meses nos daría tiempo más que de sobra para prepararlo...

—Vamos a esperar a hacer planes hasta que pueda volver a andar.

—Gabriel, ya hemos esperado mucho, y no quiero seguir haciéndolo.

—¿Cómo vas a casarte conmigo si no puedo moverme de esta cama?

—No seas terco, amor mío. Mercy me ha ofrecido la silla de su abuelo para que puedas desplazarte.

—¡Qué romántico! —espetó sarcásticamente, negando al tiempo con la cabeza—. No quiero sentarme en una silla de esas. Quiero estar de pie a tu lado, como un hombre.

—Eres un hombre, mi hombre, estés o no de pie. Y antes de que termine el verano quiero hacer los votos de amarte y honrarte, delante de todos mis amigos y vecinos. Talbot y tus empleados te pueden llevar a la iglesia en la silla, donde te estaré esperando, tan guapa con mi vestido color lavanda y mi sombrero nuevo.

Él se cruzó de brazos y, con un gesto torcido y terco, por un momento pareció un niño malhumorado.

—No quiero casarme en una silla de inválido —repitió—. Y no quiero que te cases con un inválido.

Se puso las manos en las caderas.

—Pues me alegro de ser yo, y no tú, quien haya tomado la decisión.

El hombre inclinó la cabeza ligeramente. Se le había ocurrido una idea.

—¿Por qué no te haces un vestido nuevo? Si las cosas en Bell Inn no van del todo bien, yo podría...

—No. No creo que lo necesite, la verdad. Además, no me parece un asunto importante en estos momentos, teniendo en cuenta las circunstancias.

—¿Pero qué pasa con tu nueva amiga, la modista?

—Si te digo la verdad, creo que bastante lío tiene con el encargo de un vestido de novia que le ha hecho Justina Brockwell. —Se encogió de hombros—. Además, me encanta mi vestido color lavanda.

Se acercó a la mesita de noche y le llenó el vaso de agua.

—Por cierto, creo que deberíamos contratar a la señora Mullins para que te trate con los masajes y ejercicios de recuperación que tanto ayudaron a su marido.

—No sé, Jane. No quiero albergar falsas esperanzas. El hecho de que le sirvieran al señor Mullins no significa que vayan a servirme a mí. ¿Qué opina de eso el doctor Burton?

Volvió a la silla, al lado de la cama.

—Piensa que podría ayudarte a recuperar el uso y el tono muscular de las piernas; no obstante, no cree que pueda servirte para que superes tu terquedad.

Le brillaron los ojos oscuros.

—Ah, ¿no? Y para eso ¿qué es lo que me recomienda?

Se inclinó y lo besó en los labios.

Él le devolvió el beso.

—Mmm... este tratamiento sí que es efectivo de verdad.

Mercy visitó el asilo para hablar con la señora Mennell acerca de cómo podía ser de utilidad en la institución. Aunque en realidad lo que deseaba era salir de su casa durante un buen rato.

Una hora más tarde, ya de vuelta en Ivy Cottage, entró por la puerta lateral que daba a la biblioteca y se dirigió a las escaleras.

Al atravesar la puerta de dos hojas, vio a su cuñada y a su hermano hablando. Pudo oír la voz de Helena, cuyo tono era falsamente dulce.

—Qué agradable resulta poder disponer de un rato a solas, amor mío. Esta tranquilidad es un alivio después de tanta cháchara femenina, y estoy seguro de que estás de acuerdo conmigo. Tu tía es ciertamente... muy locuaz. Las quiero a las dos, por supuesto, pero nunca me imaginé que tendría que vivir con un puñado de solteronas.

—Difícilmente puedo creer que consideres «un puñado» a dos personas..

—Te olvidas de la cocinera y de las criadas, querido. Pero tienes razón, por supuesto. Por lo menos no tenemos que preocuparnos también por un grupo de niñas en edad escolar.

—Es cierto.

—Me pregunto por qué tus padres toleraron esa escuela durante tanto tiempo. ¿Acaso Mercy necesitaba el dinero de una forma tan desesperada?

—Dudo que la motivación de mi hermana fuera el dinero. Aunque, por supuesto, me imagino que conseguir cierta cantidad por sus medios le vendría bien. De hecho, creo que deberíamos hacer algo por ella, ahora que no tiene ningún ingreso propio.

—Seguramente tu padre podrá dedicar a su hija la asignación que estime conveniente.

—Puede que ni siquiera se le ocurra.

—Eres el hombre más generoso que conozco, querido. Pero dudo que quieras malcriarla. ¿En qué iba a gastarse el dinero una mujer soltera...?

Mercy continuó escaleras arriba. El ruido de su corazón desbocado no le permitió oír la contestación de su hermano.

En ese mismo momento decidió que, si a la tía Matty le seguía pareciendo bien, escribiría para aceptar la invitación de sus padres de pasar una temporada con ellos en Londres.

CAPÍTULO
13

A la mañana siguiente Jane volvió a la granja Lane. Llevaba una jarra de gelatina de ternera, y Gabriel se quedó mirando su aspecto grisáceo y los trozos de carne grasienta, sin poder disimular su disgusto.

—Eres muy amable, pero... aún no estoy en mi lecho de muerte, ni soy un octogenario.

—Ya lo sé, pero he pensado que esto te daría fuerzas. Tengo que hacer algo... Él apartó a un lado la jarra dando un suspiro.

—Jane, como me has dicho muchas veces, tienes que gestionar una posada. No necesitar venir todos los días solo para mimarme.

—¡Pero si no me importa! Me apetece cuidar de ti.

—Pero es que yo... —Se pasó una mano por la cara con gesto de frustración—. No quiero otra enfermera. Con Sadie tengo más que suficiente. He pensado sobre lo que me dijiste acerca de la señora Mullins, y estoy de acuerdo. Quiero que venga y me aplique su tratamiento, pero por favor, ocúpate de tu negocio hasta que me ponga bien.

—¿Me estás diciendo que no quieres que te visite? —preguntó, sintiéndose rechazada.

—Por supuesto que no quiero decir eso —contestó él, estirándose para tomarle la mano—. Pero me apetece que seas una novia como Dios manda, y que te prepares para la boda. Quiero que vayas a comprar el ajuar y un vestido, y lo que sea que hagáis las mujeres en esas circunstancias.

—Puede que Victorine tenga algún vestido adecuado en la tienda —repuso, después de pensarlo por un momento.

—Jane...

—No me gusta que pases tanto tiempo solo aquí.

—No estoy solo. Tengo a Susie, a Sadie y, dentro de poco, vendrá también la señora Mullins. Y si contamos a los jornaleros de la granja, la verdad es que estoy muy bien cuidado y acompañado.

—No sé si...

—Y, por supuesto, el doctor Burton me visita regularmente, igual que Talbot y Thora, que son los mejores vecinos a los que un hombre puede aspirar.

Jane lo miró a los ojos.

—Estaría bien un vestido nuevo para la boda —admitió—. Además, Mercy y su tía se van a Londres dentro de poco y me han propuesto que las acompañe.

—¿Lo ves? Eso es perfecto. Ve con ellas y disfruta cada minuto del viaje. —Se inclinó hacia delante y la besó en la mejilla.

No obstante, ella seguía dudando.

—¿Estás seguro? Estando tú así no me parece bien marcharme.

—Sí, estoy completamente seguro. ¿Por qué no? Ya has oído varias veces al doctor Burton. No estoy en peligro inminente. No moriré mientras estás fuera, a no ser que sea de aburrimiento. —Le guiñó un ojo.

—Entonces me puedo quedar para leerte un libro, o...

—No, Jane, puedo leer yo solito. —Le apretó la mano—. Por favor. Sé que a algunos hombres les gusta que sus esposas los cuiden como lo hacían sus madres cuando eran niños, pero no es mi caso. No me gusta que me veas tan débil, tan impotente. Todo lo contrario, quiero ser fuerte y capaz.

—Lo eres.

—Bueno, pues demuéstramelo dejándome solo durante un tiempo.

Finalmente, cedió. Aceptó a regañadientes, no sin antes confirmar con la señora Mullins que atendería a Gabriel durante su ausencia. También le dijo a Cadi que le llevara todos los días la comida de la cocina de Bell Inn, que la señora Rooke, sorprendentemente, aceptó preparar sin ninguna queja, todo lo contrario. Jane intentaría hacer lo que le había dicho Gabriel, es decir, preocuparse de su negocio e incluso ir a Londres; no obstante, su corazón permanecería en la granja Lane.

Tras el oficio religioso del domingo, la tía Matty se paró a hablar con la señora O'Brien, así que Mercy pudo pasear sola con Jane, que la tomó del brazo.

—Si tu invitación se mantiene, iré a Londres con vosotras. Gabriel piensa que sería bueno que fuera comprar ropa de novia. Por alguna razón, creo que quiere librarse de mí durante un tiempo.

—Estoy segura de que no se trata de eso, Jane. Pero sea cual sea el motivo, no sabes lo que me alegro. A la tía Matty también le apetece mucho ir. De hecho, ya he escrito a mi madre para aceptar. Volveré a escribirle para anunciar la buena noticia de que te unes a nosotras.

—¿Crees que le importará?

—Estoy segura de que no. Y, entre tú y yo, tengo que decirte que he decidido comprarle a la tía Matty un nuevo vestido de la tienda de Victorine para el viaje, si es que puedo reunir el dinero. Hace años que no se compra nada.

—Ese vestido dorado y azul le sentaba de maravilla.

—Estoy de acuerdo. Seguro que será bastante caro, pero veremos qué puedo hacer. Todavía me queda algo del dinero que gané con la escuela.

—Eres una sobrina de lo más atenta, Mercy Grove.

—Gracias. Pero el viaje a Londres no es del todo altruista. —Tenía sus razones para marcharse de Ivy Cottage durante un tiempo.

Al día siguiente, Mercy y Matilda se acercaron juntas a la tienda de la modista. Después de indicarle el día que se irían de viaje a Londres, Victorine estuvo de acuerdo en que no había tiempo para confeccionar un vestido nuevo, así que les ofreció el modelo del escaparate. Tenía que hacerle bastantes arreglos, además de un nuevo volante para ajustarlo a la altura de Matty. No obstante, trabajó muy deprisa, e incluso elaboró un turbante a juego para su clienta y se lo regaló. Mercy pensó que el precio era muy razonable. Esperaba que no les hubiera cobrado de menos por sentir pena de dos pobres solteras. En cualquier caso, su tía estaba contentísima, así que ella también.

Jane había visto a las Grove entrar en la tienda del otro lado de la calle, y cruzó antes de que se marcharan. Felicitó a Matilda por el nuevo vestido y, una vez más, les agradeció la invitación al viaje.

—Me he enterado de la buena noticia, Jane —dijo Victorine—. Felicidades por tu compromiso.

—Gracias —contestó, un poco avergonzada—. Espero que no te importe, pero pensaba encargar un vestido mientras estoy en Londres.

—¡En absoluto! Todavía estoy trabajando en el diseño del de la señorita Brockwell. Créeme, con un vestido de novia ya tengo presión más que suficiente por ahora —repuso, con cara de preocupación.

Jane se despidió de las tres en la tienda. Cuando estaba cruzando la calle para volver a Bell Inn vio a Jack Gander, el guardia del Correo Real, entrar por la amplia puerta en forma de arco que daba acceso a los establos y las zonas de parada de las diligencias. Supuso que estaba estirando las piernas mientras los mozos de cuadra cambiaban los caballos. El hombre se llevó las manos a las caderas y se dobló con gesto dolorido.

—Buenos días, Jack. ¿Estás bien?

Hizo otra mueca.

—Pues, a decir verdad, un poco harto de estar en la carretera. Sobre todo este año, con el tiempo tan horrible que está haciendo. Pasarse el día en la parte de detrás de ese carruaje pasa factura.

El amable oficial del servicio de correos siempre estaba alegre, por lo que Jane se preocupó al ver la mueca de dolor en su atractiva cara, aunque inmediatamente la cambió por una de sus sonrisas traviesas.

—Pero no le digas al cochero que me he quejado, porque iría contando por ahí que soy un blandengue.

Le devolvió la sonrisa.

—Su secreto está a salvo conmigo, Jack. ¿Puedo ayudarle en algo?

—Pues no, a no ser que sea capaz de controlar el tiempo atmosférico. —Le guiñó un ojo—. Tranquila, señora Bell, estoy bien. El solo hecho de hablar con usted ya me ayuda.

—Para eso estamos, Jack. Cuando quiera.

Al otro lado de la calle, algo llamó la atención de Jack.

—¿Quién es esa mujer?

Jane se volvió a mirar y vio a Victorine de pie, delante del escaparate de su tienda, despidiéndose de las Grove y después saludando a la señora Snyder.

—Nuestra nueva modista, *madame* Victorine.

El joven frunció el ceño.

—La he visto antes en alguna parte, estoy seguro.

—¿Sabe que tuve la misma impresión la primera vez que la vi? En mi caso, creo que lo que pasa es que me recuerda a alguien, solo eso.

—No, yo la he visto. Un hombre no olvida a una mujer tan guapa como ella. ¿Sabe de dónde es?

—Dice que nació en Francia, pero que lleva muchos años viviendo en Inglaterra.

—¿Y dónde vivía antes de mudarse aquí?

—No me lo ha dicho. Al parecer ha vivido en muchos sitios. Igual la has visto en algún otro lugar de tus rutas habituales.

—Puede, pero voy a estar inquieto hasta que lo averigüe.

—Podría preguntarle para salir de dudas. Sería más fácil, ¿no le parece?

La miró con las cejas entrecerradas.

—Siempre he sabido que es usted una mujer lista, señora Bell. Y creo que voy a seguir su consejo, pero no ahora: el deber me llama. —Se quitó el sombrero para despedirse—. El correo no admite retrasos.

CAPÍTULO

14

La víspera de su partida, Mercy hizo el equipaje con sus mejores vestidos y ayudó a la tía Matty con los suyos, entre ellos el nuevo que le había comprado a Victorine.

Al día siguiente, a la hora prevista, se encontraron con Jane en el mostrador de Bell Inn, donde Colin McFarland les ayudó a comprar los billetes para Londres.

Miró a Mercy y bromeó con ella.

—¡Atención, una profesora en las cercanías! Que Dios me ayude a no confundirme con el cambio.

Ella le sonrió y contó cuidadosamente las monedas de la vuelta.

—¡Perfecto! Has recorrido un largo camino, McFarland. Estoy muy orgullosa de ti.

—Gracias. Les deseo un viaje muy agradable, señoras. Y no se preocupe, señora Bell. Si surgiera algún problema, enviaría a alguien a buscar a Thora.

—Muy bien, Colin. Y no olvides que hoy llega la factura del proveedor de cerveza.

—Sí, claro. —El joven se dirigió a la oficina.

Cuando la tía Matty se acercó a la puerta para ver si había llegado el carruaje, Mercy habló con Jane en voz baja.

—¿No te preocupa dejar Bell Inn, ahora que Patrick se ha ido a Wishford? Espero que Colin esté a la altura.

—Como puedes ver, ha mejorado mucho. Y, si hace falta, Thora se ha ofrecido a ayudar mientras yo no esté.

—Muy bien. Entonces podrás relajarte y pasártelo bien.

—Lo procuraré. —Jane sonrió satisfecha.

Después de un viaje tedioso e incómodo, que pasó un poco más rápido gracias a la conversación entre las amigas, por fin llegaron a la ciudad. Los padres de Mercy las recibieron calurosamente en la casa de Mayfair y les enseñaron sus habitaciones. Jane también se sintió bienvenida.

—Van a ser unos días estupendos —auguró la señora Grove—. Hace mucho que no pasábamos una temporada juntas. Iremos al teatro y a algún concierto. Y nos han invitado a varias fiestas de amigos.

Mercy cerró los ojos.

—Madre, haz el favor de decirme que no tienes en mente ningún emparejamiento.

—No, querida. Ninguno.

Su padre le lanzó una mirada elocuente y asintió.

La tercera noche, después de un concierto, Mercy y Jane estaban en la cama, con los camisones y los rulos puestos. Era como si fueran niñas otra vez, pasando la noche una en la casa de la otra, compartiendo galletas que habían conseguido en la cocina y hablando hasta muy tarde. Les habría gustado mucho que Rachel estuviera con ellas, pero ahora era *lady* Brockwell, y Jane también se casaría pronto. Sus vidas estaban cambiando a marchas forzadas; aunque, en el caso de Mercy, no a mejor.

—Por supuesto que estoy aliviada. Pero, al mismo tiempo, es un tanto deprimente darse cuenta de que hasta mi madre me ha dejado por imposible y se ha resignado a mi soltería. —Soltó una risita de autoconmiseración y se metió en la boca la última galleta de mantequilla—. Tú tienes que caber en un vestido de novia, pero yo no.

Al día siguiente las amigas se reunieron con la señora Grove para tomar el té y ojear algunas revistas femeninas. El señor Grove estaba fuera, en su club, y la tía Matty dormía la siesta.

—El tenor de anoche era magnífico —recordó Jane—. Gracias por llevarme.

—Sí, madre, gracias. Todo está siendo espléndido.

—Por supuesto que me está encantando vuestra visita —respondió su madre—, pero tengo que decir que fue idea de Helena.

—Ah, ¿sí? —Mercy pestañeó sorprendida.

Su madre asintió, al tiempo que pasaba descuidadamente una página de la revista.

—Me escribió dejando ver que le haría un gran favor invitándoos. Al parecer le apetecía pasar algún tiempo a solas con George en su nueva casa. Lo único que siento es que no se me ocurriera a mí.

La joven captó la mirada comprensiva de Jane.

—Supongo que no puedo culparla —repuso, sin darle importancia—, aunque después del largo viaje de luna de miel y de todo el tiempo que pasaron con sus parientes, no creía que el que Matty y yo permaneciéramos en la casa le resultara tan... molesto.

—Vamos, Mercy, en ningún momento ha dicho que le resulte molesto. Aunque recuerdo los primeros tiempos de mi vida de casada, y debo decir que me resultaba un poco... incómodo cenar todas las noche con mi cuñada. Pero nos fuimos acostumbrando la una a la otra, y lo mismo os pasará a vosotras. Y, si hay suerte, pronto vendrán un niño o dos, por lo que estaréis de lo más ocupadas y entretenidas. Tu podrás ayudar a Helena con sus hijos, lo mismo que Matilda me ayudó a mí. Eso contribuyó mucho a mejorar nuestra relación.

—Sí, la tía Matty dice algo parecido. Lo tendré en cuenta.

—Pues claro, ya lo verás. —Pasó otra página despreocupadamente, sin levantar siquiera la vista. ¿Habría notado la expresión de desaliento de su hija si la hubiera mirado?

Una vez que se quedaron solas, Jane le apretó la mano.

—¿Estás bien?

—Sí —suspiró—. Y, de verdad, no le echo la culpa de nada a Helena. Aunque debo confesar que para mí también es un alivio no estar con ella durante un tiempo. Eso de tener que ser siempre amable e ir con pies de plomo, mordiéndome la lengua... Nunca me siento libre y relajada del todo. Así que no debo ofenderme porque a ella le pase algo parecido. Yo cuento con la ventaja de tener amigos y vecinos con los que distraerme, pero ella ni siquiera disfruta de eso. Procuraré ser más amable y tolerante.

Su amiga negó con la cabeza.

—Mercy Grove, eres una de las personas más amables y comprensivas que conozco. Espero que Helena llegue a darse cuenta también.

La última noche de su estancia en Londres se estaban preparando para ir al teatro. Jane tenía concertada una última cita, a la mañana siguiente, para la prueba final de su vestido, y después prepararían el equipaje.

Mientras se vestía, su madre sorprendió a Mercy.

—Sabes que, si quieres, puedes quedarte más tiempo. Tu padre y yo hemos disfrutado mucho de tu compañía.

—Gracias, madre. Yo también lo he pasado muy bien. Pero Jane tiene que regresar. Y yo echo de menos Ivy Hill y a mis vecinos. Ya sabes, conozco cada rincón como la palma de mi mano.

—Nunca entenderé cómo es posible que prefieras ese pueblecito a una gran ciudad como Londres, pero... —Levantó la mano expresivamente—. Cada uno es como es. Al menos prométeme que nos visitarás más a menudo, ¿de acuerdo?

—Así lo haré.

Durante el descanso de la representación, Mercy, Jane y Matilda abandonaron sus sitios del palco, en el que hacía mucho calor, y se aventuraron a bajar al vestíbulo, buscando un poco de aire fresco, aunque estaba abarrotado de gente.

Una mujer que llevaba un vestido dorado y azul prácticamente idéntico al de Matilda se paró en seco y se quedó mirándola. Después de un momento de asombro, se dirigió a ella sin presentarse y con tono algo enfadado.

—*Madame* Roland me confesó que había confeccionado otro vestido prácticamente igual que el mío, pero también me aseguró que lo iba a enviar a Francia. Y me prometió que el mío sería el único de estas características que habría en Londres. Por lo que parece, me ha engañado.

—No conozco a nadie con ese nombre —replicó Matty, sonriendo un tanto molesta—. He comprado este vestido en el condado de Wilts, a una modista que se llama *madame* Victorine.

—¿En serio? —La mujer levantó una ceja con gesto escéptico.

Mercy asintió con cierto nerviosismo.

—Sí, es cierto. Yo estuve con ella en la tienda.

La desconocida miró atentamente el corpiño de Matty. Tocó una de las mangas con su huesudo dedo.

—Seda dupioni, creo. Y forro de muselina, ¿verdad?

—Pues... eso creo —respondió Matty—. La verdad es que no me he fijado tanto.

—El suyo tiene un volante más.

—Sí. Me gustaba más así —contestó la tía, mirándose la falda.

A la mujer le brillaban los ojos de ira, y por un momento Mercy temió que agarrara el cuello del vestido para intentar mirar la etiqueta. Pero en ese mismo momento pareció darse cuenta de las miradas curiosas de la gente que pasaba a su lado.

—Bueno, es una coincidencia... extraordinaria. Tendré que hablar con *madame* Roland para ver qué tiene que decir al respecto. Buenas tardes.

Tras esas palabras, les dio la espalda, se marchó a toda prisa y se perdió entre la multitud.

—Vaya, qué cosa más rara —comentó Mercy.

—Sí... —confirmó Matilda, intentando seguir a la mujer con la mirada.

—El segundo acto va a empezar dentro de nada, así que será mejor que volvamos a nuestros asientos —apremió Jane.

—¿Qué opinas? —le susurró Mercy a su amiga, mientras caminaban escaleras arriba—. Supongo que Victorine no estará dedicándose a vender vestidos que hayan hecho otras modistas, ¿verdad? O de segunda mano...

—No creo que sea eso —respondió, susurrando también—. Aunque hace poco leí una noticia acerca de una criada que vendía para su provecho los vestidos que su señora no se ponía, y que fue juzgada por robo.

—¿Vestidos robados? Seguro que esto no tiene nada que ver con semejante cosa. Por lo menos eso espero...

—Creo que tienes razón —aceptó Jane, negando con la cabeza—. Las revistas están llenas de diseños franceses, y no me cabe duda de que muchas modistas los copian y los hacen pasar por propios. Yo misma lo hice una vez. Le llevé un dibujo a la señora Shabner y le pedí que me hiciera un vestido igual... aunque el resultado fue bastante frustrante, la verdad. Estoy segura de que se trata de eso. Un caso de prendas parecidas hechas a partir del mismo diseño. Una coincidencia, como ha dicho la mujer al final.

Mercy hizo una mueca.

—Nunca he creído demasiado en las coincidencias.

—Ni yo tampoco.

—¿Y qué deberíamos hacer?

—No podemos acusar a nadie con una prueba tan endeble. Pero quizá, cuando volvamos a casa, deberíamos contárselo a Victorine para ver cómo reacciona.

—Muy bien. Se lo diré a la tía Matty para ver qué piensa ella.

Jane había disfrutado mucho del viaje a Londres, y del tiempo que había compartido con su querida amiga, pero echó muchísimo de menos a Gabriel y estuvo preocupada por él durante su escapada. Se lo había pasado bien en las fiestas, las representaciones y las sesiones de prueba de su vestido, pero a medida que pasaban los días, hasta llegó a desear haber insistido en comprar el traje y los accesorios de novia mucho más cerca de casa, en Salisbury por ejemplo.

Finalmente volvieron a Ivy Hill cargadas de cajas de prendas y sombreros. El vestido lo enviarían unos quince días más tarde. Pasó bastante tiempo en Bell Inn guardando las cosas, saludó al personal y se aseguró de que no había asuntos inaplazables que atender, e inmediatamente preparó a *Athena* y se dirigió cabalgando a la granja Lane.

Ya eran más de las cinco cuando llegó, por lo que suponía que tanto Susie como la señora Mullins se habrían marchado ya. Pero confiaba en que Sadie, o alguna otra persona, siguiera allí, pendiente de Gabriel.

Jane llamó suavemente, por si él estaba descansando. Al ver que nadie abría la puerta, probó con el pestillo y comprobó que no estaba cerrado; se acordó de que Gabriel nunca echaba el cerrojo. Así que abrió con sigilo y entró, preguntándose dónde estaría todo el mundo. Puede que Sadie no hubiera oído la llamada. Avanzó casi de puntillas por el pasillo hasta la habitación principal y vio que la puerta estaba abierta. También vio a su prometido echado sobre las sábanas, vestido solo con ropa interior y con una manta sobre las piernas. O sea, más o menos como la última vez que lo había visto antes del viaje, con un libro abierto entre las manos y los ojos cerrados.

Durante un momento se limitó a disfrutar de su contemplación. El espeso cabello, las densas pestañas, una barba incipiente, el movimiento rítmico de su ancho pecho...

Entró en la habitación, la cruzó sin hacer ruido y estiró la mano para acariciarle la cara. Finalmente, se limitó a apartarle el pelo de la frente. En ese momento abrió los ojos.

—¡Jane! —saludó, con voz titubeante por el súbito despertar—. Me he quedado dormido. Ha sido un momento, supongo.

—No me gusta encontrarte solo. ¿Dónde están Susie, Sadie y la señora Mullins?

—Susie se ha ido con su familia, para pasar la noche, y Sadie lo mismo. La señora Mullins vino antes, pero la necesitaban en su casa.

—Pero tú también necesitas ayuda. Espero que no te hayan dejado solo durante mucho tiempo. —Se sentó en una esquina de la cama—. Me doy cuenta de que no resulta muy apropiado que esté en tu dormitorio cuando no hay nadie más en la casa. Pero en la situación en la que te encuentras, supongo que no importa.

—¿A qué situación te refieres? —preguntó, levantando una ceja.

—Quiero decir que estás inerme. Nadie podría pensar que fueras a tomarme en tus brazos tal como estás. Sigues enfermo, después de todo.

—No, claro, nadie podría pensar eso, ¿verdad? —respondió, con un brillo en la mirada. Se incorporó para sentarse, la agarró y la besó.

¡Pues tampoco estaba tan inerme!

Cuando la soltó, ella se levantó, casi sin aliento.

—Bueno, parece que... te encuentras mejor. —Se alisó la falda, que se le había arrugado—. ¿Quieres que te traiga algo? Un té, o algo de comer...

—No tengo... Aunque sí, ahora que lo pienso... me vendría bien un vaso de agua.

—Vuelvo enseguida —prometió ella, sonriendo.

Entró en la cocina, llenó dos vasos de la jarra y volvió a la habitación. Al entrar frenó en seco, derramando parte del agua. La cama estaba vacía.

Oyó un crujido de la madera del suelo y se dio la vuelta. Lo que vio hizo que diera un respingo y vertiera más agua.

Allí estaba, completamente vestido, aunque sin zapatos; sujetándose de pie por sí mismo.

—¡Gabriel!

—Bienvenida a casa, Jane. —La miraba con una amplia sonrisa algo burlona.

—¡Pero...! ¿Cómo...? ¿Cuándo...? —Con manos temblorosas, dejó los vasos sobre la mesita de noche.

—Empecé a recuperar la sensibilidad en las piernas precisamente el día que te fuiste, pero no quise decirte nada, por si se trataba de una falsa alarma. No quería alentar tus esperanzas sin razón, ni tampoco las mías. Pero tanto el doctor Burton como la señora Mullins han trabajado mucho conmigo para que recuperara las fuerzas. Quería darte una sorpresa.

—¡Pues bien que me la has dado!

—El médico quiere que me lo tome con calma. Que descanse bastante todos los días, y eso era lo que estaba haciendo cuando llegaste.

—¡Tenías que habérmelo dicho directamente!

Se rascó la parte de atrás del cuello con gesto un poco avergonzado.

—Bueno... pensé que era mejor que me pusiera primero los pantalones. Además, ha sido más divertido así, con una demostración práctica, ¿no crees?

Agarró un bastón para apoyarse y dio unos pasos hacia ella.

—Todavía me encuentro un poco débil, pero gano fuerza cada día.

Jane se tapó la boca con las manos y las apretó contra los labios. Empezaron a caerle lágrimas de los ojos. «¡Gracias, Dios mío!», musitó.

Gabriel extendió los brazos y caminó hacia ella. Ambos se fundieron en un abrazo largo y cálido.

«¡Bienvenida a casa, sin la menor duda!».

CAPÍTULO

15

Esa noche Jane durmió intermitentemente y soñó con su padre. En su sueño vivía solo y olvidado en Fairmont House, había dilapidado la finca y la fortuna y no se había marchado a la India, como ella pensaba. La casa se derrumbaba a su alrededor, pero él seguía allí, sentado entre los escombros, completamente solo.

Gabriel descubría la verdad y se la quedaba mirando.

—¿Ha estado todos estos años vivo y cerca de aquí y no me lo has dicho? ¿No lo has visitado?

—¡Lo siento mucho! —respondía, invadida por el remordimiento.

Se despertó respirando entrecortadamente, con la disculpa aún prendida entre los labios. Se sintió enormemente aliviada al comprobar que solo se trataba de un sueño. No obstante, siguió amedrentada y pesarosa durante bastante rato.

Entonces recordó la recuperación de Gabriel y el feliz encuentro de la tarde anterior, y el pesar empezó a disiparse. Se levantó, se vistió con la ropa de montar y se encaminó de nuevo hacia la granja.

Lo encontró en la cocina tomando una taza de café y revisando la licitación de una subasta, pero se levantó de inmediato al verla entrar, sorprendido y contento por volver a tenerla en casa tan pronto.

—Tenía que asegurarme de que lo de anoche no fue un sueño —dijo ella, acercándose para darle un abrazo.

—Sé perfectamente lo que quieres decir. —La acarició con la boca en la mejilla y en el cuello, envolviéndola con sus masculinos olores a jabón de afeitar, café y canela—. Yo también tuve un sueño muy extraño, en el que me decías que finalmente querías casarte conmigo —susurró—. Deberías besarme, porque si no, no voy a terminar de creérmelo.

Soltó una risita y se puso de puntillas para poder darle un beso.

Un rato después regresó a Bell Inn, rebosante de alegría y de ternura por el amor de su prometido, y encandilada con sus besos. Pero nada más dejar a *Athena* en el establo, volvió a pensar en el consejo que le había dado Gabriel respecto a su padre, recomendándole que volviera a escribirle diciendo que lo perdonaba. Sobre esto último no estaba del todo segura, pero tras su horrible sueño, decidió que al menos sí que le escribiría para darle la buena noticia de su compromiso.

De camino hacia su despacho para buscar papel y pluma, se detuvo al pasar por el salón de café.

Mercy y su tía estaban sentadas en una de las mesas. Matilda Grove se inclinaba hacia delante, muy animada, riendo y hablando con un hombre con la piel muy curtida y bronceada, el pelo moreno y algo canoso y de aspecto sorprendentemente familiar. Se le encogió el estómago. «¿Padre...?».

Seguramente el hombre solo se parecía a su padre. Había estado pensando en él hacía solo un momento, y sin duda el recuerdo le había llevado a imaginar que era él.

—Estás exactamente igual que siempre, Matilda —dijo el visitante. Su tono de voz hizo que Jane sintiera que se le paraba el corazón.

—Si piensas eso es que ya no ves nada, Win. Y tú estás moreno como un arándano, si exceptuamos el pelo. ¡Madre mía, lo que hemos envejecido!

—Acepto lo que me toca, pero en tu caso... ni mucho menos. Eres un espectáculo para estos ojos quemados por el sol, te lo aseguro.

Jane entró en el salón y se quedó absolutamente paralizada. Mercy advirtió su presencia de inmediato y cambió la sonrisa por un gesto de preocupación, casi de culpabilidad.

—Aquí está Jane.

El hombre se volvió a mirarla por encima del hombro y el corazón de la posadera se aceleró. Sus ojos, en medio de ese rostro tan bronceado, le resultaron tan familiares como los propios.

La expresión de su padre, en principio de alegría al verla, se trocó de inmediato en otra de cautela y preocupación. Probablemente se estaría preguntando cómo iba a recibirlo, después de su precipitada marcha y de nueve años de ausencia.

—Jane. —El nombre le sonó como una pregunta y su respuesta, todo al mismo tiempo.

Se levantó y se volvió hacia ella. Durante un momento, ambos permanecieron donde estaban, sin moverse, separados unos metros.

La voz de la señorita Matty rompió el incómodo silencio.

—¿Te lo puedes creer? Allí estábamos Mercy y yo, caminando por la calle High, y ¿a quién crees que nos encontramos? Al mismísimo *nabab*, que por fin ha regresado de la lejana India.

—Estábamos haciéndole compañía hasta tu regreso, Jane —añadió Mercy con voz tranquila.

Los ojos de Matilda brillaban mientras miraba a Winston Fairmont.

—No te quedes ahí como un pasmarote, Win. ¿Es que eso es un saludo como Dios manda? ¡Dale un beso y un abrazo a tu hija, hombre! No te preocupes por nosotras. —Le dio un golpecito en el brazo para animarlo.

Avanzó un par de pasos y, al ver que Jane no se movía, le dio un beso en la frente.

Mercy se puso de pie y se volvió hacia su tía, mirándola con elocuencia.

—Vamos, tía Matty. Dejémoslos solos.

—¡Ah, muy bien! —aceptó Matilda, levantándose de inmediato—. Pero tienes que prometernos que nos vendrás a visitar a Ivy Cottage mientras estés aquí, Win. ¿Cuánto tiempo piensas quedarte?

—Todavía... todavía no tengo planes definidos. Pero os visitaré pronto, lo prometo.

Matilda lo miró encantada.

—¡Estás obligado! —Se detuvo a ponerse el sombrero, pero su sobrina le tiró del brazo y casi la arrastró fuera de la habitación, murmurándole que había un espejo en el vestíbulo en el que podía colocarse el sombrero.

«¡Querida Mercy!». Su amiga lo entendía...

Cuando las Grove se marcharon, Jane se sentó y le indicó a su padre que hiciera lo mismo.

—Estoy atónita —empezó—. Pensaba que no volvería a verle jamás.

—¿No recibiste mi contestación?

La mujer negó con la cabeza.

—Por lo que se ve, he llegado a Ivy Hill antes que la carta —suspiró—. Me sorprendió recibir por fin noticias tuyas, y nada más verla supe que tenían que ser malas. Sentí mucho la muerte de tu marido, Jane. Por eso estoy aquí. Al menos en parte.

—Gracias. Pero, como le decía en la carta, estoy bien. Ni mucho menos pretendía hacerle volver. —Miró a su alrededor—. ¿No le acompaña su... esposa?

—No, por desgracia no. —Hizo una mueca de dolor—. Murió en septiembre.

Volvió a mirarlo inmediatamente.

—¡Oh, padre, cuánto lo siento!

—¿De verdad?

—¡Por supuesto! Nunca le he deseado ningún mal.

—Pero estabas furiosa conmigo por haberme casado con ella.

—Sí, sí que estaba furiosa con usted. Por muchas cosas. —Notó que volvía a crisparse—. Pero eso fue hace mucho tiempo.

—Pues parece que sigues enfadada —repuso él, encogiéndose ligeramente.

—¿Es que no lo puede entender? Que usted ansiara estar con otra mujer, después de tantos años casado con mamá... me pareció algo muy similar a una traición.

—Sí, es verdad, pero solo en cierto modo. Yo siempre recordé a Rani con cariño. Y un amigo común la mencionaba siempre que me escribía, por lo que sabía que no se había casado. Cuando tu madre murió, pensé que podría tener una segunda oportunidad de ser feliz.

—Sea o no lógico, yo me sentí abandonada. Lo dejó todo, vendiendo las propiedades sin avisar y sin intención ninguna de volver.

—Esperé hasta que te casaste, Jane —replicó, en voz baja—. Hasta que estuviste establecida.

—Ya sé que lo hizo. Pero me pareció que se alegraba de librarse de mí.

—Pensé que estabas feliz con John. ¿Era tan raro que yo también deseara ser feliz?

Al ver que no contestaba, se inclinó hacia ella y le tocó suavemente el brazo.

—Lo siento, Jane, pero después de la devastadora enfermedad de tu madre y de su muerte, quería escapar de la pena, del luto... estar en cualquier sitio menos aquí.

Ella colocó las manos en el regazo, muy apretadas.

—¿Y fue feliz en la India?

—Sí, lo fui. Finalmente lo fui. La familia de Rani estaba en contra de la boda, e insistía en que ella debía casarse con un compatriota. Finalmente aceptaron, aunque a regañadientes. Pasamos varios años felices juntos, gracias a Dios. Lástima que no hayan sido más.

Dándose cuenta de que Bobbin volvía de la bodega con algunas botellas, Jane bajó la voz.

—¿Cómo murió?

Su padre miró al camarero e hizo otro gesto de dolor.

—De cólera. Pero esta no es una conversación adecuada para un salón de café abierto al público.

—Lo siento. —Se dio cuenta de que su pobre padre había perdido dos esposas. Su corazón empezó a ablandarse.

Permanecieron en silencio durante unos instantes y ella cambió de conversación:

—¿Acaba de llegar?

—Sí. Desembarqué hace unos días y ayer mismo llegué al condado de Wilts.

—Tiene que estar exhausto. Espero que no haya pensado en quedarse en Fairmont House.

—Por supuesto que no. La vendí hace muchos años. ¿Por qué? ¿Es que está vacía?

—No. Es un hotel. Podría quedarse aquí, si le parece bien.

La noticia lo dejó muy sorprendido.

—¿Un hotel? ¿Y cómo es eso?

—El almirante al que se la vendió murió poco tiempo después y su heredero puso la casa a la venta. No logró venderla hasta hace poco. La compró un hotelero.

—No creo que te haya gustado mucho eso.

—No, la verdad. Pero por lo menos el nuevo dueño es una persona amable y servicial. Aunque tengo que admitir que me molesta bastante ver todos los cambios hechos.

—Me lo puedo imaginar. ¿Cómo lo ha llamado?

—Fairmont House.

—¡No me digas...! Jamás pensé que un hotel pudiera llevar mi apellido.

—Pero puede quedarse aquí, en Bell Inn, si lo desea.

—Gracias, Jane, pero ya he alquilado unas habitaciones en Wilton.

—Ah, ¿sí? ¿Por qué?

—No quería molestar, ni ser un problema.

—No lo habría sido, en absoluto. —¿Era realmente lo que sentía? Al menos eso esperaba—. Bueno, entonces... Veo que ya se ha tomado un té, pero sin duda estará hambriento después de un viaje tan largo.

—Me apetece una buena comida inglesa, no puedo negarlo.

—Pues de eso sí que tenemos, y en cantidad —afirmó Jane, sonriendo.

—Pero mejor mañana, Jane, si no te importa y te va bien. El día avanza, y tengo que volver.

—¿Está seguro? Puede dejar las habitaciones de Wilton y venir aquí, lo sabe perfectamente.

—Estoy... bien donde estoy, al menos por ahora. Aunque más adelante puede que acepte tu ofrecimiento. Gracias. Nos vemos mañana. —Se acercó y alargó la mano hacia ella, pero dudó y la dejó caer.

Después de que su padre se marchara, Jane montó a *Athena* por segunda vez en el día, ansiosa por compartir con Gabriel la sorprendente noticia. Mientras cabalgaba hacia la granja, se acordó de que se le había olvidado por completo contarle su compromiso, tan atónita como se había quedado al verlo. Decidió que al día siguiente hablaría con él y que lo llevaría a conocer a su prometido tan pronto como pudiera.

Al regreso de Londres de Mercy y Matilda, George y Helena las recibieron calurosamente y las trataron con más cordialidad. Mercy empezó a pensar que se había equivocado al pensar que no era bien acogida en la casa.

Pero durante la cena de la noche siguiente volvieron a aparecer los problemas.

Solo estaban ellos tres a la mesa. A Matilda la habían invitado a cenar las hermanas Cook, que estaban deseando saber qué tal se lo había pasado en Londres y a qué eventos había acudido.

—He recibido carta de mis padres —empezó Helena—. Van a venir a visitarnos. Por supuesto, necesitarán una habitación donde dormir.

—Pueden utilizar la de mis padres, naturalmente —propuso George.

—¿Pero no me habías dicho, señor Grove, que la habitación de tus padres era sacrosanta e intocable?

—Bueno... lo único que digo es que tus padres pueden dormir en ese cuarto. Escribiré a los míos para decirles que no se les ocurra venir al mismo tiempo.

—También hay que tener en cuenta a mi hermano y a mi hermana. No podemos pedirles que compartan habitación. Ya no son unos niños.

George, imperturbable, siguió saboreando la carne.

—Lydia puede utilizar mi antigua habitación, ahora que la señorita Ashford... quiero decir, *lady* Brockwell, ya no vive aquí. Y Alistair es un muchacho de... ¿cuántos, catorce años? La habitación del ático, la de la antigua institutriz, será suficiente para él, supongo. No tendrá ninguna dificultad a la hora de subir las escaleras. Imagino que hasta le gustará estar alejado de los adultos.

—Pero, amor mío, la sirvienta tiene su habitación allí cerca, igual que mi doncella.

—Sí, es cierto, pero están en el otro extremo.

—De acuerdo, pero no sé hasta qué punto resulta oportuno que un invitado se aloje en el piso de la servidumbre.

Mercy soltó el cuchillo y el tenedor de forma resuelta.

—No te preocupes más, Helena. Yo me trasladaré al piso de arriba.

Su cuñada la miró, levantando la cabeza con cierta altivez.

—Estaba pensando que quizá tu querida tía Matilda estaría más a gusto disfrutando de la tranquilidad del ático, pero si lo prefieres...

—Serían demasiados escalones para la tía Matty, y yo soy joven y fuerte. Relativamente, por supuesto.

George frunció el ceño.

—No, Mercy, no estoy de acuerdo. Esa habitación ha sido la tuya desde que tengo memoria. Querida, no podemos forzar a mi hermana a que se vaya de su habitación.

—¡Nadie la ha forzado! Se ha ofrecido voluntariamente de forma espontánea. Muchas gracias, Mercy.

Durante un momento, George miró con dureza a su esposa, con un gesto tenso en la boca. Pero sea lo que fuere que vio en sus ojos de hielo, el caso es que acabó con sus objeciones.

—Pues entonces, de acuerdo. Y muchas gracias, Mercy —repitió, con una sonrisa de disculpa—. Por supuesto, solo es temporal. Estoy seguro de que tienen pensado quedarse una semana más o menos.

—Cierto —asintió Helena—. Este arreglo me tranquiliza respecto a la visita. Pero cuando tengamos niños... —Hizo un gesto vago con la mano, muy pálida y fina.

—La antigua guardería se ha convertido prácticamente en un cuarto trastero, pero con algunos arreglos volvería a cumplir perfectamente su función.

Después de todo, yo dormía allí de niño, hasta que fui lo suficientemente mayor como para tener una habitación propia en este piso.

—¿Nuestro amado bebé tan lejos de su querida madre? No lo soportaría, señor Grove.

George se levantó y se acercó al decantador para servirse una copa de oporto.

—Puede que cambies de opinión cuando, sobre las tres de la mañana, una noche sí y otra también, tengas que aguantar los gritos a pleno pulmón de un crío —murmuró de forma casi ininteligible.

—¿Qué has dicho?

—Nada importante, querida. Tú sabrás. —Le guiñó un ojo a Mercy y volvió a poner su atención en la cena, no sin antes inclinarse y besarle la frente a su esposa.

Helena seguía con el ceño fruncido.

—Supongo que te darás cuenta, querido, que las dos parejas de abuelos querrán acudir a un acontecimiento tan importante como un bautizo. En tal caso, ¿cómo los acomodaremos?

—¿No sería mejor esperar a cruzar ese puente cuando tal bendición se produzca, amor mío? —respondió con suavidad.

—Solo estoy intentando adelantarme para evitar problemas y tenerlo todo previsto —replicó ella, soltando una risita que a Mercy le pareció burlona—. A veces me parece que tengo que pensar por los dos.

—Eso sobraba, querida. —Ahora fue George quien frunció el ceño.

—Lo único que quiero decir es que no te resulta fácil ver la situación con claridad, ya que te condicionan los recuerdos del pasado y cómo han sido las cosas desde siempre en Ivy Cottage. Para una recién llegada es mucho más fácil tener una perspectiva clara del futuro. Lo comprendes, ¿verdad, querido?

Le dirigió su sonrisa más encantadora, que obró la magia buscada. El pecho de George se hinchó de orgullo.

—Lo que veo es una mujer muy bella y, además, inteligente. —Le sonrió a Mercy—. ¿No he tenido una enorme suerte eligiendo esposa, hermana?

—Sí —contestó, con un gesto de asentimiento.

—Es una pena que no hayas disfrutado de la bendición del matrimonio, Mercy —lamentó su hermano, sin acritud.

Una vez más, ella asintió, pero esta vez sin decir nada.

Al día siguiente, como había prometido, el padre de Jane volvió a Bell Inn, llevando él mismo un carruaje que había alquilado en Wilton. Mientras disfrutaba de una cena temprana a base de sopa de guisantes, asado y ensalada de primavera, miró a su alrededor. El salón de café estaba lleno de clientes.

—Supongo que la familia de John ayudaría a mantener abierta la posada después de que muriera, ¿no?

—Me han ayudado mucho, sí. Thora se ha vuelto a casar hace poco, igual que el hermano de John, así que ahora están ocupados con sus nuevas casas y todo lo demás. Thora y su marido se pasan por aquí bastante a menudo y echan una mano, sobre todo en los momentos de más actividad. Pero John dejó la posada a mi cargo, padre. Soy posadera, lo puedes creer. Espero que no te resulte demasiado sorprendente.

—Pues la verdad es que sí que lo es. Aunque seguro que tienes un gerente que se encargue del trabajo de verdad.

—Todos compartimos las responsabilidades. He contratado a un empleado que está aprendiendo rápido, que hace las cosas con interés y, en general, bien. Puede que con el tiempo pueda asumir el papel de gerente.

—¡Madre mía! —exclamó, moviendo la cabeza lentamente de lado a lado—. Mi hija dueña de una posada de carretera, y gestionándola...

Jane asintió.

—Por cierto, padre, tengo que decirle algo: el acuerdo matrimonial al que llegó me ayudó muchísimo cuando murió John. —No entró en detalles acerca del préstamo, del juego, de las deudas...—. Sé que lo mencionaba en mi carta, pero una vez más le agradezco que me proporcionara cierta seguridad en el caso de que ocurriera lo peor, que finalmente fue lo que pasó.

—Era lo menos que podía hacer, y me alegro de que te sirviera en un momento tan delicado.

Jane dudó antes de intentar satisfacer su curiosidad:

—Padre, cuándo se fue... ¿le contó a alguien los planes que tenía de volver a casarse? Yo no sabía qué le había dicho a la gente, ni tampoco si era yo quien tenía que dar las explicaciones, cosa que me resultaba ciertamente incómodo. Decidí hablar de usted lo menos posible. De hecho, hay por lo menos un recién llegado a Ivy Hill que ha dado por hecho que mis padres han muerto, y yo no le he sacado de su error.

—Lo cierto es que no le dije a casi nadie que tenía decidido marcharme a la India —aclaró, negando con la cabeza y con gesto de arrepentimiento—. Pensé que así habría menos habladurías. Sí que se lo dije a mi abogado, Alfred Coine. Y a mi viejo amigo *sir* William. He sentido mucho saber que falleció, por cierto.

Pensó durante un momento, y después continuó hablando:

—Jane, sé que debía haber hecho mejor las cosas pero, por favor, intenta comprenderme. Si mi hermano mayor no hubiera muerto y no me hubiera convertido en heredero, no habría regresado de la India la primera vez. Cuando la conocí, Rani era solo una niña. Pero pensaba esperar unos cuantos años y casarme con ella. Pero tu tío murió muy joven y tus abuelos me rogaron que regresara para estar con ellos un tiempo. ¿Cómo iba a negarme a ese ruego de mis afligidos padres? Una vez aquí, me convencieron de que me quedara.

—¿Mi madre fue siempre una segunda opción? ¿La amó alguna vez? —Se preguntaba si siempre deseó haberse quedado en la India con Rani, para formar una familia con ella.

—¿De verdad tienes necesidad de preguntarme eso, Jane? —replicó con pesadumbre—. ¿Tú, que nos veías todos los días?

—No puede echarme en cara que me lo pregunte —contestó, bajando la cabeza. «Por querer estar segura del todo».

—Por supuesto que amé a tu madre también, Jane. Sabes que fue así. El hecho de que regresara a buscar a Rani no afecta a nuestro matrimonio, no lo desmerece. El corazón humano es mucho más complicado de como lo describen las novelas románticas, como sabrás por ti misma algún día, si es que no lo sabes ya. En esta vida puedes amar a más de una persona. A veces ocurre, y tienes que hacerlo. Y eso es una bendición, sobre todo si tu cónyuge muere joven.

Jane no podía negar las palabras de su padre. Una vez amó a Timothy. Y después llegó a enamorarse también de John. Y ahora amaba a Gabriel con toda su alma. Hacía nueve años era muy joven e idealista, fieramente leal al recuerdo de su madre y dispuesta a juzgar con dureza lo que interpretara como el menor signo de deslealtad. «¡Dios mío, perdóname!».

—Tiene usted razón, padre. Ya he descubierto por mí misma que eso es verdad. De hecho, estoy prometida y voy a volver a casarme.

Él se quedó con la boca abierta. Al ver que dudaba, Jane continuó:

—John falleció hace casi dos años, padre. Espero que no piense que hago mal.

—¡Por supuesto que no! Si lo hiciera, sería un completo hipócrita. Solo es que estoy muy sorprendido. Pero también muy feliz por ti, Jane. ¿Quién es el afortunado?

—El señor Locke. Seguramente no lo conoce. Llegó aquí bastante después de que usted se fuera.

—¿Puedo conocerlo?

—Por supuesto, lo estoy deseando. Y él también quiere conocerle. ¿Quizá cuando terminemos de comer?

Cuando disfrutó hasta casi saciarse de las dotes culinarias de la señora Rooke, el hombre se echó hacia atrás con un suspiro de satisfacción.

El hermano de John, Patrick Bell, entró a grandes zancadas y la saludó.

—Buenas tardes, Jane. He venido a recoger una novela para Hetty en la biblioteca. Pero me apetecía parar un momento, saludarte y preguntarte qué tal estás. —Miró al hombre que la acompañaba, y después volvió de nuevo la vista hacia ella.

—Patrick, ¿recuerdas a mi padre, el señor Fairmont?

Su cuñado frunció el ceño.

—¿Tu padre? Creía que había muerto...

Jane sintió un acceso de calor en el cuello y las mejillas, al tiempo que el joven esbozaba un gesto de disculpa.

—Perdóneme, caballero.

—Es una equivocación muy comprensible —respondió el señor Fairmont, quitándole importancia—. He estado fuera muchísimo tiempo.

—Mi padre ha pasado en la India los nueve últimos años, más o menos.

—¡Ah! —asintió Patrick—. Nunca he estado en la India, pero también he viajado bastante. Aunque ahora estoy aquí para quedarme. ¿Y usted?

Winston Fairmont dudó.

—Eso depende.

—Ah, ¿sí? ¿De qué?

Miró a su hija, y después a ninguna parte en concreto.

—Bueno, por supuesto que me quedaré hasta que Jane se case. Y después, solo Dios sabe qué es lo que haré.

Jane y su padre cabalgaron juntos hacia la granja Lane para visitar a Gabriel. Cuando llegaron, él salió de la casa, apoyándose todavía en el bastón.

—Padre, le presento a Gabriel Locke. Gabriel, este es mi padre, Winston Fairmont.

—Es un honor, caballero.

—Lo mismo digo. —Miró hacia el bastón.

—No se preocupe por esto, señor. Simplemente me estoy recuperando de un accidente que tuve hace poco.

—Y recuperando las fuerzas día a día, gracias a Dios —añadió Jane.

La expresión de su padre se mantuvo seria.

—Entiendo que está usted comprometido en matrimonio con mi hija.

—Así es, señor, lo que considero una auténtica bendición para mí.

—¿Y tiene los medios para mantenerla?

—¡Padre!

—Tranquila, Jane, no pasa nada —repuso Gabriel, sin darle importancia—. Es una pregunta muy lógica si la hace un padre. Tenemos la intención de montar una granja de caballos, tanto para criar purasangres como caballos de carreras, de tiro y para carruajes, y también entrenar y preparar los de otras personas, si nos lo encargan. Debo admitir que la mayor parte de mis fondos los he destinado a la compra de materiales y al arreglo de las instalaciones. El accidente ha supuesto un contratiempo, pero de verdad creo que la granja va a ser rentable.

—¿Se cayó usted de un caballo? No se puede decir que eso transmita mucha confianza.

—¡Padre...! —repitió Jane, moviéndose incómoda—. Gabriel es un jinete excelente, y sabe mucho de caballos. Además, tampoco necesitamos mucho dinero.

—Pero seguro que vendría bien si tu posada pasara por dificultades.

—Es cierto —concedió ella—. Afortunadamente, el acuerdo matrimonial al que llegaste fue un regalo del cielo.

El hombre miró a Gabriel con cierto aire de desafío.

—Supongo que no pondría usted objeciones a un acuerdo prematrimonial, ¿verdad, señor Locke?

Al observar su postura y el gesto de seguridad, Jane reconoció al antiguo Winston Fairmont. Un caballero respetado, con tierras, y un padre decidido. También recordó que Gabriel le había contado lo ofendido que se sintió John cuando su padre insistió tanto en aquel acuerdo prematrimonial. Su orgullo se sintió herido por el hecho de que el señor Fairmont considerara que «un simple posadero» podría no ser capaz de mantener a la privilegiada hija de un caballero. Observó a Gabriel, preguntándose si él también se sentiría ofendido ahora.

Durante un momento su prometido la miró, y después volvió a dirigir los ojos hacia su padre.

—En absoluto, caballero. Aunque confío plenamente en mantenerla como se merece.

—La confianza es una cosa y la seguridad otra. —Le brillaron los ojos—. Solo tenemos que acordarnos de casos tan cercanos como los de Thornvale o Bell Inn para darnos cuenta de ello.

—No puedo negarlo, señor.

El tono de su padre se suavizó.

—¿Tiene usted familia, señor Locke?

—Sí, la tengo. Padres, tíos y primos. Será un placer para mí presentárselos en la boda. Dando por hecho que contemos con su bendición, por supuesto.

—Contáis con ella. Y espero la ocasión de conocer a su familia ese gran día. Pero, de momento, me gustaría ver algo más de esta finca.

Jane soltó un suspiro de alivio, y Gabriel sonrió.

—Será un placer.

16

La noche siguiente, Mercy estaba acostada en una estrecha cama, bajo los aleros del último piso de Ivy Cottage. La pequeña habitación estaba justo al lado de la más grande que, anteriormente, había sido el dormitorio de sus alumnas, y que desde que se construyó la casa había servido de guardería de varias generaciones de pequeños Grove. La habían ocupado antes unas cuantas institutrices; algunas aprovecharon su aislamiento —el cuarto apenas era visitado por los dueños de la casa— para desatender sus funciones, y una de ellas para someter a los niños a duros castigos. Finalmente llegó la señorita Dockery, que fue una profesora magnífica y muy entregada. A Mercy le habría gustado que se quedara con ellos para siempre, pero finalmente su padre sustituyó a la joven por un tutor, con la idea de preparar a George para el acceso a la universidad. Al menos permitió que ella compartiera la educación con su hermano y mantuvo al tutor a pesar de las escasa predisposición de su hermano para el aprendizaje.

Y ahora ahí estaba ella, la antigua directora de la escuela femenina de Ivy Cottage, relegada a aquella habitación pequeña, fría y expuesta a las corrientes de aire, lejos de la familia, durmiendo, o más bien intentándolo, en un lugar pensado para una institutriz, pero sin ninguno de los beneficios de serlo: ni una alumna a la que enseñar, ni salario, ni ningún respeto a su posición. Recordó el momentáneo agravio que sintió cuando el señor Drake le contó que, en algún momento, había pensado pedirle que fuera la institutriz de Alice. Resultaba de lo más irónico. Nunca se había considerado vanidosa, pero... ¿sería esta una enseñanza de Dios para ser más humilde?

¿O se trataba de una señal?

Decidió dejar a un lado la amargura que sentía y se obligó a levantarse y a ponerse de rodillas junto a la pequeña cama. Así, con el cuerpo en una postura sumisa, se puso a sí misma a disposición de lo que Dios quisiera enviarle.

La siguiente vez que Rachel fue a Bell Inn a tomar café, le contó a Jane que próximamente iban a organizar una fiesta en la casa.

—Hemos enviado invitaciones a varias personas solteras de edad cercana a la de Justina, y entre ellos a Richard, los Awdry, los Bingley y Nicholas Ashford.

La posadera se dio cuenta enseguida del motivo real de la fiesta que preparaba su amiga.

—¡Ah, claro...! Recuerdo que me hablaste de la escasa predisposición de Justina respecto a *sir* Cyril. Me da la impresión de que estás jugando un poco a casamentera...

—Puede. Aunque jamás lo admitiré en presencia de *lady* Bárbara. —A Rachel le chispeaban los ojos, juguetones—. Ya sabes, lo único que intento es ser una buena cuñada con Justina a falta de hermanas propias. Todo el mundo ha aceptado la invitación, salvo Richard, que le mandó una corta nota a su madre poniendo una excusa de lo más banal, acerca de una reunión importante en su club. *Lady* Bárbara suspiró al leerla y dijo que ya se lo esperaba, pero yo diría que estaba muy decepcionada. Lo cierto es que mi corazón está con ella. Es muy triste tener un hijo completamente apartado del resto de la familia. No me extraña que su madre esté tan unida a *sir* Timothy, lo cual me hace tener aún más consideración por mi reflexivo marido.

Jane asintió, dándole la razón.

—¿Qué tienes preparado para la fiesta?

Le detalló las actividades previstas, que incluían tiro con arco, disparo a dianas y, si fuera posible, un baile.

—Ahora que me acuerdo... ¿podría contratar a los músicos de Bell Inn para una tarde? Así ninguna de las damas tendría que tocar en lugar de estar disponible para bailar.

—Sí, claro, siempre que no se trate de nuestra noche más concurrida. Y si los músicos están dispuestos, claro.

—Les pagaríamos bien, eso por descontado.

—Entonces seguro que estarán más que dispuestos —concluyó Jane, riendo entre dientes.

Después de comentar los detalles de la fiesta, le contó el inesperado y sorprendente regreso de su padre.

—¡Oh, Jane, qué maravilla! Y, además, a tiempo para tu boda. ¡No me puedo creer que me hayas dejado hablar de esa intrascendente fiesta cuando tenías una noticia tan magnífica que contarme! —Se inclinó hacia ella y la abrazó.

Hablaron un buen rato más y, cuando Rachel se marchó, Jane volvió a su despacho para continuar con el papeleo pendiente.

Un poco más tarde, mientras escribía y firmaba pedidos, su padre apareció en el umbral de la oficina.

—Hola, Jane. ¿Te interrumpo? —Echó un vistazo al escritorio, absolutamente lleno de papeles—. Parece que tienes mucho que hacer, así que no importa, puedo esperar.

—Nunca estoy ocupada si se trata de usted, padre. Me alegra verle de nuevo.

—Gracias, hija. Le he pedido a Matilda que nos veamos en el salón de café, pero tardará todavía unos minutos. ¿Te importa que hablemos un momento, hasta que venga?

—Pues claro que no. —Dejó la pluma en el soporte y se levantó.

Los dos se sentaron en una de las mesas del salón y hablaron de todo un poco, aunque inicialmente la conversación fue un tanto forzada. En un intento por encontrar un asunto interesante para ambos, Jane le contó sus dificultades iniciales para salvar la posada y conseguir una licencia a su nombre.

—Su viejo amigo lord Winspear me lo hizo pasar bastante mal, pero finalmente dio el visto bueno.

—El viejo y querido Winspear. Siempre le ha gustado hacerse el duro, aunque en el fondo es un buen hombre. Iré a visitarle otro día que esté por aquí.

Jane asintió y se produjo un nuevo e incómodo silencio.

Sabía que debía preguntarle más cosas acerca de su esposa, y mostrar más interés. Hacerlo la incomodaba, pero se recordó a sí misma que aquella mujer había sido muy importante para su padre, tan importante como Gabriel lo era para ella.

Así que, finalmente, tragó saliva y se lanzó a preguntar:

—¿Rani y usted no tuvieron hijos?

—Ella estaba ya en sus últimos años de fertilidad —contestó, frunciendo los labios—, así que sabíamos que iba a ser difícil.

—Entiendo.

—¿Cómo te habrías sentido si los hubiéramos tenido, Jane? —Pasó los dedos por el azucarero—. ¿Si hubieras recibido una carta mía diciéndote que había tenido un hijo?

—No estoy segura. Resulta extraño imaginar que podría haber tenido un hermano o una hermana al otro lado del mundo.

—Teniendo en cuenta tu reacción respecto a mi matrimonio, pensé que te sentirías mal. ¿Habrías rechazado a un niño procedente de una unión que desaprobabas?

—¡Me hace sentir que soy una cascarrabias! Supongo que habría experimentado muchas emociones entremezcladas, la verdad sea dicha. Pero... ¿cómo iba a tener sentimientos negativos respecto a un bebé inocente y ajeno a todo?

La miró detenidamente, pero no pareció demasiado convencido.

Matilda Grove entró en el salón y su padre se levantó

—¡Señorita Matilda, gracias por venir! Siéntate conmigo y cuéntame todo lo que me he perdido durante estos años.

—¡Nos llevaría todo el día!

Su voz y su expresión se suavizaron por completo.

—No espero menos.

—Bueno, me tomo eso como una señal para que desaparezca. —Jane se levantó para permitir que los viejos amigos hablaran tranquilamente en privado.

Matilda le dio un cariñoso apretón en el brazo cuando pasó a su lado, impidiéndole el paso. Se acercó a ella y le habló al oído.

—¿Estás muy ocupada?

El semblante preocupado de la mujer alarmó a Jane.

—¿Qué es lo que pasa, señorita Matty?

La mujer dudó por un momento.

—Había pensado que quizá podrías, eh... pasarte por Ivy Cottage cuando tengas un rato libre, para visitar a Mercy.

—¿Pasa algo malo?

—Creo que, en este momento... le vendría bien hablar con la amiga adecuada. Yo había quedado con tu padre hoy, porque si no...

—Pues claro que iré. —Le agarró la mano—. Ya sabes que siempre me apetece ver a Mercy. —Sintió una mezcla de curiosidad y preocupación.

Se puso un sombrero, los zapatos y una rebeca Spencer de manga larga encima del vestido y se dirigió directamente a Ivy Cottage.

Nada más llamar, el señor Basu acudió a abrirle la puerta, y Helena Grove salió de la sala de pintura para ver quién había llegado.

Se habían conocido en la iglesia, aunque brevemente, pero sabiendo que a la mujer le habrían presentado a mucha gente nueva en poco tiempo, se identificó de nuevo:

—Soy amiga de Mercy. ¿Está en casa?

—Sí, creo que está arriba, en su habitación.

Jane asintió.

—Entonces, si no le importa, pasaré a verla directamente.

Helena hizo un gesto de asentimiento, y Jane se dirigió a las escaleras.

—¡Ah! No la va a encontrar en su antigua habitación —le advirtió la señora Grove desde detrás—. Ahora está en el piso de arriba.

Jane se volvió con el ceño fruncido.

—Ah, ¿sí? ¿Y por qué?

Helena sonrió.

—Para hacer sitio a nuestra familia, que pronto se ampliará.

—Entiendo... ¿Debo felicitarles a usted y al señor Grove?

—No, todavía no. Pero siempre me ha gustado estar preparada. Y mis padres, mi hermano y mi hermana van a visitarnos dentro de poco. Mercy se prestó amablemente a ofrecer su antigua habitación para acogerlos. Entre usted y yo, pienso que ella prefiere estar ahí arriba. Está mucho más tranquila, sin que la molesten, y las personas a las que les gusta mucho leer suelen buscar la soledad, ¿no es así?

—Pues... no sabría decírselo —murmuró la posadera. Se volvió y enfiló las escaleras. La preocupación por su amiga le sirvió de combustible para ir más deprisa.

Al llegar al ático recorrió el pasillo, mirando en cada una de las habitaciones que tenían la puerta abierta. Encontró a Mercy sentada sobre una estrecha cama perfectamente hecha, vestida y con un chal de lana, leyendo un libro. Golpeó con los nudillos el marco de la puerta.

—¿Mercy?

Levantó la cabeza y abrió mucho los ojos.

—¡Jane! ¡Qué sorpresa verte aquí arriba!

—Pues yo también estoy muy sorprendida, y por lo mismo, la verdad.

—Bueno, no me importa. Lo cierto es que no. Aquí casi me siento más cerca de mis antiguas alumnas, y también me solidarizo un poco con ellas, la verdad. Hay bastantes corrientes de aire.

Se sentó junto a ella en el borde de la cama.

—¿Estás segura de que te encuentras bien? Tu tía está preocupada por ti. Pero, cuando he llegado, tu cuñada me ha dicho que aquí estabas perfectamente bien, y me dijo que «las personas a las que les gusta mucho leer suelen buscar la soledad» —citó, con una sonrisa burlona.

—¡Santo cielo! Me describe como a una ermitaña en su torre.

—Supongo que eso es una exageración, ¿no?

La señorita Grove se encogió de hombros.

—De verdad que no me importa, Jane. Solo que... hay muchos escalones, y a la tía Matty le cuesta bastante subirlos. Estábamos acostumbradas a estar una al lado de la otra, con solo el pasillo de por medio, prestándonos una prenda, o lo que fuera, y ayudándonos a ponernos las horquillas y esas cosas. Bueno, lo cierto es que estoy haciendo más ejercicio, bajando a verla y volviendo a subir, lo cual no es malo del todo.

—No tienes que fingir conmigo, ya lo sabes. —La miró fijamente.

—Pues claro que lo sé. —Se mordió el labio—. Jane, ¿puedo preguntarte una cosa en confianza?

—Desde luego.

—Respóndeme honestamente. Si empezara a trabajar, digamos, de institutriz, ¿pensarías mal de mí?

—¡Pues claro que no! Todo lo contrario, me sentiría orgullosa de tu decisión. Pero no se puede negar que quizá te afectaría negativamente en lo que se refiere a la posición social y a las amistades. De hecho, el casarme con John repercutió negativamente en ciertas relaciones, e incluso acabó con algunas. Con Rachel, *sir* Timothy, lord Winspear, los Bingley... Pero nunca contigo, Mercy. Y, gracias a Dios, los vínculos con mis amigas de toda la vida se han ido recomponiendo.

—¿Mereció la pena?

—Sí, creo que sí. Pero esto es distinto. Yo me casé con un posadero. Me convertí en dueña de la posada, al menos en parte. Hacerte institutriz... conlleva la soltería.

—Ya me he resignado a ella.

—¿De verdad? —Le lanzó una mirada desafiante y Mercy bajó los ojos. Jane reflexionó durante un momento—. Yo siempre había pensado que las mujeres de buena familia que se convertían en institutrices lo hacían porque no tenían otra alternativa, como si fuera la única manera de mantener su independencia.

—Mi familia no me fuerza a que me gane mi propio sustento, si es eso lo que quieres decir. Tengo poco dinero propio, pero no me moriría de hambre.

—Después de haber regentado tu propia escuela, entiendo perfectamente que desees tener cierta independencia y unos ingresos que te den autonomía para comprar lo que quieras sin tener que pedirle nada a tu padre o a tu hermano, si llega el caso.

—Sí, así es —asintió.

—Pero el trabajo de institutriz no tiene fama de estar muy bien pagado, la verdad sea dicha. Supongo que te verías obligada a vivir en una habitación pequeña y alejada, es decir, parecida a esta, con la única compañía de una o dos alumnas, y comiendo con ellas o incluso tú sola. Sin la posibilidad de entablar amistad con la familia, ni con la servidumbre. Es lo que tengo entendido, al menos.

Mercy asintió una vez más.

—¿De verdad crees que eso significaría una mejora, incluso respecto a tus actuales circunstancias? —continuó su amiga.

—Pues no, salvo porque... —la miró a los ojos— la alumna sería Alice.

Jane se quedó con la boca abierta. Empezaba a entender la situación.

—¡Ah, claro...! Tenía que haberlo adivinado. De todas formas, la verdad es que me sorprende que el señor Drake te haya ofrecido ese puesto, conociendo tu procedencia y tu experiencia como profesora.

—No me lo ha ofrecido, al menos exactamente. Solo me dijo que, en un principio, había pensado en mí, no solo por su confianza en mi capacidad, sino como una forma de paliar el dolor por la pérdida de Alice.

—¿Y cómo te sentiste cuándo te lo dijo?

—En principio me pareció casi una afrenta, pero se me pasó rápidamente. ¿Por qué iba a ofenderme? ¿Acaso no soy una mujer de buena familia pero sin ingresos propios? Pero de inmediato el señor Drake me pidió que le ayudara a encontrar una candidata cualificada.

—Pero... ¿quieres hacerlo? —En ciertos casos, la mirada de Jane podía ser de lo más inquisitiva, y lo fue tanto que Mercy bajó la vista.

—Mis padres no lo aprobarían. Y la verdad es que yo no quiero dejar sola aquí a la tía Matty.

—¿Ella qué opina?

—Todavía no se lo he dicho. Además, puede que ya sea tarde. El señor Drake ha puesto un anuncio para el puesto.

Jane la tomó de la mano.

—No estoy en condiciones de decirte lo que debes hacer o no, pero me consta que a tu tía no le parecería bien que te resignases a la infelicidad simplemente por pensar en ella. Si no fuera a casarme pronto, te invitaría a vivir conmigo, pero...

—¡Vamos, Jane, no quiero que lo pases mal por mí, ahora que por fin eres feliz! Estás a punto de casarte con un hombre maravilloso, y vais a gestionar juntos una granja de caballos. Dios es generoso.

—Lo sé. Soy muy afortunada. Pero sería aún más feliz si mi mejor amiga lo fuera también. —Se le llenaron los ojos de lágrimas.

Esa misma tarde, Mercy dejó a un lado el libro y se puso de pie. Estuvo a punto de golpearse la cabeza con el techo inclinado. Sumida en sus pensamientos, miró hacia la pequeña ventana de la habitación. A medida que el sol descendía en el horizonte, el pequeño cuarto se iba llenando de sombras. Y allí estaba ella, sentada en la antigua cama de la institutriz. No era una cama hecha para ella, en ningún caso la habría elegido, ni parecida. Pero tal vez era el momento de ocupar una similar. La luz, cada vez más tenue, le pareció agradable y le hizo sentir la cercanía del Creador, calmando sus temores. «Señor, ayúdame a elegir lo más adecuado», rogó.

La voz de la tía Matilda interrumpió su silencioso rezo.

—¿Mercy? ¿Qué haces aquí sentada en la oscuridad?

Miró hacia arriba, sorprendida de ver a su tía allí de pie, con una vela en la mano. No se había dado cuenta de que se hubiera hecho tan tarde.

—Acércate. Vamos a encender la vela... —Matty levantó la portezuela de cristal de la lámpara, la colocó en la mesita de noche y la encendió. Después se sentó junto a su sobrina.

—Daría lo que fuera por saber lo que estás pensando.

La joven le contó lo que le había dicho el señor Drake y le confesó que estaba sopesando la posibilidad de convertirse en institutriz.

—¡Mercy, por favor! ¿Por qué no me lo dijiste inmediatamente?

—No quería que te preocuparas.

—Pues es demasiado tarde. Ya estoy preocupada por ti, querida.

—Y yo por ti, tía Matty. No me gustaría dejarte aquí.

—¡Vamos, hija mía! ¿De verdad crees que una mocosa como Helena va a poder conmigo? He compartido esta casa con tu madre durante un montón de años y aquí estoy para contarlo —afirmó burlona, guiñándole un ojo—. No te atrevas a decir que no te vas porque tienes que cuidar de mí. Por supuesto que te echaría muchísimo de menos. Pero tampoco es que te vayas a ir al otro extremo del mundo.

—¿De verdad que no te importaría?

—No, siempre y cuando el cambio te hiciera feliz.

—Sabes que mis padres no lo aprobarían. Se sentirían avergonzados.

—Pues déjalos que se avergüencen. Cuando pienso en hasta qué punto te han puesto en vergüenza aquí... ¡No sabes lo que me gustaría tener el dinero suficiente como para poder irnos a vivir a algún sitio tú y yo solas!

—Lo mismo me pasa a mí.

—¿Estás segura de que no preferirías vivir en Londres con tus padres? Te lo han ofrecido, ya lo sabes.

—En Londres me sentiría muy sola, tan lejos de ti y de todos mis amigos... a no ser que tú vinieras conmigo.

—No, querida. Ivy Hill es mi hogar. Soy demasiado mayor como para empezar de nuevo y acostumbrarme a una gran ciudad.

—A mí me pasa lo mismo. Mis amigas están aquí. Tú estás aquí. Mi corazón está aquí.

Matty le dio unos afectuosos golpecitos en la mano.

—Entonces haz lo que te parezca mejor. —Apoyó el hombro en el de su sobrina—. ¿Estás segura de que el señor Drake no necesita una panadera, o una pastelera, o las dos cosas? ¿O una vieja dama que se siente en la puerta para dar prestancia a su establecimiento? —preguntó sonriendo.

—Sin duda que lo conseguirías con tu sola presencia, tía Matty.

La chispa de humor desapareció de los ojos de su tía.

—Querida, permíteme que te advierta sobre algo... Cuando perdiste a Alice lo pasaste muy mal, fue un golpe muy duro para ti. Tienes que tener claro que si haces lo que estás pensando, el señor Drake te va a contratar solo temporalmente. Una institutriz no se queda para siempre en una casa. El hecho de enseñar y, en cierta manera, de cuidar otra vez de Alice, un día tras de otro, ¿no implicaría que una segunda separación, cuando se produzca, fuera aún más dolorosa que la primera?

—Supongo que sí.

—Sé que eres muy estoica, querida, que soportas y cargas con el dolor sin protestar. Lo que pasa es que no solo sería doloroso para ti, sino también para la niña.

—Es un punto de vista razonable. Por supuesto que me preocuparé por Alice pero, en su caso, ha habido cambios. Ahora se siente muy unida al señor Drake. Y él la cuida magníficamente y se nota que la quiere. De hecho, tiene la intención de convertirla en su heredera y darle su apellido. Es decir, de ser su padre en el más amplio sentido de la palabra.

—Me alegra mucho saberlo, y espero que a ti también. Aunque supongo que será difícil ver que te han sustituido en sus preferencias...

—Tía Matty, te puedo asegurar que no me estoy planteando seguir este camino con la intención de volver a ganarme el primer lugar en el afecto de Alice. Te prometo que ni se me ocurriría hacerles semejante cosa, ni a ella ni al señor Drake. Pero no por eso voy a renunciar al placer de educarla, enseñarla y formar parte de su vida durante otro año o dos, o los que decidan. ¿Te parece mal?

—No lo sé, querida. Por una parte, no me gusta la idea de que sigas relegando tu propia vida, tu futuro, tus oportunidades de casarte. Dedicarle varios años a la hija de otro, años que no podrás recuperar, y que podrías estar utilizando para criar a tus propios hijos...

—Tía Matty, hablas como si tuviera varias ofertas de matrimonio entre las que escoger y a cual más interesante. Sabes que ya he escrito al señor Hollander para liberarlo de todo compromiso.

—¿Y qué hay del señor Kingsley?

Mercy negó con la cabeza.

—Creo que está enamorado de otra. Últimamente lo he visto varias veces con una rubia muy atractiva. Incluso los he visto abrazarse. Y, cuando le pregunté, me dijo textualmente que «Esther es más que una amiga. Es de la familia».

Su tía frunció el ceño.

—Puede que sea una de sus cuñadas.

—No, no está casada. Y si vieras cómo la mira... —Negó con la cabeza lentamente. Sentía una gran tristeza.

—Puede que sea una antigua amiga de la familia, o una prima... —sugirió su tía—. Estoy segura de que tiene que haber alguna explicación.

La joven suspiró. Se sentía muy cansada.

—Quizá. Pero incluso aunque esa mujer sea una amiga o pariente, yo no he dejado de animar al señor Kingsley a un acercamiento y él no ha reaccionado de ninguna forma.

—Querida, sabiendo lo discreta y modesta que eres, estoy segura de que, si lo has hecho, has expresado tus sentimientos de una forma muy sutil.

—No lo sé. Pero no tiene sentido esperar algo solo porque se desee que ocurra. Tengo claro que sus afectos van por otro camino.

La tía Matty se mordió el labio.

—Podría preguntarle a su madre si...

—¡No, por favor, ni se te ocurra! Adivinaría inmediatamente el porqué de tu pregunta, y sería muy incómodo para las dos, y para él. Y, por favor, no hables con nadie acerca de lo que estoy pensando hacer. Todavía no. Antes tendré que hablar con el señor Drake. Puede que ya haya contratado a una institutriz, o podría preferir a alguien menos ligado a Alice. Puede que la cosa no sea factible.

—Muy bien —aceptó, tomándola de la mano—. Entonces me limitaré a rezar por que se cumpla la voluntad de Dios, querida, sea la que fuere.

—Yo también —asintió Mercy.

CAPÍTULO
17

A Mercy le latía el corazón a toda velocidad y le sudaban las manos mientras esperaba sentada en el despacho del señor Drake. El empleado de recepción había ido a buscarlo.

Se abrió la puerta, dando paso a James Drake, tan bien vestido como siempre. La levita azul oscuro le sentaba como un guante, y su actitud confiada le daba todo el aspecto de un hombre de negocios de éxito. También intimidaba un poco.

—¡Señorita Grove, qué sorpresa tan agradable! No la esperaba. ¿Lleva mucho rato esperando?

—No, en absoluto.

Entrecerró los ojos verdes con expresión preocupada.

—¿Va todo bien?

—Sí, yo... —Tragó saliva—. Me preguntaba si ya ha contratado una institutriz para Alice.

Pestañeó y se sentó en el sillón que había enfrente de ella.

—Todavía no. He recibido carta de dos candidatas, pero ninguna de las dos tiene un historial que me parezca lo suficientemente interesante como para plantear una entrevista personal. Tendré que ampliar la zona geográfica de la oferta. —Levantó la mano—. ¡No tema! Mantendré mi promesa de contar con usted en el proceso de selección. Y tampoco quiero posponer demasiado tiempo la educación de Alice.

—No estaba preocupada por eso, ni tampoco he venido a criticarlo ni a presionar. A lo que he venido es a solicitar el puesto, si es que no ha cambiado su opinión acerca de mi idoneidad.

Se echó hacia atrás, levantando las cejas.

—No, en absoluto. Pero... pensaba que había decidido que el puesto estaba por debajo de sus posibilidades.

—Fue usted quien sugirió eso. Y no tengo la menor duda de que mi familia estará de acuerdo con usted. Pero... necesito tener algo que hacer. Algo que merezca la pena. Echo muchísimo de menos enseñar. Y, por supuesto, echo de menos a Alice. Pero no debe temer en absoluto que vaya a intentar usurpar su papel en la vida de la niña. Usted seguirá siendo su padre, y yo no seré más que una profesora.

Bajó un poco la cabeza antes de contestar.

—Vamos, señorita Grove. Los dos sabemos que sus sentimientos por Alice van mucho más allá de los de una mera profesora, y viceversa. Después de todo, hubo un momento en el que deseó tener su custodia. Yo no soy un hombre religioso, pero le doy gracias a Dios por el hecho de que la niña haya terminado por confiar en mí. ¿No sería doloroso para usted vivir con ello?

—Tengo que confesarle que al principio me dolió que ella le tomara tanto afecto. Pero fue una reacción egoísta, mezquina y que, afortunadamente, duró muy poco tiempo. Deseo con toda mi alma que Alice forme parte de una buena familia, en la que se sienta querida. Y eso es lo que está pasando, por lo que me siento muy feliz por ambos. Pero entendería que usted pensara que la situación pueda resultarle a la niña difícil de entender, confusa, y hasta que pudiera afectar a la relación entre ustedes. No quiero de ninguna manera que pase eso.

La miró fijamente y Mercy tuvo que resistir el imperioso deseo de salir corriendo de allí. Finalmente, el señor Drake cruzó las piernas con gesto relajado.

—Estoy convencido de que sus intenciones son las mejores, señorita Grove. Aunque no va a ser capaz de controlar lo que pueda ocurrir, ni la reacción de Alice a su presencia continua.

—Tiene toda la razón. Por lo tanto, si considera que el riesgo es demasiado alto y no merece la pena correrlo, no tiene más que decirlo.

Se levantó como movido por un resorte.

—Discúlpeme un instante, señorita Grove. —Salió rápidamente al vestíbulo y oyó su voz—. ¿Alice? ¿Puedes venir un momento, por favor?

Inmediatamente después, la niña entró en el despacho y, nada más ver a Mercy, en su preciosa cara se dibujó una amplia sonrisa.

—¡Señorita Grove! ¡Qué contenta estoy de verla!

—Y yo de verte a ti.

—Alice, ¿qué te parecería que la señorita Grove fuera tu institutriz? —preguntó el señor Drake sin más preámbulos.

La niña se volvió hacia él, con la boca muy abierta.

—¿De verdad?

Él asintió.

—¡Nada me gustaría más!

A Mercy se le encogió el corazón, pero hizo un esfuerzo enorme para mantener un tono de voz normal.

—Alice, tengo que decirte que si finalmente soy tu institutriz me tomaré mi responsabilidad muy pero que muy en serio. Haré todo lo que esté en mi mano para que estudies mucho y atiendas y te comportes como siempre lo hiciste en

Ivy Cottage. No me limitaré a ser tu... amiga, en absoluto, sino que mi responsabilidad será educarte y enseñarte, y la cumpliré.

—Pero seguirá siendo mi amiga, ¿o no?

—Pues claro que sí.

—¿Y vendrá a vivir aquí, a Fairmont House, con nosotros?

—Pues... sí, esa es la idea. Por lo menos temporalmente.

—¿Y por qué solo temporalmente?

—No necesitarás toda la vida una institutriz. Estás haciéndote mayor. Tu pad... el señor Drake podría tomar la decisión de enviarte a una escuela femenina algún día, o de contratar un tutor, o...

Alice se volvió hacia el señor Drake.

—No me enviaría a ningún sitio, ¿verdad que no?

—Solo lo haría si tú quisieras. Hay jóvenes que prefieren ir a un internado, ya sabes.

—Yo no.

—Pero tendrías más amigas. Sé que echas de menos a tus antiguas compañeras de clase.

—Sí, pero con usted y la señorita Grove aquí sería completamente feliz.

—Bueno, pues entonces no hay más que hablar. —El señor Drake miró a Mercy a los ojos—. Siempre que no haya cambiado usted de opinión, claro.

—Lo tengo más claro que nunca.

La expresión de la pequeña era radiante.

—¡Voy a contárselo a Johnny! —Salió corriendo de la habitación, ansiosa por compartir la buena noticia con el joven mozo de cuadra.

El señor Drake sonrió un tanto avergonzado.

—Se puede decir que ha adoptado a ese chico y lo ha convertido en uno más de la familia. —Entrecerró la puerta tras la impetuosa salida de Alice—. Bueno, ahora supongo que debemos hablar del salario, y de otras cuestiones logísticas. ¿Le parece razonable un sueldo de cuarenta libras anuales?

—Muy generoso.

—¿Y cuándo se mudaría aquí para empezar a trabajar?

—No necesito mucho tiempo para hacer el equipaje.

Él se rascó la barbilla mientras reflexionaba.

—¿Por qué no me da una semana más o menos para que pueda preparar una habitación adecuada para usted? Me temo que no podrá ser una de las mejores del hotel...

—Tampoco esperaba tal cosa. Lo único que necesito es una habitación pequeña, bien cerca de la de Alice, o de los criados. Creo recordar que cuando venía aquí a ver a Jane había un aula en el piso de arriba, ¿no es así?

—Sí —confirmó—. Tenía la intención de arreglar esa antigua aula y preparar el cuarto contiguo para la nueva institutriz. Pero ahora que sé que va a ser usted, veré qué puedo hacer para que sea más confortable.

—No tiene por qué molestarse ni incurrir en más gastos por mi causa.

—Ya, pero es que quiero hacerlo. Quiero que esté tan bien atendida y tan a gusto como lo estuvo Alice en Ivy Cottage.

Mercy sintió una gran calidez, y todas las dudas que tenía terminaron de desaparecer.

—Muchas gracias, señor Drake.

Después de la cena, Mercy y Matilda estaban tranquilamente sentadas en la sala de estar, disfrutando juntas de la tarde, ellas dos solas. George y Helena acompañaban a los padres y los hermanos de ella, atendiéndolos en la sala de pintura. La nueva señora Grove elegía casi siempre la habitación más formal, mientras que la tía y la sobrina preferían el más humilde y hogareño cuarto, con sus cómodos muebles y los cojines algo raídos. En las paredes colgaban labores enmarcadas y la repisa de la chimenea estaba cubierta con un paño bordado a mano por la abuela de Mercy.

La joven se levantó y se dirigió al escritorio que antes utilizaba para ver la correspondencia de la escuela.

—Supongo que debo escribir a mis padres y anunciarles mi decisión, ¿no te parece? Espero que no me lo prohíban.

—He estado pensando acerca de eso, querida —dijo la tía Matty—. Déjame que escriba yo primero a tu padre para recordarle la tensión inicial que se produjo entre su esposa y su hermana durante los primeros tiempos de su matrimonio. ¿Acaso no habría preferido un hogar pacífico y más privacidad, sobre todo estando aún en fase de luna de miel? —Sonrió con picardía—. Y probablemente el que la nuera esté más contenta podría acelerar la llegada de los deseados nietos, digo yo...

»Procuraré convencerlo de que, por lo que he dicho antes y por tu felicidad, merecerá la pena permitirte hacer lo que te apetece y convertirte en institutriz, aunque parezca socialmente... inadecuado. También le hablaré del señor Drake, del respeto y la consideración que se ha sabido ganar en todo el condado, y de su éxito en los negocios; y pondré mucho énfasis en que no desea que otra persona, que no sea su bien educada y magníficamente formada hija, enseñe a su apreciadísima pupila. A cambio de un magnífico salario, como no podía ser de otra manera.

—¡Madre mía, tía Matty! La gente a veces me toma el pelo diciéndome que debería convertirme en una política reformista, pero está claro que podría decir lo mismo de ti.

—Y con razón —concedió, guiñándole un ojo—. ¿De quién crees que has aprendido? —Empujó suavemente a la joven y ocupó su lugar en el escritorio.

Mercy esperó varios días tras la marcha de la familia de Helena para dar a conocer la noticia. Después de cenar, entró en la sala de pintura y les contó sus planes a George y Helena.

Su hermano y su cuñada se quedaron mirándola de hito en hito, con la boca abierta y bajando la vista con expresión consternada. La cosa habría resultado hasta cómica para ella, de no haber estado tan nerviosa.

Había pensado que Helena se sentiría exultante al saber que se iba de Ivy Cottage. Pero la verdad es que no vio ni sonrisas contenidas ni miradas de triunfo disimuladas y compartidas entre marido y mujer. En todo caso, pensó que la consternación tenía más que ver con lo que pensaba hacer tras su partida que con la partida en sí. Al ver que no rompían el silencio ni reaccionaban, tragó saliva y empezó a asustarse. ¿Estaría cometiendo un error?

—Querida hermana —empezó por fin Helena, mirándola con una sonrisa que le pareció de disculpa—, espero que nada de lo que yo haya podido decir o hacer te haya hecho pensar que deseábamos que te marcharas.

George miró a su esposa con cariño y le acarició la mano.

—Pues claro que no, querida.

Mercy sintió una punzada de culpa e incertidumbre. ¿Habría juzgado mal a Helena?

—No obstante —continuó su cuñada—, si hubieras decidido vivir en Londres con tus queridos padres, sin lugar a dudas habríamos comprendido y apoyado tu decisión. Pero esto...

Su hermano frunció el ceño.

—Me parece una decisión imprudente y demasiado impulsiva, Mercy.

—¿Por qué imprudente? Echo de menos enseñar. Estoy convencida de que es un don que Dios me ha concedido, y no estaría bien malgastarlo. Y ahora tengo la oportunidad de hacerlo con una de mis antiguas alumnas, mi favorita además. No voy a mudarme a un lugar inhóspito y peligroso, como hiciste tú, George. Solo me voy a Fairmont House.

—¡Pero eso es mucho peor! —exclamó Helena—. Todo el mundo lo sabrá, y pensará que te encuentras en una situación desesperada. ¡Repercutirá negativamente sobre nosotros...!, y también sobre tus padres, claro. No es posible que lo hayan aprobado.

—La tía Matilda y yo misma les hemos escrito para explicárselo.

—¡Las dos habéis decidido avergonzarnos! —volvió a exclamar Helena, esta vez alzando los brazos—. Señor Grove, intenta transmitirle a tu hermana un poco de sentido común.

George se inclinó con gesto implorante, apoyando los codos en las rodillas.

—Mercy, me doy cuenta de que echas de menos tu escuela, y los ingresos que procedían de ella. Helena y yo hemos hablado de hacer algo por ti, de procurarte una modesta asignación anual. Estoy seguro de que, si lo hablo con padre, él estará de acuerdo.

—Eres de lo más generoso, querido —dijo Helena—. Y, por cierto, cuando escribas a tu padre, recuérdale que la asignación para el mantenimiento de la casa también debe incrementarse.

—Por lo que a mí respecta, no es necesario pedir más dinero —repuso la señorita Grove—. El que yo viva en Fairmont House implicará que aquí haya una boca menos que alimentar, lo cual redundará positivamente en los gastos de la casa. ¡Solo los ahorros en las velas que utilizo para leer por la noche pueden dar lugar a una pequeña fortuna! —bromeó, para intentar aliviar la tensión.

Pero ninguno de los dos sonrió.

—Debo pedirte que lo reconsideres. Como tu único pariente masculino presente, creo que tengo algo que decir al respecto —protestó su hermano.

No pudo evitar sentir una gran irritación.

—George, debo recordarte que tengo treinta y un años y que he gestionado una casa y una escuela durante más de una década, tomando mis propias decisiones, sin malgastar ni una libra de la familia. Así que estoy en perfectas condiciones de tomar también esta decisión. No lo hago para herir o avergonzar a nadie, sino porque creo que es lo adecuado para mí en este momento de mi vida. Seré más feliz, y creo que vosotros dos también lo seréis.

Helena se retorció las manos, seguramente mientras buscaba urgentemente otro argumento.

—El señor Drake no está casado, ¿verdad? ¿Qué dirá la gente?

—Yo no me preocuparía a ese respecto, querida —la tranquilizó George—. Solo oigo cosas buenas acerca del señor Drake. Tiene una magnífica reputación, aunque no se deja ver demasiado a menudo por la iglesia. Según creo, la niña es la hija de unos amigos que fallecieron; al quedarse huérfana la tuteló y, según dicen, su intención es adoptarla plenamente. Todo encomiable y bienintencionado.

Era lo que la mayoría de la gente pensaba, y redundaba en beneficio de Alice, así que Mercy no le contradijo.

—Doy por hecho que no hay nada entre vosotros dos, ¿no es así? —añadió su hermano.

—Por supuesto que no —confirmó casi murmurando, y controlando su enfado.

El señor Drake se había mostrado amigable y educado con ella, pero sin ningún tipo de insinuación romántica.

—¿Y qué pasará con la tía Matilda? —continuó George—. ¿Vas a abandonarla?

¡Qué injusto sacar a colación a su querida tía! «¡Si pudiera llevármela conmigo...!», pensó.

—La echaré mucho de menos, por supuesto. Pero la veré como poco una vez a la semana en la iglesia. ¡Por Dios, si solo me voy a Fairmont House, que está aquí al lado!

La indignación arrebolaba el habitualmente pálido rostro de Helena.

—Si insistes en hacer esto, espero que asumas toda la responsabilidad de la decisión y que no dejes que nadie piense que te hemos forzado a tomarla. Le diremos a todo el mundo que escogiste actuar sin nuestra aprobación ni consentimiento.

—Así lo haré —replicó Mercy. No tenía la menor intención de echarle la culpa a nadie. Aunque las conclusiones a las que pudiera llegar la gente por sí misma no estaban bajo su control.

Rachel, Justina y *lady* Bárbara volvieron a la tienda de *madame* Victorine para ver los bocetos del vestido. Cuando llegaron, Rachel observó otra vez los modelos del escaparate. Pese a que deseaba apoyar a la nueva modista, antes de casarse había adquirido un vestuario completo, por lo que no había justificación alguna para encargar o comprar más ropa. Se volvió hacia su suegra.

—*Lady* Bárbara, ese vestido del escaparate, el verde esmeralda, seguro que le sentaría muy bien. Igual podría utilizarlo en la próxima fiesta de casa.

La viuda lo miró durante un momento.

—Es precioso, lo reconozco. Pero no necesito ningún vestido nuevo. Además, la anfitriona de la fiesta vas a ser tú.

No observó ningún resentimiento en su expresión, lo cual la tranquilizó bastante.

Cuando entraron en la tienda, la modista puso un cuaderno de dibujo encima de la mesa de trabajo, además de varios bocetos en papeles sueltos. No solo había dibujado el vestido, sino también a Justina con él puesto. Había una vista completa de la parte de delante, otra de la espalda y dos más de los lados, así como detalles ampliados de algunas partes, como el corpiño, las mangas y el cuello.

—¡Madre mía! —exclamó Justina—. ¡Se parece mucho a mí! ¡Buen trabajo, *madame*! Es usted toda una artista.

—Gracias. La verdad es que he disfrutado mucho haciendo los dibujos, pero en realidad no son más que bocetos para intentar plasmar lo que usted me había dicho, y presentarle alternativas sobre las que escoger.

Victorine pasó una página del cuaderno y continuó:

—Por ejemplo, usted mencionó que quería un corpiño anglo-griego, pero tal vez esa forma haga que el pecho parezca demasiado amplio y antinatural. ¿No le gustaría más este otro tipo, galo-griego? Sin duda haría resaltar la esbeltez de su cintura.

—Sí, tiene sentido. Me gusta.

—Y estas son las mangas de tipo farol que me indicó.

—Muy bonitas.

—Y un detalle de la parte de atrás...

Lady Bárbara se caló las gafas de ver de cerca para mirar con atención la espalda del vestido.

—Me sorprende este dibujo tan detallado. ¿Propone lazos para cerrar la cintura y el corpiño?

—Sí. ¿No le parece que es de lo más práctico? La forma más rápida de vestirse y desvestirse...

—Espero que no esté sugiriendo que mi hija va a tener alguna vez la necesidad de desvestirse a toda prisa, *madame*...

—¡Cielos, no! De ninguna manera.

—Mi hija dispondrá de una doncella personal, por lo que no hace falta nada que sea «práctico y rápido» a la hora de vestirse y desvestirse, se lo puedo asegurar. Lazos tradicionales, botones pequeños, imperdibles... cualquiera de esos sistemas resultarían perfectamente apropiados para una dama de su posición social.

—Por supuesto, *milady*. Les pido disculpas. Haré los cambios que sean necesarios.

Se abrió la puerta y entró la señora Barton, la lechera.

—Enseguida estoy con usted, señora Barton —saludó Victorine.

—Tranquila, no hay prisa. Solo estoy mirando.

Inmediatamente después entró otra mujer. Rachel se había cruzado con ella alguna vez y sabía que era la doncella personal de la nueva señora Grove.

La mujer empezó a hablar con Victorine en francés a velocidad de vértigo, y Victorine alzó la mano para detenerla.

—*Je regrette, mademoiselle. Pouvez-vous parler plus lentement, s'il vous plaît?*

Rachel sabía el suficiente francés como para entender lo que le había dicho Victorine a la criada: «Lo siento, señora. ¿Podría hablarme más despacio, por favor?».

La mujer, que era bastante baja, alzó las manos.

—*J'ai pensé que vous étiez française!*

«¡Pensaba que era usted francesa!».

—*Ma mère, oui. Mais je parle rarement français maintenant.*

«Mi madre lo era, sí, pero ahora apenas hablo en francés».

—*Dommage.* —La francesa bufó y empezó a hablar en un inglés con mucho acento—. ¡Qué mal! Mi señora, *madame* Grove, me ha dado esta lista para usted. Medias y esas cosas. Aquí se la dejo. Supongo que entrega a domicilio, ¿verdad?

—Si lo desea, sí.

La mujer se dio la vuelta y salió rápidamente.

—*Au revoire.*

Una vez que se hubo cerrado la puerta, *lady* Bárbara intervino de inmediato.

—¿No entendía usted a esta mujer?

—Algo. Pero ha hablado demasiado deprisa. Es una pena, pero desde que murió mi madre ya no hablo francés prácticamente nunca —respondió Victorine, moviendo la mano de un lado a otro.

—¿Y su padre?

—Era inglés.

—No tenía esa idea... —dijo *lady* Bárbara, frunciendo el ceño—. ¿Entonces no es usted francesa?

—Sí que lo soy, nací allí, pero he pasado en Inglaterra la mayor parte de mi vida. ¿Supone eso algún problema?

—Me imagino que no. Tal vez una decepción, si uno piensa que está contemplando vestidos y complementos que están de moda en París y después averigua que su modista no ha pisado Francia desde hace muchos años.

—Tiene usted todo el derecho a hacer el encargo a otra modista si así lo desea, *milady*. Lo entendería perfectamente.

—¡No, madre! —interrumpió Justina—. Si me caso, quiero que Victorine sea quien haga mi vestido.

Lady Bárbara volvió a mirar los bocetos.

—Muy bien. Si sabe coser la mitad de bien que dibuja, el vestido va a ser magnífico.

CAPÍTULO
18

Mercy y su tía fueron esa noche juntas a la reunión de la Sociedad de Damas Té y Labores. No sabía si cuando empezara a trabajar como institutriz podría acudir, así que estaba decidida a no perderse esa velada.

Se preguntaba cuál sería la mejor manera de comunicar la noticia. Quería que las mujeres lo supieran directamente por ella, que lo consideraran algo bueno y, sobre todo, que no sintieran lástima. Pero antes de poder hablar, la señora Barton se lanzó como un torrente a comentar otro asunto.

—¡Que descubrimiento tan decepcionante! ¿Recuerdan lo entusiasmadas que estábamos por tener una modista francesa en el vecindario?

—Sí, ¿por...? —Mercy echó una mirada hacia Jane, que estaba en el otro extremo de la sala. La tía Matty, sentada a su lado, le dio un discreto codazo. El repentino y sorprendente regreso de Winston Fairmont y la mudanza de Mercy las había mantenido muy entretenidas, por lo que no comentaron nada a la modista sobre el parecido del vestido de Matilda y el que vieron en Londres.

—Resulta que, por casualidad, estaba en la tienda cuando entró la doncella de tu cuñada —prosiguió Bridget—. Hoggtaahhnse, dice que se llama, o algo parecido. Iba a hacer un recado para su señora. Bueno, pues intentó hablar con la modista en francés, pero Victorine no se enteró ni de la mitad de lo que le había dicho. Resulta que no habla francés desde hace un montón de años. Y que su padre es un inglés de pura cepa.

—Sí, ya lo sé —replicó Mercy—. Nos lo dijo nada más llegar.

La lechera prosiguió completamente desatada:

—Nos preguntábamos por qué se habría instalado en nuestra pequeña comunidad, y ahora ya sabemos la respuesta: probablemente tuvo que salir huyendo de algún otro lugar por impostora. ¿«*Madame* Victorine»? ¡Vamos! Seguramente no tiene la menor idea de lo que de verdad está de moda en ninguna parte.

—¿Y tú sí, Bridget? —preguntó con aspereza Charlotte Cook— No me había dado cuenta de que eres toda una *connoisseur* del mundo de la moda. ¿Has aprendido de tus queridas vacas?

La señora Barton levantó la cabeza.

—Por si no lo sabes, que sí que deberías, soy una de las usuarias más habituales de la biblioteca circulante Ashford. Y no solo leo libros, sino todas las revistas femeninas de moda que llegan, con sus dibujos incluidos. Sé de moda mucho más que tú, Charlotte Cook, que todavía llevas esos encajes que se pasaron de moda ya hace treinta años.

—¡Retira eso! —espetó la aludida.

—¡Los encajes son clásicos! —proclamó su hermana Judith, con la cara desencajada—. ¡Nunca se pasan de moda!

—¡Y tanto que no, Judy! —murmuró Charlotte. Las dos hermanas Cook se tomaron de la mano, mostrándose mutuo apoyo.

—¡Señoras, señoras! —intervino Mercy, procurando aplacar la tensión—. No entremos en discusiones estériles ni nos metamos unas con otras. No es nuestro estilo.

—¿Qué dice la señora Shabner acerca de nuestra nueva modista? —preguntó la señora O'Brien.

—Creo que todavía no ha visitado la tienda, porque no quería entrometerse —aclaró Matilda—. Pero le puedo pedir que vaya a echar un vistazo, si eso sirve para que todas nos tranquilicemos respecto a la capacidad de Victorine.

—No es solo su capacidad lo que pongo en duda —insistió Bridget—. ¡No da ninguna pista respecto al origen de su familia, ni aunque se le pregunte directamente!

La señora Klein asintió y empezó a hablar con cierto tono de disculpa:

—Me temo que, en este caso, tengo que darle la razón a Bridget. Y tampoco da muchas explicaciones cuando le preguntas por los vestidos del escaparate. No parece muy familiarizada con las telas utilizadas, ni con los detalles de su elaboración. De hecho, estoy casi segura de que no los ha hecho ella.

—¡Vamos, por favor! —intercedió Becky Morris—. Si no los ha hecho ella, ¿de dónde han salido?

Esa era la cuestión. Al ver que Jane le hacía señas, Mercy interrumpió:

—Señoras, no estamos aquí para cotillear ni para juzgar a nadie basándonos solo en suposiciones. Démosle a Victorine el beneficio de la duda. Y ahora, pasemos a otro tema: tengo noticias que darles y que me afectan a mí personalmente...

Les informó de su nuevo trabajo, y las reacciones de las mujeres fueron de lo más variadas: sorpresa, algo de pena, felicitaciones poco entusiastas... Pero, al menos, el asunto de los vestidos de Victorine quedó olvidado. Al menos por el momento.

A la mañana siguiente, Mercy, Jane y Matilda acudieron juntas a visitar a la modista.

Fue Mercy la que tomó la iniciativa.

—Buenos días, Victorine.

—Buenos días, señoras. No las había visto desde su regreso de Londres. ¿Qué tal el viaje?

—Lo pasamos muy bien. Y el vestido de la tía provocó reacciones.

—Me alegra oír eso.

—Pues sí. De hecho, una noche, en el teatro, una mujer llevaba un vestido casi exacto, incluso en el forro. La dama insistió en que lo había confeccionado una tal *madame* Roland. Aunque, finalmente, aceptó la posibilidad de que se tratase de una coincidencia —contó Matilda.

Victorine se quedó paralizada. Se le agrandaron las pupilas y le temblaron las aletas de la nariz. A Mercy le recordó a una liebre acorralada.

Finalmente, negó despacio con la cabeza.

—No conozco personalmente a nadie que se apellide Roland.

—¿No es verdad que se hacen muchos vestidos a partir de un mismo patrón, o basándose en una revista de modas? —intervino Jane—. Eso podría explicar el gran parecido de ambos.

—Pues... supongo que sí —murmuró Victorine—. En todo caso, en ningún momento he dicho que yo diseñara ese vestido.

Durante un momento, que se hizo bastante largo e incómodo, las tres se quedaron allí de pie, sin moverse y mirándose unas a otras. Si esperaban que les diera alguna explicación convincente, estaba claro que iban a quedarse con las ganas.

—¿Se les ofrece algo más, señoras? —dijo Victorine, abriendo la puerta para que salieran—. De no ser así, agradezco su visita.

Cuando la puerta se cerró, Victorine sintió remordimientos. ¿Tendría que haberles dicho la verdad, es decir, que no era ella la que había hecho el vestido de la señorita Matty, ni ninguno de los que había en el escaparate? Pero el miedo le había sellado los labios. Incluso en ese momento, y corrigiendo su primer impulso, se puso a pensar en una manera creíble de justificar la situación sin revelar su pasado, sin dar a conocer dónde habían trabajado juntas Martine y ella.

Pensar en Martine le provocó un dolor en el pecho. Esa mujer se había convertido en una segunda madre para ella después de que muriera la suya. Perder a las dos así, y también a su hermana... Se llevó la mano al corazón y apretó con fuerza.

Tras la inesperada muerte de Martine, su marido, Pierre, le dio sus vestidos y, ante su negativa inicial, insistió mucho en que se quedara con ellos. «Es lo que

Martine habría deseado», aseguró. «Utilízalos para abrir tu nueva tienda, que es lo que tu *mère* y tú deseabais hacer desde siempre. Así, de alguna manera, ella formará parte del proyecto. Y por lo menos saldrá algo bueno de esta terrible pérdida».

Por eso los aceptó y decidió lanzarse a la aventura, llena de dificultades, de convertirse en modista. ¿Qué otra cosa podía hacer, con dos baúles llenos de vestidos y otras prendas que a ella no le servían, no solo por las tallas, que eso tenía arreglo, sino porque estaban diseñados para personas mayores? Además, si su hermana pequeña estaba siendo capaz de ganarse la vida sola, ella también podría. Decidió intentarlo, eso como mínimo.

Pero no les había dicho nada de esto a esas damas del pueblo. Sabía que nadie pensaría que una mujer con sus antecedentes fuera capaz de crear un vestido elegante y bonito. Había decidido mantener en secreto su pasado. Al menos de momento.

Un silencioso señor Basu ayudó a Mercy en la mudanza, acarreando el pequeño baúl, las maletas y las bolsas de mano. La señora Burlingame la esperaba fuera de la casa con la carreta. El señor Drake se había ofrecido a enviar un carruaje desde el hotel, pero Mercy declinó amablemente su ofrecimiento. Se sentiría menos avergonzada atravesando el pueblo con su amiga, la dueña de la carreta.

Cuando finalmente todo estuvo cargado, Matilda, la señora Timmons, Agnes y el señor Basu salieron a despedirse. El sirviente hizo una inclinación, y su mirada solemne le transmitió mucho más respeto del que se podía expresar con palabras. La cocinera le puso entre las manos un plato con un pudin bien envuelto y después se secó los ojos con el delantal.

—La echaremos de menos, querida mía. —Bajó la voz—. Yo soy demasiado mayor como para plantearme un cambio, pero si se entera de algún trabajo para el señor Basu, no deje de decírnoslo. Lo hará, ¿verdad? ¡Ella quiere que empiece a ponerse librea! Creo que eso lo mataría...

—Estaré atenta —respondió Mercy, asintiendo.

Agnes la abrazó.

—¡Que Dios la bendiga, señorita Grove! Espero que venga a visitarnos de vez en cuando. Lo hará, ¿verdad?

—¡Pues claro que sí!

La tía Matty se acercó con ella a la carreta, agarrándola del brazo.

—¿Estoy haciendo lo que debo?

—Por supuesto que sí.

—¡Dime que vas a estar bien! —imploró la joven.

—Voy a estar bien.

Ya a los pies de la carreta, Matilda se detuvo. Agarró a su sobrina de los hombros con mucha determinación y la miró a los ojos fijamente.

—Y tú también vas a estarlo, Mercy Grove. —Con su gesto quiso trasladarle toda la esperanza y el afecto que era capaz de transmitir, que era mucho. Después la soltó, con los ojos brillantes por las lágrimas retenidas.

—Nos vemos el domingo —le recordó Mercy.

La tía Matty apretó los labios para impedir que le temblaran y asintió en silencio, sin poder evitar derramar dos lágrimas que le resbalaron por las mejillas.

Cuando llegó Mercy, Alice y el señor Drake estaban esperando en el vestíbulo de Fairmont House para darle la bienvenida. Le presentaron a la señora Callard, el ama de llaves, quien a su vez hizo lo propio con el resto servicio: el jefe de cocina, las sirvientas de las habitaciones y la cocina, el administrativo, el portero, los camareros de mesas y el de barra, y el limpiabotas.

Mercy se concentró todo lo que pudo durante las presentaciones, intentando recordar cada uno de los nombres. Joseph Kingsley cruzaba el vestíbulo con su caja de herramientas y se detuvo para saludarla con un movimiento de la mano. Ella inclinó la cabeza, pero ni sonrió ni le devolvió el saludo. Mantuvo la atención en lo que le decía el ama de llaves mientras le detallaba la agenda diaria.

—El señor Drake sugiere que Alice y usted desayunen juntas en el aula, y que coman y cenen con él en el salón de café.

—Por supuesto, si a usted le parece adecuado, señorita Grove —intervino el señor Drake—. Suelo levantarme muy pronto y tomar exclusivamente un café para desayunar, pero me encantaría compartir con ustedes las otras dos comidas.

—Lo haremos como le parezca mejor. Y si lo prefiere, no me importa comer y cenar sola.

—No, eso no me parece conveniente. Me gustaría conocer día a día los progresos de Alice.

—Por supuesto.

¿Pensarían los demás que no resultaba adecuado que el dueño del hotel compartiera las comidas con la institutriz? A Mercy le alegró no ver ninguna expresión de desagrado en las caras de los demás.

El ruido de cascos de caballos y de tintineo de arneses anunció la inminente llegada de clientes, y el señor Drake se acercó hacia la ventana. Era una gran diligencia con servicio de correo, flanqueada por dos jinetes. Alice salió corriendo a ver de cerca su llegada.

La señora Callard despidió a los sirvientes, y cada uno se incorporó rápidamente a sus quehaceres o a recibir a los viajeros.

—Señora Callard, ¿no era usted ya ama de llaves cuando los Fairmont vivían aquí? —preguntó Mercy a la mujer.

—Sí, claro que lo era. Me alegro de que se acuerde. ¡Buena memoria, la felicito!

Observó a la fuerte y pulcra mujer. Todavía tenía el pelo oscuro, solo surcado de algunas canas grises, y la piel de la cara extremadamente tersa.

—¿Cómo es posible que no haya usted envejecido nada después de tantos años?

—Es muy amable de su parte, señorita, aunque también es falso, por supuesto. Le pediré a Theo que lleve el equipaje a su habitación tan pronto como haya terminado de atender a los clientes de la diligencia. Y una de las sirvientas, Iris, será la encargada de ayudarla a vestirse. Si necesita cualquier otra cosa, no tiene más que decírmelo.

—Muchas gracias, señora Callard.

El ama de llaves se dio la vuelta para marcharse, pero un momento después cambió de opinión para añadir algo.

—Será bueno para Alice el que usted esté aquí, señorita Grove. Yo creo que esa dulce niña se siente un poco sola. No me malinterprete, todo el mundo es amable y se porta bien con ella, pero estamos bastante ocupados con nuestro propio trabajo.

Mercy sonrió.

—No se preocupe, la mantendré entretenida con sus estudios durante varias horas al día, aunque, por supuesto, tendrá tiempo para jugar e ir de acá para allá. Y para pasar tiempo con el señor Drake, claro.

La mujer asintió vigorosamente.

—¡Como debe ser!

Alice volvió corriendo junto a Mercy.

—¡Venga conmigo a ver su habitación! —le pidió la niña, entusiasmada. Después se volvió hacia el señor Drake, que todavía estaba de pie junto a la ventana—. ¿Se la puedo enseñar yo?

—Claro que sí. Yo debo permanecer aquí para recibir a los recién llegados. Si no, iría con vosotras. Espero que cuente con su aprobación, señorita Grove. Hemos introducido algunas mejoras.

Cuando llegaron, Mercy se detuvo repentinamente al ver que había un hombre dentro del dormitorio. Se volvió, lo que hizo que se sintiera aún más incómoda.

—¡Oh, señor Kingsley! No... no me había dado cuenta de que estaba usted aquí.

—Hola, señorita Grove. Alice...

Vio un nivel en la repisa y la caja de herramientas en el suelo.

—¡No me diga que el señor Drake le ha obligado a dejar otros trabajos más importantes para mejorar mi cuarto!

—Lo he hecho voluntariamente, y muy a gusto.

La mujer miró alrededor. La estrecha habitación, en uno de sus extremos, tenía ventanas divididas con parteluces que daban al tejado con gabletes. Una cama individual, cómoda con espejo de tocador, aguamanil, armario y hasta un escabel para los pies. Sin embargo, no había una estantería para libros. Bueno, era un inconveniente menor. La habitación tenía mucha luz, era agradable y, afortunadamente, también tenía chimenea, que sería muy útil durante las mañanas y las noche frías.

Alice se acercó a la ventana y se asomó.

—Ahí está Johnny. ¡Qué pequeño parece desde aquí! —Abrió la ventana y lo llamó.

Mercy se acercó al hogar para observar con detenimiento el remate de madera de roble tallado.

—Esta repisa... parece recién hecha.

—Sí, es verdad. Antes había una estantería de pino, sin más. Pensé que había que colocar algo más bonito.

—Sí que es bonita, pero no hacía falta que se molestara. Es demasiado elegante para la habitación de una institutriz.

—En absoluto. Dudo que esta chimenea se haya utilizado en los últimos años, así que, por si acaso, he encendido un fuego para probarla. —Señaló la leña encendida y crepitando—. A estas alturas del año, las noches son todavía frescas.

—Gracias.

Señaló también el espejo que colgaba de la pared.

—Encontré este espejo en el cuarto trastero, y pensé que le podría venir bien para peinarse y esas cosas...

No era demasiado aficionada a los espejos, pero de todos modos se lo agradeció. Al ver su imagen de refilón, se recogió con timidez un mechón de pelo suelto.

—¡Johnny! —volvió a gritar Alice—. ¡Estoy aquí arriba! —Sacó la mano por la ventana y saludó.

—Alice —llamó Mercy, con voz suave—, igual no deberíamos gritar por las ventanas, ¿no crees?

El señor Kingsley se acercó un paso y se dirigió a ella en voz baja.

—Me sorprendió saber que había aceptado el puesto de institutriz aquí. Pero sabiendo lo que quiere a Alice, entiendo muy bien por qué lo ha hecho.

Mercy se puso a la defensiva.

—¿Le parece mal?

—¡Que va, en absoluto! ¿Por qué iba a parecerme mal? La veré mucho más, vengo aquí a trabajar muy a menudo.

—No es esa la razón por la que he aceptado el puesto.

—Por supuesto que no —aceptó, frunciendo el ceño—. Jamás se me habría ocurrido pensar eso.

Alice cerró la ventana y se volvió hacia ellos.

—¿No es una maravilla, señor Kingsley? ¡La señorita Grove es mi institutriz! ¡Ahora la veremos todos los días!

—Espero que sea muy feliz aquí —respondió él, muy serio.

Mercy alejó la mirada. La posibilidad de ver al señor Kingsley con más frecuencia podría haber sido bastante emocionante. Pero ahora solo serviría para aumentar su decepción. Haría lo que pudiera para olvidarse de él, o al menos para no albergar ilusiones románticas. Ahora los dos trabajaban para el señor Drake. Lo trataría con la distante amabilidad con la que se trata a un colega, y nada más.

—Vamos, Alice —propuso, intentando apartar sus pensamientos—. Dejemos que el señor Kingsley siga con su trabajo. Seguro que tiene cosas mucho más importantes que hacer en el hotel.

El joven retrocedió, al parecer sorprendido por sus palabras.

—Perdóneme. No las molestaré más.

Recogió las herramientas y salió bastante rápido de la habitación. Mercy lo vio alejarse, sintiendo cierto remordimiento. No había querido herir sus sentimientos, pero eso era exactamente lo que había hecho.

Jane estaba sentada en los escalones de la entrada de la posada acariciando al gato del establo, *Kipper,* que había adoptado como mascota. Su padre se bajó del carruaje en el que acababa de llegar y se acercó a ella. Tenía la expresión seria.

—Buenos días, padre. Mi ofrecimiento de una habitación para usted aquí sigue en pie, ya lo sabe. De esa manera no tendría que gastarse dinero alquilando carruajes cada vez que quiera venir a visitarme.

Se mantuvo impertérrito ante su comentario.

—Jane, hay algo de lo que tenemos que hablar.

—Desde luego, padre —contestó, dándose cuenta de que estaba muy pálido—. ¿Va todo bien?

—Sí, excepto que me siento muy culpable. Tenía que habértelo contado desde el principio.

—¿Decirme qué? ¿Padre, de qué se trata? Venga, siéntese aquí —le ofreció, señalando a su lado en el escalón.

Se dejó caer desmayadamente. Para sorpresa de Jane, estaba jadeando, pese a los escasos metros que había recorrido.

—Vamos, cuénteme.

Él asintió.

—Recuerdas que me preguntaste si Rani y yo habíamos tenido hijos.

—Sí.

—Cómo te dije, no esperábamos tenerlos. Ella tenía más de cuarenta años, así que pensábamos que no era factible. Pero... sí que tuvimos uno. —La observó, después desvió la mirada y se mordió el labio.

A Jane se le aceleró el pulso. ¿Tenía un medio hermano, o hermana, en la India? ¿O tal vez el bebé había muerto después del nacimiento, como pasaba bastante a menudo? ¿Era eso lo que intentaba contarle? Respiró entrecortadamente.

—¿Sobrevivió?

Asintió lentamente.

—Sí, el chico sobrevivió.

—¿El chico? ¿Tiene usted un hijo? ¡Ese hijo que tanto deseaba!

Asintió de nuevo. Tiró de una cadena que llevaba al cuello y sacó un relicario de debajo de la camisa. Lo abrió y sacó un mechón de pelo negro y ensortijado. Jane pudo ver que en cada mitad del relicario había un retrato en miniatura: uno antiguo de ella y otro de una mujer de pelo oscuro y piel morena. Se conmovió ante el hecho de que hubiese llevado con él su retrato durante tanto tiempo. Sus ojos se clavaron después en la otra imagen, y no pudo ni sentir ni pensar en otra cosa. ¡Qué extraño le resultaba pensar que su padre había estado casado con una mujer de aspecto tan exótico, tan distinta de su madre o de la ella misma! Si estuviera viva sería su madrastra. Pensó que, en cierto modo, aún lo era.

—Esta es Rani, claro. El retrato es más o menos de la época de nuestra boda. Y este es un mechón de pelo de nuestro hijo, de la primera vez que se lo cortamos.

—¡Qué oscuro! ¡Y qué fuerte! —dijo, tocando el cabello.

Su padre asintió, volvió a colocarlo dentro del relicario y lo cerró.

—No es tan oscuro ni tan fuerte como el de Rani, pero sí igual de bonito.

—¿Dónde está ahora el chico? —preguntó, tragando saliva.

Él evitó su mirada.

—Cuando Rani murió, yo no tenía ninguna razón para permanecer en la India. Pero dudé respecto a si debía traer al niño conmigo. ¿Cómo sería recibido? Pensé que, seguramente, nada bien. Aquí en Inglaterra no solemos aceptar a gente con la piel tan oscura o con nombres que suenen extraños a nuestros oídos. Aunque esos prejuicios no me habrían disuadido y habría hecho lo que hubiera podido para protegerlo de... —La miró de lado—. Pero tenía que tenerte a ti en cuenta.

—¿A mí?

—¡Vamos, Jane! ¿Cómo te habrías sentido si me hubiera presentado en Ivy Hill con un chico mestizo, y no un sirviente, sino un hijo?

—Pues difícilmente me lo puedo imaginar, padre. Pero, por favor, no me diga que, una vez más, se ha dejado a uno de sus hijos al otro lado del océano. ¿De verdad cree que su vida sería tan difícil aquí? ¿Qué la gente sería tan cruel como para darle la espalda y tratarlo mal?

—¡Ya me dirás! ¿De verdad crees que la gente de Ivy Hill y de Wishford aceptaría a un chico de piel oscura?

—No estoy segura de lo que podría ocurrir en Wishford, pero creo que la gente de Ivy Hill lo aceptaría con naturalidad. Sé que Mercy lo haría. Y Matty.

—¿Y tú? —insistió—. ¿Cómo habrías reaccionado tú si me hubiera presentado con un medio hermano de piel oscura?

«Hermano...». La palabra estalló de golpe en su corazón.

—Me habría dejado conmocionada, por supuesto. Pero no lo habría rechazado. Ni a usted por su causa.

—A mí me rechazaste a causa de su madre —le recordó, con voz tranquila.

Ella negó con la cabeza.

—No por ser quien era, sino por las decisiones que usted tomó, y sobre todo por la forma de llevarlas a cabo, que me hicieron mucho daño en su momento. Pero él es un niño inocente, no tiene la culpa de nada.

Su padre miraba hacia abajo y acariciaba distraídamente las orejas de *Kipper*.

—Me preocupó mucho que Rani se quedara embarazada a su edad. No solo por su salud, sino porque me daba miedo el futuro. Yo no había sido un buen padre en mi primera experiencia. Y había pensado que me gustaría ser abuelo algún día, pero...

Jane negó con la cabeza, mientras volvía a sentir aquel viejo dolor.

—Siento no poder concederle ese deseo, padre. No soy capaz de llevar a término los embarazos.

Su padre se estremeció.

—Lo siento, Jane. No quería sacar a colación un asunto tan triste. No estaba seguro, por supuesto, pero suponía que, si hubieras tenido un hijo, me habrías escrito, al menos para darme esa noticia.

—Sí, claro que lo habría hecho. —Deseando cambiar de conversación, volvió al asunto anterior—. Todavía no ha respondido a mi pregunta, padre. ¿Dónde está ahora el niño? ¿Cuántos años tiene? ¿Cómo se llama?

—¡Timothy! —Winston Fairmont se levantó casi de un salto, con una enorme sonrisa. Su hija se volvió y vio a *sir* Timothy, que en ese momento cruzaba la calle en dirección a ellos, también con el agraciado semblante muy sonriente.

—Buenos días, señor Fairmont. Me habían dicho que estaba usted de vuelta, pero tenía que verlo con mis propios ojos.

Se dieron la mano con efusividad y el padre de Jane le palmeó la espalda.

—Pues sí, aquí estoy, vivo y gozando de buena salud. Bueno, de la suficiente al menos. Y encantado de verte.

—Como no ha venido a visitarnos, vengo con el encargo inexcusable de mi madre de llevarle conmigo, aunque sea esposado, a Brockwell House. Está deseando escuchar todas sus aventuras. —Se volvió hacia Jane—. Pero si interrumpo...

Ella abrió la boca para contestar, pero su padre se le adelantó antes de que tuviera la oportunidad de hacerlo.

—No, de ninguna manera. Por supuesto que voy contigo. Por cierto, sentí enterarme de que tu padre había fallecido. Espero que tu madre esté bien.

—Por supuesto que sí, *sir*.

—Y tú estás recién casado, por lo que me han dicho. Con la hija más joven de *sir* William, nada menos. Me alegro mucho por los dos.

—Gracias. —Timothy se volvió hacia ella—. Jane, ¿vienes con nosotros o estás ocupada?

—Adelante, no os preocupéis por mí. Pero saluda a tu madre y a Rachel de mi parte.

—Por supuesto.

Los dos hombres se dirigieron hacia Brockwell Court sin dejar de charlar.

Las respuestas a las preguntas que Jane le había hecho a su padre tendrían que esperar.

El día siguiente amaneció soleado y brillante. Mercy se levantó con entusiasmo, ansiosa por iniciar su nueva vida. Se acercó a una de las ventanas y la abrió para gozar de la dulce brisa de primavera mientras se vestía y se recogía el pelo. Desde abajo le llegaban voces y se asomó a la ventana. Vio al señor Kingsley en el patio del establo, hablando otra vez con la guapa Esther Dudman. Se le cayó el alma a los pies. ¿Qué hacía ella allí? Joseph dijo algo y sonrió. Sintió que se quedaba sin respiración ante aquella sonrisa.

Se dio la vuelta, decidida a no desanimarse, a seguir adelante. No iba a pasarse la vida lamentándose como una jovencita enamorada de un hombre que, estaba claro, quería a otra mujer. No, no lo haría.

Poco después, Alice y Mercy desayunaban juntas en el aula. La habitación era espaciosa y estaba muy bien arreglada. Había un antiguo escritorio, estanterías y sillas. Una de las esquinas estaba adornada con un teatrillo de marionetas que parecía completamente nuevo.

—El señor Kingsley lo ha hecho para mí —comentó Alice, al ver que lo miraba—. ¿No es precioso?

—Sí que lo es, desde luego —murmuró, impresionada a su pesar. Inmediatamente dejó de pensar en él y empezaron la primera lección.

A media mañana, Mercy concedió a Alice un descanso. La niña ya no estaba acostumbrada a estar sentada durante demasiado rato y pronto se mostró inquieta. Estaba segura de que con el tiempo volvería a recuperar la concentración. Pero, de momento, la animó a salir fuera y respirar aire fresco. Su alumna se lo agradeció y bajó corriendo. Ella se dirigió a la cocina para tomarse otra taza de té.

El señor Kingsley pasó a su lado con una bobina de tela para tapizar.

—Buenos días, señorita Grove.

—Señor Kingsley... —saludó con cortesía, pero no se paró a hablar con él. El joven sí se detuvo.

—Señorita Grove... ¿he hecho algo que le haya molestado u ofendido?

Dudó. Hubiera querido responder simplemente «no, nada» y seguir andando. Pero estaba deseando saber la verdad, de una vez por todas. Así que respiró hondo y se acercó un paso a él.

—Señor Kingsley, sé que teníamos una relación... amistosa cuando vino usted a trabajar a Ivy Cottage —empezó, hablando en voz baja—, pero ahora que ambos trabajamos para el señor Drake, me da la impresión de que lo que procede es mantener una cierta distancia profesional.

La miró con gesto de sorpresa y extrañeza, que se manifestó con algunas arrugas en la frente.

—¿Por qué?

Hizo un gran esfuerzo para seguir manteniendo un tono tranquilo.

—Porque no quiero que nadie malinterprete nuestra relación. —«Sobre todo yo misma», añadió para sí—. Después de todo, me ha dicho que Esther es más que una amiga para usted, y que prácticamente es una más de la familia.

El ceño, antes medio fruncido, se le relajó de inmediato.

—¡Pues claro que sí! De hecho, somos cuñados.

—¡Ah! —Mercy pestañeó, asombrada por lo que estaba oyendo y sin terminar de creérselo—. ¿Con cuál de sus hermanos está casada?

—No está casada... todavía. Es la hermana de mi esposa.

Mercy lo miró con los ojos muy abiertos.

—¿La hermana de su esposa?

Él asintió.

—¡Oh! —murmuró. Notó que se ruborizaba de pura vergüenza—. Es muy... guapa —reconoció balbuceando, con un nudo en la garganta.

—Sí. Y se parece mucho a Naomi. —Hizo una mueca de pena y se pasó los dedos por el pelo—. La verdad es que cuando la miro... —Se emocionó, pero negó con la cabeza y no dijo nada más.

Mercy sintió una punzada momentánea de celos al oírle ponderar la belleza de la mujer. Pero enseguida reconoció el dolor en su expresión sombría y ese mezquino sentimiento se transformó en preocupación.

—Supongo que a ella también le ayuda el verlo a usted. A una persona que amaba a su hermana y la recuerda.

La miró a través de los mechones de pelo color arena que ahora le cubrían los ojos, y ambos mantuvieron la mirada durante un rato.

—Sí, puede que tenga razón.

—Quizá por eso viene a visitarlo desde tan lejos y tan a menudo —añadió ella.

—Bueno, yo creo que hay más razones que esa —respondió, apartando la mirada.

—¡Ah! —«¿Qué habría querido decir? ¿Acaso la quería, y ella a él también, pese a que eran cuñados?».

Él abrió la boca, pero calló lo que iba a decir.

—Espero que me perdone, señorita Grove. Me resulta difícil hablar acerca de mi esposa, pero tendría que haberle mencionado antes a Esther —reconoció finalmente.

—Lo cierto es que sí que me hubiera gustado que lo hiciera. Pero, en todo caso, gracias por habérmelo contado ahora.

—Entonces, ¿estamos bien? —preguntó, dirigiéndole una sonrisa insegura.

—Sí, lo estamos. —Mercy le devolvió la sonrisa y echó a andar. Se sentía bastante más ligera. Tenía una docena de preguntas que le bullían en la mente, pero también alguna que otra respuesta tranquilizadora.

Al ver que su padre no regresaba a Ivy Hill a la mañana siguiente, Jane le pidió a Ted que le pusiera a uno de los caballos los arreos de la calesa, decidida a recorrer los pocos kilómetros que les separaban para poder hablar con él.

Llegó a la posada de Wilton poco antes del mediodía. Se aproximó al mostrador de recepción y le preguntó al posadero dónde podía encontrar a Winston Fairmont. El hombre la observó detenidamente y, ya convencido de que era una mujer respetable, se dignó a informarle:

—Habitación número tres. En este momento tiene una visita, un caballero. Pero, si quiere esperar, hay un banco en el pasillo.

Le dio las gracias y subió las escaleras, deteniéndose al llegar al rellano.

Un niño de unos cinco años estaba sentado en el banco, solo, balanceando las piernas. En una mano tenía una pelota de cuero, y en la otra una galleta. Era de piel muy morena, de un precioso color café con leche. Llevaba una camisa sin cuello de lino y pantalones muy sueltos de algodón.

Al oír sus pasos la miró, pero rápidamente apartó la vista. Pudo ver sus ojos, grandes, oscuros y muy bonitos. Notó los latidos acelerados del corazón.

—Buenos días. —Se acercó un poco más—. ¿Qué haces aquí solo? ¿Te has perdido? —preguntó en voz baja.

El niño negó con la cabeza.

—Estoy esperando.

—Yo soy la señora Bell. ¿Tú cómo te llamas?

El chico siguió mirando su juguete.

—Jack Avi.

—Encantada de conocerte, Jack Avi. ¿A quién esperas?

—A *bapu*.

Retorció las manos enguantadas.

—¿Y dónde está tu... *bapu*?

El niño señaló al otro lado pasillo, con un dedo apuntando a la puerta con el número tres. «Por supuesto», concluyó Jane.

Se sentó en el banco. Para estar del todo segura, le hizo la pregunta definitiva:

—¿El señor Fairmont es tu padre?

—Eh... sí.

Se le hizo un nudo en la garganta.

—Pues... también es mi padre.

Tras pronunciar esas palabras el niño la miró por fin directamente, sin apartar sus enormes ojos de los de ella.

Soltó la pelota, que cayó al suelo y empezó a rodar. Salió detrás de ella a recogerla. Al volver al banco, puso una mano encima de las suyas como sin querer, al tiempo que volvía a sentarse a su lado. Y no la apartó.

A Jane se le encogió el corazón.

—¿Puedo esperar contigo?

Asintió y le ofreció la galleta a medio comer.

Se abrió la puerta de al lado de la de su padre y apareció una mujer de rostro moreno, los ojos perfilados con lápiz negro y varias pulseras en las muñecas. Iba vestida con una túnica amplia y muy colorida, tan exótica como su propio aspecto.

—¡Jack Avi! —llamó la mujer, mirando al chico. Su acento era bastante pronunciado.

—¿Quién es? —susurró Jane.

—Mi *ayah*.

—¿*Ayah*?

—Pues... —Hizo un gesto pensativo, sin duda buscando la palabra adecuada en inglés—. Mi niñera.

—¡Ah! —Tenía que haberlo adivinado. Su padre no habría dejado al niño solo al ir de visita a Ivy Hill.

El chico volvió a bajar del banco respondiendo a la llamada de la mujer, y entró en la habitación. La niñera cerró la puerta.

Durante unos instantes Jane se quedó sentada fuera. Su corazón fue recuperando el ritmo normal. Poco después, alguien abrió la puerta de la habitación de su padre y salió el doctor Burton.

—¡Ah, señora Bell! Un placer verla de nuevo. Su padre no me había dicho que la esperaba.

—No sabía que iba a venir —dijo, mientras se levantaba—. Solo he venido a visitarle. ¿Se encuentra bien?

Winston Fairmont apareció en el umbral, sin pañuelo al cuello, pero, por lo demás, completamente vestido. Agitó la mano displicentemente.

—El bueno de Burton nos estaba haciendo un reconocimiento. Buscando hasta debajo de las piedras fiebres insidiosas procedentes del extranjero. Este hombre es como una madre primeriza, y nosotros estamos perfectamente bien. ¡Hola, Jane! ¡Qué sorpresa tan agradable!

La mujer le dedicó una sonrisa al médico.

—Gracias por venir a verle hasta aquí, doctor.

—Bueno, ¿a que él no iba a venir a verme a mí a la consulta? —Miró al aludido frunciendo el ceño—. Hemos oído voces en el pasillo. ¿Ha conocido a su...? —El médico no completó la frase y se ruborizó al darse cuenta de que había estado a punto de desvelar un secreto. Ella lo tranquilizó:

—Sí, acabo de conocer a su hijo. Mi pequeño medio hermano. ¡Qué raro me suena decir esas palabras! ¿Está bien de salud? La verdad es que sí que lo parece.

—Sí que lo está, creo que sí. Al menos por lo que yo puedo ver. Aunque no soy muy experto en «fiebres insidiosas procedentes del extranjero». —Miró con un gesto torcido al señor Fairmont al repetir sarcásticamente sus palabras. Después se volvió de nuevo hacia Jane—. Bueno, la dejo. Que lo pase bien.

—Entra, Jane —la invitó su padre, sujetando la puerta.

—Espero que no le importe que haya venido aquí a visitarle. Pero es que dejó sin responder mis preguntas acerca de su hijo y sentía tanta curiosidad que no he sido capaz de esperar. Acabo de conocerlo. Jack *A-vi*. ¿Pronuncio correctamente el nombre?

—Sí, más o menos. Un bonito nombre inglés y un bonito nombre indio. Mitad y mitad, como él.

—Es un chico muy guapo, y habla muy bien inglés. También he visto brevemente a su niñera. Me sorprende que haya venido desde tan lejos para cuidarlo.

—Era la criada personal de Rani y ha venido con nosotros voluntariamente, por consideración hacia su antigua señora. Rani fue muy amable con ella, a diferencia de su propia gente.

—¡Bien hecho! —murmuró Jane.

Su padre asintió.

—Es un regalo del cielo que me ayude a cuidar de Jack Avi ahora que falta su madre.

—Y, de paso, así hay alguien que cuida de él mientras viene a verme a mí —añadió Jane.

—Cierto. Espero que no te sientas demasiado decepcionada conmigo. Primero quería tantear el terreno y ver cómo me recibías antes de complicar las cosas presentándote a mi hijo.

—Lo entiendo. Y me alegro de que no decidiera dejarlo en la India.

—¿De verdad? Eso está bien, Jane, porque yo también me alegro.

—¿Vas a traerlo a Ivy Hill? Gabriel seguro que quiere conocerlo. Y la señorita Matty, y... ¡bueno, todo el mundo!

—Puede que no todo el mundo quiera —objetó él, con cierta cautela—. Pero sí, iré con él. Mi intención era llevarlo pronto para que lo conocieras, he encargado que le confeccionen ropa inglesa, un traje formal y otras prendas más informales para diario y para jugar. El sastre los tendrá preparados en cualquier momento.

—Yo no me habría preocupado por eso.

—No hay ninguna necesidad de que llame la atención más de lo que ya lo hace. Ni tampoco quiero que nadie lo confunda con un sirviente. —Inspiró con fuerza—. Bueno, ¿tomamos el té juntos? Después de venir a verme hasta Wilton, es lo menos que puedo ofrecerte.

—Sí, me apetece un té. ¿No podría venir con nosotros Jack Avi? Y su... *ayah*..., si a ella le parece bien.

—Priya no quiere ir al comedor público. La gente se queda mirándola con bastante curiosidad y... descaro. Y tampoco se siente cómoda sentándose en la misma mesa que el *sahib*. Pero podemos ordenar que nos suban el té para así poder estar juntos. En mi habitación hay una mesita, y podemos traer dos sillas de la otra.

Media hora después, los cuatro estaban sentados en un rincón de la habitación de su padre, con té para todos y un plato de pan y mantequilla, bollos y frutas encima de la pequeña mesa redonda. Jack Avi se sentó entre Jane y su padre. La niñera se situó a cierta distancia, bastante cohibida.

Winston Fairmont irradiaba felicidad.

—¡Es maravilloso tener a mi hija y a mi hijo sentados conmigo a la misma mesa! Toda mi familia junta.

No hizo mención a las dos esposas que había perdido, pero Jane no pudo evitar pensar en ellas. Se preguntó qué habría pensado su madre si hubiera conocido a Jack Avi. También se preguntaba cómo era Rani, y cómo hubiese reaccionado ante la otra hija de su marido.

Notó que la silenciosa niñera la estaba mirando fijamente, y cambió de postura, sintiéndose un tanto incómoda bajo su escrutinio.

—¿Por qué me mira de esa manera? —susurró.

Su padre le preguntó algo a la mujer en voz baja, en una lengua que sonaba muy musical, pero que no entendió en absoluto. La mujer contestó, volviendo a mirar a los ojos a Jane.

—Priya dice que tienes los mismos ojos que yo. Y que tu madre tuvo que ser una mujer muy guapa.

Sintió una oleada de afecto hacia la niñera y le dirigió una sonrisa.

—Gracias, Priya. Sí que lo era.

De regreso a Ivy Hill, Jane paró en Fairmont House. Esperaba no causar ningún problema a la nueva institutriz por interrumpir su trabajo, pero no podía esperar para compartir la noticia con su íntima amiga.

Cuando llegó, Mercy y Alice estaban sentadas juntas en un banco del jardín, con el cuaderno de dibujo abierto y los lápices en la mano.

La señorita Grove sonrió y la saludó con un gesto. Un mozo de cuadra se apresuró a hacerse cargo de la calesa y del caballo, mientras que el portero ayudaba a descender a Jane, que les dio las gracias a ambos.

—Espero que no te moleste que me presente así, sin avisar.

—En absoluto. Eres siempre bienvenida.

—¿Podemos hablar a solas unos minutos?

—Sí. Alice me había preguntado si podía hacer su visita diaria a los gatitos recién nacidos, así que tenemos media hora.

—¡Estupendo!

Caminaron hacia la puerta principal.

—Pasa. Aunque, ahora que lo pienso, ¡debe de resultarte de lo más chocante que te invite a entrar en la que era tu casa!

—No puedo negarlo —reconoció, con una leve sonrisa—. Y ahora, mi amiga de la infancia viviendo aquí como institutriz. ¡Nunca se me habría pasado por la imaginación!

—¡Ni a mí! Bueno, sube para que te enseñe mi habitación y el aula. Sé que el señor Drake te ha mostrado el resto del hotel.

Era verdad, y a Jane no le apetecía repetir la incómoda y desconcertante experiencia. No obstante, lo que sí le gustó fue tener la oportunidad de ver a Mercy y comprobar que estaba bien, y que se sentía a gusto.

La siguió mientras ascendían los dos tramos de escaleras. Pasaron por una serie de habitaciones del ático que servían de trasteros, donde, según James, todavía estaban los retratos, los libros y otros objetos y recuerdos de la familia Fairmont. En algún momento, cuando se sintiera capaz, quizá se atreviera a echarles un vistazo a aquellas reliquias. Tal vez junto a su padre. Pero hoy no era el día.

La señorita Grove abrió la puerta de la vieja aula. Por un momento, Jane cerró los ojos y aspiró el aroma, todavía familiar, de la tiza y de los libros viejos.

—Oh, la cantidad de horas que pasé aquí, cuando lo que realmente me apetecía era salir a cabalgar con *Hermione*...

—¿Tus institutrices fueron amables contigo?

—En realidad solo tuve una, la señorita Morgan. Sí que era amable. Me leía cuentos... y recuerdo que me gustaban.

—En mi casa tuvimos varias —comentó su amiga—. La mayoría apenas aguantaban con nosotros. Pero la que más me gustó fue la señorita Dockery. Espero ser capaz de imitar sus maneras amables pero firmes.

—Seguro que lo consigues —pronosticó Jane, mirando a su alrededor—. El aula está casi como la recuerdo.

Mercy asintió.

—Me he traído el globo terráqueo y los mapas de mi antigua escuela pero, por lo demás, apenas he cambiado nada.

Jane avanzó unos pasos con la mirada clavada en el escenario de marionetas.

—Eso no me resulta familiar. —Pasó la mano sobre la estructura de más de un metro y medio de alto y apartó un poco las cortinas de terciopelo. Después examinó la cuatro marionetas: el rey, la reina, el príncipe y la princesa—. ¡Lo que me hubiera gustado tener esto cuando era niña!

—Sí. A Alice le encanta.

—Un regalo del señor Drake, supongo.

—Pues sí que es un regalo, pero en realidad... del señor Kingsley —la corrigió, después de dudar durante un momento—. O al menos fue él quién lo construyó y talló las marionetas. No obstante, me imagino que el señor Drake le habrá pagado por el tiempo que le dedicó.

Se volvió a mirar a Mercy y la notó algo inquieta.

—El señor Kingsley todavía pasa mucho tiempo trabajando aquí, ¿verdad?

—Sí, algo... —Señaló la puerta—. Vamos, te voy a enseñar mi habitación, y después bajamos a tomar el té.

Una vez en el salón de café, con el té y los pastelillos ya servidos, la posadera se lanzó a contarle las novedades.

—No te lo vas a creer. ¡Tengo un hermano pequeño! Bueno, un medio hermano en realidad, claro. Acabo de conocerlo hace un rato. ¡Todavía no lo he asimilado!

La señorita Grove se quedó boquiabierta.

—¡Santo cielo, Jane, yo tampoco puedo creérmelo! ¡Cuéntamelo todo!

Lo hizo, sintiéndose absolutamente feliz. Cuando terminó, su amiga movió la cabeza, como si aún no diera crédito a lo que había oído.

—Me alegro muchísimo por ti. Espero poder conocerlo.

—Me aseguraré de ello. Puede que el domingo en la iglesia, o incluso antes.

—Es estupendo que tu padre y tu hermano puedan estar aquí para celebrar tu boda. Por cierto, ¿cómo van los preparativos?

—Pues yo creo que bastante bien. El banquete nupcial tendrá lugar en Bell Inn. Sé que no será tan opíparo como el de la boda de Rachel, pero haré lo que pueda y espero que la gente lo disfrute. Me pregunto si la viuda *lady* Brockwell se prestará a acudir a una unión tan humilde.

—Yo diría que sí. Y ni Rachel ni Timothy se lo perderían por nada del mundo. Ni yo tampoco, por supuesto.

—Gracias. Eso me recuerda que hablé con Rachel hace unos días.

—¡Ah! ¿Y qué tal está?

—Bien. Muy feliz. Y sorprendida por tu decisión.

Mercy agachó la cabeza.

—Seguro que los Brockwell están escandalizados.

—Yo no diría tanto, pero sí que se han quedado de piedra.

Mercy tomó un sorbo de té antes de volver a hablar:

—Supongo que todo el mundo piensa que me he equivocado al abandonar Ivy Cottage para trabajar de institutriz.

—No, querida, no todo el mundo. Y a las que hemos conocido a tu cuñada nos sorprende todavía menos. —Le dedicó una sonrisa cómplice a su amiga, pero ella apenas hizo un amago de devolverle el gesto.

—A mis padres no les gusta lo que he hecho pero, al parecer, lo han aceptado.

—¿De verdad? —Abrió mucho los ojos, sorprendida.

—La tía Matty les escribió para asegurarles que la respetabilidad del señor Drake era absoluta y que será más probable que los nietos lleguen antes si la pareja de recién casados tiene más tiempo para estar a solas.

La posadera movió la cabeza despacio de un lado a otro, sonriendo abiertamente.

—Todo el mundo sabe lo inteligente que eres, Mercy, pero hasta ahora no me había dado cuenta de que compartes esa cualidad con tu tía.

—Sin duda, ella lo es.

Jane dio un largo trago de té, dejó la taza y se levantó.

—Bueno, creo que ya hemos utilizado, y muy bien, nuestra media hora. No quiero que tengas problemas con tu «muy respetable» nuevo jefe.

Mercy se levantó también y la acompañó fuera.

—Por cierto —preguntó la institutriz—, ¿habéis hablado alguna otra vez con Victorine?

—No, pero la he invitado a desayunar mañana. Ya te contaré cómo va la cosa.

CAPÍTULO

20

A la mañana siguiente, cuando entró Victorine, Jane estaba sentada en el mostrador de recepción.

Se levantó inmediatamente.

—Buenos días, Victorine. Gracias por venir.

—Gracias a ti por invitarme.

—¿Qué tal van las cosas en la tienda?

—Bastante bien, creo. La mujer del vicario se pasó hace poco y se compró un sombrero, y la señorita Featherstone me ha encargado un vestido de diario.

—¡Bien! Me alegro de que te mantengamos ocupada.

Fuera sonó una bocina y, un momento después, dos pasajeros recién llegados entraron deprisa por la puerta lateral y se dirigieron al comedor. Uno de ellos consultó la hora en su reloj de bolsillo.

Victorine se hizo a un lado para dejarlos pasar.

—En tu posada también hay mucho trabajo, por lo que veo.

—Afortunadamente sí. El negocio se mueve.

Jane reparó en la presencia de su suegra, Thora, que entró en el vestíbulo llevando en brazos a Betsey, el bebé de Hetty, la esposa de su hijo Patrick. La niña se chupaba el dedo con fuerza, pese a los esfuerzos de las dos mujeres por evitar esa costumbre.

—Buenos días, Thora. Por lo que veo, Betsey no deja de chuparse el dedo.

—Esta niña es tan terca como yo. —Retiró el dedito de un pequeño tirón, con un sonido similar al que produce descorchar una botella. Pero la niña inmediatamente se metió en la boca el otro pulgar—. Menos mal que, por lo demás, es adorable.

—Sí que lo es —reconoció Victorine, con una sonrisa cálida.

—Thora, quiero presentarte a Victorine, la nueva modista de Ivy Hill. Victorine, te presento a Thora Talbot, mi suegra. Y a su nieta Betsey.

Victorine se inclinó y le acarició suavemente el cabello a la nena.

—¡Es preciosa! Me encanta este pelo rojo.

—Gracias. Estoy totalmente de acuerdo. ¿Cómo va tu nueva tienda? Me temo que no tengo muchas posibilidades de utilizar vestidos de moda ahora que soy la mujer de un granjero. Pero me gusta apoyar a las mujeres que se lanzan a abrir tiendas en el pueblo, así que me pasaré por la tuya un día de estos. Siempre que no tenga que cuidar a esta señorita que lo toca todo con esos dedos pringosos.

—Será usted bienvenida, señora Talbot. Y Betsey también, por supuesto.

—Gracias. Bueno, no las entretenemos más. Betsey y yo solo estamos de paso. Hemos venido a ver a la señora Rooke, que nos prometió galletas de mantequilla. —Tomó la mano de la pequeña para que hiciera un gesto de despedida a las dos mujeres y continuó por el pasillo.

La posadera se volvió a mirar el reloj, y después a su invitada.

—Vamos, sentémonos en el salón de café y charlemos. ¿Qué puedo ofrecerte, té, café...?

—Me encantaría un té.

Se sentaron cerca de la puerta y Jane pidió té y tostadas para dos.

Nada más llegar el servicio, Jack Gander entró en el salón y se quedó en la puerta dudando. Sonrió abiertamente al verla con Victorine.

—¡Hola, Jack! —Se volvió hacia su acompañante—. Victorine, quiero presentarte a mi amigo Jack Gander.

Victorine inclinó la cabeza a modo de saludo, pero a Jane no le pasó desapercibido su gesto de sorpresa en los ojos. Jack Gander era un hombre muy atractivo, con el pelo y los ojos negros y una sonrisa encantadora. La levita roja y las hombreras resaltaban su atlética figura.

—Jack es guardia del Correo Real —precisó la anfitriona—. Todos le tenemos mucho aprecio. Y Victorine es nuestra nueva modista, que ha llegado hace poco a Ivy Hill para poner su negocio en la antigua tienda de la señora Shabner.

—Es un placer conocerla. —El joven se acercó y la miró más de cerca—. Señorita, me resulta usted familiar. Seguro que la he visto antes, pero no recuerdo dónde.

Victorine hizo un gesto en dirección a la ventana.

—Mi tienda está al otro lado de la calle, justo enfrente de esta posada que, por lo que parece, está en su ruta habitual. No me sorprendería que me hubiera visto varias veces.

—No. Quiero decir antes de que usted llegara a Ivy Hill. En algún otro sitio.

—¿Dónde? —preguntó ella, removiéndose algo inquieta.

—¿En Londres quizá?

—He estado varias veces en Londres, pero sería raro que nos hubiéramos cruzado en una ciudad tan grande.

—Eso es cierto, pero estoy seguro de que he visto su cara en alguna parte, y antes de que viniera usted a este pueblo. De momento no recuerdo dónde, ni cuándo, pero no se preocupe, ya me acordaré.

—¿Eso es una amenaza?

—¿Una amenaza, ha dicho? ¡No, por Dios! ¿Por qué iba yo a amenazarla?

—He pensado que igual quería usted asustarme...

—No, en absoluto. Eso sería lo último que querría —afirmó, sonriendo abiertamente a la modista—.Tengo que decirle que estoy impresionado, *madame*. Dejarlo todo y mudarse a un sitio nuevo y desconocido para usted con objeto de montar su propio negocio... Es un riesgo que pocas personas se atreverían a correr.

Se encogió de hombros al oír el cumplido.

—La vida está plagada de riesgos, aunque generalmente son tan atractivos como peligrosos... algo así como el que corre un equilibrista en el alambre.

Jane rio entre dientes con la metáfora; sin embargo, a Jack se le borró la sonrisa de la cara.

—¿Un equilibrista en el alambre...? ¿Cómo el del anfiteatro de Astley? —Se inclinó hacia delante, con la mirada alerta—. Igual es allí donde la he visto antes.

—¿Yo... con los Astley? ¡Menuda imaginación tiene usted! He ido varias veces al espectáculo, pero nunca he trabajado en él. ¡Por Dios bendito!

El hombre se quedó muy quieto.

—No he dicho que usted hubiera trabajado en el espectáculo, sino que creo haberla visto allí. ¿O es que sí que ha actuado?

—¡No! ¡Qué idea tan peregrina!

Siguió mirando a la joven, con el ceño cada vez más fruncido.

—¿Entonces dónde la he visto?

—No tengo la menor idea.

—Bueno, la verdad es que viajo mucho. He debido de verla al pasar, en cualquier sitio.

Una vez más, la modista se encogió de hombros.

—Puede. Por si le ayuda en algo, yo no le he visto a usted en mi vida.

—¿Lo dice de verdad?

La chica asintió convencida.

Jack se enderezó.

—Perdóneme entonces. Espero que no me considere un impertinente. En todo caso, ha sido un placer conocerla, *madame* Victorine. Ahora, el deber me llama. —Se inclinó—. Buenos días, señoras.

Momentos más tarde oyeron el particular sonido de la bocina del Correo Real, que avisaba a los pasajeros de que la diligencia partiría en cinco minutos.

—¿Me has invitado a esta hora precisamente por él? —preguntó la modista.

Jane no fue capaz de discernir por su tono, si estaba enfadada o no.

—Me dijo que quería conocerte. Es un buen hombre, Victorine, te lo aseguro.

La modista dio un sorbo a su taza de té, y después alzó la vista para mirar a la dueña de la posada.

—Decía la verdad cuando afirmé que no lo había visto en mi vida. —Esbozó una mínima sonrisa, y le brillaron los ojos—. De haberlo visto, me acordaría de él, te lo aseguro.

CAPÍTULO

21

Cuando a la mañana siguiente entró en el aula, Mercy se paró en seco, asombrada al ver colgando de la pared una gran pizarra enmarcada. El día anterior no estaba allí. Era un poco más pequeña que la que tenía en Ivy Cottage, pero... Se acercó para ver de cerca el marco y apreciar aquel familiar color verdoso, casi negro.

Alguien tras ella se aclaró la garganta; dio un respingo asustada. Abrió mucho los ojos al ver a Joseph Kingsley en el umbral.

—Le pedí al cantero del pueblo que recuperara y recortara la que se había roto y después fabriqué un marco nuevo.

¡Entonces era la misma! La última vez que la había visto fue cuando Joseph y el señor Basu la llevaron con un trozo partido al ático de Ivy Cottage.

—¿Cómo se hizo con ella?

—Su tía me dio permiso para recuperarla. Espero que no le importe.

—¿Cómo me va a importar? ¡Todo lo contrario!

—Sé que no es tan grande como la antigua, pero supongo que todavía podría ser útil.

—Por supuesto que lo es. Echaba de menos disponer de una pizarra. Muchas gracias, señor Kingsley. Ha sido usted extraordinariamente considerado.

—De nada. —Se acercó a ella—. Señorita Grove, yo...

Alice entró en el aula en ese momento.

—¡Buenos días, señor Kingsley! Ha sido usted muy oportuno.

—¿Oportuno...? ¿Para qué?

—Voy a hacer una representación de marionetas. Usted podría ser el príncipe.

El hombre hizo una mueca de ligera frustración.

—No creo que sea capaz de hacerlo. Pero para el papel de un lobo grande, o de un leñador, sí que podría servir...

—¡Por favor!

Dudó y lanzó una mirada implorante a Mercy.

—¿Qué papel va a hacer la señorita Grove?

La institutriz se sentó en la silla que estaba junto al teatrillo.

—Yo voy a limitarme a ser la entusiasmada audiencia.

—¡Ah, vaya! Le resultará complicado entusiasmarse si yo voy a ser uno de los actores.

—Simplemente hágalo lo mejor que pueda, señor Kingsley —le medio riñó Alice, intentando poner el tono de voz de una persona mayor que se dirigiera a un niño. Sin duda, imitaba a la propia Mercy.

El hombre, que era bastante alto, se puso de rodillas tras el escenario con gesto de cómica resignación.

Además de las cuatro marionetas había una colección de muñecas muy dispares. Alice empezó a representar una adaptación libre de *La Cenicienta,* el cuento de Perrault, asumiendo todos los papeles femeninos: la madrastra, las hermanas, el hada buena y la protagonista, mientras que Joseph manipulaba e interpretaba sumisamente al príncipe.

—Estoy muy enamorado de la hermosa dama que perdió este pequeño zapatito —entonó, leyendo el guion que había escrito Alice—. Proclamo, y quiero que se sepa en todo el reino, que me casaré con la dama que se lo pueda calzar.

Evidentemente la interpretación no era lo suyo, ni mucho menos, pero a Mercy le encantó oír su voz, tan masculina y profunda.

Cuando terminó la representación, la institutriz estalló en aplausos.

Alice salió de detrás del escenario e hizo una reverencia, agradeciendo la ovación. Joseph Kingsley tardó algo más en levantarse, y le crujieron las rodillas. Se inclinó levemente y con gesto algo avergonzado.

—Y ahora, sintiéndolo mucho, me tengo que ir a trabajar.

La señorita Grove sintió verlo marchar.

—Gracias otra vez por la pizarra, señor Kingsley. Y por representar tan magníficamente el papel del príncipe.

—Si se ha divertido, el sufrimiento ha merecido la pena.

—¡Pues claro que me he divertido! —confirmó, con una amplia sonrisa.

Esa tarde Winston Fairmont llevó a Jack Avi a Bell Inn. Tenía que ir a Wishford a hablar con su abogado, el señor Coine, así que Jane se llevó al niño a la granja Lane. Ya le había contado las novedades a Gabriel, pero tenía muchas ganas de que se conocieran. También pensaba llevar a su hermanito a la granja del Ángel, para presentárselo a Thora y a Talbot.

Cuando llegaron, ayudó al chico a bajar de la calesa mientras su prometido sujetaba el caballo por las riendas.

—Gabriel Locke, te presento a Jack Avi Fairmont, mi hermano.

Gabriel se puso en cuclillas delante del niño.

—Hola, Jack Avi. Estoy encantado de conocerte.

—¿Gabriel... como el ángel? —preguntó el crío.

—La verdad es que me temo que no tengo nada en común con un ángel.

Al ver que el pequeño arrugaba la frente, algo confundido, continuó:

—Sí, el nombre es el mismo que el del ángel. Aunque algunas personas me llaman Gable, y si quieres, tú también puedes llamarme así. —Le tendió la mano.

—Gable... —El chico agarró su gran mano y la sacudió arriba y abajo—. Le saludo como hacen los ingleses.

—¿Y cómo me saludarías si estuviéramos en la India? —preguntó el hombre, sonriendo.

El niño juntó ambas manos y se inclinó por la cintura.

—Pero es que no estamos en la India, como me dice siempre *bapu*. Ahora somos ingleses.

—Padre quiere que Jack Avi sea bien aceptado aquí. Por eso le ha comprado ropa nueva.

—Muy bien hecho. Pareces un pequeño hacendado local.

El chico se estiró la pequeña levita y comprobó que todos los botones estaban bien abrochados.

—Todo está bien, ¿verdad?

—Estás muy guapo —afirmó la mujer, pasándole la mano por el denso y oscuro pelo.

—¿Es usted el marido de mi hermana? —preguntó, mirando de nuevo a Gabriel.

—Pues espero que muy pronto pueda disfrutar de tal honor, sí.

—Entonces seguro que le gustará ver esto. —Jack Avi tiró de una cadena que llevaba al cuello y abrió un relicario muy parecido al de su padre. Se lo acercó a Gabriel para que pudiera mirarlo bien—. ¿Ve? Esta es mi *didi*, Jane. Y esta mi *maaji*.

—Ya veo. Dos mujeres muy guapas. ¿Así que ya sabías cómo era Jane antes de conocerla en persona?

—Sí —confirmó Jack Avi—. Pero mi *maaji* murió —añadió, muy serio.

—Lo sé, y lo siento mucho.

El señor Locke intercambió una mirada con Jane y se puso de pie.

—Jack Avi, ¿has montado alguna vez a caballo?

—No, señor.

—¿Y te gustaría aprender?

Asintió con entusiasmo infantil, abriendo mucho los ojos.

—¿Tiene usted un caballo?

Gabriel rio entre dientes.

—Pues mira, de esos sí que tengo unos cuantos.

El chico señaló el bastón sobre el que se apoyaba.

—¿Se hizo daño montándolo?

—Pues la verdad es que sí.

—Entonces igual debería ser *didi* la que me enseñara.

Jane temió que Gabriel se ofendiera pero, por el contrario, soltó una espontánea carcajada.

—Eres un chico listo y tienes toda la razón, sin duda.

Le revolvió el pelo.

—Pero bueno, de momento me gustaría enseñarte un poni, a ver si te gusta.

—Sí, por favor, Gable, señor —contestó el chico, sonriendo abiertamente.

El señor Drake y Alice tenían la costumbre de pasar una hora juntos antes de la cena. Al disponer de ese tiempo para sí misma, Mercy tomó un periódico antiguo en la sala de estar del hotel y se sentó a leerlo. James había dejado abierta la puerta de su despacho, podía verlos a los dos, sentados frente a frente. La niña balanceaba las piernas, y miraba sus propios pies bajar y subir, intentando entretenerse mientras él terminaba de escribir una carta u otro documento. Se le veía concentrado. Ella podía oír el roce de la punta de la pluma sobre el papel.

Sin poder contenerse más, la pequeña empezó a hablar:

—La señorita Grove me está enseñando los nombres de todos los monarcas de Inglaterra. ¿Quiere que se los recite?

—Me parece muy bien, pero quizá más tarde, Alice. ¿De acuerdo?

La niña asintió.

—Los gatitos ya han crecido mucho. ¿No quiere venir conmigo a verlos?

—Me gustaría mucho, pero ahora tengo que terminar este pedido para ponerlo en el correo.

—Anoche tuve una pesadilla. Venía un zorro y se comía a los pobres gatitos. ¡Nunca me he alegrado tanto al despertarme y comprobar que solo era un sueño! Me imagino que no me dejaría tener a los gatitos en mi habitación...

—Pues me temo que no, Alice. Después de todo, esto es un hotel, y hay gente a la que no le gustan los gatos.

—¿De verdad? ¡No puedo ni imaginarme que a alguien no le gusten los gatos! Y ahora que me acuerdo... el señor Kingsley me ha contado un cuento muy divertido, que se llama *El rey de los gatos*. ¿Lo conoce?

—Pues creo que sí. Me lo contaron hace mucho tiempo.

—¡Ah!

La niña empezó a mover los pies más despacio, hasta que los detuvo del todo.

—¿Le importa que salga?

—¿Eh...? Bueno, si lo prefieres, de acuerdo. Pero creía que íbamos a jugar al ajedrez...

—¿Lo dejamos para más tarde? —pidió la pequeña, encogiéndose de hombros.

—Muy bien. —Él la miró mientras se marchaba, dejando por fin la pluma. Al darse cuenta de que Mercy estaba en la sala de estar, suspiró profundamente y le hizo un gesto pidiéndole que pasara al despacho.

Mientras se acercaba, soltó una especie de gruñido de frustración.

—Sí, ya sé que tenía que haberle prestado toda la atención. ¡Pero por Dios, señorita Grove, esa niña no para de hablar!

La institutriz asintió.

—Sí, es verdad. Según mi experiencia, las chicas son más habladoras que los chicos. Pero si hubiera podido escucharla, habría sido bueno para los dos.

—De vez en cuando tengo mucho papeleo que hacer, Mercy —dijo, apretando los labios—. Y uno o dos negocios que gestionar.

—Por supuesto. Ni mucho menos quiero decir que tenga que estar constantemente pendiente de ella, ni de lo que quiera hacer o decir. Pero pensaba que había establecido este tiempo antes de la cena para estar solo con ella y dedicarle toda la atención.

—Así es, pero las tareas a veces se acumulan y no esperan.

—Lo entiendo. Pero tiene que tener en cuenta que cuando la mira a los ojos y escucha lo que dice, le demuestra que lo que piensa y expresa tiene importancia para usted.

—Y ahora me siento culpable —reconoció, suspirando de nuevo—. Gracias.

La mujer agachó la cabeza y miró al suelo.

—Perdóneme. No pretendía darle ninguna lección, ni entrometerme. No es mi cometido. Después de todo, no soy su madre.

—No, Mercy, perdóname tú a mí. Te agradezco de verdad tu consejo, y que me hayas escuchado. —Por un momento volvió la vista de nuevo a sus papeles, pero enseguida levantó otra vez la cabeza—. ¿Querías algo más?

Se mordió el labio y después sonrió.

—Después. De momento, me apiadaré de sus pobres y castigados oídos.

Al día siguiente, aprovechando el tiempo cálido y soleado, Mercy y Alice salieron a pasear por los jardines. Con el libro de Botánica en la mano, a medida que avanzaban Mercy fue nombrando las distintas especies de plantas y animales que veían.

—Mira, ese pájaro de ahí es una golondrina. Y esa mariposa que está revoloteando junto al arbusto espinoso de flores blancas, que se llama endrino, es una vanesa. ¿Y ves esas flores pequeñas de color morado? Se llaman pulsatillas comunes, y en algunos sitios las llaman también flores de viento.

—¿Cuál es su flor favorita, señorita Grove? Si es que la tiene, claro...

—Pues... no me resulta fácil decidirme. Hay muchas que me gustan. Pero en esta época del año, yo creo que mis favoritas son los lirios del valle. Crecen a lo largo de toda la cerca del jardín de Ivy Cottage.

Mercy captó un movimiento y se volvió. Un hombre alto y una mujer menuda estaban sentados bajo el gran castaño que había entre la valla del jardín y las caballerizas. El hombre se volvió y señaló algo con el dedo. Pudo ver su cara. Era Joseph Kingsley.

La mujer llevaba una cesta. Levantó el paño que la cubría y le ofreció algo de su contenido. La señorita Grove oyó su voz, fresca y femenina, y también la de Joseph cuando contestó, pero no pudo entender la conversación.

—¿Sabes quién es la que está con el señor Kingsley? —se interesó la niña.

—Su cuñada Esther —respondió, con el tono más neutro que fue capaz de utilizar.

—Parece como si estuvieran de pícnic. ¿Vamos con ellos?

—No, querida. No nos han invitado. Aunque la verdad es que es un día muy adecuado para comer en el campo.

—¿Podríamos ir de pícnic algún día? ¿Por ejemplo padre, usted y yo?

Le dio un vuelco el corazón. Era la primera vez que oía a Alice referirse al señor Drake como «padre». Se apretó contra el pecho el libro de Botánica.

—Buena idea, Alice. Pero yo creo que el señor Drake y tú deberíais salir de pícnic un día, quiero decir solos. ¿No sería magnífico? —No resultaría apropiado que fuera de pícnic con un hombre como si...

Una risa cantarina interrumpió sus pensamientos. Después pudo oír también la de Joseph, más cálida y ronca. Volvió la vista a tiempo de ver cómo ella le daba un golpecito juguetón en el brazo, casi una caricia.

Se obligó a no sacar conclusiones precipitadas una vez más. Se trataba de un encuentro completamente inocente. Así que llamó la atención de Alice para que observara la siguiente planta y continuaron con su instructivo paseo.

Esa misma tarde Mercy se encontró con el señor Kingsley en el sendero. No sabía si intentar pasar desapercibida o detenerse a charlar. ¿Debía decirle que los había visto juntos, o interpretaría que estaba celosa? «Olvídalo, es lo mejor», pensó. Pero negó con la cabeza, sabiendo que eso era imposible. El asunto no iba a dejar de torturarla y de producirle dudas.

Sonrió al verla.

—Señorita Grove, ¿qué tal le va?

—Bien, gracias. ¿Y usted?

—Fenomenal. ¡Hace un día magnífico!

—Sí. Antes Alice y yo hemos salido a pasear por los jardines. Le vimos de lejos, disfrutando de un pícnic con Esther.

Lo miró atentamente a la cara para ver si descubría algún gesto de culpabilidad, o de vergüenza, pero se limitó a contestar sin vacilaciones.

—Sí. Esther ha preparado un pequeño tentempié de mediodía para mis hermanos y para mí, y nos lo ha acercado a todos. Ya le he dicho que no tenía que molestarse, pero me ha contestado que así se siente útil.

«Y también tiene una excusa para verle», supuso Mercy.

—¡Qué considerada! ¿Se lo está pasando bien?

—De hecho, ahora está en Ivy Hill. ¿Se lo había dicho?

—No.

—Pues debo decirle que lo que trae es mucho mejor que la fruta y el queso que llevo normalmente en mi caja de herramientas.

Ella dudó un momento antes de hablar.

—Podría comer alguna vez en el salón de café, ya lo sabe. —Se inclinó un poco hacia delante al decirlo, pero él no pareció captar la insinuación.

—Bueno, no suelo hacer unas pausas tan largas cuando trabajo. Con un bocado rápido me basta y me sobra.

¿Es que nunca le iba a preguntar que si podía cortejarla? Al parecer no...

—Entiendo. Bien, eh... pues que pase un buen día, señor Kingsley.

—Y usted también, señorita Grove.

22

Ese mismo día, un poco más tarde, Jane caminó hasta Ivy Cottage para pedirle a Matilda Grove que se acercara a la posada con ella. Le abrió la puerta el señor Basu, y por primera vez en su vida lo miró a la cara. Es decir, lo miró de verdad, fijándose. Notó que sus ojos tenían una forma distinta a la de los de Jack Avi, pero que se parecían en el color. Además, su piel era algo más oscura.

Jane se preguntó cómo reaccionaría si se encontrara con Jack Avi, y viceversa. Pero eso tendría que esperar a otro momento. Le dirigió una sonrisa.

—Hola, señor Basu. ¿Está en casa la señorita Matilda?

Asintió y señaló hacia la sala de estar de la familia, en donde estaba sola, leyendo un libro. Se quitó los lentes cuando entró Jane.

—¡Qué bien, una visita para mí!

—¿Haría el favor de venir conmigo a Bell Inn, señorita Matty? Mi padre quiere presentarle a alguien.

—¡Pues claro! ¡Qué intrigante! Espera un momento a que busque el bolso de mano y me ponga mi mejor sombrero.

Fueron juntas hasta la posada por Potters Lane. Cuando llegaron se encontraron con Winston Fairmont esperándolas en uno de los salones privados, con una jarra de té y cuatro tazas sobre la mesa que iban a ocupar. Jane se dio cuenta de que Jack Avi se escondía con timidez detrás de las piernas de su padre.

—¡Señorita Matilda, mi vieja amiga...! —empezó su padre.

—Igual de vieja que tú, Win —respondió la mujer, con una sonrisa traviesa.

—Muy cierto. Gracias por venir. Hay alguien muy especial para mí a quien me gustaría presentarte.

—Eso me ha dicho Jane, pero no ha soltado prenda.

Su padre puso la mano sobre la cabeza de Jack Avi y lo empujó hacia delante con suavidad.

—Este es mi hijo, Jack Avi Fairmont. Jack Avi, quiero que conozcas a una amiga muy querida, la señorita Matilda Grove.

La expresión de Matilda se volvió muy solemne. Se acercó y se inclinó hacia el niño.

—Encantada de conocerte, Jack Avi.

Miró al niño a la cara. Le brillaban los ojos, y su gesto era sorprendentemente triste. Inmediatamente se incorporó y recobró la habitual sonrisa.

—Tiene tu nariz.

—Sí, pobre muchacho. Por lo demás, y afortunadamente para él, se parece mucho a su madre.

Jane notó un temblor en la garganta de Matilda.

—Tuvo que haber sido muy guapa.

—¿Le gustaría verla? —preguntó Jack Avi, al tiempo que extraía otra vez el relicario.

—Sí, enséñamela. Pero, por favor, espera a que me ponga los lentes. —Los sacó del bolso de mano y se sentó en un banco de respaldo alto. El chico se acercó a ella y le mostró sus preciados retratos en miniatura.

—Esta es Jane, claro. ¡Qué joven está! Y tu madre... ¡Oh sí! Te pareces muchísimo a ella, Jack Avi.

Su padre miró a la cara a Matilda.

—Pareces... triste. ¿Desapruebas esto?

—¿Desaprobarlo? Con lo bien que me conoces, no sé ni cómo puedes pensar semejante cosa. Quizá me decepciona un poco, pero no lo desapruebo, en absoluto.

—¿Te decepciona? ¿Por qué?

—Bueno... Solo porque has estado tanto tiempo muy lejos. —Se quitó los lentes y respiró hondo—. En fin, tendremos que recuperar el tiempo. Me encantará hablar con el joven señor Fairmont, y también con el... viejo. —Le guiñó un ojo—. Por lo que veo, ya habéis pedido el té. Pues ahora voy a ser yo quien pida algo con lo que acompañarlo. —Se volvió hacia el niño—. ¿Qué es lo que más te gusta, Jack Avi: las galletas, la tarta o el bizcocho?

El niño asintió entusiasmado.

—Pues... ¡todo lo que ha dicho!

—Eso está hecho: ¡las tres cosas! —repuso sonriendo.

Jane la siguió al vestíbulo.

—Ya voy yo, señorita Matty. Quédese con ellos. —Miró a la mujer con preocupación—. ¿Está usted bien?

—Sí. Solo sorprendida.

Jane la tomó de la mano y se la apretó.

—Sé muy bien cómo se siente.

Esa tarde Mercy llamó a la puerta del despacho de James Drake, que estaba abierta.

—Señor Drake, ¿puedo pedirle un favor?

—Por supuesto. Y por favor, llámame James. Yo he decidido llamarte Mercy, ya lo habrás notado.

—Sí, me he dado cuenta.

—¿Te importa? —preguntó.

—No. Pero como es usted mi jefe, no creo que deba llamarle por su nombre de pila.

—Antes de que se produjera esta circunstancia éramos amigos, no lo olvide. Al menos yo espero que de verdad lo fuéramos.

Abrió la boca para mostrar su reticencia, pero finalmente lo pensó mejor y cedió:

—Muy bien.

Él sonrió satisfecho y le ofreció sentarse.

—Y ahora, ¿qué querías pedirme?

Se sentó y juntó las manos.

—Me he dado cuenta de que ni la pinche de cocina ni el limpiabotas saben leer. ¡En estos tiempos y a su edad! Me preguntaba si podría enseñarles. Sé que ambos tienen trabajo que hacer, y que yo también tengo el mío, pero con solo media hora al día avanzaríamos rápido... ¿Por qué sonríes?

Movió la cabeza lentamente, sin dejar de sonreír con gesto travieso.

—Puedes quitarle al profesor su escuela, pero no las ganas de enseñar...

—¿Eso es un sí?

—Respecto al limpiabotas, sí. He visto que tiene tiempo libre. Pero tendrás que hablar con el ama de llaves sobre la pinche de cocina. Si ella está de acuerdo, que el cielo ayude a la pobre chica a mantenerse despierta durante las clases. Creo que se levanta a las cuatro de la mañana y cae rendida a las diez.

—¿Pero puedo hablar con la señora Callard?

—Puedes.

—Gracias —respondió sonriendo.

La miró con calidez.

—Ha merecido la pena completamente, te lo aseguro. Tienes una sonrisa absolutamente encantadora.

Esa noche soplaba un viento frío sobre la llanura de Salisbury y la temperatura había bajado a niveles invernales. Mercy estaba acurrucada bajo la ropa de la cama y se quedó dormida leyendo, con la vela de la lámpara aún encendida en la mesita de noche. El frío la despertó de madrugada. Tenía los pies como el hielo y el viento aullaba tras la ventana. Se levantó, se tapó con un chal y se puso unos calcetines. Viendo que todavía había leña y carbón vegetal en el hogar, utilizó la vela de la lámpara para volver a encender el fuego, que prendió casi de inmediato.

«Gracias, señor Kingsley...».

Se volvió a meter en la cama y se tapó hasta la cabeza, deseando que la habitación se volviera a caldear para poder dormirse de nuevo.

Tiempo después se despertó. Alguien llamaba a la puerta con fuerza. ¿Era en su habitación o en la de al lado? Bajó la ropa. Por la ventana entraba la luz de la mañana, pero... ¿por qué estaba tan oscura su habitación? Se sentía atontada por el sueño y desorientada.

Empezó a toser.

—¿Señorita Grove? —Oyó gritar a un hombre—. ¡Señorita Grove! —La puerta de su habitación se abrió de repente.

Abrió mucho los ojos, completamente alarmada. El señor Kingsley apareció en medio del humo. ¿Estaría soñando? ¿Por qué su habitación estaba llena de humo?

Él corrió hacia la ventana y la abrió. Inmediatamente entró una ráfaga de aire frío. Después volvió hacia la cama.

Ella intentó sentarse, pero sus piernas no obedecían del todo a su mente, confusa y adormilada. Se movía con mucha lentitud.

Joseph Kingsley apartó las sábanas, se inclinó y la tomó entre sus fuerte brazos. Estupefacta y avergonzada, Mercy trató de librarse de su abrazo. ¿Qué estaba haciendo? ¡Pero si estaba en camisón!

La sacó al pasillo y la llevó al aula, dejándola en una silla.

—Quédese aquí. Voy a asegurarme de que el fuego se ha apagado.

Allí sentada, respirando aire puro, la mente de Mercy por fin se despejó.

Él regresó enseguida y se arrodilló frente a ella, poniendo la cara a la altura de la suya.

—¿Se encuentra bien? He venido pronto para traerle una cosa. Cuando he subido, he visto humo saliendo de su habitación y me he temido lo peor. ¿Está segura de que está bien?

—Sí, ya me voy encontrando mejor.

—¡Gracias a Dios!

El ruido de unos pasos enérgicos hicieron que todos volvieran la cabeza. Allí estaba James Drake, llevando a Alice de la mano. Disimuladamente, situó a la niña detrás de él, como si quisiera evitar que contemplara una escena inapropiada para ella. Una rápida serie de emociones surcaron su rostro, mientras con toda seguridad intentaba dilucidar el porqué de la presencia de la institutriz de su hija en el aula, en camisón, y con el constructor y carpintero que trabajaba para él de rodillas delante de ella.

—Mi chimenea —balbuceó Mercy a toda prisa, ansiosa por aclarar lo extraña e impropia que podía parecerle la escena a la persona para la que trabajaba, como reflejaba su tenso gesto—. El señor Kingsley ha visto que salía humo de debajo de mi puerta, y me ha ayudado a salir inmediatamente para que no sufriera daño.

Al oír sus palabras, Alice salió a toda prisa de detrás del señor Drake, con los ojos muy abiertos por la preocupación.

Él frunció el ceño aún más.

Antes de que nadie dijera nada más, intervino el señor Kingsley.

—Es culpa mía. Tenía que haber comprobado a fondo la chimenea. Seguramente el conducto no se ha limpiado en muchos años, por lo que el tiro no funciona como debiera.

—No, no, es culpa mía —replicó Mercy—. No debí encenderla y volver a la cama de inmediato.

—¿Estás bien, Mercy? —preguntó el señor Drake—. ¿Llamo a un médico?

—No hace falta. Estoy bien.

—¿Y la habitación?

—Pues... no lo sé.

Se levantaron todos para comprobarlo. El viento frío entraba a través de la ventana abierta y las cortinas, por lo que la humareda se estaba disipando. En los muebles cercanos al hogar había una capa de hollín.

—Le diré a la señora Callard que envíe a una criada para que lo limpie.

—No, no, ya lo haré yo, señor Drake. Pero gracias de todas formas.

El señor Kingsley se dirigió hacia la puerta.

—Voy a avisar directamente al deshollinador.

—Sí, sí, hágalo. —El señor Drake dudó. Todavía tenía el ceño fruncido—. ¿Puedo preguntarle por qué ha venido aquí tan pronto esta mañana? Por supuesto, no vaya a pensar que no le agradezco que haya descubierto el humo y actuado con tanta rapidez.

El joven se ruborizó, dudó un momento y señaló hacia el pasillo.

—He traído una estantería para la señorita Grove, en la que pueda poner sus libros. En su habitación no hay ninguna.

El hotelero miró hacia el fondo del pasillo.

—¡Claro! Ya había visto que estaba abandonada en el pasillo y me preguntaba por qué.

Mercy se sintió un poco azorada por Joseph y por ella misma. Y mucho más por estar en camisón delante de los dos hombres.

—La he hecho en mi tiempo libre, señor —justificó el carpintero.

James Drake lo miró sombríamente.

—No pretendía criticarle. Aunque un teatro de marionetas una semana y ahora esto... Me pregunto si duerme usted algo, la verdad.

Joseph Kingsley agachó la cabeza.

El señor Drake se tranquilizó y se volvió hacia la niña, a la que todavía tenía agarrada de la mano.

—Bueno, Alice, me da la impresión de que tus clases van a empezar hoy un poco más tarde. ¿Qué te parece si mientras jugamos una partida de ajedrez? La señorita Grove va a necesitar algo de tiempo para lavarse y... vestirse.

—Muy bien, aunque la verdad es que prefiero jugar a las damas.

La niña y su tutor se alejaron por el pasillo.

Joseph se quedó donde estaba durante un momento. Después se aclaró la garganta.

—Lo siento mucho, señorita Grove. No era mi intención avergonzarla ni comportarme de manera impropia.

—Lo sé perfectamente, y estoy segura de que el señor Drake también. Pero no podemos culparle por comportarse de una forma un poco... digamos severa, llegando como ha llegado, viendo lo que ha visto y, además, con Alice.

—Las cosas no han ido esta mañana como yo esperaba, ni mucho menos —lamentó él, muy compungido.

—Tampoco yo esperaba esto. Bueno, creo que será mejor que me vista. Ya le veré más tarde.

Él asintió y bajó por las escaleras, con los hombros caídos. A ella se le había olvidado darle las gracias por la estantería y, naturalmente, por entrar a rescatarla. Ya lo haría después... cuando estuviera vestida apropiadamente.

Durante el resto del día no volvió a ver al señor Kingsley. Estuvo muy ocupada limpiando los desperfectos producidos en la habitación por la humareda, además de cumplir con las habituales clases de Alice. Al final del día llegó el deshollinador y, al hacer su trabajo, se produjo una nueva descarga de polvo y hollín sobre el hogar, por lo que tuvo que volver a darle un buen repaso a la habitación.

Cuando al fin terminó, Mercy le pidió a Iris que la ayudara a trasladar la estantería nueva. Se ajustaba perfectamente al espacio disponible. Ya no tendría que agacharse a buscar en una caja cada vez que quisiera leer u ojear un libro. Recordó de nuevo que tenía que darle las gracias al señor Kingsley.

A la mañana siguiente fue al piso de abajo, esperando encontrarlo. Allí estaba, en cuclillas delante de la chimenea grande, con sus anchos hombros y su pelo claro del color de la arena.

—Gracias de nuevo por venir a rescatarme, señor Kingsley —dijo—. Me siento un poco como si fuera la propia Cenicienta. Todavía encuentro hollín y cenizas en sitios insólitos de mi habitación.

El hombre se volvió con expresión de extrañeza. Y ella se sobresaltó al darse cuenta de que no se trataba de Joseph, sino de uno de sus hermanos, que tenía los hombros igual de anchos, el pelo del mismo color, pero las facciones algo más afinadas. Era bastante más joven.

—¿En sitios insólitos? —repitió, arqueando una ceja.

Inmediatamente se puso muy colorada y se sintió estúpida.

—¡Vaya, lo siento! Era solo una broma dirigida a su hermano. Lo he confundido con él. Con Joseph, quiero decir.

Se encogió de hombros quitándole importancia.

—Ya, yo soy Aarón. De cara al futuro, recuerde que yo soy más joven y, por supuesto, más guapo que él —bromeó, guiñándole un ojo—. Joseph no va a venir hoy a trabajar. Nos ha enviado a Matthew a mí y nos ha encargado que revisemos todas las chimeneas del hotel, sin dejar ni una. Ahora empiezo a entender por qué...

—¡Ah, ya! —Sintió una gran decepción. Esperaba que Joseph no se estuviera alejando de Fairmont House por su culpa.

—No sé cuánto tiempo tardará en volver —continuó el joven—. ¿Quiere que le dé algún mensaje cuando lo vea?

—Bueno, solo... dele las gracias de mi parte.

—Descuide. —Volvió a centrarse en su trabajo.

Mercy se alejó. Todavía notaba el calor en las orejas. Le hubiera gustado mucho más darle las gracias a Joseph en persona.

—Por cierto, si se da prisa, creo que podría encontrarlo todavía en el patio de los establos —añadió Aarón Kingsley, desde la chimenea.

—¿De verdad? ¡Gracias! —Se dio la vuelta rápidamente en dirección a la puerta y salió.

Oyó hablar a alguien en el patio de los establos. Allí estaba Joseph Kingsley, de pie y muy cerca de Esther Dudman, hablando en susurros y con caras serias. La señorita Dudman llevaba una maleta y estaba junto a un carruaje de largas distancias. Mercy lo reconoció, pues era el que James había comprado para su propio uso, y también como inversión, para alquilarlo. Joseph abrió la puerta y le ofreció la mano a la mujer para ayudarla a entrar. Había mencionado que Esther estaba en la zona, pero al parecer se marchaba a algún sitio. ¿Pudiera ser que definitivamente?

No obstante, el alivio le duró muy poco. Un instante después, el señor Kingsley subió detrás de ella y cerró la puerta. Pestañeó, absolutamente sorprendida. El cochero azuzó a los caballos y el carruaje se puso en marcha.

Se quedó de piedra, como clavada a los adoquines, mientras el coche torcía la esquina y rodeaba la casa. A través de la ventanilla pudo distinguir con claridad el perfil de Joseph, aunque él no la vio, porque miraba fijamente a su compañera de viaje. ¿Un hombre y una mujer que no estaban casados yéndose juntos de viaje? Le dio un vuelco el corazón. Entonces Mercy recordó que Esther era su cuñada, y que las leyes inglesas no permitían que un viudo se casara con la hermana de su esposa fallecida. Pero había oído que algunas parejas con esa relación familiar viajaban a otros países para casarse; en cualquier caso, seguro que no era eso lo que estaban haciendo. Entonces, ¿a dónde iban los dos juntos y solos?

El Domingo de Resurrección, Jane y su padre llevaron con ellos a Jack Avi a la iglesia. La niñera, Priya, se quedó en Wilton.

Cuando entraron en la iglesia de St. Anne se encontraron con George y Helena en la entrada. Jane presentó a su padre a la nueva señora Grove, y a su hermanito a ambos esposos.

—¡Oh, George! —exclamó Helena—. ¡Tiene exactamente el mismo aspecto con el que yo me imaginaba a tu sirviente en la India!

Él se sintió avergonzado por el comentario de su esposa.

—La verdad es que apenas se parece. Este niño es muchísimo más guapo. —Le dedicó una sonrisa al chico y le dijo algo en una lengua extranjera.

Al ver que Jack Avi no había entendido, su padre intervino.

—Creo que el señor Grove quiere decir *namaskar*.

George volvió a avergonzarse.

—Me temo que nunca se me han dado bien los idiomas. —Le dio la mano con energía a Winston Fairmont—. Me alegro mucho de volver a verlo, señor.

La familia Gordon atravesó la puerta de entrada. El agente inmobiliario los saludó, pero su esposa miró de soslayo a Jack Avi e, inmediatamente, se llevó aparte a sus hijos.

Jane tomó de la mano a Jack Avi y le sonrió para animarlo mientras entraban en la nave de la iglesia. Tuvieron que soportar murmullos y miradas de curiosidad cuando avanzaban por el pasillo, pasando a través de la congregación de fieles como el viento en un campo de espigas.

Thora se dio cuenta de lo que estaba pasando y lanzó a varios de los que cuchicheaban su famosa y contundente mirada glacial. Después se volvió hacia los chicos Barton mandándoles callar con el dedo índice sobre los labios.

Jane ocupó su lugar habitual al lado de Thora, que le tomó la mano y se la apretó para confortarla. Jack Avi se sentó entre su padre y su hermana. Gabriel estaba en el sitio acostumbrado, al otro lado del pasillo. Habían decidido esperar a estar casados para sentarse juntos. Ella lo miró y se sintió recompensada por su amplia sonrisa.

La señora Barton, que estaba en el banco de atrás, se inclinó para poder susurrarle a Jack Avi al oído:

—¿Es la primera vez que acudes a una iglesia?

Jack Avi se volvió hacia su padre, que contestó por él.

—No, señora. En la India íbamos a los servicios religiosos cada semana.

Entró el vicario y empezó el servicio de la Pascua de Resurrección, que era muy alegre, lleno de rezos y cánticos. En la parte dedicada a anuncios y noticias, el señor Paley, que se había dado cuenta de las miradas y los comentarios, quiso acallar las habladurías.

—Es una bendición volver a contar de nuevo entre nosotros con Winston Fairmont, y conocer a su querido y joven hijo. Compartimos tu dolor por la reciente pérdida, pero nos alegramos de tu regreso a Inglaterra sano y salvo después de un viaje por mar tan largo y peligroso. Espero que aceptes la invitación a cenar con nosotros en la vicaría. Sé que mis hijos están deseando hacerse amigos del tuyo.

Jane se alegró mucho del detalle y la generosidad del vicario de la parroquia. Su padre asintió para expresar su gratitud. La celebración por la Resurrección de Cristo prosiguió.

Después del servicio, *sir* Timothy y Rachel se acercaron a saludar a su padre y a conocer a Jack Avi. Su ejemplo contribuiría a la aceptación del niño en el pueblo. Hasta la viuda *lady* Brockwell se acercó a hablar con ellos. Fue un gesto muy amable, y Jane se lo agradeció.

Después se acercaron las hermanas Cook, todo sonrisas.

—Nunca nos había visitado ningún hindú —dijo Charlotte.

—Lo cierto es que la madre de Jack Avi era cristiana —puntualizó Winston Fairmont—, y mi intención es que se eduque en esta fe. Esperando, como todos los padres hacemos, que la abrace por su propia voluntad.

—¡Oh! Sí, es cierto, por supuesto —aceptó Judith, con voz cantarina y pestañeando—. Espero que nos venga a visitar mientras esté aquí, señor Fairmont. Aunque no creo que quiera usted tener muchos compromisos, ¿verdad? —Soltó una risita.

—Disfrutaríamos mucho escuchando historias de sus viajes, ¿verdad Judy? ¿Ha ido en elefante mientras estaba usted en la India? Estoy segura que será algo fascinante...

—¡Ah, aquí están, señoras! —Matilda apareció y, con toda naturalidad, puso fin a la extraña y embarazosa conversación—. La señora Burlingame acaba de descubrir una mancha en su cuello de encaje favorito. Creo que necesitamos su opinión profesional...

Mientras las mujeres se alejaban, Jane pudo ver la expresión de gratitud hacia Matilda en el rostro de su padre.

Finalmente, Mercy se acercó a hablar con ellos.

—Hola, señor Fairmont.

—Mercy, es un placer volver a verte. —Sonrió.

—Lo mismo digo, caballero. —Se volvió hacia Jack Avi, juntó las manos y se inclinó ligeramente—. *Namaskar*. ¿Lo he dicho bien?

—Sí —contestó Jack Avi, asintiendo con la cabeza.

—Jack Avi, esta es la señorita Grove. Somos muy amigas y nos conocemos desde que teníamos la edad que tu tienes ahora.

—¿Tú has tenido mi edad, *didi*? —preguntó el chico, frunciendo el ceño un poco.

—Pues, aunque resulte difícil de creer, así es.

—Un placer conocerte, Jack Avi. Me hubiera gustado que Alice conociera también a tu hermano, Jane, pero se ha quedado en casa con el señor Drake. La niña no se encuentra bien.

—Lo siento. Espero que se mejore. Jack Avi, la señorita Grove es profesora.

—¿Usted va a enseñarme? Ya casi tengo la edad adecuada para recibir clases, ¿verdad?

—Pues sí, enseguida. Lo que pasa es que, en estos momentos, solo tengo una alumna.

El niño, confuso, volvió a fruncir el ceño.

—¿Solo una?

—Sí, por ahora.

Jane apretó la mano de su amiga.

—Si Dios quiere, volverá a tener una escuela algún día.

—Sí, si Dios quiere.

Después del servicio religioso, Mercy fue a Ivy Cottage para celebrar la cena de Pascua con su familia, que consistió en lo que quedaba del jamón curado para el invierno, verduras de la estación, panecillos y la tradicional torta pascual. Después volvió a Fairmont House y subió a ver qué tal estaba Alice.

El señor Drake estaba sentado en la cama junto a la niña y se levantó nervioso cuando entró.

—¡Cuánto me alegro de que hayas vuelto! No termina de mejorar ni de sentirse bien, y a mí me parece que aún tiene fiebre. Aunque, la verdad, no tengo experiencia. ¿Qué sé yo?

Mercy se sentó en el lugar que acababa de dejar libre él.

—¿Cómo te encuentras, Alice?

—Me duele el estómago —susurró la niña.

Mercy le puso el dorso de la mano sobre la frente, que notó un poco más caliente de lo normal.

—¿Crees que debemos avisar al médico? —preguntó James.

—Todavía no. Seguramente no será nada serio. Puede que algo que haya comido le haya sentado mal.

—Espero que tengas razón.

—No hay que preocuparse. Tengo mucha experiencia con los pequeños trastornos infantiles gracias a mis años en la escuela.

—Me alegro mucho de eso. —Pareció aliviado, por la expresión de sus ojos verdes—. Y también de que estés aquí.

Esa misma noche, Mercy abrió los ojos de repente. El señor Drake estaba inclinado sobre ella, con una bata sobre el camisón.

—No pretendía despertarte. Solo ver qué tal estaba Alice —susurró, haciendo una mueca y dejando la lámpara sobre la mesilla de noche.

Mercy recordó dónde estaba, sobre la colcha de la cama de Alice, con el camisón puesto y tapada con un chal. Allí estaba la pobre niña, con un poco de fiebre y el estómago dolorido.

—Yo también vine a verla, pero me pidió que me quedara con ella —comentó, en voz baja—. No quería quedarme dormida, pero... —Un poco avergonzada, se tapó más con el chal y se subió el cuello del camisón.

El señor Drake se sentó al otro lado de la cama y tocó con ternura las mejillas y la frente de Alice.

—Parece que está un poco mejor, pero todavía tiene algo de fiebre, creo yo.

—Voy a por agua para bajarle la temperatura con paños húmedos —propuso Mercy, levantándose.

—No, déjalo, quédate donde estás. Ya voy yo.

Regresó a los pocos minutos con una palangana y una toalla para la cara. La sumergió con suavidad en el agua, la escurrió y se la pasó por a Alice por el cuello y las mejillas.

—Si lo prefieres, puedo hacerlo yo —susurró la institutriz.

—No me importa. —Repitió la rutina de la toalla y miró a la mujer—. ¿Tú cómo te encuentras? Espero que no te hayas contagiado.

—No, no lo creo. Solo estoy un poco cansada.

Estiró la mano al tiempo que la miraba, como pidiéndole permiso. Al ver que no se retiraba le tocó la frente con el dorso de la mano.

—No la tienes caliente.

Le pasó los dedos suavemente por las mejillas antes de retirar la mano.

—Antes de irme te traeré una manta.

—Gracias, pero creo que voy a volver a mi habitación.

—Quédate si te apetece. Me quedaría más a gusto. Te relevaré al amanecer.

—Muy bien.

Sacó una manta del armario ropero y se la colocó por los hombros a Mercy. Le retiró el pelo para colocarlo por encima de la manta.

—No me había dado cuenta de que tenías el pelo tan largo.

La mujer se ruborizó.

Puede que al darse cuenta de lo íntimo de la situación y de su comentario, se quedó allí sentado, en un incómodo silencio y sin saber qué hacer. Finalmente se levantó.

—Bien. Buenas noches, Mercy.

—Buenas noches, James.

Por la mañana Alice ya había superado la dolencia y volvía a ser la misma de siempre, sonriente y activa. Sin embargo, la señorita Grove tardó en recuperarse de su vigilia, y de todo lo demás. Durante dos días, cada vez que veía al señor Drake notaba que se ruborizaba al recordar la sensación de los dedos en su cara. Su pelo...

«Mercy Grove, deja de comportarte como una colegiala», se riñó a sí misma. Solo había sido un gesto de preocupación e interés, nada más.

24

El primer día de la fiesta en casa de los Brockwell, *sir* Cyril y sus hermanas fueron los primeros en llegar, seguidos de cerca por Nicholas Ashford, que llegó andando con una maleta. Entre los numerosos baúles, maletas y sombrereras de los Awdry, Rachel vio también unas cuantas cajas de armas, carcajes de flechas, arcos y aparejos de pesca.

—Supongo que dispararemos, pescaremos y boxearemos, ¿verdad? —preguntó *sir* Cyril, con expresión ansiosa.

Su guapa hermana, Arabella, puso los ojos en blanco.

—¿Y qué se supone que vamos a hacer las damas si vosotros os pasáis todo el tiempo disparando en el campo y practicando lucha libre como críos?

—He dicho boxear, Arabella —replicó—. Aunque, de todas formas, me imagino que la lucha libre también sería divertida. Y, por lo que se refiere a las damas, que me cuelguen... ¿Qué sé yo de diversiones femeninas? Me imagino que os dedicareis a coser almohadones, o a bordar, o a algo así.

Su hermana Penélope, que tenía un aspecto bastante atlético, soltó un gruñido.

Sir Timothy le dirigió una sonrisa a la mujer, cuya estatura era superior a la media.

—La verdad es que estaba pensando en celebrar un concurso de tiro con arco en el que participáramos todos, siempre y cuando usted nos dé antes alguna lección..

—Pues sí, me encantaría —respondió Penélope, con los ojos brillantes.

Rachel sabía que el tiro con arco no era uno de los deportes favoritos de Timothy; sin embargo, había sugerido esa actividad recordando que la joven era una arquera excelente. ¡Tenía un marido de lo más amable y atento!

Arabella no pareció demasiado entusiasmada con la idea, así que ahora le tocó intervenir a Rachel.

—Y también tendremos música y baile.

—Aunque me temo que nos falta un hombre para igualar las parejas —lamentó Justina—. Esperábamos que nuestro hermano Richard acudiera a la fiesta pero, por desgracia, no ha podido y se ha disculpado.

—Yo puedo quedarme sentada —se ofreció Penélope—. No me importa.

—Pero tú no sabes tocar —le recordó Arabella—. Una de las damas tiene que tocar el pianoforte.

—Yo puedo hacerlo —repuso Justina.

—Pero si a usted le gusta mucho bailar, señorita Brockwell —protestó Nicholas—. Y yo esperaba tener la oportunidad de volver a hacerlo con usted.

—Lo mismo que yo —replicó *sir* Cyril, soltando una risita un tanto extraña.

«¡Mira por dónde!», pensó Rachel—. «Estos días van a terminar siendo interesantes».

—Que nadie se preocupe —dijo—. Hemos contratado músicos, así que todo el mundo va a tener la oportunidad de bailar.

Llegaron los Bingley. Horace se disculpó por la tardanza y le echó la culpa a su hermana por pasarse las horas muertas en el baño y hacer un equipaje con tanta ropa que serviría para vestir a un batallón de infantería.

Sir Cyril soltó una carcajada.

—¡Vaya! ¡Precisamente lo que me gustaría a mí, estar con la infantería!

Siguiendo la sugerencia de *sir* Cyril, empezaron la tarde disparando. Su criado y el ayuda de cámara de Timothy se dedicaron a cargar las armas de los caballeros, mientras que Penélope se encargó de la suya. Las otras damas no participaron y se limitaron a observar desde una distancia prudencial, utilizando sombrillas para protegerse del sol. Rachel disfrutaba del buen tiempo y la suave brisa, y del sonido del canto de los pájaros, al menos hasta que empezaron a sonar los disparos.

Se estremeció con las primeras descargas. Confiaba en que todos tuvieran cuidado y buena puntería.

Tras una primera ronda en la que Nicholas no acertó, *sir* Cyril le dio una palmadita en el hombro.

—Mala suerte, Ashford.

—Me temo que no tengo demasiadas oportunidades de disparar —respondió, sin darle importancia.

—No importa —comentó Timothy—. Hay otras habilidades en la vida que son más importantes.

—¿Lo dice en serio? —preguntó *sir* Cyril, como si de verdad lo dudara.

Horace Bingley quedó muy impresionado al ver que Penélope disparaba magníficamente.

—Es usted una tiradora excelente, señorita Awdry.

—Muchas gracias, señor Bingley. Aunque la verdad es que me parece que hoy estoy fallando más de la cuenta. Creo que el cañón está algo desviado. —Revisó el mecanismo de disparo y la recámara antes de volver a montar el arma y cargar la pólvora. Horace Bingley la miró con ojos perplejos y la boca medio abierta, completamente asombrado.

—Señorita Awdry, tengo que decir que es usted toda una mujer.

Ella lo miró de soslayo.

—¿Y eso es bueno o malo?

—¡Bueno, por supuesto! En realidad, es excelente.

La siguiente actividad programada era el tiro con arco. Para los que no tenían experiencia, Penélope hizo una pequeña demostración acerca de la postura para tirar, la colocación de la flecha, la forma de apuntar y la técnica. Después propuso que cada uno probara por sí mismo.

Horace Bingley fue el primero en intentarlo. El tiro salió demasiado fuerte, no solo no dio en el soporte de la diana, sino que sobrepasó también las balas protectoras de paja que había detrás. La flecha se clavó en la caseta del jardín. Su siguiente disparo superó el seto de aligustres y una estatua de piedra, y cayó sobre la fuente.

—Tenga piedad de mí y ayúdeme a mejorar, señorita Awdry —rogó.

Penélope se acercó a ayudar a Horace.

Sir Cyril utilizó el arco con maestría, acertando en la diana todos los tiros. Su hermana Arabella estaba de pie cerca de él, moviendo la sombrilla sin hacerle el menor caso. Tampoco le interesaba nada este deporte y se limitaba a observar sin prestar atención a los resultados.

Sir Timothy disfrutó enseñando a Rachel. Se puso de pie detrás de ella, estiró el brazo en paralelo al de su esposa y le sujetó la mano para asegurar la flecha. Después le rodeó el hombro con el brazo derecho para ayudarla a apuntar y tirar. Ella lo miró a los ojos con una sonrisa coqueta.

—¿No habías dicho que no te gustaba este deporte?

—Nunca lo había practicado con mi preciosa mujercita. Sin embargo, ahora lo estoy disfrutando enormemente.

—¡Ya está bien, tortolitos! —se burló Arabella, que los había oído.

A decir verdad, la bonita joven no parecía albergar ningún resentimiento hacia Rachel por haberse casado con el hombre del que había pensado que, en algún momento, tuvo cierto interés en ella, al menos según *lady* Bárbara.

—Y aquí estamos, Justina, dejadas de lado por todos los demás —se quejó la señorita Bingley, sujetando con desánimo el arco entre las manos.

Justina se esforzó para tirar de la cuerda de su arco, y después suspiró.

—Es bastante más difícil de lo que parece.

—Señor Ashford, parece que esto sí que lo hace bien —gritó la señorita Bingley, por detrás de él.

Rachel se dio cuenta de que era verdad. A Nicholas se le daba mucho mejor el arco que las armas de fuego.

—¿Tira usted con arco a menudo? —le preguntó Justina.

—Hace muchos años que no —contestó, encogiéndose de hombros—. Pero cuando crecí había un blanco detrás de mi casa y practiqué mucho. Es bastante menos ruidoso que las armas de fuego, que alteraban los nervios de mi madre.

—¿No podría venir a decirnos qué es lo que hago mal?

Dejó su arco en el suelo y se acercó a las dos jóvenes.

—Haré lo que pueda.

De forma parecida a lo que Timothy había hecho con ella, Nicholas se situó al lado de Justina, aunque no tan cerca, y colocó la mano debajo de la de ella para ayudarla a sujetar la cuerda. Después la rodeó el hombro y la ayudó a tirar de la cuerda hacia atrás y a apuntar.

—Levante el hombro. Así.

Quizá debido a que estaban muy cerca el uno del otro, el hombre tragó saliva varias veces y se ruborizó.

Justina disparó la flecha y, aunque no dio en el centro de la diana, al menos sí que se clavó en uno de los anillos exteriores.

—¡Por fin! —celebró exultante.

La señorita Bingley le hizo una seña con la mano.

—¡Me toca a mí!

Nicholas la ayudó también, de forma paciente y atenta. Pero Rachel no distinguió ningún signo de nerviosismo ni el más mínimo rubor en su rostro, al contrario de lo que le había pasado al ayudar a su cuñada.

Finalmente, Horace Bingley insistió en que Penélope ya había perdido demasiado tiempo con él y que debía disfrutar tirando ella sola.

Cuando la alta joven se puso a disparar sus flechas, la observó asombrado.

—Señorita Awdry, una vez más me deja anonadado. ¡Es usted una auténtica amazona! ¡Qué destreza! ¿Destaca usted en todos los deportes?

—Bueno, no en todos.

—Sí, claro que sí —intervino *sir* Cyril—. Pen está siendo modesta.

—Otra cualidad admirable en una admirable mujer —balbuceó Horace.

«¡Madre mía!», pensó Rachel. «A este ritmo, Penélope estará casada antes de que Justina se comprometa siquiera».

Esa noche, después de la cena, los caballeros se juntaron con las damas en el salón principal mucho antes de lo que Rachel había previsto. De hecho, pensaba que *sir* Cyril querría permanecer en el comedor hasta bastante después de que las damas lo hubieran abandonado, bebiendo oporto y contando hazañas de caza y pesca. Pero *sir* Timothy estaba deseando volver junto a su esposa y Nicholas también parecía interesado en acompañar a las mujeres, así que *sir* Cyril no puso objeciones. Hasta Horace Bingley, al que solía gustarle compartir batallitas con los caballeros, se alió con los que preferían no hacerles esperar.

Mientras los caballeros se acomodaban en el salón, Rachel oyó de pasada lo que Nicholas le estaba diciendo en ese momento a Timothy.

—Tengo que admitir que antes tenía una visión errónea de la vida de los terratenientes. Ahora que llevo viviendo varios meses en Thornvale, me he dado cuenta de que su tarea es mucho más exigente de lo que jamás habría imaginado. También sé que desde que el señor Fairmont dejó el país y los problemas de salud de *sir* William limitaron mucho su capacidad de actuación, usted ha asumido mucho más trabajo que antes. No solo porque ha tenido que gestionar su propia hacienda, sino porque también ha contribuido al buen funcionamiento del distrito: la Junta de Gobierno del asilo, el Ayuntamiento del pueblo, la Magistratura... Sé que no tengo ni su capacidad ni su experiencia, pero si hay algo que yo pueda hacer para ayudarle, por favor, no dude en hacérmelo saber.

—Gracias, señor Ashford. Esto demuestra su perspicacia y su amabilidad. No dude de que tendré muy en cuenta su ofrecimiento.

Justina miró a los dos hombres y después a Rachel, y se inclinó para hablarle al oído a su cuñada.

—¡Cuánto me alegra ver hablar a estos dos de una manera tan amigable después de saber que compitieron por ti! Sería estupendo que terminaran siendo amigos, como lo fueron en su momento tu padre y el mío, el dueño de Thornvale y el de Brockwell Court.

—Estoy completamente de acuerdo contigo —respondió.

Cuando todos hubieron tomado asiento, intervino Justina:

—Dado que ustedes, caballeros, nos han sometido a las damas a todo un día de actividades deportivas, ahora deben intentar dedicarse a actividades femeninas que siempre procuran dejar en nuestras manos exclusivamente, como por ejemplo coser un cojín o bordar.

—¡Ja, ja! —Rio *sir* Cyril—. ¡Magnífico chiste, señorita Brockwell!

—Hablo completamente en serio.

La sonrisa desapareció del rostro del hombre al instante.

—En mi vida he utilizado una aguja y no tengo la menor intención de hacerlo ahora.

—A mí no me importa, señorita Brockwell —aseguró Nicholas.

—Yo también participaré —se unió el señor Bingley.

Sir Cyril miró a ambos con un gesto de superioridad.

—¿Acaso tienen experiencia como costureros?

—No, en absoluto. En algún caso he tenido que coserme algún botón que otro y reparar un costurón si era necesario. Hasta ahí llega mi experiencia —contestó Nicholas.

—Lo mismo digo —confirmó Horace—. Cuando hice el gran viaje, mi criado cayó enfermo y tuve que aprender a hacer muchas cosas que no había intentado ni tenido que hacer en mi vida.

—Al parecer, entre ellas no estuvo tirar con un arco —bromeó Cyril.

—Pues no, eso no.

—¡Qué interesante, señor Bingley! —aprobó Penélope. Rachel pensó que era la primera vez que la mujer tomaba la palabra por iniciativa propia en una reunión social—. ¿Vivió usted alguna aventura? ¿Algún peligro? ¿Se encontró con animales salvajes? —continuó la chica.

—Pues... sí, señorita Awdry. Todo lo que ha dicho.

—La mayor parte de ellas, desventuras, más que aventuras, si no recuerdo mal —puntualizó su hermana, en tono de broma.

—En cualquier caso, me gustaría oírlas en algún otro momento —pidió Penélope.

—Pues así será, se lo aseguro. Aunque más tarde, creo. Después de hacer lo que la señorita Brockwell haya preparado para nosotros.

—Sí, adelante Justina.

—No se preocupe, *sir* Cyril, que no le voy a obligar a que maneje la aguja y el hilo, pues estoy segura de que, en sus manos, esas armas serían más peligrosas que la pólvora y las flechas.

—¡Y tanto que sí! —asintió, riendo entre dientes.

—Pero cada caballero debe delinear una silueta.

—¡Ah, me encantaría ver dibujada mi silueta! Magnífica idea, Justina —celebró la señorita Bingley, entusiasmada.

Para preparar el juego de las sombras, Justina y Rachel colgaron de la pared un gran trozo de papel y colocaron una silla delante de él, además de una lámpara con la vela encendida para iluminar la sombra de la silueta y que esta se reflejara en el papel.

Cuando todo estuvo preparado, Justina pidió un voluntario para empezar el juego.

Horace Bingley se ofreció de inmediato:

—Yo seré el primero en dibujar si la señorita Penélope accede a posar para mí.

—¿Yo...? —titubeó Penélope—. Lo cierto es que nunca me han hecho un retrato.

—Entonces con más razón. Será un honor para mí ser el primero, aunque dudo mucho que sea capaz de hacerle justicia.

Un poco incómoda ante la atención suscitada, Penélope se levantó con las manos juntas en la espalda y avanzó hacia la silla.

El señor Bingley mostró una inesperada aptitud artística. Colocó a Penélope en la zona de iluminación más adecuada y lo mismo hizo con la lámpara; después, fue trazando las líneas de la cabeza, la cara, el cuello y los hombros, y hasta fue capaz de dibujar a mano alzada una versión en miniatura de la silueta, pues no disponía de un pantógrafo que le ayudase a reducir mecánicamente el original.

Mientras rellenaba la silueta con carboncillo, Rachel miró por encima de su hombro y comprobó que el parecido estaba muy logrado, y que además era halagador.

—¡Magnífico trabajo, señor Bingley! Estoy impresionada.

—Y yo... —susurró Penélope.

Después le tocó a Timothy dibujar el perfil de Rachel, a quien le alivió que se hubiera diluido un tanto la expectación inicial. Ahora los invitados empezaron a moverse de acá para allá y a servirse té, así que los «artistas» y sus modelos no recibieron tanta atención. El murmullo que procedía del otro extremo de la habitación significaba que cada uno estaba a sus propias conversaciones, sin atender las lisonjas de Timothy.

—No necesito un pantógrafo —le dijo—, porque me sé de memoria cada uno de tus rasgos. ¡Qué suerte tengo de que mi querida esposa sea tan bella!

Rachel le miró la cara y sintió un hormigueo en el estómago. Después de ocho largos años suspirando por ese hombre, todavía no dejaba de asombrarse y de considerar casi un milagro que fuera su marido.

—Gracias, amor mío.

Después le tocó a *sir* Cyril plasmar la silueta de Justina. Parecía prestar más atención al perfil de su sombra de la que nunca le había de dedicado mirándola directamente. Afortunadamente, para trazar una silueta no hacía falta contacto visual directo. El dibujo que realizó no estuvo mal, y Justina se lo agradeció. No obstante, Rachel supuso que su cuñada habría preferido que hubiera sido Nicholas el que lo hiciera, pues la habría mirado con entusiasmo sentado mucho más cerca de ella.

Nicholas dibujó a Arabella, que era una joven muy guapa. La anfitriona no dudó de que el señor Ashford consideraría la tarea de lo más agradable.

Dado que faltaba un caballero, *sir* Cyril, envalentonado por su éxito con la señorita Brockwell, se ofreció también a dibujar a la señorita Bingley. Sin embargo, le salió una auténtica chapuza, con la nariz bastante más grande que la de la modelo, las mejillas más regordetas y los hombros echados hacia delante de forma muy poco natural.

La señorita Bingley miró el dibujo y su gesto dejó traslucir inmediatamente el disgusto.

Nicholas salió de inmediato en su defensa.

—¿Pero es que está usted ciego, hombre? ¡La señorita Bingley es mucho más guapa de lo que da a entender ese horrible dibujo!

Sir Cyril parecía sinceramente apenado.

—Le pido disculpas, señorita Bingley. Por favor, le ruego que no se ofenda. Está claro que el dibujo no es lo mío. No tiene un aspecto tan malo en la vida real... Bueno, no era eso lo que quería decir. Su aspecto no es malo en absoluto. ¡Maldita sea, vaya lío estoy formando! Igual sí que deberíamos haber dedicado el tiempo a coser cojines... Seguro que no habría hecho un ridículo tan espantoso.

Arabella puso una mano sobre su hombro.

—No tienes por qué destacar en todo, hermano.

—En esto no destaco, desde luego. ¡Menudo desastre de dibujo! De verdad, señorita Bingley, lo siento muchísimo. Me ofrezco a que me dibuje y se vengue de mí: con nariz de garfio y barbilla de arpía. Me merezco eso y más.

—Muy bien, *sir* Cyril. Acepto el reto.

Se colocó un nuevo papel y *sir* Cyril se sentó en la silla de los modelos, poniendo un gesto deformado para que la silueta saliera todavía peor. Pero el dibujo que hizo la señorita Bingley fue el de un caballero elegante y agraciado.

Al verlo negó con la cabeza.

—Es usted excesivamente amable. Es imposible que me vea usted así. Ni mucho menos después del desastre que he dibujado yo.

—Pues así es como yo le veo —dijo ella, encogiéndose de hombros.

Entonces *sir* Cyril miró a la señorita Bingley, la miró de verdad, como si fuera la primera vez que la veía, y mantuvo la mirada sin retirarla, azorado.

CAPÍTULO
25

El día siguiente amaneció soleado y cálido, así que todos los asistentes a la fiesta estuvieron de acuerdo en ir a dar un paseo por el campo.

Horace Bingley salvó de un salto unos escalones construidos entre dos prados a distinta altura y retó a *sir* Cyril a una carrera. Ambos echaron a correr, pero Timothy y Nicholas se quedaron para ayudar a las damas a subir los rústicos escalones.

Justina tropezó y se cayó. El señor Ashford la agarró rápidamente del brazo y la ayudó a levantarse.

—¿Está bien? Espero que no se haya hecho daño.

—Solo ha sufrido mi orgullo.

—No se preocupe, señorita Brockwell, ni siquiera lo piense. Nadie se ha dado cuenta.

—Usted sí.

—¡Vaya! Me temo que estoy demasiado pendiente de usted en todo momento.

Ella levantó lo ojos para mirarlo y él los bajó al mismo tiempo.

—De todas formas, me resulta muy embarazoso —se lamentó, ruborizándose intensamente.

—¿De verdad cree que es embarazoso un pequeño tropezón en medio del campo? No sabe usted lo que es pasar vergüenza de verdad. Una vez vacié una copa entera de oporto sobre el vestido de una dama. ¡Y era de seda, nada menos! Mi madre no me habló en quince días.

Justina rio entre dientes y él continuó:

—Y en la escuela, los otros chicos en lugar de Nicholas Ashford me llamaban «Sin Clase» Ashford, o «Torpeza» Ashford. También hacían chistes con mi apellido... pero esos no puedo repetirlos delante de una dama.

—¡Seguro que se está inventando todo esto solo para animarme!

Le dirigió una sonrisa algo triste y autocrítica.

—¡Ojalá fuera verdad lo que dice! De todas maneras, si he logrado animarla, entonces mi sufrimiento de entonces mereció la pena.

—¡Qué amable es usted, señor Ashford!

Le ofreció el brazo antes de que volvieran a andar sobre el irregular terreno.

—Por si acaso —dijo. Y ella lo aceptó.

Sir Timothy se detuvo a hablar con un vecino que recorría con su perro uno de los campos vecinos. Mientras los dos hombres hablaban, Penélope se agachó para acariciar al animal, sin reparos por el barro que tenía en el lomo. Rachel siguió andando con la intención de alcanzar al resto de las mujeres. Al acercarse, oyó parte de la conversación que mantenían Arabella y la señorita Bingley.

—Mire a ese par de bobos —dijo la señorita Awdry, señalando a los dos corredores, doblados sobre el vientre y jadeando—. El señor Ashford es el doble de caballeroso que nuestros hermanos que, además, parecen dos adolescentes. —Suspiró—. Pero da igual que me guste su forma de ser, dada la forma en la que mira a la señorita Brockwell.

La joven Bingley dejó de mirar a los dos corredores y buscó a Nicholas y a Justina, que caminaban del brazo. Rachel notó que su expresión cambiaba de la decepción a la determinación.

—Pues no sé qué decirte, Arabella. Creo que tu hermano tiene muchas y muy buenas cualidades.

—¿De verdad? —Le lanzó una mirada astuta—. Qué hábil por tu parte el que te hayas dado cuenta ahora.

Durante el resto del día la señorita Bingley apenas se separó de *sir* Cyril Awdry. Fue la primera en reírse de sus chistes y estuvo de acuerdo con todas sus propuestas y opiniones.

Rachel se preguntó cómo se sentiría Justina al ver a su buena amiga hacer tan explícito su deseo de agradar al hombre al que la mayoría de la gente consideraba que estaba destinado a casarse con ella. Pensó en Jane y en sí misma a esa edad, las dos enamoradas de Timothy. Y le dio gracias a Dios de que aquellos días tan turbulentos y tan llenos de incertidumbre hubieran pasado para siempre.

Las diversiones y entretenimientos del día siguiente fueron una partida de bolos en el jardín y la preparación para la cena formal, antes de la esperada sesión de música y baile. Las damas se pusieron sus mejores vestidos para la ocasión, y Jemina, la doncella personal que compartían Rachel y Justina, se pasó un buen rato arreglándoles el pelo y rizándoselo a todas. Hasta Penélope utilizó hierros calientes; Rachel habría deseado poder prestarle un vestido más bonito a la mujer, pero era demasiado alta.

Para su sorpresa, su suegra apenas se había dejado ver durante los días de la fiesta, dejando a los jóvenes a su aire y sin interferir en absoluto, permitiendo que Timothy y Rachel actuaran como únicas carabinas. Ante la insistencia de su nuera, *lady* Bárbara sí que asistió a la cena del último día, pero inmediatamente después les dio las buenas noches y no se quedó al baile. La vio hablar brevemente con *sir* Cyril, seguramente preguntándole por su madre, y se alegró de no oír ninguna indirecta sobre su hija, al igual que tampoco le dijo nada a Justina para que se esforzara en atraer la atención del caballero. Quizá finalmente se habría resignado a dejar en manos de Dios lo que pudiera pasar. Sea como fuere, Rachel estaba muy contenta por cómo habían ido las cosas y se felicitó a sí misma por el éxito.

Más tarde, una vez finalizado el baile, cuando los músicos ya estaban guardando los instrumentos, Rachel y Timothy les dieron las buenas noches a todos y cada uno de sus invitados y empezaron a subir las escaleras. Cuando llegaron al primer descansillo, Rachel oyó hablar en el vestíbulo del piso de abajo. Miró por encima del pasamanos y le sorprendió ver a *sir* Cyril y a Justina hablando.

—... he venido aquí con el propósito expreso de pedir su mano, señorita Brockwell. Sé que nuestras familias lo dan por descontado desde hace tiempo. Yo también le he dejado claras mis intenciones, y no soy hombre que eluda sus compromisos.

El joven bajó la cabeza antes de continuar:

—Pero tampoco soy tan estúpido como para no darme cuenta de que usted se ha mostrado reticente. Su hermano piensa que se debe a su edad. *Lady* Bárbara me asegura que, con el tiempo, usted terminará aceptándome. De hecho, hasta me sugirió que aprovechara esta reunión social para declararme delante de todo el mundo. —Rio entre dientes, con incomodidad—. Pero no podía ponerla, ni ponerme, en un compromiso tan antinatural. Ni tampoco tenía la confianza suficiente como para exponerme a una humillación pública. No tengo demasiada habilidad en ese tipo de situaciones.

Fijó la mirada en los ojos de Justina, pero enseguida volvió a apartarla y prosiguió:

—Así que aquí estamos. Me diga lo que me diga, no voy a discutir, lo aceptaré. Será su decisión. ¿Qué les decimos a nuestras familias, señorita Brockwell? ¿Va usted a casarse conmigo o no?

Ansiosa por intervenir, Rachel dio un paso hacia las escaleras, pero Timothy la sujetó suave aunque firmemente.

—Ssh. Deja que tome la decisión por sí misma —susurró—.

Sabía que tenía razón y, aunque a regañadientes, siguió a Timothy, que ya se alejaba por el pasillo. Justina lo rechazaría... ¿o no? Por lo menos, ella esperaba que lo hiciera.

Diez minutos más tarde Rachel estaba sentada ante el espejo en su estrecho vestidor, cepillándose el pelo, cuando Justina llamó a la puerta y entró sin esperar su permiso. Se dejó caer sobre la chaise longue y se cubrió la cara con las manos.

Preocupada, su cuñada se volvió hacia ella.

—¿Qué ocurre? Te hemos visto hablando con *sir* Cyril. ¿Se lo ha tomado mal?

—Estoy comprometida.

Se le cayó el alma a los pies.

—¿Con *sir* Cyril?

—¡Pues claro! ¿Con quién si no?

—Pero yo... pensaba que ibas a rechazarlo. Me pareció que preferías a otro.

—No tenía ni idea de que fuera a pedírmelo —gimió—. Ha sido una noche muy agradable. Estaba cansada y feliz, con la mente puesta en Ni... en otras cosas. Entonces *sir* Cyril me llamó aparte y me pidió que lo acompañara al vestíbulo. No sentí ninguna turbación. No me imaginé lo que pretendía. «Es más de medianoche», me dijo. «¿Sabe lo que significa? Ya es su cumpleaños».

Rachel soltó un suspiro. Se le había olvidado.

—En efecto —continuó Justina—. Yo tampoco lo recordaba en ese momento. Pensaba que tendríamos una pequeña celebración familiar mañana, después de que se hubiera ido todo el mundo, pero entonces mis pensamientos estaban en la fiesta.

La chica alzó las manos y miró al cielo.

—Tendría que haberlo adivinado. Por una vez, no tenía esa sonrisa estúpida en la boca. Parecía sincero, y hasta nervioso. Me recordó las expectativas de nuestras familias, pero me dijo que era mi decisión. —Suspiró—. Y le dije que me casaría con él. Me da la impresión de que la respuesta le sorprendió tanto como a mí cuando las palabras salieron de mi boca.

—Pero Justina, si tienes dudas... o si tus sentimientos van por otro lado.

La joven negó con la cabeza.

—Ya es demasiado tarde. Le he dado mi respuesta. Si tengo que ser sincera, me encuentro mejor. La indecisión es muy agobiante. Seguro que disfruto siendo la señora de Broadmere, y Arabella y Penélope van a ser mis queridas hermanas. Os echaré de menos a ti y a Timothy, por supuesto. Y a mi madre. Pero, en general, creo que estaré muy a gusto. *Sir* Cyril tiene más sensibilidad de lo que creía. Antes no le había hecho justicia.

—¿Y Nicholas?

—Sé que quieres que tu primo sea feliz, pero en tu caso no estaría preocupada por él. Gusta a todo el mundo. No tendrá problemas para encontrar una esposa que lo merezca. Una mujer decidida, que no se deje arrastrar por los demás.

—Justina...

—Estoy bien, de verdad. Por favor, intenta alegrarte por mí.

—Pues claro que me voy a alegrar por ti, si realmente estás haciendo lo que deseas.

—Así es. Mi madre sí que se va a alegrar mucho.

Cuando Justina se fue, Rachel se sentó en la chaise longue. Le daban vueltas la cabeza y el estómago. Después entró en el dormitorio y se lo contó a Timothy. Lo cierto es que tampoco él se lo esperaba, pero no se quedó tan preocupado como ella.

Como había predicho Justina, *lady* Bárbara estaba entusiasmada. Hasta pudo oír sus exclamaciones de alegría procedentes del pasillo.

A la mañana siguiente, Rachel se levantó de la cama con dolor de cabeza. Estaba sentada en la mesa de tocador, masajeándose las sienes, cuando entró Jemina para ayudarla a vestirse y a arreglarse el pelo.

—¿No se siente bien, *milady*?

—Solo es un dolor de cabeza. Se me pasará enseguida.

—¿Quiere que le traiga algo?

—No, gracias. Sé que tienes otras damas a las que atender esta mañana.

—Es verdad. Debo darme prisa...

Timothy había salido a cabalgar temprano, así que bajó las escaleras sola. Esperaba que Nicholas ya estuviera abajo, para así poder comentarle en privado la noticia del compromiso de Justina.

Cuando llegó a la sala del desayuno, le alivió verlo de pie junto a la mesa, de espaldas a ella. Se dio la vuelta al oírla, y la cara de niño se le iluminó con una sonrisa.

—Buenos días, Nicholas. Me alegro de que hayas bajado a desayunar tan pronto —empezó Rachel, e inmediatamente se fijó en el ramo de anémonas que llevaba en la mano.

—Buenos días. Creo que hoy es el cumpleaños de la señorita Brockwell, así que he salido a recoger estas flores para ella. Quería felicitarla.

Rachel abrió la boca para avisarle, pero el joven se llevó el dedo índice a los labios.

—Sssh.

Dejó las flores en el sitio en el que Justina solía sentarse a la mesa, y después se dirigió hacia los platos de la mesa auxiliar para servirse.

A Rachel se le encogió el estómago.

—Es muy amable de tu parte, Nicholas, pero tengo que decirte que...

La señorita Bingley y Penélope Awdry entraron juntas al salón, hablando amigablemente. Rachel contuvo un suspiro. Esbozó una sonrisa como pudo y saludó a sus invitadas, ofreciéndose a servirles el café. También llegó Horace Bingley, y se le iluminó la cara al ver a Penélope. Rachel no esperaba verlo tan temprano, pues no tenía fama de madrugador. Llenó su plato y se sentó enfrente de Penélope. Se dio cuenta de que su hermana escondía una sonrisa mientras tomaba un sorbo de café.

Momentos después, *lady* Bárbara irrumpió en la sala como un barco con las velas hinchadas por el viento, absolutamente radiante. Después entró Justina, con aspecto cansado debido a las ojeras y caminando con lentitud. Y tras ella entró *sir* Cyril. *Lady* Bárbara no tenía la costumbre de bajar a desayunar, prefería que le llevaran una bandeja a la habitación. Pero no era un día normal. Rachel sintió miedo y se encogió ante el anuncio que se avecinaba, y sus consecuencias.

—¡Buenos días! —saludó alegremente la viuda—. Espero que todo el mundo haya dormido bien.

Todos asintieron educadamente. Su nuera no contestó, pues la verdad era que había dormido fatal.

—Bien. —*Lady* Bárbara invitó a Justina y a *sir* Cyril a que se adelantaran—. Es una pena que no esté presente todo el mundo, porque tenemos que compartir una feliz noticia —Miró fijamente a su futuro yerno.

—La señorita Brockwell y yo nos hemos comprometido —anunció *sir* Cyril, después de aclararse la garganta.

Nicholas se quedó rígido. La señorita Bingley torció la boca debido a la sorpresa y, si Rachel no estaba equivocada, también a la decepción. Durante unos momentos se produjo un silencio incómodo. Horace miró a su hermana con cara de preocupación, y después, muy educadamente, les deseó lo mejor. Siguiendo su ejemplo, tanto Penélope como la propia señorita Bingley murmuraron sus felicitaciones.

Rachel se dio cuenta de que Justina evitaba mirar a Nicholas. Por el contrario, fijó los ojos en el colorido ramo que había en su sitio de la mesa.

—¡Oh, anémonas! ¡Que atento por su parte que se haya acordado, *sir* Cyril! El aludido soltó una risita incómoda.

—Me temo que no las he traído yo. En todo caso, es un detalle magnífico.

—Felicidades a ambos —dijo Nicholas, con voz tensa.

Entonces Justina lo miró, y su expresión demostró que lo había entendido todo. Pestañeó y se acercó a la mesa auxiliar, sirviéndose comida como una autómata. Después se sentó y empezó a picotear sin ganas.

Arabella Awdry fue la última en entrar, y *lady* Bárbara la informó de la noticia de inmediato.

—¡Excelente! ¡Madre va a estar encantada! Justina será una novia guapísima.

La aludida esbozó una sonrisa forzada, pero una mirada a Nicholas le dejó claro a Rachel lo que le dolía pensar en ello. Bajó los hombros y no probó bocado.

Momentos más tarde, Justina se levantó de la mesa.

—Resulta que... después de todo no tengo hambre. Demasiada comida y demasiada diversión anoche. Por favor, discúlpenme.

Lady Bárbara frunció el ceño, pero no dijo nada.

Tras el desayuno, los invitados empezaron a dispersarse. Algunos salieron a pasear para tomar el aire, pues la mañana era otra vez magnífica, mientras que otros subieron a sus habitaciones para hacer el equipaje.

Poco después, *lady* Brockwell vio a Nicholas desde el vestíbulo, con la maleta en la mano y saliendo ya por la puerta principal.

—Nicholas, espera. Por lo menos deberías despedirte.

Se estremeció, se volvió e inclinó la cabeza.

—Te pido perdón. Gracias por tu hospitalidad y por invitarme a tu fiesta.

Ella se acercó y le habló en voz baja.

—Siento muchísimo que las cosas no hayan salido como esperábamos.

—Yo también. —Inspiró profundamente y después soltó un suspiro de cansancio—. Bueno, será mejor que me vaya rápido. Mi madre deseaba que volviera a tiempo para acompañarla al mercado de Wishford, pero me temo que ya no voy a llegar.

—Puede que aún no sea demasiado tarde —replicó Rachel suavemente, mirándolo a los ojos.

Él mantuvo su mirada durante un momento, y forzó una sonrisa melancólica. Después se volvió y salió de la casa.

Lo vio marchar con el corazón encogido. De repente, Justina apareció a su lado y, sin hablar, la tomó de la mano. Observó la expresión resuelta de la chica, que tenía la mirada clavada en la figura del señor Ashford, que se alejaba sin mirar atrás.

—¿Estás segura de lo que vas a hacer? —susurró Rachel.

Su joven cuñada asintió, pese a que le temblaba la barbilla.

Las dos mujeres no dejaron de mirar a Nicholas caminando por el largo sendero, hasta que finalmente desapareció de su vista.

Cuatro días después de que el señor Kingsley y Esther se marcharan juntos, Mercy descendió al piso de abajo durante el descanso de Alice para tomar una taza de té. Vio al señor Drake mirando por la ventana hacia el patio de los establos, y cruzó el vestíbulo para hablar con él.

La vio aproximarse e hizo un gesto señalando hacia fuera.

—Joseph ha regresado de su viaje.

—¡Ah, ya! —Sintió una mezcla de alivio y de inquietud. ¿Habría regresado también Esther?

Se puso a su lado y miró también por la ventana. Más allá del polvoriento carruaje, el señor Kingsley y Esther estaban de pie, junto al gran castaño, medio tapados por sus frondosas ramas. Estaba de espaldas a la ventana, y sus anchos hombros se expandieron aún más al abrazar a la pequeña mujer.

Después inclinó la cabeza y la besó con pasión. Mercy se quedó conmocionada, y el corazón empezó a latirle tan deprisa que casi le hizo daño. «¡Y tanto que más que una cuñada!». Al parecer, su relación se había estrechado todavía más durante el viaje.

Dio media vuelta, incapaz de seguir mirando. Se apoyó en la gruesa pared y se puso la mano en el pecho, intentando recuperar el aliento. ¡Mira que había sido estúpida al interesarse por el señor Kingsley! Y al imaginar que sus ojos la miraban con amor cuando, en realidad, su corazón ardía de pasión por otra mujer, una mujer prohibida para él.

¿La habría querido a ella alguna vez o simplemente le daba pena la pobre señorita Grove, la solterona? La idea le hacía mucho daño, tanto que estuvieron a punto de saltársele las lágrimas, pero pestañeó y las controló.

El señor Drake se volvió hacia ella con expresión apenada.

—Lo siento mucho.

La mujer temía que no iba a ser capaz de controlar el llanto si él intentaba consolarla.

—Por favor —dijo—. Te ruego que me dejes a solas un momento.

—Por supuesto. Pero si necesitas cualquier cosa, o quieres que hablemos después, no tienes más que decírmelo. —Le apretó la mano y salió andando bastante deprisa, dejándola a solas con su tristeza.

Se dijo a sí misma que no tenía ningún derecho a sentirse traicionada. El señor Kingsley no le había hecho ninguna promesa, ni se le había declarado. Pero su comportamiento, su amabilidad continua, el modo como la miraba... los había interpretado como señales. «¡Estúpida criatura!».

—¿Señorita Grove?

Alzó la cabeza al oír la voz. Pestañeó para enfocar con la vista la figura que se acercaba. Joseph Kingsley.

Respiró entrecortadamente. ¿Había estado espiándola por la ventana? ¿Había corrido hacia ella para intentar justificarse?

Se volvió de nuevo hacia la ventana... y no creyó lo que vio. El hombre y la mujer seguían allí, aún abrazados. El hombre se dio la vuelta, y pudo verlo mejor. No se trataba de Joseph, sino de su hermano pequeño, Aarón.

Se le escapó un grito ahogado de asombro y alivio.

—¿Qué ocurre? —preguntó Joseph— ¿Pasa algo malo?

Al cabo de un instante estaba a su lado, mirando por la ventana para intentar averiguar qué era lo que había dado lugar a una reacción tan extraña.

No dijo nada, pero vio que apretaba la mandíbula. Y también que fruncía el ceño. ¿Acaso estaba celoso? ¿Se sentía traicionado, lo mismo que ella hacía solo unos minutos?

—¿Es que... no lo aprueba? —susurró ella.

—¿Se refiere a que se besen a plena luz del día, delante de todos los que quieran verlos, y más cuando se supone que él tendría que estar trabajando?

—Me refiero a que sean pareja.

Hizo un gesto de impotencia.

—Le he dicho muchas veces a mi hermano que espere hasta que tenga algo más que ofrecerle a una esposa, hasta que haya ahorrado para una casa y pueda mantenerla adecuadamente. Ahora se gasta cada moneda que le entra en el bolsillo. Pero, por lo que parece, no me ha hecho caso, lo cual supongo que no es una sorpresa para nadie, excepto para mí.

Dejó de hablar durante un momento y se quedó mirándola. Después, continuó con gesto contrariado.

—Siento que el ver lo que ha visto le haya escandalizado o conmocionado, señorita Grove. Al parecer se han echado mucho de menos mutuamente durante el tiempo que han estado separados, pero voy a hablar con ambos para que, en el futuro, sean bastante más discretos.

Intentaba asimilar la realidad.

—No, tranquilo, por favor... No estoy escandalizada. Solo es que pensé que... bueno, no importa. Estaba sorprendida, eso es todo. —Soltó un trémulo suspiro, y se sintió avergonzada por hablar entrecortadamente—. ¿Ha tenido... un buen viaje?

—No estoy seguro de si ha sido bueno o no pero, al menos, hemos cumplido los objetivos que nos habíamos propuesto. Esther recibió la noticia de que su madre había sufrido una caída debido a un escalón roto.

—¡Oh, no! —Mercy sabía que aquella mujer era también la madre de Naomi, y por tanto la suegra de Joseph.

—He acompañado a Esther a casa de su madre, en Basingstoke, y mientras ella atendía a su madre, yo he arreglado el escalón.

—¿Se ha hecho mucho daño?

Negó con la cabeza.

—Afortunadamente solo se trató de una fuerte torcedura de tobillo. Nada roto. Mientras estábamos allí celebramos la Pascua de Resurrección.

—Eso está bien.

Inclinó la cabeza para mirarla. Todavía mostraba una cierta preocupación en el gesto.

—¿Seguro que se encuentra bien? Cuando llegué parecía muy molesta, o disgustada, no sé exactamente cómo...

Intentó sonreír, aunque solo logró una mueca poco convincente.

—Estoy bien. Ahora.

El hombre se acercó un poco más y ella notó un nudo en la garganta.

—Señorita Grove, me pregunto si... cenaría usted conmigo alguna de estas noches.

Sintió renacer la esperanza en su interior, pero dudó al responder:

—Pues... sí que me gustaría, lo que pasa es que normalmente lo hago con Alice y el señor Drake. A él le gusta saber lo que le voy enseñando cada día, y si la niña lo aprovecha. Es algo muy lógico.

—Ah, ya... —Intentó mantener el semblante casi impasible. Finalmente miró hacia abajo, decepcionado.

—Pero a veces vuelvo al salón para tomarte una taza de té cuando Alice ya se ha ido a la cama. Bueno, no todas las noches, pero sí de vez en cuando.

—Tengo un asunto familiar hoy, pero mañana por la noche podría pasarme por aquí y, si le parece, podríamos tomarnos juntos una taza de té —propuso él, después de reflexionar durante un momento.

—Sí, yo creo que hay muchas posibilidades de que mañana por la noche me apetezca —contestó sonriendo.

Mercy disfrutaba cenando con Alice y el señor Drake. El salón de café era agradable. Allí se reunían cocheros, empleados fuera de servicio, clientes ocasionales de los alrededores y parroquianos habituales que lo preferían al comedor, bastante más formal. Casi todos se saludaban de una mesa a otra, y se habían acostumbrado a ver al señor Drake cenando con su hija adoptiva y su institutriz. No había razón para las habladurías ni la sospecha. Los tres solían conversar entre ellos. A veces también entablaban charlas amistosas con los de alrededor, entre risas. Mercy se encontraba a gusto en aquel ambiente y, de vez en cuando, intervenía en las conversaciones.

Pero el día después de su último encuentro con el señor Kingsley, el señor Drake entró un momento en el aula.

—He pensado que esta noche podríamos cenar en uno de los salones privados, si no te importa. He invitado a dos personas a cenar con nosotros, un profesor de baile y su esposa, que viajan en diligencia en dirección a Londres. Parecen gente muy interesante y amigable.

—Oh, por supuesto —aceptó, a su pesar—. Aunque puedo cenar sola mientras atiendes a tus huéspedes. No te sientas obligado a incluirme, por favor.

—¡De ninguna manera! Creo que lo vamos a pasar bien. Digamos... ¿a las siete?

—Allí estaremos Alice y yo —asintió.

A la hora señalada, Alice y Mercy, ya arregladas para la cena, bajaron juntas por las escaleras. Entraron al salón privado, magníficamente decorado con objetos de plata y porcelana vieja de Fairmont, e iluminado con candelabros.

El señor Drake les presentó a una atractiva pareja, ambos cercanos a los treinta años. El hombre tenía el pelo negro y la mujer era rubia y de piel clara.

—Señor y señora Valcourt, permítanme que le presente a mi hija Alice, y a su institutriz y buena amiga, la señorita Grove.

Si les sorprendió que les fuera presentada la institutriz, tuvieron el buen gusto de no demostrarlo. Aunque también es cierto que algunas personas no tendrían en excesiva consideración social a un humilde profesor de danza.

La señora Valcourt era tan hermosa e iba tan bien vestida que Mercy se sintió algo intimidada. Pero la forma de comportarse de la mujer no era nada afectada, sino completamente natural y amigable, por lo que su reticencia desapareció muy pronto. Cuando todos fueron a sentarse a la mesa, se dio cuenta de que el abdomen de la señora estaba abultado, por lo que dedujo que la pareja esperaba un hijo.

Se sentaron los cinco y empezaron a cenar. La conversación fluyó con facilidad con la encantadora pareja, que se había casado hacía cuatro años. Vivían en Devon, pero estaban de paso y aprovechando para hacer algunas visitas a lugares emblemáticos, como Stonehenge. La señora Valcourt contó que habían visitado Londres alguna vez para reunirse con el editor de los libros de su marido, todos relacionados con la enseñanza del baile de salón. Se le iluminaban los ojos al describir los logros de su esposo, pero él la reprendió con amabilidad y modestia:

—Solo han sido tres libros, Julia. No soy John Playford.

—Todavía no —matizó, acariciándole la mano con ternura.

El señor Drake lo felicitó y se le ocurrió algo.

—No creo que pueda convencerle de que le dé a Alice una lección de baile, ¿verdad? Estaría encantado de abonar su tarifa habitual, por supuesto. Me temo que no recibe clases de baile, ¿verdad, señorita Grove?

—Pues lo cierto es que no. Aunque tal vez es todavía demasiado joven para ello...

—Nunca se es demasiado joven para empezar, ni tampoco demasiado mayor —replicó el señor Valcourt, sonriente—. La verdad es que estaría encantado, siempre y cuando la señorita Alice esté de acuerdo, por supuesto.

La niña asintió tímidamente, aunque con una sonrisa que le marcó los hoyuelos en las mejillas.

El profesor de baile miró a Mercy y a James.

—¿Y por qué no se unen a nosotros ustedes dos? Es más fácil enseñar los pasos si hay alguna otra pareja.

El señor Drake alzó la mano de forma desenfadada.

—¡Pues claro! ¿Qué dice usted, señorita Grove? ¿Dispuesta a dar un paso adelante?

Ella dudó.

—Me temo que no soy buena bailarina, pero si ayuda, haré lo que me toque.

Un poco más tarde, tras tomar el postre, el señor Drake le pidió a los sirvientes que, para hacer sitio, retiraran las mesas del comedor que se encontraban más cerca del pianoforte. Mientras esperaban, las damas tomaron té y los caballeros café.

—¿Empezamos? —propuso el señor Valcourt, cuando todo estuvo preparado.

Al principio, le explicó a Alice algunos conceptos de la etiqueta del baile y de las posturas.

—Empecemos con bailes a lo largo, de pasos simples y para dos parejas. Señor Drake, si baila usted con su hija, yo lo haré con la señorita Grove.

—¡Un placer! ¿Me concede este baile, mi bella dama? —James se inclinó cortésmente delante de Alice, que se rio e hizo una pequeña reverencia.

El cariño que se demostraban le llegó al corazón a Mercy.

El señor Valcourt fue guiando los pasos. La institutriz titubeó por el hecho de bailar con un profesional experto como él. Pero el atractivo profesor daba muchas facilidades y la animaba.

—Unan las manos por arriba —indicó—. Vamos a intercambiar nuestras posiciones. ¡Muy bien, señorita Alice! Ahora, la primera pareja avanza hacia el centro, después regresa y se coloca por detrás...

El profesor continuó con sus instrucciones. Mercy dudaba de vez en cuando, pero el elegante James Drake se deslizaba con suavidad, siguiendo perfectamente todos los pasos. Seguro que había recibido clases de baile durante su periodo de educación. Ella también, pero hacía muchísimo que no practicaba.

—Ahora probemos con música —propuso el profesor—. Querida, ¿nos ayudas?

La mujer se dirigió al pianoforte.

—No toco muy a menudo, y tampoco lo hago bien, así que, por favor, no se fijen mucho en los fallos.

Su marido le dio las gracias sonriendo y después se volvió hacia los demás.

—La primera vez cantaré los pasos. ¿Preparados?

Su esposa atacó la alegre introducción y, un momento después, él indicó el primer paso. Tras unos cuantos intentos, la señorita Grove captó la pauta, que era bastante simple, y empezó a relajarse y disfrutar.

Cuando acabó la canción, el señor Valcourt rompió a aplaudir.

—¡Lo han hecho todos muy bien! ¿Probamos con otro?

—¡Sí, sí, por favor! —rogó Alice, entusiasmada.

—Muy bien. Pero antes, cambiemos de pareja. —Le dirigió una sonrisa a la niña—. Quiero tener la oportunidad de bailar con mi apreciada alumna.

Una vez más, la pequeña soltó una risita nerviosa e hizo la consabida reverencia.

James se colocó al lado de Mercy sin hacer ningún comentario.

El maestro de baile detalló los pasos del siguiente, y los ensayaron dos veces sin música.

La institutriz se sintió al principio un poco cohibida bailando con su jefe, pero le resultó agradable sentir las manos suaves del señor Drake sobre las suyas, y también la forma como sonreía, mirándola directamente a los ojos, cada vez que el baile hacía que coincidieran cara a cara. También le gustó que se inclinara para tomar de las manos a Alice al producirse el intercambio de parejas.

Cuando el señor Valcourt pensó que estaban preparados, le hizo una seña a su esposa, que inmediatamente se puso a tocar otra vez para que bailaran los cuatro.

En ese momento se abrió la puerta. El señor Kingsley apareció en el umbral y se quedó con la boca abierta por la sorpresa. Al verlo, la señorita Grove dio un traspié y giró por el lado que no correspondía, pero el señor Drake la condujo en la dirección adecuada sin que apenas se notara.

Al darse cuenta de que había llegado alguien, la señora Valcourt dejó de tocar. El señor Kingsley levanto la mano, pidiendo perdón.

—Disculpen. No pretendía interrumpirles.

James soltó la mano de su pareja.

—¿Necesita usted algo, señor Kingsley?

Joseph dirigió la mirada a Mercy durante un momento, aunque enseguida la apartó.

—Solo estaba buscando a... buscando algo. Pero... no importa. Sigan con su baile.

Mercy se acordó en ese momento de la cita para tomar el té y sintió una punzada de culpabilidad. Habían quedado en verse después de que Alice se hubiera ido a la cama. La hora de acostarse de la niña había pasado ya con creces. Mercy no pensaba que la velada con los invitados fuera a prolongarse tanto.

—Se trata de una lección de baile improvisada —dijo, un tanto atropelladamente—. Para Alice.

—De hecho, llega usted justo a tiempo, amigo mío —intervino el señor Valcourt—. Nos vendría bien otro caballero.

—¡Cielos! ¿Quién, yo? No soy más que el carpintero.

—Seguro que capta los conceptos mucho más deprisa que yo, señor Kingsley —replicó Mercy, intentando hacer que se sintiera cómodo—. Apenas tengo sentido del ritmo.

—¡Ni mucho menos, señorita Grove! —dijo amablemente el profesor de baile—. Vamos, únase a nosotros, señor... ¿Kingsley, he creído entender?

—No, muchas gracias. No puedo quedarme. Y de nuevo me disculpo por haberles interrumpido. Buenas noches.

Se dio la vuelta y se marchó, cerrando la puerta al salir. Mercy se sintió decepcionada. Pero tal vez era lo mejor. ¿No hubiera sido peor bailar con este hombre que tanto le gustaba ante el señor Drake y sus invitados? Le incomodó ver que James la miraba con interés, tal vez comprendiendo lo que pasaba.

CAPÍTULO

27

A la mañana siguiente, cuando Mercy entró al aula, aspiró un aroma intenso y muy agradable y vio algo inesperado: en su escritorio había un jarrón con lirios del valle, como los que crecían en Ivy Cottage. Se acercó para ver de cerca las preciosas y pequeñas flores, y se sintió muy alegre.

Su pupila entró inmediatamente después, con un vestido nuevo.

—¿Has traído tú ese jarrón para mí, Alice?

—No. —La niña se acercó y aspiró con fuerza—. Mmm... ¡qué bien huelen!

—Sí. Me acuerdo de lo que te dije sobre mis flores favoritas. ¿Acaso se lo has contado a alguien, tal vez al señor Drake, o a...?

—Pues... puede que sí. —Se encogió de hombros—. A él, o al señor Kingsley. A los dos se lo cuento todo.

—Entiendo. —Fingió indiferencia—. Sea quien fuere el que las ha traído, se lo agradezco mucho.

—Podemos preguntar cuál de los dos ha sido —sugirió la pequeña, volviéndose hacia ella.

—No, gracias, Alice. No importa. —«¡Resultaría embarazoso preguntarle al hombre equivocado si le había llevado unas flores!», pensó. Le señaló la mesa a la niña—. ¡Venga, vamos a tomar el desayuno antes de que se enfríe!

Desayunaron lo que les había llevado Iris: gachas, huevos cocidos, tostadas y jamón. Mientras masticaba, la mirada de Mercy volvió a dirigirse una y otra vez a los lirios.

Después de las oraciones y de las primeras clases, le concedió a su alumna el descanso habitual de media mañana.

—¡Voy a enseñarle a padre mi nuevo vestido!

La niña bajó las escaleras dando brincos y ella la siguió instantes después. Llegó al despacho a tiempo de oír la reacción de James: «Pero... ¿otro vestido nuevo?».

Se unió a ellos e intervino:

—Lo ha enviado tu madre.

Alice extendió la falda para enseñársela.

—¿Estoy guapa?

—Siempre lo estás. Con vestido nuevo o sin él.

—Pues yo creo que es el más bonito que tengo. Voy a enseñárselo a Johnny. —Se dio la vuelta y salió corriendo de la estancia.

—¡Pobre Johnny! —murmuró él. Supongo que debería haber sido un poco más entusiasta y ensalzar el vestido... y a ella. Pero es que tengo miedo de que se vuelva muy vanidosa si estoy piropeándola continuamente.

—No creo que vaya a ocurrir... siempre y cuando la alabes más por otras cosas que por su belleza. Felicítala porque trabaja y estudia mucho, porque ayuda a alguien o porque hace las cosas sin pensar solo en sí misma.

—Me parece un consejo magnífico —asintió—. Muchas gracias. Supongo que tu padre actuó contigo de esa forma, ¿verdad?

—Bueno... no con relación a mi aspecto, pero por lo demás sí.

James resopló después de hinchar las mejillas.

—¡Mira que es complicado esto de la paternidad! —Se echó hacia atrás en la silla, al tiempo que le hacía un gesto invitándola a sentarse.

—Es verdad —concedió—. Pero tampoco hace falta ser perfecto. —Se sentó frente a él—. Mi padre no era un hombre perfecto pero nunca dudé de que me quería. Puede que siempre haya tenido inseguridad acerca de mi aspecto pero, gracias a él, nunca he dudado de que tenía cualidades para ser una buena persona y la inteligencia suficiente como para lograr muchas cosas.

Mercy suspiró al pensar en algunas de sus antiguas alumnas, que ya habían crecido, y continuó:

—¡Pobres de las chicas que no han disfrutado de un padre que las valore! ¡Que el cielo las ayude! Muchas se pasan la vida buscando el afecto y la aceptación de los hombres, pero por las vías más inadecuadas.

Él se encogió al pensarlo.

—Una reflexión muy acertada. Estoy seguro de que voy a cometer muchos errores, porque errar es humano, pero Alice no albergará nunca la más mínima duda acerca de lo mucho que la quiero y la valoro, independientemente de lo que consiga en la vida.

La mujer asintió, conmovida por sus palabras.

—Te creo.

Durante unos segundos, él miró el fuego de la chimenea, sujetando con fuerza la taza de café.

—¿Y qué me dices de un hombre que nunca ha tenido ni el cariño ni el reconocimiento de su padre?

Mercy lo miró. Por su postura, con la cabeza baja y los hombros hundidos, intuyó que se acordaba con dolor del chico despreciado que fue en su momento.

—Pues supongo que... —dudó por un momento, y eligió quitarle hierro a la respuesta— se pasaría la vida comprando hoteles cada vez más grandes y lujosos.

James le dirigió una sonrisa algo forzada, y ella sonrió a su vez.

Ahora que Justina estaba comprometida oficialmente, su cuñada la acompañó, junto a su madre, a la primera prueba del vestido con la modista.

Victorine les dio la bienvenida y les ofreció un té. *Lady* Bárbara lo aceptó y se sentó en el sofá.

¿Se lo estaba imaginando, o a Victorine le temblaban un poco las manos mientras se lo servía? ¿Por qué estaba tan nerviosa? Rachel le dirigió una sonrisa, confiando en que eso la ayudara a tranquilizarse.

Una vez que *lady* Bárbara y su nuera se sentaron con sus tazas de té, la modista ayudó a Justina a quitarse el vestido de paseo y las enaguas para poder medir mejor su figura. La joven se colocó frente al espejo de cuerpo entero solo con la ropa interior de una pieza. Tenía una magnífica figura, delgada pero muy femenina. A Rachel le pareció detectar tristeza en sus ojos.

Se preguntaba si debía presionar a Justina con el fin de averiguar si había dado el sí de corazón. Pero, por otra parte, pensaba que si interfería, lo único que conseguiría era sembrar dudas donde quizá no las había. Además, seguro que desataría el enfado y la desaprobación de su suegra, e incluso tal vez de Timothy. De modo que juntó las manos y decidió apoyar a la chica en su decisión. Solo esperaba que fuera la correcta.

Victorine colocó un gran trozo de tela sobre el hombro de Justina, sujetando el extremo de la parte delantera al cuello de la camisola de la chica.

—Ahora que estamos de acuerdo en el diseño que dibujé, creo que es el momento de decidir el estampado del corpiño, pues creo que va a ser lo más difícil. Debe ajustar perfectamente.

Lady Bárbara arrugó la nariz.

—¿Qué material es ese? ¡Es absolutamente repelente! ¡No me dirá que va a utilizar eso…!

La tela, de fondo amarillo chillón y con dibujos de piñas y cerezas colocados aleatoriamente, era realmente fea. Rachel no podía negarlo.

—No, *milady*. Se trata de un retal que dejó la señora Shabner.

Colocó una nueva pieza sobre el otro hombro de la joven y después unió las dos con alfileres.

—Mi idea es hacer un modelo del vestido con esta tela, y después lo usaré para cortar la real. Este paso me aportará una información muy concreta sobre la cantidad casi exacta de satén que habrá que comprar, y también de malla, cordón y forro.

Lady Bárbara frunció el ceño.

—Mi modista no lo hace así. Utiliza el material definitivo y…

—Madre, no estamos aquí para criticar ni para explicarle a Victorine cómo tiene que trabajar —la interrumpió Justina—. Estoy segura de que cada modista tiene sus propios métodos. —Le dedicó una sonrisa de aliento—. Por cierto, *madame,* estaba pensando... ¿qué le parecería un adorno de pasamanería de batista a lo largo de la línea del cuello?

—Estamos hablando de un vestido de boda, Justina, no de unas enaguas —espetó su madre, con el ceño fruncido otra vez.

La chica volvió a la carga sin dejarse arredrar:

—Entonces... ¿por qué no unos adornos Vandyke y bocamangas en red? Ah, ¡y con fruncidos festoneados!

Victorine dudó un momento.

—Esos adornos no estaban en el dibujo que acordamos, señorita. Tendría que volver a hacerlo y recalcular todos los materiales.

Lady Bárbara aprovechó la coyuntura para contratacar:

—Insisto: mi modista nunca tiene problemas para adaptarse a los gustos de sus clientas.

—Por supuesto, *milady*. Lo haremos a su gusto —respondió, después de tragar saliva.

Tras sujetar con alfileres el corpiño al gusto de Justina y de *lady* Bárbara, Victorine tomó medidas de los brazos, las caderas y de la altura desde el pecho hasta el suelo.

Quitó los alfileres que sujetaban el modelo a la camisola de la chica y, con mucho cuidado, lo extrajo.

—De momento, esto es todo lo que necesito. Aparte de... la provisión de fondos. Ya les avisaré cuando esté preparada para la próxima prueba.

Lady Bárbara le tendió un cheque bancario.

—En este momento lo lógico sería que nos diera una fecha concreta para tenerlo terminado —dijo la viuda—. Pero como mi hija aún no ha fijado la fecha de la boda, podemos esperar tanto como necesite usted... —Pronunció las últimas palabras con un tono claramente sarcástico, pero todas fingieron no darse cuenta.

Ese mismo día, Mercy y Alice estaban en una de las mesas de juegos, terminando una partida de damas. Después, Alice salió a jugar con los gatitos, concediendo así un respiro a su institutriz entre dos partidas, y ella lo agradeció. En el vestíbulo de entrada, James Drake estaba cerca del mostrador de recepción, hablando con su administrativo.

Entraron dos hombres por la puerta principal y, al ver al señor Drake, sonrieron ampliamente.

—¡Hola, viejo truhan! —exclamó uno de ellos, el que tenía el pelo más oscuro—. ¿Cómo te va?

El otro, algo más rechoncho, se unió a los saludos.

—Por lo que veo, sigues buscando lograr el número uno mundial de los negocios...

—¡Rupert y Max!. ¡Menuda sorpresa!

—Ha pasado mucho tiempo desde que viniste a vernos, así que hemos decidido devolverte la visita. Vimos a tu padre en el club, y nos habló de tu proyecto aquí. No se puede decir que lo apruebe, ya lo sabes.

James se puso algo tenso.

—Eso no es nada nuevo. —Les mostró la amplia recepción—. Casi acabo de abrir este hotel rural.

El regordete miró a su alrededor.

—Magnífico, sin duda. ¿Pero de qué me sorprendo? Eres como el rey Midas, todo lo que tocas lo conviertes en oro.

—Creo que no es exactamente eso, Max. En cualquier caso, me alegro que Fairmont House cuente con vuestra aprobación.

—¿Vas a poder alojarnos? —preguntó Rupert—. ¿O no hay habitaciones en tu hotel para unos viejos amigos?

—Sois más que bienvenidos. Tengo unas cuantas habitaciones disponibles. Supongo que querréis una cada uno.

—Perfecto —celebró Rupert—. En la última posada en la que estuvimos nos pusieron en la misma habitación con otros dos caballeros... aunque estoy utilizando el término con cierta ligereza. La verdad es que apenas había sitio, pues no es que estuvieran delgados, no. El pobre Max acabó en el suelo.

—¡Qué desastre de sitio! —exclamó su amigo, estremeciéndose. Recorrió con la vista el elegante vestíbulo, lujosamente amueblado. Su mirada no se detuvo en Mercy, como si la mujer fuera invisible—. Pero esta zona podría tener algún uso. Yo nunca dejaría...

James volvió la cara, seguramente para esconder alguna mueca, e hizo sonar una campanilla en el mostrador de recepción. El portero apareció inmediatamente.

—Theo os mostrará vuestras habitaciones —Le entregó las llaves—. Si no estáis demasiado cansados por el viaje, me gustaría invitaros a que cenarais conmigo.

—¡Por supuesto que lo haremos! —confirmó Max—. Después de todo, para eso hemos venido, para estar contigo.

—Magnífico. —James sonrió algo forzadamente—. ¿Os parece bien a las siete?

Cuando salieron siguiendo al portero, James miró hacia atrás y reparó en que Mercy seguía allí sentada. Se acercó y se dejó caer en el sillón de al lado.

—Dos viejos amigos que han llegado sin avisar.

—Me he dado cuenta —asintió, mirándolo a los ojos—. ¿La sorpresa no ha sido del todo agradable?

Miró por encima del hombro para asegurarse de que la pareja ya se había alejado.

—Pues no demasiado, la verdad. Ambos fueron compañeros agradables en la universidad, pero ahora no tenemos demasiados intereses en común. —Suspiró—. Teniendo en cuenta lo poco discretos que pueden llegar a ser cuando... se animan, creo que deberíamos cenar en uno de los salones privados. —La miró e hizo una pausa—. Aunque, pensándolo bien, en tu presencia y la de Alice, es posible que moderen su comportamiento.

Lo miró cautelosamente, intentando no dejar ver lo poco que le apetecía otra cena con extraños.

—Por cierto, ¿dónde está Alice? —siguió él, sin darse cuenta de su poco entusiasmo—. ¿Otra vez fuera con Johnny y los gatitos?

Asintió.

—Me lo imaginaba.

—Entiendo por qué quieres que la niña esté contigo en cualquier ocasión —dijo Mercy—. Pero no es habitual que la institutriz acuda a cenas con la familia y los amigos o invitados. Sé que normalmente cenamos los tres juntos, y eres muy amable al incluirme. De todas maneras, creo que en esta ocasión lo lógico sería que yo no cenara con vosotros.

—No te he incluido en nuestras habituales cenas familiares por amabilidad, Mercy, sino porque Alice está muy a gusto contigo —dijo mirándola a los ojos—. Y yo también.

Ella fue la primera en apartar la vista.

—Yo también disfruto de nuestras cenas juntos, pero tengo que confesarte que la idea de cenar contigo y con tus distinguidos amigos me abruma bastante.

—No te das a ti misma la consideración que mereces, Mercy Grove. No olvides que eres una joven muy bien educada, que procede de una respetable y antigua familia. Por no mencionar que tienes unos ojos preciosos y una de las sonrisas más bonitas que he visto jamás. No eres inferior a esos dos en ningún aspecto, te lo puedo asegurar.

Lo miró con los ojos entrecerrados, algo avergonzada pero también complacida.

—Eres muy generoso. No obstante, mi familia, aunque antigua, no tiene mucha tradición ni se la considera demasiado, excepto aquí en Ivy Hill. Sé que me halagas para incrementar mi autoestima, y solo por eso cenaré con vosotros esta noche. —Le lanzó una mirada cómplice—. No me extraña que necesites ayuda, así que te la prestaré. Y si la conversación se vuelve... indiscreta, tendré que acompañar a Alice a su habitación para que se acueste.

—Bien pensado.

—¿Quieres que la niña se ponga algo especial esta noche? —preguntó, mientras se levantaba—. Seguro que le apetece causar buena impresión.

—Lo que creas que es mejor.

Mientras subía las escaleras, pensó en qué se pondría ella, y se decidió por el vestido de color verde sauce. La mayoría de sus trajes estaban hechos para pasar desapercibida, pero esta vez necesitaría toda la confianza en sí misma que pudiera reunir.

Iris la ayudó a vestirse y se quedó un poco más de tiempo para arreglarle el pelo para la ocasión. También se lo rizaron a Alice con los hierros y, entre las dos, le pusieron a la niña un bonito vestido rosa.

Cuando llegó el momento, bajó las escaleras junto a la pequeña, llevándola de la mano. La suya estaba un poco húmeda, y tomó la de la niña tanto para darle confianza como para infundírsela a sí misma. Alice parecía estar más entusiasmada que nerviosa. Cada vez se relacionaba con más facilidad con el señor Drake y parecía más segura de su cariño mutuo, pero todavía se sentía algo incómoda si tenía que mantener una conversación con personas adultas, y más si no las conocía. No le extrañaba. En esta ocasión, ella también lo estaba.

Al entrar por la puerta abierta del salón privado más grande, Mercy vio a los tres hombres reunidos alrededor de una mesa auxiliar, en la que había un decantador. James se volvió cuando las oyó entrar y, al notarlo, los otros dos se dieron la vuelta también.

—¡Aquí estáis! —saludó. Sonrió a ambas, pero su mirada se mantuvo unos segundos más en el vestido verde.—. Voy a presentaros. Queridos amigos, permitidme que os presente a dos personas que desde hace poco están muy presentes en mi vida. Esta encantadora señorita es Alice, mi hija adoptiva. Y esta es la señorita Grove, su profesora.

Los dos se quedaron con la boca abierta.

El señor Drake siguió adelante con las presentaciones, indicando los nombres y apellidos completos de ambos caballeros.

—No... no sé qué decir —balbuceó Rupert—. Tu padre no mencionó nada acerca de una hija adoptiva.

Max apenas reparó en Mercy y miró fijamente a la niña.

—¿Has dicho Alice, verdad? Eres encantadora, con el pelo tan rubio y los ojos verdes... —Miró a James, fijándose en su pelo rubio oscuro y los ojos del mismo color que los de la niña—. Siéntate, Alice. —Dirigió a Mercy un saludo mínimo con un movimiento de cabeza.

Había sido descartada. Estaba claro que tenía que marcharse, solo una estúpida no lo habría entendido.

Pero Alice la tomó de la mano de inmediato.

—La señorita Grove se queda a cenar con nosotros.

—Eres muy amable, pero estoy seguro de que tu institutriz preferirá cenar en su habitación.

Era lo lógico, no podía negarlo, aunque el tono despectivo y condescendiente del individuo la ofendió sobremanera.

—Pues la verdad es que he sido yo mismo quien ha invitado a la señorita Grove a que cene con nosotros —replicó el señor Drake—. Para Alice es mucho más que una institutriz; de hecho, es una amiga, la mejor amiga. De los dos.

Rupert alzó las cejas.

—¿De verdad?

James asintió.

—La señorita Grove gestionaba su propia escuela de señoritas antes de aceptar venir aquí para continuar educando a Alice. Estoy muy en deuda con ella.

Hizo que pareciera que Mercy había renunciado a su propia escuela por voluntad propia, pero no iba a ser ella la que le corrigiera. No delante de aquellos dos.

—¡Vaya, vaya! —intervino Max—. Has tenido que hacerle una oferta de lo más tentadora para convencerla de que dejara de dirigir su propia escuela y se convirtiera en una institutriz.

¿Había sido una indirecta? Resultaba difícil adivinarlo solo por el tono. Sea como fuere, James no mordió el anzuelo y se limitó a inclinar la cabeza en dirección a ella.

—Fue muy amable al aceptar. Los Grove son la familia de más abolengo de Ivy Hill. Todo el mundo que conoce a la señorita Grove la respeta, y es amiga íntima de *sir* Timothy y de *lady* Brockwell.

«Eso ha sido ir un poco lejos», pensó ella, aunque decidió no corregir tanta alabanza.

Max y Rupert la miraron otra vez. El primero desvió la atención enseguida, pero Rupert la recorrió con la mirada la cara, el largo cuello y las clavículas. La mujer se removió inquieta. La forma en que la miraba le hacía sentirse expuesta. Casi despreciada. Como una fruta que una vez cerrado el mercado no ha comprado nadie.

Afortunadamente, en ese momento entraron los camareros con la cena, así que todos se sentaron y empezaron a comer.

Los caballeros centraron su atención en Alice, haciéndole preguntas corteses acerca de su educación, de sus asignaturas y sus libros favoritos. Max evitaba a propósito preguntarle acerca de su procedencia. Sin embargo, Rupert no.

—¿Y quién es tu madre, Alice? ¿Podríamos conocerla?

Su amigo le dio un fuerte codazo, y él lo interpeló:

—¿Qué pasa?

Sin darse cuenta de la tensión, la niña contestó con naturalidad:

—Mi madre se llamaba Mary-Alicia Smith, pero murió.

—¡Pobre! Qué triste. Y qué amable por tu parte haberla acogido, James.

—Ha sido un privilegio.

—Ahora que lo pienso... —dijo Max chasqueando los dedos—. ¿Os acordáis aquella vez que James llevó al colegio mayor aquel gato callejero? Su compañero de habitación lo amenazó con tirarlo por la ventana y James escondió el gato en el cuarto de Rupert. ¡Lo que nos reímos al ver a Rupert a la mañana siguiente, intentado justificar ante el decano los arañazos y los ojos rojos y somnolientos!

—Sí, qué divertido —respondió Rupert sarcásticamente, frunciendo el ceño—. ¿Qué me decís de aquella fiesta casera en Ham Court? James apostó casi toda su fortuna y por poco la pierde, pero en la última mano lo recuperó todo, y con creces. Pobre Fielding. Su padre estuvo a punto de desheredarlo por aquello.

James hizo un gesto de disgusto.

—Intenté perdonarle la deuda, pero el tipo era demasiado orgulloso como para permitirlo.

—¿Y qué me dices de cuando le ofreció a su tutor cien libras por presentarse a los exámenes en su lugar? Estaba demasiado bebido como para presentarse él.

James no estaba nada a gusto siendo el centro de atención de sus amigos. Aunque Mercy se sentía aliviada por el hecho de que la conversación no se centrara ni en Alice ni en ella, no estaba muy segura de si la niña debía oír esas anécdotas, no demasiado edificantes, sobre su padre.

El señor Drake puso cara de desánimo.

—¡Vamos, por favor! Vais a hacer que Alice y la señorita Grove piensen que soy un depravado sin remedio.

—¿Y es que no lo eres?

Lo cierto es que sus amigos no pintaban un panorama demasiado halagüeño de James Drake cuando era joven. O al menos no lo retrataban como un hombre tan amable y generoso como parecía ser ahora.

—Creo que fue usted muy bueno al acoger al gato callejero —arguyó Alice, saliendo en su defensa.

—Desde luego también se puede decir que fue algo de lo más inesperado —repuso Max, astutamente—. Lo de entonces y lo de ahora.

James fingió no haber oído el malintencionado comentario y acarició la mano de la niña.

—¿Has terminado de cenar, Alice? ¿Te apetece que tú y yo subamos y leamos algo juntas antes de irnos a la cama? —propuso Mercy, en voz baja.

—Gracias, señorita Grove. Eso será lo mejor —aceptó James—. Subiré después a darte las buenas noches, Alice. Ahora será mejor que te vayas, antes de que este par te ponga en mi contra. —Le acarició la mejilla con afecto.

—Nunca. —Alice negó con la cabeza y lo besó en la mejilla.

Esa misma noche, cuando Alice se acostó, Mercy volvió al piso de abajo para tomar una taza de té, con la esperanza de que el señor Kingsley hubiera regresado a Fairmont para verla.

Y allí estaba, sentado en el salón de café. Respiró hondo, impresionada, como siempre, por su magnífico y masculino aspecto.

Al verla entrar, se levantó inmediatamente, con una sonrisa en la cara.

—Buenas noches, señorita Grove.

—Señor Kingsley... —saludó, al tiempo que hacía una reverencia. Él inclinó la cabeza.

Cuando se enderezó de nuevo, la mujer reparó de nuevo en lo mucho que tenía que elevar los ojos para mirarlo, tan alto y fuerte. Ella era la más alta de sus amigas, tanto como muchos hombres, y tenía la impresión de resultar poco delicada. Pero en presencia de Joseph se sentía más femenina. Le gustaban sus manos, grandes y hábiles. Le gustaban sus brazos musculosos y sus hombros anchos. Los ojos. El pelo. La boca. «Bueno, Mercy, cálmate. Respira con normalidad».

Él le hizo una seña a un camarero que pasaba y pidió té para ambos. Después entrelazó los largos dedos encima de la mesa y empezó a hablar:

—¿Qué tal ha ido su día?

—Interesante. Estamos estudiando la historia del Imperio británico y hoy nos hemos detenido en la India.

—Ya veo. Debo confesar que no sé mucho sobre ese asunto, pero dado que su hermano ha vivido tantos años allí, me imagino que tiene un interés especial en esa parte del mundo.

—Es verdad. Aunque no puedo decir que la entienda bien. Es una cultura extraordinariamente diferente de la nuestra.

Él asintió.

—Mi madre intentó enseñarnos geografía, pero me temo que yo estaba más interesado por cómo funcionaban las cosas que por dónde se encontraban.

Sonrió ante el comentario. Llegó el té y, mientras lo servía, continuó:

—Vamos a ver, qué más... El señor Drake ha recibido la visita de unos amigos que conoció en la universidad. Alice y yo también hemos cenado con ellos. —No estaba segura de hasta qué punto debía hablar de aquello, pero tampoco deseaba guardar demasiados secretos con aquel hombre, y la verdad es que había sido una parte interesante del día.

—Ah... Yo no he ido a la universidad —murmuró él.

Se inclinó hacia delante y lo miró a los ojos.

—Ni yo tampoco, señor Kingsley.

—Pero usted tiene una educación muy superior a la mía.

—Y usted es muchísimo más diestro de lo que yo soy. La vida no es una competición. Dios nos ha concedido a todos distintas capacidades y vocaciones. Yo pensaba que sabía muy bien cuál era la mía, pero bueno, puede que estuviera equivocada.

—No estoy tan seguro. Creo que volverá a enseñar, de una forma o de otra. Y, de momento, tiene a Alice. Para educarla, quiero decir. ¿Le va bien con ella, ahora que está usted aquí?

—Sí. Al menos eso creo.

—Recuerdo lo preocupada y enfadada que estaba cuando nos encontramos aquel día en Wishford. En ese momento usted no dijo que el señor Drake era, el... eh... —buscó la palabra durante un segundo— el pariente que había dado el paso de reclamar a Alice como tutor.

Bajó la cabeza.

—No. No estaba segura de si debía decir algo. Por el bien de la niña.

—Lo entiendo.

El chirrido de la madera y el sonido de voces, un poco más altas de lo normal, anunciaron la llegada de dos hombres, que se sentaron en la rinconera de la chimenea situada detrás de ellos.

—¿Qué te parece? —dijo uno de ellos. Mercy reconoció inmediatamente la voz de Rupert—. ¿Tú crees que la niña es el resultado de una aventura clandestina del pasado, y que con la edad James Drake se ha caído del caballo, como San Pablo?

—Pudiera ser. Nunca había oído hablar de la madre de la niña. ¿Y tú?

—Tampoco.

—¿Y por qué habrá insistido tanto en que la institutriz cenara con nosotros? Aunque sea de la familia de más abolengo del pueblo... Cuando era un crío, yo tenía institutriz en casa. Era soportable, por lo menos durante el tiempo que estuvo, que no fue demasiado, pero te puedo asegurar que nunca la invitamos a participar en cenas con invitados.

—Por lo que parece, no podía ni compararse con la señorita Grove, la afamada y gran superprofesora.

Mercy notó que le ardían las orejas. Al otro lado de la mesa, a Joseph se le tensaba todo el cuerpo. Se inclinó hacia él y le colocó la mano sobre el puño, ahora cerrado con fuerza.

—No —susurró, negando con la cabeza—. El señor Drake me avisó de que sus amigos eran indiscretos.

—No creo que sea esa la palabra que los describa.

—¿De verdad crees que Drake está enamorado de ella? —preguntó Max a su amigo, sin bajar en absoluto el tono de voz.

—¡Espero que no! —El tono de Rupert se volvió más incisivo—. No creo que se le ocurra casarse con una institutriz. ¿Te imaginas cómo reaccionaría el viejo?

La mujer contuvo el aliento. Se dio cuenta de que a Joseph le temblaba la mandíbula y volvió a intentar calmarlo.

—No les haga caso... —musitó.

Pero Joseph se incorporó, de modo que los hombros quedaron a la altura del saliente de la chimenea, y miró con cara de pocos amigos a los dos hombres.

—Igual ustedes dos deberían buscar otro asunto de conversación, o bien irse a otro sitio a hablar de eso.

—¿Cómo...? ¿Quién es usted? —masculló Rupert—. ¡Largo de aquí, estúpido!

—Rupert, eh... —le advirtió Max—. Es alto como un os..., quiero decir, es un tipo enorme.

—Soy amigo de la señorita Grove —espetó Joseph. Le temblaban las aletas de la nariz.

—Ah, entonces le pedimos mil disculpas, señor —medió Max de inmediato—. Rupert ha tomado unas copas de más. Le ruego que no se ofenda. No pretendíamos faltar al respeto a nadie.

—Vámonos —repuso Mercy, entre dientes. Se levantó y cruzó la habitación sin mirar a nadie. Sintió casi cómo dos pares de ojos la seguían.

—Bueno, por allí va nuestra invitación a volver aquí... —murmuró Max, en voz muy baja.

La mujer no se detuvo, aunque se le revolvió el estómago.

Joseph la alcanzó en el vestíbulo.

—¿Se encuentra bien?

—Hubiera preferido no montar ninguna escena.

—¿Está enfadada conmigo? No podía quedarme allí sentado sin hacer nada después de oír lo que estaban diciendo de usted.

—Sí que podía. Yo lo hice.

—Pero es que yo no soy usted, señorita Grove. Los habría molido a palos a ambos, al menos he conseguido contenerme.

—Y por la mañana se habría encontrado usted sin trabajo. Y puede que yo también.

—¿De verdad cree que el señor Drake habría preferido a ese par de desgraciados en lugar de a usted? —Inclinó la cabeza y le dirigió una mirada de duda—. Difícilmente.

Mercy no le contestó, porque lo más probable era que tuviese razón. Se recompuso como pudo.

—En fin, señor Kingsley, buenas noches. Gracias por esta agradable velada, que lo ha sido hasta casi el final.

El hombre asintió, pero le brillaban los ojos.

—Lo que han dicho no tiene ningún sentido, ¿verdad?

—¡Por supuesto que no! —Se volvió y se dirigió a las escaleras. Como había dicho Max, Rupert estaba borracho y todo lo que había soltado por la boca no eran más que puras estupideces. Seguro que eso era todo.

A la mañana siguiente, cuando se marcharon sus amigos, James le pidió a Mercy que acudiera a su despacho.

—¿Puedes venir y sentarte un momento?

Así lo hizo, mientras él se sentaba en el sillón que había junto al de ella, en lugar de ocupar el de detrás del escritorio.

—Quería disculparme. Esos dos maleducados a los que llamo mis amigos fueron muy groseros contigo anoche, y siento haberte expuesto a esas historias que contaron sobre mi comportamiento en el pasado. Sé que no puedes aprobar mi conducta de aquella época.

—Aunque solo fueran verdad la mitad de esas historias, has cambiado muchísimo desde entonces.

—Eso espero. —Jugueteó con el sello de cera del escritorio antes de continuar—. Eso me recuerda algo que me comentó Jane hace poco. Le dije que pretendía ser un buen padre para Alice y que me preocupaba no lograrlo. Ella me dijo que fuera yo mismo y, que si lo era, Alice me querría. Pero no estoy de acuerdo.

Hizo una pausa y miró hacia la ventana.

—No quiero ser nunca más lo que era antes. Quiero tener con Alice una relación infinitamente mejor que la que he tenido, y todavía tengo, con mi propio padre. Y no puedo conseguirlo simplemente siendo quien soy, siendo yo mismo. Quiero ser mejor, por el bien de la niña. Mucho mejor que el personaje cuya descripción hicieron esos dos anoche y que tú tuviste que oír.

Sorprendida de verlo tan vulnerable, la mujer extendió la mano hacia él de forma instintiva, pero se detuvo enseguida, llevándosela al regazo.

—Por si te ayuda, yo no reconocí en absoluto al hombre que describieron. Cambiar nuestras inclinaciones gracias a la pura fuerza de voluntad es increíblemente difícil, y puedo decirte que ya has dado unos pasos adelante impresionantes. Afortunadamente, no solo dependemos de nosotros mismos. Dios siempre nos ayuda.

—Mercy, lo que tú propones me parece todavía más difícil. Sabes que estoy acostumbrado a confiar solo en mí mismo, en mis propias fuerzas. Aunque fuera capaz de pedir ayuda a Dios, ¿por qué iba a concedérmela? ¿Por qué iba a preocuparse por mí si lo he desdeñado durante todos estos años?

—Porque te ama, incluso más de lo que tú amas a Alice.

Se echó hacia atrás en la silla con los dedos entrelazados.

—Bien. Tendré en cuenta lo que me has dicho. Pero primero, ahora que Max y Rupert se han ido, ¿qué te parecería una cena tranquila, solos tú y yo?

Sintió que una tensión nerviosa la atenazaba.

—Creo... Creo que ya he tenido suficientes cenas por un tiempo. Hoy me iré a la cama pronto, si no te importa. Estoy tremendamente cansada.

Notó la preocupación en su gesto.

—¿Estás bien? espero que no te estés poniendo enferma.

—No, no, estoy perfectamente. O lo estaré enseguida, si descanso lo suficiente. —Se levantó.

—Como desees. Espero que no estés... enfadada conmigo por alguna razón. No quiero imponerte mi compañía durante más tiempo del que desees.

—Por supuesto que no. Y, por favor, no pienses que esto tiene que ver con lo que he oído acerca de tu pasado. —«¡A lo que le tengo miedo es al futuro!», pensó.

—Es un alivio. Bueno, pues que tengas un buen día, Mercy.

Asintió y salió del despacho. Su cabeza era un torbellino. La conversación que oyó por casualidad la noche anterior volvió a resonar en su cerebro y le asaltaron sentimientos contradictorios. Seguramente James no la quería... de esa manera. Lo más probable era que la hubiera alabado delante de sus amigos solo por amabilidad, y para protegerla. Pero ¿y si no...? No estaba segura de estar preparada para averiguarlo.

CAPÍTULO

29

Victorine estaba sentada en su taller de trabajo, con todo el material extendido ante ella e intentando no echarse a llorar. Se estaba dando perfecta cuenta de que una cosa era confeccionar un vestido que, visto a cierta distancia, tuviera buen aspecto, hecho para brillar y transmitir una imagen lejana de elegancia y grandeza, y otra muy distinta crear otro que superara la prueba de una inspección de cerca.

En su momento, había diseñado y cosido sus propios trajes de pista, después de mirar revistas de moda y descripciones de los periódicos. También tenía experiencia en hacer vestidos rápidamente partiendo de materiales de segunda mano y arreglar los de temporadas anteriores. Pero ¿cortar y coser algo desde cero, con detalles e incluso puntadas absolutamente perfectas, que superaran la mirada siempre hipercrítica de la viuda Brockwell, con sus lentes encima de cada botón, de cada costura...? Imposible.

Se llevó las manos a las sienes.

«¿Por qué se me ocurriría siquiera pensarlo, y mucho menos decirles a las Brockwell que era capaz de hacer esto?».

Se sintió tentada de confesarle a *lady* Bárbara que un trabajo tan lujoso y delicado debía acometerse por parte de otra modista, y cuanto antes mejor, de modo que pudiera encontrar a alguien capaz de hacer el vestido de su hija a tiempo para la boda. Cuanto más esperara, peor sería. ¡Si al menos pudiera devolver el anticipo, pedir perdón y renunciar...!

Pero no podía. Ya se había gastado el dinero en la tela de lino, que había comprado en Salisbury, un material exquisito y extraordinariamente caro. Y también los adornos...

No había salida. Tenía que hacerlo. Como fuera.

Se abrió la puerta de la tienda y Victorine salió a recibir a la clienta. En el umbral estaba la antigua modista de Ivy Hill, la que ahora era su arrendadora. No la había vuelto a ver desde que firmaron el contrato, y en aquella ocasión quien más habló fue el agente de la propiedad. La mujer, ya mayor, llevaba un vestido de rayas amarillas y azules y una capa con plumas. Todo bastante bonito y a la moda, sí, aunque quizá más apropiado para una mujer algo más joven.

—Buenos días, señora Shabner.

La mujer bajó la cabeza a modo de saludo.

—Venía a preguntarle qué tal le va por aquí. Y a ver los cambios que ha introducido en la tienda.

—Le doy la bienvenida —respondió, forzando una sonrisa.

La visitante se paseó por el establecimiento despacio y se detuvo a mirar los sombreros y las pamelas.

—La verdad es que la ha cambiado muy poco. —Señaló hacia el escaparate—. ¿Puedo ver los vestidos que tiene expuestos?

—Naturalmente. —Permaneció de pie, sintiéndose bastante incómoda mientras la antigua modista miraba a fondo cada una de las prendas, levantando una manga, tirando de un adorno, inspeccionando una costura...

—Los materiales y la terminación son excelentes.

—Gracias —contestó, con cierta rigidez.

—¿Diseños franceses?

—Sí, me... me gusta la moda francesa.

—Y sin embargo no lleva puesto nada parecido —repuso la señora Shabner, señalando su vestido. El más antiguo que tenía. ¿Por qué se lo habría puesto precisamente hoy?

—Tenía la intención de limpiar un poco, así que me he puesto un vestido viejo. La mujer posó la vista en el vestido nuevo que colgaba de un maniquí.

—La señora Featherstone hizo mucho hincapié en que le hiciera un vestido muy sencillo y barato —aclaró, un tanto a la defensiva—. Todavía no lo he terminado.

—Mmm. ¿Dónde me dijo que había aprendido?

—No se lo dije —respondió, juntando las manos—. *Madame* Devereaux me enseñó mucho y muy bien. Y mi madre antes que ella.

La señora Shabner frunció el ceño.

—Cuando nos reunimos con el señor Gordon, me pareció notar que tenía usted cierto acento francés, pero ahora no soy capaz de reconocerlo.

«¡Otra vez!».

—Mi madre era francesa, así que puede ser que de vez en cuando me salga su deje al hablar.

La señora Shabner entrecerró los ojos.

—El nombre de su tienda hace pensar que es usted una modista francesa. ¿Acaso era esa su intención, *madame* Victorine?

Aunque no era ese su verdadero nombre, su padre la llamaba Victorine bastante a menudo. Le ponía uno o dos apodos a todo el mundo y, con mucho cariño, se refería a su esposa y a sus dos hijas como *«Mes trois beautés»* o *«Mesdames Victorine»,* en un francés horroroso. Nunca había aprendido a hablarlo bien.

Su madre y ella siempre habían soñado con abrir algún día una tienda de modas, que pensaban llamar precisamente *Mesdames Victorine,* en una especie de guiño al apodo que utilizaba su padre. Pero lo que ocurrió es que su madre enfermó de gripe un invierno y murió muy joven, dejando un enorme vacío en la familia.

Pero no le iba a contar todas esas cosas a la señora Shabner.

—Pensé que era un nombre adecuado. ¿Tiene alguna objeción?

—Supongo que no. Debo admitir que cuando yo regentaba la tienda era difícil sacarla adelante en un lugar como Ivy Hill. —Miró de nuevo a su alrededor—. ¿Tiene alguna chica que la ayude? La que yo tenía se casó y se despidió. La verdad es que tener una asistente ayuda mucho.

—No. Aún no.

—¿Entonces cómo se viste?

Se sentía bastante incómoda hablando de su ropa interior, pero sabía que una modista con experiencia no tendría el menor problema en hacerlo.

—Llevo prendas y vestidos que se abrochan sobre todo por la parte delantera.

—Ya. —La señora Shabner volvió a fijarse en el viejo vestido de Victorine, desde los hombros hasta el dobladillo de la falda—. Por cierto, ese color no resulta muy adecuado para su tono de piel.

—¿Ah, no? —Miró hacia abajo.

Negó con la cabeza con gesto convencido.

—Recuerde, *madame,* que es usted un anuncio vivo de su tienda. —Hizo una pausa—. Me resulta extraño decir «su tienda», pero ahora lo es.

—Usted aún es la dueña.

—Sí, eso es verdad. Lo que me recuerda que se aproxima la fecha del próximo pago.

—Se lo haré llegar al señor Gordon la semana próxima. —«Espero».

—Muy bien.

Posó la mirada en los bocetos que se extendían sobre la mesa de trabajo.

—Estos dibujos... ¿son diseños suyos? —Pasó el dedo sobre una de las vistas frontales del vestido de Justina Brockwell.

—Sí. —Se le vino a la cabeza una idea que, de entrada, le hizo concebir una esperanza—. Supongo que no estaría interesada en ayudarme con el proyecto. La señorita Brockwell me ha encargado su vestido de novia; la verdad es que bastante complicado, por cierto.

—Me he pasado treinta años en esta tienda esperando un encargo de los Brockwell —bufó—. Y aquí está usted, que no lleva ni dos meses, ¿y ya le han pedido que haga el vestido de novia de su hija, nada menos...? ¡Quizá tenía que haber afrancesado el nombre de la tienda hace mucho tiempo!

La señora Shabner se volvió hacia la puerta, pero enseguida rectificó.

—No es culpa suya, ya lo sé —añadió, moderando el tono de voz—. De todos modos... ¿Ahora se da cuenta de por qué me retiré?

Cerró la puerta con fuerza, Victorine se estremeció con el ruido y suspiró.

—Me lo tomaré como un no.

La tarde siguiente Mercy salió a dar una vuelta por los jardines. Ese día aún no había visto a Joseph, pero se encontró con Aarón Kingsley, que volvía de Fairmont House. Lo saludó y miró más allá, hacia el castaño. Bajo él estaba sentada sobre una manta la rubita Esther Dudman, sola, metiendo en una cesta los restos de la comida.

Mercy caminó hacia ella.

—Buenos días, señorita Dudman —saludó, con una reverencia. No hemos sido presentadas. Soy Mercy Grove.

La joven se puso de pie y dio un paso hacia ella con mucho ímpetu.

—¡Me alegro mucho de conocerla, señorita Grove! Joseph habla extraordinariamente bien de usted.

Ceceaba un poco y tenía los incisivos algo torcidos pero, pese a ello, era muy guapa. Sin la más mínima lógica, se sintió algo aliviada de que la chica tuviera al menos algún pequeño defecto.

—Y también de usted, señorita Dudman.

—No me gusta demasiado que me llamen así, se lo aseguro. —La joven sonrió de forma encantadora—. Por favor, llámeme Esther.

—Pues entonces tú debes llamarme Mercy. Por cierto, me han dicho que debo felicitarte, y lo hago. Pronto vas a tener un nuevo apellido, según me ha contado el señor Kingsley.

—Así es. Gracias. —Bajó la cabeza y se ruborizó—. ¡Lo que se reiría Naomi si supiera que estoy comprometida con el hermano pequeño de Joseph!

—Debes de echar mucho de menos a tu hermana.

—Desde luego que sí.

—¿Cómo era, si no te importa que te lo pregunte?

—No, no me importa en absoluto. Naomi estaba... llena de vida. Era divertida y generosa. En eso se parecía a Joseph.

—Ah, ¿sí?

—Cuando cortejaba a Naomi, nuestro padre murió, dejando deudas de las que no sabíamos nada. Estuvimos a punto de perder nuestra casa, pero apareció Joseph y utilizó todos sus ahorros para saldar la deuda y comprar la casa. Nuestra madre todavía vive allí.

«¡Ah, claro!», pensó Mercy. Otra razón por la que se sintió obligado a ir rápidamente a Basingstoke para reparar el escalón que provocó la caída de su suegra.

—¡Qué noble por su parte!

—Estoy de acuerdo. —Se acercó un poco más a ella—. Aunque, entre usted y yo, creo que piensa que no debe casarse de nuevo hasta que tenga una casa que ofrecerle a la elegida. Lo cual es una pena, porque tenerlo por marido sería una verdadera suerte para cualquier mujer. Cuando Aarón y yo nos casemos, vamos a ahorrar para comprar la nuestra y, tan pronto como podamos, le propondremos a mi madre que se venga a vivir con nosotros. Así Joseph podría vender la vivienda de Basingstoke y comprarse alguna cerca de Ivy Hill.

Mercy recordó lo que Joseph había dicho acerca de que Aarón se gastaba cada penique que ganaba antes de que llegara a su bolsillo. Pasaría mucho tiempo antes de que la pareja estuviera en condiciones de permitirse tener una casa propia. ¿Acaso estaría esperando Joseph a tener la suya para... pedir a alguien en matrimonio?

Esther inclinó la cabeza hacia un lado.

—¿Dispone de unos minutos, señorita Grove?

—Sí. ¿Por qué?

—Me ha preguntado acerca de Naomi. Me apetece mucho ver su retrato una vez más. ¿Me acompañaría al taller para que se lo enseñe? Joseph está trabajando allí hoy y sé que no le importará.

«¿Estará haciendo de Celestina?», se preguntó Mercy. Pero le apetecía ver a Joseph, y también el retrato, así que accedió.

—Sí. Dispongo de una media hora.

—Excelente. —Agarró la cesta con una mano y el otro brazo lo enganchó al de Mercy, que se quedó sorprendida, aunque no se soltó.

Las dos mujeres se dirigieron juntas hacia el taller de los hermanos Kingsley. Dentro, Joseph estaba inclinado sobre una moldura que, suspendida entre dos caballetes, alisaba con una lija. Tenía restos de serrín en las patillas y en el vello de los musculosos brazos.

Esther reclamó su atención:

—¿Pero no es nuestro carpintero, llamado Joseph, trabajando duro como siempre?

Alzó la mirada sonriendo, y abrió más los ojos al ver a Mercy al lado de su cuñada.

—Señorita Grove... Bienvenida. Por favor, no se crea nada de lo que mi malvada cuñada le cuente sobre mí.

—La verdad es que hemos estado hablando sobre Naomi. ¿Puedo enseñarle a Mercy la miniatura? Supongo que la tienes arriba, ¿verdad?

—Por supuesto. Y sí, si es que le apetece verla, claro. Está en el cajón de mi mesita de noche. ¡Y perdón por el desorden!

Mercy siguió a Esther, que subió por las estrechas escaleras de madera y cruzó la puerta de la habitación. En ella había dos camas individuales. Una era muy sencilla y no estaba hecha, y dedujo que era la que utilizaba Matthew Kingsley antes de casarse. La otra sí que lo estaba, y muy bien. En un rincón había una taza de café vacía y migas de tostadas. Sin embargo, y pese a las disculpas previas de Joseph, la estancia estaba perfectamente arreglada y limpia, cosa rara al tratarse del cuarto en el que vivía un soltero sin sirviente.

Cerca de la ventana había un pequeño escritorio, y sobre él una Biblia, abierta por el primer capítulo del Evangelio según San Mateo. Miró la página y leyó el versículo subrayado: «Cuando José despertó del sueño, hizo lo que el ángel del Señor le había dicho: la tomó como su esposa».

«Otro carpintero que se llama como el padre adoptivo de Jesucristo», pensó.

Esther abrió el cajón y sacó el retrato en miniatura.

—Aquí está. Es muy triste que, según pasan los años, este pequeño retrato resulte más real para mí que mis propios recuerdos. No es exactamente igual que ella, pero la verdad es que el artista la reflejó con bastante realismo.

La mujer del retrato tenía el pelo rubio dorado, aunque algo más oscuro que el de Esther. Y sus ojos eran del color de la miel, en lugar de azules. De todas maneras, el parecido entre ambas hermanas era evidente.

—En el retrato parece apocada —continuó la joven—, pero en la vida real era una persona apasionada, que siempre se estaba riendo o luchando contra las injusticias. Se tomaba las cosas más en serio que yo. ¡Cómo me fijaba en ella, mi hermana mayor! Señorita Grove, ¿tiene usted hermanas?

—Mi nombre es Mercy, acuérdate. Y no. Solo tengo un hermano mayor.

—Entonces tenemos eso en común, porque Joseph se ha convertido para mí en el hermano mayor que siempre quise tener. El mejor de los hermanos, siempre amable y protector.

—Sí, me doy cuenta.

—¿Su hermano es igual?

—Pues no exactamente, pero es agradable. Se ha casado hace poco, así que ahora dedica toda su atención a su esposa; como debe ser, supongo. Dentro de poco lo comprobarás por ti misma.

—¿Quieres decir cuando Joseph vuelva a casarse?

—¡No! Quería decir cuando Aarón y tú os caséis.

—¡Ah! Desde luego. Perdona.

Mercy la miró fijamente.

—¿Te costaría acostumbrarte a que Joseph se casara de nuevo?

Esther se encogió de hombros ligeramente.

—Puede que un poco, por ver que alguien sustituye a Naomi. Pero lo quiero como a un hermano y no quiero que se pase el resto de la vida solo. A Naomi tampoco le gustaría eso.

Oyeron el sonido de unas botas subiendo las escaleras y apareció Joseph. Sus anchos hombros casi tapaban la puerta.

—Cuanto más tiempo os pasáis susurrando aquí arriba las dos, más nervioso me pongo. —Tuvo que agachar la cabeza para no golpearse contra el dintel—. ¿Qué es lo que encontráis tan fascinante?

—Solo le estaba enseñando a Mercy el retrato de Naomi. Y tus aposentos de soltero.

Se rascó la parte de atrás del cuello.

—Todavía tengo que hacer la colada, por desgracia. No esperaba visita.

—Tienes las cosas muy arregladas para ser un hombre —ensalzó Esther—. La que se case contigo va a ser afortunada. —Miró de soslayo a Mercy, que notó calor en las mejillas. Cuando esta se atrevió a mirar a Joseph, vio que también se había ruborizado. La señorita Grove se aclaró la garganta.

—Bueno, gracias por enseñarme el retrato de tu hermana. Naomi era muy guapa, cosa que no me sorprende en absoluto. —Miró al señor Kingsley—. Y su habitación es mucho más confortable de lo que me había hecho pensar.

—Solo está siendo amable —respondió, bajando la cabeza—. Sé que es muy humilde. Demasiado humilde para cualquiera... que no sea soltero.

Mercy no podía negar el hecho de que vivir allí sería bajar un gran escalón en cuanto a comodidades después de haber vivido en Ivy Cottage. Podía imaginarse con facilidad la conmoción y la disconformidad de su madre al imaginarse a su hija en un lugar como aquel. Aunque... ¿era en realidad más humilde que una pequeña habitación en un ático, fuera en Ivy Cottage o en Fairmont House?

—Bueno, gracias de nuevo. Tengo que regresar.

—Sí —aceptó él—. El señor Drake se estará preguntando qué ha sido de usted.

La institutriz dudó. ¿Acaso quería dar algo a entender?

—El señor Drake no lo sé, pero Alice seguro que me estará esperando, sí.

La miró durante un momento, se dio la vuelta y se dispuso a volver al taller.

—Bajaré yo primero, por si acaso... Tened cuidado. La escalera es bastante empinada.

Mientras bajaban, una niña de pelo castaño y rizado, de siete u ocho años, entró corriendo al taller, agitando en la mano un trozo de papel.

—¡Tío Joseph, te he hecho un dibujo!

Puso una rodilla en tierra para estar a su altura.

—Ah, ¿sí? ¿Ese gigante soy yo?

—¡No es un gigante! Eres tú, con tu sierra. Y esta soy yo, en el caballo balancín de madera que me hiciste.

—¡Es verdad! Muy bien, Katrina.

La niña le pasó el dibujo.

—Puedes quedártelo.

Le tomó la carita entre las manos.

—Gracias. Lo guardaré como un tesoro.

Desde el escalón de atrás, Esther le susurró al oído:

—Quiere mucho a todos sus sobrinos, pero con esta tiene un vínculo especial. Tiene la edad que tendría la nena que pudo tener, si hubiera sobrevivido.

—¡Oh...! Entonces no me extraña —susurró Mercy. Sintió dolor en el corazón por aquel hombre que había perdido tanto.

CAPÍTULO

30

Como su padre y su hermano todavía seguían alojados en Wilton, Jane se pasaba a verlos cada pocos días, cuando tenía un rato libre. Lo cierto es que estaba bastante ocupada, enfrascada en los preparativos para la boda y dirigiendo Bell Inn. En una de sus visitas, su padre le dijo que había contraído lo que él llamaba «un catarro sin importancia», así que se llevó a Jack Avi a pasar el día con ella. Irían a la granja para que Gabriel le diera una clase de monta.

La tarde era soleada y Jane volvió con Jack Avi andando a Ivy Green. El niño vestía uno de sus nuevos y sencillos ternos occidentales, con pantalones bombachos, camisa y levita a juego, y avanzaba dándole patadas a una pelota. Se dio cuenta de que el pequeño llevaba encerrado mucho tiempo y necesitaba salir a la calle, correr y jugar, como todos los críos de su edad. No obstante, le preocupaba la posibilidad de encontrar a otros niños en el parque y que no quisieran jugar con él por ser un desconocido con aspecto extranjero, muy moreno de piel y con un acento bastante extraño. Personalmente, encontraba el contraste absolutamente encantador, pero ella era su hermana.

Llegaron a Ivy Green y había dos chicos jugando con una pelota. Se fijaron en Jack Avi, que hacía lo mismo, pero solo. Tras un rato, se acercaron con gesto de curiosidad. A Jane le resultaban familiares, pero no fue capaz de recordar sus nombres.

—¿Quieres jugar con nosotros? —propuso uno.

—Sí, gracias —contestó.

El otro chico lo miró de cerca.

—Estás muy moreno.

—Y tú muy pálido —repuso Jack Avi, con una sonrisa

El muchacho se encogió de hombros.

—Tu pelota parece nueva.

—Sí, es casi nueva. —Le dio una buena patada y los tres chicos corrieron hacia ella y siguieron jugando.

Jane soltó un suspiro de alivio.

Vio a Matilda en el patio trasero de Ivy Cottage y la saludó con la mano. La señorita Grove le devolvió el saludo y se acercó a la valla para hablar con ella.

—Hola, Jane.

—Buenos días, Matty. —Se volvió de nuevo para cerciorarse de que su hermano estaba bien y entretenido.

—¿Qué tal le va a Jack Avi?

—Creo que bien.

—Me alegro. Afortunadamente, los niños suelen aceptar mejor a los que son distintos a ellos. Sin embargo, al crecer parece que los que son diferentes no terminan de gustar.

Jane asintió.

—¿Qué tal van por aquí las cosas?

—Bueno, echo mucho de menos a Mercy, como te puedes imaginar, aunque siempre que puede me visita los domingos por la tarde. Estos días paso mucho tiempo aquí fuera, en el jardín, o yendo a visitar a amigas...

La pelota pasó volando cerca de ellas y los niños corrieron detrás. Jack Avi saludó con la mano a las damas, pero de repente se paró en seco. Jane se volvió para ver qué era lo que había llamado tanto su atención.

El señor Basu se acercaba andando por el parque, con una cesta en la mano. Jane supuso que eran compras para la señora Timmons. Miró a los críos con su tranquila y habitual solemnidad, pero cuando vio a Jack Avi, reparó en él con interés. El pequeño se quedó quieto al ver acercarse al hombre y le dijo algo en su idioma. El señor Basu negó con la cabeza y respondió en voz baja.

Jack Avi se volvió y señaló a Jane. El señor Basu miró hacia ella y la saludó con una ligera inclinación. El niño y el hombre intercambiaron unas cuantas frases más y, finalmente, el sirviente siguió su camino hacia Ivy Cottage.

—Me pregunto si hablan el mismo idioma —musitó Matilda.

Cuando el hombre se acercó más, Jane dio un paso atrás y Matilda le abrió la puerta.

—Señor Basu, veo que ha conocido al hermano de Jane.

—Le he oído saludarle en su lengua natal —mencionó Jane—. ¿Le ha entendido?

El criado hizo un gesto con la mano, indicando que más o menos.

—¿Es un dialecto diferente? —preguntó Jane.

Asintió.

—Una pena.

Inclinó la cabeza y se encaminó hacia la casa.

El pequeño corrió hacia ellas.

—Buenos días, señorita Matty.

—¡Te acuerdas de cómo me llamo! Estoy impresionada. Es un placer volver a verte, Jack Avi.

—¿Ese hombre vive con usted? —preguntó el chico, señalando con la cabeza.

—Sí, así es. El señor Basu en un sirviente muy fiel y un buen amigo.

—Se parece a mi abuelo. Me gusta.

—¡Vamos, Jack! —gritó uno de los niños. Con una media sonrisa de despedida, el muchacho salió corriendo para seguir jugando.

—¿Sabe una cosa? Creo que nunca me han contado de dónde procede el señor Basu, ni cómo entró a trabajar en Ivy Cottage. —Jane se sentía algo avergonzada, pues en realidad, antes de la llegada de su hermano apenas había prestado atención al criado.

—Era un marino de las Indias Orientales, un lascar. Vino en uno de los barcos comerciales de la compañía —le contó Matilda—. Creo que es bengalí. Algo pasó y le denegaron el permiso de regreso. En uno de sus viajes a Londres, Mercy lo encontró buscando trabajo, yendo de casa en casa. Ya la conoces. De inmediato le ofreció un puesto aquí.

—¿Usted cree que es feliz?

—Bueno, yo diría que está a gusto, más o menos —contestó Matilda, encogiéndose de hombros—. O al menos lo estaba. Me da la impresión de que la convivencia y la vida se han vuelto más... tensas últimamente en Ivy Cottage. Para todos nosotros.

—Siento oír eso.

—No te preocupes. —Le brillaron los ojos y cambió de asunto de conversación—. ¿Todo preparado para la boda?

—Casi. Afortunadamente, todavía quedan unas pocas semanas.

—¡Tengo muchas ganas, querida! Sé que vas a ser muy feliz.

—Gracias, señorita Matty.

—¿Y qué tal está tu padre? Hace tiempo que no lo veo.

—Acatarrado, pero estoy seguro de que vendrá pronto a visitarla.

—De eso también tengo ganas. —Sonrió.

Victorine caminaba con la caja de costura bajo el brazo por la carretera de Ebsbury, camino del asilo. Una mujer mayor, que estaba sentada en una silla del soleado jardín, la miró entrecerrando los ojos y la saludó.

—¡Hola! Creo que no la había visto antes, y de todas formas ahora apenas soy capaz de entreverla. —Se rio entre dientes—. ¡Estos estúpidos ojos de vieja...!

Victorine se paró.

—Buenos días. Soy... Victorine.

—¡Ah! Así que es usted la nueva modista de la que me han hablado.

—Bueno, por lo menos intento serlo. ¿Cómo se llama usted?

—Peg Hornebolt. Acérquese, querida.

Así lo hizo. La anciana llevaba el pelo gris primorosamente peinado hacia atrás y recogido en un moño.

—Me gusta mucho su peinado... y su cabello, naturalmente.

—¡Ah, muchas gracias! Me lo he hecho yo sola. —Se tocó el pelo, después señaló la silla vacía que había junto a ella.

La modista se sintió extrañamente atraída por la agradable mujer, que le sonreía abiertamente, y se sentó junto a ella.

—Siento que sus ojos le causen problemas.

—Bueno, simplemente están exhaustos, como el resto de este cuerpo mortal. No obstante, creo que sigo teniendo una mente ágil, y eso es una bendición. Casi siempre...

—¿Hasta qué punto puede ver? —preguntó Victorine, amablemente.

—Pues lo suficiente como para darme cuenta de que es usted muy guapa —repuso, acercando la cara—. Y que está muy triste.

—Echo de menos a mi familia, pero estoy bien. He venido a ver si la señora Mennell necesita ayuda: arreglos de ropa, algo que coser, o lo que sea.

—Yo también echo de menos a mi marido, y a mis padres; hace muchos años que faltan, pero qué se le va a hacer, la vida es como es y hay que acostumbrarse...

Hablaron durante unos minutos, hasta que la señora Hornebolt se puso de pie, apoyada en un bastón.

—Bueno, estoy segura de que nuestra gobernanta estará encantada con su ayuda. Venga conmigo, le enseñaré el camino, dijo la ciega... Se rio entre dientes.

Victorine sonrió y la siguió al interior del asilo.

Encontraron a la señora Mennell en una acogedora habitación que daba al vestíbulo, con otra mujer de pelo cano. Las dos trabajaban en un pequeña colcha de lino. Las saludó y le presentó a su acompañante, la señora Russell.

Victorine se inclinó para mirar más de cerca la colcha y vio que tenía un diseño de sirenas, barcos y peces de aspecto exótico.

—¡Qué bonita! —alabó.

—Me alegro de que le guste. Es un regalo para la nieta de la señora Russell. Su padre es marinero.

—No tengo casi nada —dijo la señora Russell—, pero gracias a la señora Mennell al menos podré hacerle un bonito regalo al bebé que viene de camino.

—¡Qué amable!

—Pues hablando de eso —intervino Peg Hornebolt—, la señorita Victorine ha venido a preguntar si necesitan ayuda de costura y demás.

La señor Mennell se volvió hacia ella levantando las cejas, bastante sorprendida.

—Sin cobrar, por supuesto —aclaró la modista.

—¿Ha elaborado usted colchas? —preguntó la gobernanta tras pensar un momento.

—No —respondió la joven algo pesarosa, negando con la cabeza. Pero me encantaría aprender.

Más tarde, de vuelta en la tienda, Victorine estaba envolviendo con papel el vestido de diario de Julia Featherstone cuando se abrió la puerta y entró un hombre de pelo moreno. Sorprendida, echó hacia atrás la cabeza. Era la primera vez que entraba un hombre en el establecimiento, al menos desde que ella lo regentaba.

El atractivo joven se quitó el sombrero para saludar.

—Muy buenos días, *madame*. ¿Me recuerda? Soy Jack Gardner, guardia del Correo Real de su majestad.

—¿Qué le trae por aquí? No hago ropa para caballeros. Si lo que necesita es algún arreglo, o que le cosa un botón, podría ayudarle, aunque solo fuera por esta vez, pero en cualquier otro caso, sintiéndolo mucho... no podría hacer nada por usted.

Se acercó a ella y, para su sorpresa, se arrancó un botón de la levita roja. Victorine no pudo evitar abrir la boca. Le acercó el botón con el hilo colgando.

—Como puede ver, necesito sus servicios desesperadamente. Gracias por hacer una excepción conmigo. —Le dirigió una encantadora sonrisa.

«¡Maldita sea!», pensó ella. Tragó saliva, absolutamente decidida a mantenerse seria y resultar profesional.

—Quítese la levita.

Él alzó las cejas.

—Lo que usted diga.

Fingió no sentirse incómoda ante aquel hombre en mangas de camisa. Ya había visto a muchos a lo largo de su vida, igual que a mujeres, incluso con menos ropa que él. No había mucha diferencia, se dijo a sí misma. Pero en vano.

Mientras se sentaba en la mesa de trabajo para coser el botón, él lo hizo a su vez en un taburete, mirándola fijamente.

—¿Está usted segura de que no era la funámbula del anfiteatro de Astley?

—Ya le he dicho que no.

Se apretó las sienes con los dedos.

—Pero estoy seguro de que he visto su cara impresa en algún sitio. Tengo la imagen clavada en la mente.

—Pues yo le digo la verdad. Probablemente me confunde con otra morena. Sé por experiencia que los hombres suelen confundir a las mujeres que tienen el pelo o la figura parecida.

La miró detenidamente.

—¿Por qué no atiende a hombres en su tienda? ¿No le gustan los hombres?

—De momento no.

Sonrió con ironía e inclinó la cabeza.

—Si hiciera ropa para hombres, ¿qué me recomendaría? Casi nunca me pongo otra cosa que no sea el uniforme.

—Afortunadamente, el rojo le sienta bien.

Él se inclinó hacia delante, con una sonrisa juguetona en su atractivo rostro.

—Me alegro de que piense eso.

—De todas maneras —continuó ella—, creo que le sentaría mejor un tono más oscuro, más adecuado a su tez, como por ejemplo el marrón. O el azul marino.

—Por lo que veo quiere bajarme los humos, ¿no? —repuso él, alzando una ceja.

—Dudo que eso sea posible.

El joven sonrió. La modista anudó el botón y cortó el hilo sobrante.

—Ya está. Como nuevo —añadió.

Antes de que el hombre se pudiera levantar, ella se puso de pie, se colocó detrás de él y colocó la levita a su altura. Después le ayudó a meter los brazos, tocándole los hombros simulando que le estiraba la tela de la camisa.

—Tiene usted un buen sastre —murmuró.

—Lo felicitaré de su parte —respondió. Le brillaban los ojos. Se levantó y se miró en el espejo de cuerpo entero.

—Puede que alguna vez se decida a hacer también ropa para caballeros, *madame*. Seguro que haría un buen negocio. En Ivy Hill no hay ningún sastre.

—No creo que permanezca aquí tanto tiempo, a no ser que me gane la confianza y el apoyo de *lady* Brockwell. Por otra parte, confeccionar ropa para mujeres ya es un reto complicado, se lo aseguro.

—Bueno, espero que Dios bendiga su tienda con el éxito y que se quede usted aquí durante mucho tiempo.

—¿Dios, dice? —gruñó—. Él y yo no nos hablamos.

—¡Ah!, ¿no? ¿Y por qué?

Negó con la cabeza.

—Vamos. Su secreto estará a salvo conmigo —insistió él.

«¿Cuál de todos mis secretos?», pensó.

—Solo le diré que perdí a alguien muy querido —se limitó a decir.

—Lo siento mucho. ¿Murió alguien de su familia?

—No he dicho que nadie muriera, sino que la perdí. No sabemos nada de ella desde hace ya más de dos años. Si de verdad existiera Dios, no permitiría que pasaran cosas como esta. —Negó de nuevo con un gesto, manteniendo la boca rígida—. Antes rezaba, pero no me sirvió de nada.

—Puede que sí, aunque tal vez usted no lo sepa todavía.

—*Oh là là!* —Era la exclamación favorita de su madre, y no pudo reprimirse—. ¿Es usted teólogo además de guardia?

Él rio entre dientes.

—Ni muchísimo menos, nada más lejos de mis capacidades. Pero no me cabe la menor duda de que Dios existe. Cabalgar bajo la luna y las estrellas, como hago yo casi todas las noches... —Se encogió de hombros—. De verdad le digo que los cielos proclaman su gloria.

Ella se quedó pensativa un momento.

—No es que crea que no existe, sino más bien que todo le da lo mismo, que no actúa. Está allá arriba, donde sea, puede que en el firmamento con sus estrellas, pero muy lejos de las oraciones de una mujer normal y corriente como yo.

Él negó con la cabeza despacio. La brillaban los ojos.

—No hay nada normal y corriente en usted, *madame* Victorine. —Estiró el brazo y le apartó un mechón de pelo de la sien.

Se miraron a los ojos durante un momento, pero ella enseguida pestañeó y se puso rígida. Se dio la vuelta y caminó rápidamente hacia la puerta de la tienda, abriéndola para él. Quería que se marchara sin decirle nada más, pues sin duda iría a contárselo a sus amigotes en cuanto tuviera ocasión. Y tampoco quería besarlo.

Él tomó el sombrero y avanzó hacia la puerta.

—La volveré a ver pronto.

—Dudo que necesite de mis servicios en el futuro próximo.

—*Au contraire.* —Se tocó el botón superior—. Me temo que este se está aflojando...

—¡No se arranque otro! —le advirtió, frunciendo el ceño—. Podría desgarrar la tela.

—Un precio muy barato a pagar por verla otra vez.

—No tan barato —replicó con aspereza—. Le cobraría el doble...

CAPÍTULO

31

Después de la cena en el salón de café, Alice subió a bañarse, acompañada de Iris. Así que Mercy y el señor Drake se quedaron solos para tomar el café.

El señor Drake sacó una carta del bolsillo.

—Mi madre me ha escrito para decirme que le gustaría ver otra vez a Alice por su cumpleaños. Eso significa otro viaje a New Hampshire.

—¿Y no podrían venir aquí tus padres esta vez? —preguntó Mercy—. ¿O han venido ya antes?

—No. A mi padre le resulta difícil... plantearse un viaje.

—¿No tiene a nadie que le ayude en el negocio?

—Tiene a Francis, un primo mío. Vino a vivir con nosotros tras la muerte de sus padres y, al final, se casó con mi hermana. Es una persona agradable, mucho más que yo.

—Me resulta difícil de creer.

—Vaya, Mercy, me halagas.

—Solo quería decir que... —Notó que se ruborizaba.

—No te preocupes, te estaba tomando el pelo. Si fuera una persona agradable sería porque mi padre no consiguió convertirme en un ser absolutamente odioso. Considera que el humor, la amabilidad y la simpatía son debilidades si eres un hombre de negocios de verdad. Pero Francis ha seguido siendo agradable, al parecer lo mismo que yo —concluyó, guiñando un ojo.

Mercy estaba ansiosa por dejar claro que no había intentado ni intentaba flirtear con él.

—Todo el mundo comenta lo servicial y simpático que eres. Sobre todo Jane.

—¿Y tú?

—Pues... yo lo he comprobado por mí misma. Me resulta difícil creer que te hayas criado con un padre tan duro.

—Ya podrás juzgarlo por ti misma. Supongo que queda a la elección de cada cual imitar el carácter de nuestros padres o hacer lo contrario. ¡Menos mal que he tenido una madre muy cariñosa y comprensiva, que me ha corregido el carácter!

—A Alice le gusta mucho.

—Es mutuo. A mi madre le gustaría venir, pero les he pedido que esperen. Dado que el hotel aún no está terminado del todo, seguro que a mi padre no le gustaría. No obstante, dado que la casa es tan antigua, dudo que nunca satisfaga sus exigencias.

—Pero el hotel Fairmont House resulta precioso tal como es, aunque todavía le falten algunos detalles y retoques. Estoy segura de que tus padres se quedarían con la impresión general, que es magnífica, y no le darían importancia a algunas pequeñas imperfecciones.

—Piensas eso porque eres una persona comprensiva y agradable, que siempre ve lo bueno que hay en todo y en todos —respondió, mirándola fijamente—. Me gustaría que te vieras a ti misma como yo te veo. El simple hecho de estar en tu compañía ya es un placer.

—Gracias. —Bajó la cabeza, algo incómoda por el halago.

—¿Vendrás con nosotros al viaje, Mercy? El hecho de volver a Drayton Park se me haría mucho menos cuesta arriba si así fuera.

—Gracias por la propuesta, pero no hay necesidad. Me las puedo arreglar aquí sola perfectamente. Hasta podría encargarme de alguna de tus tareas mientras estés fuera. Estoy segura de que tus padres prefieren estar con Alice y contigo solos, sin ningún intruso de fuera de la familia.

—No serías la única que te sentirías una intrusa, te lo puedo asegurar.

—Pero Drayton Park es tu hogar familiar. Has pasado allí la mayor parte de tu vida. ¿Y no me dijiste que Alice y tú lo pasasteis bien en Navidad?

—Sí, pero...

—¿Te preocupa que la educación de Alice se resienta mientras estáis fuera?

—No. Ni tampoco pensaba que, si viajabas con nosotros, le siguieras dando clases, a no ser que tú quisieras. Pero tu presencia sería... balsámica, tanto para Alice como para mí. Mi padre puede ser... digamos... difícil.

—Bien, pues si piensas que mi compañía puede ayudar, adelante.

—Claro que ayudará, gracias. Y, por favor, lleva uno o dos vestidos de noche. ¿El verde, quizá? Te va muy bien... hace que destaque el color de tus ojos.

Pestañeó, sorprendida ante una sugerencia tan personal.

Él hizo un gesto de disculpa al notar su expresión.

—¿Ha sido inapropiado lo que he dicho?

—Pues... completamente.

—Entonces perdóname, por favor. No quería faltarte al respeto. Lo único que deseo es que cenes con nosotros cuando estemos allí.

—Señor Drake, esto está yendo demasiado lejos. Una cosa es que cene aquí con los dos, ¿pero también en la casa familiar? Daría lugar a que pensaran lo que no es y, en cualquier caso, sería de lo más extraño.

—Para Alice y para mí eres mucho más que una institutriz, y lo sabes. Al menos, espero que te des cuenta de ello.

Se puso muy seria.

—Señor Drake, simplemente soy la institutriz de Alice y, siendo así, no sería inapropiado que viajara con vosotros.

—Ya veo... —Dudó durante un momento—. Como quieras. Escribiré para decirle a mi madre que debe contar con tu presencia —respondió. Después la miró con una sonrisa traviesa—. Pero, de todas formas, llévate el vestido verde. Solo por si acaso.

Al día siguiente el señor Drake reunió a todos los trabajadores para contarles sus planes de viaje. Mercy y Alice permanecían de pie a un lado y el ama de llaves y el administrador al otro. Y frente a ellos, junto al chef, el portero, las criadas, los camareros y el mozo de cuadras, estaba también Joseph Kingsley. Su cabeza se elevaba por encima de las de todos. Oficialmente, no formaba parte del personal del hotel y por eso se había colocado ligeramente a un lado, aunque lo suficientemente cerca como para escuchar perfectamente el anuncio, ya que los planes del jefe también le afectaban a él.

—Dentro de dos días voy a viajar de nuevo a casa de mis padres, que está cerca de Portsmouth, para una breve visita. En esta ocasión viajarán conmigo la señorita Alice y la señorita Grove.

Notó que Joseph levantaba las cejas y apretaba la boca.

—Como de costumbre, durante mi ausencia dejo a la señora Callard y a Curtis al mando. Hablen con ellos si les surge alguna duda u ocurre algo... —James siguió hablando, pero la mirada del carpintero y constructor continuó fija en la de Mercy.

Cuando terminó, Johnny se aproximó a Alice y le dijo que había descubierto un nido de pinzones lleno de polluelos. Le preguntó si quería ver a los pajaritos, que aún eran incapaces de abrir los ojos.

La niña se volvió hacia su institutriz muy ilusionada.

—¿Puedo, señorita Grove?

—Sí. De hecho, a mí también me apetece mucho verlos. Pero rápido, porque tenemos que hacer el equipaje.

Los dos chicos salieron corriendo, y la mujer los siguió, aunque más despacio. Joseph Kingsley llegó a la puerta antes que ella y la mantuvo abierta para que pasara.

—Gracias.

Caminó con ella hasta el patio del establo.

—¿Puedo hablar un momento con usted?

Inmediatamente se olvidó de los polluelos y se volvió hacia él.

—Por supuesto.

Se aseguró de que Johnny y Alice no podían oírle.

—Me ha sorprendido saber que viaja usted con el señor Drake. Si no quiere usted ir, estoy seguro de que lo reconsideraría. La educación de Alice no se resentiría tanto por una semana, ¿no le parece?

—No me importa ir. Soy su empleada, y si... —Hizo una pausa. Estuvo tentada de descargar toda la responsabilidad en el señor Drake, pero eso no habría sido justo ni honesto por su parte, y quería comportarse como debía—. No me ha ordenado que viaje con ellos —aclaró—, pero sí que lo desea. Al parecer su padre es una persona difícil, y el señor Drake piensa que se comportará de una manera más civilizada si les acompaño. Lo que haría también que la visita fuera más fácil para Alice, claro.

La miró de hito en hito.

—Para Alice...

—Sí. Gracias por su preocupación, pero estoy segura de que terminará siendo un viaje agradable.

—Muy bien. Pensé que debía preguntar. Si lo tiene tan claro, no me queda más que desearle buen viaje. —Le agarró la mano un momento—. Rezaré por usted y le pediré a Dios que la proteja de todo mal.

—Gracias, señor Kingsley. Es muy importante para mí.

—La echaré de menos —dijo, mirándola a los ojos.

Los tres hicieron el equipaje, el señor Drake dio las últimas instrucciones al personal y, dos días más tarde, salieron en el carruaje. Dos cocheros que se turnaban para guiar a los cuatro caballos, y un guardia iba por detrás montando otro.

Mientras viajaban hacia el sureste, Mercy observaba el paisaje con interés. Nunca había llegado tan lejos en esa dirección.

Alice empezó a dormitar enseguida, apoyando la cabeza en el hombro del señor Drake, que le pasó el brazo por detrás.

—Cuando estemos allí conocerás a mi hermana —le dijo a la institutriz—. Ella y Francis tienen tres niños, dos chicos y una niña que es más o menos un año menor que Alice. Mi madre está empezando a considerar a Alice como un miembro más de la familia, y a hacer que todos la vean como tal. Para ella, cuantos más nietos, más felicidad. A mi padre no le hace tanta gracia, pero mi madre espera que la cosa cambie antes o después.

—Cuando era pequeña me hubiera apetecido mucho tener primos —murmuró Mercy, con tono nostálgico.

Él asintió.

—Francis es unos años más joven que yo pero sí, con el paso de los años valoré mucho su compañía, al menos hasta que me fui a la universidad.

Con la mano libre dio un golpecito a la maleta de al lado y continuó:

—Por cierto, ya he recibido los papeles de los abogados. Esta maravillosa niña ya es oficialmente Alice Drake. No puedo descartar que sus orígenes nos causen algún problema en el futuro, pero pondré todo mi esfuerzo en que reciba el cariño, la educación y las oportunidades que compensen lo que la sociedad considere que le falte por lo que suele llamarse «linaje».

»Y si un dandi pretencioso algún día no quisiera casarse con ella por sus orígenes, peor para él. Así podré mantenerla conmigo algún tiempo más, hasta que algún joven más inteligente sea capaz de reconocer su verdadero valor. Y después seré un viejo y solitario padre. Sé que no podré mantenerla conmigo para siempre, por mucho que lo desee.

Mercy se sintió muy emocionada por las palabras tan cariñosas de James. ¿Cómo no iba a ser así, si ella también la quería muchísimo?

Viajaron varias horas, parando a cambiar los caballos a intervalos regulares. Llegaron esa misma tarde a Southampton. Mercy se fijó en la gran cantidad de barcos atracados del puerto, en las calles arboladas y en los elegantes edificios de la ciudad.

A la hora del crepúsculo entraron en una calle muy amplia, llena de tiendas y alojamientos elegantes. Pararon en uno denominado Drake Arms para pasar la noche. Notó el orgullo en la cara de James al enseñarle a Mercy su primer hotel y presentarle a su gerente. Después, los tres se sentaron para tomar una cena tardía en uno de los salones privados. Alice apenas podía mantener los ojos abiertos, así que tras la deliciosa comida, James subió en brazos a la niña a la habitación que iba a compartir con su institutriz.

—Buenas noches, señorita Grove. Le doy las gracias de nuevo por venir con nosotros —dijo él, muy ceremoniosamente.

—Un placer —respondió ella, asintiendo. Pero aunque ayudar a Alice y a James era un placer de verdad, temía el encuentro con los padres de él.

32

A la mañana siguiente, después del desayuno, James les enseñó algunos lugares interesantes de Southampton: el puerto, las bibliotecas y los teatros. Después, volvieron a subirse al carruaje para recorrer los cerca de cuarenta kilómetros que les separaban de la hacienda de sus padres. Les contó que su familia llevaba mucho tiempo implicada en el comercio por mar, las importaciones y exportaciones y otros negocios, debido entre otras cosas a la cercanía al puerto y a los astilleros. Pero años atrás su padre había construido una casa muy elegante al norte de la ciudad, en un lugar mucho más tranquilo para la familia, sin ningún contacto con el ajetreo del puerto y sus molestias.

Tras torcer en un recodo en el camino, apareció ante su vista una mansión de piedra y ladrillo, alta y maciza. Alice le dio unos golpecitos a Mercy en el brazo para animarla y sonrió.

—Es muy agradable, ya lo verá.

Cuando se detuvieron los caballos, se aproximaron inmediatamente dos lacayos con librea. Las suelas de los zapatos producían un crujido contra la grava del sendero. Ayudaron a descender a Mercy y a Alice e inclinaron la cabeza ante el señor Drake. Inmediatamente después se dirigieron a recoger el equipaje.

James miró a la institutriz e hizo un gesto señalando la casa. Echaron a andar juntos en dirección a la puerta principal, enmarcada por un pórtico. Alice la tomó de la mano, y ella agradeció el apoyo de la niña.

Ya dentro de la entrada del vestíbulo, separada por un panel, les esperaba un hombre mayor, vestido completamente de negro. Supuso que era el mayordomo.

—Robertson... —saludó James—. Esta es la señorita Grove, nuestra institutriz y amiga. Por favor, dígale a la señora Jenkins que la instale en una de las habitaciones de invitados, no en la zona del servicio. Y quiero que esté cerca de la señorita Alice. ¿Lo ha entendido?

—Yo... sí, señor. Muy bien, señor. —El mayordomo asintió, aunque a Mercy le pareció que el ligero ceño mostraba que estaba una tanto desconcertado.

—¡James!

Todos se volvieron hacia una señora muy guapa, de pelo rubio ya surcado por algunas canas, que llevaba un delantal largo y muy práctico cubriéndole la parte delantera del vestido.

—¡Llegáis pronto! Me habéis sorprendido trabajando en el jardín. —Se quitó los guantes y se aproximó.

—Sí, hemos tardado muy poco.

—¡Alice! ¡Acércate, querida! Deja que vea cuánto has crecido.

La niña se adelantó, tímida y al mismo tiempo anhelante. Contenía una sonrisa, pero no pudo disimular los hoyuelos en las mejillas.

La señora Hain-Drake extendió los brazos y, perdida toda la timidez, la pequeña corrió a abrazarla.

La mujer la apretó contra sí y después la separó, mirándola de arriba abajo.

—Desde la última vez que te vi, has crecido por lo menos un par de centímetros. Y, además, estás más guapa —exclamó.

Alice estaba encantada, y Mercy tuvo una sensación agridulce. La felicidad de su pupila la colmaba a ella también, pues estaba encantada de que hubiera más gente cerca de la niña que le ofreciera cariño y apoyo. Pero no podía evitar cierto sentimiento de pérdida. Como una madre que ve cómo la hija de su corazón deja el nido para salir al mundo real.

—Madre, le presento a la señorita Mercy Grove, la antigua profesora de Alice y ahora su institutriz. Ya hice referencia a ella en mi carta. Espero que sea bienvenida.

—Por supuesto, por supuesto. Me alegro mucho de que haya venido, señorita Grove. Le he dicho a la señora Jenkins que prepare una habitación para usted.

—Si no le importa, madre, me gustaría que esté cerca de Alice. No arriba en el ático.

La señora Hain-Drake dudó.

—Ah... bien. Lo que tú consideres más adecuado, James. Había pensado instalar a Alice al lado de mi habitación. Pero si quieres cederle la tuya, puedo instalar en ella a la señorita Grove, y tú tendrías que escoger entre las dos de invitados.

—Señor Drake —intervino Mercy—, no tengo la intención de hacerle renunciar a su habitación.

—No es ningún problema. No me importa en absoluto. Todo lo contrario, insisto.

Su determinación extrañó a Mercy. Alice había ido a esa casa antes sin la compañía de una institutriz, así que parecía que estaba claro que no era por la niña por lo que insistía, sino por ella misma. Le pareció una excusa para no relegarla a la zona de la servidumbre.

Su madre se volvió hacia ella.

—¿Cenará con nosotros, señorita Grove? ¿O prefiere que le lleven una bandeja a su habitación?

—Una bandeja estaría perfectamente, señora Hain-Drake. Si no supone mucho problema.

—No, en absoluto.

—¿Estás segura Mercy? —preguntó James—. Puedes cenar con nosotros, si así lo deseas.

—A decir verdad, estoy un poco cansada por el viaje. Una cena temprano y descansar es lo que necesito de verdad. Disfruten de una cena familiar.

—Muy bien, señorita Grove —asintió su madre, que claramente prefería esa opción.

Apareció el ama de llaves, una mujer bastante mayor, seguida de una joven criada. Tras una conversación en voz baja y algo tensa con su señora, se volvió hacia Mercy.

—Señorita Grove, Emily le acompañará hasta su habitación, y yo llevaré a Alice a la suya.

Mientras seguía a la criada por las escaleras, oyó desde abajo la voz baja y profunda de un hombre mayor.

—James, lo has conseguido. Ten un poco de compasión con mis nervios, mujer. ¿De verdad tienes que cloquear como una gallina por el mero hecho de que han llegado los invitados que esperábamos?

Un murmullo de disculpas siguió a sus palabras, aunque Mercy no fue capaz de entenderlas.

Al llegar a la habitación, la criada empezó a vaciar el pequeño baúl de Mercy, y esta se lo agradeció. Se quitó el sombrerito y se sentó en un cómodo sillón, al tiempo que miraba la habitación, masculina y ordenada. Se fijó en algunos recuerdos de la niñez y adolescencia de James: una medalla y algunos otros premios en la cómoda, así como una pelota de cuero de criquet firmada por varios compañeros de equipo. También vio un paquete de tarjetas de visita en el escritorio, además de un magnífico juego de escritura, papel secante y lacre. En la estantería se mezclaban los libros sobre negocios y economía con las que ella dedujo que eran sus novelas favoritas, como Robinson Crusoe.

Cuando terminó de deshacer el equipaje, la sirvienta hizo una corta reverencia y se fue de la habitación. Mercy se quitó la rebeca del terno de viaje y se lavó la cara y las manos en el aguamanil. Había decidido tumbarse en la cama, que parecía extraordinariamente cómoda, para tomarse un corto descanso, cuando alguien llamó a la puerta de la habitación.

Pensó que sería Alice, o el ama de llaves para ver si tenía todo lo que necesitaba. Se quitó algunos mechones de la cara y después se volvió hacia la puerta.

—Pase.

Quien entró fue la señora Hain-Drake, con una sonrisa un tanto enigmática.

—Señorita Grove, vengo a pedirle que cene con la familia esta noche.

—Se lo agradezco, pero como le dije antes, con una bandeja aquí me basta. De verdad.

—Ya sé que lo dice de verdad, pero mi marido es tremendamente insistente —justificó la mujer, juntando las manos.

—Pero ¿por qué? Sabe perfectamente que soy la institutriz, ¿verdad?

—Quiere comprobar las cosas por sí mismo.

Mercy parpadeó, realmente confundida ante sus palabras.

—No entiendo... —¿Acaso quería valorar sus conocimientos sobre los clásicos, o algo así?

La mujer suspiró.

—La verdad es que la culpa la tiene James, por insistir tanto en que usted se instalara en su antigua habitación, tan cerca de la familia.

¿A qué conclusión estarían llegando la dama y su marido?, pensó desazonada.

La señora Hain-Drake se acercó un paso.

—Vamos, señorita Grove, no tiene por qué alarmarse. Tengo muy claro que usted es una dama de buena familia, discreta y de magnífico carácter, y él se dará cuenta en cuanto la vea.

—Espero que no tenga la intención de avergonzarme delante de Alice.

—No, no lo hará. Sus primos llegan mañana, y a partir de ese momento los niños comerán aparte. Esta noche Alice va a cenar en su habitación. —Se volvió a acercar a la puerta—. Cenaremos dentro de una hora, señorita Grove. Espero que tenga tiempo suficiente para cambiarse. Enviaré a Emily para que la ayude.

Cuando se cerró la puerta, Mercy permaneció inmóvil, pensando. Confiaba en que James hubiera exagerado el mal carácter de su padre, pero al parecer no era así.

La doncella apareció enseguida para ayudarla. Se alegró de haber llevado el vestido verde de noche. Aunque con los nervios atenazándole el estómago, dudaba de que pudiera probar bocado siquiera.

Unos minutos antes de la hora bajó por las escaleras y se dirigió a la antesala del comedor.

Un caballero de unos sesenta años, muy bien vestido, estaba allí de pie. El pelo castaño claro le empezaba a blanquear en algunas zonas, sobre todo en las patillas. Tenía pequeñas venas rojas en forma de tela de araña en mejillas y la nariz; pero pese a esos detalles, aún resultaba atractivo. Los ojos eran verdes y brillantes, como los de James. Al mirarla mostró cierta reserva y sospecha.

—¿Usted es... la institutriz?

—Lo soy, caballero.

Dudó un momento. A Mercy le pareció que la desconfianza de su mirada se aplacaba.

—¿La señorita Grove?

—Sí. Y deduzco que usted es el padre del señor Drake.

—¡Culpable, me ha pillado! ¿Dónde la encontró?

—Fui profesora de Alice en la escuela de Ivy Hill. Tenía una escuela para niñas en mi propia casa, hasta que las circunstancias me obligaron a cerrarla.

—¿A qué circunstancias se refiere? —El brillo de sospecha volvió a aparecer en los ojos.

—Mi hermano se casó y se mudó a casa con su esposa, así que ya no había espacio para poder alojar niñas internas.

—No tiene usted el aspecto que esperaba.

—¿Ah, no? ¿Y qué se esperaba usted, caballero?

—Tiene que perdonarme, señorita Grove, pero cuando me dijeron que mi hijo había insistido tanto en que su acompañante femenina se alojara en su antigua habitación, cerca de las de la familia, dudé seriamente de que fuera usted de verdad una institutriz.

Mercy no pudo evitar quedarse con la boca medio abierta al comprender lo que sugerían sus palabras. Se dijo a sí misma que no debía tomárselas como una afrenta personal, pues el hombre no sabía nada de ella. Pero ¿de verdad podía pensar tan mal de su propio hijo?

—Le aseguro que entre su hijo y yo no hay nada indecoroso —aclaró.

—Entonces le ruego que perdone mi insolencia, señorita Grove, y que me juzgue con cierta comprensión. La última vez que vino a casa, mi hijo trajo con él una niña de la que no sabíamos nada, y nos dejó estupefactos al decirnos que pensaba adoptarla y convertirla en su hija. Y ahora viene con una mujer de la que tampoco sabemos absolutamente nada y, desde que me he enterado, he ido pensando en posibilidades acerca de lo que podría anunciarnos respecto a su relación con usted.

Mercy levantó la barbilla.

—Su hijo es mucho más honorable de lo que usted piensa, señor Hain-Drake. De hecho, me sorprende mucho que aún no se haya dignado a ir a visitarle en su nuevo hotel después de todos estos meses. Ha convertido una hacienda antigua y enorme en un magnífico alojamiento, en un hotel muy elegante y con todas las comodidades.

—La verdad es que dice usted lo que piensa con mucha decisión. Es la primera institutriz a la que veo hacer tal cosa.

—Soy institutriz desde hace muy poco tiempo, caballero, así que no sé lo que se espera de mi condición como tal.

—Por lo que veo, usted no tuvo institutriz cuando creció.

—Pues se equivoca. Tuve varias, hasta que mi padre insistió en que continuara mi educación al tiempo que mi hermano.

—¿De verdad? ¿Y dónde vive ahora su padre?

—Mis padres viven en Londres, caballero.

—¿En qué barrio?

—En Mayfair.

Alzó las cejas, claramente impresionado.

—¿A qué se dedica su padre, señorita?

—¿Que a qué se dedica? Pues… lee mucho.

—Vive de las rentas, deduzco.

—Es un caballero. Tiene una hacienda.

Una vez más la escrutó con la mirada. Después asintió, como si hubiera tomado una decisión.

—Me alegro mucho de que haya accedido a cenar con nosotros, señorita Grove. Me apetece saber más cosas de usted, y también cómo se comporta mi hijo en un lugar tan rústico como el condado de Wilts, perdiendo el tiempo mientras juega con su último proyecto.

—Pues yo hubiera preferido cenar en mi habitación, caballero.

—Y yo hubiera preferido que mi hijo… —se interrumpió—. Nadie consigue todo lo que quiere, ¿no es así?

Mercy se preguntó qué era lo que iba a decir. Apartó los ojos de su desafiante mirada y decidió cambiar de conversación.

—Siento que Alice no vaya a estar con nosotros.

—Las cenas formales no son adecuadas para los niños —afirmó rotundamente el señor Hain-Drake, frunciendo el ceño.

—¿Cómo puede aprender un niño a comportarse en una cena formal si nunca acude a ninguna?

El hombre entornó los ojos.

—Repito, debo decir que expone su opinión con mucho desparpajo para ser… tan joven.

¿Acaso iba a decir para ser «alguien del servicio»? Ella fingió que se lo tomaba como un cumplido.

—Muchas gracias.

—A mi hijo le gusta mucho ir de lugar en lugar y de empresa en empresa. Le ha dado la espalda al negocio familiar, e incluso ha renunciado al apellido al que tiene derecho y le corresponde, Hain-Drake. Dudo mucho que termine de madurar y acepte sus responsabilidades.

—¿Estamos hablando de la misma persona, caballero? Porque todo el mundo que lo conoce en Ivy Hill lo considera un hombre responsable y con éxito en lo que emprende, así como servicial y generoso.

Le dedicó una sonrisa seca y maliciosa.

—¿Son tan poco exigentes los criterios en ese pueblo suyo?

—¿Poco exigentes? De ninguna manera.

Mercy contó cómo el señor Drake había ayudado a su amiga viuda a salvar su posada, mediando para que obtuviese la licencia, y a *lady* Brockwell a establecer una biblioteca circulante para el pueblo.

—¿Y qué me dice de la niña? —la retó—. No tiene nada más que mirarla para darse cuenta de quién es su padre. Supongo que tampoco es algo que se le deba reprochar, ¿verdad? Personalmente, no apruebo esa forma de tener niños.

Mercy bajó la cabeza y se miró las manos durante un momento. No se sentía cómoda hablando de esas cosas con un hombre, y no digamos con el padre del señor Drake. Así que respiró hondo y respondió:

—Puede que no sea el mejor de los comportamientos, pero al menos hizo todo lo que estaba en su mano para rectificar un error de juventud. Cuando supo de la existencia de Alice, no dudó en reconocer su deber respecto a ella, y eso es mucho más de lo que harían muchos hombres en su caso.

—¡Cómo defiende usted a mi hijo! —se admiró el señor Hain-Drake, cruzándose de brazos—. Está claro que se la ha ganado con sus reconocidos encantos.

Ella negó con la cabeza.

—Simplemente digo la verdad, caballero. Admiro a su hijo como amigo y como empleada suya, pero eso es todo.

El hombre le mantuvo la mirada unos segundos, que a ella se le hicieron largos.

—Pues es una pena.

James entró en la antesala con su madre, que ahora llevaba un vestido de noche de seda y se había recogido el pelo en un moño alto.

Miró alternativamente a Mercy y a su padre con las cejas levantadas.

—Veo que ya se han conocido. Espero que haya sido educado con usted, señorita Grove.

Todos se volvieron a mirarla. Ella dudó y le dedicó una sonrisa a la señora Hain-Drake.

—¡Qué maravilla de vestido...!

Tras la cena, Mercy declinó la propuesta de tomar un té en el salón arguyendo que estaba cansada, que era la pura verdad. Se sentía exhausta por el esfuerzo de mantener una conversación educada plato tras plato, y eso dejando aparte la tensa entrevista previa y a solas con el señor Hain-Drake. La señora no puso ninguna pega, y James la acompañó.

—Tengo que confesarte que oí parte de tu conversación con mi padre de antes de la cena. Me resultó extraño comprobar cómo me defendías —comentó, en voz baja.

Lo miró sorprendida y algo avergonzada.

—Nunca te he considerado una persona a la que hiciera falta defender. Solo veía la imagen de confianza y encanto que le muestras a todo el mundo. Pero últimamente he descubierto que dentro de ti todavía está ese joven que piensa que nunca va ser capaz de complacer a su padre, por mucho que lo intente con todas sus fuerzas, así que finge desdeñarlo y evita visitar su casa siempre que puede. Y ahora que he conocido a tu padre, puedo entender el porqué. Pero estoy segura de que, en lo más profundo de su ser, te quiere.

—¿De verdad estás segura de eso? —preguntó, con tono irónico y expresión desalentada—. No lo ha dicho jamás.

Se volvió hacia él, posando una mano sobre la bocamanga de la levita.

—Oh, James, sé que no quieres oír esto, pero tengo que decírtelo. Aunque tu padre terrenal nunca te lo diga, el que está en los cielos te quiere tal como eres.

La miró con ojos brillantes y un rictus entre el cariño y la tristeza.

—Querida Mercy, eres muy amable al preocuparte por mi alma. Debo decirte que el retrato que haces de Dios es muy diferente de la imagen que tengo yo de Él en mi cabeza. —Le dio unos golpecitos en la mano—. Por cierto, me he sentido muy orgulloso de ti, de la forma en que has mantenido el tipo delante de él. Le gustas, te lo aseguro. —Sonrió débilmente, como si estuviera tan agotado como ella—. Buenas noches, y que duermas bien.

—Tú también, James.

CAPÍTULO

33

A la mañana siguiente, Mercy esperó a que Emily subiera agua caliente. Se lavó, se vistió y disfrutó cuando la sirvienta le cepilló el pelo. Preparada para lo que el día pudiera depararle, descendió a la planta baja. En el salón del desayuno todavía no había nadie, así que se lo tomó sola, sirviéndose ella misma de los platos cubiertos que había en la mesa auxiliar. Cuando terminó, se levantó y salió de la habitación.

Vio a una mujer que avanzaba por el pasillo y se detuvo en seco, observándola. Delante de ella estaba Alice convertida en una joven. O al menos ese podría ser su aspecto al cabo de unos veinte años. El parecido era impresionante.

—Usted debe de ser Lucy —murmuró.

—Y usted la señorita Grove. —Sonrió.

La hermana de James era pequeña, de expresión dulce y pelo rubio, de maneras muy agradables. Le gustó inmediatamente.

—Estoy encantada de conocerla —continuó Lucy—. Siento que no estuviéramos aquí ayer para recibirla, pero habíamos ido a visitar a una anciana tía de mi marido. Hemos vuelto a casa lo más rápido que hemos podido.

Un ruido de suelas de cuero corriendo hizo que Mercy mirara hacia la escalera, por detrás de la mujer. Dos niños la bajaban a toda prisa, seguidos por su padre, que llevaba a otro de la mano, luchando por que no se le escapara y diciéndole que fuera más despacio y que tuviera cuidado. Alice y el señor Drake cerraban el desfile.

—¿Cree que podría hacer algo con estos tres mientras está usted aquí? Estas criaturas incorregibles ya han puesto en fuga a dos institutrices, y la niñera ya nos ha amenazado con seguir sus pasos.

—¡Vamos, querida! —dijo al unirse a ellas su marido, que tenía un aspecto muy joven—. Le vas a dar una impresión equivocada a la señorita Mercy. Lou-Lou y los muchachos son inteligentes, educados y buenos chicos. Aunque también un poco... llenos de vida.

—En ese caso, ¿por qué no salimos fuera a jugar al pilla-pilla, o al bádminton? —sugirió la invitada—. Resulta mucho más sencillo concentrarse en el estudio si antes se ha hecho ejercicio.

La propuesta fue acogida con gritos de entusiasmo por parte de los tres hermanos y con una sonrisa en el caso de Alice.

Mercy se volvió hacia la madre de los críos.

—Voy fuera con ellos y los vigilaré mientras ustedes desayunan tranquilamente. Estoy segura de que tendrá ganas de hablar con su hermano.

—Gracias, señorita Grove.

Mientras salía con Alice y sus tres primos, oyó las palabras de Lucy:

—Es una joya, James, una verdadera joya. ¿Dónde demonios la has encontrado? Por cierto, ¿no tendrá una hermana gemela?

Durante los días siguientes, Mercy no perdió detalle de la relación de Alice con sus primos, y quedó encantada. Alice y Lou-Lou, a quien llamaban así para diferenciarla de su madre, Lucy, jugaron a las muñecas y se cepillaron mutuamente el pelo. Hasta los primos Henry y Harold incluyeron a su prima en sus diversiones, le enseñaron a su perro y a los cachorros e intentaron que aprendiese a jugar al cricket. Los cuatro niños ensayaron y representaron obritas de teatro, jugaron al escondite y hasta construyeron un fuerte a base de sillas, almohadones y sábanas.

Una tarde, Mercy los miraba mientras hacían volar cometas. Inexplicablemente, se le caían las lágrimas. Pensando que nadie la veía, no hizo nada por evitarlas.

—¡Mercy! —Resonó la voz de James, llena de preocupación—. ¿Qué te pasa?

Se puso a su lado, miró a los niños, que no paraban de reír y de hablar a voces, y volvió la vista de nuevo hacia ella.

—¿Algo va mal? ¿Qué te ocurre?

Negó con la cabeza, pues no confiaba en que le saliera la voz.

—¿Te ha dicho mi padre algo que te haya molestado? —siguió él, endureciendo la expresión.

—¡No, en absoluto! —Negó con la cabeza enérgicamente y se secó las lágrimas con el dorso de la mano. Él se la agarró y la tomó entre las suyas.

—Me estás asustando. ¡Haz el favor de decirme qué te preocupa!

—Nada. Es solo que... estoy muy feliz por Alice.

—Pues no pareces feliz precisamente...

—Míralos. Nunca he visto a Alice tan divertida, tan libre. ¿Sabes que Henry quiere regalarle uno de sus apreciadísimos cachorritos?

—¡Maravilloso! —murmuró James, con tono sarcástico—. ¿Y también vendrá a casa para educarlo?

—Se llevan maravillosamente —repuso ella, riendo entre dientes—. Cuando están juntos da lo mismo que sean chicos o chicas. Juegan y hacen obritas de teatro, y se lo pasan bien juntos.

—Todo eso suena de maravilla, pero tener que educar a un perro... Aunque todavía no entiendo por qué estás triste.

—No estoy triste. Bueno, no exactamente. Son primos, James.

—Sí, claro. ¿Y...?

—Henry me ha dicho que hasta piensan pedirle a tu padre que los lleve a todos a pescar, para que Alice aprenda. Al parecer, a Lou-Lou todavía le da un poco de asco y arruga la nariz cuando tiene que manejar lombrices y anzuelos, pero ha depositado grandes esperanzas en Alice.

—No van a conseguir sacar a mi padre del despacho el tiempo suficiente para preparar un anzuelo y un cebo. —Negó con la cabeza.

—La cuestión es que la han aceptado —insistió Mercy—. Alice ya no va a estar nunca sola. Tiene primos. Tiene un tío y una tía. Y abuelos.

—Y un padre, no lo olvides. —Sonrió levemente.

—¿Cómo iba a olvidarlo? Y me alegra mucho. Pero ella...

—Ella... ¿qué?

Contuvo la respuesta. «Este es el lugar al que pertenece». Una frase dulce, pero con aristas.

Se limitó a sonreír.

—Es una niña con mucha suerte —concluyó, con la voz velada por la emoción.

Esa misma tarde, el señor Hain-Drake llamó a Mercy cuando ella avanzaba por el pasillo.

—Pase a ver mi despacho, señorita Grove.

Entró con cierta cautela. La expresión «la guarida del lobo» le rondaba por la mente. Con las manos en la espalda, recorrió la habitación con la mirada.

—Cambié todo el mobiliario hace diez años, pero creo que sigue siendo lo suficientemente moderna como para gustarle a una institutriz con una esmerada educación. Tengo también un despacho en uno de nuestros almacenes, cerca del puerto. Pero actualmente celebro aquí casi todas mis reuniones. Las tareas del día a día del puerto las lleva Francis. —Hizo una mueca—. O al menos lo intenta.

Señaló los dos grandes ventanales.

—James fue el que sugirió que hubiera dos ventanas. Le gusta que haya mucha luz.

Ella asintió y fijó la vista en dos puertas que comunicaban con sendos despachos adyacentes. Señaló el más grande, que solo era un poco más reducido que el principal.

—Francis lo utiliza cuando está aquí —aclaró él, cambiando el pie de apoyo y encogiéndose de hombros.

—¿Y el pequeño?

—Es el de Leonard, mi secretario. Ahora está haciendo un recado.

—James me dijo que Francis era su socio.

La miró con el ceño fruncido antes de contestar:

—Yo diría más bien que es un... asistente. Y nada bueno, a decir verdad. Pero no se lo diga a Lucy. No le gusta que se hable mal de su marido.

—¿Es que no está... cualificado?

El señor Hain-Drake negó con la cabeza.

—Por favor, no me malinterprete: es un buen hombre, muy deseoso de agradar y de hacer las cosas bien. Pero... —Suspiró—. No tiene visión del negocio.

—Puede que con el tiempo y con la experiencia...

La miró con cara de desconcierto.

—James me ha dicho que es usted capaz de ver lo bueno de las personas, incluso cuando las evidencias indican todo lo contrario. Ahora me doy cuenta de lo que quería decir.

¿James y su padre habían hablado de ella? No le gustó nada pensar en ello, y se sintió incómoda.

Captó su atención un retrato que había en la pared. Era de James cuando era muy joven. Tenía el pelo algo más claro, la cara menos llena y la mirada menos escéptica.

Al darse cuenta, él hizo un gesto señalando el cuadro.

—Lo encargué cuando llegó a la mayoría de edad, ya hace bastantes años.

—Se parece mucho a usted.

Él señaló otro cuadro más pequeño.

—Este es uno de los primeros edificios que diseñó. Tenía solo catorce años.

Mercy se acercó a ver el boceto enmarcado, que parecía más un plano de construcción que un dibujo artístico.

—Me parece excelente. Quizá debería haberse dedicado a la arquitectura.

Una vez más, el hombre la miró con el ceño fruncido.

—A lo que tenía que haberse dedicado era a mi... —No terminó la frase.

Desde fuera llegaron gritos de los niños y ambos se acercaron a la ventana para ver qué pasaba. Abajo, James, Alice, Lou-Lou y Henry jugaban al bádminton, mientras que el pequeño Harold permanecía sentado en la hierba disfrutando con los cachorritos.

El señor Hain-Drake repitió un gesto de negación.

—Y ahora quiere ser un padre.

—Sí. Y creo que va a ser uno muy bueno.

—¿De verdad? A veces pienso que él y yo somos cuñas de la misma madera, mucho más parecidos de lo que a él le gustaría. Yo estaba demasiado ocupado construyendo un imperio comercial como para implicarme en su crianza y la de su hermana. No me malinterprete: no los dejamos de lado. Tuvieron todos los privilegios, todo lo que pudieran necesitar. Las niñeras e institutrices más cualificadas, los mejores tutores y la mejor educación que el dinero puede proporcionar... —Volvió a negar con la cabeza—. Pero cuando James fue lo suficientemente mayor como para implicarle en mis negocios, me rechazó. Dudo que le vaya mejor que a mí en el frustrante asunto de la paternidad. No si tenemos en cuenta el tiempo y las energías que tiene que dedicar a su nuevo hotel, y a los que le sigan... Me alegra que la niña la tenga a usted.

Mercy intentó dar un tono de cierta alegría a su voz.

—Pues yo de lo que me alegro es de que Alice lo tenga a él, y también a su tía, a sus primos, a su abuela... y a su abuelo. Puede que no haya sido usted el mejor padre posible... aunque no he sido testigo y no puedo asegurarlo, pero aún tiene tiempo de ser un abuelo cariñoso y agradable.

—No tengo tanto tiempo —murmuró, con la vista puesta en los niños.

Lo miró de soslayo, sin saber exactamente lo que había querido decir.

Al notar cómo lo miraba, se volvió de nuevo a ella.

—Crecen demasiado deprisa.

En la reunión de los lunes de la Sociedad de Damas Té y Labores, Jane tuvo que encargarse de abrir y moderar, pues Mercy estaba todavía de viaje.

La señora Mennell, gobernanta del asilo, acudía pocas veces a las reuniones y, cuando lo hacía, apenas hablaba, pero ese día se levantó y lo hizo con su voz suave y tranquila:

—Sé que algunas de ustedes albergan dudas acerca de las cualidades de la señorita Victorine, pero yo tengo muy claro que tiene muy buen corazón. La semana pasada vino al asilo y se ofreció a hacer trabajos de costura.

—Debe de estar desesperada por tener encargos —replicó la señora Barton, con tono sarcástico.

—Pues te equivocas de medio a medio, Bridget. Se ofreció a hacerlo sin cobrar.

—¡Ah...!

Se produjeron murmullos y expresiones de admiración por toda la sala.

—El otro día vi a la señora Shabner en Wishford, y me contó que había visitado la tienda y le habían impresionado los diseños que había hecho y que, según ella, eran de mucha calidad. Y si algo es bueno para la señora Shabner, también lo es para mí.

—Sigo diciendo que quiere ponernos la venda en los ojos —espetó la lechera, al tiempo que cruzaba los brazos sobre el amplio pecho.

—¿Sabes una cosa? —intervino Becky—, ella no ha dicho nunca que sea francesa, ¿o sí? Nunca ha hablado con ninguna de nosotras y nos ha dicho: «*Bonjour*. Soy la nueva modista *frgansesa,* pase a mi tienda y gástese *beaucoup* de *dinego* en mis vestidos *paguisinos*». De hecho, ni siquiera intenta imitar el acento francés.

—Tienes razón, Becky —la apoyó Jane—. Creo que fue la señora Shabner la primera que dijo que creía notar cierto acento en su forma de hablar, pero quizá sea porque su madre sí que era francesa.

—¡Vaya con vosotras dos! —rugió la señora Barton—. Eso es llevar la caridad demasiado lejos. Con un nombre como *madame* Victorine, ¿qué es lo que vamos a pensar? Seguramente ahora vais a decir que tampoco dijo que hubiera hecho los magníficos vestidos que muestra en el escaparate.

—Pues ahora que lo mencionas... la verdad es que no, no lo ha dicho. Por lo menos a mí —replicó Jane—. Lo que sí que hizo fue retocar el que le vendió a Matilda Grove, así que sabemos que cose, y que lo hace bien. Y tengo entendido que está confeccionando un vestido nuevo para Justina Brockwell.

El comentario suscitó muchas expresiones atónitas.

—A mí me ha hecho este vestido nuevo —afirmó Julia Featherstone, levantándose—. Le pedí uno normal, de algodón, para diario. Nada muy elegante. Y ha hecho exactamente lo que le he pedido. —Bajó la vista para mirar el corpiño y movió la falda de lado a lado—. Es muy... normal... la verdad.

—¡Vaya! ¿Y cuánto pagaste por ese vestido tan... normal? —preguntó Bridget Barton.

Julia se lo dijo. La cantidad era sorprendentemente baja.

La lechera levantó las manos, como si eso demostrara que tenía razón en todo lo que había dicho.

—Pues parece que recibiste algo equivalente a lo que pagaste.

Mientras las mujeres discutían, Jane se acordó de algunos de los desagradables comentarios que sus detractoras habían vertido sobre ella misma cuando se hizo cargo de Bell Inn como posadera. Eso le hizo ponerse del lado de la modista, y de todo corazón.

Y, de repente, apareció. Victorine estaba de pie, en la parte de atrás de la sala, con muchas telas entre las manos. A Jane le dio un vuelco el corazón. Seguramente había entrado sin que nadie la viera, con la reunión ya empezada. Al mirarla, la pálida cara de la joven y su expresión le dejó bien claro que había oído al menos algunos de los comentarios sobre ella.

Las cabezas se fueron volviendo casi una por una, a medida que las mujeres se percataban de su presencia. La mayoría de ellas parecían avergonzadas, pero la señora Barton permaneció con la cabeza bien alta y el gesto terco.

—Señora Featherstone —empezó Victorine, con voz tranquila—, si no está contenta con su vestido, no dude en traerlo a la tienda, que yo le devolveré el dinero. De hecho, cualquiera que me haya comprado algo y no le guste, puede hacer lo mismo.

—No he dicho que no me guste —alegó Julia, con gesto de niña sorprendida en falta—. Solo quería decir que no es tan elegante como los que tiene en el escaparate.

—Esos vestidos no los he hecho yo.

—¡Ahí está! ¡Justo lo que pensábamos! —sentenció la señora Barton, dándole un codazo nada disimulado a la señora Klein, que estaba junto a ella—. Tenías razón, Kristine. ¡Es un fraude!

La señora Klein hizo un gesto de disculpa.

—Yo no he mencionado nunca la palabra «fraude». Pero sí que teníamos la razonable impresión de que esos vestidos eran... si no traídos de Francia, al menos fieles a la moda de ese país.

Muchas de las mujeres asintieron.

—Los modelos expuestos en el escaparate los hizo una modista francesa, en efecto —reconoció Victorine—, pero que vivía y trabajaba en Londres. Me los dieron a mí.

Jane se acordó de la mujer del teatro de Londres que llevaba un vestido idéntico al de Matty, y no pudo evitar pensar lo peor.

—¿Te los dieron? —repitió—. ¿Quién? —Recordó el nombre que había mencionado la mujer londinense—. ¿Estás diciendo que otra modista te dio esos vestidos por alguna razón?

—No. No me los dio ella. A algunas de ustedes les he hablado de mi amiga y mentora, Martine Devereaux. Ella y su marido iban a irse a vivir a Francia. Ella había hecho esos vestidos con antelación.

Miró las telas que tenía entre los brazos y negó despacio con la cabeza, antes de continuar:

—La noche anterior a su partida murió mientras dormía. Su marido insistió en regalarme dos baúles con todas sus cosas, entre otras los vestidos y sombreros que había hecho en Londres.

—Siento mucho tu pérdida, Victorine, pero... ¿no te parece un tanto engañoso hacerlos pasar por trabajos tuyos, o al menos no informar de ello con claridad suficiente? —cuestionó Jane.

—Pues... visto *a posteriori* sí, lo reconozco. Pero los periódicos y las revistas están plagados de anuncios de modistas que proclaman que han vuelto de París o de Londres «con una gran variedad de modelos elegantes» y «de moda» en dichas ciudades. En el momento de abrir mi tienda no pensé que estuviera haciendo algo tan inadecuado. Ahora sí que reconozco que resulta engañoso, sobre todo después de que tú misma y las Grove se encontraran con alguien que decía que el vestido que llevaba Matilda lo había diseñado «su» modista. Os dije la verdad, no conocía a esa mujer, pero no toda la verdad... Tenía que haberos dicho también que yo no había ni diseñado ni cosido ese vestido, ni los demás del escaparate. Hice mal, y os pido perdón.

Se produjo un silencio incómodo. Algunas mujeres seguían con los ojos fijos en ella, mientras que otras apartaron la mirada. La modista alzó los hombros.

—Bien, les doy las gracias a todas por escucharme. —Levantó las prendas que llevaba entre las manos—. Señora Mennell, ¿cree que esto que traigo puede resultar útil para las residentes del asilo? He traído dos vestidos, y hay más en la tienda. ¿O cree que es mejor que los lleve a la iglesia para que allí hagan uso de ellos?

A Jane le impresionó con el gesto, y por toda la sala muchas mujeres se quedaron boquiabiertas o la miraron incrédulas. La posadera estuvo a punto de protestar, pero se detuvo. No iba a intentar convencerla de que no diera un paso tan audaz, que puede que le permitiera un nuevo comienzo, además de suponer una compensación como reconocimiento explícito de su error.

La gobernanta del asilo pestañeó varias veces y después asintió despacio.

—Tanto si es para la iglesia como para nuestro asilo, esta donación es muy de agradecer, y enormemente generosa.

—Muy bien. —Victorine avanzó y puso los vestidos en las manos de la señora Mennell. Después se dio la vuelta y salió de la sala andando bastante deprisa.

Tras su marcha, Jane intentó acallar los comentarios y conversaciones, con poco éxito. Finalmente, renunció y puso fin a la reunión antes de la hora. Ella tampoco podía dejar de pensar en la enigmática modista.

De vuelta a Bell Inn, Jane se detuvo en la tienda de Victorine. Del interior salía una luz tenue. Llamó con suavidad.

Abrió la puerta. Tenía la mirada cansada y recelosa.

—Hola, Jane. Pasa, por favor.

Así lo hizo. Pensó en cómo intentar aliviar la tensión que transmitían el gesto y la postura de la joven.

—Eso de venir así a la reunión, cargada de vestidos... La verdad es que sabes cómo entrar en escena —bromeó.

Se ganó una tenue sonrisa como respuesta.

—Muy cierto.

—Has hecho que vivamos una de las reuniones más interesantes desde hace años.

—No me extraña... Cuando has llamado temía encontrarme con una horda de mujeres furiosas que venían a criticarme y a pedirme que les devolviera el dinero.

—No. Yo creo que ya han dicho todo lo que tenían que decir... y sin duda es más que suficiente.

Jane miró primero la cinta de lino que colgaba del cuello de Victorine y después se volvió hacia la mesa de trabajo, cubierta de trozos de tela, tejidos y dibujos.

—Trabajas hasta tarde.

—El vestido de novia de la señorita Brockwell... Es mucho más complicado de lo que me imaginaba.

—¿Has trabajado como modista antes de abrir esta tienda?

Negó con la cabeza.

—No. Martine y yo elaboramos trajes de todo tipo durante muchos años, pero es la primera vez que trabajo como modista de verdad. Y creo que la última. Tenía unos pocos ahorros y pensé, estúpida de mí, que los vestidos y demás prendas de Martine me proporcionarían algo de dinero... y de tiempo. Esperaba haber aprendido lo suficiente a lo largo de aquellos años como para poder trabajar de modista, pero estoy empezando a pensar que me equivocaba de medio a medio.

—Siento que lo estés pasando mal. Esta lucha es muy dura, lo sé muy bien. Cuando me hice cargo de la posada, sin ninguna experiencia, solo tenía deudas, y tampoco sabía qué debía hacer para sacarle rendimiento al negocio.

Jane le puso una mano sobre el brazo.

—Victorine, era sincera cuando te dije que podías contar conmigo para lo que fuera, y que haría lo que me pidieras para ayudarte. La oferta sigue en pie.

—Gracias. Significa mucho para mí. Pero si no puedo pagar el siguiente plazo del alquiler, que vence el mes que viene, tendré que reconocer la derrota y marcharme. Y después de lo que ha pasado esta noche, me parece que hay muchas posibilidades de que sea eso lo que ocurra.

La posadera miraba fijamente los rasgos de su interlocutora mientras hablaba. Seguía viendo algo muy familiar en ella.

—¿Por qué escogiste Ivy Hill precisamente?

—Vi el anuncio de un local para modista que se alquilaba, y tenía muy buenos recuerdos de una visita que hice al pueblo de pequeña, con mi familia.

—¿Y dónde está ahora tu familia?

—Bueno... aquí y allá. Como ya te he dicho, mi padre viaja mucho debido a su... trabajo. Y mi hermana y yo hemos perdido el contacto. Hace unos años estuvo viviendo por la zona, en Salisbury creo. Después se mudó pero, aunque te parezca una tontería, el hecho de vivir en el condado de Wilts me hacía sentirme más cerca de ella.

No solo le sonaba la cara de la mujer, sino también lo que le contaba acerca de su familia. Jane tenía la sensación de que alguna vez había mantenido una conversación muy semejante a esta. Pero, ¿cuándo? ¿Y con quién?

CAPÍTULO

34

Jane tenía que estar pensando en su propia boda y, sin embargo, no se quitaba de la cabeza la huida para casarse de Hetty y Patrick. Cuando Hetty Piper trabajó para ella en Bell Inn durante una corta temporada, antes de aceptar casarse con Patrick, le había preguntado más de una vez por su pasado, pero la mujer siempre eludía dar respuestas concretas acerca de dónde había nacido. Decía que su familia siempre se movía de un lado a otro y que no habían estado en contacto desde que nació Betsey. Lo que sí le había confesado era que echaba mucho de menos a sus familiares, al parecer numerosos, y que no los veía desde hacía mucho tiempo.

En aquel momento, la posadera dio por hecho que Hetty no quería decirles que había tenido una hija fuera del matrimonio. Pero ahora se preguntaba si no habría algo más.

Recordó la incomodidad de la sirvienta cuando todas se sentaban a hablar de sus planes de boda...

—*¿Qué necesita el señor Paley para publicar las amonestaciones?* —*había preguntado Hetty, con tono de preocupación.*

—*Pues, si no recuerdo mal, solo tu nombre completo y tu lugar de residencia* —*contestó Thora.*

—*Asegúrate de que escribes tu nombre correctamente* —*bromeó Jane—. Si no se escribe el nombre bien, el matrimonio sería nulo.* —*Se rio de su propia ocurrencia, pero Hetty se mantuvo seria.*

—*¡Qué pesadez!* —*lamentó, con tono quejumbroso—. ¿Y por qué no nos fugamos y ya está?*

Jane le aseguró que una boda no tenía por qué ser un engorro, y que Thora y ella la ayudarían con todo. Pero, finalmente, la pareja terminó fugándose.

Ahora volvía a preguntarse cuál habría sido la verdadera razón por la que se había mostrado tan reacia a contar cosas sobre sí misma antes de casarse.

Hacía tiempo que no iba a Wishford a visitar a Hetty y Patrick. Así que decidió viajar allí en cuanto pudiera.

A la mañana siguiente Jane y Thora cabalgaron hasta Wishford con la excusa de interesarse por el progreso de las obras del hostal que estaban construyendo Patrick y Hetty. En realidad, la posadera sabía que su suegra la acompañaba porque echaba de menos a Betsey y quería volver a verla.

Cuando llegaron, la pequeña familia las recibió con gran alegría, y la niña extendió los brazos para que Thora la abrazara. No tuvo que hacerlo dos veces.

Los cinco pasearon por la propiedad. Patrick les enseñó los terrenos, con una actitud entre el orgullosa y avergonzada. El campo estaba bastante descuidado, con muchas malas hierbas, y la casa aún no tenía fontanería interior. Era obligado sustituir la vieja letrina, que seguía al lado de la casa. Allá donde miraba, Jane se daba cuenta que quedaba muchísimo trabajo por hacer. Su cuñado había sido un buen gerente, pero tenía poca experiencia en construcción y reparaciones. Por su parte, Hetty siempre había sido muy trabajadora, pero ahora, con un bebé al que atender, seguro que apenas podía colaborar en la obra. Thora aún cuidaba de la niña de vez en cuando, pero Wishford estaba a varias millas de distancia y su suegra también tenía mucho que hacer en la granja del Ángel.

Un terrier que parecía una bola marrón no paraba de correr y de mover la cola, dando vueltas encantado alrededor de Hetty, que se agachó. Inmediatamente, el perro saltó sobre ella, que le acarició el largo y fibroso pelo.

—¡Hola, *Chips*! —El terrier husmeó los bolsillos de su delantal—. Lo siento. Ahora no tengo ninguna golosina para ti.

Betsey, que seguía en brazos de Thora, ofreció generosamente el trozo que le quedaba de galleta. El terrier se puso de manos, como si suplicara, y hasta bailó en círculo.

—¿Le has enseñado tú a hacer eso? —preguntó Jane, sonriendo.

—No es difícil —respondió Hetty, encogiéndose de hombros—. Los perros como este son muy listos y siempre están deseando agradar. Tuve uno muy parecido.

—Así que es tu perro.

—¡No! —espetó Patrick, con una mueca de enfado fingido.

—Todavía no —confirmó su esposa, que dejó ver un brillo malicioso en la mirada.

Continuaron la visita. Patrick les mostró el terreno sobre el que querían ampliar el edificio cuando empezaran a tener ingresos, así como el rincón que pensaban vallar como huerto para surtir de productos la cocina. Al notar que había un clavo suelto en la verja del jardín, agarró inmediatamente un martillo y lo intentó clavar del todo, pero falló y necesitó repetir la operación.

Mientras caminaban alrededor de la casa Jane se fijó en un hombre de unos veinticinco años que los miraba, sentado y apoyado en el tronco de un árbol, unos edificios más allá. Fumaba un cigarrillo liado y de vez en cuando se quitaba hebras de tabaco de los dientes. Sobre la cara le caían mechones de pelo lacio y rubio.

—¿Quién es ese? —preguntó Thora.

Patrick lo miró e hizo un gesto despectivo con la mano.

—Se llama Howard Phillips. Sus padres son los dueños de la posada Crown.

—¡Ah, ya! —respondió, recordando.

Jane hacía tiempo que no lo veía, pero como había crecido cerca de Wishford, adonde iba para hacer compras y asistir a la iglesia, sabía quién era.

—¿Y qué mira? —continuó la señora Talbot, frunciendo el ceño.

—Probablemente está recabando información para sus padres. Espiando, vaya. Calculando cuándo estaremos en condiciones de quitarles clientes. —El señor Bell pestañeó varias veces—. Ya no falta mucho.

—¡Vamos, Patrick! —lo riñó Hetty—. No debemos fomentar la rivalidad. Sabes que la posada Crown se nutre sobre todo de viajeros que pasan por Wishford y hacen noche o comen allí. Nuestro hostal va a ser para personas que necesiten alojarse por un tiempo más largo. Y esperemos que haya bastantes.

—Los habrá, amor mío. ¡No lo dudes! —Le acarició la mejilla.

—Supongo que son los miedos y los riesgos de abrir un nuevo establecimiento.

Patrick levantó la voz para hablarle al mirón:

—¡Puedes venir aquí, Howard, para ver mejor!

—¡Sssh! Patrick, sé amable, por favor —le pidió Hetty, tirándole de la manga.

—Pensaba que lo estaba siendo. Era un gesto de buena vecindad.

El joven echó una voluta de humo.

—No me hace falta. Desde aquí puedo ver perfectamente todos los errores de principiantes que estáis cometiendo. Por cierto, ¿habías utilizado un martillo alguna vez en tu vida?

El señor Bell, irritado, dio un paso en dirección al joven, pero, inmediatamente, Jane se interpuso y cambió de asunto con igual rapidez.

—Hablando de establecimientos nuevos, ¿habéis oído que tenemos una nueva modista en Ivy Hill?

Antes de contestar, Hetty lanzó una mirada preocupada a su marido, que, aún enfadado, miraba mal al vecino.

—Solo de pasada. La señora Shabner vive ahora en Wishford, y lo ha comentado. Algo sobre una modista francesa, pero tengo que confesar que no le presté demasiada atención. ¿Le va bien?

—Bueno, Victorine está luchando a brazo partido. —«En muchos frentes», pensó Jane.

—¿Victorine? —repitió Hetty. Su tono de voz cambió bruscamente. El nombre la perturbó como una piedra revuelve el agua de un estanque tranquilo al caer sobre ella.

—Sí. ¿Cabe la posibilidad de que la conozcas?

—¿Que si la conozco...? —Ahora el tono era defensivo, y pestañeó varias veces—. No es muy probable, ¿no te parece?

—No lo sé. —Jane la miró fijamente, sorprendida por el brillo de... miedo que le pareció observar en sus ojos. Se dio cuenta de que Thora miraba a su nuera con expresión perpleja.

Un momento después, lo que fuera que Jane vio en la cara de la joven desapareció detrás de una de sus hermosas sonrisas.

—¿De qué iba yo a conocer a una modista francesa? O a cualquier modista, la verdad, porque todos mis vestidos son de segunda mano... Es solo que me ha sorprendido un nombre tan poco habitual.

—¿Te gustaría venir a Ivy Hill e ir a la tienda conmigo?

—No puedo. Tengo mucho que hacer. Además, de momento no tenemos presupuesto para vestidos nuevos.

—Pero en cuanto nuestro hotel produzca algún beneficio, compraremos ropa nueva para ti y para Betsey —prometió Patrick, agarrándola por la cintura.

—Pues mira, de entrada preferiría dormir una siesta bien larga. Pero muchas gracias, amor mío. —Le dedicó una sonrisa irónica.

Se volvió a preguntarle algo a Thora sobre la granja, dejando de lado el asunto de la modista.

Jane se resignó. Al parecer había dejado volar su imaginación más de lo conveniente.

Victorine colocó los patrones sobre el satén blanco, con mucho cuidado para no dañar la superficie de la suave y brillante tela. Repitió la maniobra, procurando no desperdiciar nada del magnífico y caro material.

Era más difícil de lo que había pensado, y empezó a sospechar que tal vez no había comprado tela suficiente.

Volvió a juntar los patrones y lo intentó de nuevo. ¿Por qué no salían las cosas como esperaba?

Los escasos ahorros con los que había comenzado habían volado casi por completo. Los beneficios de la tienda tendrían que servir para mantenerse, pero solo había vendido unos pocos sombreros y vestidos. Los materiales eran más caros de lo que creía, y el pago del alquiler se le echaba encima.

Había supuesto que las cosas serían más fáciles, que podría desempeñar aquel oficio sin problemas. Después de todo, sabía coser, y le gustaba; además, ya había confeccionado vestidos muy bonitos, que se ponían y quitaban con mucha facilidad, y con material extra suficiente para agrandarlos si uno de los artistas ganaba peso durante el invierno, o si había que sustituir a alguno de ellos por otro de una talla mayor, cosa que sucedía a menudo y de repente. Pero esa experiencia no la había preparado suficientemente para hacer prendas para la vida diaria, y menos un vestido de boda extraordinario, y para una clienta muy exigente.

Teniendo en cuenta su inestable posición en el pueblo, si finalmente era incapaz de cumplir el deseo de las Brockwell, se temía que nadie le encargara algo nunca más.

¡Si al menos pudiera superar ese reto y mantener la imagen durante un poco más de tiempo! Evitaría que todo el mundo se diera cuenta de que no estaba preparada, y que esa tal «*madame* Victorine» ¡no había hecho un solo vestido en toda su vida!

Con un profundo suspiro, alejó de su mente esos funestos pensamientos y volvió sobre en los patrones, que prendió con alfileres a la tela de satén.

Sin embargo, perdió la concentración enseguida, ya que Jack Gander entró en la tienda con algo entre las manos. Se alegró al verlo y no pudo evitar que una ligera sonrisa asomara a sus labios. Pero cuando se acercó, percibió el gesto contrariado del hombre. Le temblaban las aletas de la nariz.

Dejó sobre la mesa un lienzo y lo desenrolló. A ella se le volvió el estómago del revés. El hombre la miró fijamente.

—Sabía que había visto su imagen en alguna parte, y esto demuestra que tenía razón.

Con el dedo índice fue recorriendo el gran cartel anunciador, uno de los muchos que su padre había colocado en el exterior de su gran carpa y en los carromatos de la caravana. Al verlo se quedó sin respiración. ¿Acaso su padre los había tirado después de que se marchara? Era como si la rechazara. Pero, por otra parte, ¿qué otra cosa podía esperar?

Al ver que no decía nada, el hombre siguió hablando:

—No he podido encontrar nada por mi cuenta, pero utilizando unos cuantos soberanos de oro y pidiendo ayuda a los amigos, he podido ampliar la búsqueda. Tengo a muchos guardias y otros conocidos buscando a alguien que haya oído hablar, o que haya visto, a una artista morena y muy guapa que se llamara Victorine, o algo parecido. Y, finalmente, mi búsqueda tuvo éxito.

Sintió escalofríos. El anuncio mostraba a una mujer de pelo oscuro con un vestido largo de lentejuelas y con plumas blancas y negras adornándole el pelo. Delante de ella, un caballo blanco saludaba con una rodilla en tierra, adornado con un cuello negro y pañuelo, así como polainas negras en las patas. La verdad es que el dibujo los representaba muy bien. Su querido *Charger,* compañero de fatigas...

El texto decía: «La señorita Victor, esa maravilla de pelo negro brillante, baila un perfecto minué con su caballeroso garañón». En letras más pequeñas, en la parte de abajo del cartel, aparecía el nombre de la *troupe:* «Compañía de Espectáculos Ambulantes Earl».

—¿Dónde ha conseguido esto?

—Un cochero amigo mío se lo compró a uno de los miembros de la *troupe*. No podían utilizarlo, porque la «maravilla de pelo negro brillante» ya no pertenece al grupo.

Tragó saliva, incapaz de mirarlo a los ojos.

—¡Me ha mentido! Ya sabía yo que había visto su cara en algún sitio, y era en un cartel como este.

Se atrevió a mirarlo. Su expresión era fría. Hasta ese momento solo había notado calidez en sus ojos.

—No he mentido. Dijo que había trabajado para Astley, y nunca lo he hecho.

—¡Vamos! Sabe perfectamente lo que quiero decir.

—Tengo mis razones para no divulgar mi relación con la *troupe*.

Jack frunció el ceño.

—Sé que los que trabajan en el espectáculo ambulante tienen mala reputación, pero esa no es razón suficiente como para ocultar su pasado y engañar a todo un pueblo.

—¿De verdad que no? ¿Quién se atrevería a encargarme un buen vestido sabiendo que crecí entre actores, domadores y otras gentes del espectáculo, y que la mayor parte de la ropa que he hecho han sido trajes para obritas de teatro u otras representaciones? Sabe muy bien que la gente equipara a los artistas ambulantes con los gitanos. Y a las artistas, casi con las prostitutas.

Él se estremeció ligeramente al oír la palabra. Ella continuó:

—No tenía ninguna intención de engañar al nadie. Solo quería romper con mi pasado y empezar una nueva vida sin ser víctima de los prejuicios. —Lo miró a la cara, siempre atractiva pero ahora rígida, esperando encontrar un rastro de su anterior admiración por ella—. Por favor, no me juzgue con tanta dureza. No sabe lo que es aguantar que los hombres te miren con lascivia y te hablen sin respeto, como si fueras una vulgar ramera. —Negó con la cabeza. No iba a entenderlo. Pocos hombres eran capaces de hacerlo.

Él frunció el ceño, aunque suavizó un tanto la expresión.

—Será mejor que me lo cuente todo, porque si no, creo que mi deber es decirle a la señora Bell que usted no es quien dice ser y dejar que ella decida si se lo desvela o no a todos los demás.

Lo miró fijamente, intentando adivinar hasta qué punto estaba resuelto a hacer lo que decía.

—Muy bien. Está claro que no tengo elección. —Respiró hondo y empezó a contarle su historia.

CAPÍTULO

35

Al día siguiente de la conversación con el señor Hain-Drake, Mercy salió a la terraza y se sentó en una de las sillas con cojines para relajarse durante un rato y disfrutar de la brisa y de las hermosas vistas del campo que rodeaba la mansión.

James salió para unirse a ella, llevándole un vaso de limonada.

—Gracias. —Dio un sorbo—. Tu padre me enseñó ayer su despacho.

—¡Ah! ¿Te mostraste adecuadamente impresionada?

—Pues sí que me impresionó, pero no de la forma que estás pensando.

—Y entonces... ¿cómo? La verdad es que hace años que yo no entro allí.

—A eso me refiero precisamente. Está decepcionado porque no participas en sus negocios.

—Quiere controlar todos y cada uno de los aspectos de mi vida, dirigir mis pasos. Yo no quería ser su lacayo, que es en lo que se ha convertido Francis. He intentado tener éxito a mi manera y por mis propios méritos. Esa es la razón por la que eliminé la parte «Hain» de nuestro apellido, para demostrar que podía abrirme camino sin las ventajas de nuestras relaciones.

Se detuvo un momento y miró hacia el horizonte antes de continuar:

—Entré en mi primer negocio cuando todavía estaba en la universidad. Después de graduarme, me asocié con Max y Rupert, y poco después vendí mi parte obteniendo grandes beneficios. Invertí el dinero con inteligencia y utilicé las ganancias para comprar mi primer hotel, pero nada de lo que hice impresionó a mi padre. Para él, ninguno de mis logros puede compararse con los suyos.

Negó lentamente con la cabeza y prosiguió:

—Así que, conforme fueron pasando los años, empecé a venir por casa cada vez menos. La distancia ayuda. La amargura y el deseo de demostrarle que era tan bueno o mejor que él quedaban en un segundo plano, al menos hasta que se producía una de las escasas visitas a esta casa, en las que no perdía la ocasión de hacer de menos y casi burlarse de mis «insignificantes» esfuerzos y logros. En esos momentos, volvía a encenderse la mecha del resentimiento y el deseo de demostrarme a mí mismo de lo que era capaz.

—¿Y esta visita a casa?

James se encogió de hombros.

—Bastante mejor que la mayoría de las demás. Creo que el hecho de que estés aquí nos ha atemperado a ambos.

—James, sé que parece un hombre soberbio y muy crítico. Pero cuando estaba en su despacho capté un atisbo de lo que hay debajo de la máscara. Reconoce sus defectos como padre, el vacío de su éxito y el precio que ha tenido que pagar por perderte.

—Lo cierto es que no me ha perdido del todo. Estoy aquí, ¿no es así?

—¡Vamos! No puedes negar que hay un muro entre vosotros. Tu padre no sabe cómo demolerlo. Creo que le asusta admitir que te necesita.

—¿Qué me necesita? ¿Mi padre? Eso no me lo creeré nunca.

—James, nunca digas nunca.

Oyeron una animada charla y pasos apresurados debajo de ellos. Mercy se levantó y se acercó a la barandilla de la terraza.

—¡Mira!

Se acercó y vieron cómo el señor Hain-Drake, con unas cañas de pescar y el pequeño Harold de la otra mano, avanzaba hacia el estanque de los peces junto a sus cuatro nietos.

Su hijo, absolutamente perplejo, no paraba de negar con la cabeza.

—¡Desde luego, nunca se debe decir nunca!

Al día siguiente se marcharon de Drayton Park. El viaje de vuelta a Fairmont House transcurrió sin ningún contratiempo. Mercy estaba deseando volver, tanto porque le apetecía empezar otra vez con las clases como por su deseo de ver de nuevo a Joseph.

Alice pareció leerle el pensamiento.

—¡Estoy deseando ver otra vez a Johnny y al señor Kingsley y contarles lo de los cachorros, las cometas, la pesca y... todo!

—Lo entiendo, pero primero tendremos que deshacer el equipaje y colocar las cosas —advirtió Mercy.

—Sí, y también cenar —añadió el señor Drake—. Vamos a llegar más tarde de lo que esperaba, y me muero de hambre.

Cuando entraron en el vestíbulo, la niña vio al rubio carpintero de rodillas frente a la pared, sustituyendo una parte del rodapié. Soltando una risita, corrió hacia él y le tapó los ojos con las manos.

—¿Quién soy?

—Pues... no tengo ni idea.

El hombre se levantó y se dio la vuelta. No era Joseph, sino Aarón.

—¡Huy, lo siento! —La pequeña se ruborizó de inmediato y se cubrió la cara con las manos. Mercy acudió rápidamente a consolarla.

—No te preocupes, Alice, no tienes por qué avergonzarte. Yo ya lo he confundido con su hermano mayor por lo menos un par de veces.

—¿En serio? —Allí estaba Joseph, que trabajaba en un despacho cercano. Tenía la boca abierta, hasta que hizo un gesto de asentimiento—. ¡Ah, claro…! —Le dirigió una mirada cómplice. De absoluto entendimiento.

—Hola, señor Kingsley —saludó ella, fingiendo no darse cuenta.

—Señorita Grove, Alice… Me alegra verlas de nuevo. ¿El viaje bien?

—¡Sí! —estalló Alice, y empezó a contar sus aventuras atropelladamente.

—Se lo podrás contar todo al señor Kingsley más adelante—intervino Mercy, empujándola suavemente hacia las escaleras—. Ahora tenemos que subir y ayudar a Iris a deshacer el equipaje. ¡No te olvides de lavarte la cara y las manos antes de cenar!

La niña gruñó un poco, pero obedeció.

Joseph las siguió por el vestíbulo y, cuando Alice empezó a subir las escaleras, tomó de la mano a Mercy y la medio arrastró hacia uno de los salones privados.

—Se lo tengo que preguntar. Ese día que estaba mirando por la ventana… ¿pensaba que era yo el que estaba besando a Esther?

Ella apretó los labios.

—Pues… puede que sí. Seguro que piensa que soy una estúpida. Pero recuerde: ya le había visto abrazar a Esther antes, en Ivy Green, y a los dos comiendo bajo ese mismo árbol. Y usted y su hermano son prácticamente iguales vistos por detrás.

—¿Y por eso estaba usted tan enfadada?

Pensó en cómo se había comportado, allí de pie, llorando. Miró hacia abajo, sintiéndose muy avergonzada y vulnerable, y prefirió que el silencio fuera su respuesta.

Él se acercó. El cuero de sus botas rozaba el dobladillo de la falda de la institutriz.

Puso la mano bajo su barbilla y, con mucha suavidad, le levantó la cabeza. La miró directamente a los ojos.

—Mercy Grove, solo hay una mujer en el mundo a la que deseo besar. —Lo dijo con una voz profunda, que parecía salirle directamente del pecho.

A ella le latía el corazón con fuerza. Sentía un anhelo dulce y poderoso. ¿Quería decir que…? Le devolvió la mirada y fue como si se fundiera con él. No quería que aquel momento terminase nunca. ¡Qué maravilla, despertarse cada día de su vida y ver esos cálidos ojos pardos…!

Joseph se inclinó hacia ella sin dejar de mirarla a los ojos, y después a la boca. Bajó aún más la cabeza y ella cerró los párpados.

Se oyó la puerta de entrada al abrirse de repente y la voz del señor Drake llamando al portero.

El señor Kingsley se apartó de inmediato. Mercy resistió a duras penas el impulso de atraerlo de nuevo hacia ella. El portero pasó rápidamente por delante de la puerta del salón, abierta de par en par, para atender la llamada del jefe. Un momento después lo siguió el botones, que al pasar saludó a la institutriz con la mano.

Joseph se aclaró la garganta.

—Bueno, será mejor que vuelva al trabajo, señorita Grove. Pero ¿podríamos... hablar más tarde?

—Sí. —Esbozó una sonrisa trémula y se dirigió rápidamente a su habitación. Subió los escalones de dos en dos, respirando entrecortadamente, y no por el esfuerzo de subir las escaleras.

Mercy esperaba poder ver de nuevo a Joseph esa misma tarde. Después de deshacer el equipaje, preparar la ropa para la lavandería y cenar con Alice y el señor Drake, le decepcionó saber que ya se había marchado. Tampoco pudo estar con él al día siguiente, pues solo lo vio de pasada, ocupada como estaba preparándose para retomar las clases de Alice. Y por la noche tuvo que echar una mano al señor Drake con la correspondencia que se había acumulado durante su ausencia.

No le importaba ayudar, pero justo en aquel momento... Suspiró al pensarlo. Dudaba de que al día siguiente pudiera sacar tiempo para ver al señor Kingsley, ya que estaría muy ocupada decorando Bell Inn para la boda de Jane. Se preguntaba si Joseph acudiría a la boda, pero no tuvo oportunidad de preguntarle. Deseaba con todo su corazón que fuera.

La boda de Jane y Gabriel se aproximaba y la mayor parte de los preparativos ya estaban hechos. Dado que la temporada era muy lluviosa, la novia había renunciado a organizar el banquete en el patio y se dispuso a celebrarlo en el comedor y el salón de café. Mercy y muchas de las mujeres de la Sociedad de Damas Té y Labores se habían ofrecido a decorar Bell Inn para la ocasión. Rachel y su doncella Jemina iban a ayudar a Jane a vestirse. La fiel señora Rooke había preparado una comida excelente, que incluía una tarta nupcial preparada por la confitería Craddock.

Aunque Jane había sido la que más había insistido en no esperar para casarse, ahora que casi había llegado el día, la certeza de los cambios que se avecinaban en su vida empezaba a abrumarla.

Por mucho que estuviera completamente segura de su amor por Gabriel y de que quería pasar el resto de su vida con él, se sentía nerviosa por la noche de bodas y por todas las que le seguirían... y, sobre todo, por las probables consecuencias.

Una noche, sentados después de cenar, Gabriel la tomó de la mano.

—Jane, sé que estás preocupada por la posibilidad de perder más niños. Yo también lo estoy. Pero vamos a dejar en manos de Dios nuestro matrimonio y sus consecuencias. Pase lo que pase, lo afrontaremos juntos.

Bajó la cabeza y rezó en voz alta. Ella se sintió muy reconfortada al oír a su futuro marido pedir por ella al Altísimo con su potente voz de barítono. Se unió a él, pero implorando para sí misma: «Ayúdame, Señor, a soportar más pérdidas, si es que tienen que llegar».

Dos días antes de la boda, los Talbot invitaron a Jane y a Gabriel a cenar en su casa con ellos. Durante la cena hablaron de sus respectivas granjas y de la inminente celebración.

—Los padres y los tíos de Gabriel llegan mañana —les comunicó Jane—. Hemos decidido instalarlos en Bell Inn en vez de en la granja durante su visita. En las mejores habitaciones, por supuesto.

—¿Tu padre todavía está alojado en Wilton? —preguntó Thora, tras asentir.

—Sí. Por supuesto, le he invitado a trasladarse a Bell Inn varias veces, pero de momento no ha aceptado. Parece que sigue prefiriendo quedarse en Wilton por alguna razón.

—¡No me lo puedo creer! ¿Se va a quedar a vivir en la zona?

—Pues eso espero, aunque no me lo ha confirmado.

—Estoy segura de que el señor Gordon, o el señor Arnold en Wilton, podrían buscar para él una buena casa, sea para comprar o alquilar... aunque seguramente no tan espléndida como la que tenía antes.

—Creo que en la India vivió sin muchos lujos —comentó Jane—. Le he mencionado la posibilidad de encontrar para él un alojamiento más estable, pero de momento no parece muy interesado, así que prefiero no presionar.

—Bueno, por lo menos Wilton está mucho más cerca que la India —señaló Talbot.

—Eso es verdad.

—Hablando de grandes distancias —intervino Gabriel—, me temo que no vamos a poder hacer viaje de novios. Con el tiempo que he pasado recuperándome, ahora tengo que entrenar a bastantes caballos... Si los abandono durante mucho tiempo, todo el trabajo que he hecho se iría al garete. Cuando regresáramos sería como empezar de cero. —Miró a su prometida—. Lo siento, Jane. Espero que no te sientas muy decepcionada.

—¡Ni mucho menos! Me basta con estar contigo para ser feliz.

—En algún momento me gustaría llevarte a casa de mis padres, y también a la granja de mis tíos. Puede que la próxima Navidad, si todo marcha bien.

Walter Talbot se aclaró la garganta, como siempre que iba a decir algo importante.

—Querido señor Locke, tienes y tendrás muchos caballos, pero solo vas a tener una esposa. De granjero a granjero, estoy en condiciones de afirmar que no te arrepentirías de hacer un viaje de novios, aunque sea de unos pocos días.

Cualquier inconveniente que surgiera por ello se subsanaría casi de inmediato. Guardo un maravilloso recuerdo del viaje que hicimos Thora y yo. Mereció la pena, te lo puedo asegurar. Mis hombres, y por supuesto yo mismo, atenderemos a tus animales mientras estés fuera. No sé nada acerca de cómo se entrenan los caballos, pero sí que puedo alimentarlos y cuidarlos, al menos durante unos días.

—Y yo me pasaría por Bell Inn todos los días, Jane, para asegurarme de que todo va como debe mientras estés fuera.

Gabriel reflexionó unos instantes.

—De acuerdo, pareja. Me habéis convencido. Aceptaré, pero con una condición: que me permitáis devolveros el favor en algún momento. No sé nada acerca de vacas y ovejas, pero sí que puedo alimentarlas y cuidarlas, al menos durante unos días. —Hizo suyas las palabras de Talbot, que sonrió.

—Lo tendré en cuenta, Gabriel. Tal vez en algún aniversario. —Estiró la mano para tomar la de Thora.

A Jane le conmovió el gran vínculo afectivo que se mantenía entre los esposos. De nuevo dio gracias a Dios por el hecho de que Gabriel y ella fueran a ser pronto marido y mujer.

CAPÍTULO

36

Gabriel estaba de pie delante del altar, guapo y elegantemente vestido con levita oscura, y todavía con bastón, por si acaso. Jane, a su lado, sostenía un ramo de peonías, arvejas silvestres y hiedra, todo de su propio jardín. Llevaba el vestido nuevo comprado en Londres y un sombrero con velo, encima de un peinado muy trabajado, que le había hecho Cadi.

Los bancos de la iglesia estaban llenos de personas que ambos conocían y querían, familiares y amigos, así como el personal de Bell Inn y muchos vecinos. En las ciudades, mucha gente consideraba las ceremonias religiosas de las bodas como algo pesado y sombrío, reservadas solo para los amigos más cercanos y la familia, pero en Ivy Hill se trataba de eventos sociales importantes, a los que acudía casi todo el pueblo y se vivían con alegría.

El señor Paley, de cara a los asistentes, dio comienzo a la celebración:

—Queridos hermanos, nos reunimos en presencia de Dios para unir en santo matrimonio a este hombre y a esta mujer, que simbolizan la unión mística entre nuestro Señor Jesucristo y su Iglesia...

Mientras hablaba el vicario, Jane se acordó del momento idéntico que había vivido con John. Parecía como si hubiera transcurrido toda una vida. Pensó en Thora, y se preguntó si se estaría acordando de lo mismo.

—En primer lugar, su objetivo es la procreación de criaturas que crezcan para la alabanza y el temor de Dios...

El corazón de la mujer empezó a latir más rápido. Notó que, al oír esas palabras, muchas miradas se dirigían a ella. ¿La observarían con pena los que sabían de sus embarazos fallidos? ¿De verdad debían casarse Gabriel y ella sabiendo como sabían que era muy poco probable que tuvieran la oportunidad de criar algún hijo? «Señor, hágase tu voluntad».

—Gabriel Matthias Locke, ¿tomas por esposa a esta mujer, para vivir con ella según la ley de Dios y el sagrado vínculo del matrimonio? ¿La amarás, consolarás, respetarás, en la salud y en la enfermedad, en la riqueza y en la pobreza y estarás con ella durante todos los días de vuestra vida?

—Sí, lo haré.

El vicario le hizo la misma pregunta a ella. Las palabras «en la salud y en la enfermedad» resonaron en su mente, y de nuevo dio gracias a Dios por la rápida recuperación de Gabriel. Se volvió hacia él y lo miró intensamente a los ojos.

—Sí, lo haré.

Una vez pronunciados los votos, ambos se arrodillaron y el señor Paley rezó por ellos. Después unió sus manos.

—Lo que Dios ha unido, que no lo separe el hombre.

Los declaró marido y mujer, los bendijo, leyó los salmos y cerró la ceremonia con la tradicional y repetida invocación a la crianza de los hijos. Jane enrojeció, y Gabriel le apretó la mano.

Poco después, tras firmar el contrato matrimonial, salieron de la iglesia tomados del brazo. Él seguía apoyándose en el bastón, aunque mínimamente. De hecho, ya andaba con mucha decisión. Jane le sonrió y él le devolvió la sonrisa con un brillo de ternura y calidez en los ojos.

Los amigos y la familia, situados a los lados del sendero, aplaudían a su paso, les deseaban felicidad y bien y lanzaban grano sobre ellos, siguiendo la antigua tradición.

Al llegar a la verja, Talbot los ayudó, primero a Jane y después a Gabriel, a subir al landó alquilado para la ocasión, adornado con cintas blancas y flores. Después, él mismo y Thora subieron a su vez al banco del cochero y condujeron el carruaje hasta Bell Inn para celebrar el banquete nupcial. Los invitados los siguieron a pie, abriendo los paraguas para protegerse de la fina lluvia que empezó a caer.

Dentro del carruaje, Gabriel se llevó a los labios la mano enguantada de Jane y la besó. Le brillaban los profundos ojos con la promesa de muchos otros besos.

Con el tiempo que hacía, la decisión de celebrar el almuerzo nupcial dentro de Bell Inn había sido acertada. La señora Rooke y el resto del personal, así como Thora, habían preparado un auténtico festín: empanadas de jamón y de ternera, pollos asados, todo tipo de ensaladas, pasteles de ruibarbo, bollitos de mantequilla y una magnífica tarta de boda elaborada por los Craddock.

Para que todo el mundo pudiera sentarse se habían dispuesto mesas y sillas en el vestíbulo y en el salón de café, así como en el comedor, ampliado recientemente. Salvo la familia cercana, la gente se acomodaba según iba llegando, no había lugares asignados. Jane lo había decidido así para no confinar a sus amigos más cercanos en el salón de café. De esta manera, el vestíbulo y los salones presentaban una mezcla interesante de personas. *Lady* Brockwell y Justina se sentaron en una mesa con el señor Ainsworth y los señores Barton, por lo que tuvieron la oportunidad de aprender mucho sobre el cuidado de las vacas y su explotación. *Sir* Timothy y Rachel estaban al lado de la señora Klein y la señorita Morris. Antes de que concluyera el ágape, Kristine ya tenía otro pianoforte que afinar; y Becky, un encargo de un cartel de bienvenida a Ivy Hill. James Drake no paraba de recibir consejos amorosos por parte de especialistas como la señora Snyder, la señora Burlingame y las inefables hermanas Cook.

Jane y Gabriel se pasaron por los distintos salones y mesas para saludar a los invitados, aceptando incansables sus continuas felicitaciones.

Tras el banquete, el personal retiró las mesas, las colocó en un extremo del vestíbulo y organizó las sillas formando un amplio círculo. Después, los tres músicos de Bell Inn empezaron a afinar sus respectivos instrumentos: Tuffy la mandolina, Tall Ted el violín y Colin la flauta.

Jane y Gabriel se situaron en el centro y, cuando las conversaciones se acallaron, fue ella quien tomó la palabra:

—Muchas gracias a todos por venir a celebrar con nosotros este día tan especial —empezó, volviendo la vista hacia Gabriel.

—La mayoría de vosotros sabéis del accidente que sufrí hace poco —continuó él—, y la incertidumbre acerca de si podría o no volver a andar. Mi querida Jane me aseguró que, pasara lo que pasase, se casaría conmigo y me amaría siempre. Aquí estoy hoy, de pie, con dos piernas que me sujetan, muy agradecido a Dios por su ayuda y también a la mujer que permaneció conmigo a pesar de lo que hubiera podido suceder. También queremos agradeceros a todos vosotros los buenos deseos, y especialmente a los que contribuisteis con vuestra ayuda directa en ese periodo de prueba. Repito, gracias por vuestra contribución moral y material, y por vuestras oraciones. Lo apreciamos más de lo que os podéis imaginar. —Sonrió. Su esposa le apretó la mano.

—Y ahora, basta de palabras: es el momento de disfrutar de la música y de bailar —propuso Jane—. Mi pobre marido todavía no está para danzas, pero espero que todos vosotros lo compenséis. ¿Quién nos hará el honor de ser la primera pareja?

—¡Yo! —gritó Cadi, y se dio la vuelta para buscar un compañero. Tomó de la mano a Ned y lo levantó de la silla de un tirón.

Se les unieron Patrick y Hetty, también *sir* Timothy y Rachel, el señor y la señora Paley y los padres de Gabriel.

Jane le pidió a su padre que bailara con ella, pero él le palmeó la mano cariñosamente y se quedó sentado junto a la señorita Matty.

—Lo siento, querida. Me temo que tampoco estoy para bailes, y menos tan animados como sin duda va a ser este. Creo que me voy a quedar aquí sentado, si no te importa.

—Puedes quedarte aquí si quieres —se burló Matilda—, pero yo tengo intención de bailar. —Al verla levantarse, Alfred Coine hizo lo propio inmediatamente y se ofreció como pareja de la dama.

Winston Fairmont soltó un gruñido y se cruzó de brazos; Jane no pudo evitar una sonrisa. Muchas otras parejas se levantaron también y se retiraron más las mesas para hacer sitio. En un momento dado, Hetty sustituyó a Colin con la flauta para que este pudiera bailar con Anna Kingsley, que estaba muy guapa, vestida con un traje rosa de Rachel. En un rincón, Jack Avi había tomado las manos de la pequeña Betsey y ambos bailaban a su manera. La novia los miraba a todos con una gran satisfacción.

No le importaba no bailar siempre que los demás lo hicieran, así que se sentó junto a Gabriel.

—¿Estás feliz? —preguntó él, mirándola a los ojos.

—Inmensamente. ¿Y tú?

—¡Claro! Aunque aún lo estaré más en casa, cuando al fin estemos solos.

Sintió calor en las mejillas, y también una punzada de preocupación, pero le pidió ayuda a Dios para vencerla. Después sonrió tímidamente a su marido.

—Me gusta cómo suena eso.

Mercy vio con alegría cómo la tía Matty bailaba con el abogado, dejándose llevar al tiempo que el serio profesional se comportaba como un muchacho, cantando y aplaudiendo en los cambios de paso. La cara del señor Coine se iba poniendo cada vez más roja, pero en lugar de parar, sacó un pañuelo del bolsillo y se secó la frente. La institutriz celebraba que su tía pudiera bailar, cosa que sucedía muy raramente. Dudaba de que nadie la sacara a ella. La única persona de la familia Kingsley que había ido a la boda era Anna. Le decepcionó mucho que no acudiera Joseph, al que estaba deseando ver.

El señor Drake bailaba con Alice, que ponía en práctica todo lo que había aprendido con el profesor de baile. Cuando llegaron al final de la fila y se quedaron de pie esperando la siguiente vuelta, como era de rigor, James se acercó.

—¿Me concedes el próximo baile, Mercy?

Se quedó muy sorprendida.

—¡Oh! Yo... Sí, muchas gracias.

Alice les sonrió a ambos.

Cuando volvieron a incorporarse al baile, se produjo un movimiento en la sala que captó la atención de Mercy: vio entrar a Joseph Kingsley y sintió una repentina alegría. Iba con su mejor ropa de fiesta y estaba guapísimo. Se quitó el sombrero y se retiró el pelo que le caía casi hasta las cejas. Sintió la boca seca y tomó un sorbo de ponche. Vio como se acercaba a felicitar a los novios y estrechaba la mano al señor Locke. Después cruzó la habitación para saludar a su sobrina Anna e inmediatamente se volvió hacia ella.

Mercy ya estaba de pie antes de tan siquiera darse cuenta.

—Señor Kingsley, pensaba que no iba a venir.

—Señorita Grove... —la saludó, y después la recorrió con la mirada—. Está usted preciosa, si no le importa que se lo diga.

Sintió una oleada de cálido placer. Se alegraba de haberse puesto el vestido de color verde que le había regalado su madre.

—Gracias. ¿Ya se marcha? Si acaba de llegar...

Los músicos terminaron de tocar la pieza justo en ese momento, y el señor Drake acompañó a Alice a su silla.

—La verdad es que no tengo demasiada relación ni con el novio ni con la novia. Solo he venido para felicitarles. Y también para verla a usted...

El señor Drake se acercó hasta ellos.

—¡Ah, Mercy, aquí estás! He venido a reclamarte mi baile. ¡Ah, hola, Kingsley! No sabía que había venido.

Joseph la miró durante un momento más y después se volvió hacia James.

—Solo he venido para desear a los novios mucha felicidad. Y también les deseo a ustedes que pasen un buen día. —Inclinó la cabeza, se dio la vuelta y se fue.

Los músicos empezaron a tocar otra pieza y las parejas acudieron de nuevo a formar dos filas.

—¿Mercy? —James extendió la mano hacia ella—. Ya empieza el siguiente baile.

Puso la mano sobre la de él y esbozó una leve sonrisa. Mientras acompañaba a James hasta la fila, no pudo resistirse a echar una mirada hacia atrás. Pero el señor Kingsley ya no estaba en el salón.

Después de la fiesta nupcial, *sir* Timothy y Rachel llevaron a la pareja de recién casados en el carruaje de los Brockwell, atestado de regalos. También había una cesta con las sobras del banquete y un buen trozo de la tarta de bodas.

Al llegar a la granja, *sir* Timothy y Rachel les ayudaron a llevarlo todo dentro. Rachel abrazó a Jane, e inmediatamente se marchó acompañada de Timothy. Con una sonrisa cómplice, Timothy cerró la puerta al salir. Gabriel se acercó para echar el cerrojo.

—Creía que nunca cerrabas la puerta con llave —dijo Jane.

—Hoy no es un día como los demás. No quiero arriesgarme a que ningún gracioso, o cualquiera, aunque tenga buena intención, nos interrumpa.

—¿Y Susie?

—Tiene permiso hoy... y mañana.

—Entiendo. Por lo menos uno de los dos es previsor.

—Tengo que confesarte que, en los últimos días, con sus noches, apenas he pensado en otra cosa.

—Estoy un poco nerviosa —confesó Jane, mordiéndose el labio.

—Y yo también. —Extendió la mano hacia ella—. Vamos Jane, hay que pasar por esto...

—¿Pasar por esto? —protestó ella, soltando una risita incrédula.

—Me refiero a la primera vez, en la que nos sentiremos algo ansiosos y raros. Después nos relajaremos y lo pasaremos muy muy bien.

Sintió un hormigueo en el estómago.

—¡Oh, querido!

—Lo siento. Tiendo a hablar demasiado cuando estoy nervioso —reconoció, sonriendo un tanto incómodo.

—¿Sabes? Creo que es la primera vez que te veo nervioso. —Inclinó la cabeza y lo miró con sorna.

—También es la primera vez que vamos a... estar juntos.

Extendió la mano de nuevo, y ella puso toda su alma y su corazón al posar en ella las suyas.

CAPÍTULO

37

Mercy estaba triste por haber coincidido tan poco tiempo con el señor Kingsley en la boda. ¿Por qué se habría marchado tan deprisa? Ahora sabía que no tenía ninguna clase de aspiración romántica con Esther pero, de todas maneras, no la cortejaba a ella. ¿Era solo porque no tenía una casa que ofrecer, o habría alguna otra razón?

Por lo menos sí que había podido hablar en la fiesta con la tía Matty. La había echado muchísimo de menos cuando estuvo en Portsmouth.

Al día siguiente, tras terminar las lecciones, Alice bajó a estar un rato con el señor Drake, como hacía todos los días. Mercy pasó por su habitación para limpiarse el polvo de tiza de las manos y arreglarse el pelo. Después bajó a la planta principal, deseando poder pasar unos minutos a solas con el señor Kingsley.

No vio a nadie por ninguna parte. De hecho, el único que estaba allí sentado era James Drake.

—¿Dónde está Alice? Hemos terminado hace una media hora.

—Al parecer se ha vuelto a olvidar de nuestra partida de ajedrez. Me da la impresión de que prefiere la compañía de Johnny a la mía.

—Lo siento.

Se encogió de hombros y sonrió de forma algo forzada.

—Un buen entrenamiento para cuando llegue la adolescencia, supongo.

—Puede que sí. —Rio entre dientes. Vio de refilón una falda de color rosa por la ventana y se volvió para cerciorarse.

—Allí está, bajo el castaño.

Él cruzó la habitación para mirar.

—Espero que no esté pensando en subirse a ese árbol. Le he prohibido que lo haga.

La niña se agarró con las manos a la rama más baja y se subió a ella. Desde allí, el resto de las ramas formaban una escalera relativamente fácil de ascender.

James abrió la ventana y se asomó.

—¡Alice, te dije que no te subieras a ese árbol!

La pequeña siguió trepando.

El hombre frunció el ceño. Estaba muy enfadado.

—¿Es que no me oye, o no me está haciendo caso?

—No estoy segura.

Se dio la vuelta y salió de la habitación bastante deprisa. Mercy lo siguió. Una vez fuera, cruzó el prado y se acercó al árbol.

—¡Alice! ¡Baja!

—¡Pero es que uno de los gatos se ha subido y no puede bajar!

—Puede bajar mucho más fácilmente que tú. ¡Está muy alto para ti, es peligroso!

—Solo un poquito más...

—Pero ¿por qué no me obedece? —protestó el hombre, pasándose la mano por la cara.

Mercy no respondió. El pulso se le aceleraba cada vez más, a medida que la niña seguía subiendo.

Sentada sobre una rama, Alice intentó alcanzar al gatito y se balanceó.

—¡Alice, ten cuidado! —gritó la institutriz.

—¡Tiene miedo! —gritó la niña.

—¡Y yo también! —replicó James—. Quédate donde estás. Voy a subir a recogerte.

La niña resbaló, se tambaleó e, inevitablemente, cayó. Mercy gritó sin poder evitarlo, con el corazón saliéndosele del pecho. James se lanzó hacia delante con los brazos extendidos. La niña cayó sobre él y ambos rodaron por el suelo, en un batiburrillo de colores rosa y verde, brazos y piernas.

Mercy corrió hacia ellos.

—¿Estáis bien? —dijo, cuando pararon de rodar.

Alice se separó del hombre, que tenía sangre en la sien.

—¡James, estás sangrando!

Le puso la mano en la cabeza y al retirarla vio que tenía bastante sangre.

—Creo que me ha golpeado en la cabeza con el botín —respondió secamente. Alice abrió mucho los ojos al ver la sangre.

—¡Lo siento, padre!

El gato bajó tranquilamente al suelo.

Mientras el señor Drake se hurgaba en el bolsillo buscando un pañuelo para parar la hemorragia, la institutriz examinó rápidamente a la niña.

—¿Te duele algo?

Negó con la cabeza, mientras se le caían las lágrimas. Mercy supuso que, por lo menos, habría aprendido la lección.

Esa noche Alice recibió una pequeña reprimenda y fue enviada a la cama más temprano de lo habitual. James y Mercy se sentaron a charlar en el despacho. Él, en contra de sus costumbres, se había servido una copa de brandi.

—Al verla caer se me paró el corazón. ¿Por qué no me ha obedecido? ¿Es que era tan poco razonable lo que le estaba ordenando? Solo le había pedido que, por su propia seguridad, no se subiera a ese árbol. Imagino que debería castigarla con más dureza, pero creo que el hecho de me haya hecho una pequeña herida ha sido suficiente escarmiento para ella, ¿no crees?

—Se siente terriblemente culpable —confirmó ella, asintiendo y mirándole de nuevo la cabeza, magullada y vendada.

—No quiero que se sienta culpable por lo que me ha pasado a mí —replicó, frunciendo el ceño—. Simplemente quiero que me escuche, que obedezca unas reglas sencillas, por su propio bien y para que no me vuelva loco. El que no quiera pasar tiempo conmigo es una cosa, pero que se ponga a sí misma en peligro es otra muy distinta.

—Eso me recuerda algo que dijo una vez el señor Paley: que no hay nada como convertirse en padre para entender lo que Dios tiene que sufrir con lo que les ocurre a sus hijos. Quiere pasar tiempo con nosotros, sufre cuando nos suceden desgracias, tiene grandes planes para nuestro futuro y sacrificaría lo que fuese para librarnos de todo mal.

James no pudo evitar una media sonrisa.

—Vas a aprovechar a fondo lo que ha pasado, ¿verdad?

Ella asintió con la cabeza.

—¿Acaso vas a dejar de querer a Alice por el hecho de que se olvide de ti de vez en cuando o te desobedezca?

—¡Nunca!

—Pues Dios tampoco.

El hombre se cubrió la cara con las manos.

—¡Oh, Mercy! —murmuró.

Durante unos momentos no dijo nada más.

—Exactamente. Él nunca dejará de quererte —concluyó ella.

Más tarde, Mercy pasó por el salón de café y vio al señor Kingsley de pie, cerca de la puerta. Inmediatamente sintió que se le alegraba el corazón.

—Buenas noches, señorita Grove —saludó él, con voz seria y gesto un tanto rígido, mirándola con cierto recelo.

—Me alegro mucho de verle, señor Kingsley —contestó ella, sonriendo—. Me dio pena que dejara usted la boda tan pronto.

—¿De verdad?

Asintió.

La miró fijamente, y se le iluminó la cara. Miró al salón, que estaba vacío.

—¿Esta noche no cena con Alice y el señor Drake?

—No. Alice se ha ido a la cama pronto, y al señor Drake lo han invitado a cenar los Phillips en Wishford. Así que hoy estoy sola.

—Pues me alegro. ¿Quiere cenar conmigo?

—Me encantaría.

Movió una silla para que se sentara y después echó un vistazo alrededor de la sala.

—¿Esta noche no hay amigos del señor Drake? Mejor. Menos posibilidades de practicar el boxeo. —Sonrió y ella le devolvió el gesto.

Cuando ambos estuvieron acomodados, uno de los camareros se acercó con las cartas impresas.

—Hola, Lawrence.

—Señorita Grove, señor Kingsley... Ya conocen ustedes nuestros platos habituales, por supuesto. Además, hoy el chef ha preparado un menú que igual les tienta: sopa cremosa seguida de lomo de cerdo asado con verduras. Y tarta de queso con almendras de postre.

—Suena de maravilla. —Mercy notó que, al parecer, a Joseph no le agradaba tanto. De hecho, su expresión se ensombreció por un momento—. Lawrence, por favor, ¿nos da unos minutos para decidir?

—Por supuesto. Tómense el tiempo que necesiten.

Miró a su acompañante.

—Señor Kingsley, ¿hay algún problema?

—No... Es solo que... la sopa cremosa era la favorita de Naomi. Me ha pillado desprevenido. —Hizo una mueca—. Lo siento. Me imagino que no es adecuado hablar de ella con usted.

—¡Pues claro que lo es! Somos amigos, ¿no es así? Y ella es una parte importantísima de vida.

—Gracias, señorita Grove. —Le hizo un gesto al camarero—. Ya hemos decidido. —Pidió para ambos el menú especial del día.

—Esther me ha hablado un poco de Naomi —confesó Mercy, con mucha delicadeza, mientras esperaban que el camarero sirviera la comida—. ¿Cómo la describiría usted?

Él asintió con la cabeza mientras pensaba la respuesta.

—Brillante. Llena de vida. Afectuosa y comprensiva. Guapa.

—Parece perfecta —murmuró, riendo entre dientes un tanto avergonzada—. ¿No tenía ningún defecto?

—¡Pues claro que sí! —contestó él de inmediato, encogiéndose de hombros—. ¿Acaso no los tenemos todos? A veces se ponía de mal humor. No era buena cocinera y tampoco administraba bien el dinero. Si alguien tenía dificultades, le daba más de lo que podíamos permitirnos. Aunque supongo que eso, en realidad, no es un defecto.

—No, aunque sí una temeridad. ¿Hace cuánto que falta?

—Siete años. —Hizo otra mueca y jugueteó con los cubiertos.

—Lo siento. ¿Es duro para usted hablar de esto?

—No es fácil. Pero tranquila, es natural que me pregunte.

—Me han dicho que tiene usted una casa en Basingstoke.

La miró sorprendido.

—Me lo dijo Esther —aclaró ella.

—Pues así es. La madre de Naomi y Esther viven en ella. Por mi parte, y como ya sabe, me arreglo en las estancias de soltero de encima del taller.

—¿Ninguna de sus hermanas ha vivido nunca allí?

—Sí. Laura estuvo durante un tiempo, justo después de casarse con Neil, pero solo hasta que terminaron de construir su casa. Nada más.

—Bueno, tampoco es tan terrible.

—¡Pues claro que lo es! Un sitio pequeño, con muchas corrientes de aire, los techos bajos... —Rio entre dientes—. No paraba de darme golpes en la cabeza las primeras semanas que viví allí, hasta que me acostumbré a ir agachado. ¡Qué cantidad de cardenales!

Mercy sonrió.

Un hombre y una mujer entraron en el salón y Joseph se levantó como un resorte.

—Son mis padres.

Él no parecía sorprendido, pero Mercy sí, y mucho.

A lo largo de los años había visto al señor y a la señora Kingsley muchas veces por el pueblo y en la iglesia, aunque no había hablado mucho con ellos. El señor Kingsley padre conservaba una abundante cabellera de color castaño, que solo blanqueaba en las patillas. Tenía los hombros ligeramente cargados, pero se veía claramente que, de joven, había sido bastante alto. Su esposa era guapa, con unos ojos brillantes y sagaces y una sonrisa amplia que a Mercy le recordó la de Anna.

—¡Hola, Joseph! Pensaba que no ibas a cenar con nosotros.

—Pues no entraba en mis planes, la señorita Grove estaba libre esta noche, y... —. Dejó la frase sin terminar.

—Excelente —repuso su madre—. Hola, señorita Grove. Es un placer verla.

—Gracias, igualmente. Espero que se encuentre usted bien.

—Sí. —A la señora Kingsley le resplandecieron los ojos y tomó de la mano a su marido—. Hoy este hombre y yo cumplimos cuarenta y un años de casados.

—¡Felicidades!

La señora Kingsley se lo agradeció con un gesto.

—Gracias. Joseph pensó que una cena en Fairmont House sería una buena forma de celebrarlo.

—Entiendo.

—Además, he pensado que sería una buena oportunidad para ver el trabajo en el que lleva enfrascado desde hace tanto tiempo —intervino el padre—. Aunque algo me dice que puede que no sea solo el trabajo lo que le mantiene tan apegado a este sitio.

Mercy se ruborizó ante la insinuación.

—¡Calla, querido! Vas a avergonzarlos.

Joseph se aclaró la garganta.

—¿Les apetece unirse a nosotros o prefieren sentarse en otra mesa solos?

—Bueno, nosotros hablamos todos los días —argumentó la señora Kingsley, agitando la mano—. Lo cierto es que me gustaría aprovechar la oportunidad de charlar con la señorita Grove, a la que veo solo muy de vez en cuando.

Su hijo sacó una silla para ella y los dos se sentaron a la mesa. Lawrence apareció de inmediato y la pareja pidió la cena.

—Tendría que haber venido a celebrar nuestro aniversario el año pasado, señorita Grove —dijo el padre—. Cumplíamos cuarenta años de casados y nuestros hijos nos organizaron una velada folclórica.

Mercy no estaba muy segura de a qué se refería, y lo miró con expresión interrogante.

—Sí, ya sabe, música de gaitas, baile, canciones —aclaró el señor Kingsley, con expresión evocadora—, acompañados de nuestros hijos, nietos y amigos. Mis antepasados eran escoceses.

Mercy miró a Joseph.

—No sabía que usted bailaba, señor Kingsley.

—No domino los bailes formales, como el minué —respondió, mirándola fijamente—. Pero con los bailes populares me las arreglo bastante bien, y me gustan.

—Cuando Joseph entra en la zona de baile hay que tener mucho cuidado con los pies, señorita Grove —bromeó su madre, con los ojos brillantes—. ¡Hágame caso!

Mercy sonrió.

—Debió de ser una celebración muy alegre.

—¡Desde luego que sí! Si nos olvidamos de los pisotones...

—La señorita Grove trabaja ahora como institutriz de la hija del señor Drake, aquí en Fairmont House —dijo Joseph.

—Sí, ya lo sé. Cuando me enteré de que tuvo que cerrar su escuela lo sentí mucho, señorita Grove. Tenía la idea de mandar a estudiar con usted a otra nieta o dos, cuando fueran algo más mayores. Anna aprovechó mucho su educación con usted.

—Muchas gracias, pero lo cierto es que Anna es inteligente, muy disciplinada y le entusiasma leer. Mi intervención en sus logros ha sido muy modesta, créame. Era un verdadero placer darle clase.

La señora Kingsley asintió.

—Sí. Anna es un encanto de chica.

—Mi madre nos ha enseñado a mis hermanos y a mí todo lo que sabemos: a leer, a escribir, a hacer cuentas, algo de geografía y, por supuesto, la Biblia —enumeró Joseph.

—Por lo menos lo he intentado —confirmó la mujer, sonriendo satisfecha.

—Y de padre y nuestros tíos hemos aprendido los oficios —añadió Joseph mirando a su progenitor—. Neil se dedica más a la albañilería, como él, pero a mí siempre me ha llamado más la atención trabajar la madera.

Su padre asintió.

—Tienes un don para eso, nadie lo puede negar. La moldura tallada de la entrada la has hecho tú, ¿verdad?

Cuando el joven se encogió de hombros con modestia, Mercy contestó por él:

—¡Naturalmente que sí! —Le había visto instalarla y le había parecido un magnífico trabajo—. Su hijo tiene mucho talento.

Los tres Kingsley la miraron al mismo tiempo con ojos especulativos.

Mercy intentó mantener el gesto neutro.

—Lo único que hago es constatar un hecho —se defendió. En ese momento se arrepintió de haber intervenido, probablemente con excesiva vehemencia.

La señora Kingsley le dio unos golpecitos en la mano con una sonrisa indulgente.

—Por supuesto, querida, y todos estamos de acuerdo. Joseph tiene mucho talento. Es un buen hijo y un buen hombre. Estamos muy orgullosos de él.

—Madre, déjelo, por favor —le pidió él, removiéndose inquieto en la silla—. ¡Ah, aquí viene Lawrence con los platos! Justo a tiempo...

A partir de ese momento, la conversación derivó hacia asuntos menos comprometidos, como la calidad de la comida y lo lluviosa y ventosa que estaba siendo la primavera. Era evidente que Joseph se sintió aliviado. Y Mercy también.

CAPÍTULO

38

Jane y Gabriel durmieron hasta muy tarde la mañana posterior a la boda y descansaron sin preocuparse por nada. Por la tarde, hicieron las maletas y se prepararon para el breve viaje de bodas.

El tío de Gabriel ya se había marchado por la mañana, pero volverían a verlo solo unos días después. Los recién casados iban a viajar primero con los padres de él a la casa familiar. Se encontraron en Bell Inn, lo que permitió a Jane dar a Colin y al resto del personal las últimas instrucciones, además de recordarles que si surgía algún problema, avisasen de inmediato a Thora.

Puede que Gabriel tuviera razón y fuera el momento de contratar un gerente con experiencia. Pensaría en ello en serio cuando regresaran.

Viajaron en diligencia hacia el noreste, a la ciudad natal de Gabriel, Newbury, en la que su padre seguía trabajando como empleado del juzgado, mientras que su madre ayudaba de vez en cuando en la relojería familiar. Pasaron una tarde muy agradable hablando con los padres mientras tomaban té con pastas y después durmieron en la antigua habitación de Gabriel.

Por la mañana, la pareja recorrió un serpenteante camino que ascendía por una colina del norte de la ciudad hasta el castillo de Donnington, al que daba acceso un puente entre dos torres gemelas. El resto de la construcción medieval estaba en ruinas. Pese a ello, se trataba de un lugar evocador y extrañamente romántico. A Jane le hubiera gustado quedarse más tiempo para explorar todos sus rincones si no hubiera sido por el fuerte y frío viento que soplaba. Se refugió detrás de un portalón de piedra para resguardarse y Gabriel se apresuró a acercarse a ella para robarle un beso.

Tras la visita, volvieron a Newbury y pasearon por el mercado de la ciudad, que en ese momento estaba lleno de comerciantes, compradores y viajeros. Se pararon a tomar un café en una de las muchas posadas de la zona, visitaron una librería y pasearon por el canal de Avon y Kennet. Por la tarde fueron al teatro.

Tras una segunda noche en casa de los Locke, se despidieron y emprendieron el regreso al sur. Visitaron la granja de caballos de su tío en Pewsey Vale. Jane se dio cuenta inmediatamente de por qué a Gabriel le gustaba tanto el lugar y había pasado tanto tiempo allí. La llevó a cabalgar por los senderos que había recorrido durante su niñez y adolescencia, le mostró sus lugares favoritos y le presentó a sus vecinos y amigos.

Pasaron una noche con su tío y después continuaron hacia el sur para hospedarse dos días en la adorable posada White Hart, en una habitación muy confortable, disfrutando de las excelentes comidas que servían y, por supuesto, de la compañía mutua. Cuanto más tiempo estaban fuera, menos les apetecía regresar. Los vínculos con el trabajo y las responsabilidades se iban convirtiendo en una especie de fina tela de araña, mientras que la soga que unía al uno con el otro cada vez se hacía más fuerte y gruesa.

Después de un paseo matinal, mientras regresaban a la habitación, Gabriel la abrazó.

—¿Sabes una cosa, señora Locke? Tengo que reconocer que Talbot tenía razón. Le agradeceré toda la vida que insistiera tanto en que hiciéramos este viaje de luna de miel.

Jane sonrió y le dio un beso.

—No puedo estar más de acuerdo, señor Locke.

Mientras esperaba que Alice terminara la redacción que le había encomendado, Mercy pensaba en el señor Kingsley. Decidió salir a dar un paseo con la niña y hablar con él mientras tomaba el almuerzo.

Pero a medida que avanzaba la mañana, el tiempo se volvió amenazante y la temperatura bajó mucho. Grandes nubes grises cubrieron el sol y el día adquirió la sombría tonalidad del crepúsculo. Empezó a soplar un fuerte viento que hacía golpear la ventana medio abierta y levantaba las cenizas en el hogar. Fuera se oyó el ruido de una puerta cerrándose de golpe. Las dos se sobresaltaron, pese a que eran las dos únicas personas que estaban en el piso superior a esa hora del día, al menos que ella supiera.

Se asomaron juntas a la ventana. El viento arrastraba ramas y hojas, paja y polvo por el patio de los establos. Los hombres se sujetaban los sombreros y miraban el cielo con preocupación. Se abrieron las nubes y empezó a llover de forma muy racheada. Mercy cerró los postigos y aseguró el pestillo contra el empuje del viento y del agua. La lluvia se hizo más intensa y golpeaba contra los cristales. «¿Está repiqueteando?», se preguntó sorprendida. Volvió a mirar y comprobó que las gotas se habían convertido en pequeñas bolas de granizo. Era peligroso. El pedrisco rebotaba contra las tejas.

En el patio, los hombres se apresuraban a meter los caballos en los establos y proteger los carruajes y las calesas en las instalaciones completamente cerradas o bajo la cubierta de los aleros.

Sabiendo que Alice no iba a ser capaz de concentrarse, dio por terminadas las lecciones del día.

—Vamos a ver si podemos hacer algo para ayudar a contrarrestar la tormenta.

Abajo reinaba el caos. Una rama caída había roto una ventana del salón de café, y la tromba de agua, repentina y tremendamente potente, había desbordado los canalones y penetrado por las escaleras que conducían al piso inferior. Las empleadas de la cocina no paraban de pasar mopas y bayetas, mientras que el señor Kingsley corría a buscar algo con lo que tapar la ventana rota.

Fuera, el viento seguía soplando fortísimo, y la lluvia se transformó en nieve. No en granizo, no, sino en nieve. Estaba siendo una primavera muy húmeda, sí, pero... ¿nieve y granizo en mayo?

Los carruajes y las calesas que pasaban por el camino empezaron a detenerse en tropel en Fairmont House, buscando refugio durante la tormenta. Los cocheros luchaban frenéticamente para controlar los caballos, procurando que los carros no chocaran los unos contra los otros, pero resultaba muy difícil, pues los adoquines estaban helados y resbaladizos. Los pasajeros se apretaban los cuellos de las pellizas, se sujetaban los sombreros y corrían hacia el interior. Los mozos de cuadra procuraban tapar con lonas los últimos vehículos en llegar, que no cabían bajo las zonas cubiertas, ya abarrotadas.

Fairmont House se llenó de gente que decidió pasar allí la noche en lugar de arriesgarse a seguir viaje en esas condiciones. La tormenta tardó unas horas en amainar, pero después las carreteras seguían llenas de barro helado.

El chef y el equipo al completo del restaurante y las cocinas empezaron a trabajar a toda marcha para preparar y servir muchísimas más comidas de lo habitual. James se movía entre los inesperados huéspedes, procurando que todos se sintieran cómodos y bien atendidos.

Las nuevas cisternas del tejado se habían desbordado, provocando una gran gotera en el techo del aula, y el señor Kingsley ayudó a Mercy a trasladar todos los libros, mapas y papeles para que no sufrieran ningún daño.

Los dos, e incluso Alice, ayudaron después allí donde se requerían manos extra, que eran prácticamente todas las zonas del hotel, pasando fregonas, llevando toallas y ropa de cama, recogiendo cubiertos, vasos y platos, limpiando mesas... Tuvieron que utilizar algunas habitaciones que aún no cumplían los criterios de calidad y comodidad que pretendía James, y hasta dos estudiantes universitarios durmieron en sendos sofás de la sala de estar, tras un biombo que se colocó para dar una mínima sensación de privacidad.

Las cosas se calmaron un poco bien pasadas las diez, cuando la mayor parte de los clientes ya se habían ido a la cama, al igual que Alice. Los empleados, agotados, terminaban las últimas tareas y también se retiraban a descansar. James, Mercy, la señora Callard y el señor Kingsley estaban de pie en el vestíbulo, conversando en voz baja sobre la situación.

—¿Mañana vamos a tener comida suficiente para el desayuno, señora Callard? —preguntó James.

—El chef no hace más que rezongar, pero yo estoy segura de que sí. Como mínimo, no van a faltar gachas.

Mercy notó que la mujer tenía unas ojeras muy pronunciadas.

—Dígale que haga lo que pueda —indicó James—. Estoy seguro de que nuestros clientes entenderán las circunstancias. —Se volvió hacia el señor Kingsley—. Le doy las gracias por ayudar tanto en tareas que no son las suyas habituales. Lo aprecio en lo que vale, se lo aseguro. ¿Le importaría quedarse por si surgieran más problemas? Por otra parte, la noche está negra como la boca del lobo y las carreteras deben de seguir mojadas, resbaladizas y embarradas. Es más seguro que se quede.

—No me importa quedarme.

—Todas las habitaciones están ocupadas, incluso las dos en las que está usted trabajando todavía, así que...

—Tranquilo. Ya encontraré un rincón en alguna parte.

—En el ático hay una habitación vacía —intervino la señora Callard—. La cama está un poco desvencijada, y el colchón es de paja, pero...

—Me irá bien. No necesito mucho.

El ama de llaves miró con resignación el largo tramo de escaleras y soltó un suspiro, como si quisiera tomar fuerzas.

—Voy arriba con usted para ayudarle a encontrar sábanas, mantas y una almohada.

—Ya voy yo, señora Callard, no se preocupe —se ofreció Mercy—. De todas formas tengo que subir.

—¿No le importa? Muchas gracias, señorita Grove. Tengo que confesarles que estoy agotada.

—No me extraña. Ha trabajado usted muchísimo, señora. Todos ustedes. Ahora vamos a dormir un poco —resolvió amablemente el señor Drake.

La mujer asintió y se fue hacia su habitación.

James les dio una palmatoria a Mercy y al señor Kingsley y tomó otra para él.

—Esta tarde me he sentido muy orgulloso de Alice. Ha ayudado mucho, sin importarle donde ni a qué; y eso que no le gustan nada las tormentas.

—Yo también creo que se ha portado muy bien.

Mercy se dio la vuelta para subir las escaleras y los dos hombres la siguieron. En el primer descansillo, James se dirigió hacia su habitación, mientras que ella y Joseph continuaron ascendiendo.

La mujer se detuvo en el armario en el que se guardaba la ropa de cama. Quedaban tan solo unas pocas sábanas, así que le tendría que prestar una de sus mantas. También recogió jabón, un cepillo y polvos para lavarse los dientes del material del hotel. Después le acompañó hasta la habitación libre.

—Es esta. Aunque la verdad es que no sé por qué se lo digo. Seguro que usted conoce perfectamente todas las estancias de la casa.

—No he trabajado en todas las habitaciones de Fairmont House, señorita Grove, aunque a veces lo parezca.

Abrió la puerta e inspeccionó el pequeño cuarto a la luz de la vela.

—Me temo que tiene algo de polvo.

—No importa.

Mercy tomó una almohada y una manta de su propia habitación y después hicieron la cama, que era bastante estrecha.

A lo largo de la tarde habían trabajado juntos en tareas muy diversas, igual que tiempo atrás en Ivy Cottage, así que le pareció completamente natural ayudarle. Solo se le pasó un instante por la cabeza que quizá no era muy apropiado estar sola con un hombre que, en esos momentos, estaba en su dormitorio, aunque fuera provisional para una noche.

—Me temo que no puedo ofrecerle un camisón para dormir.

—No se preocupe, señorita Grove. Normalmente no lo utilizo.

Lo miró a los ojos, pero enseguida apartó la mirada. Seguramente se había ruborizado. Intentó borrar de su mente la imagen de Joseph durmiendo sin camisón y volvió a concentrarse en lo que estaba haciendo.

—Ya sabe, mi dormitorio está siguiendo el pasillo... —Tragó saliva—. Por si necesita algo.

La siguió hasta la puerta.

—Gracias, señorita Grove.

—No queda ninguna palangana libre, pero puede utilizar los baños comunes.

—Eso haré. No se preocupe, tengo todo lo que necesito, salvo...

—¿Salvo...?

Se inclinó hacia ella y al notar que no se retiraba, la besó en la mejilla con suavidad.

—Buenas noches.

A Mercy se le aceleró el pulso y lo miró con los ojos entrecerrados. ¿Debería devolverle el beso de buenas noches?

Al verla dudar, Joseph se inclinó otra vez hacia ella. Le brillaban los ojos a la luz de la vela, fijos esta vez en la boca...

Oyó entonces un tembloroso susurro.

—¿Señorita Grove?

Se volvió a su pesar. Allí, al final de las escaleras, estaba Alice.

—Tengo miedo. He tenido una pesadilla con la tormenta.

La mujer se volvió hacia Joseph, esbozando una sonrisa de disculpa.

—Creo que será mejor que me vaya... Buenas noches.

—Buenas noches.

Avanzó por el pasillo y tomó de la mano a Alice, pensando en acompañarla a su habitación, rezar con ella y quedarse un rato hasta que se volviera a dormir.

—¿Puedo dormir con usted? Solo por esta vez, en serio...

Se lo pensó durante un momento.

—Pues... supongo que sí. ¡Vaya nochecita!, ¿verdad? —Empujó la puerta de su habitación, abrió la cama invitando a la niña a que se metiera dentro y dejó la lámpara en la mesita de noche—. Enseguida me acuesto.

Suponiendo que Iris se habría ido a dormir hacía rato, se desabrochó los botones del vestido, que se cerraba por delante, se dejó puestas las enaguas y se puso el camisón. No podía evitar que el corazón le siguiera latiendo muy deprisa, ni quitarse de la cabeza la imagen de Joseph Kingsley inclinándose hacia ella, mirándole la boca fijamente...

Soltó un largo suspiro y se metió en la cama junto a Alice. Notó que la niña se relajaba de inmediato.

Durante unos momentos permaneció inmóvil, mientras el pulso volvía a su ritmo normal y se calmaban sus nervios. Después de todo, solo le había dado un beso en la mejilla, pero... ¿qué habría pasado si no llega a aparecer Alice en el ático? Tenía claro que no eran imaginaciones suyas ni la forma como la había mirado ni el íntimo y ronco tono de su voz, ni la luz que brillaba en sus ojos.

—La señorita Rachel nos dejó dormir con ella a Phoebe y a mí en Ivy Cottage durante una tormenta.

—Ah, ¿sí? ¡Qué amable!

—Y nos contó un cuento sobre un príncipe y dos chicas que estaban enamoradas de él.

«Por experiencia propia», pensó Mercy.

—¿Os gustó?

—Mmm. ¿Me puede contar un cuento ahora?

—Pues... la verdad es que no soy nada buena inventándome cuentos, pero si quieres puedo contarte una historia de verdad.

—¡Sí, sí, por favor!

Pensó durante un momento y empezó.

—Una vez leí acerca de un hombre que tenía una hija muy guapa. Quería educarla sin que la molestaran los pretendientes, así que construyó una torre muy alta en su hacienda y la mandó a vivir en ella. En cada piso había libros, mapas, dibujos y todo tipo de cosas que pudieran servir para aprender. Cada vez que dominaba una materia, podía subir al piso siguiente. La torre era como una tarta de pisos. ¡Una tarta de pisos para aprender! —Se rio entre dientes—. Me suena a algo que bien podría hacer en el horno la tía Matty.

—Pues a mí me suena a soledad —murmuró la niña.

—Sí. Supongo que se sentía sola.

—¿Fue eso lo que le hizo a usted su padre? ¿La mantuvo en Ivy Cottage para enseñarla y protegerla?

—No. Por supuesto, se preocupó por mi educación, pero yo no era demasiado guapa, así que no necesitaba que me protegiera de hordas de admiradores y pretendientes.

—Pues yo pienso que es usted guapa.

—Gracias, Alice. Y yo pienso que tú también lo eres, por dentro y por fuera.

La pequeña cerró los ojos y se acurrucó contra ella. Durante varios minutos, la institutriz se limitó a disfrutar de la visión de su dulce carita y de la sensación de tenerla a su lado, tan confiada y cariñosa.

Un poco más tarde oyó abrirse la puerta del dormitorio y se sobresaltó. Seguramente se había quedado dormida. La vela aún tenía llama. ¿Sería el señor Kingsley? No querría entrar y...

Pero enseguida distinguió el perfil de James Drake, con el ceño fruncido y una expresión tan sombría y oscura como el pasillo que había tras él. Soltó un suspiro de alivio.

—¡Ah, está aquí! Tenía que habérmelo imaginado. —Aunque susurró, las palabras surgieron llenas de reproche y casi iracundas—. ¿Es que quieres matarme del susto?

Sorprendida y disgustada, Mercy se bajó de la cama, agarró la bata y se la puso a toda prisa mientras cruzaba la habitación hacia él. Salió al pasillo y cerró la puerta para procurar que Alice no se despertara. La luz de la vela que llevaba le permitió darse cuenta de que no estaba contento en absoluto.

—Lo siento, señor Drake. No me paré a pensar.

—¿Te imaginas el susto que me he dado al ver que no estaba en su habitación? Y en una noche como esta, con tantos extraños en el hotel...

—Vino a mi cuarto, asustada porque había tenido una pesadilla, y me rogó que la dejara dormir conmigo. Sé que debía haber pensado que podrías ir a verla y que te preocuparías. Pero estaba distraída por... por todas las cosas que han pasado esta tarde, y no he caído en la cuenta. La próxima vez la llevaré a su habitación.

Cerró los ojos con fuerza y exhaló un profundo suspiro.

—No es necesario que hagas tal cosa. Solo estaba preocupado. Pensé que podría haberle pasado algo. No tenías por qué llevarla de vuelta. La próxima vez ya sabré dónde buscar y no me preocuparé de esta manera.

—Una vez más, pido disculpas.

—No tienes que disculparte por nada, Mercy —dijo, poniéndole una mano sobre el brazo—. El que te pide perdón soy yo por reaccionar de esta manera tan excesiva.

—No hay nada que perdonar —respondió a su vez. Él la miró despacio.

—¿Sabes una cosa? Estás muy guapa a la luz de la vela. Y con ese color en las mejillas. Espero que no te haya avergonzado viniendo a tu habitación de esta manera.

—No, en absoluto. —Tenía otras razones para estar arrebolada, por supuesto.

—Muy bien. Buenas noches, Mercy.

—Buenas noches.

A la mañana siguiente, bastante temprano, Mercy abrió los ojos, pero los cerró otra vez rápidamente, pues brillaba el sol. Desde el patio del establo llegaban los sonidos de los cascos de los caballos y las ruedas de los carruajes y calesas sobre la grava y los adoquines, mientras avanzaban por el patio y el camino. Había muchos pájaros posados cerca de la ventana. Parecía como si estuvieran charlando y comentando la desagradable tormenta del día anterior. Descartó seguir durmiendo un rato más. Junto a ella, Alice descansaba plácidamente. Un tanto alterada por sus encuentros tanto con el señor Kingsley como con el señor Drake, y desacostumbrada como estaba a compartir la pequeña cama con una niña inquieta, el caso es que no había dormido bien.

Se sentía algo atontada y le dolían las sienes. Le apetecía, casi necesitaba, una taza de té caliente, así que se puso la bata y salió de la habitación, avanzó descalza y de puntillas por el pasillo, silencioso a esa hora, y bajó por las estrechas escaleras de servicio. La luz que venía de abajo anunciaba que ya había alguien trabajando en la cocina y, al menos eso esperaba, preparando una tetera.

Pero mientras descendía se dio cuenta de que la luz provenía de una vela del siguiente descansillo. Distinguió una cabeza, y después unos anchos hombros, solo cubiertos por una camiseta de tirantes. El hombre miró hacia arriba. Era el señor Kingsley subiendo las escaleras, con una taza en la mano. Se detuvo al verla.

—Buenos días, señorita Grove.

—Bu... buenos días, señor Kingsley. Yo... no tengo la costumbre de pasear por la casa en bata, pero no pensaba que pudiera encontrarme a nadie tan temprano, la verdad.

—Solo he bajado para conseguir un café. Realmente lo necesitaba. —Le ofreció la taza—. Puedo prepararme otro.

—Gracias, pero me inclino por el té.

—Entonces, permítame que me retire para dejarla pasar.

Apretó los hombros contra la pared y le hizo sitio para que pudiera seguir bajando la estrecha escalera.

Mercy se sintió avergonzada al pasar tan cerca, además yendo sin medias, con el pelo medio suelto, pues durante la noche se le habían soltado las horquillas, y con una descuidada trenza sobre un hombro.

Cuando se acercó, él sonrió.

—Unos pies preciosos, por cierto.

Pese a que su sonrisa juvenil le encantó, se ruborizó hasta la raíz del pelo. Lo rozó al pasar. Se llevó la mano al hombro con el que lo había tocado mientras seguía bajando hacia la cocina.

CAPÍTULO

39

La mañana de su partida de Andover, Gabriel reservó pasajes en la diligencia del Correo Real. Jane se alegró de que la vigilancia en el trayecto recayera en Jack Gander. Se saludaron y el joven guardia del servicio los felicitó muy efusivamente por su reciente matrimonio.

Una vez sentados dentro del carruaje, Gabriel rodeó a Jane con el brazo y la atrajo hacia sí.

—He disfrutado cada minuto de este viaje. Espero que tú también.

—Sí. —Apoyó la mejilla en su hombro y se acurrucó contra él para disfrutar también de la vuelta a casa.

La última parada antes de Ivy Hill era Salisbury. Jack los entretuvo con el sonido de la bocina, con la que lograba tocar pasajes de música reconocibles, y después anunció con los toques de llegada la breve parada que iban a hacer en la posada Red Lion. Bajó del caballo para ayudar a descender a un caballero, mientras que otro ayudante bajaba su maleta.

A través de la ventana Jane vio a Victorine salir de la Red Lion y aproximarse al vehículo con algo bien envuelto entre las manos.

—¿Quiere que le guarde el paquete, señorita Victorine? —le preguntó Jack al verla, al tiempo que inclinaba la cabeza hacia un lado—. ¿O debería llamarla señorita...?

La modista dirigió una incómoda mirada hacia el carruaje.

—No gracias —respondió—. Prefiero llevarlo yo.

Una vez dentro, Jane la saludó educadamente.

—Hola, Victorine. Jack siempre está flirteando, eso seguro, pero no es peligroso.

—En ese hombre no hay peligro alguno —contestó la modista, negando con la cabeza.

Le presentó a Gabriel antes de seguir hablando con ella.

—De compras en Salisbury, por lo que veo.

La modista dirigió la vista al paquete que llevaba en el regazo.

—Sí. He tenido que comprar más material en la tienda de telas. Con la cantidad que compré la primera vez no he tenido suficiente. —Sacó una esquina del tejido para que lo viera—. La señorita Brockwell lo escogió a partir de un anuncio en una revista. ¡No sabes lo que me ha aliviado que todavía les quedara!

Observó admirada la tela de satén color marfil, que tenía un aspecto magnífico, pero se dio cuenta de que la mujer parecía más ansiosa que aliviada con la compra.

—Esta tela es extremadamente cara —le confesó, en voz baja—. Y muy difícil de trabajar, te lo aseguro.

Jane estiró la mano con intención de tocar el resplandeciente tejido, pero se lo pensó mejor y no lo hizo.

—Es muy bonito.

En el patio, Jack Gander volvió a tocar la bocina. Casi inmediatamente, el carruaje volvió a ponerse en marcha, saliendo de Salisbury en dirección a Wilton antes de llegar a Ivy Hill. A través de la ventanilla de su izquierda, Jane vio el sol que empezaba a esconderse por el bosque de Grovely, y por la derecha, el distante chapitel de la iglesia de Wishford.

Pasaron Fairmont House y empezaron a subir la colina que llevaba a Ivy Hill. A través de la ventana, Jane entrevió una mancha de pelo, seguramente de un animal corriendo. Un animal grande. ¿Tal vez un ciervo?

Entre el traqueteo de los cascos, oyó los relinchos inquietos de los caballos, un ladrido y un extraño gruñido.

Se alarmó. ¿Sería otra vez el perro asilvestrado? ¿Estaría persiguiendo a los caballos del carruaje, igual que había perseguido al de Gabriel?

Apretó la nariz contra el cristal, intentando distinguir algo.

—He visto pasar un animal corriendo. ¡Gruñía de una manera muy rara!

—¿Qué está pasando? —Gabriel se inclinó hacia la ventana para ver mejor, bajando las cejas al aguzar la vista—. ¿Es el mismo maldito perro que persiguió a *Spirit*?

Jane entrecerró los ojos para intentar ver a la escasa luz del crepúsculo.

—Ahí fuera hay dos animales. Uno es un perro, sí. Pero el otro, no sé... ¿un ternero? La verdad es que corre increíblemente deprisa; de hecho, mantiene el ritmo de los caballos.

Victorine también se asomó y abrió muchísimo los ojos con gesto asombrado.

—No es un ternero, ni mucho menos. Eso es un león.

—¿Un león? ¿Estás de broma?

La chica negó con la cabeza.

—Una leona, para ser exactos. Y te aseguro que no estoy bromeando.

—¿Una leona... en Inglaterra? —El corazón de Jane empezó a latir a toda velocidad. No se le ocurrió otra cosa que pensar en Thora, a la que Hetty llamaba «la leona». Pero eso de que una leona de verdad estuviera corriendo, vivita, coleando y suelta por el condado de Wilts, persiguiendo a los caballos que tiraban de su carruaje... eso era otra cosa. Algo increíble, impensable.

Fuera, el perro asilvestrado, que no paraba de gruñir, perseguía a la leona, intentando morderle las patas.

Victorine murmuró algo en francés.

—Ese perro estúpido la está persiguiendo, se está enfrentando con ella.

El carruaje alcanzó la zona más alta de la colina, ya en las inmediaciones de Ivy Hill. Pronto llegarían a la posada.

Jane sintió pánico.

—¡Estamos arrastrando a un león a Bell Inn! ¿Qué va a pasar con los mozos de cuadra? ¿Y con los huéspedes? Podría matarlos...

Gabriel golpeó el techo del carruaje con su bastón.

—¡Paren! ¡Paren el carruaje!

Jane estiró el cuello para ver mejor. Los caballos se movían de forma errática. Una vez más, el perro atacó. La musculosa leona boqueó, enseñando los enormes colmillos, hasta que saltó con una increíble agilidad y mordió en el cuello al caballo que iba delante. El animal relinchó y el carruaje terminó deteniéndose agitadamente en la calle High, justo delante del arco de entrada a la posada.

Se oyó un tiro. Habría sido Jack Gander, sin duda, utilizando su trabuco reglamentario. Los guardias del servicio iban fuertemente armados para garantizar la seguridad del propio correo y de los eventuales viajeros.

En medio del jaleo, los pasajeros que viajaban en la parte de fuera corrieron frenéticamente hacia la posada y cerraron la puerta de inmediato. Uno de ellos, mayor y más lento que el resto, llegó el último y se encontró con la puerta atrancada. La aporreó desesperadamente.

Jane abrió la ventana unos centímetros.

—¡Jack! —gritó, señalando al viajero—. ¡Ayuda a ese hombre!

Sabía que el guardia, además del trabuco, llevaba un par de pistolas, y que no dudaría a la hora de utilizarlas. Rezó por que, en medio de la confusión, no terminara disparando a los caballos, o peor, a una persona. «¡Que Dios nos ayude!».

Gabriel se acercó a la puerta del carruaje, pero Victorine le apartó la mano de un empellón.

—No. Quédese dentro. —¡Y fue ella la que agarró el pomo para abrir!

—¿Qué hace? —replicó Gabriel—. ¡No se le ocurra salir! ¡Ya voy yo!

—Cierre en cuanto salga. Y permanezcan dentro.

—¡No, Victorine! ¿Te has vuelto loca?

—Como ese guardia estúpido la dispare, me volveré algo más que loca.

Salió fuera con enorme agilidad, olvidándose del paquete, y dio un sonoro portazo.

—Esta mujer no está en sus cabales —susurró Gabriel.

—¡Detente! —Victorine corrió hacia delante, con las manos levantadas—. ¡No dispares! ¡Te lo ruego!

—¡Vuelve dentro! —gritó Jack.

—¡No! ¡No dispares! Podrías darme a mí. Si quieres disparar contra algo, hazlo contra ese perro estúpido.

Dicho eso, la modista se volvió y se dirigió hacia la leona, que aún tenía los dientes incrustados en el cuello del aterrado caballo.

—*Sheba... Arrête!* —gritó—. *Maintenant! Arrête toi!*

La voz fuerte y autoritaria de la joven pareció ablandar a la fiera. La leona soltó al caballo y se volvió hacia ella. ¿La atacaría? Jane contuvo el aliento.

—No puedo quedarme aquí sentado... —Gabriel se estiró para agarrar el pomo, pero su esposa se puso delante de él, desesperada.

—¡No, por favor! Apenas te has recuperado del ataque de un animal. No quiero perderte ahora.

Dudó y finalmente no salió. Ambos miraron de nuevo por la ventana. Jane se quedó con la boca abierta, sin poder creer lo que estaban viendo sus ojos: la leona estaba sumisamente sentada sobre los cuartos traseros delante de Victorine. «Pero ¿¡cómo es posible...!?».

En ese momento el perro asilvestrado volvió a saltar contra la leona, enseñando los dientes y gruñendo amenazadoramente. La fiera se volvió y le dio un golpe con una de las patas y las garras abiertas, rápida como el rayo. El perro cayó al suelo, se levantó gimoteando y se escondió detrás del antiguo granero.

Después, la leona se tumbó a los pies de Victorine, dócil como un corderito. Jane se volvió a mirar a Gabriel, que parecía tan asombrado como ella.

El guardia se aproximó, con el trabuco preparado y con enormes precauciones, hacia el sumiso felino. La modista levantó la mano en señal de advertencia.

—No te acerques más. Ahora está calmada y no causará más daño si se la deja en paz. Creo que el caballo sobrevivirá. Si ese perro asqueroso no la hubiera mordido, estoy segura de que no habría atacado a los caballos.

Un gran carromato se acercaba por la colina, y se detuvo al otro lado de la calle.

—¡No se acerquen! —gritó Jack, pero el conductor no le hizo el menor caso. Él y otros dos hombres, todos extranjeros, saltaron al suelo. Detrás del primer vehículo apareció otro que arrastraba una gran jaula, y se bajaron de él otros tres hombres.

El mayor de todos ellos se adelantó, llevando entre las manos un gran saco de arpillera. Vestía ropas oscuras y una capa típica de las representaciones teatrales o circenses. El pelo castaño rojizo estaba surcado de canas plateadas.

Al ver a Victorine, se paró en seco.

—¡Gracias a Dios que estabas aquí, querida!

La chica dirigió una mirada incómoda al grupo de personas que, eso sí, a una distancia más que prudencial, se iba reuniendo.

—Sí. Muy bien. Podéis llevárosla de aquí. Mi tienda está justo al otro lado de la calle, por si quiere... visitarme.

—De acuerdo —respondió el hombre—. Iré a verte después.

En el carruaje, Jane agarró el paquete de la modista y trató de llamar su atención agitando la mano, pero la modista se dio la vuelta y desapareció entre el grupo de gente, que crecía por momentos.

El hombre que había hablado con Victorine dejó el saco en el suelo, muy cerca de la leona y dijo algo en tono autoritario. El animal se colocó inmediatamente encima y se dejó caer. Los demás hombres le ataron las cuatro patas y le pasaron una cuerda alrededor de la boca. Una vez inmovilizada, los seis hombres agarraron la arpillera, la levantaron a la de tres y, entre gruñidos debidos al esfuerzo, la llevaron hasta el carromato que arrastraba la jaula. La leona no se resistió, todo lo contrario. De hecho, una vez desatada, entró apresuradamente en la jaula, al parecer aliviada por volver a su territorio familiar, a salvo de perros asilvestrados deseosos de pelea, disparos de armas de fuego y cascos de caballos dispuestos a patearla.

Jack se acercó al carruaje del Correo Real y ayudó a Jane a bajar. Le temblaban las piernas.

El hombre de la capa volvió a dirigirse a Jack.

—Muchas gracias, caballero, por no haberle disparado a nuestra leona. Tiene muchísimo valor, y su pérdida habría supuesto un enorme perjuicio para nuestro espectáculo con fieras. Siento muchísimo lo del caballo herido, y estaré encantado de costear sus cuidados hasta que se recupere. De hecho, y si le parece conveniente, me ofrezco a comprarlo.

—No es mío, señor. —Jack señaló en dirección a Jane—. La señora Locke es la posadera, y estos caballos son de su propiedad.

El hombre hizo una inclinación.

—Señora Locke, permítame que me presente. Mi nombre es J. Earl Victor y soy el dueño de la Compañía de Espectáculos Ambulantes Earl.

Jane echó un vistazo al vagón, en el que estaba primorosamente escrito el nombre de la compañía. El nombre le sonaba familiar, aunque en ese momento no recordaba que hubiera pasado por Ivy Hill una compañía ambulante con fieras.

—Creo recordar que la última vez que estuve aquí el posadero se llamaba Frank Bell —continuó el hombre, tras pararse a pensar durante un momento.

Jane asintió.

—Sí. Era mi suegro. Murió hace bastantes años.

—Ah, ya. —Abrió los brazos con resignación—. ¿Cuánto pediría por este magnífico caballo, cuyo espíritu es demasiado noble para acabar sus días como bestia de tiro de un carruaje?

Jane miró a Gabriel. Era algo que él podría haber dicho perfectamente. ¿Pero un espectáculo de fieras sería mejor destino para el caballo en cuestión?

—¿Y qué tipo de vida propone para él entonces? —intervino Gabriel—. *Pomegranate* era un caballo de carreras que se vendió hace varios años para formar parte de tiros de carruajes, con la idea de doblegar su espíritu inquieto.

—Un intento fallido, evidentemente. Y lo que yo propongo es una vida en la que será valorado y admirado por el público, adecuada a su naturaleza y espíritu. —El hombre alzó las manos, poniendo énfasis en las palabras, como si fueran el anuncio de un periódico—. «El orgulloso corcel que sobrevivió al ataque de una leona, atrayendo sobre él el ataque de la fiera para salvar a sus compañeros de tiro, a los que rescató de una muerte segura».

—*Pomegranate* podría haber muerto si la leona no se hubiera distraído por el ataque del perro asilvestrado—intervino Jane.

—¿Un perro asilvestrado, dice usted? ¡Muchísimo mejor! ¿Dónde está ese chucho?

—Allí, en el granero —respondió Gabriel, señalando un edificio situado entre el taller del herrador y la fábrica de ruedas para carros. Estaba hecho con piedras en forma de seta, que evitaban la humedad y la entrada de roedores. Se podía ver el brillo maligno de los ojos del animal.

—¿Es suyo ese perro, caballero? —preguntó el señor Victor.

Él negó con la cabeza.

—Por lo que sé, parece un perro abandonado. Pero fui su víctima cuando atacó el caballo que yo montaba. Desde mi punto de vista, el mundo será un lugar mejor si muere.

—¡No diga eso! Podría tratarse de un terranova o de un mastín. Ambos perros valientes, en cualquier caso. Y este lo es, pues atrajo hacia sí la atención de la leona, salvando a los pasajeros y al tiro de caballos.

—Tiene usted verdadero talento para el drama, señor —espetó Jane con cierto tono burlón—, si me permite que se lo diga.

—Me lo tomo como un cumplido. Después de todo, es mi profesión. Descubrir, crear y actuar en espectáculos dramáticos, en los que participen tanto hombres como animales, para que todos tengan la oportunidad de contemplarlos. O, al menos, para que todos quieran pagar por verlos. —Sonrió.

La posadera se quedó pensativa.

—Me gustaría que el caballo se librara de la vida que lleva —aceptó por fin—. Si el señor Locke está de acuerdo y usted me promete formalmente no maltratarlo...

—¡Jamás, señora! Se convertirá en una nueva inversión, muy valorada, a la que cuidaré y apreciaré. —La miró, después a Gabriel, y de nuevo a ella—. Siempre y cuando el precio sea aceptable, claro.

Negociaron una suma razonable mientras Gabriel atendía al caballo herido. Pensó que *Pomegranate* se recuperaría, pero insistió en dejarlo esa noche en los establos de Bell Inn.

Los hombres de la *troupe* capturaron al perro, utilizando carne fresca para atraerlo. Pusieron un sedante en la carne, lo cual tranquilizó lo suficiente al chucho como para poder aplicarle una primera cura de las heridas causadas por las afiladísimas garras de la leona. Después hicieron sitio para él en la caravana.

—Siento no poderles ofrecer alojamiento para esta noche, caballeros —se disculpó Jane—. Pero me temo que muchos de nuestros clientes deben de estar traumatizados por lo que ha pasado y no se sentirían a gusto con un grupo de fieras durmiendo en el patio, por mucho que estén enjauladas. —Señaló con el dedo el dibujo de la cabeza de un león, con la boca abierta y los colmillos amenazadores, que adornaba uno de los carromatos.

—Lo entiendo, lo entiendo —concedió el señor Victor—. ¿Podríamos dejar los carros y las jaulas en las afueras del pueblo por esta noche? Es tarde y deberíamos estar cerca para poder recoger el caballo tan pronto como el señor Locke considere que está en condiciones de viajar.

—No creo que haya ningún problema. Le mandaré un recado a nuestro magistrado local, *sir* Timothy Brockwell. Si él tuviera alguna duda o le preocupara algo, seguro que se lo haría saber. Espero que sea capaz de impedir que la leona vuelva a escaparse...

Se llevó la mano al corazón.

—Tiene usted mi palabra, señora. Gracias por su amabilidad. Volveremos mañana a hacernos cargo de *Pomegranate*. Y también para... agradecerle el gesto a la joven que ha intervenido para defender a la leona.

—Sí. Ha sido una suerte que *madame* Victorine estuviera por aquí.

El hombre asintió pensativamente mientras se rascaba la barbilla.

—*Madame* Victorine, sí... Ha sido una suerte para todos.

—Doy por hecho que, en el pasado, ella trabajó para usted, ¿verdad? —preguntó Jane, con cautela—. Y que por eso sabía cómo calmar a la leona. ¿Qué...?

Jack Gander la interrumpió por sorpresa.

—Perdone, señora Locke, pero quizá deberíamos dejar que fuera ella misma la que lo explicase, ¿no le parece?

—Ah, ¡claro! Muy bien.

El señor Victor dudó y los miró a ambos.

—Baste decir que la echamos de menos —respondió. Se quitó el sombrero y se inclinó teatralmente—. Muchas gracias a todos. Y ahora, les deseo buenas noches.

Momentos más tarde, la caravana se alejaba ruidosamente.

Jane se dio cuenta de que Jack Gander solo bajó su arma en ese momento.

Más tarde, cuando se aseguró de que los pasajeros estaban ya tranquilos y bien instalados, Jane encontró a Gabriel en los establos, mientras hablaba con el mozo de cuadra acerca del estado del caballo. Cuando Tom se marchó, decidieron que esa noche dormirían en la posada, ya que era muy tarde.

Pero al ver luz en la tienda de la modista, la mujer cruzó la calle para hablar con Victorine y llevarle el paquete con la tela que se había dejado en el carruaje.

Cuando llamó vio la cara de la modista, que miraba a través del cristal. Creyó ver desencanto en su expresión.

Le abrió la puerta.

—Hola, Jane.

Entró en la tienda y le entregó el paquete.

—Esta noche nos has salvado a todos. ¿Cómo podemos agradecértelo?

—Tonterías. A quien he salvado de ser tiroteado por un guardia excesivamente impulsivo ha sido a ese pobre animal. Vosotros no habéis sufrido peligro en ningún momento.

—No sé si creerme lo que dices. Y te aseguro que el resto de los pasajeros piensan exactamente lo contrario. En cualquier caso, muchas gracias. ¿Cómo sabías qué era lo que había que hacer?

Antes de contestar, cerró la puerta de la tienda y colocó el paquete sobre el mostrador.

—Hacía trajes para la *troupe*. Conozco a esa leona desde hace muchos años.

—¿Ese hombre es tu padre?

—¿Te lo ha dicho él?

—No. Pero su apellido es Victor. Supongo que en realidad no te llamas Victorine.

—No —confirmó, negando con la cabeza—. Es un apodo familiar.

—Y también has dicho que no habías estado en Francia desde hacía muchos años, y sin embargo le hablaste en francés a esa fi... a esa leona.

—A *Sheba* la entrenó un domador francés.

—Entiendo.

—Es tarde y estoy muy cansada. —Suspiró—. Pero vuelve en otro momento y te lo contaré todo, si de verdad quieres saberlo.

—Volveré, no lo dudes.

Cuando la posadera se daba la vuelta, alguien llamó, e inmediatamente el dueño del espectáculo ambulante asomó la cabeza.

—¿Puedo entrar?

—Sí, padre. Pase, por favor.

—Pensaba que iba usted a venir mañana por la mañana —se disculpó Jane—. De haber sabido que vendría ahora, no me habría inmiscuido.

—No podía esperar más. —Cruzó la habitación y tomó a su hija de la mano—. Ya fue duro perder a tu hermana, pero a mis dos hijas... —Negó con la cabeza—. ¡Cuánto te he echado de menos, hija mía! ¡Estás bien?

—Sí, padre, lo estoy. Bastante bien. —Se volvió hacia Jane de nuevo—. Gracias por traerme la tela. ¿Podrías volver en otro momento?

Aunque estaba deseando quedarse para conocer toda la verdad, caminó hacia la puerta.

—Sí, por supuesto. Perdónenme. Buenas noches.

CAPÍTULO

40

Al día siguiente, Victorine le dio la vuelta al cartel de la tienda para indicar que estaba abierta y después salió para preparar un maniquí y colocarle un vestido veraniego de muselina. Lo había confeccionado ella misma a partir de modelos que había encontrado en el cuarto de trabajo de la señora Shabner. Era bastante simple y el dobladillo no era recto del todo, pero mejoraba con mucho el vestido que había hecho para Julia Featherstone y se sentía orgullosa de él. Lo ofrecía a buen precio, esperando poder venderlo con más facilidad que los que tenía antes expuestos, mucho más elegantes y demasiado formales para las necesidades de las mujeres de Ivy Hill.

Fuera de la tienda de encajes, que estaba un poco más abajo en la misma calle, vio que se habían reunido tres mujeres. Llevaban sombreros amplios que les tapaban la cara, pero, entre las otras, reconoció el familiar vestido color lavanda de Jane Locke. Esperaba no haberle parecido muy maleducada a su vecina la noche anterior. Otra mujer llevaba de la mano a una niña pequeña, la que había conocido en la posada. La nieta de Thora Talbot.

Volvió a concentrarse en el maniquí y pasó la mano por la tela para suavizarla y estirarla. Mientras lo hacía, oyó un gritito infantil y unos pasos cortos. Miró hacia abajo y vio a la pequeña pelirroja corriendo alegremente hacia ella, riéndose feliz porque había logrado escaparse.

Se inclinó para agarrar a la niña, que se parecía tanto a Henrietta que casi le dolía mirarla... pero tampoco podía apartar la vista de ella.

—¡Oye, tú! ¿A dónde vas tan deprisa, señorita pelirroja?

—Me llamo Betsey.

—Muy bien, Betsey. —El nombre le produjo una punzada de nostalgia. Su madre se llamaba Elisabeth, pero todo el mundo la llamaba Betsey. A ella misma le habían acortado el nombre y la llamaban...

—¿Eva?

El corazón empezó a latirle a toda velocidad y se puso de pie inmediatamente. No pudo cerrar la boca después de lo que vio: la imagen de aquella niña pelirroja, que se había convertido en una mujer adulta. Su hermana.

—¡Henrietta...! ¡Gracias a Dios! Pensaba que no volvería a verte nunca más.

Recorrió con los brazos abiertos la escasa distancia que las separaba y la abrazó con fuerza.

La voz de la señora Talbot interrumpió aquel momento tan feliz.

—¡Pensaba que vosotras dos no os conocíais...!

Se separaron, y su hermana soltó una risita extraña.

Thora la traspasó con la mirada.

—¿Henrietta?

La nuera bajó los ojos, mientras acariciaba los rizos de su hermana como si buscara apoyo con ese gesto.

—Sí, ese es mi nombre de pila. —Le dirigió una sonrisa a Eva—. Desde que... nos separamos he utilizado el nombre de Hetty.

—¿Y tú te llamas Eva? —preguntó Jane, mirándola.

—Sí.

—Sabía que me recordabas a alguien.

Henrietta miró a Jane con la boca abierta.

—¿Por eso has insistido en que viniera hoy a Ivy Hill?

Jane asintió.

—Me di cuenta de vuestro parecido, y ambas habéis dicho que vuestra familia, de la que lleváis bastante tiempo alejadas y a la que echáis de menos, viajaba mucho.

—Ah, ya entiendo.

—Pues yo no —repuso Thora con gesto algo torvo.

Henrietta se volvió hacia ellas.

—Jane, Thora, quiero presentaros a mi hermana, Evangeline Victor. Eva, te presento a Jane Locke y a mi suegra, la señora Talbot.

—Sí, ya nos conocemos. —Eva se inclinó para agarrar a la pequeña pelirroja—. Y esta debe de ser tu niñita.

—Sí, es Betsey Evangeline. Lleva los nombres de mis queridas madre y hermana, a las que he echado muchísimo de menos. —Se le llenaron los ojos de lágrimas. Eva también sintió que los suyos le quemaban.

Hetty miró a la posadera con gesto algo avergonzado.

—Jane me preguntó hace poco si conocía a una tal Victorine y se me pasó por la cabeza que podrías ser tú. Pero tenía miedo.

—¿Miedo? ¿De qué? —preguntó Eva, notando que fruncía el ceño espontáneamente.

—Pues... de sentirme decepcionada en caso de que no fuera así. Y de lo que podrías pensar de mí en caso de que sí.

—Pasa dentro para que podamos hablar en privado— propuso Eva, al ver que la señora Prater se asomaba a la puerta de su tienda, que estaba justo enfrente, al otro lado de la calle.

—¿Te importa que Jane y Thora pasen también? —le preguntó Henrietta, en tono casi suplicante—. Desde hace tiempo tenía que haberles contado la verdad.

—Como quieras.

Una vez dentro, Eva colocó a Betsey en el suelo, sobre una alfombra, y le dio una cesta llena de retales de muchos y alegres colores, para que jugara con ellos. La niña puso cara de felicidad y comenzó a sacarlos uno a uno.

Eva invitó a Jane y a Thora a sentarse en el sofá y pasó al cuarto de trabajo a por sillas para su hermana y para ella.

—Henrietta, llevo mucho tiempo preocupada por ti, desde que te marchaste en Weymouth. Padre te creyó cuando insististe en que no te había ocurrido nada, que estabas bien y simplemente habías decidido acabar con la vida nómada. Pero yo nunca me lo creí del todo. Sobre todo porque no volviste a escribir, ni nos dijiste dónde vivías.

Hetty juntó las manos y miró al suelo.

—Sí que pasó algo, pero no quería que lo supierais. ¿Cuántas veces me habíais advertido papá y tú de que no confiara en los extraños, sobre todo en los hombres que acudían al espectáculo? Pero Argus Hurst era diferente... o al menos eso fue lo que creí. El hijo de un oficial muy respetado. Guapo, encantador, caballeroso, hasta que me tuvo sola y a su merced, claro. Entonces su comportamiento cambió por completo.

Se estremeció antes de continuar:

—Era mucho más fuerte que yo, y además no tenía la más mínima piedad. Un hombre vil y cruel. —Se le llenaron los ojos de lágrimas, que luego le surcaron el rostro, con gesto apesadumbrado.

Al verla, a Eva se le encogió el corazón.

—Me comporté como una estúpida —siguió Henrietta—. Había flirteado con él sin ninguna vergüenza, así que, cuando pasó lo que pasó, me culpé a mí misma.

Betsey se acercó y miró a su llorosa madre muy confundida. Hetty se recompuso como pudo, esbozó una sonrisa trémula y le acarició amorosamente la mejilla.

—Mamá está bien, querida. No te preocupes.

—¡Oh, Hen! —gruñó Eva—. Fue una tontería flirtear con ese hombre, sí. Pero lo demás fue culpa de él, no tuya. Tenías que habérmelo contado.

Henrietta negó con la cabeza.

—No podía. Argus me dijo que si se lo contaba a alguien, iría a por ti. Y sabía también que si padre se enteraba, lo más probable sería que lo matara, y que él terminara colgado. Tenía que fingir que no había pasado nada, pero sabía que si permanecía más tiempo allí no sería capaz de seguir haciéndolo. Me habría arrojado en tus brazos y te lo habría confesado todo. Tenía que haceros creer a padre y a ti que había encontrado un trabajo, y que estaba decidida a terminar con la vida en la carretera. Me dije a mí misma que era una buena actriz y era el momento de representar el mejor papel de mi vida.

Eva se acercó a ella y la tomó de la mano.

—En aquel momento sabía que estabas preocupada y que no eras tú misma. Pero no me podía imaginar... eso. ¡Oh, Hen, siento no haberte protegido!

—No fue culpa tuya.

Eva se dirigió a Jane y Thora:

—Henrietta nos dijo que había encontrado un empleo en Blandford. Nosotros mismos la acompañamos a la diligencia. —Se volvió hacia su hermana—. Prometiste escribir en cuando estuvieras instalada, pero no lo hiciste.

—Lo siento. Sé que padre no me habría dejado marchar sin una razón de peso, pero lo que pasaba en realidad es que no tenía adónde ir, que no iba a ninguna parte concreta. Simplemente tenía que irme. La diligencia paró en la posada de Ivy Hill. Quería ir más lejos, pero vi un anuncio en el que se ofrecía trabajo y acepté un puesto en Bell Inn. Di el nombre de Hetty Piper. En el estado de nervios y de confusión en el que me encontraba fue todo lo que pude hacer. No quería darle la más mínima pista a Argus...

—Pero nosotros tampoco pudimos encontrarte. Te escribí a la dirección que nos habías dejado, pero me devolvieron todas las cartas. Hasta fuimos a Blandford, pero allí no te conocía nadie.

—Al cabo de un tiempo te escribí. ¿No recibiste la carta?

—Sí. Ya no estábamos en el lugar al que escribiste, pero finalmente sí que llegó, reenviada desde Salisbury. Dijiste que te ibas a mudar a otro sitio, pero no adónde. Tus palabras, bastante alegres, nos aliviaron mucho, pero yo seguía preocupada, sobre todo cuando regresamos a nuestro lugar de descanso de invierno y no volviste a ponerte en contacto. Al recibir tu carta, padre se calmó. Le pregunté qué le parecía que no nos dijeras dónde vivías y que no nos invitaras a visitarte. Me respondió que querías vivir tu vida sola, sin nosotros. De todas maneras, yo no estaba convencida.

—Escribí esa carta justo después de dejar Ivy Hill, y la puse en el correo en ruta, durante una parada. No duré mucho en Bell Inn.

—¿Por qué?

Ahora fue Thora la que intervino.

—Pues porque «la leona», o sea, yo, la echó. Por eso mismo. Lo siento, Hetty. No sabía que...

Henrietta le tomó la mano y se la apretó.

—Solo en el momento de irme pensé que era seguro escribirte. No quería que el franqueo revelara el lugar desde donde escribía, pues en ese momento ya sabía que estaba embarazada. Y volvía a sentirme muy muy avergonzada... —Su voz se volvió ronca, casi un lamento—. No quería que me encontraras y supieras la verdad.

—¡Oh, Hen, sabes que te quiero, pase lo que pase!

Una vez más, Henrietta rompió a llorar, y Eva tuvo que tragar saliva con fuerza para disolver el nudo que se le había formado en la garganta. Se levantó para intentar aliviar la tensión, tomó en brazos a Betsey y volvió a sentarse con la niña en el regazo.

—¿Te acuerdas de que hace muchos años actuamos aquí, en Ivy Hill? Tú debías de ser muy pequeña por aquel entonces, pero yo sí que me acuerdo.

—¿De verdad? —preguntó Hetty—. Puede que eso fuera lo que me atrajo de este lugar. Eso y el rostro amable del señor Talbot cuando me ofreció el trabajo.

Eva asintió.

—Después de recibir tu carta fuimos a Salisbury, esperando dar con alguien que te conociera y que pudiera decirnos adónde habías ido. Pero no encontramos ninguna pista de Henrietta Victor. Y ahora entiendo el porqué.

—Siento haberos causado tantos problemas.

—Pues yo me alegro mucho de haberte encontrado por fin... y además precisamente aquí, entre tantos sitios posibles.

—Terminé en Epsom, pensando que jamás regresaría a Bell Inn. Pero cuando lo hice, ya había dado el nombre de Hetty Piper, y era demasiado tarde para cambiarlo. —Se volvió hacia la señora Locke—. Lo siento, Jane. Y te digo lo mismo, Thora. Pero esa fue la razón por la que Patrick y yo decidimos que no se publicaran las amonestaciones en la parroquia de aquí, pues en tal caso habría tenido que poner mi verdadero nombre, y eso habría desatado comentarios, preguntas y suspicacias. Y si me hubiera casado con Patrick con el apellido cambiado, el matrimonio no habría sido legal. Se lo conté todo a Patrick y él estuvo de acuerdo en que la huida era la decisión más acertada, aunque sentimos mucho decepcionarte, Thora.

—Ya... Ahora lo entiendo todo... Henrietta.

—Me gusta Hetty, podéis seguir llamándome así —dijo, con una sonrisa algo forzada—. O Hen, si os parece. Mi familia me llamaba muchas veces Hen, y ahora vosotras sois mi familia, si es que seguís admitiéndome.

Thora la tomó de la mano.

—¡Pues claro que sí! Eres de mi familia, de nuestra familia. Betsey y tú formáis parte de nosotros y así será siempre.

Henrietta se volvió a mirar a Eva, conteniendo como pudo un nuevo acceso de llanto.

—¡Madre mía! Yo ya he hablado bastante. Ahora te toca a ti, Eva. —Logró esbozar una leve sonrisa—. O quizá debería llamarte *madame* Victorine.

Eva hizo una mueca.

—Creo que primero se impone tomar un té con galletas.

Todas se mantuvieron en silencio mientras hervía el agua en la pequeña cocina. Finalmente llevó la tetera en una bandeja y un plato de galletas algo desmenuzadas.

—Lo siento, pero no puedo ofreceros otra cosa.

Mientras Betsey se comía las galletas y las damas tomaban el té, Eva miró a su hermana y comenzó a contar su historia.

—No sé si eras lo suficientemente mayor como para acordarte, pero madre y yo solíamos hablar de vez en cuando de abrir una tienda de ropa algún día. Después de una temporada de escaso éxito, padre pensó seriamente en vender el espectáculo a una persona interesada y establecerse definitivamente en algún sitio, que era lo que madre quería desde hacía mucho tiempo. Nos pasamos varias semanas diseñando vestidos, sombreros, anuncios...

»Nuestra idea era llamar a la tienda «Mesdames Victorine», ya sabes que ese era uno de los sobrenombres que a veces utilizaba padre para referirse a nosotras. Pero la oferta no se terminó de plasmar, así que lo que hizo fue comprar más animales, de modo que el espectáculo evolucionó más hacia la doma, sin perder la parte de representación teatral. Ese fue el invierno en el que madre se puso enferma y murió de gripe. Padre superó el duelo a base de trabajo, añadiendo nuevos números y obritas. Pero sin madre, las cosas eran completamente distintas.

Hetty asintió, mostrando su acuerdo. Su hermana prosiguió:

—Después de que tú te marcharas, Hen, yo también tenía muchas ganas de establecerme, de dejar de ir de acá para allá, pero también me costaba mucho abandonar a padre. Ya os había perdido a madre y a ti. Y tanto Martine como Pierre anunciaron que se retiraban.

Eva miró a Jane y a Thora, y al ver su gesto de desconcierto, les aclaró:

—Eran los actores más veteranos de la *troupe*. Padre no tuvo corazón para sustituirlos en sus papeles, así que dejamos de representar obras de Shakespeare.

Henrietta asintió con gesto nostálgico.

—Eran como de la familia. Los echo muchísimo de menos.

—Su idea era volver a Francia para disfrutar de los años que les quedaban para estar con su familia y sus viejos amigos, a los que echaban mucho de menos —recordó Eva—. Martine había hecho por anticipado bastantes vestidos, y muy bonitos. Pero, por desgracia, esperaron demasiado y no pudieron aprovechar la oportunidad.

—¿Qué quieres decir? —preguntó Henrietta, frunciendo el ceño.

—Siento mucho tener que decírtelo, pero Martine murió justo antes de Navidad.

Su hermana abrió los ojos, asombrada y muy afectada por la noticia.

—¡Oh, no! ¡Pobre Pierre!

—Sí. Se quedó destrozado, como te puedes imaginar. Fue él el que insistió en que me quedara con las nuevas prendas que había hecho Martine. Me dijo que me ayudaría a comenzar mi nuevo negocio de modista, pues sabía que era lo que yo quería hacer algún día, desde hacía mucho tiempo.

»Cuando vi el anuncio de una tienda para una modista que se alquilaba en Ivy Hill, no sabía qué pensar, si se trataría de una especie de guiño del destino o de una locura; pero ahora que estás aquí conmigo, tengo claro que fue la fortuna la que me trajo a este pueblo.

Henrietta se acercó a ella y le apretó la mano. Evangeline continuó:

—A padre le entristeció mucho verme marchar, pero lo entendió. Decidí alquilar el local solo como prueba. O lo sacaba adelante en unos tres meses, o regresaba con la *troupe*. Si alguien me relacionaba con nuestro espectáculo familiar ambulante, afectaría tanto a mi reputación como al negocio; así que cuando las mujeres del pueblo empezaron a llamarme *madame* Victorine, no las corregí.

Hetty negó lentamente con la cabeza, con una leve sonrisa en los labios.

—¡Menudo par de timadoras que estamos hechas! Las dos utilizando sobrenombres... —Miró a Thora y a Jane—. No tengo más remedio que echarle la culpa a mi padre de esto. ¡Es único poniendo apodos a la gente! Lo hace con todo el mundo.

—Es verdad —confirmó Eva—. Tengo que decirte que está aquí, en Ivy Hill, y con toda la *troupe*.

—¡No! —Henrietta palideció y se levantó nerviosa—. No estoy preparada para hablar con él, para hablarle de lo que me pasó, de Betsey...

—Lo entenderá —repuso la modista, procurando calmarla—. Igual que lo he entendido yo.

—¡No, no puedo! Todavía no...

—Hen, si yo no hubiera venido aquí, ¿nos habrías buscado siquiera? ¿O tenías pensado esconderte de nosotros para siempre? ¿Y mantener a Betsey alejada de nosotros?

—No. Mi idea era volver a contactar con vosotros cuando Patrick y yo lleváramos casados unos cuantos años. Saber en ese momento que tenía una niña pequeña no os conmocionaría tanto.

Alguien llamó a la puerta y Henrietta dio un respingo.

El padre de ambas asomó la cabeza, cubierta de pelo de llamativo color caoba.

—Ev... —empezó con cierta precaución, pero al ver a Jane y a Thora, se aclaró la garganta—. Eh... ¿Victorine?

Fijó la mirada en la pelirroja que estaba al lado de la modista y se quedó con la boca abierta.

—¡Henrietta!

Su hija se retorció las manos. Tenía la cara muy tensa por la ansiedad.

—¡Padre...!

Entró a grandes zancadas, olvidándose de las demás, y abrazó con fuerza a su hija pequeña.

—¡Henny Penny, mi niña querida! ¡Gracias a Dios!

La pequeña Betsey contempló la escena entre sorprendida y confundida. Inmediatamente después se agarró a las faldas de su madre e intentó interponerse entre ambos.

El padre miró hacia abajo, nuevamente sorprendido, y aflojó el abrazo.

—¡Hola, chiquitina...! —Se quedó callado, mirando a la nena, y después volvió a mirar a su hija.

Henrietta bajó la cabeza y se ruborizó tanto que se le puso la cara del color del pelo.

—No me hace falta preguntar quién es esta señorita. —Se le había hecho un nudo en la garganta y la voz le salió ronca, casi llorosa—. Es tan guapa como su mamá.

—Lo siento, padre —susurró Henrietta.

—¡Mi querida niña, no sabes lo que me alivia ver que estás bien! —Estiró ambas manos para tocarle los hombros y arqueó las cejas interrogativamente—. Porque estás bien, ¿verdad?

—Pues ahora sí, ahora sí que lo estoy —respondió, con una trémula sonrisa.

A la mañana siguiente, cuando Jane llegó a Bell Inn, le sorprendió ver a *sir* Timothy, Rachel y el señor Victor, sentados juntos en una mesa del salón de café.

—¡Jane! —la llamó su amiga, agitando una mano—. ¡Ven, siéntate con nosotros!

Se acercó y los saludó uno por uno. *Sir* Timothy se levantó y le ofreció una silla para que se sentara.

El señor Victor sonrió cálidamente.

—Buenas noticias, señora Locke. Acabo de recibir el permiso de sus amables amigos para representar nuestro espectáculo en Ivy Hill.

Jane levantó las cejas y después miró a Timothy.

—Pues sí que son buenas noticias —celebró, preguntándose si estaría pensando pedirle su patio para el espectáculo.

—La gran carpa que utilizamos para las representaciones sufrió muchos daños tras la terrible tormenta de hace unos días —continuó el señor Victor—, pero *sir* Timothy nos va a permitir utilizar el viejo granero comunal. —Señaló con el dedo a través de la ventana hacia el viejo edificio de piedra que estaba en la esquina de las calles High y Potters Lane.

El enorme granero era una reliquia del siglo xiv, de cuando Brockwell Court era una abadía. Con su suelo de arena y el techo soportado por una estructura de madera, parecía el lugar ideal para mostrar animales y montar un escenario.

—Me parece un sitio perfecto —respondió Jane, asintiendo.

El señor Victor se puso las manos sobre el chaleco, echó la cabeza hacia atrás y cerró los ojos, haciendo memoria.

—Esto me recuerda la primera vez que vinimos a Ivy Hill, hace bastantes años. No se nos permitió actuar aquí, en la posada, pero otro caballero, *sir* William Ashford, nos invitó a realizar el espectáculo en su propia casa. Hasta montamos un escenario improvisado en Thornvale y representamos una obra del Bardo de Avon, *El sueño de una noche de verano*. Nuestro repertorio de Shakespeare era amplísimo.

—¡Me acuerdo de eso! —corroboró Rachel, riendo entre dientes—. Pero puso la condición de que le permitieran hacer el papel de Puck.

—¡Exacto! —confirmó el señor Victor—. Y lo hizo magníficamente.

—*Sir* William era mi padre —dijo Rachel, en voz baja—. Por desgracia, tanto él como mi madre han fallecido.

—¡Oh, no! ¡Cuánto lo siento, eran una pareja amabilísima! Lamento mucho su pérdida —respondió el hombre, con un gesto de pesar.

—Gracias.

—Recuerdo bien a su madre —siguió el señor Victor, mirando con atención la cara de la joven—. Era una mujer adorable y divertida. Todavía puedo ver perfectamente su imagen, con sus dos hijas de la mano, mirando encantada a su marido en el escenario...

Ella sonrió dulcemente, con los ojos brillantes por las lágrimas contenidas.

Se produjo un silencio en el que todos parecían pensativos, y el señor Victor miró con intención a *sir* Timothy antes de romperlo.

—Empiezo a entender el porqué de su deseo de ayudar, caballero. En cualquier caso, se lo agradezco mucho.

El hombre se levantó y se frotó las manos.

—Bueno, tengo muchas cosas que preparar. La idea es inaugurar el espectáculo dentro de un par de días. —Se puso el sombrero y saludó tocando el ala—. Espero verlos a todos allí.

El domingo, después de ir a la iglesia, Mercy acudió a Ivy Cottage a pasar el resto del día con su familia.

Después de comer, Matilda miró a Mercy y respiró hondo antes de contar lo que se proponía:

—Me gustaría invitar a cenar a los Fairmont, Helena. Cuando resulte conveniente.

—¿Quieres decir... el señor Fairmont y su hijo?

—Sí.

La joven apretó los labios.

—Matilda, sé que sois viejos amigos, pero no creo que resulte del todo apropiada esa invitación.

—¡No creo que a mi edad te preocupe mi reputación!, ¿verdad?

—Estoy pensando en la reputación de la familia Grove en su conjunto.

—¿Se puede saber qué quieres decir con eso? —replicó Matilda, que se había quedado boquiabierta.

—Pues quiero decir que no estoy segura de que una cena formal con los Fairmont sea... una buena idea.

Mercy se sintió ofendida e iba a intervenir pero, afortunadamente, se le adelantó George.

—Querida, si mi tía quiere recibir a su amigos en Ivy Cottage, nosotros...

—Ahora es nuestra casa, amor mío, y tenemos que tener en cuenta nuestra posición en la comunidad tanto como la suya. No todo el mundo acepta de forma tan abierta como nosotros la descendencia extranjera del señor Fairmont.

Mercy notó como se tensaban los tendones del cuello de su tía y posó la mano sobre su hombro, intentando calmarla.

—Ah... —George se detuvo un momento, mirando a su tía—. Quizá podríamos invitar a los Fairmont a una visita. Servir té, galletas y tarta en la sala de estar. Algo no tan formal que requiriera tu presencia aquí, Helena. Nadie pondría objeciones a eso.

—¿Piensas que no? Bien, pues en ese caso una visita informal sería la situación menos inaceptable.

George se echó hacia atrás en la silla.

—La verdad es que me apetece mucho hablar con Winston Fairmont, compartir historias sobre nuestras aventuras en la India...

Helena le dirigió una sonrisa forzada.

—Querido, si tu tía quiere que los Fairmont la visiten a ella, sería descortés que nos inmiscuyéramos.

—¡En absoluto! —negó la tía Matty—. Estaremos encantados con tu presencia, George. Y, por supuesto también con la tuya, Helena, si lo deseas.

—No, no. Ni se me ocurriría entrometerme. Podrás disfrutar sola de su visita. —La joven inclinó la cabeza como si le hubiera hecho un gran favor a la tía.

Matilda dirigió una expresiva mirada a Mercy.

—No dudes ni por un momento de que lo haré, Helena. Gracias.

La joven agitó la mano derecha con gesto magnánimo.

—El té es caro pero... no importa. Tanto tú como tus huéspedes podéis tomar todo el que os apetezca.

Todo el pueblo de Ivy Hill esperaba con entusiasmo el momento de acudir a la casa de fieras. La gente se agolpó en la calle para ver cómo se vaciaban los carromatos de la caravana, esperando poder atisbar algún animal exótico, y soltando exclamaciones al oír los extraños ruidos procedentes del granero cuando los miembros de la *troupe* abrieron las puertas de acceso. Algunos de los artistas ambulantes eran tan extraños y coloristas como los mismísimos animales.

El día de la inauguración, Jane y Gabriel se encontraron en la posada con los Talbot, Patrick y Betsey, y se acercaron juntos a visitar la exposición, que el señor Victor denominaba algo pomposamente «Espectáculo Earl de Doma de Fieras y otros Animales». Hetty y su hermana se habían acercado muy pronto a ayudar a su padre con los últimos detalles, pero ya se habían marchado y regresarían más tarde.

El antiguo granero comunal lucía enormes carteles anunciadores de espectáculos fabulosos y animales exóticos, donde figuraba el nombre de todos los componentes de la *troupe*.

En una de las esquinas, un animador cumplía con su función, anunciando las maravillas que iba a poder contemplar el público que acudiera a la función.

—¡Asómbrense con el cerdo que sabe sumar! Maravíllense con el extraordinario corcel de pura raza árabe que baila un minué con su adorable pareja. Y, por primera vez en la historia del espectáculo, ¡contemple a la famosa leona que atacó a la diligencia y al mastín que se enfrentó a ella!

A un lado de las dobles puertas de entrada estaba de pie Becky Morris, que pintaba un nuevo cartel anunciador aprovechando el incidente de la leona, ocurrido hacía muy pocos días.

Al verlos, la mujer los saludó con la mano.

—¡Ya casi lo he terminado!

—¡Caramba, Becky! —dijo Jane viendo el dibujo—. No sabía que también podías pintar animales.

La joven se encogió de hombros.

—Trabajo sobre un boceto que me ha dado el señor Victor. La verdad es que no sé si refleja bien lo que pasó. Tú lo sabrás mejor porque, al fin y al cabo, estabas allí.

Jane estudió la pintura con mucha atención: la leona, con expresión fiera, estaba mordiendo el cuello de uno de los caballos del tiro, mientras que el mastín intentaba a su vez morderle las patas al animal salvaje. En la diligencia, tres personas visiblemente asustadas miraban por la ventanilla. La cara de Jane era totalmente reconocible. En el techo del carruaje, otros aterrorizados viajeros agarraban un paraguas o un maletín, como decididos a luchar con la leona con cualquier arma improvisada que tuvieran a su alcance.

Thora también se acercó.

—¿Se supone que esta eres tú, Jane?

—Sí, se supone que lo soy.

—Parece que te estás llevando un susto de muerte.

—Y así fue. Bueno, nos vamos para que puedas terminar el trabajo, Becky. Está quedando maravillosamente bien.

Se aproximaron a la taquillera, una mujer delgada que llevaba puesto un turbante con joyas de bisutería y un vestido oriental de muselina azul y blanca con adornos plateados. Pagaron las entradas y recibieron fichas de cobre. Jane se quedó mirándolas. Se acordó de que, entre las cosas de John, había encontrado una ficha como las que ahora tenía en la mano, en la que se podían leer las palabras «Espectáculos Earl». Se la había regalado a Gabriel como recuerdo, dando por hecho que ambos hombres habían acudido juntos al espectáculo, pues ella nunca había visto una función de ese tipo.

Gabriel, que estaba cerca de ella, le acarició suavemente la palma de la mano con el dedo índice.

—Todavía guardo la que me diste.

Ella lo miró.

—¿Fuiste al espectáculo con John? No me lo has dicho todavía.

—No. Me entraron las dudas la primera vez que me preguntaste, porque no sabía con quién podría haber ido John. Pero ahora pienso que, simplemente, fue solo. Le gustaba mucho ver animales e ir a ferias de todas clases. —La tomó de la mano, en la que todavía tenía las fichas—. Disfrutemos de esto en honor a él, ¿de acuerdo?

Jane lo miró con todo el amor que sentía y asintió con la cabeza.

Dentro del granero los recibió el dueño del espectáculo en persona, con un llamativo terno formado por un chaleco de lentejuelas, que adornaban también las voluminosas mallas que le cubrían las delgadas piernas. Era una forma de vestir que imitaba el viejo estilo shakespeariano.

Le dedicó una luminosa sonrisa a Jane.

—Bienvenida, señora Locke. Y bienvenidos todos los demás.

Ella le agradeció el recibimiento y miró alrededor bastante asombrada. En uno de los extremos se había montado una gran estructura con bancos, alrededor de un escenario abierto y con una tarima de madera. En la otra mitad del granero, jaulas de todos los tamaños albergaban una gran cantidad de animales procedentes de diversas partes del mundo. Entre ellos, naturalmente, estaba la leona, y no muy lejos de ella, *Pomegranate* y el mastín, este en una cubículo más pequeño y gruñendo furioso a todo el que se le acercaba.

Pasearon entre los animales, leyendo las placas que los identificaban: hiena, cebra albina, coatí, oso hormiguero, capibara moteada, pájaros exóticos de muchos colores, una gigantesca boa constrictor y un par de mapaches norteamericanos.

Mientras caminaban, oían las exageraciones de los animadores:

—¡Vean esta pareja de extraordinarios y raros pelícanos salvajes! Los únicos dos que hay vivos en los tres reinos. Están considerados como la mayor rareza entre los animales con plumas...

De vez en cuando se detenían para saludar a algún vecino o fijarse en algún animal concreto, haciendo exclamaciones de asombro o deleite. Jane se paró a hablar brevemente con Joseph Kingsley, que había ido con dos sobrinos, niño y niña, así como con varias mujeres de la Sociedad de Damas Té y Labores. La señora Barton estaba absolutamente embelesada contemplando un antílope africano con cierto parecido a un buey, denominado ñu.

—¿Han visto alguna vez un animal como este? Me alegro de que mis vacas no hayan venido. Se sentirían muy pequeñas a su lado.

Jane vio a *sir* Timothy, Rachel y Justina paseando junto a un sonriente *sir* Cyril, que iba acompañado de sus hermanas. El caballero, como si fuera un crío, apuntó fingiendo que llevaba un arma entre las manos y «disparó» al ñu. Justina puso los ojos en blanco.

Junto a la exposición de animales había dos jaulas cubiertas con telas adornadas con dibujos de colores. Una de ellas anunciaba un loro africano capaz de adivinar el futuro.

—¡Entre y averigüe qué le depara el porvenir! *El Gran Ferdinand,* un pájaro raro y sobrenatural, se lo dirá. ¡Ahí lo tienen, vivito, coleando... ¡y hablando! ¡No hay truco! ¡Solo por un penique! ¡Pasen, vean y escuchen!

Un gran cartel adelantaba lo que podían esperar los visitantes: amor verdadero, buenas noticias, grandes riquezas, viajes por el mundo... Aunque parece que, a veces, lo que decía el loro era bastante menos positivo. George y Helena Grove salían bastante pálidos de la jaula y él no parecía nada contento.

A través de la lona, Jane pudo oír al loro, que seguramente repetía lo que le había espetado a la pareja: «Malas noticias. Gasta el dinero en tonto. Lo pierde todo. Malas noticias».

La segunda jaula cubierta ofrecía la oportunidad de enfrentarse a un perro «imbatible» jugando al dominó.

Junto a la entrada se encontraron con Mercy, James y Alice, que salían de la jaula.

—¡El perro nos ha ganado a los tres! ¡Hasta a la señorita Grove!

Después de saludarse e intercambiar sonrisas, continuaron sin entrar a desafiar al perro.

Cerca de la puerta de salida, estratégicamente colocado, un soplador de vidrio que llevaba una sorprendente peluca de cristal fabricaba tazas por tres peniques y pipas para tabaco por uno. Thora le compró una pipa a Talbot, y Hetty y Jane adquirieron una taza cada una.

El sonido profundo de una bocina anunció el comienzo de la representación teatral. Varios músicos, vestidos con ropa de alegres colores, se subieron a la plataforma de madera y se pusieron a tocar alegres tonadas con un cuerno, un fagot, unos platillos y un tambor. El señor Victor se unió a ellos tocando un instrumento de apariencia muy extraña, que Jane pensó que era una corneta serpiente, y también Hetty con la flauta. Thora le indicó a Betsey dónde estaba su madre, pero la pequeña pareció no reconocerla; la verdad es que su aspecto era completamente diferente al habitual: tenía la cara pintada y un sombrero muy coqueto le tapaba los rizos rojos.

—Hetty «Piper»[1]... —murmuró Jane, cayendo en la cuenta del porqué del nombre y el apellido que la joven había escogido en su momento.

El señor Victor, como maestro de ceremonias, se adelantó para anunciar el primer acto.

—Al igual que los bailes formales a lo largo de todo el reino comienzan con un elegante minué, nuestro espectáculo también va a empezar así, pero la danza

---

1 *Piper* significa «flautista» en inglés.

será muy distinta a cualquiera que hayan visto ustedes jamás. Contemplen cómo la mayor maravilla de pelo negro azabache que se puede encontrar en Inglaterra baila con su galante compañero, *Charger*.

Eva Victor salió al escenario por una puerta lateral, con un traje blanco adornado con cristal de bisutería y tul, y plumas blancas y negras en el pelo. Adoptó una pose de lo más elegante y se volvió hacia la puerta, por la que apareció un magnífico garañón árabe, ataviado de gala: cuello blanco con pañuelo de seda y, en cada pata, polainas negras en las que brillaban relucientes cristales.

El caballo blanco se detuvo delante de la mujer, se apoyó sobre una rodilla e inclinó el cuello ante ella. La multitud vitoreó. La inusual pareja, en la que contrastaban elegantemente los colores blanco y negro, empezó a bailar, realizando una serie de giros e inclinaciones, pasos laterales y avances amanerados, mientras los músicos los acompañaban con sus instrumentos.

—¡Maravilloso...! —murmuró Jane, preguntándose cuánto tiempo habría costado entrenar al caballo para que realizara con semejante naturalidad unos movimientos tan extraños para él.

—¿Es nuestra modista? —le preguntó Justina Brockwell susurrándole al oído.

—Sí.

—¡Gracias a Dios que no ha venido mi madre! —exclamó la chica, abriendo mucho los ojos—. Le daría una apoplejía si averiguara que ha encargado mi vestido de boda a una mujer del espectáculo.

—No me cabe la menor duda.

El minué terminó con un saludo final, con la hermosa mujer morena y el majestuoso caballo blanco frente a frente. La pareja recibió una larga salva de aplausos.

El escenario portátil fue retirado por cuatro mozos y el espectáculo continuó con un cerdo que hacía sumas sin equivocarse. Los músicos tocaron otra pieza en el entreacto, pero Jane notó que Hetty ya no estaba entre ellos. Supuso que se estaba preparando para representar otro papel y esperó impaciente para ver qué números nuevos les esperaban.

Eva volvió al carromato vestuario para quitarse el exceso de maquillaje y de carmín de las mejillas y los labios y ponerse el vestido de paseo y una rebeca. Esperaba que no la hubiera reconocido toda la gente del pueblo. Afortunadamente su padre no la había llamado por su nombre.

Salió por una puerta lateral y buscó a Jane con la mirada, pero a quien vio fue a Jack Gander, que sin duda la estaba esperando.

—Bueno, la verdad es que ha sido toda una sorpresa. No pensaba que fuera a dedicarse otra vez a actuar.

—Ha sido solo una excepción, por los viejos tiempos. Y para hacer feliz a mi padre.

—El caballo ha estado magnífico. Y usted también, por supuesto.

—Me imagino que me ha reconocido todo el mundo, lo cual significará el final de mi aventura como modista, aunque la cosa ya estaba encaminada... Si no me arruina mi falta de pericia, seguro que lo hace esta representación.

—Pues yo no estoy tan seguro. Me he dado cuenta de que ha habido personas que la han reconocido, pero le aseguro que estaban impresionadas, como yo.

—No ha sido nada. Lo que he hecho apenas tiene mérito.

—¿Fue usted misma quien hizo su vestido, y los de todos los demás?

—Sí.

—Entonces tiene muchas cualidades como modista, se lo puedo asegurar.

—Hacer trajes, que bien podríamos llamar disfraces, para un espectáculo es algo muy diferente a crear vestidos elegantes y a medida, ya me he dado cuenta. Y me queda muchísimo por aprender sobre eso último.

—Y lo hará. Estoy seguro de que es usted capaz de lograr todo lo que se proponga, señorita Victor.

—Gracias, señor Gander. ¿Y qué me dice de usted? Es sin duda un guardia excelente, y toca el cuerno magníficamente. ¿Es usted feliz con la profesión que ha escogido?

—Pues sí que lo he sido, al menos hasta ahora. Pero el hecho de conocerla a usted, y ver con qué valentía y audacia se ha lanzado a empezar de nuevo, me ha hecho pensar sobre mi propio futuro. La admiro mucho, señorita, ya lo sabe.

Mientras hablaba, su mirada la atrapó. Fue como si se hundiera en la profundidad de su ojos, y se le aceleró el pulso al oír sus palabras y sentir su cercanía.

En el escenario, su padre anunció que el público iba a presenciar la representación de una obra de teatro muy reconfortante, escrita hacía años por su hija mayor.

—¡No vea esto, se lo pido por favor! —le rogó Eva, avergonzada.

—Pues sí que la voy a ver. Y mucho más sabiendo que la escribió usted —contestó, con una sonrisa pícara.

El escenario era de lo más simple: una casita de cartón piedra con una puerta pintada y una ventana sin esmaltar. Frente a ella, un pequeño árbol artificial.

La obra empezaba con un terrier, *Fritz*, corriendo por todo el escenario con la lengua fuera y moviendo la cola a toda velocidad. Llevaba una especie de mantita de rayas en el lomo y una gorra muy graciosa. La gente rompió a reír y a aplaudir al ver a la simpática criatura. La reacción era siempre igual, en todas partes.

Su padre comenzó la narración.

—Érase una vez un perrito que estaba deseando vivir muchas aventuras. Se fue del pueblecito en el que vivía para buscar una vida mejor en otro lugar.

Como era pobre, aprendió a comportarse de forma encantadora, y descubrió trucos para ganarse el pan.

Fritz se alzó sobre las patas traseras y bailó en círculos, saltó por encima de un tocón, dio una vuelta sobre sí mismo y saludó inclinando la cabeza. Los espectadores volvieron a aplaudir con entusiasmo, y tres actores que representaban el papel de habitantes del pueblo depositaron monedas sobre la manta del perro.

—A la gente le encantaban sus habilidades, y ganó mucho más dinero del que habría siquiera soñado ganar en su pueblecito natal. No tenía familia que le reclamara, ni madera que cortar, ni impuestos que pagar. «¡Esto es vida!», cantaba feliz mientras se dirigía a la siguiente ciudad.

Una vez más, *Fritz* recorrió el escenario a la carrera.

—Pasaron los años —continuó el señor Victor—, y él siguió con sus funciones, pero ya no era ni tan joven ni tan encantador como antes, por lo que recibía menos monedas de la gente.

Fritz repitió sus habilidades, pero ahora con una lentitud exagerada, incluso imitando una cierta cojera. Los espectadores emitían quejas en tono de broma y, de nuevo, se reían a carcajadas.

—De vez en cuando, algún alma caritativa le daba una moneda, pero nadie lo invitaba a comer, ni le dejaba dormir en camas mullidas y cómodas. A veces se asomaba a las ventanas, observando esas tranquilas escenas caseras, al calor del fuego de una chimenea, y empezaba a desear vivir en alguna de aquellas casas.

Fritz, mientras tanto, se había asomado a la ventana, apoyando las patas delanteras en el alfeizar y mirando dentro, mientras gemía lastimeramente. En la audiencia se produjeron murmullos comprensivos y hasta apenados.

—Entonces, un día, mientras yacía triste y abandonado en una esquina, una amable anciana se acercó y se sentó a su lado.

Henrietta, que ahora vestía una capa oscura y se había puesto una peluca gris para representar el papel de mujer mayor, salió por la puerta de la casa, le dio un hueso a *Fritz* y lo acarició.

—Compartió con él su comida y lo trató con cariño. Le preguntó si también se sentía solo de vez en cuando, como le pasaba a ella. Y el perro se tragó su orgullo y reconoció que sí, que le pasaba bastantes veces.

Fritz ladró para confirmarlo.

La «mujer mayor» le abrió la puerta, invitándolo a que entrara, pero *Fritz* se quedó donde estaba, sin moverse.

—La casita en la que vivía la mujer era humilde. La despensa, escasa. Y la vida, apacible y tranquila. Nada aventurera, por descontado. Pensó que le daría las gracias y seguiría su camino, pues esa vida no era para él. Haría lo que llevaba haciendo tantos años. Era su forma de vivir. —El señor Victor hizo una pausa para acentuar el efecto dramático—. Pero, finalmente, respiró hondo y aceptó la invitación de la señora.

Fritz corrió hacia Henrietta, saltó a sus brazos y le lamió la cara.

Entre la audiencia se oyó un murmullo de satisfacción.

—Y se quedó allí, ya no correría aventuras, ni se haría famoso, pero en vez de esa vida azarosa tenía una familia que lo reclamaba, y un lugar al que podía llamar su hogar. Por fin era feliz, y cantó: «¡Esto es vida!».

Fritz dio un último ladrido y Henrietta hizo una reverencia a modo de saludo y, todavía con el perro en brazos, salió del escenario. La gente aplaudió a rabiar.

Eva se acercó un poco más a Jack.

—No es exactamente Shakespeare —se disculpó, con tono avergonzado.

—Puede que no, pero ha sido muy dulce. Me ha gustado. —Extendió la mano y le pasó el dedo índice por la mejilla, con mucha suavidad. La chica contuvo el aliento, y él le enseñó el dedo ligeramente manchado de colorete.

—¡Ah, gracias! Antes utilizábamos un mono amaestrado para representar el papel —dijo, para vencer la timidez—. Pero desarrolló unos hábitos un tanto... embarazosos.

El espectáculo seguía en el escenario, esta vez con el domador francés y su leona.

Eva miró a Jack, y le desconcertó que estuviera mirándola a ella en lugar de al domador y la fiera.

—Se supone que ha venido a ver el espectáculo....

—Prefiero verla a usted.

La miró intensamente. Muy intensamente, tanto que se sintió incómoda. Se inclinó hacia ella aún más y continuó:

—¿Es eso lo que usted...?

Un estallido de aplausos interrumpió sus palabras. Con gesto de fastidio, la tomó suavemente de la mano y la condujo hacia la puerta lateral. La cerró y el estruendo cesó.

—Quería preguntarle si era eso a lo que usted aspiraba cuando escribió la obrita —dijo—, a establecerse en algún lugar agradable. A tener un sitio al que poder llamar hogar.

Ella se encogió de hombros y miró para otro lado.

—¿Vivir en algún sitio más de unos pocos meses? Cuando era joven me parecía un sueño inalcanzable. Conocer a todo el mundo en el pueblo y que me saludaran por mi nombre. Tener vecinos que se preocuparan por nosotros, y amigos, además de los miembros de la *troupe*...

—La entiendo. Yo también estoy cansado de vivir constantemente en la carretera.

—¿En serio? —le preguntó, sorprendida.

Asintió.

—¿Y qué hará?

—Pues no lo sé. Todavía.

Pasearon juntos entre los carromatos. Los actores o ayudantes del espectáculo corrían de un lado para otro y entraban y salían moviendo cosas. Ya había caído la noche, pero la luz de la luna y de las antorchas vencía a la oscuridad. Varios miembros de la *troupe* la saludaron al pasar.

Una mujer mayor le dio un fuerte abrazo.

—¡Hola, querida! Me ha encantado verte actuar otra vez. Tu padre debe de estar en la gloria. ¿Vendrás con nosotros cuando nos marchemos de este pueblo?

La mujer miró a Jack de arriba abajo y movió las pestañas a toda prisa.

—¿O hay algo por aquí que te tienta a quedarte?

—No he hecho planes que vayan más allá de mañana, María. Pero me alegro mucho de volver a verte. —Le apretó el brazo a la mujer y siguió andando.

Jack bajó la voz.

—¿Qué va usted a hacer ahora? ¿Lo ha decidido ya?

—Terminar el vestido de la señorita Brockwell, aunque tenga que morir en el intento. Pero, después de eso, no lo sé.

—Yo tampoco sé que haré en el futuro inmediato. Pero me alegro mucho de que nuestros caminos se hayan cruzado.

Lo miró tímidamente.

—Yo también me alegro de eso.

Se inclinó hacia ella y la besó suavemente en la mejilla.

—Me identifico bastante con ese pobre chucho. Tengo que confesar que a veces me siento muy solo, buscando la felicidad de un lado a otro de la carretera.

Se puso la mano en el corazón y empezó a recitar.

—A veces se asomaba a las ventanas, observando esas tranquilas escenas caseras, al calor del fuego de una chimenea, y empezaba a desear vivir en alguna de aquellas casas...

—¡Jack, para! —pidió ella, muy avergonzada al oírle repetir esas palabras tan cursis. Pero continuó:

—Se fue a la siguiente ciudad, cantando: «¡Esto es vida!»...

Ella se puso de puntillas y lo calló con un beso.

Inmediatamente la rodeó con los brazos. Se echó hacia atrás lo suficiente como para poder mirarla a los ojos.

—Sabía que esto iba a funcionar —dijo, sonriendo pícaramente. La besó de nuevo.

CAPÍTULO

42

Matilda programó la visita de los Fairmont para la tarde del domingo, así Mercy podría estar sin tener que pedir permiso en su trabajo.

Su sobrina llegó un poco antes que los invitados y ayudó a su tía a preparar la casa y su peinado para la ocasión. George y Helena se estaban yendo justo en el momento en el que los Fairmont entraban por la puerta. Una mujer de piel oscura que vestía túnica y un gran pañuelo iba por detrás del padre y el hijo. Helena se la quedó mirando y dejó ver un gesto de disgusto en su bonita cara.

—¡George, muchacho! —lo saludó Winston Fairmont—. Me alegro mucho de volver a verte.

—Y yo a usted, caballero.

Se fijó en el sombrero y el bastón de caminar de George.

—¿No os quedáis con nosotros?

George miró brevemente a su esposa.

—Desgraciadamente, estábamos saliendo justo en este momento.

—Una cita que ya teníamos programada previamente —mintió Helena, con voz suave.

—¡Qué pena! Me habría gustado intercambiar experiencias de nuestras respectivas estancias en el extranjero.

—Y a mí también, caballero. En otro momento, quizá. Como ya sabrá, mi padre siempre dice que fue usted quien inculcó en mí el deseo de ir a la India.

—Lo que quieres decir realmente es que me echa la culpa de que te fueras, ¿no es así? —corrigió Winston, sagazmente.

George dibujó su habitual sonrisa infantil.

—Lo que pasa es que nunca entendió el porqué de mi interés por viajar y conocer mundo. Él no tiene su espíritu aventurero. —Echó la cabeza levemente hacia atrás—. Ah, y pensando en la India, casi puedo oler ahora las exóticas especias. Los curris... —Cerró los ojos como si pudiera saborearlos.

—Yo también —corroboró Winston Fairmont, alzando la nariz. E inmediatamente les presentó a su hijo y a la niñera.

George inclinó levemente la cabeza en dirección a la mujer pero saludó calurosamente a Jack Avi.

—Un muchacho muy guapo. Está claro que la India le ha resultado a usted mucho más productiva que a mí.

El señor Fairmont apoyó la mano cariñosamente sobre la cabeza de su hijo.

—El tiempo que pasé allí tuvo de todo. Sufrí bastantes desgracias, es cierto, pero también he tenido mis compensaciones.

—Pues está claro que yo no obtuve ninguna de esas últimas —repuso George, algo pesaroso—. Así que estoy muy contento por tener la oportunidad de empezar de nuevo aquí, en casa. Más o menos como usted, me imagino.

—Bueno, lo cierto es que, en mi caso, los días adecuados para empezar de nuevo ya han quedado atrás, o al menos eso creo, pero tú eres joven, George, y tienes muchas posibilidades de sacar el mejor provecho del futuro. Aunque espero que no des nada por hecho.

—No lo haré, caballero.

—Bien, te tomo la palabra: ya hablaremos en otro momento.

George asintió.

—Disfrute de la visita. Buenas tardes.

La pareja bajó los escalones, pero antes de que se cerrara la puerta, Mercy pudo oír el enfadado susurro de Helena.

—Pero ¿cómo demonios se le ocurre traer aquí a esa mujer...?

El señor Fairmont se volvió hacia Mercy y Matilda, haciendo un gesto de disculpa.

—No tenía pensado traer a Priya, pero en el hotel estaban limpiando nuestras habitaciones, y no me pareció adecuado dejarla sola, sentada en un salón.

—¡Pues claro que no! No es ningún problema, en absoluto. Es bienvenida.

—Priya no tiene la intención de participar. Le haría sentirse muy incómoda. Le basta con poder sentarse en un rincón tranquilo a coser.

Mercy señaló una silla del vestíbulo.

—Se puede sentar aquí, si le apetece. ¿Pero está usted seguro? Sería un placer que se quedara con nosotros.

El señor Fairmont le indicó a la mujer que se sentara, y ella pareció sentirse aliviada.

—Sé que a una señorita como tú le puede parecer insensible, Mercy, pero créeme, seguro que se encontrará mejor sola —resolvió Matilda, mientras avanzaba a través del vestíbulo—. No habla inglés, y odia llamar la atención, cosa que está ocurriendo con excesiva asiduidad desde que llegó a Inglaterra. Jack Avi, mi sobrina ha aprendido un poco del idioma, y yo lo hablaba también, pero no es nuestra lengua materna, y yo no traduzco nada bien, para ser sinceros.

Mercy negó lentamente con la cabeza.

—¡Qué sola debe de sentirse! Me pregunto si podrá ser feliz...

—Si supierais cuáles son sus antecedentes, cómo se la trató en algún momento de su vida... Mi esposa la sacó de las calles, la formó para que fuera su sirvienta y, más tarde, la niñera de nuestro hijo. Sí, os aseguro que Priya es más feliz ahora. O, por lo menos, que está más contenta.

Matilda se detuvo antes de entrar en el salón de estar.

—Cuantas más cosas oigo acerca de tu querida esposa, Win Fairmont, más me gusta y más la admiro.

—Gracias. Estoy completamente de acuerdo —dijo, sonriendo melancólicamente.

La tía Matilda se frotó las manos con la cara encendida.

—Sé que habéis venido a tomar el té, pero espero que tengáis hambre.

—¡Vaya! ¡No me digas que me vas a obsequiar con una de tus famosas tartas!

—¿Y galletas y bizcocho? —intervino Jack Avi, esperanzado.

—Esta vez no —negó Matty.

Winston Fairmont la miró con la cabeza ladeada.

—Matilda Grove, ¿qué te traes hoy entre manos en la cocina?

Mercy también se lo estaba preguntando.

—¿Yo? —Hizo un falso gesto de inocencia—. ¡Nada especial! —Señaló la puerta lateral—. Vamos al jardín trasero.

Siguieron a Matilda, fuera les esperaba una mesa improvisada.

—Sentaos, por favor.

Mercy miró a su tía con las cejas levantadas. La mujer le dirigió una sonrisa traviesa. Helena había prohibido una cena formal para los Fairmont en Ivy Cottage. Pero, estrictamente hablando, en esos momentos no estaban en Ivy Cottage, o sea que no se trataba de nada «formal».

Después de que se sentaran los cuatro, el señor Basu entró con una bandeja en la que había un pescado estofado de magnífico aspecto, con salsa de aceite y mostaza. Después llegaron cuencos de verduras, lentejas y arroz, y otra bandeja con un tipo de pan que parecía frito.

—¿Me engañan mis ojos o eso es *luchi*? —preguntó el señor Fairmont, sorprendido.

El señor Basu asintió gravemente con la cabeza, pero no pudo disimular la alegría en el semblante.

—Me lo había parecido por el aroma —murmuró Winston Fairmont—. ¿Chili, verdad? ¡Lo sabía!

—Pensaba que echarías de menos la comida india —dijo la tía Matty—, aunque el señor Basu me dice que en esa tierra hay muchísimos tipos de cocina, y se teme que lo que ha preparado, que es bengalí, te resulte demasiado especiado.

—¿Comida especiada y picante? No sabes cuánto la echo de menos. Es algo que no tenemos en Inglaterra.

Empezaron a comer, Matilda con cierta timidez, y Winston y Jack Avi con auténtico deleite.

Mercy se llevó a la boca un pedacito para probar. De entrada le pareció sabroso y especiado, pero pronto sintió una especie de fuego en la lengua. Se abanicó la boca con la mano e inmediatamente agarró un vaso de agua.

—Mmm... —Winston Fairmont cerró los ojos mientras saboreaba un pedazo de pescado—. Está absolutamente delicioso. ¿A ti qué te parece, Matty?

—Mmm... —asintió, pero se le saltaban las lágrimas.

—Está muy bueno. Al *ayah* le encantaría —dijo Jack Avi.

—Sí. Tenemos que preparar un plato para Priya —propuso el señor Fairmont—. No puede perderse esto después de haber sufrido durante tanto tiempo la comida inglesa.

El señor Basu se inclinó y le habló al oído a la tía.

Matilda le dedicó una sonrisa al sirviente.

—El señor Basu ha invitado a Priya a que le acompañe a la cocina, y ella ya está disfrutando de este... inolvidable festín.

—Excelente —celebró el señor Fairmont, completamente encantado—. Gracias, señor Basu. Es usted muy considerado. Un cocinero excelente, y todo un caballero. Magnífico.

Después el criado sacó los platos dulces: hojaldre cubierto con clavo, pudin con frutos secos y un cuenco en el que unas bolas esponjosas flotaban en salsa de sirope aderezada con azafrán. Fue señalando cada uno por su nombre: *Lobongo latika, payesh* y *chena rasgulla*. Fue una de las escasas ocasiones en las que se permitió hablar sin que le hicieran una pregunta directa.

Finalmente, trajo la bandeja con el té.

Matilda sonrió mientras le susurraba a Mercy al oído:

—Dije que íbamos a tomar el té, ¿verdad? Pues aquí está. Lo demás... no creo que nadie sea capaz de adivinarlo, ni que haga falta contarlo.

Después de disfrutar de la comida y de una agradable conversación, el señor Fairmont agradeció efusivamente a las Grove y a Basu la invitación y las viandas. Cuando, un poco más tarde, ya se marchaban, Mercy se dio cuenta de que el sirviente le entregaba a Priya un plato cubierto por un paño y la saludaba con una inclinación. Ella le devolvió el saludo y murmuró unas melodiosas palabras como respuesta.

—¿Hablan ustedes la misma lengua? —le preguntó Mercy a Basu en un susurro, mientras la niñera se marchaba.

El hombre asintió. Sonreía, y eso también era muy poco habitual.

—¡Magnífico! —exclamó la tía Matty—. Me alegro de que puedan entenderse en su propio idioma.

—Estoy de acuerdo. —El señor Fairmont volvió a mirar a Matilda con mucho afecto—. Tener alguien que te entienda de verdad es una auténtica bendición.

Durante las últimas semanas, Rachel había estado observando atentamente a Justina. Su cuñada no podía disimular la melancolía, por lo que ella estaba bastante preocupada. La joven aún tenía que fijar la fecha definitiva de la boda, pero no había confesado, ni a ella ni a nadie, que se hubiera pensado mejor su compromiso con *sir* Cyril.

Ese domingo, en la iglesia, vio a Nicholas Ashford, pero el joven no se acercó a hablar con Justina ni con ella.

—Justina, ahí está Nicholas —le susurró al oído después del servicio—. ¿Quieres que nos acerquemos a saludarlo?

A la chica le brillaron los ojos durante un momento, pero el brillo se apagó casi inmediatamente.

—No tiene ningún sentido que yo vaya a verlo. Pero tú sí que puedes saludarlo si quieres, por supuesto.

Rachel captó su mirada al otro lado de la nave y le dirigió una sonrisa. Él se la devolvió forzando el gesto, sin poder borrar la tristeza de los ojos. No se lo podía echar en cara. Ella también estaba triste. Se arrepentía de haber alimentado sus esperanzas con la fiesta. Lo único que había conseguido era causarle una nueva decepción amorosa.

CAPÍTULO
43

El lunes, las Brockwell volvieron a la tienda de Victorine para una nueva prueba. Rachel ya sabía por Jane que el verdadero nombre de la modista era Eva Victor, pero pensó que no era el mejor momento para anunciárselo a su suegra.

Justina estaba delante del espejo de cuerpo entero con la enagua y el corsé mientras la modista llevaba el vestido de satén. Rachel volvió a notar que a su cuñada le faltaba su habitual alegría y le dirigió una sonrisa para animarla. Ella desvió la vista hacia su reflejo con gesto de cansancio. Victorine todavía tenía que añadir la capa de bordado y colocar los adornos estilo Vandyke. Primero quería asegurarse de que el vestido le sentaba bien.

Rachel contuvo el aliento cuando la delicada tela cayó desde la cabeza de Justina y descendió hasta los tobillos, donde tomaba la forma de una pileta de marfil. La señorita Victor levantó el vestido hasta las estrechas caderas de la joven y lo fue guiando poco a poco para que pudiera introducir los brazos.

El vestido era demasiado ancho para la delgada figura de la joven, y demasiado largo. Caía sobre ella como si fueran unas cortinas.

La señorita Victor frunció el gesto.

—Lo siento. No entiendo cómo ha podido pasar. Voy a tener que meter por aquí y por aquí. Y acortarlo, y...

Justina se miró en el espejo, con los brazos extendidos.

—No. Está perfecto.

La señorita Victor negó con la cabeza.

—Perdone, señorita Brockwell, pero es más que evidente que no le sienta bien.

—Lo sé.

Lady Bárbara bufó.

—Ya te había dicho yo que esto era una mala idea, Justina. Teníamos que haber ido a Londres, como yo quería.

La chica se volvió hacia su madre.

—Sí, claro, como usted quería, pero no como yo quería. ¿Es que no se da cuenta? No me va bien. A otra persona sí que le iría muy bien, pero a mí no.

—Este vestido en concreto no le sentaría bien a nadie, pero...

—¡No hablo del vestido! ¡Hablo del matrimonio! ¡Del hombre con el que estoy comprometida! No puedo hacerlo, madre. Quería complacerla a usted, pero es que no amo a *sir* Cyril, ni siquiera un poco. No puedo seguir adelante con esto...

Se le quebró la voz y se le llenaron los ojos de lágrimas.

—Lo siento, madre. Quería hacerla feliz, que estuviera orgullosa de mí, pero lo cierto es que estoy destrozada.

Lady Bárbara hizo una mueca de disgusto.

—No dramatices, Justina. *Sir* Cyril es muy amable y simpático, y además es guapo, por no hablar de su título y de su fortuna... ¿Qué más puedes pedirle?

—Mucho más.

—*Sir* Cyril tiene un carácter excelente, y es muy educado... un partido magnífico para ti.

—Apenas me mira, madre. Creo que ni siquiera le gusto.

—¡Pues claro que le gustas! Te pidió que te casaras con él.

—Eso fue lo que me dije a mí misma cuando lo hizo. Pero la verdad es que creo que la señorita Bingley le gusta mucho más que yo.

—¡Tonterías! Tú eres el doble de atractiva que la señorita Bingley, y no hablemos de la dote...

—No estoy segura de lo primero, pero no importa. Lo que importa es que estoy convencida de que ni él me ama ni yo puedo amarlo a él.

—¿Y cómo lo sabes? No tienes la más mínima experiencia romántica en la que puedas basarte para llegar a esa conclusión. Si desaprovechas esta oportunidad, ¿cómo sabes que podrías llegar a amar a otro hombre que merezca la pena?

—Porque... ya amo a otro hombre que merece la pena.

Los ojos de la viuda lanzaban chispas.

—¡Ah, claro! Ya hemos llegado al fondo del asunto. El señor Ashford, si no me equivoco. ¿De verdad crees que merece la pena un hombre tan poco prominente?

—¡Claro que sí! Pero no perderé el tiempo hablando de ello, y mucho menos discutiendo, porque no me ha hecho ninguna propuesta. Ni siquiera me ha pedido que le deje cortejarme. ¿Cómo iba a hacerlo si le dijiste a todo el mundo que yo estaba prácticamente comprometida mucho antes de que en realidad lo estuviera?

La voz de *lady* Bárbara adquirió un tono bajo, ronco y amenazante.

—¿Tengo que recordarte que has aceptado el compromiso con *sir* Cyril? Los planes ya se han puesto en marcha.

—Me equivoqué al hacerlo. No quiero herirlo a él ni defraudarla a usted, pero he cambiado de opinión.

—¿Y vas a tirar por la ventana esta oferta de matrimonio de un hombre de lo más conveniente, que pertenece a una respetada familia de la nobleza, solo por la lejana esperanza de una propuesta de un individuo de mucha menor valía?

—A mis ojos, su valía no es menor.

La viuda abrió los brazos.

—Es demasiado tarde, Justina. El señor Paley empezará a leer las amonestaciones el próximo domingo.

La chica alzó la cabeza, absolutamente resuelta.

—Lo siento, madre. No puedo hacerlo.

—Justina, ¿te das cuenta de que romper un compromiso de esta manera daría lugar a muchísimas habladurías? Y eso sin contar que *sir* Cyril podría demandarnos por ruptura de promesa.

—No lo hará, madre. Se sentirá aliviado, eso como poco. Creo que solo iba a casarse conmigo también por agradarla a usted.

—¡Justina, por favor! ¡Eso es completamente ridículo!

—Y, en cuanto a las habladurías, puedo enfrentarme a ellas con mucha más facilidad que a un matrimonio, que es para siempre, con un hombre al que no puedo amar ni respetar.

—Eso es muy fácil de decir, hija, pero, ¿qué pensará de ti el señor Ashford cuando se entere de esto? Todo el mundo pensará mal de ti por haber dejado plantado a *sir* Cyril.

—Me da igual «todo el mundo». Y si él también lo desaprueba, entonces es que no es el hombre que yo pienso que es.

Lady Bárbara se volvió hacia su nuera.

—¿Qué tienes tú que decir respecto a todo esto?

A Rachel le pilló por sorpresa la pregunta, y parpadeó un par de veces.

—Dado que yo misma me he casado por amor, puedo dar fe de la felicidad que eso procura. Ahora Justina es mi hermana, y muy querida. ¿Cómo no voy a desear para ella lo que deseé y conseguí para mí misma?

—¿Y crees que va a encontrar la felicidad con Nicholas Ashford, el hombre al que precisamente tú rechazaste?

—La felicidad puede ser muy breve, pero ¿la alegría? ¿El amor incondicional? Sí, yo creo que tiene todas las posibilidades de encontrar esas y otras bendiciones con el señor Ashford, que, además, creo que está muy enamorado de ella. Puede que no ocupe en la sociedad un lugar tan prominente, pero su corazón es noble, y además es un hombre de honor y de éxito, y procede de una familia con tradición. A la que no le faltan problemas, lo reconozco, pero... ¿a cuál, incluso a la de la más rancia nobleza, no le pasa lo mismo? En todo caso, es una buena familia. Y es el señor de Thornvale, que está mucho más cerca que Broadmere, no lo olvide.

Lady Bárbara negó lentamente con la cabeza.

—¡Pero piensa en la pobre *lady* Awdry! Ninguna de sus dos hijas casadas, y con escasas posibilidades de casarse, y ahora su único hijo rechazado... Si la vida fuese justa, Justina se casaría con *sir* Cyril y dejaría que el señor Ashford se casase con una de las dos hermanas Awdry, sobre todo dado que Timothy defraudó sus esperanzas previamente. ¡Si insistes en romper el compromiso, dudo incluso de que vuelva a dirigirme la palabra en su vida!

—¡Vamos, madre! No me obligues a tomar mis decisiones en función de las necesidades de emparejamiento de los Awdry. Además, creo que Horace Bingley está enamorado de Penélope Awdry.

—Debes de haberte confundido con Arabella, supongo.

—No. Nunca habría pensado que Horace tuviera un gusto tan excelente, pero nos dejó a todos atónitos en la fiesta. Y a Penélope mucho más.

—¡Santo cielo! ¿Qué nos esperará después? —La viuda se levantó—. Por favor, no hagas nada apresurado, Justina. Prométeme que lo vas a volver a pensar esta noche.

—Ya lo he...

Rachel posó la mano sobre el brazo de la joven. Ya le había echado mucho valor, y *lady* Bárbara parecía estar casi a punto de dar su brazo a torcer.

La chica se detuvo, seguramente entendiendo el mensaje sin palabras de su cuñada.

—Si usted lo desea, así lo haré, madre.

Se volvió hacia la modista, que había permanecido en un silencio de lo más discreto durante la batalla dialéctica que se acababa de producir.

—Lo siento mucho, *madame*. Espero que consiga rescatar el vestido y vendérselo a alguna otra persona. Siento muchísimo que haya perdido tanto tiempo y dinero con él.

Victorine se las arregló para esbozar una sonrisa de circunstancias.

—Muchas gracias, pero ni se preocupe por eso, señorita Brockwell. No es culpa suya. Decida lo que decida, le deseo mucha felicidad.

—Rachel, ¿te importaría volver andando a casa con Justina? —intervino *lady* Bárbara—. Dentro de nada iré yo también en el carruaje, pero antes *madame* y yo tenemos que hablar de una cosa.

Aquello no pintaba nada bien.

—Madre... —empezó a decir la joven, pero su cuñada la agarró del brazo, temiendo que otra discusión pusiera en peligro el frágil acuerdo al que acababan de llegar.

—Anda, vámonos a casa. —Solo le faltó empujarla hacia la puerta. La señorita Victor sería capaz de defenderse por sí misma. O al menos eso esperaba.

Justina salió de la tienda como se escapa un pájaro de su jaula y estuvo a punto de atropellar al mismísimo Nicholas Ashford.

—¡Oh! Señorita Brockwell. Perdóneme. —La agarró por los codos para sujetarla.

Su cuñada salió con más calma y cerró la puerta tras ella.

—No hay nada que perdonar, señor Ashford —replicó Justina—. He sido yo quien le ha empujado. Estaba tan contenta que ni sabía por dónde iba.

Rachel notó que él no le soltaba los brazos de inmediato.

—¿Y puedo preguntarle por qué está usted tan alegre? —Lo dijo sonriendo, aunque la miraba con ojos recelosos. Señaló hacia la puerta por la que acababan de salir—. Me imagino que le gusta mucho su vestido de boda, ¿no es así?

—¡Qué va, en absoluto! —respondió, mientras sonreía encantada—. No me queda bien y no es apropiado para mí. Ni lo más mínimo.

—¿Y eso es lo que la alegra tanto? —preguntó él, alzando las cejas, sinceramente sorprendido.

Justina asintió, con un brillo en la mirada.

—La boda se ha anulado. Bueno, en realidad... se anulará pronto.

El desconcierto del joven era total. Abrió mucho los ojos y fue incapaz de cerrar la boca.

—¿Por un vestido?

Ella negó con la cabeza.

—¡No! Porque el novio y la novia no son adecuados el uno para el otro. La verdad es que me ha costado mucho tiempo admitir esa gran verdad y hacerlo de una vez para siempre. Pero ya está, ya he llegado a esa conclusión inexorable, y he decepcionado a mi madre en grado sumo. Debe de pensar usted que soy muy egoísta, aparte de no ser capaz de cumplir mis promesas.

—Todo lo contrario, señorita Brockwell: creo que es extraordinariamente valiente. Dejando aparte su belleza, que hoy reluce de manera espectacular.

En ese momento pareció caer en la cuenta que aún la agarraba de los codos. Retiró las manos apresuradamente, con gesto de incomodidad, ofreciéndole el brazo.

—¿Puedo acompañarla a casa?

Justina dudó.

—Nada... nada me gustaría más, señor Ashford, se lo digo de verdad. Pero será mejor que no. No hasta que tenga la oportunidad de hablar con *sir* Cyril.

El anterior desconcierto se convirtió en verdadero asombro. El joven iba de sorpresa en sorpresa.

—¡Ah, pero...! ¿Es que él aún no lo sabe?

—Todavía no. Acabo de convencer a mi madre de que había cambiado de opinión. Aunque en realidad no se ha tratado de ningún cambio. Por muy agradable que sea *sir* Cyril, que le aseguro que lo es, nunca ha sido capaz de conquistar mi corazón.

—¿Y cree usted que algún otro hombre podría conseguirlo... algún día?

La joven sonrió.

—Sí. Creo que hay muchas posibilidades de que eso ocurra.

A Eva no le gustó que la amable Justina y Rachel tuvieran que marcharse, pero la cosa no tenía remedio. Juntó las manos, las palmas le sudaban por los nervios, y miró a *lady* Bárbara.

—Bien, *madame* —empezó la viuda—, doy por hecho que ha sido usted cómplice en esta pequeña farsa que ha montado mi hija. Nadie habría sido capaz de hacer las cosas de una forma tan chapucera.

«Ojalá fuera verdad», pensó Eva, abriendo la boca para intentar sacarla de su error, pero *lady* Bárbara siguió adelante, imparable:

—Quiero que sepa que no me ha gustado nada su papel en el drama de hoy, y que, por supuesto, no recibirá más encargos míos. Ni tampoco le voy a pagar por esto —advirtió, señalando con desprecio la tela que había sobre la mesa—, que ha sido una pérdida de tiempo, tanto para mí como para usted. Y también quiero que me devuelva el anticipo.

—Pero ya me lo he gastado en el material, y... —Una sola mirada a la cara de la dama le hizo volver grupas—. Desde luego, *milady*. Tan pronto como me sea posible.

—A finales de semana, si no le importa. A no ser que desee que haga saber mi desaprobación acerca de usted y de sus servicios a todas mis conocidas que, como ya se imaginará, son muchas.

Eva tragó saliva. Pero ¿acaso importaba? Sea como fuere, estaba arruinada. Y, para ser sinceros, las normas no escritas del comercio establecían que debía devolverle el dinero a la dama.

—Le devolveré el dinero, señora. Y le pido perdón... por todo.

La viuda la miró entornando los ojos, como si estuviera evaluando su sinceridad. Al parecer se sintió satisfecha, porque se dio media vuelta y salió de la tienda.

Mientras la puerta se cerraba con cierta fuerza, Eva se quedó de pie, negando lentamente con la cabeza. Había fracasado con el vestido de la señorita Brockwell. Y ahora ¿qué? Quizá fuera el momento de abandonar su sueño para siempre y volver con la *troupe*. De reconocer su fracaso.

Al día siguiente, Rachel y *sir* Timothy acompañaron a Justina a Broadmere para realizar la incómoda y triste visita. Ella acudió para apoyar moralmente a su cuñada; y él, por si *sir* Cyril amenazaba con demandar a los Brockwell por incumplimiento de promesa, aunque no le parecía una persona proclive a pleitear con un amigo de la familia. Al menos eso esperaba.

Aguardaron en un extremo del gran vestíbulo, ejerciendo su labor de carabinas, mientras Justina y *sir* Cyril estaban sentados hablando en sendos sillones, justo en el lado opuesto de la amplia estancia. La señorita Brockwell habló durante unos minutos en voz baja y tono solemne. Rachel podía imaginar lo que le estaba diciendo, pero no lo oyó.

Sir Cyril exhaló un largo suspiro y se echó hacia atrás, apoyándose en los cojines. ¿Sentía fracaso o desaliento?

Pudo oír su voz:

—La verdad es que era lo que me esperaba. Tu madre parecía mucho más entusiasmada por el enlace que tú misma. Si te digo la verdad, hasta me sorprendió que me aceptaras.

—¿Entonces no te importa? —preguntó Justina.

—No, señorita Brockwell —respondió, esbozando una cálida sonrisa—. No me siento agraviado. Estoy seguro de que mi madre se sentirá decepcionada, por supuesto. Pero puede que la suya y ella se consuelen mutuamente.

—Gracias por ser tan comprensivo —repuso Justina, levantándose.

Sir Cyril la acompañó hacia la pareja con expresión seria.

—Bueno, Brockwell, no me apetece que mi madre y mis hermanas tengan que sufrir más cotilleos de los estrictamente necesarios, así que espero que podamos resolver el asunto lo más discretamente posible. Afortunadamente, nuestros respectivos vicarios aún no han leído ni publicado las amonestaciones.

—Hablaré con el señor Paley tan pronto como regrese —dijo Timothy asintiendo.

—Te lo agradezco. Y yo con el nuestro en cuanto os diga adiós.

Se volvió hacia Justina y la tomó de la mano.

—Te deseo mucha felicidad, señorita Brockwell.

—Y yo a ti, *sir* Cyril. Adiós.

Se inclinó sobre su mano, y después la miró a los ojos. Era la primera vez que Rachel le veía hacerlo.

44

Aunque Jane iba a caballo hasta Bell Inn cada día, ahora dormía en la granja, y poco a poco iba llevando sus pertenencias desde la posada hasta su nuevo hogar conyugal.

Pensaba que a Jack Avi le encantaría ver la casa de fieras y le iba a pedir a su padre que lo llevara la próxima vez que fueran a visitarla. El espectáculo estaba cosechando un gran éxito, no solo en el pueblo, sino también en los de los alrededores, incluso iba gente desde Salisbury. El señor Victor había solicitado permiso para quedarse más tiempo en Ivy Hill, y se lo habían concedido.

Pero Jane no pudo hablar con su padre, porque no pasó por Bell Inn ni por la granja, al contrario de lo que ella esperaba. Al parecer, no había vuelto al pueblo desde que había ido a Ivy Cottage a comer con las Grove. A medida que pasaban los días sin ver a su padre y a su hermano, empezó a preocuparse. Esperaba que estuvieran bien, al igual que Priya. Decidió ir a verlos a Wilton.

Cuando llegó a la posada y subió a la planta de arriba, volvió a ver a Jack Avi en el pasillo, esta vez jugando a darle patadas a la pelota. Decidió que, si no podía ver a su padre, lo sacaría fuera a jugar.

—Hola, Jack Avi.

—¡*Didi*! —exclamó el chico, encantado de verla.

—¿Dónde está *bapu*?

El niño señaló hacia la puerta de la habitación de su padre, que estaba entreabierta. Jane se asomó a la habitación y vio al doctor Burton inclinado sobre la cama, escuchando el corazón de su padre. ¿Estaría enfermo?

Dio unos pasos atrás y, durante unos momentos, se quedó allí de pie, dudando entre entrar o esperar fuera. Antes de que se decidiera, se abrió la puerta del todo, dando paso al doctor Burton.

—¡Ah, Jane! Me alegro de verte.

Echó una mirada hacia Jack Avi, que seguía jugando al otro lado del pasillo, donde no podría oírla si hablaba bajo.

—¿Cómo está?

El médico hizo una mueca.

—Pues no tan bien como a mí me gustaría pero, como le he dicho a él, tengo poca experiencia con las fiebres del extranjero.

Se le encogió el estómago.

—¿Tiene unas fiebres?

El doctor Burton la miró sorprendido.

—No, ahora no. Pero cuando estaba en la India sufrió dos enfermedades graves que dejaron su huella, sobre todo en el corazón. ¿De verdad no te ha contado nada?

—No.

—Pues entonces no debería habértelo dicho yo.

—Me alegro de que lo haya hecho. ¿Qué puedo hacer? ¿Llevarlo a Londres? ¿Hay allí algún médico con más experiencia en ese tipo de enfermedades que nos pudiera recomendar?

Miró hacia arriba, reflexionando.

—La verdad es que no creo que le convenga moverse mucho, al menos de momento. Lo cierto es que ya ha viajado lo suficiente para un par de vidas, y eso como poco. Mi hijo Franklin, puede que lo recuerdes, también es médico. Los últimos años los ha pasado en un centro hospitalario de aprendizaje que tiene bastante renombre, el Hospital Guy de Londres. Tiene previsto venir a visitarme la semana que viene. Si te parece, dejemos que lo evalúe él y, dependiendo de lo que opine, decidiremos el siguiente paso.

—¿Y no podríamos trasladarlo a Ivy Hill, por lo menos? Me gustaría hacerme cargo de su cuidado allí.

—Sí, eso sí que me parece bien, pero a ver si puedes convencerlo. También sería más fácil para mí supervisar su tratamiento si está en Ivy Hill. ¿Estás pensando en una habitación en Bell Inn?

—Sí, si puede subir escaleras.

—Sí que podría, al menos por ahora.

—¿Hay algo más que pueda hacer?¿Alguna medicina, o una dieta especial?

—De momento, nada más que una buena alimentación y mucho descanso —repuso el médico, tras reflexionar un momento—. Todavía es perfectamente capaz de cuidar de sí mismo. Quizá más adelante sería bueno contratar como enfermera a la señora Henning, o tal vez a Sadie Jones. Un hombre prefiere que no sea su hija quien le ayude a hacer ciertas cosas.

«¿Más adelante? ¿Cuánto tiempo más adelante?», se preguntó Jane, cada vez más angustiada.

—Sí, lo entiendo. Y le agradezco mucho que haya venido usted hasta aquí a visitarlo, doctor Burton.

—Supongo que no quería preocuparte, pero debo decir que me alegro de que estés al tanto.

Jane asintió. Echó otra mirada al chico que jugaba en el pasillo.

—Espero que Jack Avi goce de buena salud, igual que su niñera...

—El chico está absolutamente sano. Y tengo que dar por hecho que su niñera también, aunque no me deja acercarme ni a diez metros.

—Entiendo. ¿Puedo entrar a hablar con mi padre?

—Espera que me asegure de que está completamente vestido. —Asomó la cabeza al interior de la habitación, murmuró algo y volvió a salir, sujetando la puerta para que pasara.

—Hola, padre.

La miró un momento e hizo una mueca mientras murmuraba algo entre dientes.

—Burton se ha ido de la lengua, ¿verdad?

—Me lo tenía que haber dicho usted mismo —arguyó ella, en voz baja. Él apartó la mirada.

—No quería que volvieras a aceptarme en tu vida solo por lástima.

—Ese temor hubiera tenido sentido inicialmente. Pero ya lleva usted aquí bastante tiempo.

—No quería preocuparte —se defendió, encogiéndose de hombros—. Estabas muy ocupada con la posada y los planes de boda.

—Siempre tendré tiempo para usted, padre —replicó—. El doctor Burton me ha dicho que estuvo muy enfermo.

Él asintió.

—El clima de la India puede ser peligroso. Miles de soldados y de empleados de la Compañía de las Indias Orientales sucumben a las fiebres biliosas, la disentería, la viruela, el tifus... Yo pude esquivarlas todas cuando estuve de joven. Pero los últimos años han sido de prueba. Sufrí varias veces malaria y otras fiebres. Y tanto Rani como yo enfermamos de cólera el año pasado. Como sabes, ella no sobrevivió. Yo sí, pero, por lo que parece, todas esas enfermedades han terminado por minar mi salud. Sobre todo el corazón.

—Eso me ha dicho el doctor Burton. Quiere que su hijo te examine la semana que viene. Está trabajando y formándose en el Hospital Guy de Londres.

Su padre hizo un gesto desdeñoso con la mano.

—Ya fui al hospital en Madrás y pasé consulta con médicos locales y de la Compañía. Apenas pudieron hacer nada, salvo recomendarme que regresara a mi país de origen y a su clima.

—¿Esa es la razón por la que volvió?

—No. Al menos no la fundamental. Recibir tu carta después de tantos años me pareció una señal muy clara. Era el momento de volver. Por lo menos para visitarte, para ver de nuevo a mi queridísima hija. Si es que ella quería.

—¡Pues claro que sí, padre! Me alegra mucho que esté aquí y siento haber estado resentida tanto tiempo. He sido mezquina y una estúpida. ¿Qué habría pasado si hubiera muerto y no hubiera regresado nunca? —Se le llenaron los ojos de lágrimas.

—Pero he vuelto. Querida... ¿Entiendes ahora por qué no quería decírtelo? Vamos, vamos... —Le acarició la mano—. Tengo que confesarte también que me planteé dejar a Jack Avi en la India, al cuidado de sus tíos. Me parecía cruel arrancarlo del único país y las únicas personas que conocía, sobre todo habiendo muchas posibilidades de que yo no viva lo suficiente como para verlo crecer.

—¡Oh, padre, no diga eso! —murmuró. Se sentía cada vez más triste.

El hombre se irguió. Por primera vez ella se dio cuenta de lo delgado que estaba y lo huesudos que tenía los hombros.

—Pero no fui capaz de hacerlo. Ya había perdido a mi querida Rani. No podía renunciar también a nuestro hijo.

—¡Por supuesto que no! Me alegro mucho de que lo haya traído con usted. Doy gracias a Dios por el hecho de que estén aquí los dos. Y ahora, vamos a dejar de decir esas tonterías acerca de que no lo va a ver crecer —repuso, secándose las lágrimas—. Consultaremos a los mejores doctores, y cuidaremos de usted muy bien: comida nutritiva y mucho descanso. Ahora que está en Inglaterra mejorará, padre, estoy segura. Estará aquí con Jack Avi y conmigo un montón de años más.

—Dios te oiga, querida —rogó él, mientras le dedicaba una sonrisa un poco forzada—. Dios te oiga.

Jane ayudó a su padre y a Priya a mudarse a las habitaciones de Bell Inn. Una vez instalados, les dejó tiempo para descansar y acostumbrarse a su nueva residencia.

En cuanto a Jack Avi, lo ayudó a subirse al asiento de la calesa.

—Tú te vas a venir a pasar la noche con Gabriel y conmigo, Jack Avi. ¿Te parece bien? Y puede que mañana te lleve al espectáculo de fieras, para que veas a la leona y a otros animales muy interesantes.

—¿Y qué va a hacer *bapu*? —preguntó el niño.

—Esta noche va a cenar con un viejo amigo, lord Winspear. Una cena solo para personas mayores.

—¿Y mi *ayah*?

—Priya va a disfrutar de una noche libre, para variar. El señor Basu tiene la intención de volver a cocinar para ella.

—¿Y nosotros qué vamos a cenar?

Jane dio unos golpecitos en la cesta que había junto a ellos en el asiento corrido.

—Le he pedido a la señora Rooke que prepare alguno de tus platos favoritos: empanada de paloma, bizcocho y galletas.

El crío levantó el puño en señal de victoria.

—¡Sí!

A Jane le llegó un olor un tanto desagradable.

—¿Cuándo ha sido la última vez que te has bañado, Jack Avi?

El chico se encogió de hombros y arrugó la nariz.

—No me gusta bañarme.

—Bueno, pero de todas formas creo que va siendo hora de que lo hagas. Llenaré una magnífica bañera de agua caliente para ti y te ayudaré a lavarte el pelo.

El niño soltó un largo suspiro, resignado.

Después, cuando Jack Avi se metió en el baño, Jane colocó sobre el agua un pequeño barquito de madera que había tallado Gabriel. La alergia del muchacho al aseo desapareció como por ensalmo.

—¡Si tuviera vela!

—Haré una, no te preocupes.

—¿De verdad? Gracias, *didi*.

Le lavó el pelo y cuando el agua empezó a enfriarse lo ayudó a salir y lo envolvió con una toalla grande.

—¡Qué bien hueles!

—¿Ahora me puedo comer la empanada, el bizcocho y las galletas?

—Sí, claro que sí —concedió ella, riendo entre dientes.

Después de cenar, Jane ayudó a Jack Avi a ponerse un camisón y le leyó un cuento. Cuando casi era hora de dormir, el niño se puso de rodillas junto a la cama y, juntando las manos, empezó a rezar en su idioma materno, tan armonioso y musical. ¡Cuánto le gustaría entenderlo!

—¿Por qué o por quién rezas, Jack Avi? Si no es indiscreción, claro.

—Le pido a Dios que bendiga a Gable, a *didi,* al *ayah* y al señor Basu. Y que *bapu* se ponga mejor. Y le doy las gracias por la empanada y las galletas.

Jane sonrió y le dio un beso en el pelo, ahora perfumado.

En un momento de la noche, el chico se metió en la cama con ellos, poniéndose en medio tras sortear a Gabriel.

—He tenido una pesadilla —susurró—. Me perseguía un león...

—No te preocupes, Jack Avi —le tranquilizó Jane—. Estás a salvo.

Gabriel se dio la vuelta y los abarcó a los dos con su fuerte brazo. A la luz de la luna que se filtraba por la ventana, Jane pudo ver que tenía los ojos abiertos y que la miraba. La mujer acarició el pelo a Jack Avi, que se durmió casi inmediatamente. Buscó la mano de su marido, y los dos se miraron por encima del niño. Se le llenaron los ojos de lágrimas, pero no eran de tristeza. El momento era extraordinariamente conmovedor, y no quería que terminara.

45

Mercy siguió enseñando a leer al limpiabotas, pero el chico no progresaba al ritmo que ella había esperado. Se reunían en la sala de la servidumbre, en la planta sótano, en las horas en las que no había otras personas. Después de un cuarto de hora de frustración intentando avanzar con un libro de texto, la maestra lo dejó a un lado.

Para despertar el interés del adolescente, decidió probar con un artículo del periódico local, el *Salisbury and Winchester Journal,* del que el hotel recibía ejemplares. Lo colocó delante del chico y recorrió una de las líneas escritas con el dedo índice.

—Vamos a probar con esto, Bobby.

El adolescente fue leyendo palabra por palabra con muchas dificultades.

—La cap-tura de una leon-a en el con-dado de Wilts ha desatado la im-im...

—Imaginación —completó ella.

—... de la gen-te, como se ha pu-bli-cado en periódicos de todo el pa-ís.

Mercy leyó las siguientes palabras, que presentaban más dificultades.

—La habilidad para los negocios del dueño del espectáculo de animales amaestrados al comprar...

—... el caba-llo de tiro he-rido —continuó Bobby, a una seña de Mercy—. El caballo, con las he... heridas en proce-so de cura-ción, la leona que se volvió a cap... cap-tu-rar y el perro asil... asilves-tra-do se han conver-tido en una parte fun-damen-tal del espectáculo.

La mujer contuvo un suspiro de cansancio y le dedicó una sonrisa al chico.

—¡Muy bien, Bobby!

Miró hacia arriba y vio a James Drake apoyado en el marco de la puerta con una taza de café en la mano y una sonrisa de comprensiva tolerancia en su atractivo rostro.

Al ver a su jefe, el chico se levantó de un salto.

—Gracias, señorita Grove. Tengo que volver al trabajo.

—Nos vemos mañana, Bobby.

El señor Drake levantó la taza.

—He bajado a por un café. Y también a ver qué tal te va con él.

—La cosa avanza despacio.

—Lo he oído. No va a ser un orador, pero estaba leyendo. Estás haciendo un trabajo magnífico. Creo que hay chicos que progresan más despacio que otros. Yo era uno de ellos, te lo puedo asegurar.

—Gracias. Te agradezco tus ánimos.

Inclinó la cabeza, lo cual era un signo en él de que estaba pensando en algo.

—Sé que echas de menos la enseñanza, Mercy. Me he estado preguntando si no podrías encontrar otro lugar en el pueblo en el que reabrir la escuela.

Lo miró muy sorprendida.

—Aunque tal cosa fuera posible, interferiría completamente con mi trabajo como institutriz de Alice. Espero que no estés buscando el modo de librarte de mí...

—¡Por supuesto que no! Solo estaba pensando en ti, en tu futuro.

Pensaba que él había oído las desalentadoras palabras que le dirigió el señor Paley en el jardín de la iglesia unos meses antes, pero por lo visto no había sido así.

—Le pregunté al señor Paley si podía utilizar la iglesia como aula. Pero los oficiales de la parroquia rechazaron la petición. Estaban dispuestos a permitir clases los domingos, pero no su utilización como escuela general.

—¿Y qué me dices de la biblioteca circulante? —sugirió—. ¿No te permitiría enseñar allí tu amiga Rachel? Al menos podrías dar clases de lectura. Sería una forma perfecta de complementar su actividad, creando más lectores para la biblioteca.

Lo miró sorprendida.

—Es una idea excelente. ¡Cómo es posible que no se me haya ocurrido a mí! Tanto lamentarme por la pérdida de mi escuela y sentir pena de mí misma, he estado ciega a una opción tan obvia.

Él se encogió de hombros para quitarle importancia y frunció los labios.

—No digo que sea lo mismo que tener tu propia escuela. Y supongo que las clases que dieras tendrían que ser fuera del horario de la biblioteca. Pero algo es algo... después de que hayas terminado con Bobby, por supuesto.

Mercy asintió.

—Lo hablaré con Rachel en cuanto la vea. Para... el futuro, por supuesto. Gracias, señor Drake.

—De nada, es un placer. —La miró fijamente a la cara—. ¿Te das cuenta? Me he ganado otra de esas encantadoras sonrisas tuyas, y ese es todo el agradecimiento que necesito.

Franklin, el hijo del doctor Burton, un hombre de unos treinta y cinco años, parecía conocer y saber tratar las enfermedades habituales de Asia. Había servido durante un periodo en los servicios médicos de la India, además de varios años en el muy reconocido hospital de formación de Londres. Examinó a Winston Fairmont mientras su padre lo observaba. Jane esperaba su diagnóstico muy nerviosa, recorriendo el pasillo sin parar de un lado a otro.

Una vez completado el examen, el joven médico invitó a Jane a que se uniera a ellos mientras escribía la receta de un tónico cuya composición había desarrollado él mismo para ayudar a aliviar los efectos más persistentes de las fiebres, ofreciéndose además a supervisar su elaboración por parte del boticario local. También le prescribió una dosis baja de digitalina para prevención de problemas cardiacos y varios días de descanso en la cama hasta ver qué tal respondía al tratamiento.

—No le va a curar, tengo que advertírselo —aclaró Franklin Burton—. Pero creo que le vendrá bien, le hará sentirse más a gusto y mejorará el funcionamiento de su corazón. Y eso, por supuesto, le alargará la vida.

—¿Descansar en la cama? —gruñó—. ¡Me volveré loco de puro aburrimiento!

—No se preocupe, padre —intentó calmarle—. Le haremos compañía y le mantendremos entretenido... aunque con tranquilidad. De hecho, y para empezar, Matilda Grove está esperando abajo, si es que tiene ganas de visitas.

—Lo que no quiero es un desfile de personas boquiabiertas que me miren como si fuera una criatura extraña de una casa de fieras... pero Matilda sí. La visita de una vieja amiga como ella siempre es bienvenida. Lo mismo que tu compañía, Jane. Espero que no haga falta ni siquiera decirlo.

Colin subió para ayudarle a vestirse de un modo más acorde a lo que le esperaba, el descanso en la cama: un par de pantalones amplios tipo pijama que había traído de la India, una especie de camiseta, también amplia, y un camisón corto, todo muy suelto. Mientras el joven McFarland lo ayudaba a instalarse cómodamente, Jane bajó y regresó a los pocos minutos acompañada de Matilda. La señora Locke le abrió la puerta y la señorita Matty entró y arrastró una silla junto a la cama.

—Les traeré té dentro de un momento —dijo Jane, y se volvió a marchar, dejando la puerta entreabierta para que le fuera más fácil entrar al volver con la bandeja.

Un cuarto de hora más tarde, cuando volvió con el servicio del té, oyó la conversación entre ambos, pese a que hablaban en voz baja. Al acercarse a la puerta, unas palabras de Matilda la obligaron a detenerse en el pasillo.

—¿Sabías que, cuando éramos jóvenes, pensaba que tú y yo nos casaríamos?

—¡No me digas...! —Su padre parecía tan atónito como lo estaba ella.

—¿No te diste cuenta nunca de que estaba enamorada de ti? —inquirió Matilda, riendo entre dientes—. No, ya veo que no. Tu corazón siempre estuvo en la India.

—Pero si yo creía que aquel tal Essig te cortejaba.

—Bueno, es cierto que yo le gustaba mucho. Pero él a mí no, así que lo espanté.

—Me asombró, la verdad.

—Dudo que tuvieras tiempo para asombrarte por nada que tuviera que ver conmigo —repuso Matty, con mucha suavidad—. Estando, como estabas, completamente decidido a abrirte camino fuera del país. Tras la muerte de tu hermano y tu precipitado regreso, volví a concebir esperanzas, vanamente, está claro, pero entonces tus padres te presentaron a la madre de Jane, y ahí acabó todo.

—Lo siento, Matty. Siento... haberte decepcionado.

—Bueno, no te preocupes. Hace mucho tiempo de todo eso. Ya no soy esa jovencita alocada, ni muchísimo menos.

—Para mí siempre serás esa jovencita alocada, Matty Grove —dijo él con voz ronca.

—Y tú siempre serás para mí ese bandido que salió pitando, Win Fairmont.

Jane se dio la vuelta y bajó las escaleras de puntillas. El té todavía estaba caliente, pero tendría que esperar aún antes de servirlo.

Después de varias semanas en la zona, empezó a descender el número de personas que acudía al espectáculo. El padre de Eva recibió permiso para guardar la carpa estropeada y algunos carromatos en el granero comunal, y así la *troupe* pudo viajar más ligera de cargas a los condados vecinos de Hamp, Berks y Somerset. La modista sabía que la razón por la que su padre se mantenía cerca era por no alejarse de sus hijas, y porque esperaba que ella decidiera volver a unirse al espectáculo cuando dejaran definitivamente la zona.

La indecisión atormentaba a Eva. Su periodo de prueba de tres meses ya había pasado, y el resultado no había sido nada bueno, todo lo contrario. Quizá debía marcharse con la *troupe*. Eso le resultaría mucho más fácil que seguir intentando ganarse a las mujeres del pueblo. Ahora ya sabían que no había hecho los vestidos del escaparate, aparte de las que estaban ya decepcionadas con sus cualidades como modista. Si se quedaba más tiempo, todo el mundo estaría al tanto de sus carencias y de su falta de formación y pericia. Pero no quería marcharse. Le gustaba Ivy Hill. Su hermana y su sobrina vivían muy cerca. Les había tomado cariño a Jane, Mercy y Matilda, a las Paley, a la señora Mennell y a las residentes del asilo, y a muchas otras. Y además, estaba Jack...

Mientras el espectáculo permaneció en el pueblo, había acudido gente a Ivy Hill procedente de otras zonas cercanas, y todas las tiendas de la calle principal se habían beneficiado. La propia Eva había vendido dos sombreros y le habían encargado una pamela veraniega con cerezas, igual a la que había confeccionado para la señorita Bingley.

Pero ahora el granero comunal estaba tranquilo, y lo mismo pasaba con la calle High. Eva había reducido el horario de apertura de la tienda y pasaba más horas en el asilo, haciendo colchas, remendando y charlando con las residentes, o bien leyendo para la señora Hornebolt, a la que empezaba a considerar una especie de abuela adoptiva.

A veces se desplazaba a Wishford con la conductora del transporte de mercancías, la señora Burlingame, para visitar a Henrietta y echar una mano en el hostal que la pareja estaba construyendo. Cuidaba de Betsey, pintaba paredes y cocinaba. Era un placer para ella preparar el ragú favorito de su madre, el asado al borgoña e incluso el lenguado *meunière* en la soleada cocina de Hen. Y le satisfacía muchísimo volver a pasar tiempo con su hermana, mimar a su adorable sobrina e ir tomando confianza con el marido y padre, que era evidente que las adoraba a las dos.

Eva disfrutaba de cada momento, aun sabiendo que no podría aplazar mucho tiempo más su decisión.

Jane estaba satisfecha de haber convencido a su padre de que se mudara a Bell Inn, cerca de ella y de los viejos amigos que se preocupaban por él y lo podían acompañar. Además, el hecho de que estuviera en Ivy Hill también permitía que el doctor Burton lo visitara con regularidad.

La alegre señorita Matilda iba a sentarse con él cada tarde y le proveía de bollos recién horneados, de agua de cebada medicinal y, sobre todo, de conversación. Sus visitas siempre le sentaban bien.

Una mañana lluviosa de junio Jane dejó la granja y cabalgó hasta el pueblo. Hizo una parada en la biblioteca circulante a tomar prestado un libro para su padre, y después siguió hasta Bell Inn. Cuando iba a subir las escaleras para dárselo se encontró con Matilda, que bajaba con la cabeza baja para no tropezar.

—¿Cómo lo encuentra esta mañana, señorita Matty?

La mujer levantó la cabeza. Vio lágrimas brillando en sus ojos.

—¡Oh, Jane...! —murmuró, y le tomó la mano.

Ante la triste expresión de la mujer, sintió una sensación de aflicción y alarma.

—¿Qué ocurre? ¿Está peor?

Matilda dudó, inspiró profundamente y forzó una sonrisa.

—Bueno, es probable que me esté imaginando cosas. Lo que pasa es que me resulta muy duro verlo así de débil. Pero seguro que en poco tiempo lo veremos de nuevo fuerte como una roca. —Apretó la mano de Jane, a quien el gesto le pareció más de desesperación que de ánimo.

Tras marcharse su amiga, ascendió las escaleras hacia la habitación, sintiendo una opresión en el pecho.

—Buenos días, padre.

Estaba sentado sobre la cama ya hecha, vestido con su confortable atuendo y recién afeitado.

—¡Hola, Jane! ¿Cómo estás? Matilda Grove acaba de marcharse.

—Sí, la he saludado cuando se iba. ¿Cómo se encuentra?

—Pues, a decir verdad, asquerosamente cansado —contestó, echándose hacia atrás.

Jane extendió un pequeño cobertor sobre el regazo del hombre y se sentó en la silla que había junto a la cama.

—Le he traído otro libro. Rachel me ha dicho que era uno de los favoritos de su padre.

Lo recogió y miró la cubierta con expresión de afecto.

—Así que uno de los favoritos de William, ¿no? Entonces seguro que disfrutaré con él.

—Colin me ha dicho que esta mañana ha venido el doctor Burton. ¿Qué ha dicho?

—¿El padre de su hijo...? Tampoco es que me haya dado muchos ánimos, por desgracia. Mi corazón está débil y en algún momento fallará. Antes de que eso ocurra, podría experimentar un periodo de vigor renovado, o también podría ser que no. No es fácil predecir cuándo se producirán los cambios, y ellos no pueden hacer mucho para cambiar el curso de las cosas.

—¿Y la digitalina?

—Todavía está por ver que produzca alguna mejoría —contestó, negando con la cabeza.

—Entonces, ¿por qué no le preguntamos al señor Fothergill? Igual tiene algún otro producto que pueda servirte, algo que te haga recuperar las fuerzas... ¡Tiene montones de elixires en las estanterías!

—Jane, no hay una píldora o un elixir curalotodo, por mucho que nosotros, y también el boticario, naturalmente, lo deseemos desesperadamente.

Extendió hacia ella la palma de la mano, y ella apoyó la suya.

—Pase lo que pase, todo estará bien, Jane. —Dudó por un momento antes de seguir hablando—. Me gustaría que hicieras una cosa por mí.

—Lo que sea.

—Cuando yo no esté, ¿cuidarás de Jack Avi?

Jane sintió que la emoción le inundaba el corazón. No estaba preparada para perder a su padre cuando hacía tan poco que habían vuelto a reunirse. No obstante, forzó un tono lo más alegre que pudo.

—¡Pues claro que sí, padre! Pero eso no ocurrirá hasta dentro de muchos años, si Dios quiere.

Él movió la cabeza de un lado a otro sobre la almohada.

—Jane...

Entrelazó los dedos con los de él.

—No quiero perderle, padre... ¡pero si prácticamente acaba de volver!

—Lo sé, hija mía, pero, por si acaso, sígueme la corriente. Descansaré mucho más cuando sepa que el futuro de Jack Avi está asegurado por completo.

—Entonces no se preocupe ni lo más mínimo. Pase lo que pase, Jack Avi siempre recibirá todas las atenciones que yo sea capaz de procurarle. Me aseguraré de ello.

Asintió con la cabeza, pero todavía tenía el ceño ligeramente fruncido.

—¿Pero lo criarás como si fuera tuyo, Jane, no simplemente como una tutora, o incluso como una hermana? Necesita una madre. Y tú necesitas un hijo. Dios provee admirablemente. Ahora que te has casado con el señor Locke, él puede convertirse en su pa...

—Jack Avi ya tiene un padre.

—Un niño de su edad necesita un padre de la edad adecuada, Jane. Lo suficientemente joven y capaz como para poder enseñarle a cabalgar, o a jugar al cricket, y que además sea una buena persona. Un caballero.

—Eso lo está aprendiendo de usted.

—Pero aún es muy joven. Necesitará unos padres, Jane. Idealmente, un padre y una madre, pero...

—Sssh... Tranquilo. No se altere, padre. Si, como usted teme, ocurriera lo peor, entonces criaría y querría a Jack Avi como si fuera mi propio hijo.

—Muy bien —Suspiró—. Entonces habla con tu marido y, si él está de acuerdo, le pediré a Alfred Coine que prepare los documentos necesarios. Pero tengo que advertírtelo, Jane, esto no le va a gustar a todo el mundo, me refiero a que lo críes como si fuera tu hijo. Hay gente que tiene muchos prejuicios.

—Haré lo que pueda para aislarlo y protegerlo de eso.

—No lo vas a poder proteger toda la vida. Enséñale a enfrentarse a las circunstancias con valor. Recuérdale siempre quién es.

—Me aseguraré de que recuerde que es el querido hijo de un caballero muy respetado —respondió Jane, asintiendo.

—Bueno, sí, eso también... Pero lo que quería decir es que es el hijo muy amado de Dios, que nos quiere y cuida a todos, independientemente del color de nuestra piel o del país en que nacimos.

—Totalmente de acuerdo, padre. Y estoy... segura de que Gabriel también lo estará.

Por supuesto, era imposible estar completamente segura de la reacción de su marido. ¿Estaría de acuerdo en criar a Jack Avi como si fuera su propio hijo? ¿A pesar de los prejuicios, o de la imposibilidad de tener un hijo propio? Tragó saliva para aliviar el nudo que se le había formado en la garganta al pensar en la conversación pendiente, e hizo un esfuerzo para dedicarle una sonrisa a su padre.

—Bueno, ya está bien de hablar de su fallecimiento —repuso con el tono más despreocupado que fue capaz de fingir—. Unas semanas más bajo los cuidados del doctor Burton y engullendo la magnífica comida inglesa de la señora Rooke y volverá a ser el de siempre, con ese vigor renovado del que habla el joven doctor Burton.

Le dedicó una sonrisa algo mustia.

—Tu optimismo es encantador.

—Quiero que viva usted mucho, muchísimo tiempo, padre, para compensar todos esos largos años en que me comporté de forma fría con usted, sin ni siquiera escribirle. No debí comportarme así, ahora lo sé. Hay que saber perdonar.

—¿De verdad me perdonas, Jane? ¿Pesa a dejarte de la forma en que lo hice, sin avisar? ¿Pese a vender tu querida yegua, y la casa donde creciste, sin darte siquiera la oportunidad de quedarte con lo que quisieras?

—Le perdono, padre. ¿Y usted me perdona a mí por mi injusto resentimiento? ¿Por cortar toda relación con usted?

—Hace mucho que te lo perdoné —Puso la mano sobre la de ella—. Y ahora, no estés triste. Gracias a nuestro Salvador, sé a dónde iré cuando acabe esta vida. No debes sentir pena por mí.

—No siento pena por usted, sino por mí misma. Y por Jack Avi.

—Él estará bien. Tiene a su querida *didi*.

Estuvieron a punto de saltársele las lágrimas, pero las contuvo pestañeando con fuerza.

A él también le brillaban los ojos.

—¡Cuánto te he echado de menos, Jane!

—Y yo a usted también, padre —respondió, sonriendo a duras penas.

Jane volvió a la granja. Tras la cena, fue a la sala de estar de la mano de su marido.

—Gabriel, tengo algo que decirte. Y no tengo claro lo que pensarás sobre ello.

—La verdad es que eso no suena muy bien...

Respiró hondo y empezó:

—Mi padre no está bien de salud...

—Lo sé, Jane, y lo siento mucho. Estoy seguro de que lo estás pasando mal.

—Sí, desde luego... pero hay otra cosa sobre la que tenemos que hablar. —Se pasó la lengua por los labios resecos.

Él hizo una mueca de preocupación.

—¿Nos sentamos?

Asintió y se sentaron juntos en el sofá. Jane se movió para situarse de cara a él.

—Mi padre está preocupado por el futuro, por lo que pudiera pasar con Jack Avi si él... no se recuperara. Quiere que cuidemos de Jack Avi cuando él no esté, que lo criemos como si fuéramos sus... padres.

Gabriel cruzó los brazos sobre el abdomen y esperó. Al ver que su marido no decía nada, ella se quedó mirándolo, intentando leer su expresión.

—¿Y...? —dijo él, invitándola a continuar.

—Y nada. Esa es la situación en este momento.

—Yo ya tenía claro que eso iba a ser así —Se echó hacia atrás con gesto relajado—. Tiene todo el sentido, pues tú eres la persona más adecuada para criarlo, en caso de que ocurriera lo peor. Y, como tu marido, por supuesto que compartiría la responsabilidad y el privilegio que eso supondría.

—¿Y no te importaría?

—¿Importarme? ¿Te refieres a que habría gente que se daría cuenta de que no soy su padre?

—No creo que a nadie se le ocurriera pensar que lo eres —contestó ella, riendo entre dientes.

Gabriel no reaccionó a la broma, aunque alzó las cejas.

—¿De verdad? Yo creo que se parece mucho a mí. Pelo oscuro, igual que los ojos...

No estaba segura del todo sobre si estaba bromeando o no, pero le dio valor para continuar.

—Mi padre dijo también que le alegraba que fueras tú quien enseñara a Jack Avi a montar, a jugar al cricket y a ser una buena persona, un caballero.

Gabriel miró más allá de ella, como si estuviera intentando imaginarse la escena. ¿Sería una decepción para él, sobre todo comparando esa perspectiva con la de tener un hijo propio?

Asintió sobriamente.

—No sé hasta qué punto estoy cualificado para enseñar a Jack Avi a ser un caballero, pero en cuanto al resto... será un placer y un honor.

Jane sonrió, invadida por una mezcla de alivio y amor.

—¡Serás bobo...! —Se inclinó para besarlo en la mejilla—. No conozco a ningún hombre más cualificado que tú para eso.

Mercy y James estaban sentados en el despacho, hablando acerca de la posibilidad de contratar a alguien que le diera lecciones de pianoforte a Alice. Por desgracia, la institutriz no había aprendido a tocarlo durante su educación.

Algo tras ella captó la atención del hombre.

—¡Padre! Vaya sorpresa.

La mujer miró hacia atrás. En medio de la puerta estaba el señor Hain-Drake.

—Me habría gustado saber con antelación que iba usted a venir —protestó James, levantándose—. Estamos trabajando en una mejora en el vestíbulo, y aún no hemos terminado ni limpiado.

El caballero movió la mano de lado a lado para quitarle importancia, como si estuviera ahuyentando una mosca.

—No importa.

—¿Quiere decir que no le importa en absoluto mi proyecto sin importancia?

—No es eso lo que quiero decir, ni mucho menos —replicó, frunciendo el ceño—. No pongas en mi boca palabras que yo no he pronunciado.

El señor Hain-Drake se volvió hacia Mercy, haciendo una mínima inclinación.

—Señorita Grove, es un placer volver a verla.

—Lo mismo digo, caballero —respondió, poniéndose de pie—. Excúsenme. Les dejo para que puedan hablar en privado.

—No, por favor, quédate —pidió James—. Es muy probable que necesitemos un árbitro.

—No quiero inmiscuirme —insistió ella, dudando.

—Por mí está bien, señorita Grove. Si James desea que se quede, no voy a negarme. No he venido a discutir con mi hijo, en absoluto.

—Entonces siéntense —propuso el hotelero.

Él se sentó detrás del escritorio y Mercy y el señor Hain-Drake frente a él, en sendos sillones.

—Qué extraño me resulta estar a este lado del escritorio, cuando lo normal ha sido siempre recibir sus reprimendas donde ahora se sienta usted —comentó James, mirando a su padre y entrelazando los dedos de las manos.

«Y qué extraño es ver nervioso a James Drake», pensó Mercy.

El señor Hain-Drake se inclinó hacia delante.

—Nunca fue mi intención menospreciar este hotel ni el que tienes en Southampton, James. Supongo que lo único que pretendía era dejarte claro que encargarte de los intereses y negocios de la familia Hain-Drake podía suponer para ti una oportunidad mejor. Pero ahora me doy cuenta de que mi actitud tuvo exactamente el efecto contrario al que esperaba conseguir.

—¿Por qué quiere que entre en la gestión? No lo entiendo, tiene usted a Francis.

—Francis... —musitó, antes de negar con la cabeza—. Es un buen chico, afable y voluntarioso. Pero le falta visión.

—Entonces contrate a un director cualificado y competente.

—No quiero a ningún director, por muy competente que sea, al frente de los negocios familiares —espetó. Le temblaban las aletas de la nariz—. Te quiero a ti, quiero a mi hijo, al timón de la corporación Hain-Drake.

—Usted está al timón —argumentó James, con el ceño fruncido no por el enfado, sino por la perplejidad—. ¿Qué ocurre? ¿Ha pasado algo?

El hombre miró por un momento a Mercy e inmediatamente volvió los ojos hacia su hijo.

—Estoy enfermo. No te lo digo para ganarme tu comprensión, cosa que, por otra parte, no creo que logre pase lo que pase. Más bien creo que te lo tomarías como otra estratagema más para manipularte. Pero no es nada de eso. Es un hecho.

—¿Qué le ha dicho el doctor Larson? —preguntó su hijo, con gesto tenso.

—Que es cáncer. Y en estado avanzado.

—¿Y cuál es su pronóstico?

—Muy negativo. Unos meses. Si tengo suerte, medio año.

James cerró los ojos con fuerza.

—Lo siento muchísimo, padre.

—¿De verdad?

—¡Claro que sí! Pero, de todas maneras, yo... Tiene que haber alguien que pueda hacerse cargo del negocio.

—James, si solo se tratara del negocio... de mi propio sustento, ni se me ocurriría presionarte, nunca lo he hecho. Pero tengo, tenemos que pensar en tu madre. Y en tu hermana, tu sobrina y tus sobrinos, mis nietos. La seguridad de todos ellos depende del devenir de las empresas Hain-Drake. En conciencia, no puedo dejar ese futuro en manos de Francis. Antes de que pasara un año sin mí al frente, quiero decir, conmigo en la tumba, todo se habría ido al garete. Eso sí, seguiría sonriendo, sin darse cuenta siquiera de lo que estuviera pasando en realidad.

—No me puedo creer que sea tan incompetente como lo describe.

—Sí, puede que esté exagerando, aunque no demasiado. Pero no es como tú, James. Tú tienes el talento y la ambición de los Hain-Drake. Eres tan capaz como yo, eso como mínimo, e infinitamente más agradable y con más capacidad para las relaciones sociales. Tengo la convicción absoluta de que después de unos meses trabajando conmigo, codo con codo, estarías en perfectas condiciones de liderar nuestras empresas hacia un futuro largo y floreciente. ¿Acaso es algo raro, o equivocado, el deseo de dejar un legado? ¿Saber que algo que empecé yo, desde cero, seguirá en pie mucho después de mi muerte?

—No, padre, en absoluto. Me deja asombrado. Creo que nunca lo he estado tanto en toda mi vida. Y es que hasta ahora nunca había elogiado mis capacidades.

Su padre lo miró a los ojos fijamente.

—Estás muy equivocado. Claro que lo he hecho. Pero no delante de ti.

James le mantuvo la mirada. Pero tuvo que tragar saliva varias veces.

—Le agradezco mucho su confianza, padre. De verdad. Pero soy propietario de dos hoteles.

—Véndelos. O, tal como me has dicho tú a mí, contrata un gerente capaz.

El señor Hain-Drake se levantó, aunque un tanto tambaleante, y tuvo que agarrarse al respaldo del sillón para mantenerse firme. James se levantó de inmediato para ayudarlo, pero él lo detuvo alzando la mano autoritariamente y mirándolo con un reproche.

—Todavía no soy un inválido.

Al llegar a la puerta, se dio la vuelta.

—Voy a dejar que te lo pienses, para que puedas analizar mi propuesta desde todos los ángulos; sé que lo harás. Pero quiero que recuerdes que eres mi heredero, James. Por supuesto, dejaré una cantidad más que suficiente para tu madre y algo para Francis, Lucy y los niños. Pero el conjunto de empresas, la participación en los negocios y las propiedades serán para ti. Serías un lo...

Desvió la vista hacia Mercy antes de bajar la cabeza y de seguir hablando, aunque con un tono de voz mucho más bajo y tranquilo:

—Te pido por favor que no rechaces mi propuesta. En todo caso, decidas lo que decidas, tienes que saber una cosa. —Volvió a mirarlo a los ojos y su voz se volvió más ronca—. Estoy orgulloso de ti, hijo. De hecho, lo estoy desde hace muchísimo tiempo.

Se dio la vuelta y salió rápidamente, pero al llegar al vestíbulo titubeó. Su asistente acudió a su lado de inmediato, agarrándolo del brazo. A Mercy le sorprendió que no alejara con cajas destempladas al subordinado, sino todo lo contrario: se apoyó en el brazo del joven y así cruzó la puerta para salir y continuó hasta desaparecer de su vista.

La institutriz se volvió hacia James, mirándolo con preocupación.

Él se quedó sentado, afligido y asombrado al mismo tiempo.

Con los codos apoyados en la mesa, escondió la cabeza entre las manos. Le entraron ganas de ir a abrazarlo, pero se contuvo. No era un niño pequeño necesitado de consuelo, por mucho que en ese momento lo pareciera.

—No sé ni qué decir. ¿Te ha parecido que hablaba sinceramente o me estoy engañando a mí mismo? —preguntó por fin.

—Creo que ha sido absolutamente sincero.

—Casi no puedo creerlo. Ya me había hecho a la idea de que jamás oiría de su boca palabras como esas.

—Está muy orgulloso de ti, James. Por supuesto que lo está.

Las lágrimas hicieron brillar sus ojos verdes como si fueran relucientes esmeraldas.

—Lo único que me duele es que haya sido la enfermedad lo que le haya llevado a decírmelo.

A Mercy se le encogió el corazón. Incapaz de resistirse por más tiempo, se levantó, se acercó a él y le puso la mano sobre el hombro para reconfortarlo. Todavía mirando hacia delante sin ver, él levantó la suya y la apoyó sobre la de ella.

—Gracias por quedarte. Habría pensado que estaba viendo visiones e imaginándome cosas si no hubieras sido testigo de la conversación. —Su tono osciló entre la emoción y el humor.

—¿Qué vas a hacer?

—No estoy seguro. Tengo que pensar. A fondo. Pero lo primero va a ser insistir en que reciba la mejor atención médica que pueda conseguirse. O le enviaré a alguien.

Mercy asintió, comprensiva, al tiempo que le asaltaban las preguntas. Si James se trasladaba a la hacienda de sus padres y, como era lógico, se llevaba con él a Alice... ¿volvería a verlos alguna vez? ¿Le pediría que siguiera siendo institutriz de la niña en la lejana Drayton Park? ¿Sería ella capaz de dejar Ivy Hill, a su tía Matilda, a Jane y a Rachel, para seguir siendo una simple institutriz, por mucho que se tratara de Alice, y entre auténticos extraños?

Hacer eso sería una locura. Además, ¿qué pasaría con Joseph Kingsley?

CAPÍTULO

47

Al día siguiente, James escribió al viejo amigo de su padre, el doctor Larson. También mandó una carta a un médico al que conocía y que tenía muy buena reputación para preguntarle si estaría dispuesto a visitar a su padre, para ahorrarle así el esfuerzo de otro viaje, ofreciéndole no solo cubrir los gastos del viaje sino una elevada suma por sus servicios.

Esa misma tarde, el señor Drake, Alice y Mercy estaban sentados, descansando relajadamente en el salón de estar, muy tranquilo en ese momento. La institutriz leía un libro mientras el hotelero y la niña jugaban una partida de damas.

Él apartó la mirada del tablero y de Alice.

—Qué agradable es esto.

La señorita Grove lo miró y le devolvió la sonrisa.

—Sí.

Una vez acabada la partida, Alice y Mercy se levantaron y se sentaron en el sofá, muy cómodo y magníficamente tapizado, cerca de la chimenea.

—Venga a sentarse con nosotras, padre.

—Muy bien.

Se levantó y se unió a ellas. La niña, sentada entre los dos, había tomado de la mano a Mercy e inmediatamente agarró la del señor Drake.

Alice exhaló un anhelante suspiro.

—¡Que feliz me siento cuando estamos juntos! Me gustaría que siempre estuviéramos así. ¿A vosotros no?

La mujer se sintió sumamente incómoda. La pequeña daba por hechas muchas cosas. ¿Pero de qué se asombraba? Notó que James la miraba y lo miró a su vez por encima del rubio pelo de Alice.

Esperaba que él la corrigiera de forma amable, que le recordara que no iba a necesitar una institutriz durante toda su vida aunque, por supuesto, la señorita Grove siempre sería una amiga.

Al ver que no lo hacía, Mercy iba a decir lo que estaba pensando. Pero el señor Drake se adelantó:

—Estoy de acuerdo, Alice. Sería estupendo.

La pequeña lo miró encantada, y después se volvió hacia ella, dedicándole una espléndida sonrisa.

Iris llamó y asomó la cabeza.

—Es la hora del baño, señorita Alice. La bañera ya está llena y todo preparado.

Protestó un poco, pero se levantó obediente.

—Quédate un momento, Mercy, si no te importa —le pidió el señor Drake.

Tras salir la niña y la criada, el silencio se impuso entre ambos, solo roto por el impaciente tictac del reloj de la repisa. Mercy tragó saliva, incómoda ahora que Alice no estaba entre los dos, preguntándose si sería él quien se cambiaría a otro asiento o tendría que hacerlo ella.

—Ya ves lo unida a ti que está Alice —empezó él, volviéndose en el sofá para mirarla de frente.

—Y también a ti. Me encanta que te llame padre con esa dulzura.

—Sí, gracias a Dios. Pero me pregunto si ves la situación del mismo modo que yo.

Se sintió confundida.

—¿Qué quieres decir? ¿Crees que las cosas se irán volviendo progresivamente más difíciles si sigo siendo su institutriz? Porque ambos sabemos que no puedo serlo durante toda la vida, y menos si os trasladáis a Portsmouth.

—Es cierto —admitió—. Pero al menos en Portsmouth nadie conoce a Alice como la hija del teniente Smith —dijo, tras pensar durante un momento—. La vida allí podría ser más sencilla. Ella, nosotros, podríamos empezar de nuevo.

¿Acaso había decidido ya trasladarse? A Mercy la invadió el temor, e inmediatamente intentó desarrollar una argumentación que lo convenciera de dejar a la niña en Ivy Hill por un tiempo, incluso a pesar de que sabía que, por el propio bien de Alice, habría que cortar el cordón que las unía lo antes posible. Sobre todo si él había decidido volver a la casa de sus padres.

—Ya ves lo feliz que es ahora —continuó él, en voz baja—. Odio la posibilidad de hacerle daño. O a ti, por supuesto. ¿Podrías aliviarme de mis sufrimientos, señorita Grove?

Ella contuvo el aliento. Aquí estaba. Iba a pedirle que dejara marchar a Alice.

La mujer juntó las manos con fuerza antes de hablar.

—Si crees que cuanto más tiempo permanezca con Alice más duro será para ella el separarse de mí en el futuro, entonces creo que lo mejor es que me vaya inmediatamente. Así te aliviaría de tus sufrimientos... y empezarían los míos.

—Se rio entre dientes débilmente, esperando que esa ligera broma escondiera su decepción.

—No te estoy pidiendo que te vayas. Te estoy pidiendo que te cases conmigo.

Mercy se quedó con la boca abierta. ¿Había entendido bien lo que le había dicho?

Sea lo que fuere lo que vio en su expresión, él hizo una mueca.

—Señorita Grove, sé que lo nuestro no sería una unión por amor, al menos inicialmente, pero pondría todo mi empeño en hacerte feliz, te lo prometo.

La institutriz lo miró de hito en hito, incapaz de encontrar en su mente las palabras adecuadas para contestarle de manera sensata y prudente.

Él se mantuvo firme en su proposición:

—¿Hay alguna solución mejor que esa? Tú quieres a Alice y ella te quiere a ti. No pretendo causaros daño a ninguna de las dos.

Tragó saliva.

—¿Pero casarnos...?

—Sí, casarnos. Tu mereces una vida mejor que la de una institutriz, que es un puesto temporal al que sigue un futuro incierto. Esperaba que una propuesta de matrimonio por mi parte te pareciera una perspectiva más atrayente pero, dejando aparte mi orgullo herido, me da la impresión de que no lo es, teniendo en cuenta todo lo que sabes de mí.

Pese a todo, dudó. La cabeza le daba vueltas. Tuvo que morderse la lengua para no responder negativamente de inmediato. ¿Acaso no tenía razón él? ¿No daría lo que fuera, o casi lo que fuera, para permanecer con Alice para siempre? ¿No era eso lo que deseaba fervientemente?

—Hace tiempo que había pensado en pedírtelo —confesó él—, pero en aquel momento no nos conocíamos lo suficiente. Sin embargo, después de unos meses viviendo bajo el mismo techo y cuidando juntos de Alice, creo que nos llevamos bien, que ambos nos tenemos cariño. Al menos, yo sí que te lo tengo a ti. Lo más probable es que, con el tiempo, nuestra relación podría convertirse en... algo más. Yo ya te puedo decir que te respeto, te admiro y te quiero. Y al menos espero que pudieras llegar a perdonar mis errores del pasado, a respetarme y a quererme.

Pestañeó. seguía confundida. ¿Por dónde empezar?

—Pero tus padres... —balbuceó—. Me presentaste a ellos como institutriz.

—A mis padres ya les gustas. Creo que se sorprenderán, sí, pero que les parecerá bien. —Inclinó la cabeza para mirarla más de cerca—. ¿No te gusta la idea del matrimonio en general, o de casarte conmigo en particular?

—No estoy cerrada al matrimonio. Aunque había pensado que era algo poco probable para mí... hasta hace un momento.

—Es cierto. Hace relativamente poco tiempo estabas analizando la proposición de ese profesor carcamal que podría ser tu padre. Seguro que casarte conmigo no sería tan terrible como eso.

—No tiene la edad de mi padre... pero no lo rechacé solo por su edad.

—Entonces... ¿es que había alguien más?

¿Lo había? ¿Era adecuado sacar ahora a relucir al señor Kingsley, teniendo en cuenta la oportunidad que se le presentaba de continuar cerca de Alice, de ser su madre por matrimonio? Y sobre todo cuando no había la más mínima certeza de que Joseph tuviera la intención de casarse de nuevo, ni de pedir su mano.

En cualquier caso, casarse con un hombre al que no amaba, que parecía estar constantemente pendiente de distintas mujeres, aunque nunca se implicase de corazón, como había sugerido Jane una vez...

No obstante, le tenía afecto, y eran buenos amigos.

Un matrimonio de amistad. ¿Sería suficiente? No estaba segura.

Él se irguió.

—Bueno, tengo claro que te he dejado de piedra. —Se levantó y se volvió hacia ella—. Creo que es de justicia que te tomes un tiempo para pensarlo. Mañana me marcho unos días a Drayton Park para hablar en persona con el médico de mi padre y asegurarme también de que se busca una segunda opinión. ¿Podrás darme una respuesta cuando regrese?

Asintió sin hablar y se levantó. Le temblaban las piernas.

Él dio un paso adelante, dudó y, finalmente, tomó una de sus largas manos entre las suyas.

—Hasta entonces, pues. —Le apretó los dedos un instante y la soltó rápidamente.

Mercy fue hacia el vestíbulo de recepción y se paró en seco cuando vio a Joseph Kingsley allí de pie, paralizado, con el abrigo puesto y la caja de herramientas en la mano. Sus miradas se encontraron durante un momento. No dijo nada. La expresión de sus ojos velados era difícil de interpretar. ¿Habría oído la conversación si querer?

La mujer se ruborizó, dio media vuelta, cruzó el vestíbulo y subió las escaleras sin pronunciar palabra. No la llamó, ni mucho menos la siguió. Cuando llegó por fin a su habitación, se dejó caer pesadamente sobre la cama. Vio que en el florero que había sobre su mesita de noche los lirios del valle se habían secado y los pétalos habían caído al suelo.

¿Qué era lo que estaba pasando? ¿Cómo era posible que, tras confirmarse prácticamente como una soltera sin remedio, hasta tres hombres hubieran expresado su interés por ella, y dos de ellos hasta el punto de pedir su mano? Tendría que sentirse halagada. Feliz. Y sin embargo, tenía el estómago revuelto. «¡Oh, Dios mío! ¿Qué voy a hacer?».

Por la mañana, Mercy se despertó y se vistió cuidadosamente, aunque se sentía incómoda. Quería hablar con el señor Kingsley y, como fuera, encontrar el modo de sacar a colación la propuesta del señor Drake, dando por hecho que él había oído la conversación, al menos en parte. Pero ¿qué iba a decirle? Intentó recordar casi palabra por palabra la conversación con James Drake, y más concretamente lo que ella había dicho. Le había preguntado que si había alguien más. Y ella había dudado... sin mencionar al señor Kingsley; es más, sin ni siquiera decir palabra. En aquel momento estaba demasiado estupefacta por su petición y por la posibilidad de convertirse en la madrastra de Alice.

No le gustó su imagen en el espejo. Estaba pálida y no podía disimular la preocupación en la mirada. Se volvió hacia la estantería que Joseph había construido para ella, pasó los dedos por la superficie primorosamente pulida y el suave borde biselado, sabiendo que sus manos habían hecho exactamente lo mismo.

Inspiró profundamente, bajó las escaleras y fue a buscarlo en el último sitio donde lo había visto trabajando, el pasillo que daba al despacho del señor Drake. Pero quien estaba trabajando allí era Aarón Kingsley, subido en una escalera y reponiendo una parte de la cornisa. No quería asustarlo y provocar que se cayera de la escalera.

—Señor Kingsley... —saludó, con delicadeza.

—Buenos días, señorita Grove —respondió Aarón, a su modo siempre abierto y amigable—. ¿Necesita usted algo? —Bajó de la escalera con la habitual sonrisa juvenil.

—Siento molestarle, pero estoy buscando a Joseph. ¿Sabe dónde puedo encontrarlo?

—Pues no está aquí —contestó Aarón, encogiéndose de hombros—. Me pidió que terminara este trabajo por él. Me sorprendió, la verdad, pues sé que tenía la intención de hacer él mismo los retoques y pequeños trabajos que faltaban, o por lo menos de supervisarlos. Pero ahora resulta que soy yo el que tiene que terminar lo que él ha empezado. No me llevará mucho tiempo, pues casi todo está hecho ya desde hace bastante tiempo, para ser sinceros. Mi hermano se lo estaba tomando con mucha calma. —La miró con un brillo en los ojos—. No tendrá usted idea de por qué... ¿o sí?

Al ver que dudaba, el muchacho siguió hablando:

—En cualquier caso, creo que yo terminaré lo que falta en un día, dos como mucho.

Mercy se quedó aturdida.

—¿Joseph no... va a volver?

Aarón negó con la cabeza.

—No lo creo. Va a empezar otro proyecto que había dejado de lado.

Pestañeó. Le costaba asimilar la noticia, y más encontrarle sentido. ¿Dejar el trabajo en Fairmont House cuando estaba casi terminado y desaparecer de repente, justo después de la escena del día anterior? No podía tratarse de una coincidencia.

Tragó saliva para aliviar el nudo que se le había formado en la garganta.

—¿Adónde ha ido?

—A Wilton House. ¿Quiere darme algún mensaje para él?

Ella dudó. Tenía muchas cosas que decirle a Joseph Kingsley, pero no por mediación de su hermano. Así que negó con la cabeza.

—No, muchas gracias. Bueno, le dejo que continúe con su trabajo.

Volvió a su habitación e intentó recuperarse durante los minutos que faltaban para que Alice llegara al aula. Si antes pensaba que estaba pálida, ahora contemplaba una cara fantasmal en el espejo, ese mismo espejo que Joseph Kingsley había encontrado, rescatado y arreglado para ella tan amablemente.

¿Por qué había guardado silencio el día anterior al verlo? ¿Y qué iba a hacer ahora?

Jane y Jack Avi fueron juntos a dar un paseo a caballo, ella montando a *Athena* y el niño en una poni marrón llamada *Penny*. Trotaron bajando la colina y cruzaron el puesto de peaje hasta llegar a Fairmont House. En el sendero esperaba un carruaje para cuatro personas; los caballos ya tenían puestos los arneses y los postillones estaban en sus respectivos lugares, preparados para partir.

—Aquí vivíamos antes *bapu* y yo, Jack Avi.

El niño abrió mucho los ojos.

—¡Qué grande es!

—Sí.

No obstante, frunció los labios.

—Me gusta más la granja.

Jane le dirigió una sonrisa al niño.

James Drake salió por la puerta principal y le pasó una maleta a uno de los mozos. Después los saludó alzando la mano.

—¡Muy buenos días, Jane y Jack Avi!

Los dos se habían encontrado brevemente en la boda, pero a la mujer le gustó que el hotelero recordara el nombre de su hermano.

—¿Habéis venido a visitar a Mercy? Me temo que tengo que irme de viaje a Portsmouth, pero...

—No, simplemente estábamos dando un paseo a caballo. Quería que Jack Avi conociera el lugar. No queremos entretenerte.

—Dispongo de unos minutos. ¿Qué tal la vida de casada?

—Muy bien, gracias. Gabriel ya se ha recuperado del todo. Y hemos comprado dos purasangres en la subasta de Salisbury.

—¡Bien hecho! He sentido mucho saber que tu padre... —echó una mirada a Jack Avi, y claramente se corrigió—: ... no se encuentra del todo bien.

—Gracias, James. Tenemos la esperanza de que pronto se recupere del todo.

Alice salió también, con una zanahoria en la mano. Preguntó si podía alimentar a la pequeña poni y, tras el asentimiento de Jane, se aproximó al animal con ciertas precauciones. Le acarició la melena y le ofreció la hortaliza a *Penny*. Los dos niños rieron con ganas al ver el largo trozo de zanahoria colgándole de la boca, como si fuera un cigarro puro de color naranja.

—¿Puedo llevar al poni al establo para que beba? —preguntó Alice.

—De acuerdo —respondió Jane—. Pero, por favor, vuelve pronto.

James dejó ver cierta expresión de nostalgia al ver a los niños irse juntos.

—¡Qué cosas! ¡Aquí estamos tú y yo, añadiendo miembros a la familia de formas de lo más inesperadas!

Jane asintió, pensando que le preguntaría algo más sobre Jack Avi o sobre la salud de su padre, pero no lo hizo. Parecía distraído.

—¿Va todo bien con Alice?

—¿Mmm? Oh, sí. Está feliz y muy sana.

—¿Y cómo está Mercy?

—Pues... yo diría que un tanto desconcertada, si te refieres a este momento en concreto.

—¿De verdad? ¿Y por qué?

—Le he pedido que se case conmigo.

No pudo evitar levantar las cejas de pura sorpresa.

—¡Caray, como para no estarlo entonces! ¡Santo cielo! ¿Te ha dado ya una respuesta?

—Todavía no. Voy a estar fuera unos días. Espero que cuando vuelva haya tenido tiempo de decidirse.

Jane miró a su alrededor para asegurarse de que no había nadie que pudiera oírlos.

—Has demostrado un gusto excelente al pedírselo, pero yo pensaba que los afectos de Mercy iban en otra dirección.

—¿Te refieres al profesor? Ella ya lo ha rechazado.

—No, hablo de otro. Pero será mejor que no me adelante a lo que pueda decirte ella.

Él inclinó la cabeza hacia un lado con expresión seria. Al ver que ella dudaba, intervino:

—Si te refieres a Joseph Kingsley, creo que a él le gustaba, pero no ha salido nada de ahí.

—Puede que sea tímido. Y no lo olvides, también hay que tener en cuenta que Alice está ahí, y lo que significa para ella.

—Nunca ha sido mi intención poner a Mercy en una situación difícil. —Frunció el ceño—. Ni tampoco utilizar a Alice para empujarla a que acepte mi propuesta. Si hubiera sabido que había algo entre ella y el señor Kingsley no habría pedido su mano. Lo digo de verdad.

—Te creo, James.

Se acercó un poco más al caballo para hablarle en voz aún más baja.

—Hace poco lo vimos besando a otra mujer, así que pensé que él había dirigido su afecto hacia otro lado.

—¿Mercy también lo vio? —Lo miró con incredulidad.

Él asintió.

Jane rebuscó en su memoria, sorprendida de que Mercy no se lo hubiera contado.

—Entiendo...

Alice y Jack Avi volvieron por el otro lado de la casa, hablando amigablemente. Uno de los conductores se colocó en posición.

—Bueno, pues buen viaje, James. Estoy deseando saber qué te depara el futuro próximo...

—Y yo también —respondió.

Mercy salió para encontrarse con Jane, Alice y Jack Avi, y todos juntos le dijeron adiós con la mano al señor Drake cuando emprendió el viaje. Desde su posición de ventaja, montada sobre *Athena*, Jane miró a su amiga, sin saber si debía revelarle lo que James acababa de contarle. Y mucho más con Alice delante.

—¿Va todo bien, Mercy? —se limitó a preguntar.

—¿Cómo? ¡Ah, sí! O por lo menos, así lo espero. Hoy no has visto a Joseph Kingsley, ¿verdad?

—No, no lo he visto. Pero el señor Drake me acaba de contar que lo vio hace poco. —Dirigió una mirada elocuente a Alice—. Con otra... persona.

Con toda seguridad, Mercy leyó entre líneas.

—Ah, ¿sí? ¡Vaya! Probablemente sea esa la razón por la que él... —Miró hacia abajo en actitud pensativa, y no terminó la frase—. Por cierto, no fue a Joseph al que vio en esa ocasión, sino a uno de sus hermanos.

—¡Ah! Pues el señor Drake piensa que era él.

—Al principio yo lo pensaba también. No se me ocurrió decirle que nos habíamos equivocado. Quizá debería haberlo hecho.

—Sí. Quizá —murmuró Jane, que no estaba segura de si debía decir algo más.

Su tono debió de delatarla, porque su amiga inclinó la cabeza y le preguntó.

—¿Qué más te ha dicho el señor Drake?

—Pues... que tienes que tomar una decisión.

Mercy hizo una mueca de tristeza.

—¡Oh, Jane! El señor Kingsley se ha marchado. De repente. Inmediatamente después de que el señor Drake... me propusiera casarme con él —susurró, tras asegurarse de que los niños estaban muy entretenidos con el poni—. Me ha dicho su hermano que se ha marchado a trabajar en un proyecto en Wilton House.

Athena soltó un bufido de impaciencia.

—¿Quieres que vuelva con la calesa y te lleve allí? —se ofreció Jane.

Mercy negó con la cabeza.

—No. Creo que sería ir demasiado lejos. No sé si está enfadado o dolido, o si simplemente ha decidido apartarse para dejar el camino libre al señor Drake. Si se ha marchado para evitarme, no voy a perseguirlo.

—Pero ¿y si ha sido un malentendido...?

Mercy volvió a negar con la cabeza.

—El señor Drake puede haber malinterpretado ciertas cosas, pero yo sí que sabía la verdad y, pese a ello, no lo he rechazado. Si el señor Kingsley está enfadado conmigo, no puedo culparlo. ¡Oh, Jane, no sé qué hacer!

La señora Locke se movió inquieta en la silla.

—¿Qué sientes por James?

—Somos amigos. Le tengo afecto.

—¿Y por el señor Kingsley?

—Creo que lo amo. Pero él nunca me ha dicho eso a mí.

Jane la miró sorprendida.

—¿En serio? Algo que me contaste hace poco me lleva a pensar que sí que te lo ha dicho.

Mercy repitió el gesto negativo.

—Nunca ha utilizado esas palabras; no obstante, sus miradas, sus muchas atenciones, como preparar en su tiempo libre muebles para mi habitación y para el aula, salvarme del humo, defenderme ante los amigos del señor Drake, regalarme un maletín de madera de roble...

—¿Y todavía te atreves a afirmar que no te ha dicho que te ama? —preguntó la posadera, levantando las cejas.

Esta vez la institutriz asintió, dándose cuenta del todo de la verdad.

—Tienes razón. Sí que lo ha hecho. Pero no puedo saber si Joseph me pedirá algún día que me case con él, mientras que el señor Drake ya lo ha hecho. ¿No sería una estúpida si lo rechazara?

Jane se agachó para ofrecerle la mano enguantada, y ella la agarró.

—No estoy en condiciones de decirte qué es lo que debes hacer —susurró—. Pero tú, Mercy Grove, eres lo menos parecido a una estúpida que conozco.

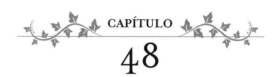
Al día siguiente, Thora fue a ver a Jane y le preguntó si le apetecía ir con ella a visitar a Patrick, Hetty y Betsey. Por supuesto que le apetecía. Fueron a la tienda de la modista para ver si Eva quería acompañarlas, pero estaba ocupada con dos clientas de fuera del pueblo y no podía marcharse.

Dejó al cargo de Bell Inn a Colin McFarland, como venía haciendo con más asiduidad desde que se había casado con Gabriel, pese a que se daba cuenta de que el joven todavía se sentía un tanto perdido cuando se quedaba solo, sobre todo si surgían problemas con algún cliente, con miembros del personal o con proveedores.

Había estado volcada en Bell Inn la mayor parte del año anterior. Había dedicado a la posada muchas energías, horas de vigilia y, algunas veces, hasta sus horas de sueño. Pero su corazón ya no estaba allí, sino con Gabriel Locke, su granja de caballos y su futuro juntos.

Suspiró y se preguntó una vez más si no era el momento de contratar un director con experiencia, al menos hasta que Colin la adquiriera.

Cabalgaron en silencio, con Thora echándole miradas de curiosidad cada cierto tiempo.

—¿Va todo bien? —le preguntó finalmente.

—¿Mmm? ¡Oh, sí!

—Me imagino que te resulta difícil distribuir el tiempo entre la posada y la granja.

Su antigua suegra la conocía demasiado.

—Sí, pero estoy bien. Solo algo cansada.

Jane no sabía si sacar a colación aquel asunto que llevaba semanas rondándole por la cabeza. Finalmente, inspiró profundamente y se decidió.

—Sé que no te gusta contratar directores que vengan de fuera, y yo estoy de acuerdo en que es mejor confiar en alguien de la familia. Pero ahora que tú, Patrick y yo estamos todos casados y trabajando en otros sitios...

La señora Talbot hizo una mueca.

—¿Alguien con ideas modernas que quiera cambiarlo todo, contratar a un cocinero elegante y gastar dinero en bobadas? —Le lanzó una mirada irónica—. ¡Oh, espera! Tú ya has hecho todo eso...

—¡De ninguna manera! —protestó Jane, riendo—. O por lo menos... lo del cocinero, no.

Thora rio entre dientes y torció por el camino en dirección a Wishford.

La posadera reflexionó un momento antes de continuar hablando:

—Tendríamos que encontrar a alguien que tuviera ideas parecidas a las nuestras y, por supuesto, que fuera de fiar. Lo que quiero es alguien que gestione el día a día, y que, si quiere introducir mejoras, lo haga de forma gradual y solo después de consultarnos y de que le demos permiso.

—Alguien así querrá un salario alto, Jane.

—Ya lo sé —aceptó, con un suspiro.

Miró hacia el pueblo y vio una amenazadora columna de humo elevándose al cielo y formando espirales. Sintió temor, aunque se dijo a sí misma que lo más probable era que alguien estuviera quemando desechos.

Sus pensamientos volvieron al día anterior a la competición de carruajes. *Sir* Timothy y ella habían salido a pasear y les llegó el olor a humo cerca de Fairmont House; descubrieron que el nuevo establo del señor Drake era pasto de las llamas. *Sir* Timothy sospechó en un principio que el incendio había sido provocado, pues había ocurrido justo antes de la carrera en la que se decidiría qué establecimiento se iba a quedar con el contrato del Correo Real.

No obstante, al final el señor Drake lo dejó pasar y lo consideró un mero accidente: tal vez una colilla de cigarro que pudo arrojar un conductor descuidado, o la chispa de una lámpara. A Jane no le satisfizo nunca esa explicación; pero había estado tan implicada en el concurso y en su lucha por sacar adelante Bell Inn, que lo apartó de su mente.

—Mira, Thora. Algo está ardiendo.

—No me gusta el aspecto que tiene —respondió, con el ceño fruncido.

Espoleó al caballo para que fuera más rápido.

—Puede que alguien estuviera quemando rastrojos y haya perdido el control.

La campana de la iglesia tañó dando la alarma mientras torcían por la primera calle, en dirección al origen del humo.

A Jane empezó a latirle muy rápido el corazón y se le encogió el estómago. «¡Oh, no! ¡Por favor, Dios mío, no...!».

Allí, al final de la calle, Patrick y Hetty estaban de pie, delante de su hostal, de uno de cuyos lados salían unas llamas enormes.

Varias horas más tarde el fuego había sido extinguido, la brigada de bomberos se había dispersado y los vecinos volvían a sus casas. Jane estaba de pie, hablando en voz baja con Talbot y Gabriel, que habían llegado desde Ivy Hill con algunos otros hombres para ayudar a sofocar el incendio en cuando habían recibido noticias de lo que estaba pasando.

Patrick, completamente exhausto, con la cara y las manos llenas de hollín, se había sentado sobre un tocón situado a una distancia prudencial del hostal carbonizado.

Hetty se acercó y se sentó junto a él, pasándole un brazo por encima de los hombros. El terrier callejero también se sentó a los pies de ambos, y ella se inclinó y le acarició las orejas.

Thora permanecía al lado del edificio con Betsey en brazos, protegiéndola del humo. La niña parloteaba contenta, absolutamente ajena a la tragedia.

Tras dejar un tiempo de respiro a la pareja, Jane se excusó ante sus acompañantes y fue a hablar con ellos.

—Me alegro mucho de que estéis bien.

—Precisamente eso era lo que le estaba diciendo a Patrick —comentó Hetty, con un aplomo sorprendente dadas las circunstancias—. Es un paso atrás, sí, pero por lo menos ninguno de nosotros ha sufrido ningún daño físico. Eso es lo más importante.

—Es cierto —corroboró él, aunque su aspecto era derrotado y triste.

Talbot y Gabriel se unieron a ellos.

—Tendremos que dejar que pasen uno o dos días para que se refresque el terreno y desaparezca el humo. Después volveremos para empezar a evaluar los daños y decidir qué hacer.

—Podemos pedir a los hermanos Kingsley que vengan a echar un vistazo —añadió el señor Locke.

Los dos magistrados locales, lord Winspear y *sir* Timothy, se acercaron con paso rápido, acompañados del agente local de Wishford.

—Tenemos buenas noticias, pero también malas —empezó *sir* Timothy cuando llegó a la altura de Patrick.

—De momento, ya he tenido bastantes malas noticias hoy, así que prefiero que empiece por las buenas.

—Muy bien —asintió—. El señor Phillips, el dueño de la posada Crown, se ha ofrecido a pagar los daños.

En la cara de Patrick se dibujó una mueca de absoluta incredulidad.

—¿El señor Phillips? ¿Y por qué lo ha hecho?

En lugar de responder directamente, Timothy se volvió hacia Jane.

—¿Te acuerdas del fuego en Fairmont House, el que se produjo antes de la competición de carruajes? ¿El que causó daños en los establos nuevos del señor Drake?

—Por supuesto que me acuerdo.

—El señor Drake aceptó la teoría de que fue un incendio fortuito, pero a mí nunca me convenció del todo esa explicación. —Volvió la mirada a Patrick—.

Acabamos de enterarnos de que Howard Phillips es el responsable directo de ambos incendios. Alguien le ha oído pavonearse de ello en la taberna, después de tomar demasiadas pintas.

—¡No...! —susurró Jane.

—¡Por todos los diablos! —exclamó Patrick—. ¿Y se puede saber por qué?

—En su momento oyó a su padre refunfuñar sobre Fairmont House y hace poco sobre el nuevo hostal del señor Bell —comenzó lord Winspear—, quejándose de que la competencia crecía y crecía. El señor Phillips nos ha dicho que simplemente estaba expresando su preocupación en voz alta, y que jamás pensó que su hijo pudiera hacer algo semejante. Lo único que pretendía era azuzarlo para que trabajara más, con objeto de que la posada Crown pudiera enfrentarse con éxito a la competencia y fuera más rentable. Pero al parecer esa posibilidad se le hacía cuesta arriba a Howard, suponía demasiado trabajo... Así que decidió hacer frente a la competencia prendiendo fuego a sus instalaciones.

—Ese hijo de... —musitó Patrick, pero Hetty le hizo una seña justo a tiempo para que se callara.

—¿Qué va a pasar con él? —se interesó Jane.

El magistrado más veterano torció el gesto.

—Pues irá a la cárcel, o puede que sea deportado. Eso queda fuera de nuestra jurisdicción local. Lo más probable es que se produzca un juicio en el condado.

—¡Pobres señores Phillips!

—Estoy de acuerdo —concedió Timothy—. Mal asunto para la familia.

—Y también para el negocio del que viven —corroboró Hetty.

Los Talbot llevaron a Patrick, Hetty y Betsey a Bell Inn, donde Jane les preparó un baño e insistió en que se quedaran con la mejor habitación. Empezaron a protestar, pero la posadera se mantuvo firme, insistiendo en que se lavaran y descansaran. Ya hablarían por la mañana.

Al día siguiente, Patrick desayunó con Jane. Todavía tenía los ojos rojos por el humo. Tenía consigo a Betsey para dejar que Hetty descansara y durmiera por lo menos una hora más, que lo necesitaba. El matrimonio y la paternidad lo habían dado la vuelta como a un guante.

—Jane, ¿podríamos quedarnos aquí otra noche más, o incluso dos? —pidió humildemente, mientras se tomaba las tostadas y los huevos y le daba a la niña de su propio plato.

La señora Locke dudó.

—Podríais, pero...

Él se puso rígido y su expresión se volvió mucho más seria.

—Perdóname. No tenía por qué haber asumido nada. ¿Es que esta noche vais a estar llenos? Si no hay ninguna habitación disponible, entonces...

—No, no es eso. Por supuesto que podéis quedaros aquí. Pero no solo unas pocas noches. —Tragó saliva—. Patrick, ¿no podrías quedarte aquí... permanentemente?

Él levantó las cejas muy sorprendido.

—¿Qué quieres decir?

—Me gustaría que fueras mi socio. Al cincuenta por ciento. Yo seguiría involucrada durante un año o dos, hasta que la granja de caballos despegue completamente, y cuando eso pase podrías utilizar los beneficios para comprar mi parte. Así, Bell Inn sería tuya y de Hetty. Que es lo que siempre has deseado.

—Jane..., ¿estás segura?

Ella asintió.

—Sé que lo que deseas con todo tu corazón es poseer una casa de huéspedes propia, así que entendería que no quisieras volver aquí.

—¿Es que un pequeño hostal puede compararse con una gran posada? Tampoco soy tan tonto, Jane.

—Sé perfectamente que no lo eres, Patrick. No te ofrecería lo que te he ofrecido respecto a Bell Inn si pensara que lo fueras.

—Pero yo creía que estabas decidida a quedarte con la posada.

—Sí, lo estaba. Pero las cosas han cambiado. Quiero dedicar mis energías a ayudar a Gabriel a hacer prosperar nuestra granja y los establos.

Él jugueteó con la servilleta mientras pensaba.

—El hostal ya es nuestro, esté como esté; arreglaremos los desperfectos y lo terminaremos. Supongo que podríamos alquilarlo o venderlo.

Ella asintió.

—Y si el señor Phillips se ha ofrecido a costear las reparaciones, no perderéis nada, o no mucho al menos. —Levantó una mano—. Pero si no quieres vivir aquí, o Hetty prefiere quedarse en Wishford...

—Tendré que preguntarle qué prefiere.

—Sí, claro. Habladlo en privado y ya me contaréis lo que decidís. Si os parece bien, podemos reunirnos con el señor Coine para oficializar el acuerdo con un contrato.

—Me pregunto qué dirá mi madre —musitó el hombre.

—Le gustará tener a Betsey más cerca.

—Eso seguro. ¿Y el señor Locke? ¿Qué dice él de todo esto?

—Que es decisión mía.

—¿No fue quien te convenció de quedarte con Bell Inn?

—Sí. Y tenía razón. En ese momento yo necesitaba Bell Inn, y creo que la posada también me necesitaba a mí. Tras la muerte de John, la necesidad de trabajar para salvar el negocio me devolvió a la vida, me dio un propósito. Pero ya no necesito ser la posadera de Ivy Hill. —Se levantó y sonrió—. Ahora estoy deseando ser la amazona de Ivy Hill.

Unos días más tarde, desde su ventana, Mercy vio llegar al patio de los establos el carruaje del señor Drake, que volvía desde Portsmouth. Se miró al espejo una última vez y rezó. «¿Estoy haciendo lo correcto, Dios mío?».

¿Era una locura rechazar la segunda propuesta de matrimonio que recibía, y que tal vez hasta podría ser la última? En esos días no había visto a Joseph Kingsley ni había sabido nada de él. ¿Y qué decir de Alice? ¿Acaso no había llevado Dios a su vida a la niña por alguna razón? ¿Podía dejarla marchar? ¿Debía hacerlo?

Cuando pensaba en la posibilidad de aceptar la proposición de James, siempre se formaba en su mente la imagen de Joseph. Y sentía una punzada en el corazón.

Dejó pasar unos minutos para que el señor Drake se organizara y después bajó las escaleras. Entró en su despachó y cerró la puerta, cosa que nunca hacía.

Él alzó la cabeza. Su mirada destilaba esperanza. Dejó la pluma y se levantó.

—Bienvenido de nuevo. —Juntó las manos antes de seguir—. Siento mucho tener que darte malas noticias nada más llegar, pero... —al ver que la sonrisa desaparecía de su rostro, continuó inmediatamente para evitar que la interrumpiera— Howard Phillips incendió el hostal de Patrick Bell mientras estabas fuera. También ha confesado que fue él quien pegó fuego a tus establos.

—¿De verdad? —Bajó las cejas—. Ya me parecía a mí que ese joven era un poco raro. ¿Están todos bien?

—Gracias a Dios, nadie ha resultado herido, pero me dan mucha pena el señor y la señora Phillips.

—Sí... —Asintió, aunque miró por encima de ella, como si estuviera pensando en otra cosa.

—¿Cómo han ido las cosas con tu padre? —Se sentó, consciente de que estaba dando rodeos para no llegar todavía al meollo de la conversación.

—Pues yo diría que muy bien —afirmó, tras pensarlo un momento—. Lo vi muy orgulloso al enseñarme la contabilidad y todas sus propiedades.

—Me alegra oírlo. ¿Significa eso que has decidido volver a Portsmouth?

—Creo que, al menos en parte, eso depende de ti. ¿Has tomado una decisión?

«Se acabaron los rodeos», pensó.

—Sí, lo he hecho. —Dio un suspiro entrecortado—. Me siento muy honrada por tu propuesta, señor Drake. Y muy tentada a aceptarla. Pero he llegado a la conclusión de que eso sería un error para ambos. Puede que ahora creas que no lo es, pero estoy absolutamente convencida de que encontrarás a alguien y te enamorarás, y mucho más profundamente de lo que lo hiciste de la madre de Alice, porque tendréis toda la vida para cuidar ese amor, y no solo unas cuantas semanas robadas.

Vio que iba a decir algo, seguramente una objeción, así que no le dejó y continuó:

—Y, además, amo a otro.

—¿Joseph Kingsley?

—Sí. ¿Desde cuándo lo sabes?

—Supe que él te amaba desde que viniste aquí por primera vez. No pude evitar fijarme en que te seguía con la mirada allá donde fueras y en la forma poco natural y nerviosa como te hablaba, que mostraba mucho más acerca de sus sentimientos que cualquier discurso florido. Pero di por hecho que tú no tenías el mismo interés por él, puesto que no pasó nada en bastante tiempo, y eso que los dos estabais, o, más bien, los tres estábamos en la misma casa. Y entonces lo vimos besar a esa mujer rubia. Me di cuenta de que te sentiste traicionada, di por hecho que habías terminado con él, si es que habíais empezado, y por supuesto él contigo.

—Era Aarón Kingsley, no Joseph. Al principio los confundí, lo mismo que tú.

Echó hacia atrás la cabeza.

—¿Estás completamente segura?

—Sí. De hecho Aarón y Esther están comprometidos y se van a casar.

—¡Ah! —Se pasó la mano por la barbilla—. Bien, pero entonces... ¿por qué Joseph no te ha pedido en matrimonio? ¿A qué está esperando el muy estúpido?

Ella suspiró.

—Puede que le guste y que me quiera, pero piensa que no tiene la suficiente educación, ni las posibilidades para ofrecerme una casa adecuada y confortable. Que no es «digno», creo recordar que esa fue la palabra que utilizó.

James asintió.

—Puedo entenderlo, la verdad. Eres una mujer de un valor inestimable, Mercy Grove, y el hombre que se case contigo obtendrá un enorme tesoro.

—Gracias. Eres muy amable al decir eso.

—Nada de amable. Solo digo la verdad.

Ella no pudo sostenerle la mirada.

—Creo que Joseph oyó sin querer tu proposición, y que por eso se ha ido de Fairmont House. Sabe lo mucho que quiero a Alice y, muy probablemente, crea que casarme contigo constituya la respuesta a mis plegarias.

—Pero no es así, ¿verdad? —inquirió él, en voz baja.

La mujer negó con la cabeza.

—Lo siento.

—Malas noticias para mí, pero muy buenas para él —repuso, después suspiró con fuerza.

—No estoy segura de si él pensará lo mismo que tú.

—Bueno, pues entonces, mi querida señorita Grove, la capacidad de convencerle radica en tus labios.

Mercy levantó las cejas, algo alarmada. ¿Qué estaba sugiriendo...?

Él levantó la mano al darse cuenta de lo que había interpretado.

—Lo que quiero decir es que las palabras que salgan de tus labios pueden bastar para que haga lo que debe y le conviene. —Torció la cabeza hacia un lado, sonriendo con malicia—. Aunque, ahora que lo pienso, un beso también podría servir, e incluso más que un discurso.

La institutriz se ruborizó intensamente. Él se puso de pie, con los ojos brillantes.

—Estás encantadora cuando te ruborizas, señorita Grove. De hecho, creo que voy a hacer llamar a Kingsley antes de sentirme tentado a seguir mi propio consejo.

Apartó la mirada y se dirigió hacia la puerta.

—¡Pero si se ha marchado! —exclamó ella—. Ha ido a Wilton House para empezar otro proyecto.

Se dio la vuelta.

—Es verdad, pero cuando pasé por Wilton le pedí que viniera por aquí para recoger el dinero que le queda por cobrar. De hecho, creo que está supervisando el trabajo de su hermano, ahí a la vuelta. —Sonrió y salió del despacho.

«La verdad es que James se ha recuperado muy deprisa de la decepción», pensó. Con cada una de sus pisadas, a Mercy se le aceleraba el corazón. Lo oyó llamarlo en el pasillo.

—¿Kingsley? La señorita Grove quiere hablar con usted en mi oficina. No la haga esperar más, hombre.

Mercy volvió a ponerse colorada, y se le aceleró el pulso de pura expectación. ¿Acaso pensaría el señor Kingsley que era demasiado atrevida?

Joseph entró en el despacho con ciertas precauciones, con el sombrero en la mano y una inequívoca expresión de duda. Las preguntas parecían dibujadas en su atractiva cara.

A ella se le quedó la boca seca.

—Por favor, señor Kingsley, cierre la puerta, si no le importa.

La miró y, muy despacio, se dio la vuelta para obedecerla. Después de cerrar, se quedó allí de pie, mirándola con cautela. ¿Acaso tenía miedo de que le fuera a decir que el señor Drake y ella iban a casarse? ¿O se sentiría traicionado porque se había tomado un tiempo para pensar en el ofrecimiento de James y la rechazaría?

Las palabras del señor Drake acudieron a su mente. «La capacidad de convencerle radica en tus labios».

Joseph respiró hondo, como si se estuviera preparando.

—¿Quería usted hablar conmigo, señorita Grove?

A Mercy las palabras se le atrancaron en la garganta. Apretó los labios con fuerza y se movió hacia delante. Le temblaban las piernas y sentía un nudo en el estómago. Avanzó mirándolo a los ojos, muy atenta a su reacción. Al ver que no retrocedía ni se apartaba, se puso de puntillas y elevó la boca hacia la de él. Volvió a mirarlo a los ojos, y los vio muy abiertos y fijos en su boca. Parecía contener el aliento. Se acercó más y apretó sus labios contra los de

Joseph. Despacio. Con suavidad. Durante un segundo, dos, tres... Después bajó los pies.

—Esto es todo lo que quería decirle —susurró.

Él soltó un suspiro entrecortado, la mirada fija en ella. Alzó las manos y le tomó la cara.

—¿No te vas a casar con él?

Negó con la cabeza.

—Le he dicho que no podía.

—Pero hacerlo supondría para ti cumplir el anhelo de tu corazón.

Volvió a negar con la cabeza.

—Tú eres el anhelo de mi corazón.

A él le brillaban los ojos. Apoyó la frente contra la de ella.

—Gracias a Dios —musitó.

Le rodeó la estrecha cintura con el musculoso brazo y la atrajo hacia sí. La calidez de su cuerpo la envolvió. Le puso una mano sobre el pecho y notó el potente latido de su corazón. Él le acarició la mejilla con la mano libre y se inclinó para besarla con suavidad la sien, la frente y, por fin, la boca. Después acomodó la cabeza hacia el otro lado y la besó firme y profundamente.

De nuevo apoyó la frente sobre la suya y recobró el aliento. Bajó un poco la cabeza y la miró a los ojos.

—Mercy Grove, ¿quieres casarte conmigo? Procuraré con todas mis fuerzas ser digno de ti.

—¡Serás estúpido! Ya lo eres. De hecho, merecerías alguien mucho mejor. —Le dirigió una sonrisa traviesa—. Pero tendrás que conformarte conmigo.

49

Mercy compartió las alegre noticias con la tía Matty, Jane y Rachel. Le preguntó a esta si podría enseñar a leer a quien no supiera y quisiera aprender en la biblioteca circulante, y su amiga aplaudió la idea inmediatamente. Después escribió a sus padres para anunciarles su compromiso, y pidiéndoles que vinieran tan pronto como les fuera posible a conocer al señor Kingsley. Mientras tanto, Joseph y ella se reunieron con el señor Paley, que estuvo de acuerdo en leer las amonestaciones y publicarlas lo antes posible.

Entonces Mercy tomó una decisión. Echó un vistazo a los vestidos que tenía, escogió su favorito y fue a ver a Eva Victor. Al acercarse a la tienda vio que en el escaparate había pamelas, sombreritos y un vestido de día, simple pero muy bonito. De la pared colgaba un cartel nuevo y más pequeño que el anterior:

VICTORINE
Señorita E. Victor, modista

Entró en la tienda y vio a la mujer de pie en el mostrador, empaquetando un sombrerito de paja en una sombrerera.

Levantó los ojos...

—¡Señorita Grove! ¿Cómo está?

—Mejor que nunca. Acabo de comprometerme con Joseph Kingsley.

—¡Magnífica noticia! —celebró Eva, sin dejar lo que tenía entre manos—. Me alegro muchísimo por usted. —Envolvió el paquete con papel de regalo.

—Yo también estoy muy feliz —contestó Mercy, sonriendo. Volvió a mirar el escaso contenido del escaparate, con un solo vestido expuesto y algunos sombreros—. Me enteré de que había donado bastantes cosas a la casa de caridad mientras yo estaba fuera del pueblo. ¿Se ha desprendido de toda la ropa que le dio su mentora?

La mujer ató un cordón alrededor de la sombrerera.

—Pensé que era el momento de exponer solo cosas que hubiera hecho yo misma.

—Buena idea. La felicito. —La miró a la cara—. Eva, no irás a marcharte, ¿verdad?

—Si te digo la verdad, no lo sé —contestó. Finalmente dejó de mover las manos, una vez anudado el lazo.

—Espero que te quedes. —Le mostró el vestido que llevaba debajo del brazo—. De hecho, he venido a preguntarte si podrías arreglar este vestido para mi boda. Es uno de mis favoritos, aunque es bastante sencillo.

La expresión de Eva se suavizó.

—Me sorprende que me lo preguntes, sabiendo lo que sabes de mí.

—Mi querida señorita Victor, ninguno de nosotros es perfecto, y todos merecemos una segunda oportunidad. Sé que no es lo mismo que encargar un vestido nuevo, pero espero que este encargo te demuestre mi apoyo y... mi amistad.

Los ojos de Eva se llenaron de lágrimas.

—Me lo deja muy claro, no te quepa la menor duda.

Incluso si el vestido quedaba peor después de su trabajo, se alegraba de habérselo pedido.

Eva salió de detrás del mostrador y tomó la prenda.

—Vamos a ver que tenemos aquí... Ah, sí. Es sencillo, pero también muy elegante. Se me ocurren algunos adornos para el cuello y las mangas. Y tal vez una cenefa o una banda en la cintura.

—Nada que sea muy llamativo, si no te importa.

Mercy no tenía la menor intención de interpretar el papel de una dama rica londinense al uso. Era una mujer modesta de un pueblo, con treinta y un años, que pronto volvería a ser profesora y se convertiría en la esposa de un carpintero. Estaba muy feliz de todo ello, y era lo único que quería ser y parecer.

El señor y la señora Grove no tardaron en viajar a Ivy Hill a conocer al señor Kingsley. Tras la reunión, tranquila y un tanto incómoda, sus padres le dieron su aprobación.

Más tarde, y en privado, su padre le dijo a Mercy que hubiera preferido para su única hija un hombre con más formación, pero que si lo amaba realmente, se sentía muy feliz por ella y no pondría la menor objeción. Y su madre se comportó de una manera inesperadamente amable y tolerante, sin sacar en ningún momento a colación al señor Hollander.

Los Grove y los Kingsley ya se conocían superficialmente, pues llevaban décadas viviendo en Ivy Hill, pero nunca habían comido juntos. La familia de Joseph invitó a cenar a Mercy y a sus padres. Su casa no era ni mucho menos elegante, pero al menos era grande, muy bien amueblada y, por supuesto, estaba extraordinariamente bien mantenida.

Cuando llegaron sus invitados, los anfitriones se comportaron como habitualmente, de una forma enormemente amable y cálida. El padre de Mercy enseguida empezó a hablar con ellos y seguirles la corriente con gusto, pero su madre se sintió ligeramente abrumada por los bulliciosos hermanos. No obstante, después de la cena, la señora Kingsley y ella encontraron un rincón tranquilo en el que poder mantener una agradable conversación.

Al día siguiente la señorita Grove y sus padres se sentaron para hablar de los planes de boda.

—Mercy —empezó su madre—, creo que Ivy Cottage es un poco pequeño para acoger un banquete de boda. Tu padre y yo nos casamos en Londres, y no en el pueblo de mis padres, precisamente por eso. De todas maneras, si limitamos el número de invitados...

—No, madre. Quiero que venga todo el mundo. Todo el mundo que desee venir, claro.

—Todo el mundo que lo desee podrá ir a la boda en la iglesia, por supuesto, pero meter a todos en nuestra pequeña casa, sobre todo teniendo en cuenta el tamaño de tu futura familia política... —Negó con la cabeza—. ¡Imposible!

—Estoy de acuerdo, madre. Además, no quiero que el banquete se celebre en Ivy Cottage.

—Pero es tu casa, o lo fue durante muchos años. El hecho de que algunas cosas no hayan resultado como tú querías durante este último año no borra la agradable vida que te hemos dado aquí.

—Tienes razón, madre. Tengo muchas cosas que agradeceros. Pero ahora es la casa de George y de Helena. Me gustaría que mi banquete de bodas se celebrara en el parque del pueblo, en Ivy Green. Siempre he deseado, en el fondo de mi corazón, celebrarlo allí si finalmente me casaba algún día. Me imagino las verjas del jardín de atrás abiertas de par en par para toda la gente a la que quiero, amigos, familia, niños corriendo y riendo. Una mesa grande y músicos...

—¡Mercy, piensa un poco! Ten en cuenta lo que pasó el día de la boda de Jane. Matilda me contó que, en principio, ella quería celebrarlo en el patio ajardinado, pero que llovió... ¡y todo el mundo tuvo que apelotonarse en los salones del comedor y del café!

—Y nos arreglamos estupendamente bien. Fue maravilloso. Pero el hecho de que lloviera el día que se casó Jane no significa que tenga que llover también en mi boda.

—Hija, vivimos en Inglaterra, y este año ha sido uno de los más lluviosos que recuerdo. No sería raro que lloviera.

Mercy pensó que su madre podía tener razón. Un ágape al aire libre y sin alternativa era un riesgo. Pero también era lo que siempre había deseado, y ahora que se sentía como una simple invitada en Ivy Cottage, y no muy calurosamente acogida, más aún.

—Quizá podríamos pensar en alquilar Fairmont House. Allí sí que habría sitio suficiente, o al menos eso supongo. Y también encargarles la comida. ¿No me dijiste que había un chef francés? Dudo que la señora Timmons sea capaz de enfrentarse al reto. ¿No podría el señor Drake hacernos un precio asequible, dado que eres su empleada? Matilda me dijo en una carta que no te consideraba una mera institutriz, sino una amiga.

El generoso señor Drake difícilmente se negaría ni se ofendería por una solicitud como esa, pero Mercy no deseaba pedírselo, ni tampoco a Joseph le agradaría que fuera él el anfitrión de su banquete de boda, teniendo en cuenta que había pedido su mano previamente.

—El señor Drake está muy ocupado poniéndose al día con los muchos negocios de su padre. En estos momentos tiene asuntos más delicados y urgentes a los que enfrentarse que mi simple boda.

—¿Simple? Yo no la definiría así... ¡Da la impresión de que quieres invitar a todo el condado! ¡Oh, ojalá hubieras sido la mitad de popular con caballeros ricos de lo que pareces haberlo sido aquí!

—Madre, el señor Kingsley es un constructor muy próspero y muy solicitado.

—Ya lo sé, querida. Hemos recibido magníficos informes acerca de él. De todas maneras, no puedo evitar desear que hubiera sido el señor Drake quien te hubiera pedido en matrimonio.

Mercy pensó que sería más inteligente no decirle que sí lo había hecho.

—He traído el velo de punto de Malinas que llevé en mi propia boda —continuó su madre, dejando sobre una silla la caja, de la que sacó la prenda—. El sombrerito no se puede decir que esté a la última moda, pero quizá si se le hiciera algún arreglo...

—Es precioso, madre. Será un honor para mí llevarlo.

—Y ahora, por lo que se refiere a tu vestido...

—No se preocupe, ya he hablado con una modista nueva acerca de ello.

No quería robarle la ilusión a su madre pero temía que, si Catherine Grove se encargaba, acabaría con un vestido lleno de volantes y de lazos, mucho más adecuado para una novia joven, o incluso para su jovencísima dama de honor, la pequeña Alice.

—¿Victorine? He visto la tienda cuando llegamos. Muy bien. Me alegra saber que tienes la situación bien controlada, pues tu padre y yo tenemos que regresar pronto a Londres para acudir a algunos actos sociales importantes. Volveremos poco antes de la boda para ayudarte con los detalles de última hora. Y, por supuesto, nos encargaremos de elegir la comida antes de irnos...

Siguieron hablando sobre el menú, y su madre tomó nota e hizo listas de tareas para cada una. Después se pasó los dos días siguientes hablando con la cocinera, los reposteros, la florista y el vicario.

—¿Estás segura de que no quieres que visite a la modista antes de irme? —le preguntó la mañana de su marcha—. Queremos que estés preciosa en tu día más especial.

—No, madre, de verdad. Ya ha hecho un montón de cosas, y se lo agradecemos mucho los dos —repuso Mercy. La besó en la mejilla.

Satisfechos con los preparativos, los señores Grove se dispusieron a partir. Su padre la besó en la frente.

Su madre se acercó a ella para susurrarle algo al oído:

—Me siento muy feliz por ti, Mercy. De verdad.

El señor Drake viajó una vez más a Drayton Park para pasar algunas semanas con su padre y reunirse con sus abogados. Se llevó a Alice con él, pero prometió volver a tiempo para la boda. El personal hizo lo que pudo, pero Fairmont House se resintió en ausencia de su dueño y director.

Mercy también intentó contribuir al buen funcionamiento del hotel, echándole una mano al administrativo y respondiendo a las demandas de los huéspedes. Al volver de Wilton para ir a su casa, Joseph hacía un alto para cenar con ella, hablar un poco acerca de cómo les había ido el día y darle un beso de buenas noches.

Durante tres domingos consecutivos el señor Paley publicó y leyó las amonestaciones. Aparte de la alegría que suponía para ella el oír su nombre unido al del señor Kingsley, no dejaba de producirle cierta vergüenza el suscitar tanta atención. Las cálidas semanas de julio transcurrieron muy deprisa, y la institutriz iba descontando felizmente los días que le faltaban para convertirse en la esposa de Joseph.

Tal como había prometido, el señor Drake y Alice regresaron de Portsmouth aproximadamente una semana antes de la boda. James les pidió a Mercy y a Joseph que se encontraran con él en la oficina.

Cuando entraron, les reiteró su felicitación y después les dirigió una amplia sonrisa.

—Ahora me gustaría que me acompañarais a dar una vuelta por Fairmont House. —Miró a la mujer—. Así, el que dentro de unos días va a ser tu esposo podrá enseñarte y enorgullecerse del excelente trabajo que ha hecho y de las muchas mejoras que ha introducido en la casa.

Joseph se removió, evidentemente incómodo.

—No hay ninguna necesidad, señor Drake. Ya me ha pagado usted bien por mi trabajo, así que no me debe nada más.

—No estoy de acuerdo, señor Kingsley. Es bueno que un hombre de su talento y capacidad sea adecuadamente ensalzado delante de la mujer a la que ama.

Mercy también empezó a sentirse confusa.

—No hay problema, señor Drake. Ya estoy más que enterada y convencida de sus méritos, y no hace falta exponer su magnífico trabajo. Lo conozco bien.

—Es normal. Pero, de todas maneras, permitídmelo, por favor.

La mujer miró a Joseph, quien, finalmente, se encogió de hombros mostrando su aquiescencia, aunque seguía un tanto confundido. Después de todo, los dos conocían perfectamente Fairmont House.

—Muy bien, como quiera.

El señor Drake los guio piso por piso y habitación por habitación. Señaló las reparaciones menos evidentes en la estructura del edificio que habían llevado a cabo los Kingsley. Pero puso especial énfasis en los cuidados trabajos artesanales realizados por el propio Joseph, que destacaban por toda la casa.

—No debo atribuirme el mérito de todo esto, señor Drake. No olvide que mis hermanos también han trabajado mucho.

—Lo sé, Joseph, pero también sé que tú has sido el que ha trabajado más y durante más tiempo. No te has limitado a lavarle la cara al edificio, sino que has introducido mejoras por todas partes, construyendo balaustradas, estanterías y soportes que no existían, y cornisas y molduras que se adecúan perfectamente al estilo de los adornos originales, que estaban muy dañados. Por no hablar del excelente trabajo del vestíbulo de entrada, que es lo primero que ven los clientes, las repisas y muchos detalles más. Muchas veces en tu tiempo libre. Es un hecho que ni me he acercado a pagarte todo lo que debía para compensar la cantidad y calidad del trabajo que has hecho.

Joseph movió la mano, quitándole trascendencia.

—No tiene importancia. No habría estado bien hacerle pagar por cosas que ni siquiera me ha pedido que hiciera. No es culpa suya que lo que para otro «esté bien», para mí no sea ni remotamente suficiente.

»Además, ya sabe que me apetecía pasar aquí más tiempo del imprescindible, sobre todo en estos últimos meses. —Tras decir esto lanzó una elocuente mirada a Mercy, y los tres sonrieron—. Tener cerca a la señorita Grove ha sido mi mejor recompensa.

—Estoy de acuerdo en que el proyecto te ha salido bien —replicó James—. Has logrado la mano de una mujer magnífica.

—Exactamente, señor. Lo que demuestra que no me debe nada. Usted se ha portado muy bien con Mercy y conmigo, y le agradecemos todo lo que ha hecho por nosotros.

— Joseph tiene razón, señor Drake —confirmó ella, asintiendo.

Sin embargo, James negó con un gesto.

—He hecho muy poco. Merecéis muchísimo más. —Fijó en ella una mirada que parecía de arrepentimiento. Sus ojos verdes eran tan parecidos a los de Alice... A Mercy se le encogió el corazón. Lo quería como a alguien de su familia, pensó. Al fin y al cabo, formaba parte de Alice. No podía mirar a uno sin ver también al otro.

De vuelta al despacho, James hizo un gesto amplio señalando el vestíbulo.

—Allá por donde vaya puedo ver el trabajo del señor Kingsley, su firma profesional. Recuerdo perfectamente el aspecto de este edificio cuando lo compré.

Llegaron a la oficina y, una vez allí, abrió una carpeta de cuero que estaba sobre el escritorio y que contenía un documento de aspecto oficial.

—¿Qué es esto? —preguntó Mercy, con cierta precaución.

—Considéralo un regalo de boda. —La miró a la cara antes de continuar—. Tras nuestro recorrido, ¿no crees que, después de algunas obras de acondicionamiento que puede realizar tu cualificado marido, Fairmont House podría convertirse en una escuela excelente, señorita Grove?

Se quedó mirándolo, completamente desconcertada.

—No... —murmuró. El corazón le latía a toda velocidad.

Él levantó una de sus doradas cejas.

—¿Ah, no?

—Lo que quiero decir es que... no puedes.

—Pues ya lo he hecho —afirmó, acercándole el documento—. Esta es la escritura. La propiedad se te ha traspasado con el objetivo y condición de albergar tu escuela abierta a todos los niños, tengan o no medios. Un centro en el que «educar a la mayoría, si no a todos, los niños del distrito, sin distinción de sexo, e independientemente de su capacidad para pagar las tarifas». —Le guiñó un ojo—. ¿Qué tal lo he hecho?

Lo que había recitado era un resumen de una carta que ella le había escrito meses atrás, pidiéndole su colaboración en una campaña de captación de fondos para la apertura de una escuela de esas características.

—Pues... has dicho lo que yo escribí, casi palabra por palabra —respondió Mercy, con el pulso acelerado—. Pero no puedo aceptarlo.

—¡Por supuesto que puedes! Se trata de la escuela con la que llevas soñando muchísimo tiempo. Y, si lo deseáis, el señor Kingsley y tú podéis quedaros a vivir aquí, una como directora y el otro como gerente, o con los cargos que os parezca. Podéis gestionar la institución y contratar profesores adicionales y más personal, si lo necesitáis. —Señaló otro documento oficial de la carpeta—. Ahí se hace constar que he incluido una anualidad para hacer frente a los gastos, y he negociado acuerdos verbales con Winspear, Brockwell y Bingley, que también se han comprometido a aportar fondos para la escuela. Y si hicieran falta más, no tengo la menor duda de que con tu capacidad para llevar adelante campañas y tu pasión por el proyecto, los recaudarías con facilidad.

Mercy sintió una opresión en el pecho. Le dio una especie de sofoco y estuvo a punto de marearse.

—Señor Drake, esto es... inconmensurable. Va mucho más allá de cualquier cosa que hubiera podido pedir, o incluso imaginar. No tengo...

—Mercy Grove —la interrumpió. Su expresión se volvió solemne—, no solamente has facilitado mi reconciliación con mi padre, sino que me has dado a mi hija, que es la posesión más grande y preciosa a la que podía aspirar en mi vida. Soy muy consciente del sacrificio que supuso para ti entregarme la carta de Mary-Alice que confirmaba que yo era el padre de Alice. En ese momento, debo de ser sincero, no lo entendí, pero ahora sí que lo entiendo. Sé lo que supuso para ti comportarte de esa manera tan honesta. Cuando pienso en que alguien pudiera aparecer y arrancarme a Alice... la pérdida, el pesar... Ahora entiendo qué fue lo que te arrebaté.

—No me la arrebataste. Es tu hija, señor Drake. Y el señor Coine dijo que seguramente habrías conseguido la custodia, incluso sin la carta.

—Puede ser. Pero en cualquier caso, me ahorraste tanto la incertidumbre sobre qué hubiera pasado con mi reclamación como un proceso judicial caro y largo, durante el que Alice y yo habríamos permanecido separados durante meses, quizá muchos. Sin embargo, ahora puedo mirarla de frente y decirle que es mi hija. Y, aunque tal vez no la merezca, lo cierto es que soy su padre. Rezo por ser digno de llevar con honor ese título. Por difícil que sea.

—Pero no imposible —repuso Mercy—. Porque para Dios no hay nada imposible —afirmó, levantando la escritura—. Esto lo demuestra.

Miró a Joseph y lo vio allí, de pie, con los hombros tensos y la expresión sombría.

Ella negó con la cabeza.

—No obstante, sigo sin poder aceptarlo.

—Señorita Grove, sé que un edificio nunca podrá compensar, ni remotamente, la pérdida de Alice. Y lo cierto es que no solo perdiste a la niña, sino también tu preciosa escuela de Ivy Cottage, así como tu sueño de abrir una mucho mayor, a la que pudiera ir quien quisiera, independientemente de sus medios económicos. Tengo la capacidad de, al menos, hacer posible ese sueño. No me lo niegues, por favor.

Mercy volvió a mirar a Joseph, que aún no había pronunciado una palabra.

—Me gustaría hablar con el señor Kingsley a solas antes de tomar una decisión.

—Por supuesto. Salgo ahora mismo. Tómense su tiempo. Pero señor Kingsley, confío en que no rechace la propuesta por una cuestión de orgullo mal entendido. Y menos cuando usted sabe lo que significa esa escuela para su futura esposa.

Joseph asintió.

—Lo tendré en cuenta, señor Drake.

Cuando cerró la puerta después de salir, Mercy se volvió hacia su amado.

—¿Te lo puedes creer? ¿No es extraordinario?

—Sí. Y si se tratara de mí, él tiene razón, yo lo rechazaría. Es demasiado. La idea de estar en deuda con un hombre el resto de mi vida... ¡Por no hablar de los impuestos que habría que pagar por un sitio como este! —Hizo una mueca, intentando aliviar con un poco de humor un momento tan tenso y difícil.

—Tienes razón. Es demasiado. ¿Debo rechazarlo?

Él suspiró, pensativo.

—Ya lo has rechazado una vez, cuando te pidió que te casaras con él...

La mujer bajó la cabeza.

—Así es.

—Algo que agradeceré toda mi vida. —Joseph la miró. Un mechón de pelo rubio cruzaba su frente—. No te estarás arrepintiendo ahora, espero...

—¡Nunca!

—Sé lo mucho que deseas esa escuela. Y, por mi parte, lo que yo más deseo en este mundo es que seas feliz, Mercy Grove.

Ella apoyó la mano en el pecho de su prometido.

—Soy feliz.

Le cubrió la mano con la suya y la besó en la sien.

—Entonces no tengo más remedio que darle las gracias a Dios y al señor Drake, porque nos han bendecido de forma desmedida.

—Estoy de acuerdo.

—Así que lo menos que podemos hacer es quitarle esta vieja casa de las manos, si es eso lo que quiere de nosotros. —Sonrió—. ¡Y yo que no pedía tu mano porque no íbamos a tener una casa en la que vivir...! —Le rodeó la cintura con la mano libre atrayéndola hacia sí—. Bueno, pues ese problema ya está resuelto.

Mercy rio alegremente y lo besó.

Mercy y Joseph permanecieron de pie junto al señor Drake mientras anunciaba al personal la sorprendente noticia. Fairmont House dejaría de ser un hotel y empezaría a funcionar como una escuela benéfica con internado, gestionada por Mercy y Joseph Kingsley. Les aseguró que ese cambio no repercutiría negativamente en su estatus profesional, sino todo lo contrario, ya que él estaría demasiado ocupado encargándose de dirigir las empresas Hain-Drake y no habría podido dedicar la atención que se merecía al hotel.

El señor Drake ofreció puestos de trabajo en Southampton y Portsmouth a quien estuviera interesado en ellos y dispuesto a trasladarse. Los mozos de cuadra y cocheros sí que tendrían que buscar nuevos trabajos pero, gracias a Dios, Mercy podría quedarse tanto con Iris como con la señora Callard.

Las reacciones de asombro de los miembros del personal fueron fiel reflejo de la de Mercy. La señorita Grove apenas podía creer que la escuela con la que tantas veces y desde hacía tanto tiempo había soñado, y por la que no menos había rezado, pronto se convertiría en una maravillosa realidad.

A petición de su madre, Mercy pensaba pasar la víspera de su boda en Ivy Cottage. Sin embargo, la noche anterior invitó a Jane y a Rachel a Fairmont House para que la pasaran con ella. Su habitación de institutriz era muy pequeña, por lo que eligió una de las más grandes del primer piso, y con una cama lo suficientemente amplia como para acomodarse las tres.

En cierto modo se sintió como en los viejos tiempos, las tres amigas durmiendo en la casa de una de ellas, despiertas hasta tarde, vestidas con sus largas batas de noche, charlando, riendo y compartiendo secretos. Pero, en realidad, las cosas habían cambiado muchísimo.

Después de que Iris les llevara chocolate caliente y varias porciones de tarta, les contó las novedades respecto a Fairmont House.

Jane se quedó boquiabierta.

—¡Estoy asombrada! Por supuesto que me alegra saber que va a haber una escuela tan cerca de Ivy Hill. Ahora no tendremos que mandar a Jack Avi fuera para que reciba educación. ¿Pero que James te ceda Fairmont House...? —Negó con la cabeza, completamente asombrada.

—¿Te molesta, Jane? Después de todo era tu casa.

—Lo fue, pero tampoco durante muchos años. Cuando me acuerdo del estado en el que se encontraba, descuidada, casi abandonada y camino de la ruina... ¡Y mírala ahora! Todo se ha reparado y mejorado increíblemente. Primero un hotel y, dentro de nada, un internado. La verdad es que es asombroso. Y si tengo que escoger entre un hotel que le haga la competencia a Bell Inn y la escuela con la que mi querida amiga lleva soñando tantos años, ya sabes con qué me quedo. No me importa haberla perdido.

Mercy la miró detenidamente.

—¿Seguro que no?

Jane dudó. Le brillaban los ojos por las lágrimas contenidas.

—Bueno, supongo que sí que me apena un poco. Me apena perder a James. Ha sido un buen amigo para mí y lo voy a echar de menos.

—Yo también —confirmó Mercy, asintiendo—. Y a Alice, por supuesto.

Rachel la tomó de la mano.

—¿Vas a estar bien?

Mercy asintió. Ahora era ella la que se emocionaba.

—Sí. Alice me quiere, naturalmente, y está acostumbrada a mí. La voy a echar de menos, pero va a ser feliz con su padre. Se han encariñado el uno con el otro de una forma que nunca me habría podido imaginar. Y también está unida a su abuela, a su tía y a sus nuevos primos. La verdad es que me alegro de todo corazón de que vaya a estar rodeada de una familia tan encantadora.

Rachel le apretó la mano.

—Entonces rezaremos por que Dios os bendiga al señor Kingsley y a ti con hijos propios, y lo más pronto posible.

—Joseph me ha prometido que va a poner todo de su parte para lograrlo. —Se ruborizó y agachó la cabeza.

Jane rio entre dientes y se levantó.

—Eso me recuerda que tenemos un regalo para ti... —Se acercó a su maleta y volvió con una caja atada con una cinta.

Mercy la abrió y sacó un camisón muy bonito con encaje y una bata a juego. De nuevo sintió calor en las mejillas.

Rachel se mordió el labio. Le brillaban los ojos.

—A propósito de esto, quiero que vosotras seáis las primeras en saberlo... después de Timothy, naturalmente. Estamos esperando un hijo.

—¡Es maravilloso! —exclamó Mercy, besándola en la mejilla.

Rachel acarició el brazo de Jane.

—Espero que la noticia no te entristezca.

—No. Me siento muy feliz por vosotros. —Dio un profundo suspiro—. Supongo que es el momento de deciros que, debido al delicado estado de salud de mi padre, nos ha pedido a Gabriel y a mí que nos hagamos cargo de Jack Avi cuando él falte. Quiere que lo críe yo, pero no como tutora, ni siquiera como hermana, sino como... su madre.

Mercy juntó las manos con gesto de alborozo.

—¡Una solución tan magnífica es un regalo de Dios! Y algo perfecto dada la difícil situación de tu padre.

Sentadas con las piernas cruzadas sobre la cama, las tres se tomaron de las manos formando un desmañado triángulo, quizá más parecido a un corazón. Se sonrieron hasta que las lágrimas les resbalaron por las mejillas.

—Dios nos ha bendecido a las tres —dijo Rachel.

Tanto Jane como Mercy asintieron.

—Sin duda.

CAPÍTULO

50

La noche de la siguiente reunión de la Sociedad de Damas Té y Labores, Jane se sentó al lado de Rachel. La nueva señora Brockwell no iba tan a menudo desde que se había casado, pero esta vez hizo un esfuerzo para acudir por el bien de Mercy.

Las mujeres se juntaron alrededor de la prometida, preguntándole acerca de las celebraciones del día siguiente: si seguía pensando celebrar el desayuno en Ivy Green, al aire libre, cuál iba a ser el menú y qué vestido iba a llevar.

Sus mejores amigas también la escuchaban con interés. La noche anterior habían hablado brevemente de los planes de boda, pero Mercy no les había contado nada acerca de su vestido. Jane daba por hecho que la señora Grove la habría presionado para que se hiciera uno lujoso y a la moda, cosa que a su hija con toda seguridad no le apetecería, por lo que no le había preguntado por los detalles y se centraron en asuntos menos controvertidos y mucho más halagüeños. De hecho, la noticia de que James le había cedido Fairmont House había apartado de su mente casi todos los demás.

En esos momentos, Mercy respondía a todas las preguntas con mucha paciencia, aunque un poco abrumada por el hecho de concitar toda la atención. Aclaró que mantenía la intención y la esperanza de celebrar el convite al aire libre, en el parque, si es que el tiempo lo permitía, les dijo que todas ellas serían bienvenidas y terminó con un comentario acerca de su atuendo:

—Y voy a llevar uno de mis vestidos favoritos, es decir que no he encargado uno nuevo. De todas formas, sí que he ido a la modista para que le hiciera algunas mejoras.

—¿En serio? —preguntó Jane, que se había quedado de piedra—. Pensaba que tu madre insistiría mucho en que te hicieras un vestido nuevo.

—Sí que se ofreció —contestó, encogiéndose de hombros—, pero le dije que ya le había pedido a la señorita Victor que me ayudara a arreglar el vestido. Mientras hablamos todavía está trabajando en él. Lo primero que haré mañana por la mañana será ir a recogerlo.

Jane y Rachel intercambiaron miradas de preocupación, sorprendidas por el hecho de que Mercy se hubiera atrevido a hacer tal cosa incluso sabiendo que Eva no estaba tan preparada como habían pensado en un principio.

La señora Burlingame asintió en señal de aprobación.

—Es una decisión muy práctica. Yo me casé con mi mejor vestido.

—Y yo hice lo mismo —indicó la señora Klein.

—Y yo —se sumó la señora O'Brien, levantando la mano.

—Yo todavía me pongo de vez en cuando mi vestido de boda —dijo, con gesto muy serio, la señorita Morris.

Todas se quedaron mirando asombradas a la mujer, que era soltera.

Becky sonrió con picardía.

—Bueno, quiero decir el vestido que me pondré si es que me caso alguna vez.

Todas se rieron, tal como esperaba la autora de la broma.

La reunión prosiguió y se habló de otras cuestiones, como la noticia de que la caravana del espectáculo de fieras y animales había regresado a Ivy Hill para recoger los carromatos que habían dejado guardados en el granero municipal. La *troupe* iba a abandonar el condado de Wilts al día siguiente.

Más tarde, una vez terminada la velada, Rachel, Jane, Matilda y las Cook se quedaron hablando en susurros. Mercy era una amiga muy querida y, en cierto modo, la líder espiritual del grupo. Todas la querían muchísimo. Seguro que había alguna forma de mejorar un vestido usado y, para colmo, acondicionado por manos inexpertas.

Eva estaba sentada en su sala de trabajo, en ese momento en penumbra. A esa hora del día lo normal era que todavía entrara mucha luz por las ventanas, pero desde primera hora de la mañana el cielo había estado nuboso y el día gris. Pronto tendría que encender las velas.

Pensó en el plan de la señorita Grove de celebrar el convite de boda en el parque del pueblo, al aire libre, y esperó fervientemente que no lloviera.

Si lo hacía y el vestido de la novia se empapaba, tampoco se perdería demasiado, pensó.

Dejó de coser durante un momento, apretando los ojos, cansados desde hacía rato. El encargo de la señorita Grove de mejorar su vestido usado le había parecido más asequible que hacer un vestido nuevo, y por eso había aceptado. Sintió la tentación de rendirse, pero la venció. No sería ella la que arruinara el gran día de Mercy.

La *troupe* de su padre había regresado para recuperar las pertenencias almacenadas y al día siguiente dejarían Ivy Hill para siempre, o al menos no volverían en mucho tiempo. Tendría que tomar una decisión antes de ese momento: quedarse o marcharse con ellos. Pero primero debía terminar ese vestido... Mercy había ido a recogerlo unos días antes, pero tuvo que disculparse y pedir un poco más de tiempo. La amable señorita Grove no se había quejado ni lo más mínimo.

Decidida a quedarse trabajando toda la noche si fuera necesario, Eva movió el cuello de lado a lado y de atrás adelante, y después se inclinó para seguir cosiendo.

Se sorprendió al oír que alguien llamaba a la puerta fuera del horario de apertura. ¿Sería una posible clienta con un encargo? Lo dudaba. Y menos la tarde de la reunión de la Sociedad de Damas Té y Labores. Por un momento pensó no atender la llamada. Pero quizá fuera Hetty, o su padre. O la señora Mennell para encomendarle más arreglos, o darle alguna noticia. Esperaba que la señora Hornebolt no hubiera empeorado.

Se levantó, pero antes de que pudiera siquiera llegar a la puerta, Jane Locke y la joven *lady* Brockwell entraron bruscamente en la tienda, probablemente con el propósito de entrometerse en algo. Eva se armó de valor. ¿Acaso las habían mandado el resto de las mujeres para decirle que se fuera de Ivy Hill?

—Buenas tardes, Eva —dijo Jane—. ¿Sabías que Rachel es una costurera excelente? Muy ducha con los bordados y otros trabajos para embellecer la ropa.

—Bueno, más o menos —respondió la aludida, con cierta timidez—. Pero nunca he trabajado en algo tan serio como un vestido formal. —Se volvió hacia la criada que la acompañaba—. Por eso le he pedido a Jemina que venga con nosotras. Es muy mañosa con la aguja.

Eva pestañeó desconcertada. ¿Estaban diciendo esas señoras que iban a hacerse cargo de la tienda? ¿A reemplazarla? Sin duda, podrían si se lo propusieran.

Inmediatamente entraron las Cook, armadas con cintas y agujas.

—Yo creo que esta pieza iría muy bien en la zona del cuello del vestido de Mercy —dijo Judith.

—Pero... en el vestido no se puede poner esa pieza —tartamudeó Eva.

—Creo que no nos has entendido —intervino Charlotte, señalando con un gesto el viejo vestido de Mercy—. Judy no estaba sugiriendo añadirle el adorno a esa antigualla.

—Hemos venido para ayudarte a hacer un vestido nuevo —aclaró Jane, con mucha más suavidad.

Eva dudó. Estaba claro que las mujeres se habían enterado del plan de Mercy, que quizá por ahorrar había preferido arreglar un vestido antiguo a hacerse uno nuevo para su boda. Ellas habían decidido por su cuenta otra cosa bien distinta.

—¿Para mañana? ¿Habéis perdido el juicio? —exclamó Eva—. Incluso entre seis resultaría imposible, no daría tiempo. ¿Alguna de vosotras ha hecho alguna vez un vestido nuevo de principio a fin?

Le contestó alguien que acababa de entrar en la tienda:

—Pues lo cierto es que yo sí. Cientos de veces, la verdad.

Eva se dio la vuelta. Louise Shabner, la antigua modista de Ivy Hill, estaba en la puerta. Al verla, levantó las manos.

—¡Cuando le di a entender que necesitaba ayuda con el vestido de Justina Brockwell usted se negó! Insistió en que se había retirado...

—Es cierto. Pero en este caso estamos hablando de nuestra querida Mercy.

—¿Y cómo se ha enterado y ha venido hasta aquí esta noche?

La señora Shabner señaló hacia el otro lado de la calle.

—Matilda ha alquilado la calesa de Bell Inn y ha venido a mi casa para reclutarme. Acaba de dejarme aquí y ha vuelto a la posada a dejar el vehículo y el caballo.

Al ver a la modista, a Eva se le ocurrió repentinamente una idea. Corrió hacia el cuarto de trabajo y agarró el vestido que había empezado a hacer para Justina Brockwell. A la joven le había quedado demasiado grande y largo, pero la tela era preciosa.

—¿No podríamos utilizar esto como punto de partida? —Eva les enseñó los diseños y dibujos que había hecho, así como los adornos que ya había elaborado.

Entre todas colocaron el vestido sobre un maniquí y la señora Shabner lo estudió a fondo.

—La costura central está desviada. Los frunces, los ojales...

Eva no pudo disimular su disgusto.

La antigua modista reparó en el diseño general y los dibujos, muy detallados.

—¡Esto es excelente! Hay muchísimo potencial en estos bocetos...

Eva le enseñó un sombrero con velo.

—He hecho este sombrero a partir de uno viejo de su madre.

—Precioso —murmuró la señora Shabner. Se lo pasó a las demás para que lo vieran.

Volvió a abrirse la puerta, dando paso a Matilda Grove, que entró resoplando.

—¿Me he perdido algo?

—No, Matty —dijo Rachel—. Llegas justo a tiempo.

Pronto encendieron velas y candelabros y las mujeres empezaron a trabajar febrilmente.

La señora Shabner dirigió el trabajo de reconstrucción del vestido base, al que se le fueron añadiendo los adornos, siempre utilizando la vieja prenda de la novia como referencia para la talla. Dejó en manos de las menos expertas, como Jane y Eva, el trabajo de las costuras y los ojales, sencillo pero que llevaba mucho tiempo. Mientras tanto, las más duchas con la aguja y el hilo, es decir, Rachel, Jemina y las hermanas Cook, la ayudaron con los bordados.

Unas horas más tarde, Eva se dio cuenta de que el entusiasmo inicial de las mujeres iba apagándose. Todavía quedaba mucho que hacer y el progreso era lento. La mesa de trabajo estaba llena de piezas por cortar y coser. Trozos de satén y batista sembraban el suelo. La señora Shabner había decidido que Mercy iba a necesitar también una enagua nueva que mantuviera la forma del vestido.

Las hermanas Cook fueron las primeras en abandonar.

—Lo siento, queridas, pero nuestros viejos ojos y huesos se niegan a continuar. Ya ni me acuerdo de la última vez que aún estábamos despiertas a medianoche.

Louise las miró torciendo el gesto.

—Muy bien. Si os tenéis que marchar, marchaos, pero no os quedéis por aquí distrayendo al resto. Todavía tenemos muchísimo que hacer.

Cuando se fueron, Rachel le enseñó a Eva a bordar los adornos. La modista se puso a hacerlo, aunque mucho más despacio que *lady* Brockwell.

Una hora después, la señorita Matty se quedó dormida en el sofá de la tienda, medio enterrada en un montón de retales que le sirvieron de manta. Un poco más tarde, Eva vio que la señora Shabner estaba doblada sobre la mesa de trabajo, durmiendo con los brazos extendidos.

—Señora Shabner —susurró—, ¿por qué no sube al piso de arriba y descansa un rato en mi cama? Creo que le sentaría de maravilla.

La antigua modista bostezó y se levantó.

—De acuerdo. Pero solo media horita más o menos. Después me despierta para que ayude con los adornos.

—Así lo haré.

Eva volvió a sentarse con Jane, Rachel y Jemina y siguió trabajando. Ya le dolían los ojos antes de que llegara la horda de mujeres, pero ahora le ardían, y le empezaron a llorar, dificultándole la visión a la hora de dar puntadas tan pequeñas. Dejó a un lado la pieza en la que trabajaba y decidió cerrar los párpados durante unos minutos nada más...

A la mañana siguiente, muy temprano, Mercy avanzaba por Potters Lane hacia la calle High para recoger el vestido. Había pasado la noche en Ivy Cottage con sus padres, que se habían quedado asombrados al saber que Fairmont House se iba a convertir en una escuela benéfica bajo la dirección de su hija. Lamentó no poder estar más tiempo con su tía, que se había ido a Wishford a visitar a Louise Shabner, aunque no sabía por qué razón.

Le habría gustado recoger el vestido unos días antes, pero cuando fue a la tienda, la señorita Victor, que parecía bastante agobiada, se disculpó con ella diciéndole que todavía estaba trabajando en él. Rezó para que ya estuviera listo.

Al llegar a la tienda, llamó con suavidad y abrió la puerta con precaución. El interior estaba muy oscuro, con los postigos todavía cerrados y las cortinas corridas. Todas las velas estaban apagadas.

—Lo siento. Me parece que he llegado demasiado pronto —susurró. Se detuvo en el umbral, intentando acostumbrar la vista a la escasa luz. Le sorprendió mucho ver dentro de la tienda a varias damas en distintas posturas de reposo, completamente dormidas y rodeadas de montones de retales, diseminados sin orden ni concierto por el suelo y los muebles. Allí estaban Jane, Rachel, su criada y la señorita Victor. Y también... ¡la tía Matty! ¿O no era ella la que dormía en el sofá?

—¡Dios mío! —musitó—. ¿Qué estáis haciendo aquí todas vosotras?

Eva pestañeó, desperezándose, y se irguió.

—¡Oh, cielos! No quería quedarme dormida.

Rachel se frotó los ojos.

—Ni tampoco nosotras, supongo. Pero no importa. Casi hemos terminado.

—¿Ha seguido trabajando después de que yo me quedara dormida? —se lamentó la modista—. ¡Me siento fatal!

—No importa. Ha sido un placer —repuso Rachel—. ¡Me encanta bordar!

Mercy, muy confundida, las miraba de hito en hito.

—Sé que mi viejo vestido está muy pasado de moda, pero... ¿hacía falta que vinierais todas a ayudar? Debía de estar mucho peor de lo que yo pensaba.

—No, no estaba tan mal —empezó Jane—, pero...

Desde la habitación de arriba llegó el sonido de un fuerte ronquido. La recién llegada miró hacia las escaleras, ya absolutamente perpleja.

—Eh... Eva, ¿hay un hombre durmiendo ahí arriba?

La aludida rio entre dientes.

—¡No, no! Es la señora Shabner. Le dije que fuera a dormir a mi cama unas horas.

—¿Ella también ha ayudado?

—Sí, y las Cook, y tu tía. Han estado trabajando hasta la madrugada.

—¡Santo cielo!

Rachel se incorporó sonriendo.

—Ven aquí, Mercy. Vamos a probarte el vestido. Así, si hay que arreglar alguna cosa, todavía tendremos tiempo de hacerlo.

—¿Qué hora es? —preguntó la señorita Victor, mientras buscaba su reloj de alfiler.

—Cerca de las ocho.

—¡La boda es dentro de dos horas! —exclamó la modista, al tiempo que recogía el material sobrante—. ¿Dónde está esa cinta de...?

—¿Y eres tú la que se preocupa por la hora? —ironizó la novia—. ¡Estoy nerviosísima!

Jane le apretó la mano.

—Todo va a ir bien, tranquila.

Mercy le mantuvo la mirada.

—Siempre que no llueva... Ahora casi me arrepiento de no haber organizado el desayuno en Fairmont House. Pero me apetecía tanto celebrarlo en Ivy Green...

—Voy corriendo a Brockwell Court a por los hierros de rizar. Espero que me permita arreglarle el pelo, señorita Grove... —propuso Jemina.

—Pues claro que sí, me encantaría. Si no te importa, claro.

—¡Oh, sí! Magnífica idea —repuso Rachel, sonriendo.

La criada salió corriendo y las demás mujeres ayudaron a Mercy a quitarse su vestido de diario y a ponerse la nueva enagua. Después la llevaron frente al espejo de cuerpo entero.

—Cierra los ojos, Mercy —indicó Rachel.

Pese a lo poco que le gustaba mirarse en un espejo, obedeció sin rechistar. Sin embargo, no pudo evitar preguntar:

—¿Por qué? ¿Tanto ha cambiado el vestido?

—Limítate a cerrar los ojos.

—De acuerdo, de acuerdo...

Las mujeres la ayudaron a ponerse el vestido y después lo estiraron. La sedosa tela se ajustaba perfectamente a su cuerpo, sobre todo a las caderas. Retocaron la cintura y abrocharon los botones.

—¡No los abras! —ordenó Jane.

—¡Que no...!

Alguien le ató una cinta, o algo así, alrededor de la cintura y colocó un lazo.

—¡Un momento! —interrumpió Eva—. El sombrero.

—El sombrero antiguo de mi madre, ¿verdad? —preguntó Mercy.

—Sssh...

Oyó susurros y crujidos. Le colocaron el sombrero en la cabeza, y notó que algo le colgaba por el cuello y los hombros.

—Bueno, ya está. Puedes abrir los ojos.

Lo hizo con cierta precaución, pero observó antes a las mujeres, que se miraban unas a otras con expectación, evitando sonreír. ¿Le estarían gastando una broma? Se volvió por fin hacia el espejo y se le borró la sonrisa. Abrió mucho los ojos y se quedó boquiabierta. Observó su reflejo con incredulidad, y después se volvió hacia su amigas. Las lágrimas le nublaban la vista.

—Yo... Este no es mi vestido. No sé qué decir. Es precioso. Demasiado bonito para mí.

—¡Tonterías! —replicó Jane—. Tú eres preciosa, Mercy.

La tía Matty no le quitaba los ojos de encima.

—Estoy de acuerdo. Siempre lo has sido y siempre lo serás, querida mía... En cuanto al traje, es perfecto para ti.

El vestido, de satén color marfil, ceñido desde debajo del pecho y en la cintura, resaltaba el delgado torso de Mercy antes de caer sobre las femeninas curvas de las caderas. El pecho estaba adornado con un exquisito encaje. La línea del cuello, recta y adornada también con un fino encaje, remarcaba las delicadas clavículas y el escaso busto. El adorno del cuello complementaba perfectamente el velo de su madre, que caía desde un sombrero nuevo de color marfil. La novia pestañeó para verse mejor. La mujer que veía en el espejo tenía un aspecto elegante y grácil, y resultaba casi... bella.

Se preguntó con cierta inquietud qué parte de sus ahorros de institutriz se irían a pagar este vestido.

—El encaje es precioso —se limitó a decir. Se había quedado sin palabras.

—Obra de las Cook. Y las mujeres de la Sociedad de Damas Té y Labores han contribuido con el sombrero nuevo, los zapatos y los adornos.

—¡Los zapatos! —Eva se dio un golpe en la frente—. Casi me había olvidado...

Fue al cuarto de trabajo, volvió con un par de delicados zapatos de satén con adornos dorados y los colocó en el suelo delante de la novia, que se los puso inmediatamente.

—¡Ahí lo tienes! Van perfectamente contigo y con el vestido. —Eva sonrió y habló en francés–. *Voilà! Cendrillion.*

—En este momento, la verdad es que me siento como Cenicienta.

La señora Shabner bajó un tanto tambaleante y se detuvo al final de las escaleras. Tenía los ojos somnolientos.

—Preciosa. Como debe estar una novia el día de su boda.

—Gracias por su ayuda, señora Shabner.

La antigua modista asintió.

—Ha merecido la pena interrumpir la jubilación, te lo aseguro.

CAPÍTULO

51

Con su tía a su lado y el pelo bien rizado y peinado, Mercy volvió a Ivy Cottage. Se sentía entusiasmada, hasta que miró hacia arriba y vio el cielo, plomizo y gris. «¡Dios mío, por favor, que no llueva!», rezó.

Matty abrió la puerta y entraron.

—Quiero estar delante cuando Catherine te vea —dijo su tía, muy sonriente.

Catherine Grove estaba sentada en el salón principal, hablando con Helena, y se volvió al oír entrar a su hija.

—¡Aquí estás por fin! Ya me estaba preguntando dónde... —Dejó de hablar y se quedó mirándola con cara de asombro, incapaz de cerrar la boca.

—¡Querida, estás preciosa! —Las lágrimas brillaban en el rostro de su madre. Mercy también se emocionó. No recordaba que su madre le hubiera dicho esas palabras nunca.

—El vestido es exquisito —admitió Helena—. Por sorprendente que eso sea.

—Gracias —respondió Mercy—. Estoy de acuerdo.

Su madre se levantó, se acercó a ella y la tomó de las manos.

—Sé que te he decepcionado en muchas ocasiones a lo largo de los años, Mercy, pero te quiero y estoy muy orgullosa de ser tu madre. Hoy y siempre.

—Gracias, madre.

—No quiero perderte —dijo, con voz ronca.

—Eso no tiene por qué pasar. Puedes venir a visitarnos al señor Kingsley y a mí siempre que lo desees. Tendremos muchas habitaciones libres en Fairmont House... siempre que no te importe el ruido que puedan hacer los niños alrededor.

Los ojos de su madre volvieron a brillar, esta vez de esperanza.

—¿Nietos?

—Espero que eso también —respondió sonriendo.

Después de que se marcharan las mujeres, Eva se echó agua fría en la cara, se puso un delantal y empezó a limpiar, decidida a restablecer el orden y el buen aspecto del establecimiento tras la caótica sesión de costura nocturna y la prueba con la novia. Todavía tenía que tomar la decisión definitiva, pero si finalmente se marchaba de Ivy Hill, lo que no podía de ninguna manera era dejar el local hecho un desastre.

Hizo acopio de los utensilios de limpieza, los llevó a la habitación de atrás y la limpió a fondo. Continuó con la de delante, la que visitaba el público; las escaleras y el dormitorio. Un rato después, salió fuera de la tienda, para barrer el polvo y fregar la entrada. Cuando terminó, echó un vistazo a Bell Inn, con la esperanza de ver a Jack Gander en su parada habitual en la posada.

Vio llegar la diligencia a la hora exacta y enseguida a Jack de pie, junto a la parte de atrás, con su orgulloso porte y tan atractivo como siempre. No obstante, como bien sabía, daría la señal de reemprender la marcha demasiado pronto, también como siempre.

De repente, su padre dio la vuelta a la esquina, procedente del granero público y andando rápidamente en dirección a la tienda.

—Buenos días, Eva. Hoy te has levantado muy pronto.

—Pues ya ve, la verdad es que sí. —Rio para sus adentros al pensar que no se había levantado: simplemente no se había acostado.

—He venido a preguntarte si has decidido ya lo que vas a hacer, querida. —Alzó las cejas con gesto de disculpa—. No es mi intención presionarte, ni mucho menos, pero la *troupe* tiene que emprender viaje esta misma tarde. Nos hemos quedado demasiado tiempo y creo que vamos a tener que viajar durante toda la noche para llegar a tiempo a nuestro próximo destino.

Sintió un nudo en el estómago.

—Lo entiendo. —No obstante dudó. Tenía las emociones a flor de piel. Muchas y demasiado contradictorias. De forma inconsciente, volvió la mirada hacia la diligencia del correo. Hacia Jack Gander.

Su padre la imitó y miró también hacia Bell Inn.

—Entiendo que dudes si irte de aquí, con tu querida hermana viviendo justo al otro lado de la calle y ayudando a su marido a gestionar la posada. Y, por supuesto, también está la pequeña y dulce Betsey.

Volvió a mirarla a los ojos.

—Por eso no estoy seguro de si vas a volver con la *troupe,* aunque por supuesto lo deseo en parte.

—¿Solo en parte?

Frunció los labios al tiempo que pensaba.

—Os he echado muchísimo de menos, tanto a ti como a tu hermana. No puedo ni quiero negarlo. Siendo egoísta, nada me gustaría más que tener a mis hijas de nuevo a mi lado. Pero también he lamentado que nunca hayáis tenido un sitio al que llamar hogar, una casa estable, en un lugar estable. Cuando tu madre vivía, mi hogar estaba donde estuviera ella, donde fuera. Pero tras su muerte...

—Lo sé.

—Ahora que os veo aquí a Hen y a ti, creo que ya tenéis un hogar propio.

—Hen lo tiene, desde luego. Pero yo aún estoy tratando de encontrar el mío.

—¿De verdad? Pues a mí me parece que aquí te encuentras como si estuvieras en tu casa.

—Sí, creo que así es. Y es sorprendente, ¿sabes?, porque me presenté bajo una identidad falsa. Pero le he pedido perdón a Dios, y también a las mujeres del pueblo. Varias de ellas me han ofrecido su amistad sincera y me han ayudado. Les estoy muy agradecida.

—¿Y qué dijiste de ti misma que fuera tan falso? Tu madre era francesa y creciste comiendo comida francesa y soportando regañinas en su lengua materna cuando se enfadaba. Te llamábamos Victorine, al menos yo, y también tu madre de vez en cuando. Y durante años has hecho trajes, disfraces y todo tipo de prendas. Llegaste aquí con las mejores intenciones: abrir una tienda en memoria de tu madre y de Martine. ¿Qué hay de malo en todo ello?

—Gracias, padre. No todo el mundo tiene una percepción tan caritativa de mi forma de actuar, pues he vendido vestidos de Martine como si los hubiera hecho yo. En todo caso, te agradezco tu comprensión mucho más de lo que crees.

Él le apretó la mano.

—Bueno, tómate un poco más de tiempo para decidirte. Me volveré a pasar después de la boda, ¿de acuerdo?

—Sí, gracias.

Eva volvió a entrar en la tienda para terminar de arreglar el local y el pequeño apartamento de arriba. Llamaron a la puerta y dejó por un momento la limpieza para bajar a abrir.

Allí estaba la antigua modista, ya arreglada para acudir a la boda.

—¡Señora Shabner! No esperaba volver a verla por aquí.

—Ya me imagino que no. —Fijó la vista en el delantal de Eva—. ¿No va a la boda de Mercy?

—Pues no tenía pensado ir, la verdad.

La mujer mostró su desacuerdo con un bufido.

—Bueno, en cualquier caso, creo que ya va siendo hora de que hablemos usted y yo. En privado, quiero decir.

¿Acaso había venido a echarla? Era su casera después de todo. De ser así, no podía reprochárselo.

—Cuando he estado aquí trabajando en el vestido de Mercy, he tenido la oportunidad de observar su trabajo. Los adornos que le ha hecho a su antiguo vestido eran de segundo nivel, y tal vez hasta eso sea mucho decir. También he mirado los vestidos de diario que ha empezado a hacer. Los diseños, simples. Las formas, simples. La elaboración, imperfecta. Además, utiliza mucha tela, los dobladillos son demasiado amplios, y la forma de abrochar... ¡Por favor! ¿Ha oído alguna vez hablar de botones? Y de las puntadas, la verdad es que prefiero no hablar. —Chasqueó la lengua y negó con la cabeza.

La joven no podía levantar los ojos del suelo, avergonzada. La señora Shabner prosiguió:

—Como ya dije, los dibujos para el fallido vestido de la señorita Brockwell eran de lo más impresionantes. Aunque la ejecución dejaba mucho que desear.

—Soy muy consciente de ello —murmuró, con la esperanza de que el reconocimiento de su falta de pericia terminara con la reprimenda de la veterana modista.

—Usted misma dijo que no había realizado ningún tipo de aprendizaje formal —añadió la mujer, ajena a su silenciosa plegaria—. Si me permite decirlo, es un paso demasiado atrevido el establecerse por su cuenta como modista sin haber pasado una buena temporada con alguien de mucha experiencia en el oficio. Yo misma trabajé como aprendiz con la señora Warwick durante cuatro años. ¡Y me obligaba a deshacer todos los pespuntes si uno solo estaba mal!

«*Bon sang*!», exclamó Eva para sus adentros. ¿Es que esta diatriba no iba a terminarse nunca? Si iba a echarla, ¿por qué no lo hacía de una vez? Sabía perfectamente que lo merecía, ¿pero iba a darle la tabarra una y otra vez? ¿Hasta cuándo?

—Es usted joven y guapa, eso es verdad. Y le gusta a la gente, lo cual no deja de ser sorprendente, dados sus complicados comienzos en el pueblo.

—Sí —reconoció la señorita Victor—. La verdad es que a mí también me sorprende.

—Eso habla muy bien de su carácter amigable. La capacidad de una modista para establecer y mantener buenas relaciones con sus clientas, de ganarse su lealtad, es un auténtico tesoro. Y usted tiene talento para el diseño, y para la sombrerería. Sus nuevos sombreros y pamelas son excelentes.

¿Era esa la forma de suavizar el golpe que, sin duda, estaba a punto de darle la casera?

—¿Quiere usted que me marche, señora Shabner? —preguntó por fin, armándose de valor—. Me lo he estado planteando muy en serio, así que, si era ahí a donde quería usted llegar, lo entenderé perfectamente.

—No. He venido a ofrecerle un acuerdo.

La joven la miró con recelo.

—¿Qué tipo de acuerdo?

La mujer extrajo una tarjeta del bolsillo de su pelliza y se la tendió.

En ella se podía leer, con letra muy clara, el siguiente texto:

Señoritas Shabner & Victor, modistas y sombrereras

Eva la miró con la boca abierta.

—¿Esto va en serio?

—Sí. Para empezar, usted sería mi aprendiz. Pero como no empieza desde cero, tengo la impresión de que con un año sería suficiente, si pone de su parte y se esfuerza.

—Pero... yo pensaba que estaba usted muy a gusto con su retiro.

—A ver, retirada sí que estoy. Pero a gusto no. Lo que estoy es aburrida hasta decir basta.

—¿Viviría usted aquí conmigo?

—Sí. No me sería ni cómodo ni agradable ir y venir desde Wishford todos los santos días con la señora Burlingame, dado que no tengo caballo propio. Debo advertirle que me han dicho que a veces ronco un poquito. Sin duda exageran. Aunque, ahora que lo pienso, mi última aprendiz dormía con algodones en los oídos...

Eva se mordió el labio.

—Si la tienda marcha bien —continuó— le pagaría un salario bastante más alto del que cobran las aprendices adolescentes. Así que con el tiempo, y si usted lo prefiere, seguramente podría plantearse alquilar el apartamento que hay encima de la biblioteca circulante, en el que vivía nuestro antiguo banquero. Trabajando juntas, estoy casi segura de que la tienda será rentable.

A Eva le daba vueltas la cabeza.

—¿De verdad lo cree?

—Sí. —Louise Shabner inclinó la cabeza y la miró fijamente—. Entonces, ¿tenemos un acuerdo?

CAPÍTULO

52

Una mañana de verano con bastantes nubes la señorita Mercy Grove dejó atrás la soltería para casarse con el hombre que amaba. Ese día no solo ganó un marido bien plantado y guapo, sino también un montón de cuñados y cuñadas, que podía considerar hermanos, y sobrinos y sobrinas.

Después de la boda en la iglesia de Saint Anne, la novia y el novio fueron caminando de la mano por la calle Church, seguidos de su familia y sus amigos, en un alegre desfile de felicitación por todo el pueblo.

Mercy miró al cielo con gesto dubitativo y temeroso, sobre todo al ver las nubes, grandes y amenazadoras. ¿Al final habría una tormenta que estropearía la fiesta en Ivy Green, tal como había pronosticado su madre? Ya era demasiado tarde para trasladarlo todo del parque a Fairmont House. Plop. Una gota de lluvia le cayó justo sobre la nariz. «¡Oh. no! ¡Dios mío, por favor!».

Joseph le apretó la mano, sin duda adivinando sus pensamientos.

Con suerte, los invitados podrían comer algo antes de salir corriendo a refugiarse en sus casas para librarse de la lluvia.

Los novios encabezaron la marcha, pasando por delante de Ivy Cottage y su valla de piedra, completamente llena de flores y hiedra, tal como siempre había soñado para el día de su boda. Al llegar al parque contiguo, Mercy se paró en seco y se volvió a mirar a Joseph.

Parecía tan sorprendido como ella misma.

Allí, en Ivy Green, había una enorme carpa hecha de grandes trozos de tela de todos los colores del arcoíris. Se dio cuenta de que era la carpa del espectáculo de animales amaestrados. Los laterales estaban descubiertos para permitir el acceso y evitar cualquier sensación de agobio. Mercy había oído que la instalación había sufrido daños durante la reciente tormenta de granizo, pero al parecer ya la habían reparado.

Una sensación de alivio y gratitud recorrió su cuerpo y acabó de golpe con la presión que le encogía el estómago. Le dirigió una amplísima sonrisa a Joseph y después miró alrededor para ver si había alguien de la *troupe* a quien darle las gracias.

Pero las personas que los seguían más de cerca eran varias mujeres de la Sociedad de Damas Té y Labores. Ella señaló con el dedo hacia la carpa.

—No sabía que se iba a instalar esto. Pensaba que la gran carpa del espectáculo estaba demasiado estropeada como para poder utilizarla.

—Sí que lo estaba —respondió la señora Snyder—, pero algunas de nosotras trabajamos con la *troupe* y con los hermanos Kingsley y nos hemos pasado buena parte de la noche reparándola.

—Como podrás ver, nuestra habilidad para coser deja bastante que desear —añadió la señora Klein, indicando el batiburrillo de parches—. Así que debes alegrarte de que no hayamos sido nosotras las que trabajamos en tu vestido.

La novia negó con la cabeza, completamente incrédula.

—¡No me lo puedo creer!

—¡Oh, Mercy! —intervino la señora O'Brien apretándole la mano—. Sabes que haríamos por ti lo que fuera. ¿Cómo no iba a ser así, después de todo lo que has hecho tú por nosotras?

Las abrazó a todas, una por una, y después se acercó a dar las gracias a los miembros de la *troupe,* que estaban en el extremo más alejado de la carpa. Los invitó a unirse a la fiesta, pero la mayor parte de ellos dudaron. Sin embargo, aceptaron encantados los refrescos que les acercaron Agnes y el señor Basu.

En uno de los lados de la zona cubierta esperaba la mesa con la comida. Montones de platos de todo tipo, incluido uno de curri, una enorme tarta y un gran cuenco con ponche. La tarta de boda estaba decorada con flores de azúcar glas. La tía Matty había ayudado a hacerla, siempre bajo la supervisión de la señora Craddock. Como era tan alta, estaba un poco torcida, pero ella sabía que iba a resultar deliciosa.

En el otro extremo se situaba una plataforma sobre la que ya estaban los músicos de Bell Inn, dos de los mozos de cuadra de Jane y Colin McFarland. El señor Victor y algunos otros miembros de la *troupe* se unieron a ellos, formando una verdadera orquesta, aunque algo variopinta, que no paró de tocar gigas y baladas con gran entusiasmo y alegría.

Bajo la carpa, formando un enorme anillo, había sillas traídas de prácticamente todas las casas del pueblo. La gente llenaba sus platos y se sentaba a comer, bien con la comida sobre el regazo o bien sentados a algunas mesas diseminadas por el lugar. Mercy vio a algunas ancianas de la casa de caridad, vestidas con los exquisitos trajes que había donado recientemente la señorita Victor, procedentes de su escaparate inicial. Tenían todo el aspecto de viudas ricas londinenses. Sonrió al ver la divertida escena.

Su marido le llevó un plato, del que comió unos bocados sin apenas saborearlos. Estaba demasiado feliz como para paladear nada que no fuera la belleza del momento y del día. La lluvia golpeó la lona en algunos momentos, pero tanto la novia como la tarta se mantuvieron secas.

Mercy y Joseph, agarrados de la mano, pasearon de grupo en grupo, entre sus invitados, agradeciéndoles que hubieran acudido y recibiendo felicitaciones y buenos deseos.

En la mesa dedicada a los regalos, la recién casada vio un letrero de madera con el sello de Becky Morris:

FAIRMONT HOUSE, ESCUELA E INTERNADO.

Se admiten alumnos de toda condición,
Independientemente de sus posibilidades económicas.

Señora Mercy Kingsley, directora.

Entre los muchísimos presentes recibidos se contaban un gran queso de los Barton, adornos cosidos por sus antiguas alumnas, un recetario de sus platos favoritos manuscrito con exquisita caligrafía de la tía Matilda y la señora Timmons, y una preciosa palmera en una maceta de la señora Bushby. Además de un florero bastante feo, de color morado, de George y Helena. Mercy estaba casi segura de que lo había visto llenándose de polvo en el ático de Ivy Cottage.

George se dio cuenta de que lo estaba mirando y se dirigió a ella de forma un tanto avergonzada.

—Sé que es muy prosaico y familiar, pero pensé que te gustaría tener algún recuerdo de Ivy Cottage.

Estaba demasiado feliz como para ofenderse, así que le dirigió una radiante sonrisa a su hermano.

—Gracias, George. Siempre estará lleno de flores y tendrá un aspecto magnífico.

«Algo familiar que proceda de Ivy Cottage siempre será bonito», pensó. Y lo sentía de verdad.

En la distancia, Eva oyó el tañido de las campanas de la iglesia. Esperaba que la boda hubiera ido bien. Respiró hondo y tomó una decisión. Se aseó, se puso uno de sus mejores vestidos y caminó por Potters Lane con el paraguas abierto. Se había perdido la ceremonia pero confiaba en no llegar demasiado tarde al convite.

Al llegar al parque se detuvo y se quedó mirando asombrada. Allí estaba la carpa de la *troupe,* protegiendo de la lluvia las mesas, a los invitados y a los músicos, y reparada con retales multicolores. Había resultado dañada por el pedrisco y era una de las cosas que su padre había guardado en el granero comunal de Ivy Hill mientras la *troupe* había acudido a actuar a otros lugares relativamente cercanos. Y sin embargo ahí estaba ahora, gracias a unos arreglos caseros organizados por su padre, supuso.

La señorita Victor se sirvió dos porciones de tarta y se dispuso a buscarlo entre los miembros de la compañía, que iban de acá para allá en uno de los lados de la zona protegida del parque.

Cuando lo vio, le acercó un trozo de tarta.

—Gracias, padre. Parece que ha contribuido a salvar la fiesta al aire libre.

Aceptó con una inclinación de cabeza.

—Ha sido la carpa que ayudaste a diseñar y a fabricar ya hace unos cuantos años la que ha salvado la fiesta. De todas maneras, me alegro mucho de haber contribuido dentro de mis posibilidades. —Le acarició la mejilla con afecto—. Y me alegro todavía más de estar con mis dos queridas hijas.

—Sí. Yo también estoy muy contenta y agradecida. —Eva miró a Henrietta, junto a su marido y su hija, y con otro bebé en camino. Su padre siguió la dirección de su mirada. Patrick agarró en brazos a Betsey, que estaba con Hen, para que su esposa pudiera comer, y elevó a la niñita todo lo que pudo, provocando carcajadas a la pequeña. Hen empezó a comerse el trozo de tarta y miró a la pareja con una sonrisa extasiada.

Eva notó que su padre volvía a mirarla a ella de nuevo.

—¿Has tomado una decisión?

Respiró hondo.

—Sí, padre. La antigua modista del pueblo, que se había retirado, se ha ofrecido a volver a trabajar y va a admitirme como aprendiz. Así que me alegro de que te parezca que aquí estoy «como en casa», ya que he decidido quedarme en Ivy Hill. De momento.

—¿De momento?

Sin pretenderlo, pensó en Jack Gander.

—Sí.

—Lo entiendo y me parece bien. Es estupendo que puedas vivir cerca de tu hermana después de una separación tan larga. —Su expresión se volvió algo melancólica—. Es perfecto.

—Espero que no esté muy decepcionado, padre. Igual usted también debería establecerse en Ivy Hill.

—¿Quién, yo? ¿Establecerme en un sitio? No, querida. La vida nómada, el espectáculo, forma parte de mí, lo llevo en la sangre. No estoy preparado para dejarlo. Además, los miembros de la *troupe* me necesitan, igual que los animales.

—Pues claro que le necesitan, padre, lo entiendo. Pero, ahora que sabe dónde estamos, podrá venir a visitarnos de vez en cuando, ¿no?

—¡Por supuesto que lo haré! De hecho, creo que es el momento de incluir a Ivy Hill en nuestro circuito anual.

—¡Magnífica idea! Y también podría venir a visitarnos durante la pausa invernal. Supongo que querrá conocer a su nuevo nieto, ¿no es así?

Se le volvió a nublar la mirada y la tomó de la mano.

—Sí, por supuesto que lo haré.

—¡Señorita Victor!

Se volvió para comprobar quién la llamaba por su apellido.

La señorita Morris la saludó y Julia Featherstone señaló una silla vacía que había justo a su lado, en una mesa llena de mujeres integrantes de la Sociedad de Damas Té y Labores.

—¡Venga a sentarse con nosotras!

Le apretó la mano a su padre cariñosamente y se dirigió al sitio que le estaban ofreciendo.

Un rato más tarde la lluvia cesó y el sol brilló en un cielo absolutamente azul.

Mercy se sentó para recuperar el resuello y descansar los pies después de bailar sin parar durante mucho tiempo. Casi le dolían las mejillas de tanto sonreír. En medio de la carpa, su marido hablaba y reía en un corrillo junto a sus hermanos. Que ahora también eran sus hermanos.

Al verla sola, el señor Drake se le acercó.

—Bueno, señora Kingsley, te deseo toda la felicidad del mundo.

—Muchas gracias, señor Drake. Y gracias de nuevo por regresar para asistir a la boda.

—No nos la hubiéramos perdido por nada del mundo. Alice ha sido una dama de honor magnífica, ¿verdad?

—¡Desde luego que sí!

—Nuestra intención es avanzar hoy todo lo que podamos, de modo que mañana lleguemos a Drayton Park, aunque sea por la tarde. Así que tendremos que salir cuanto antes...

—¡Ah! O sea que os marcháis ya...

Él asintió y se volvió para buscar a Alice entre toda la gente. Allí estaba, bailando con Phoebe, Sukey y Jeremy Mullins. Estaba encantadora con el vestido rosa, la corona de flores sobre el pelo rubio y una amplísima sonrisa en la cara.

—Voy a dejar que termine este baile, por supuesto, pero me temo que después tendremos que irnos.

—Lo entiendo.

—Siento causar una pequeña decepción en el día de tu boda.

—James Drake, no tienes que disculparte ni sentirte triste por nada, te lo aseguro. Me siento muy feliz por Alice, y también por ti, por supuesto. —Rio entre dientes—. ¡Y por mí!

Le apretó la mano, la miró durante un momento y se volvió para marcharse.

Terminó la pieza, y los músicos aprovecharon para tomarse un corto descanso y un refresco. Mercy vio como el señor Drake se inclinaba y le decía algo al oído a Alice. La sonrisa de la niña se difuminó, pero no parecía sorprendida, ni tampoco triste. Buscó con la mirada entre la gente hasta encontrarla. Mercy alzó una mano y Alice salió corriendo, como si quisiera seguir bailando gigas.

La mujer abrió los brazos y la pequeña se lanzó hacia ellos. El abrazo fue largo en intenso.

—Dice padre que tenemos que irnos.

—Lo sé. Tenéis un largo viaje por delante. ¿Te lo has pasado bien?

—¡Sí, muy bien! Ha sido la mejor boda de mi vida. Me ha gustado el baile, y la tarta, y la música...

—A mí también. Y sobre todo he disfrutado teniendo aquí a todas las personas a las que quiero. Me alegra muchísimo que hayas podido compartir conmigo este día tan especial y que hayas sido mi dama de honor. Te deseo que seas muy feliz en tu nuevo hogar.

—¿Vendrá a visitarnos? Con el señor Kingsley, por supuesto.

El señor Drake se unió a ellas.

—Serás bienvenida siempre que quieras, señorita... señora Kingsley. Y lo digo de verdad, no por pura cortesía.

—Gracias. Eres muy amable. Y espero que no haga falta decir que siempre habrá un sitio para vosotros en Fairmont House cuando vengáis de visita a Ivy Hill. Porque vendréis, ¿verdad?

—Me temo que, en estos momentos, no estoy en condiciones de prometer nada. Los asuntos de mi padre me van a tener muy ocupado durante bastante tiempo, y...

—¿Y? —repitió, intrigada.

—Y me da la impresión de que esta parte de mi vida se ha terminado. Por nada del mundo eliminaría las experiencias que he vivido en Ivy Hill, ya que fue aquí donde encontré a mi hija. Pero estoy preparado para empezar desde cero una nueva etapa, y deseándolo.

—Aquí tienes amigos, James. No lo olvides nunca.

Sonrió ante su repentina seriedad.

—Tranquila, no lo olvidaré.

—Que Dios te bendiga, James Drake.

—Y a ti, Mercy Kingsley.

Mercy se quedó mirándolos mientras se alejaban.

Al darse cuenta, Joseph se acercó.

—¿Todo bien? —preguntó.

—Sí, perfectamente. —Respiró hondo y se dio cuenta de que era verdad. Todo estaba bien.

La tomó de la mano y anduvieron juntos hasta donde estaban sus hermanos. Al verlos aproximarse, Aarón y Esther les hicieron sitio en el círculo que formaban.

—Te pido perdón de antemano por tener una familia tan ruidosa —dijo, al tiempo que esbozaba una sonrisa de disculpa.

—¡No se te ocurra disculparte! —le riñó—. Es un privilegio formar parte de ella, ser una más.

Joseph la rodeó con el brazo y se inclinó para hablarle al oído.

—Mi familia más cercana y querida eres tú, Mercy Kingsley. Mi esposa. Mi corazón.

Desbordante de alegría, se puso de puntillas para besarlo, gesto que desató algarabía entre los Kingsley.

La fiesta de la boda se prolongó durante horas, pues los invitados estaban disfrutando cada momento y no tenían ganas de que se acabara.

Jane paseó la mirada alrededor de la carpa, vio gente que bailaba, grupos que charlaban animadamente, niños que reían y una pareja de recién casados absolutamente radiantes. Sintió que el corazón se le expandía de puro gozo. Su felicidad se incrementaba con la de Mercy y el señor Kingsley. ¡Si Dios los bendecía con niños, seguro que serían guapos y bien plantados!

La boda había sido memorable en todos los sentidos, y muy conmovedor el hecho de que la gran mayoría de las mujeres se hubieran volcado no solo para confeccionar el vestido de novia de Mercy, sino también en la reparación de la carpa para que la lluvia no estropeara la magnífica fiesta al aire libre. Volvió a mirar la lona, llena de parches, y no pudo por menos que reír entre dientes. Lo cierto es que a veces Dios proveía de formas muy peculiares, y esta era una de ellas: había traído a la *troupe* a Ivy Green en el momento justo para salvar el multitudinario banquete de boda con el que Mercy llevaba tanto tiempo soñando.

La gente empezó a despedirse de los novios y se fue marchando en grupos, hasta que solo la numerosísima familia Kingsley continuó bailando como si la fiesta acabara de comenzar. Hetty se unió a los músicos para que Colin pudiera bailar con Anna Kingsley. Al cabo de un rato, volvió junto a su marido, su hija y los Talbot, a los que inmediatamente se sumó Eva.

Finalmente, los músicos dieron por terminada la sesión de baile, aunque siguieron tocando piezas de ritmo más lento para disfrute propio y de los que aún escuchaban.

En una mesa cercana, los Brockwell estaban sentados con Nicholas Ashford y su madre. Se acercaba otra boda, o al menos eso parecía. Era estupendo ver a sus queridos amigos Rachel y Timothy tan felices juntos. Incluso la viuda *lady* Brockwell parecía relajada, rodeada de su familia.

Familia... Al pensar en la palabra, a Jane se le llenaron los ojos de lágrimas, entre sentimientos contradictorios. Su padre había regresado a su vida, pero demasiado brevemente, ya que los médicos decían que su corazón empezaba a agotarse. Su pronóstico era que podría vivir aún unos meses, como mucho un año; una posibilidad basada en la experiencia, pero la voluntad de Dios podría deparar algo diferente. Estaba enormemente agradecida por el hecho de que su padre hubiera regresado a Inglaterra, con ella, para pasar sus últimos meses. «¡Gracias, Dios mío! ¡Y gracias por Jack Avi!», pensó. No obstante, junto a su sincera gratitud, no podía evitar sentir el desánimo por la cercana pérdida.

Miró alrededor buscando a la señorita Matty, convencida de que estaría sintiendo y pensando algo parecido. Los años perdidos. Lo que podría haber ocurrido si su padre no se hubiera marchado. Matilda la miró y empezó a cruzar la carpa, dirigiéndose hacia ella con las manos tendidas.

Jane se levantó y la agarró con un nudo en la garganta. Durante unos momentos estuvieron así, tomadas de las manos, mirando a Mercy, que estaba con los Kingsley, sonriendo o riendo abiertamente, con el brazo de Joseph alrededor de su cintura.

—¡Qué felices son! —murmuró Matty, mirando con cariño a la pareja.

La señora Locke asintió. Se preguntó si la felicidad que sentía Matilda por Mercy no estaría también algo teñida de pena por su pérdida. Su sobrina y ella siempre habían estado muy unidas: habían compartido hogar, una escuela y prácticamente todo. Pero ahora la joven tenía un marido con el que compartir todo eso.

Apretó los dedos de la mujer.

—Siento mucho que mi padre no se sintiera con fuerzas para venir. Le tiene mucho cariño, ya lo sabe.

—Y yo también le tengo cariño a ese viejo *nabab* —proclamó. El brillo de las lágrimas en los ojos desmentía el tono festivo de la frase.

Pero a Matilda se le alegró la expresión de inmediato y añadió:

—¿No te has enterado? Mercy y el señor Kingsley me han propuesto que vaya a vivir con ellos. Después de la luna de miel, por supuesto. Y también al señor Basu. Me alegro muchísimo por él. ¡Helena quería que se pusiera librea, y le había prohibido que cocinara curri! Así que los dos vamos a ayudar en la nueva escuela.

—¡Eso es estupendo! —exclamó Jane encantada, aunque se detuvo en seco, mirándola a la cara—. ¿O no? Le debe resultar extraño. Ivy Cottage ha sido su casa durante toda la vida.

—Sí, más de cincuenta años. Lo que has dicho, toda mi vida.

—¿Le entristece marcharse?

Matilda la miró con los ojos brillantes.

—Ninguno de los cambios que ha habido en mi vida me ha hecho más feliz. Entre tú y yo, ¡estoy deseando marcharme!

En ese momento, Matty desvió la mirada hacia otro punto. Sea lo que fuere lo que estaba ocurriendo, captó totalmente su atención. Abrió la boca asombrada.

—¡Caramba, esto no me lo esperaba de ninguna de las maneras!

Jane se volvió para ver el motivo de semejante reacción. Y por allí venía su padre, caminando por el parque con un traje de verano de lino brillante y un amplio sombrero de paja cubriéndole la cabeza. Se apoyaba en un bastón, cierto, pero su aspecto era mucho mejor que el de las últimas semanas.

—¡Winston Fairmont! —exclamó Matilda—. ¿Se puede saber qué haces fuera de la cama?

Su rostro se iluminó con una sonrisa traviesa y juvenil antes de responder.

—¡Todas habéis estado conspirando para evitar que disfrutara de esta feliz celebración, pero, mira por dónde, hoy me siento mucho mejor! He recuperado las energías, como pronosticó el doctor Burton que podría ocurrir. Sea como fuere, estoy agradecido. No quería perderme un día tan importante en la vida de mi querida amiga Matilda Grove.

Una vez más, los ojos de Matty se llenaron de lágrimas, pero pestañeó para evitar derramarlas.

—¿No te parece que podríamos disfrutar juntos de esa tarta de la que tanto me has hablado, señorita Matty? —propuso el hombre, ofreciéndole el brazo.

—Con todo mi corazón —contestó ella, con gesto sonriente y emocionado.

Matilda se agarró a su brazo y ambos echaron a andar despacio hacia la mesa.

Jane los miró alejarse, con el corazón henchido de alegría y las lágrimas corriendo por las mejillas, ya sin control. Sabía que este cambio no significaba que la enfermedad de su padre estuviera remitiendo, pero decidió disfrutar cada día, cada momento de vida que Dios le permitiera compartir con él.

Notó una manita que tomaba la suya y miró hacia abajo. Allí estaba Jack Avi, mirándola con sus vivos ojos oscuros.

—*Didi,* ¿por qué estás triste?

Le apretó los pequeños dedos.

—Son lágrimas de felicidad. Me siento feliz por mi amiga, por *bapu* y porque te trajera aquí para estar conmigo.

—Yo también. *Bapu* me ha dicho que vas a ser mi madre.

Se le volvió a formar un nudo en la garganta.

—¿A ti te parece bien? —musitó.

El niño asintió y levantó las manos hacia ella. Con el corazón en un puño, se agachó para tomarlo en brazos. Aunque tenía cinco años, era ligero para su edad.

Gabriel se acercó y le puso una mano sobre el hombro al pequeño y la otra a ella.

—¡Hola pareja! —Los miró alternativamente—. ¿Va todo bien?

—Mejor que bien —contestó ella, sonriendo.

—¿Has comido suficiente? —preguntó Gabriel—. Me he fijado en que Jack Avi sí. De hecho, casi ha devorado un segundo trozo de tarta. —Le dio unos golpecitos al niño en la tripa y después le hizo cosquillas.

—¡Si, estoy lleno! —respondió Jack Avi, riendo encantado.

Gabriel miró a Jane, alzando las cejas en una pregunta sin palabras.

Jane miró a su nuevo marido y a su futuro hijo, después a su padre y a Matilda, y finalmente paseó la vista por todas las personas que se había reunido en el parque. Asintió mostrando su acuerdo con las palabras del niño.

—Mi corazón también está lleno.

Nota de la Autora

En primer lugar, gracias por leer *La novia de Ivy Green*. Espero que hayan disfrutado de la novela, así como de los dos primeros libros de la serie *Historias de Ivy Hill*. Ahora, quiero compartir con ustedes algunas referencias históricas.

Como sucede en el libro, 1821 fue un año extraordinariamente húmedo en el sur de Inglaterra. El 26 de mayo, «la nieve y el granizo alcanzaron un espesor de unos dos centímetros y medio» en el condado de Wilts.

El ataque de una leona que se describe en la novela también se basa en un suceso real. En 1816, una leona se escapó de un espectáculo ambulante de animales amaestrados y atacó al caballo que lideraba el tiro de una diligencia del servicio de correos británico mientras viajaba por el condado de Wilts. Algunos viajeros se refugiaron en una posada cercana y cerraron las puertas, impidiendo el paso del resto, mientras el guardia de la diligencia intentaba abatir a la fiera con su trabuco. Algunas de las reseñas indican que la leona mató a un gran perro que salió en su persecución, mientras que otras señalan que los tres animales se salvaron y pasaron a formar parte del espectáculo. El *Salisbury and Winchester Journal* describió la captura de la fiera de la siguiente forma: «La dueña y sus ayudantes (...) lograron que se acostara sobre un saco de arpillera, y después la levantaron y se la llevaron (...) La leona se mantuvo quieta como un corderito durante el traslado a la caravana».

A veces la realidad supera la ficción. Hace unos años esta historia me llamó la atención y me intrigó. En ese momento estaba empezando a pergeñar la serie y lo pasé muy bien discurriendo la forma de integrarla en esta novela. Los detalles acerca de los espectáculos con animales amaestrados los he sacado del libro *Los antiguos artistas ambulantes y las viejas ferias de Londres,* de Thomas Frost. Si les interesa el tema, pueden aprender mucho con él.

Llega el turno de los agradecimientos. Estoy en deuda con varias personas que me han ayudado a idear y dar la forma final a este libro: Cari Weber, la primera que lo leyó; Anna Paulson, responsable de la investigación y de las revisiones; Michelle Griep, por la retroalimentación; Karen Schurrer y Raela Schoenherr, por la edición; Jennifer Shouse-Klassen, que aportó los detalles acerca del vestuario; Toni Signorelli, del establecimiento Blue Harbor, un sitio magnífico en el que escribir; Cathy y Rajeev Tandon y Sumita Punia, conocedores de la cultura de la India; y especialmente a todos y cada uno de vosotros, mis maravillosos lectores.

Gracias por pasar vuestro tiempo conmigo en Ivy Hill, un pueblo de ficción que se ha convertido en un lugar muy especial para mí. Está inspirado, aunque muy ligeramente, en Lacock, una población del condado de Wilts declarada monumento histórico-artístico y que, de momento, he tenido la suerte de visitar tres veces. Si os apetece hacer una visita a Ivy Hill, aunque en sentido estricto no podáis, siempre os quedará la posibilidad de ir a Lacock, ya sea en persona o mediante la televisión, ya que *Orgullo y Prejuicio* (1995), *Cranford* (2007), *Emma* (1996), así como otras muchas producciones, lo han utilizado como localización para algunas escenas de sus respectivos rodajes. También podéis visitar la página web talesfromivyhill.com para ver fotos reales de algunos de los escenarios de la serie de novelas, así como una lista de personajes y un plano en color del pueblo, que podría resultaros de utilidad. Y, por favor, visitadme mediante las redes sociales o mandadme correos electrónicos si os apetece. ¡Me encanta estar en contacto!

Descarga la guía de lectura gratuita
de este libro en:
https://librosdeseda.com/